扬州八怪研究大系

扬州八怪诗文集

陈传席——编

周积寅·主编

许祖良·副主编

江苏凤凰美术出版社

图书在版编目（CIP）数据

扬州八怪诗文集 / 陈传席编 . —— 南京：江苏凤
凰美术出版社 , 2021.11
（扬州八怪研究大系 / 周积寅主编）
ISBN 978-7-5580-8577-2

Ⅰ . ①扬… Ⅱ . ①陈… Ⅲ . ①古典诗歌 – 诗集 – 中国
– 清代②古典散文 – 散文集 – 中国 – 清代 Ⅳ .
① I214.91

中国版本图书馆 CIP 数据核字 (2021) 第 239358 号

丛 书 名	扬州八怪研究大系	
主 编	周积寅	
副 主 编	许祖良	
策划统筹	樊 达	王林军
责任编辑	刘韵馨	
装帧设计	赵 秘	
设计指导	曲闵民	
责任校对	吕猛进	
责任监印	张宇华	

书 名	扬州八怪诗文集
编 者	陈传席
出版发行	江苏凤凰美术出版社（南京市湖南路1号 邮编：210009）
制 版	江苏凤凰制版有限公司
印 刷	苏州工业园区美柯乐制版印务有限责任公司
开 本	718 mm × 1000 mm 1/16
印 张	55.75
版 次	2021年11月第1版 2021年11月第1次印刷
标准书号	ISBN 978-7-5580-8577-2
定 价	240.00元

营销部电话 025-68155675 营销部地址 南京市湖南路1号
江苏凤凰美术出版社图书凡印装错误可向承印厂调换

目录

《扬州八怪研究大系》
序一

一、"扬州八怪"所处时代

清代是中国历史上最后一个封建王朝。从康熙到乾隆中期，统一了台湾，平定了准噶尔部贵族的叛乱，抵御了沙俄对我国黑龙江流域的侵略，使统一的、多民族的封建国家得到了进一步的巩固和发展。

清初，特别是康熙时期，为了缓和民族矛盾，清王朝采取了一系列的措施，逐步稳定了社会秩序，生产力得到了恢复和发展。乾隆时期，许多城市的商业出现了繁荣的景象，各地和各族人民之间的经济、文化交流进一步加强，海外贸易在闭关政策的束缚下有了一定的发展，这就构成了中国历史上又一个所谓的"太平盛世"。但这种"太平盛世"只不过是封建社会的"回光返照"。资本主义萌芽有所发展，市民、商人力量的增长，无情地冲击着封建制度。大官僚、大地主兼并土地，过着饱食终日、无所用心的骄奢淫逸的生活；与此相反，终岁勤劳的广大农民的生活却十分贫苦。清初的一些自耕农到乾隆时期，"田之归于富户者，大约十之五六"。这些被兼并了土地的农民沦为佃户，一年生产之后，"日给之外，已无余粒"。这样一来，广大劳动人民和清统治者的矛盾逐渐加深，人民起义此起彼伏。清王朝出于其统治需要，一方面采取高压政策，在政治上表现为武装镇压，对有抗清思想的知识分子进行思想钳制，如最残酷的思想钳制是大兴"文字狱"。"文字狱"自古有之，但是文网之密、处刑之重、规模之广，以清王朝最甚。另一方面，清统治者又采取"怀柔"政策：康、乾两朝皇帝屡次南巡，提倡程朱理学，以八股取士，开设博学鸿词科，编纂《古今图书集成》《四库全书》等，以安定民心，束缚人们的思想，诱以功名利禄，网罗天下知识分子，为巩固其政权服务。在这种封建文化专制主义的牢笼下，有相当一批知识分子在理学和八股圈子中讨生活，走上了读书、考试、做官的道路。就书画篆刻家而论，康乾年间登科第而得官的就有毛奇龄、毛际可、高层云、王原祁、蒋廷锡、沈宗敬、张鹏翀、邹一桂、张照、郑板桥、董邦达、张镠、钱载、张若霭、钱维城、梁同书、王文治、桂馥、余集、潘奕隽、黄钺、孙星衍、尹秉绶、张问陶、关槐、阮元、梅庚、李鱓、陆飞、王宸、汪承霈、张敔、钱维乔、缪炳泰、龚有融、王学浩等数十人之多。

清王朝的两手政策，导致了政治空气和学术思想的沉寂窒息，清代考据学之兴盛即与此有关；也导致美术创作上不敢触及现实，因袭前人的摹古思潮泛滥。清初统治阶级所扶持的"四王"（王时敏、王鉴、王原祁、王翚）摹古画派居于"正统"地位。到了清中叶，以学王原祁的娄东派和学王翚的虞山派势力最大，北京、太仓、常熟是他们的根据地。这两派一直统治着清代中晚期画坛，画山水以黄公望为远祖，以董其昌为近宗，陈陈相因，造成"人人大痴，个个一峰"的僵死局面。

尽管清王朝对文化思想钳制很严，但还是出现了一些进步的思想家和具有民主思想色彩的知识分子，如哲学界的颜元、戴震，文学家曹雪芹、蒲松龄、吴敬梓。这些生活在清中叶的思想家和知识分子从不同的文化领域不约而同地要求个性解放，对腐朽的封建专制主义进行了无情的揭露与抨击。与此同时，还有所谓"扬州八怪"画家群体，他们在绘画上所表现出的异端特质，正是对封建正统主义摹古派绘画的猛烈叛逆，成为活跃于当时画坛上的一支生力军。

二、"扬州八怪"与扬州盐商

"扬州八怪"绝大多数不是扬州人，他们的艺术活动为什么会集中到扬州来呢？这与扬州当时繁荣发展的商业经济有很大的关系。

扬州，在江苏省的中部，东依运河，南临长江，北踞蜀岗，从唐宋以来一直是江苏地区的经济中心、著名大城市之一。它地处江淮要冲、南北枢纽，货资云集，商业繁荣。其时仅"扬州关"一处关税，每年就要征到税银四万四千八百多两。漕米北运，也是必经之道。手工业也极发达，以漆器镶嵌等最为著名。所经营的行业主要是盐、典、茶、木、粮食与布匹等。其中盐业尤为重要，两淮盐的产额占全国第一位，盐税占全国商业总税收的一半，故而管理盐务的最高行政机构"两淮盐运使衙门"就设在扬州，因此盐官盐商麇集扬州。盐商多安徽徽州、歙县以及山西、陕西之寓籍扬州者，而以徽州商人（简称徽商）人数最多。据统计，从明嘉靖到清乾隆时移居扬州的客籍商人八十名，其中徽商占四分之三，徽商成为扬州盐商的主要代表，是我国明清时期一大商人集团。陈去病《五石脂》云："扬州之盛，实徽商开之。"徽商对扬州的政治、经济、文化、社会风尚，均产生了全面而又深刻的影响。

明末清初是扬州盐商大发展时期，至乾隆年间大小盐商多至两百余家，已达到天下之富无出其右的程度。巨额的盐业资本对扬州城市经济的繁荣兴盛起了巨大的推动作用。盐业的兴盛带动了商业、手工业的发展，并大大改变了扬州城市面貌。为了奉迎清帝"南巡"，盐商们在康乾年间建成了塔湾行宫与天宁门行宫，并建有许多风景点，如"虹桥览胜""长堤春柳"等二十四景。扬州新、旧两城的许多街道也是由盐商公议修建的。其中徽商马曰琯独力修建了自广储门至便益门的街道，其余十四段由他商公修，同时修建的还有官井。徽商汪应庚修复了平山堂、杨灵寺，建五烈祠、万松岭。除此，盐商们还在城中宅畔建造富丽堂皇的园林。他们各出新意、争奇斗艳，正如孔尚任所描绘的那样：

> 名园十里斗繁华，咫尺仙源闭在家。
> 转入亭中千曲路，不知篱外几重花。

杭州以湖山胜，苏州以肆市胜，扬州则以园亭胜，三者鼎峙，不分轩轾。其时，扬州有名园数十余处，以城北最为集中。最著名的私家园林多位于瘦西湖两岸，如江春之净香园、程梦星之篠园、郑侠如之休园、马曰琯兄弟之小玲珑山馆等，皆为盐商招客聚会之所。

由于盐业的发展，促进和加强了扬州与外地之间的经济交往，盐商们用船只将盐运至湖广等地，又满载大米及其他货物而归。

盐商主要是徽商，对扬州地方文化事业的发展也起到了促进作用。徽商与山西、陕西商人最大的不同点是他们兼商人与士人身份于一身，即所谓"贾而儒"。这些富商大贾，一方面为了他们的享乐，另一方面也为了附庸风雅，于是不惜一切代价兴办文化事业。这一行为也得到了地方盐官的大力支持。如他们在自家的园亭馆舍延揽名士，结社吟诗，主持诗文之会；刊刻贮藏书籍；修建书院、学校；扶助贫穷文士；收买书画；提倡与支持戏曲事业；等等。因此在扬州这个地区，吸引了全国各地的许多文学家、艺术家。据清人李斗《扬州画舫录》大约统计，从清初至乾隆末，从各地来扬州的知名书画家连同本地的就有一百几十人之多，而"扬州八怪"则是其中之代表。他们或因功名不就，"以布衣雄世"；或退出官场，"两袖清风"；或出身清苦，终生不仕。皆一身二任，既是书画家，又是商人。但他们与一般商人不同，他们主要是靠自己创作的诗文书画来维持生活。

金农自题墨兰诗云："苦被春风勾引出，和葱和蒜卖街头。"

黄慎自题《渔妇图》轴云："换得城中盐菜米，其余沽酒出横塘。"

李鱓自题《菊花图》轴云："黄金碧玉徒争艳，卖与豪家佐酒卮。"

李方膺自题墨梅诗云："我是无田常乞米，借园终日卖梅花。"

郑板桥自题墨竹诗云："宦海归来两袖空，逢人卖竹画清风。"又题兰竹石图云："聊凭卖画佐朝餐。"

郑板桥晚年公开张贴书画价目表，即所谓"润格"或"笔榜"：

大幅六两。

中幅四两。

小幅二两。

书条、对联一两。

扇子、斗方五钱。

凡送礼物、食物，总不如白银为妙。公之所送，未必弟之所好也。送现银，心中则喜乐，书画皆佳。礼物既属纠缠，赊欠尤为赖账。年老神倦，亦不能陪诸君子作无益语言也。

画竹多于买竹钱，纸高六尺价三千；

任渠话旧论交接，只当秋风过耳边。

乾隆己卯，拙公和尚属书谢客。板桥郑燮。

"扬州八怪"在艺术上"不拘于法度""崭新于一时"，正是迎合了新兴的市民意识。他们在这种不受礼教约束的豪放不羁的商业都市生活，放下了"士"的架子，彻底改变了对商人的看法。他们敢于与商人交往，抬高了商人的地位；商人也极力为"八怪"捧场，收藏他们的作品，扩大了他们的知名度。"八怪"要维生，靠盐商；盐商要风雅，靠"八怪"。可以说，没有扬州盐商，也就没有"扬州八怪"，他们之间是一种鱼水般的关系。

盐商为"扬州八怪"衣食住行、书画活动提供了一切优越的条件。盐商之私家园林为"扬州八怪"下榻之所，使他们衣食住行有了基本保证。盐商们喜结社吟诗，凡延揽名士，总少不了"扬州八怪"成员的参与。他们还收藏大量图书、文物、字画，为"扬州八怪"学习、阅读、欣赏、研究带来了极大的方便，并赞助刻印"扬州八怪"诗文集。

"扬州八怪"则为盐商写字、作画、咏诗，为其鉴定文物书画，或以其文采才思服务于盐商。

三、何谓"扬州八怪"

一般多依清人李玉棻《瓯钵罗室书画过目考》中所说的八人：金农、高翔、汪士慎、黄慎、李鱓、李方膺、郑燮、罗聘。

以下出版的画集皆沿李说：

许莘农《扬州八家画集》（1959年，文物出版社版）

顾麟文《扬州八家史料》（1962年，上海人民美术出版社版）

柳声白《扬州八怪全集》（1979年，台北艺术图书公司版）

杨新《扬州八怪》（1981年，文物出版社版）

天津艺术博物馆编《扬州八家画选》（1982年，天津人民美术出版社版）

秦岭云《扬州八家丛话》（1986年，上海人民美术出版社版）

《扬州八家画集》（1995年，天津人民美术出版社版）

在李玉棻先后的其他著作所说与李说不完全一致的有：

清代汪鋆《扬州画苑录》说："怪以八名，如李复堂、啸村（李葂）之类。"

清代凌霞《天隐堂集·扬州八怪歌》列郑燮、金农、高凤翰、李鱓、李方膺、黄慎、边寿民、杨法八人（即去汪士慎、高翔、罗聘三人）。

清代葛嗣浵《爱日吟庐书画补录》列金农、郑燮、华嵒等。

陈师曾《中国绘画史》（1922年，上海石城书店版）列闵贞、李方膺、金农、罗聘、郑燮、汪士慎、黄慎、高翔、李鱓而成九人。潘天寿《中国绘画史》（1926年版）从此说。

黄宾虹《古画微》（1925年，商务印书馆版）：李方膺、汪士慎、高翔、边寿民、郑燮、李鱓、陈撰、罗聘。

郑午昌《中国画学全史》（1929 年，中华书局版）：金农、罗聘、郑燮、闵贞、汪士慎、高凤翰、黄慎、李鱓。

秦仲文《中国绘画学史》（1933 年，立达书局出版）：金农、李鱓、郑燮、罗聘、黄慎、李方膺、汪士慎、高翔。

俞剑华列举郑午昌、秦仲文、陈师曾著作中"八怪之名不甚一律"的叙述，在他的《中国绘画史》（1937 年，商务印书馆版）中写道：

"愚以为是诸人者，均曾树帜于维扬之画坛。当时虽有八怪之名，而其实人数不止于八人，并无固定之人名，后人遂不免稍有出入。今列其同者于前而列其异者于后。以其人均为当时之名家，而其画亦足以当怪之名而无愧也。所谓怪者乃其不同于'正统派'，以'正统派'之眼光观之则以为怪，以吾人之眼光观之，则只觉其清新可喜，毫无可怪之处。"

俞氏采取了"并存"说，于是"八怪"人数为金农、罗聘、郑燮、李鱓、汪士慎、李方膺、高翔、高凤翰、黄慎、闵贞十人。

20 世纪 80 年代，我们编辑《扬州八怪研究资料丛书》时，即是依据俞剑华先生"并存"说的精神，合各家所云"八怪"者而成十五人，即：俞先生综合的十家，加陈撰、华嵒、边寿民、李葂、杨法五家。但"扬州八怪"已成了历史名词，最早所指的"八怪"也实指"八家"，久已被大家习称，故仍采用之。而这十五人，是"并存"说的结果。因为各人所说的八家都未认真论证过，谁也不去否认他人所说正确与否。"扬州八怪"纪念馆十五家塑像，《扬州八怪研究资料丛书》所收十五人资料，江苏美术出版社 1985 年出版的《扬州八怪画集》收录的十五家作品，都是采取的"并存"说。

在"扬州八怪"生活的年代，并没有"扬州八怪"这一叫法。但在同时代人的评论中，已出现了以"怪"字来形容其艺术的，如蒋士铨《题郑板桥画兰送陈望亭太守》云："颓唐偃仰各有态，常人尽笑板桥怪。"到了清末，"扬州八怪"才为社会认可，但这种认可是一种贬称，即如讥讽人时称"丑八怪"一样，嘲笑他们画得奇奇怪怪、不合体统。最早提出批评的是汪鋆《扬州画苑录》："所措同时并举，另出偏师。怪以八名，如李复堂、啸村之类，画非一体。似苏、张之捭阖，侚徐、黄之遗规。率汰三笔五笔，复酱嫌粗；胡诌五言七言，打油自喜。

非无异趣，适赴歧途。示崭新于一时，史盛行乎百里。"

在汪鋆眼里，"扬州八怪"艺术不过是随随便便（率汰）画上"三笔五笔"，像"胡诌五言七言"的"打油诗"，只能将它作为盛酱的瓦罐而已。虽有些"异趣""示崭新于一时"，但只能"盛行乎百里"，不能代表画坛的主力军，只是走入歧途的"偏师"。

我们现在看"八怪"的画，与其说是怪，不如说在绘画上跳出了旧的窠臼，创造出新的艺术生命，这倒是他们的可贵之处。当时喊"八怪"是贬词，现在仍用"八怪"一词则是褒词。

"扬州八怪"都是在野的文人，生活上较困苦，对当时封建社会现实不满：有的是自命清高，不愿做官，如黄慎、汪士慎、高翔、陈撰、华嵒、罗聘、边寿民等；有的想做官而未果，如金农；有的做了小官，而遭谗罢官，甚至被诬入狱，如李鱓、李方膺、高凤翰；有的辞官不干，如郑板桥。他们的作品大胆地突破了"四王"摹古画风的束缚，在题材上，主要是宋元以来文人士大夫所喜欢的"四君子"、写意花鸟，此外还有写意山水、人物、肖像和漫画式的"鬼趣图"。他们运用诗、书、画、印的巧妙结合，来抒发思想感情，追求个性解放。他们主张学习传统，但反对泥古不化；强调师法造化，努力创新；主张自立门户，不与人同。

这都是与当时以"四王"为正宗的画风相悖的。"四王"画派在整理和研究绘画历史遗产，深入探讨传统绘画技法等方面做出了杰出贡献，许多创作能集古代各家之长并有创新之处；但就其总的倾向而言是偏于摹古的。他们祖述传统，"不语怪力乱神"，慨叹"画道衰熸，古法渐湮"，认为"摹古逼真""与古人同鼻孔出气""便是佳"，主张"集古人之长，尽趋笔端"，指出创新派"自出新意"的作品是"谬种流传"（王时敏《西庐画跋》）；认为学古人，能得"子久些子脚汗气，于此稍有发现乎"就很满足了（王原祁《麓台题画稿》）。用他们的这些标准来衡量"八怪"之作，当然被视为大逆不道，视为怪，斥之为"异端""歧途"了。

"扬州八怪"艺术在两百年前未得到社会充分的肯定。论其画价，当时十张"八怪"作品难换一张"四王"的画。到了民国年间，对"八怪"艺术的评论开始升温。从20世纪各种版本的中国美术史、绘画史可以看出这种趋向。20世纪末，对"扬州八怪"的评价达到了高峰。

"扬州八怪"的张扬个性、自立门户、商品意识，对中国近现代画史影响很大，是中国古代绘画史上最后一片灿烂的星群。它直接启示了近现代海派画家而衍化为中国现代绘画的主流面貌，成为其先驱者，其功不可没。

四、"扬州八怪"是否为画派

　　最早提出"扬州画派"这一名称，是20世纪50年代的事。1956年第2期《文史哲》发表了赵俪生《论清代中叶扬州画派中的异端特质》一文，文中并未对画派予以界定，遂将"扬州八怪"说成是一个画派。

　　1962年，江苏省美术馆与故宫博物院、南京博物院联合举办"清代扬州八怪绘画作品展览"，因所选作者十三家，与"八"字相悖，故当时一些学者提出改称"清代扬州画派"这一名称的主张。这在当时的概念是非常明确的，凡被列为"扬州八怪"的共十三位画家，统称其为"清代扬州画派"画家。俞剑华先生说："虽然'八怪'的名字并不十分一定，人数并不一定限于八个，但是它的含义比较明确，时代比较固定，画风比较一致，作为一个画派来讲，是比较适当的。""要是说，'扬州八怪'就只能有八个，现在有了十三个，我认为无妨叫'扬州八怪画派'，那样不仅十三个，就是一百三十个也没有问题。那样与'八怪'画风无关的人，时代先后相差太远的人，就都不能列入，那范围也比较明确得多，也与现在展出的作品实际情况相符合。"在这次展览的同时，还举办了学术讨论会，会上并就画派问题进行了讨论，会后由江苏美协分会编印了《关于清代扬州画派学术研究参考资料》。这次展览与学术讨论对后来影响很大。1980年扬州市文联成立了"清代扬州画派研究会"，其后陆续出版了《清代扬州画派研究集》七期。王伯敏《中国绘画史》（1982年，上海人民美术出版社版）云："据扬州人的说法，'八怪'就是奇奇怪怪，与'八'的数字关系不大。所以'扬州八怪'，八人也好，九人也好，就是十五人也好，反正是这些'怪'画家，或称之为'扬州画派'。"李亚如也持相同看法（见《试论"扬州八怪画派"的形成》，载《扬州师院学报》社科版，1983年第3期）。1985年台北艺图公司出版了林秀薇编著的《扬州画派》画册。20世纪末，天津人民美术出版社出版了大型画册《扬州画派书画全集》。

　　其实，"扬州八怪"多数是文人画家，他们之间有一定的交往，最多可以说是一个画家群体，并未形成一派。要说明这个问题，首先要弄清什么是画派。现结合中国画史上画派的形成谈一谈自己的看法。

绘画流派简称画派。所谓画派，是指在一定的历史发展阶段内，由一些思想认识、艺术见解、审美理想、艺术风格和创作方法等相同或相近的画家构成的结合体。

画派是绘画发展的产物。在绘画发展的初级阶段，是没有画派的，因为那时的绘画作品往往是人们集体的创作，还没有形成独立的画家及绘画思想，因此也就没有形成画家个人的艺术风格。南朝梁萧绎《山水松石格》所说的"格高而思逸"的"格"，即指风格。艺术风格是艺术家创作的独特标志，是艺术作品在内容与形式、思想与艺术的统一中所呈现出来的基本特色，也就是艺术家创作个性的外在表现。风格是流派产生的前提，没有画家的艺术风格，就谈不上什么绘画流派。"扬州八怪"能否与"扬州画派"画等号，即能否说成是一个画派，我的回答是否定的。理由如下：

其一，这十五家，除高翔、罗聘（祖籍安徽）、李鱓、郑燮是扬州地区人外，其他皆来自江苏各地或外省地区，如：黄慎、华喦福建人；金农、陈撰浙江人；汪士慎、李葂安徽人；李方膺南通人；高凤翰山东人；边寿民淮安人；杨法南京人；闵贞湖北人。

事实上，他们来扬州卖画之前，就有一定的名声，有各自的师承与创造，或奇致，或秀俊，或奔放，或古朴，或狂放，或清逸，或冷僻……十五人十五面。

其二，清代汪鋆《扬州画苑录》早就告诉我们："怪以八名，画非一体。"他们的画不是一个体格风貌，不属于一派。如果硬要将画派强加于他们头上，试问：谁是其开派者？有人说是石涛，恐证据不足，唯高翔与石涛为友，其他人除郑板桥、李鱓受点影响外，也很少见有学石涛者。

故将他们说成一派，是不妥当的。

五、《扬州八怪研究大系》的编辑出版

本丛书是在江苏美术出版社 20 世纪 80 年代出版的《扬州八怪研究资料丛书》基础上升级而成。原丛书的主要内容为收集、整理"八怪"的著作，从清代中期以来的史书、地方志、诗文总集和别集、书画题跋、诗话、印谱、笔记、类书中辑录有关"八怪"的原始资料；从"五四"以来的报纸杂志中选录有关"八怪"

的研究成果；编制"八怪"的年谱、国内收藏"八怪"书画的目录；选印"八怪"的书画作品、印章。此次大系的编辑工作，吸收了近30年来关于"八怪"的最新学术研究成果，精选了书画作品，补充了南京博物院等机构的藏品精华，并进行彩色印刷。

主要编辑方法如下：

（一）按照研究资料内容分门别类，编纂成册（每一门类，少则一册，多则三册）。为保持文献的原始面貌，按其主题尽量归入一个门类，必要时也可相互参阅另册，以便查检。

（二）每个门类，均按画家的生年排序，有些难以考证的，根据其生活时代推测而列。

（三）相同的资料，选其最早或最详的版本。

（四）所引"八怪"诗词文章，如有异字，仍作保留，以供校勘。

总之，凡是有关"八怪"家世、生平、交游、记述和考证，对其诗、书、画、印的评论和真伪考辨，均尽可能收录，新编成《扬州八怪研究大系》（十三卷）。《大系》通过对"扬州八怪"画理、画评、画法、画史、著录、题画、诗文、书法印章等多种方位、多种形式的研究，进而深化对中国古代绘画史、绘画理论、绘画文献的研究，中国传统物质文化研究，中国古代美学思想研究，乃至对中国古代文学、艺术思想史研究都有着重要的意义；同时对当代如何继承中国古代艺术思想、美学传统等，也有重要的传承价值。本项目获2018年度国家出版基金资助，并于2018年度增补入围国家"十三五"重点出版规划，也体现了"扬州八怪"因其在中国美术史上的重要地位，对其研究越来越受到重视。

需要说明的是："扬州八怪"的作品散落于世界各地，近年来的研究成果层出不穷。鉴于《大系》出版的规划体量，很多有价值的研究成果和文献终难全部收入。《扬州八怪研究大系》的出版，权作中华人民共和国成立七十周年之际，对"扬州八怪"研究的一次最新梳理。今后的工作，仍需美术史研究界同仁继续薪火相传。

周积寅

2019年5月

《扬州八怪研究大系》
序二

（一）

"扬州八怪"是 18 世纪中后叶以扬州为活动中心的画家群体，其绘画是中国传统艺术的底色之一，堪为中国的艺术符号，蕴含着中华民族文化的基因，成为中华民族文化的精神资源和理论资源之部分。

"扬州八怪"的艺术表明，中华文化有着灿烂的"过去完成时"，其艺术的独特性是中华民族文化的生命体现。这不仅是文化的历史逻辑，同样是文化的理论逻辑和实践逻辑。历史是现实的母体。历史告诉我们："扬州八怪"对后世乃至当代社会和艺术的影响可以说仍然无远弗届，不断透现出来。板桥的"衙斋卧听萧萧竹，疑是民间疾苦声"的名句，人们耳熟能详；板桥"画兰画竹画石，用以慰天下之劳人"的绘画，无疑是创作的正能量，自不待言。

"扬州八怪"独一无二的创作理念、智慧、气度和神韵，是中华艺术薪火相传的基石之一，增添了我们对中华民族艺术的自信和自豪，使我们更坚定地奔赴中华民族伟大复兴的目标，实施中华优秀传统文化传承工程，可谓正当其时、责无旁贷。

面对改革开放以来的新时代，《扬州八怪研究大系》的编辑出版，就是旨在传承优秀传统艺术，推动中华优秀传统文化创造性转化、创新性发展，为创造光耀时代、光耀世界的中华文化而做的一项具有资料性的基础性工作；是要把对"扬州八怪"资料的研究归入中国文化史的话语系统，完善中国艺术史的思想谱系结构。一言概之，就是要激发优秀文化遗产的潜能活力。

《扬州八怪研究大系》的选题得到了凤凰出版传媒集团的全力支持，彰显了国家的出版意志，故能高屋建瓴、统筹协调、形成合力、拓展完善，为广大读者提供比此前（20 世纪 80 年代）出版的《扬州八怪研究资料丛书》更为深入全面的资料，以作为构建中华优秀传统文化传承发展工程的一份贡献。

（二）

  "扬州八怪"是18世纪中下叶以扬州为活动中心的画家群体，并非一个有组织、有源流关系的画派。如汪鋆所说："惜同时并举，另出偏师，怪以八名，画非一体。"[①] "怪"是指他们的思想有不合当时社会时流的"怪"，如郑燮"放言高论，臧否人物，无所忌讳，坐是得狂名"[②]；也是指他们作品内容和形式特征在当时的"怪"，如郑燮"下笔别自成一家，书画不愿人常夸。颓唐偃仰各有态，常人尽笑板桥怪"[③]。这种言"狂"、画"怪"，不只是郑燮的个人表观，实际上是"扬州八怪"画家群体的思想和创作表征。从某种意义上讲，他们的"怪"，蕴含着进步的因素。而"怪以八名"，也非指定数八人，综合史料记载，主要有以下十数人。计有：李鱓（1686—1762），字宗扬，号复堂，又号懊道人，江苏兴化人；汪士慎（1686—约1762），字近人，号巢林，安徽休宁人；黄慎（1687—约1768），字恭懋，改字恭寿，号瘿瓢，福建宁化人；金农（1687—约1763），字寿门，号冬心，浙江杭州人；高翔（1688—1753），字凤冈，号西堂（一作西唐），江苏扬州人；郑燮（1693—1765），字克柔，号板桥，江苏兴化人；李方膺（1695—1755），字虬仲，号晴江，又号秋池，江苏南通人；罗聘（1733—1799），字遯夫，号两峰，祖籍安徽歙县；陈撰（1678—1758），字楞山，号玉几山人，浙江宁波人；华嵒（1682—1756），字秋岳，号新罗山人，福建上杭人；高凤翰（1683—1748），字西园，号南村、南阜山人，山东胶州人；边寿民（1684—1752），字颐公，号苇间居士，江苏淮安人；李葂（1691—1755），字啸村，安徽怀宁人；杨法（1696—约1762年后），字己军，江苏南京人；闵贞（1730—1788），字正斋，湖北武穴人。

  从上述主要成员的简略介绍中可以看出，真正属于扬州地区籍的仅有四人（按：历史上兴化曾属扬州地区）。其他均为扬州以外籍，或客居扬州，或来扬州从事绘画活动以卖画谋生。他们之间多有过从往来，或聚或散，在思想和艺术上虽有各种联系及共同特征，但画风不一，俨然不是一个流派，故"怪以八名"，

---

① 汪鋆《扬州画苑录》卷二。
② 李桓《国朝耆献类征初编》卷二百三十三：《郑燮》。
③ 蒋士铨《忠雅堂诗集》卷十八：《题郑板桥画兰送陈望亭太守》。

合称"扬州八怪"，不拟冠以"扬州画派"之名。

（三）

　　"扬州八怪"之所以崛起于扬州，显然有其地区经济和文化发达的深刻原因。扬州位于长江、淮河流域，兼有运河、江海的漕运交通便利。当时的扬州是两淮转运盐使的驻地，盐商群集，盐业极盛。漕运和盐业，使扬州具有了特殊地位，如李斗《扬州画舫录》卷六所云："故以广陵一城之地，天下无事，则鬻海为盐，使万民食其业，上输少府，以宽农亩之力，及川渠所转，百货通焉，利尽四海。"

　　扬州商业经济的繁荣，培育了一个以资本活动为特征的商品文化生态。财力雄厚的盐商欲改变"商"为"四民"（士、农、工、商）之末的地位，以"贾而好儒"向"以儒饰贾"转身，不惜重金打造园林、书院、戏曲、书画、诗文雅集等文化活动，出现了前所未有的以新的审美时尚为取向的文化新景象。李斗的《扬州画舫录》以丰富的史料描述了当时扬州盐商的经济与文化生态的表现，这里不一一缕述，只以盐商与书画家和文人名流结交的雅集活动遂可寻见真谛。

　　"八怪"中年龄最长的华嵒，与盐商汪玉枢和马氏兄弟（马曰琯、马曰璐）过从甚密，住在汪家的玉玲珑馆中，参加马氏兄弟主持的诗文活动，晚年还与汪玉枢结成儿女姻亲。最有盛名的郑板桥，曾因家贫躲债逃至焦山，遇见盐商马曰琯，得到其暗中送来的二百两银子，才得以解难。后来，又是江西来扬商人程羽宸资助板桥求学攻读，乃至成婚有家，"扫开寒雾""一洗穷愁"[①]。高凤翰从山东来扬州后，也与盐商马曰琯、汪廷璋等交好，度过了 10 多年卖字售画生涯，晚年返归故乡。汪士慎同马氏兄弟有着亲密友谊，在马氏小玲珑山馆和行庵参加文人书画家的酬唱活动。陈撰长期侨居扬州，寄食诸盐商富贾家。金农寓扬期间，与盐商徐赞侯、贺君召、江春等往来不断，依靠为商贾家写经、画佛、刻砚等谋生。黄慎往来扬州，尝寄居盐商的庄园，深感扬州的盐商富贾是一批开明的养士者，"相对每逢风雨夜，携衾抱枕即吾庐"[②]。

　　在盐商富贾举行的各种园林雅集活动中，"扬州八怪"的文人书画家，如郑燮、金农、李鱓、李葂、杨法等都应邀为之或作图记盛，或书匾题额，极大地满足了

---

① 郑板桥《怀程羽宸诗并序》。

② 黄慎《蛟湖诗钞》卷一。

盐商富贾追逐风雅的需要，遂使园林景观顿时增加了文化的含量和底蕴。

当时扬州的盐商富贾还以搜求名人书画和文物古董为尚，这是因为他们看到了其具有的艺术价值和经济价值，也是他们文化身份和社会地位的象征。但作伪的赝品时有出现，他们难免要买到假货。这时，他们正是在"八怪"书画家中找到了需要的鉴识家。如金农"精鉴赏，善别古书画"[1]，马氏所藏的《华山碑》宋拓本，就是经过他鉴别后而收藏的。陈撰也擅鉴赏，"来扬州初主銮江项氏，项氏彝鼎图书之富甲天下，征君矜鉴赏，去取不苟"[2]。像这样的鉴识之举，也正是"扬州八怪"书画家与扬州盐商结交而做出的贡献。

扬州盐商也喜好同当时来扬的文士名流和诗文大家结交，"招名士以自重，互相唱酬，其门如市，顾相与揽环结佩"，"一时文酒，称为极盛"[3]。如：全祖望来扬州皆寓马曰琯小玲珑山馆，患病时，马曰琯"出千金为之励医师"[4]；朱彝尊归过扬州，"著《经义考》，马秋玉为之刊于扬州"[5]；戴震"往来邗上，为文酒之会"[6]；等等。

总之，扬州的盐商富贾在与"扬州八怪"和文士名流的结交活动中践行着"以儒饰贾"的文化转身，有力地推动了扬州书画诗文创作的繁盛。可以说，没有扬州盐商经济文化的生态环境，就难有"扬州八怪"绘画文化气象的出现。

（四）

"扬州八怪"诸家虽然籍贯出身、家境背景、经历际遇等不尽相同，他们的绘画思想和创作却有着许多共同的特征。择其荦荦大端者，主要有以下三方面。

其一，强烈的绘画商品意识。所谓意识，一开始就是社会的产物，是人脑对客观世界的反映。意识活动本身是一种有目的、有能动性的活动。当绘画成为扬州盐商富贾需要的商品时，"扬州八怪"画家意识到自己的绘画已然成为交换而生产的劳动产品，他们的绘画商品意识增强了。此前，虽然书画"以言价"早已

---

[1] 李斗《扬州画舫录》卷十四。

[2] 李斗《扬州画舫录》卷十五。

[3] 伍崇曜《沙河逸老小稿跋》。

[4] 李斗《扬州画舫录》卷四。

[5] 李斗《扬州画舫录》卷十。

[6] 李斗《扬州画舫录》卷十。

有之，唐代就有"手揣卷轴，口定贵贱，不惜泉货，要藏箧笥"①的记述，但那毕竟只是内府的购藏，而不是近现代"商品"概念下的买卖。及至明代，随着城市资本主义的萌芽，绘画市场已成雏形，但以书画交易为内容的市场商业形式还缺乏普遍性和丰富性，书画家并不占有市场交易的主导地位。清中叶后，"扬州八怪"走向绘画市场，却有着自觉的意识，并以积极的姿态主动地推销自己的书画产品。其中一个典型标志就是郑板桥公开的"书画价格"告示："大幅六两，中幅四两，小幅二两。书条、对联一两。扇子、斗方五钱。凡送礼物、食物，总不如白银为妙。公之所送，未必弟之所好也。送现银则中心喜乐，书画皆佳。礼物既属纠缠，赊欠尤为赖账。年老神倦，亦不能陪诸君子作无益语言也。"②这表明，在清代中叶，书画创作不再是为生产者自娱消费，而是为交换而进行的产品生产。因此，它已然具有了商品经济下的商品资本特征，亦即书画以商品形式存在的资本特征。这种商品的资本性极大地刺激和作用于"八怪"等画家头脑中的绘画商品意识，使他们敢于投身到扬州盐商经济的大潮中，以书画生产与盐商富贾构成商品经济的密切联系。这正如马克思所阐释的："人的思维是否具有客观的真理性，这并不是一个理论的问题，而是一个实践的问题。人应该在实践中证明自己思维的真理性，即自己思维的现实性和力量。"③

其二，绘画的新雅俗观。这是与上面的绘画思想特征相联系的。正是有了强烈的绘画商品意识，"八怪"往来扬州，以卖画为生，就必然出现对书画的雅和俗的重新思考与认识。如郑燮云："写字作画是雅事，亦是俗事。大丈夫不能立功天地，字养生民，而以区区笔墨供人玩好，非俗事而何？东坡居士刻刻以天地万物为心，以其余闲作枯木竹石，无害也。若王摩诘、赵子昂，辈不过唐、宋间两画师耳！试看其平生诗文，可曾一句道着民间痛痒？"④在板桥看来，书画有"雅"和"俗"两个层面，关键是如何认识。"立功天地，字养生民"，诚然是高雅之事，"道着民间痛痒"而受老百姓喜欢的书画虽俗尤好。对"官罢囊空两袖寒，聊凭卖画

---

① 张彦远《历代名画记》卷二。
② 山东潍坊市博物馆藏石刻拓文。
③ 《马克思恩格斯选集》第一卷，人民出版社，1966年版，第16页。
④ 《郑板桥集》：《潍县署中与舍弟第五书》。

佐朝餐"①的板桥而言，摆脱绘画"以自娱"而满足大众的通俗化需求和市场的需要，是其必然的选择，是改变他对书画雅俗观认识的重要原因。在他眼中，"夫技艺只分高下，不别雅俗"；意即绘画的"技艺"有高下之分，而绘画的"雅俗"并没有高下之分。

对于一生不仕的文人画家金农来说，其书画走向市场，就像是"和葱和蒜卖街头"②，并不讳言绘画面向普通百姓的"俗"。他明确表示："同是蒜，也有雅俗之分焉。"③意思是：即使是画给普通百姓看的通俗画，也有技艺水平的高（"雅"）与下（"俗"）之分，不能马虎对待。

黄慎的人物画多是下层社会小人物的生活情态写照，所画渔夫（妇）、乞儿、贫僧等，是"惟写真易谐俗，遂专为之"④。"谐俗"是黄慎创作的主要追求，是其绘画雅俗观的鲜明告白。正是这种"谐俗"，使他往来扬州而赢得了卖画市场。

李鱓绘画雅俗观的变化，也是他"途穷卖画"以后，逐渐体悟到必须改变传统的雅俗观，要有"雅"与"俗"二者的兼顾，不可背弃大众对绘画通俗的需求。

李方膺在往来扬州之际，也不禁发出"扬州风雅如何逊""画家不解随时俗"⑤的感喟，引发他对绘画创作雅与俗的思考。他认为自己应当走"挥毫落纸墨痕新""家家门巷尽成春"⑥的通俗化之路。他在所作《竹石图》（现藏北京故宫博物院）挂轴上题诗说："老天愁煞人间俗，吩咐清风托画师。"意指他要将老天曾愁煞的人间俗、雅之理用画笔表现出来，以"俗"领异标新而不失"雅"，可谓"扬州八怪"从文人画的唯"雅"是趋，改向"雅中有俗"和"俗中有雅"方向发展的共同追求。

其三，诗、书、画、印的创作结合。宋至元明，已出现画与诗、书一体的格局。泊乎有清一代，将诗、书、画、印有机结合而趋于成熟，则是"扬州八怪"做出的特别贡献。"八怪"能诗，且多有诗集。如郑燮有《板桥集》、高凤翰有《南

---

① 《郑板桥集》：《兰竹图》轴自题诗。
② 金农《双钩兰花图》扇页题记。
③ 金农《水仙图》册页自题。此画藏天津市文物管理处。
④ 王步青《题黄山人画册》。
⑤ 李方膺《梅花》册页题诗，现藏南通博物苑。
⑥ 李方膺《墨梅图》挂轴题诗，现藏南通博物苑。

阜山人诗集》、金农有《冬心集》、汪士慎有《巢林集》、黄慎有《蛟湖诗钞》、李鱓有《浮沤馆集》、李方膺有《梅花楼诗草》、高翔有《西唐集》、边寿民有《苇间老人题画诗集》、李葂有《啸村近体诗选》、陈撰有《绣铗集》、罗聘有《香叶草堂诗存》。他们工书法，如郑燮的"六分半书"、金农的漆书，别开生面。黄慎的草书自有特色。汪士慎和高翔均善八分书。高凤翰以左手书章草。杨法以草书法写篆书，创简体篆字等。"八怪"诸家书法皆各显特色。基于此，"八怪"题诗于画，借以补充画意，寄寓自己的情感。"八怪"以书法入画，尤其是以金石笔法入画，俨然拓开了雄浑奇崛的绘画风貌。如金农的隶体漆书乃独创，富有金石趣味，其绘画用笔均透现出"古隶"的生拙之气，散发出古拙的画风。黄慎以行书笔法画小写意画，用草书笔法作大写意画，画风由书风而来。汪士慎明言道："从来画法本书法，曲折淋漓在心手。"① 板桥进一步说："要知画法通书法，兰竹如同草隶然。"② 以书法入画法，使绘画入神通妙。如蒋士铨所论："板桥作字如写兰，波磔奇古形翩翻；板桥写兰如作字，秀叶疏花见姿致。"③ 堪为对板桥书画互通互融的抉髓之评。

"八怪"因多能治印，故又能将金石艺术融入绘画。如郑燮亦擅篆刻，"印章笔力朴古，逼近文（彭）、何（震）"④。金农精治印，融金石于绘画，尝谓："予今年画梅，暇兼事石刻，悟其篆法刀法，宜似沈叟画松，双管齐下也。"⑤ 郑燮、金农和汪士慎与当时常往来于扬州的浙派篆刻艺术的开创者丁敬（1695—1765）多有交往，向他请益篆刻艺事。高凤翰亦尤善印篆，与郑燮、高翔、汪士慎等多有刻印交流。这些已然表明："八怪"诸家融"印"于画的艺术追求和自觉意识，遂使诗、书、画、印的结合进入绘画创作的新境界，成为"扬州八怪"重要的创作特征。

（五）

"扬州八怪"在绘画艺术上各自体现出的创作特征和艺术，追求是鲜明不同

---

① 《巢林集》卷五：《西唐先生画山水歌》。
② 《郑板桥集》：《兰竹图》轴题诗。
③《忠雅堂诗集》卷十八：《题郑板桥画兰送陈望亭太守》。
④ 秦祖永《桐阴论画》下卷：《郑燮》。
⑤ 秦祖永辑《金农印跋》：《百二砚田富翁》。

的。"八怪"中名气最大的板桥，"专画兰竹，五十余年，不画他物"①，皆因"兰有幽芳，竹有劲节，德相似也"②。板桥把兰竹的品格视为自己的品格，将兰竹的人格化作为哲学理念而成为其作品思想的深邃所在，使其作品在"扬州八怪"中最有鲜明艺术风貌而受到广泛赞誉。

华嵒在"八怪"中年龄最长，雍正十年（1732）寄寓扬州卖画。他"善人物、山水、花鸟、草虫，皆能脱去时习而追古法，不求妍媚，诚为近日空谷之音"③。如其所作《天山积雪图》（现藏北京故宫博物院），画天山耸立，白雪皑皑，山下一人身着红色大氅，手牵骆驼，色彩绚丽夺目，与冷峻的天山白雪形成强烈对比。尤其是对天山的表现，仅用中锋勾出山形轮廓，简绘为一个上窄下宽的几何图形，犹如一块巨壁，构思大胆新颖，确是脱去时习，标新立异，为其山水人物画的杰作。他的花鸟画《绶带栖枝图》（现藏北京故宫博物院），画面简洁，清淡透逸，虽学恽寿平的"没骨法"，却与恽寿平的工致、明丽不尽相同。正如其所说："但能用我法，孰与古人量。"④

金农是"八怪"中绘画题材较为广泛的画家。他有《画竹题记》《画梅题记》《画马题记》《画佛题记》《自写真题记》《杂画题记》等，也画人物、山水，皆有建树。他画竹，是因为竹"虚心高节，久而不改其操，竹之美德也"⑤，与板桥画竹的价值取向相同。但他画竹又别有立意，笔下的墨竹往往"无萧洒之姿，有憔悴之状"⑥。在墨竹的表现上，以碑刻笔意入画，枝叶古拙自然，有金石之美。他说："予之竹与诗，皆不求同于人也。同乎人，则有瓦砾在后之讥。"⑦可见其虽与板桥一样画竹，然画风并不相同。再如金农画马，多有"悲凉老马忆桑干"⑧的情感寄托，使他笔下的马多了一份社会责任的担当，已然成为他作品创作的自

---

① 《郑板桥集》：《靳秋田索画》。

② 板桥题画《兰竹石图》轴。

③ 张庚《国朝画征续录》。

④ 华嵒《离垢集》卷一。

⑤ 《冬心先生画竹题记》。

⑥ 《冬心先生画竹题记》。

⑦ 《冬心先生画竹题记》。

⑧ 《冬心先生画马题记》。

觉追求，"展其遗墨，另有一种奇古之气，出人意表"，"真大家笔墨也"①。

边寿民以画芦雁著称于世，因其"善画芦雁，人呼边雁"②。他自述"自度前身是鸿雁，悲秋又爱绘秋声"③。他用泼墨法画芦雁，格外有滋润的水墨情趣。如《黄芦白雁图轴》（现藏南京博物院），那横竖数撇的芦苇，墨色浓淡有致，自然洒脱；施以泼墨的雁身，露出片片白羽；淡赭的足蹼，生发出芦雁灵动的姿态。画上题诗曰，"瑟瑟黄芦响，嘹嘹白雁鸣。老夫住苇屋，对景写秋声"，道出了他之所以能画活芦雁栖息、飞鸣、食宿、游水等生存状态的原因：观察自然，对景写生。他强调指出："我画鸿雁求粉本，苇间老屋日开门。"④学习传统经验加上真切的生活体悟，使苇间老人获得了创作芦雁题材绘画的生动笔墨语言，在"八怪"中独树画雁一帜。

黄慎与金农同庚，与华嵒同省籍，以画人物为最。其人物画多从民间生活中取材，如渔翁、渔妇、乞丐、贫僧、寒士等，笔墨简括，形神俱足，尽现出他们的生活情态和形象特征。从笔墨技巧来看，黄慎从表现对象出发，按照需要而灵活地运用各种描法，以书法入画，可谓其人物画法之变源出于书法之变。如钱湄寿所评："不以规矩非其病，不受束缚乃其性。……取法疑偏实则正，目之为怪大不敬。"⑤高度称赞黄慎绘画的独创精神。近代齐白石也说："获观《黄瘿瓢画册》，始知余画犹过于形似，无超然之趣。决定从今大变。"⑥足见黄慎绘画之个性特征。

李鱓的绘画早年从山水入手，有明秀苍雄之貌。后画花鸟，板桥谓复堂之画"初入都一变"，指由山水改画花鸟；"再入都又一变，变而愈上"⑦，画风由工笔向粗笔转变。作于雍正五年（1727）的《土墙蝶花图》（现藏南京博物院），用笔豪纵粗犷，墨色滋润厚重，画上题诗记述"援笔写之"的"逸兴"，确是"纵横驰骋，不拘绳墨，而多得天趣，颇擅胜场"⑧，破格脱俗，自辟画风畦径。

---

① 秦祖永《桐阴论画》。

② 侯嘉璠《苇间老人传》。

③ 边寿民《苇间老人题画集》。

④ 边寿民《芦雁图》题诗，此画藏扬州文物商店。

⑤ 钱湄寿《潜研堂集》卷六：《题黄瘿瓢慎山水障子》。

⑥ 齐白石《老萍诗草》。

⑦ 郑板桥《李鱓花卉蔬果》册页，此画藏四川博物院。

⑧ 张庚《国朝画征录》。

高凤翰的花卉和山水，早年亦工，秀劲雅淡。后右手病痹，改左手运笔，转向奇崛拙厚。如《梅石图轴》（现藏镇江博物馆），画一株古梅，老干苍劲，花朵点点，迎雪而开。画上题诗寄托了他不畏病痹、老而弥坚的精神。《古木寒鸦图》（现藏山东博物馆），状写依石横出的古木虬枝、寒鸦盘空的萧瑟景致，用笔苍劲，有奇崛逸宕之美。如张庚所评："其画山水，纵逸不拘于法，以气胜。"①其创作特征可见一斑。

汪士慎的绘画以画四时花卉为主，尤擅画梅。其笔下梅花，多以浓墨画枝干，粗枝横出，湿润苍劲，再以墨笔圈梅，繁花满枝。与高翔、金农画梅相比较，"巢林画繁枝，千花万蕊，管领冷香"，"高西唐画疏枝"，而金农"居然不疏不繁之间"②。三人在表现方法上各具特征。

李方膺作为花卉画家，尤长于画梅。他说"予性爱梅"，眼中所见"日月星辰，梅也；山河川岳，亦梅也。硕德宏才，梅也；歌童舞女，亦梅也。触于目而运于心，借笔借墨……苦心于斯三十年矣"③。可见其爱梅之心一斑，其精神与梅融合为一，已进入"天人合一"的境界。在他看来，"庭前老树是吾师"，画梅应自出机杼，"画家门户终须立"④。他笔下的梅花，笔墨变化多样，"蟠塞妖矫，于古法未有"⑤。此外，李方膺也善画人物，尤爱画钟馗。现藏浙江省博物馆的《风雨钟馗图》，画风雨中的钟馗腰系钱袋，打伞而行，巡视人间，体察民生艰苦。袁枚赞称"晴江有士气，能史术，岸然露圭角"⑥，别具一格。诚是。

罗聘是金农晚年弟子，世谓"两峰画人物、山水、花草、梅竹，无不臻妙"⑦，而特色独具。先看他的人物画，所作《丁敬像》，对丁敬脖颈的拉长，犹似"鹤颈"的夸张表现，恰如袁枚对此画所评："古报龙泓像（按：丁敬号龙泓居士），描来影欲飞。看碑伸鹤颈，挂杖坐苔矶。世外隐君子，人间大布衣。"⑧揭示出

---

① 张庚《国朝画征录》。
② 《冬心先生画梅题记》。
③ 李方膺题《梅花图》手卷，现藏南通博物苑。
④ 李方膺题《梅花》诗句，现藏日本东京国立博物馆。
⑤ 蒋宝龄《墨林今话》卷一。
⑥ 袁枚《小仓山房文集》卷五：《李晴江墓志铭》。
⑦ 蒋宝龄《墨林今话》卷四。
⑧ 袁枚《小仓山房诗集》卷二十七。

罗聘人物画写意传神的独到妙处。罗聘的山水画，如《山水人物册页》之四（现藏美国弗利尔美术馆），画一峰耸立天际，呈三角之形，水墨淋漓，似云烟笼罩。画的左下题："云来绵世界，云合一峰独。"俨然是十足的现代创作意识，可谓大胆独造！在花卉方面，罗聘亦擅梅竹。他性喜梅花，"甘抱梅花死"，"生平所得力，全在梅花枝"①。他画梅的特点如洪亮吉所评："两峰画梅如植戟。"②意指他画梅的用笔犹如"戟"那样的奇拙。罗聘画鬼之作，是其用游戏笔法，抨击社会恶势力，以惊世骇俗。袁枚《题两峰鬼趣图》诗云："见君画鬼图，方知鬼如许。得此趣者谁，其惟吾与汝。"③友人张问陶更加了解罗聘，直言道："罗生醉眼发灵光，视见人间群鬼斗"；"纱帽无光袍笏冷，鬼中画出官人影"；"坐看鬼戏神扬扬，大鬼如猿小鬼鼠"④。深刻揭示出罗聘《鬼趣图册》所蕴含的社会意义和思想价值。罗聘在"八怪"诸家中也是"怪"而有加、胆敢独造、不同凡响的了。

（六）

综上可见，"扬州八怪"的绘画艺术资源极其丰厚，是一份珍贵的文化遗产，全面系统地将其整理、出版，功莫大焉。

这里应说明的是：这套《扬州八怪研究大系》是在 20 世纪 80 年代江苏美术出版社出版的《扬州八怪研究资料丛书》的基础上，经现江苏凤凰美术出版社认真研究，多次讨论，听取各方意见，组织力量，梳理分类，确定了各册纲目而倾力完成的。

这套《扬州八怪研究大系》较之此前的《扬州八怪研究资料丛书》，首先在编选站立的当下时代思想高度上，有明显的提升。斯如前文第一节所述，不赘。其次，编选的当下条件更为完善，诸如电子版资料的搜索、贮存和利用，是前所未能的。再次，制版、印刷的现代化，遂使《大系》的成书出版更臻完美。

概而言之，这套《大系》资料的主要内容，不仅提供了"扬州八怪"的主要创作资源，也提供了那个时代中国经济、文化和思想的理论资源。《大系》既收集、

---

① 法式善《存素堂诗初集录存》卷八。
② 洪亮吉《卷施阁传》卷十七。
③ 袁枚《小仓山房诗集》卷二十七。
④ 张问陶《船山诗草》卷十。

整理"八怪"的文字著作，还收录"八怪"的绘画、书法、印章作品；既辑录诗文总集等著作中有关"八怪"的原始资料，还选收近现代有关"八怪"的考辨等著述；既有"八怪"的诗文集、题画录、书画年表，还有"八怪"的年谱、现存书画目录等。资料完备，准确可用。

许祖良

2019 年 1 月

《扬州八怪诗文集》
前言

研究"扬州八怪",他们的诗文集无疑是重要的和必需的资料。然而,其中除郑板桥和金冬心的部分诗文曾有排印本和影印本行世外,其他各家诗文集多藏之"秘阁",世人罕见,海内外研究"扬州八怪"的学者每以为憾事。现将整理校点的这套《扬州八怪诗文集》分集出版,以资海内外研究家研究之需。

"扬州八怪"是哪"八怪",历来说法不一,集各家之说,可得十五人。据目前所查,其中十三家有诗文集,除了李鱓的《浮沤馆集》和高翔的《西唐诗钞》已不可见外,尚有十一家有诗文集遗世,余者或有诗而无集。

以前研究家介绍"扬州八怪"时,多数不提及他们的著作,偶有提及者,多不确切,且无一全面者。大型辞书《辞海》算是最严肃的书了,其中提到汪士慎有《巢林诗集》、黄慎有《蛟湖诗草》、郑板桥有《板桥全集》、高凤翰有《南阜山人全集》等等,其实皆不确切(详见本集)。又提到金农有《冬心先生集》、罗聘有《香叶草堂集》;其实,金农有集十一以上,罗聘也非止一集。我们这次皆以各家较早的版本为据,以其他可靠版本互校。

《扬州八怪诗文集》刊印了边寿民的《苇间老人题画集》、汪士慎的《巢林集》七卷、郑燮的《板桥集》、李葂的《啸村近体诗选》三卷、黄慎的《蛟湖诗钞》四卷、《黄慎集外诗文》及金农、罗聘二家的全部诗文集。金农是"扬州八怪"中遗世诗文集最多的一家。

(一)《苇间老人题画集》

边寿民撰,罗振玉等辑,不分卷。清光绪二十五年(1899)邱氏容书楼刻,1921年冒广生编入《楚州丛书》第一集。

(二)《巢林集》

汪士慎撰,七卷。清乾隆九年(1744)马氏玲珑山馆刻,道光十三年

（1833）金楷用原版重印。

（三）《板桥集》

郑燮撰。郑燮生前将《诗钞》《词钞》《小唱》（《道情》）、《家书》陆续付梓；卒后，其友人靳畬，编印《题画》，装订四册，无总的书名。后有将四册并为二册者，始冠以《板桥集》之称。又有清晖书屋、酉山堂、善成堂、玉书楼等翻刻本。其《诗钞》，除原刻初印本外，原刻后印本、翻刻本有撤页、铲版情况。其《道情》，为《乐府小令》《拜梅山房几上书》转载，黄理《黄氏随笔》附录。其《题画》，为管廷芬辑《花近楼丛书》、冯兆年辑《翠琅玕馆丛书》第四集，华韵轩刊《巾箱小品》、何藻辑《古今文艺丛书》第一集、黄任恒重辑《翠琅玕馆丛书》子部、保粹堂印《艺术丛书·画学》、黄肇沂辑《芋园丛书》子部、邓实辑《美术丛书》第四集第二辑转载。

（四）《啸村近体诗选》

李葂撰，三卷。乾隆二十一年（1756）卢氏雅雨堂刻。

（五）《蛟湖诗钞》

黄慎撰，四卷。初刻于清乾隆二十八年（1763），1913年、1923年、1931年雷寿彭等三次用铅字排印。刻本今已难见。这次用三个铅字本和山东师范大学所藏旧抄本，进行点校。铅字本与抄本文字歧异时，选择其可从者；铅字本与抄本均误时，据黄慎墨迹，参考有关资料，进行校勘，不改原书，而于校记中说明，供读者参考利用。今后如能发现刻本，当于再版时订正。

（六）《黄慎集外诗文》

从墨迹、有关资料中抄录黄慎诗、文、对联等，进行编排。原件有标题者，一仍其旧；无标题者，代为拟定。原件署明年代者，置于前；未署年代者，置于后。每篇之末，注明来源出处。黄慎题画，除自撰诗文外，也有可能采用别人的诗，需要仔细识别。如读者发现错收时，请予指出，当于再版时删除。

（七）《冬心先生集》四卷

根据集前"雍正十一年十月钱塘金农自序"可知成书的时间，又据自序的内容可知，在此之前，他曾有诗集刊印行世，雍正十一年（1733）又"发愤将旧稿删削编香，都为四卷，写一净本，付之镂木"。这就是现在所能见到的《冬心先生集》四卷。金农"自序"中还说："冬心先生者，予丙申病江上，寒宵怀人，不寐申旦，遂取崔辅国'寂寥抱冬心'之语以自号，今以氏其集云。"可见这是他第一次以冬心为集名。

又据集中每卷末尾的篆书所署"雍正癸丑十月开雕于广陵般若庵"可知，此集于金农手编的同年十月开始雕刻刊印。

《冬心先生集》中诗系编年排列，集中诗始于康熙五十五年（1716），止于雍正十一年（1733），这本诗集是冬心的重要著作。

我们这次校勘所用的《冬心先生集》底本是南京图书馆所藏的雍正刻本。集前有"扬州八怪"之一的高翔所画的"冬心先生四十七岁小像"一幅。背面有"蒲州刘仲益题"辞云："尧之外臣汉逸民，著簪韦带不讳贫，疏髯高颡全天真，半生舟楫蹄与轮，诗名到处传千春。"

至清同治光绪年间，钱塘丁氏"当归草堂"刊本之《西泠五布衣遗著》中，又收录了金农的《冬心先生集》。这个刻本很好，几乎没有错误。五布衣为吴颖芳、丁敬、金农、魏之琇、奚冈，皆杭州人。我们初校和复校时所参考的"当归草堂"本《西泠五布衣遗著》是扬州图书馆古籍部所藏，南京图书馆古籍部也有。

（八）《冬心先生续集》一卷

雍正十一年之后，金农所作之诗，则由其弟子罗聘收编，集为《冬心先生续集》，初刻于乾隆三十八年（1773），其时金农已逝。清同治光绪间，"当归草堂"本《西泠五布衣遗著》中将此集收录，重刻于《冬心先生集》之后。尔后，便没有再版过。

集前有金农的"自序"，述其自幼学诗经历及乾隆元年（1736）被荐赴博学鸿词科的事实，末署"予编纂续集上下卷成。因抒往事，述之简端，乾隆十七年（1752）岁次壬申二月十日雪中、钱塘金吉金撰"。可知此集亦为金农生前手编，原为上、下卷，罗聘编刊时，不分卷。罗聘的跋中亦云"厘为一卷，仍其原序"，末署"乾隆三十八年十二月十六日，门人罗聘谨题于津门客舍"。跋中还说："癸未秋，先生没于扬州佛舍。"癸未秋是1763年，比时下认定金农卒于1764年、1760年、1762年有差误，当以罗聘所记为准。

因《当归草堂丛书》刻本更加完整清晰，故据为底本，参以乾隆三十八年刻本互校。

（九）《冬心集拾遗》一卷

原刊于"当归草堂丛书"本《西泠五布衣遗著》中。清光绪六年（1880）八月福州刊本，今据以点校，其中有诗六十八首、序二篇、书一通、表一首、象赞一首、题跋九则。按，《拾遗》中有重复诗一首，又有《杂画题记》一百三十四条，和冬心另一集《冬心先生杂画题记》所载部分重复，本集中皆删除。又，编次与原目有误，为保持原貌，仍之，读者自加注意。

（十）《冬心先生画竹、梅、马、佛、自写真题记》

亦载"当归草堂丛书"本之《西泠五布衣遗著》中。刊载这五个《题记》的本子很多，有冯兆年辑《翠琅玕馆丛书》第一集《冬心画题记》、黄任恒辑《翠琅玕馆丛书》子部《冬心画题记》。此外，还有《花近楼丛书》《巾箱小品》《古今文艺丛书》第五集、《艺术丛书·画学·冬心题画》《芋园丛书·子部·冬心画题记》《美术丛书》初集第三辑等等，另有《小石山房丛书》第十二册还收入《冬心先生画竹题记》，《画竹题记》后有"金陵佘纶仿宋录写，江氏鹤亭古梅庵藏版"字样。顾名思义，这些是冬心画竹、画梅、画马、画佛和自写真的题记集，本来是五个集子。本书以"当归草堂丛书"本之《西泠五布衣遗著》为底本，参以《美术丛书》及《小石山房丛书》本之《冬心画竹题记》等互校。

《画竹题记》乃是冬心自辑，集前有冬心自序云："冬心先生逾六十，始学画竹……宅东西种修篁约千万计，先生即以为师。"又云："无日不为此君写照也。画竹之多，不在彭城，而在广陵矣。每画毕，必有题记……编次成集，江君鹤亭，见而叹赏不置，命僎人抄录付剞劂氏。"末署"乾隆上章敦牂九月九日钱塘金农自序"。

《画佛题记》前亦有自序云："三年之久，遂成画佛题记一卷计二十七篇……广陵执业门人罗聘，为予编次之，惧吾八十衰翁，恐后失传，乃请吾友杭董蒲太史序予文，并列藏《朱草诗林》。"末署"乾隆二十七年岁在壬午七月七日，前荐举博学鸿词杭郡金农漫述"。

按，《美术丛书》本中于《冬心画佛题记》后增加一则题记曰"补遗"，余皆仍之。

其他几部分皆无自序。

（十一）《冬心先生杂画题记》

此集是继《冬心画竹、梅、马、佛、自写真题记》之后的题记集。其第一篇相当于自序，其中谈到以前"三载中得题记画竹诗文五十八篇，为广陵江鹤亭镂版行世。近复画竹不倦"云云，可见是江氏镂版之后的杂记辑。内容是金农画竹、画蕉、画荷以及画人物杂画上的题记。原刊"当归草堂"本之《西泠五布衣遗著》，《美术丛书》第三集第一辑亦收录，二丛书均谓"据归安凌霞所藏钞本"刊入。今以前者为底本，参以后者互校。

（十二）《冬心先生杂画题记补遗》一卷

顾名思义，是前本的"补遗"。此卷仅载于《美术丛书》第三集第一辑，据辑者谓，乃"据真迹山水人物册"补录。

（十三）《冬心先生三体诗》一卷

集前有金农用"杭郡金吉金"之名写的序，云"乾隆壬申初春，春雪盈天……检理三体诗九十九首"乃是金农生前亲手所编。所谓三体诗，是一首中有五、六、七言三体，其中七言是绝句。载于"当归草堂"本《西泠五布衣遗著》之《冬心先生集·续集·拾遗》之后。同治十三年（1874）顾湘辑《小石山房丛书》第十二册中也刊有这卷《冬心先生三体诗》。今据"当归"本点校。

（十四）《冬心先生随笔》一卷

卷前有金农自序，末署"乾隆三年十一月十六日，钱塘金农手"。但当时并未刻印，从卷后魏锡曾的跋语可知，金农的这卷随笔，真迹曾藏萧山丁文蔚家，又复为摹本，二本魏锡曾皆见过。光绪四年（1878），魏锡曾从摹本录出，又根据他所见过的真迹加以校正，付闽工吴玉桂缮刊，为《当归草堂丛书》本之一。今据以点校。

（十五）《冬心先生自度曲》一卷

前有"乾隆二十五年二月朔日七十四翁金农在龙梭仙馆书"的序，序中自云："昔贤填词，倚声按谱……予之所作，自为己律。"即所谓"自度曲"也。又云："家有明童数辈，宛转皆擅歌喉，能弹三弦四弦，又解吹中管，每一曲成，遂付之官商，哀丝脆竹，未尝乖于五音而不合度也。"可见金农家颇富足，并不像很多论者所说的其家很穷。

其集据金农自序云："广陵诗弟子项均、罗聘、杨爵各出橐金，请予开。"光绪六年（1880）又被收录入"当归草堂"本《西泠五布衣遗著》中，今据以点校。

（十六）《冬心斋砚铭》卷

此卷乃金农收藏的砚铭之集，卷前有冬心自序，末署"雍正十一年岁在癸丑嘉平望日，钱塘金农自序"。是卷和《冬心先生集》皆冬心同时手编，也同时刻印，卷末皆有"吴郡邓弘文仿宋本学画录写"之语，其刻书风格也完全一样。1979年，上海古籍出版社影印《冬心先生集》时，也将此卷从北京图书馆借出，一并影印附后。"当归草堂"本《西泠五布衣遗著》也将此卷列入《冬心杂著》之中。此外，清人管庭芳辑《花近楼丛书》稿本，将此卷列入《冬心杂记》六卷之中。又，民国二年（1913）至四年，由何藻所辑、上海广益书局排印的《古今文艺丛书》，也将此卷录入第一集中。

今以北京图书馆所藏影印本为底本，参以其他本互校。

（十七）《金农印跋》

原为梁溪秦祖永所辑《七家印跋》中之一，七家为：丁敬、金农、郑燮、黄易、奚冈、蒋仁、陈鸿寿。今人黄宾虹、邓实依"稿本"刊入《美术丛书》第二集第三辑第三、四册。《金农印跋》为金农治印的印跋集，有的很长，内容也很丰富。清末魏稼孙对《七家印跋》颇有微词，然考其原文多有出处，且广为研究家们所征用，姑以《美术丛书》本录出并标点。

附注：金农的很多题跋、题记等，原无题目，此次整理时亦不欲妄加题目，故无可作详细目录。

（十八）《香叶草堂诗存》

初版刻于嘉庆元年（1796），其后，初刻版子归罗聘之孙罗小砚藏，小砚后来又将此版移至金楷（竹篠，罗家亲戚）处。清道光十四年（1834），金楷又用嘉庆版并加跋语，再次刊印。1918年，上海聚珍仿宋印书局又据嘉庆元年本排版重加勘印，然错谬甚多。但聚珍本前增印了风雨楼藏本的《两峰先生像》和蒋子延本的《两峰道人像》各一幅，颇具气韵。

此次整理，以道光年所用嘉庆版重印的本子为底本，参阅其他本互校。

（十九）《白下集》（一名《白门集》）

原为手稿。乾隆四十六年（1781）秋冬季，罗聘客金陵时所作，共三十一首，后为金楷所藏，前题"扬州罗聘两峰氏稿"，黑格稿本，九行二十字，通七叶。收藏印有"金氏竹""懒云草堂藏本"，"懒云草堂"乃金楷的藏书室名。据鉴定家鉴定，皆真。此稿现为现代藏书家黄裳所藏。黄裳序云："写手精雅，当在乾隆中。"

集后附黄苗子录自罗聘手稿的《怀古诗》十首、《怀人诗》二十一首。其中有的诗为罗聘《香叶草堂诗存》中所无，大部分诗可见于《香叶草堂诗存》，然文字略有不同。

这次以黄裳所藏手稿点校。

（二十）《正信录》（一名《我信录》）

罗聘信佛，这本书是他于乾隆五十六年（1791）在北京琉璃厂的寓所里写成的，专谈和佛教内容有关的天堂、地狱、轮回、报应之类内容。他在自序中说："人信信言，我信信心，因果心会，无不信也。儒也、佛也，同此信也。一而二，二而一也。"书分上下两卷。据考察，《正信录》初刻于乾隆末年，前有翁方纲"乾隆五十九年十二月十九日"的序。我们这次整理时，却未能找到乾隆的刻本。宣统元年（1909）又有怀麐园刊本，书名为《我信录》。民国二十年（1931）辛未又有潮阳郭氏校刊本，名曰《正信录》。《正信录》中内容略多于《我信录》，目录和内容中的个别文字也略有差异，但基本内容还是相同的。《我信录》卷首又云："据罗两峰先生原藕校刻。"两个刊本前皆有翁方纲写的序。翁方纲是清代著名学者，和罗聘同年生，他为罗聘这本书写的序必收入其文集中。查翁氏《复初斋集外文》，果收此序，名为"正信录序"，故本书名取《正信录》。

郭氏刊本《正信录》后附有《罗两峰先生事略》，系录自蒋宝龄的《墨林今话》，本拟删去，但考虑保持原书风貌，仍予保留。

本册以《正信录》本为底本，以《我信录》本互校。

点校的方法，主要是：

（一）以较佳的一种版本为底本，底本中如有错字、缺字或明显不当之处，参以其他刻本或墨迹进行校补；有些通假字，保留了原貌。

倘仅有一种刻本，则以标点为主。如有缺字、错字，尽可能以墨迹校补；如无可参阅，仅在校记中说明。

原书皆不改动。

校记置于每篇诗文之后。

（二）各集原为竖排、繁体字，今统改为横排、简体字。清代刻书，异体、篆体、变体、不规范字体甚多，凡可辨认，尽可能改为通行字。因不涉词义，故不出校。少数难以辨认者，仍保留原貌。

（三）原书凡提到帝王或尊亲之人等，多抬头或空格，一律改正。避讳字，在校记中说明。

（四）诗文总集、别集、选集以及画学书籍中所载"扬州八怪"诗、文，与本集之标题、内容有歧义者，一般不作校勘。请读者参阅《扬州八怪研究大系》其他分册。

（五）标点以"。""，""《》""、"为主，其他标点也酌情使用。

（六）原集目录太简，整理点校时皆重编详细目录，置于集首。原书目录仍予保留，以见原貌。

陈传席

《扬州八怪诗文集》再版序

一

这本《扬州八怪诗文集》最早出版于1985年，由我主编，作为当时江苏美术出版社重点项目《扬州八怪研究资料丛书》中的一部分。30多年过去了，犹记当年春节前后，我跑到扬州图书馆和博物馆等地，对着初校的稿子和古籍原本一一复校，艰辛而又充实。那时候，我研究生刚毕业，在南京师范大学跟随中文系的几位著名教授学到的古籍校勘学知识，全都用上了。孟子说"君子有三乐"，还应该加上"校勘古籍"之乐，谓之"四乐"才对。

现在，这套书又要再版，而我已垂垂老矣，原不想再写新序了；但看到很多有关文章，还是30多年前的老观点，新的研究并没有吸收，各种认识也没有进步，似乎这套资料集对研究"扬州八怪"并没有起到作用，实际并不如此。

首先，"八怪"的"八"字，从来都是一个数字，"八怪"即八位画家。但20世纪80年代初，有人说"八"字是扬州方言（实是土话），是丑怪的意思，说一个人"八"，或言其怪，或言其神经不正常。"八怪"即"丑八怪"的意思，并不是八个人。此说一出，直至今日，无不坚信不疑。但实际上并不如此，现在必须加以厘清。

笔者曾在扬州生活居住几年，"八怪"确有骂人、贬人之意。"丑八怪"不仅是扬州方言，也基本上算是全国的方言。但"八怪"之前，一般都加一个"丑"字，扬州人也有骂人是"八怪样子"。但即在扬州，稍有修养或高雅人士中，这种话也很少有人讲。汪鋆说的"怪以八名"，不可能是这个意思。一是汪鋆在论述一个严肃的问题，不可能引用当地很少有人用的骂人话，进入正规的学术著作中。这是不严肃的，也是不雅的。二是扬州文人甚多，各类著述亦多，还没有发现第二例以骂人话"八"字进入著述中。20世纪80年代，江苏美术出版社委托丛书主编找一些学者查阅清代和"扬州八怪"相关的资料，也没有发现第二例"骂人话""八"字进入资料中的。汪鋆"怪以八名"，如果是骂人的话，或贬损人的话，只能是孤例。"孤证"是做学问的大忌，是不能成立的。从汪鋆的很多文章来看，他也不可能用扬州地方的土语入文，何况"怪以八名"即"怪有八个人"，语句也通。如果"怪以八名"是"怪有八怪名"，语句上也半通不通。汪鋆是大学者，参与《续纂扬州府志》的撰写，绝不会用这种半通不通的文字写作。

再从汪鋆《扬州画苑录》中这段话来看——

> 尝试论之，昔吾扬以画名著久矣，自国朝以来，代不乏人。若论工力与遭际，清痴（王云）不下于石谷。学问与笔趣，（管）幼孚可近似南田……别有清湘（石涛）恣肆……司农嗟其难及，耕烟题为知言，斯固吾扬奇正之精英，康乾艺林之领袖者焉。
>
> 所惜同时并举，另出偏师，怪以八名，如李复堂、啸村之类，画非一体。似苏、张之掉阖，俪徐、黄之遗规。率汰三笔五笔，覆酱嫌粗；胡诌五言七言，打油自喜。非无异趣，适赴歧途。幸来闽叟（新罗山人）力挽颓波……

汪鋆这里列举了在扬州的很多画家，王云、管幼孚、方士庶、石涛等都是"奇正"之有成就的正师。但同时并举的，还有"偏师"的"怪以八名"。如果说"八"字是怪的意思，前面已说其"怪"，怎么会以"八"名呢？这等于说"怪以怪名"，这是不通的。而且他还解释"如李复堂、啸村之类"，李复堂、啸村固是"八怪"中二人，其余六人当在"之类"当中（当然，"之类"也可以包括更多近似李复堂、啸村的画家）。更重要的是接着便说"画非一体"，正因为"八名"是八个人，才能"画非一体"，即各人有各人的体。如果"怪以八名"是"丑八怪"的意思，这"画非一体"又怎么接上去呢？前面说王云等人"奇正"的成就，接着说这同时并举的八人是"偏师"，是八个怪画家，正在情理当中。

此外，汪鋆对"怪以八名"并没有解释，说明"八怪"这种说法，当时在扬州已普遍存在，为人所知了。

事实上，"八怪"是八个画家，早已在扬州流传，而汪鋆不过是根据事实加以陈述而已。汪鋆之后的学者，也认可"八怪"是八个画家。如果"怪以八名"是"丑八怪"的意思，和汪鋆同时和稍后的学者岂能不知？

二

时至今日，研究"扬州八怪"的学者仍然认为汪鋆是第一个提出"八怪"的说法。事实上，汪鋆只说"怪以八名"，并没有明确提出"八怪"的名称。而史料证明，在汪鋆之前，汪鋆的朋友就明确地提出了"八怪"和"扬州八怪"。

2004年，我的学生王汉在硕士论文选题上向我询问。王汉是扬州人，我就叫他研究"扬州八怪"，彻底弄清"扬州八怪"中的一些问题。几经讨论，定名为《汪鋆和"怪以八名"》。

据王汉的研究，杨铎比汪鋆早5年多就明确提及"八怪"和"扬州八怪"。杨铎有《自题临罗两峰画兰石》诗：

> 两峰道人画兰石，挥毫往往惊座客……
>
> （按：当中省去八句）
>
> 道人闭户守砚田，错被人呼为八怪。
>
> （作者小注：两峰，乾嘉时为"扬州八怪"之一）

"八怪"和"扬州八怪"的名称都已有了，而且"被人呼为八怪""乾嘉时为'扬州八怪'之一"，说明在杨铎之前，已有"八怪"和"扬州八怪"的提法。杨铎也是根据前人的说法加以陈述而已。"'扬州八怪'之一"说明"八怪"是八个人，罗聘是其中之一。这真是铁证如山。

据王汉考察，杨铎的《自题临罗两峰画兰石》一诗写于1878年，收入他的《盐渎唱和诗草》中，1878年也是《盐渎唱和诗草》的落成时间。而汪鋆的"怪以八名"一条见于他的《扬州画苑录》中，成于1884年。杨铎的"八怪"和"扬州八怪"说早于汪鋆5年多。而在杨铎之前的画家文人中则流行更早。汪鋆是杨铎的好朋友，两人经常一起讨论书画诗词且多有唱和，关系是很好的；"八怪"

和"扬州八怪"的说法,他不可能不知道。他的"怪以八名"就是针对杨铎和当时流行的说法而论述的。

和汪鋆同时而稍后的凌霞在《天隐堂集》中录有《扬州八怪歌》,其中明确列出郑板桥、金农、高凤翰、李鱓、李方膺、黄慎、边寿民、杨法八人。

李玉棻《瓯钵罗室书画过目考》也明确列出"罗聘……与李方膺、李鱓、金农、黄慎、郑燮、高翔、汪士慎为扬州八怪,就地论画,间有侨寓者。"

如果"怪以八名"不是八个人,而是"丑八怪",当时的学者岂能不知?

再后的学者如葛嗣浵、陈衡恪、黄宾虹等也都明确列出了"扬州八怪"的八个人姓名及擅长。

三

王汉继续研究,发现比汪鋆提出的"怪以八名"早55年就有"扬州八怪"的记载。沈鑅彪编撰的《续修云林寺志》中记述品莲月禅师时云:

> 品莲月禅师,号藕船。江南扬州府江都县徐氏子,一十八岁出家,年满二十岁来云林求戒……时与笔墨交者,惟扬州八怪之一吴贯之名唯者是也……

后来出版的《新续高僧传四集》中也有品莲月禅师的传记,也提到"扬州吴贯之,号称八怪,名擅一时"。该书"引用书目"中有"杭州云林寺续志",显然材料出自沈鑅彪的《续修云林寺志》。云林寺即今杭州灵隐寺,曾毁于大火,后重建。道光八年(1828),寺僧提出续修云林寺志,聘请沈鑅彪修撰。一年后寺志修成,沈氏记"道光九年(1829)岁次己丑八月"。故"扬州八怪"的说法至迟也在1829年出现,何况1829年前,此说已经流传甚久。

寺志中说:"扬州八怪之一吴贯之名唯者",也说明"八怪"是八个人。如果是"丑八怪",也不会有"之一"。

当然,这个"吴唯,字贯之"的画家也值得研究。

要之:第一,当代学者一致认定,"扬州八怪"的说法最早起于汪鋆的《扬州画苑录》是错误的。就我的学生王汉的考定,比汪鋆早55年,就有了明确的

"扬州八怪"的记载。和汪鋆同时而早5年多的杨铎也有明确的"八怪"和"扬州八怪"的提法。

第二，"八怪""扬州八怪"就是八个人。在汪鋆之前的50多年来一直如此，汪鋆也必然知道。那么，他的"怪以八名"仍然是"怪画家有八个人"的意思。是哪八个人，说法不一；但近40多年来，几乎所有学者都认定"八"字不是数字，而是扬州土话贬损人的"丑八怪"的意思，是错误的，完全不可取的。

如是看来，我们的《扬州八怪诗文集》如果要变成《扬州八怪诗文全集》，还有很多工作要做。我愿与诸位共同努力。

但愿我们这次再版的《扬州八怪诗文集》能为更深入地研究"扬州八怪"提供可靠的资料。

期待本诗文集点校者将新地址告知江苏凤凰美术出版社总编办公室（025-68155687），以便沟通联系。

陈传席
2021年10月于中国人民大学

苇间老人题画集

[清] 边寿民 著

胡 蔚 点校

目 录

诗

题跋

苇间老人传

侯嘉璠[1]　夷门

先生边氏，原名维祺，字颐公，又字寿民，以字行。家淮阴旧城之梁陂桥。善画芦雁，人呼"边雁"。雍正间，先生自江汉还，与余并客君山下，得余诗，亢声歌之，声如凤凰。还淳方朴山桼如，金沙王墙东汝骧，序其文，曲尽其妙，今之文有能如先生之清且远乎。人非有道不能文，画理亦然。当海天空阔，月色澄明，有孤雁横自云中，声嘹亮欲贴天去。先生睨之曰："是弋人何慕耶。"世庙在潜邸时，有其画四幅，先生不以此时图功名，而甘老于马藻凫翳之乡，此岂无得于中者而然欤。先生少贫困，以授徒为业，中年名满天下，征画者日众，以其资构屋于蒹葭秋水之间以自适，买田一区于东郭七里塘以自给，烟云供养，以养其寿，年虽老而神明不衰，岂偶然也哉。作寿民先生传。

【校】

① "侯嘉璠"下，邱氏容书楼刻本有"夷门"二字。

弄箧记

顾栋高

山阳边寿民，以文名，兼精于画，四方之求之者，踵相接也，而其家不能存一纸。年六十，置一箧，缄其口而窍之，有佳者辄入其中，名曰"弄箧"。同人竞为诗，而乞锡山顾子弁其首。余曰："边子计误矣。不观庄子之言胠箧乎？有大盗者负之而趋，惟恐边子弄之不多也。昔楚王亡乌嗥之弓，左右请求之，王曰：'楚人亡之，楚人得之，又何求焉？'孔子曰：'惜未大也，何不曰人亡之而人得之？'呜呼，庄、孔同一道也，且边子以技名天下，将焉所取乎？料不能取诸宫中云霞之变幻，烟水之迷漫。边子吸其灵气，揎袖攘臂，变现笔端，咫尺千里，而顾私诸一箧，囚拘缧索，将撄造物之怒，蛟龙将攫取之，不止人间劫盗而已。边子宜取诸天地，还诸天地。以大地作粉本，以蘧庐为府藏，而又乌用弄为？曹将军画马，不得少陵作诗，文与可画竹，不得坡公作记，岂能至今存乎？视边子之计孰多？"时水南老人在坐，怒拂几骂曰："甚矣，顾子之狡狯也已。实欲得之，而复为大言以欺边子，又妄拟古人，请罚大觥。"顾子欣然就饮，谢曰："吾意实有是，又涉僭妄，罪无辞。虽然，吾言不可废也。"坐客皆大笑，遂书之以为记。

山阳边寿民颐公撰　如皋冒广生疚斋刊

诗

芦雁

凉月白芦花，疏星夜耿耿。篷窗人未眠，掠过孤飞影。

急雨打枯荷，冻风欺败苇。嗟彼稻粱田，滞穗能有几？

皑皑沙洲碛，芦丛压更多。莫磋寒太酷，塞北又如何？

鹅鸭争稻粱，雁兮尔应耻。奋翮上青霄，江天净如此。

飞以云为乡，宿以芦为宅。不与矰缴人，何处寻踪迹。

征鸿唳云际，残荻拂江流。尺幅无多大，能容天地秋。

瑟瑟黄芦响，嘹嘹白雁鸣。老夫住苇屋，对景写秋声。

倦羽息寒渚，饥肠啄野田。稻粱留不住，老翅破苍烟。

四海都无矰缴，江湖秋色堪夸。不须打更奴子，忘机卧稳平沙。

迢递关山计客程，湘云湘水动离情。夜深且傍芦花宿，三十六湾秋月明。

板桥一曲水通村，岸阔沙平绿有痕。我画雁鸿求粉本，苇间老屋日开门。

三三两两傍芦花，风湛寒江月净沙。多少孤舟未归客，十分秋思在天涯。

芦叶芦根雪未消，楚江烟冷水迢迢。渚禽沙鸟无踪迹，空有征鸿自暮朝。

鸭嘴滩头几曲沙，栖鸿安稳似归家。愁佗风雪无遮护，多写洲前芦荻花。

孤飞随意向天涯，却傍江湖觅浅沙。恐有渔舟邻近岸，几回不敢宿芦花。

不羡湘江菰米肥，寒沙折苇暂相依。一声嘹亮贴天去，下土弋人空杀机。

涯曲潮平沙渚横，风吹落叶动深更。连天几阵惊飞去，笑汝芦中不解鸣。

于陵于陆羽缤纷，岂逐菰蒲野鹜群。昨夜西风看矫翮，一行冲破碧天云。

秋风白雁下黄芦，要作无人看处图。廿载江湖边塞客，于今衰病息菰蒲。

江村稻熟水平沙，塞雁南归万里家。一夜西风吹不断，雪天月白卧芦花。

一行斜逐楚天云，嘹唳寒烟动夕曛。风急不知洲近远，荻花声里各为群。

有人征画自携钱，宿食飞鸣要画全。老我孤踪少俦侣，只图只影落秋烟。

秃毫扫苇乱髯松，互渚回沙墨淡浓。犹恐雁嫌秋冷落，胭脂滴滴点芙蓉。

是风是雪即蒙松，折苇寒波复几重。慧业才人颇知否，雪泥鸿爪暂留踪。

带将秋影过湘潭，风景关河应早谙。只道随阳已得地，那知冰雪满江南。

相伴芦花与荻花，水云深处便为家。不知人世求安宅，乐土何曾异泛槎。

未寒举族便南征，月冷沙平秋气清。记得洞庭人静夜，孤舟泊处两三声。

碧天云淡蓼花疏，一片秋光满太湖。随意好寻栖止处，莫惊风起夜衔芦。

黄芦飒飒白沙平，一片秋声引雁声。记得去年江上路，孤舟夜半听分明。

写来食宿与飞鸣，枫叶芦花称旅情。自度前身是鸿雁，悲秋又爱绘秋声。

一年两地平分住，南北征途不肯休。我是南人画南雁，潇湘一段水云秋。

不受人间握粟呼，横空渺渺下平芜。影留静渚踪难系，书破高云字欲无。河朔草深多羽箭，江南水浅足菱芦。凭君问讯盟鸥侣，卧隐寒塘十里湖。

墨梅

冰雪江城十万枝，开花看到落花时。西泠处士仙家种，南国佳人绝代姿。日出照残银玛瑙，风高吹破玉琉璃。年年纸帐寒香里，管领襄阳一段诗。

水晶帘子照疏林，碎剪鲛绡结碧阴。一叶不留逢晏岁，百花已过见冰心。村前香醉云岩蝶，陇上魂消月夜砧。有客横琴弹古调，曲终无语闭门深。

何劳傅粉与施朱，地老天荒骨自殊。幽意未曾逢屈子，芳魂应不嫁林逋。瑶仙果遇香犹在，玉女来时体欲无。梦绕清溪三百曲，满天风雪一人孤。

冰肌玉骨绝纤尘，天上何年谪太真。半落半开二分月，向南向北两边春。钟残角断情无着，水碧山寒淡有神。欲折一枝香满袖，不知持赠与何人？

不入繁华瘦可怜，孤根多寄水云边。残于铁笛初吹后，香在春风未到先。一幅横斜江上画，几丛缟袂月中仙。明朝欲访戴安道，载得山阴雪满船。

妙香零落古扬州，楚客招魂忆旧游。好月不来还寂寞，先生相对亦风流。一双白鹭飞银海，十斛明珠堕玉楼。酒熟醉依花小睡，千枝万朵化成愁。

拂水横岩玉一层，萧然人意冷如冰。轻云缥缈娇无力，细雨迷离瘦不胜。月落影随归岭杖，风残香送过江僧。此君信是多情者，黄四娘家种未曾？

昏黄疏影卧莓苔，脉脉无言笑几回。小驿孤城游子别，断桥流水故人来。平分清味与饥鹤，暗长芳心入酒杯。绕屋玲珑三十树，不知第一是谁开？

锄开明月地原宽，泣尽鲛人泪满盘。香欲断时千树碧，色当空处十分寒。夜窗客忆江南好，春瘴猿啼岭表残。几世清修才得此，散为冰雪缀林端。

驴背吟成香在衣，清魂飘荡浑无依。雪消寒谷数枝堕，云断空山一片飞。隔水人家霜冷淡，过桥酒舍雾霏微。他时应解将军渴，梅叶青青梅子肥。

瓶菊

黄花初放酒新香，篱落萧疏兴味长。不管门前有风雨，先生烂醉过重阳。

插花都道秋花好，瓶菊能支十日妍。谁道墨仙仙笔底，精神留得一千年。

巨瓶不问是何窑，口阔中宏气自豪。折得菊花随手插，高斋此况最风骚。

几株雪白几株黄，分取篱边带晚霜。老去看花图自在，盆栽瓶插过重阳。

玉瓶雅称菊枝斜，画与真花颇不差。持去卖钱偿酒价，不知秋色落谁家？

篱菊

一尺美人腰，凭栏多窈窕。君看高士花，篱上悬秋晓。

酒菊

英英丽草，禀气灵和，春茂翠叶，秋耀金华，布濩高原，蔓衍陵阿，扬芬吐馥，载芳载葩，爱拾爱采，佐之醇酒，御于王公，以介眉寿。

菽粟瓶罂贮满家，天教将醉作生涯。不知新酒堪筥未？今岁重阳有菊花。

荷

堕叶一枝秋，凉风四五里。吹落红莲衣，余香犹在水。

插花最是插荷难，花绽枝疏叶易干。争似画来粘素壁，六郎颜色四时看。

乱拨松煤兴太狂，荷花荷叶满池塘。停毫欲向骚人间，还是花香是墨香。

一池墨汁孕仙胎，荷叶荷花历乱开。若识糊涂真面目，清香早向鼻尖来。

白荷

花中君子却相宜，不染纤尘白玉姿。最爱闻香初过雨，晚凉池馆月来时。

残荷

红香堕尽已秋声，残叶孤房意更清。为问多情周茂叔，可来沙嘴一闲行。

甲午重阳后五日病余题蝥菊

卧病恹恹日损神，不知门外已秋深。谁家稚子持黄菊，贻我床头一瓮金。

霜蝥此际膏应满，况我东邻是酒家。不是病中无意绪，肯教辜负者瓶花。

芍药

半开瓶芍药，带露折名园。折简动离思，忘形助戏言。吟边春齿颊，捧过艳庭轩。早起添新水，无风叶自翻。

墨芍药

墨池飞出将离花，毫端扫尽胭脂色。三月江南春雨空，一枝剪取遗幽客。

一枝初向洛桥分，漠漠春山淡淡云。恰似汉宫新赐浴，风前试着墨丝裙。

蛤蜊

酒醒柴门江月寒，星星灯火照沙滩。笑他张翰秋风后，不作莼鲈一例看。

莲

南人家水曲，种藕亦良谋。落得好花看，秋来子亦收。

四季平安图

特大瓶边四季鱼，戏拈谑语一胡卢。何须更种平安竹，春夏秋冬看此图。

香橼

块垒难平却耐看，洞庭嘉种落霜寒。幽香总带峥嵘气，不比累累橘柚酸。

双稻穗贯双鲇鱼

双鲇穗贯何为者，要作年年顺遂看。颂祝有怀将不得，无声诗里报平安。

鳜鱼

春涨江南杨柳湾，鳜鱼拨剌绿波间。不知可是湘江种，也带湘妃泪竹斑。

蛤菌

老屋苇间洗酒铛，盘飧不用费庖丁。只须山菌兼花蛤，便作诗人骨董羹。

榴

记得端阳在画楼，蜀葵蒲艾与忘忧。别来风雨惟侬好，皓齿明眸映晚秋。

绣球

谁言天孙巧，未若春风奇。团团霏玉屑，缀上最高枝。

钟馗

应候榴花绽晓风，得时颜色倍鲜浓。先生大有逢人意，也把青衫换浅红。

词

十六字令　雪鸿

鸿，冰雪沙洲耐晚风。爪痕在，健翮已腾空。

采桑子　芦雁

平生雅爱随阳鸟，二月春风，八月秋风，塞北江南一路通。

画图写出潇湘景，沙屿芦丛，水蓼芙蓉，身在朝烟暮霭中。

好事近　四季平安图

颂祷郁情私，聊借谕糜申意，画个古瓶安稳，又双双花鳟。

谐声会意要人猜，好似春灯谜。慧业才人知否？是新年祥瑞。

前调　茶壶茶瓶

石鼎煮名泉，一缕回廊烟细，绝爱嫩香轻碧，是头纲风味。

素瓷浅盏紫泥壶，亦复当人意，聊淬辩锋词锷，濯诗魂书气。

前调　雁

接翼向南飞，飞到荻花洲宿，两岸芙蓉点点，爱浅红轻绿。

有菰米处即为家，何用稻粱足，明日又乘风去，任江南江北。

前调　雁

结伴好随阳，翔集总无时节，生计稻粱菰米，更披霜冲雪。

吹来风定荻芦间，絮白同明月，千里水天一色，看高低明灭。

沙塞子　雁

闲窗蘸墨貌秋鸿，和赭石沙屿芦丛。添几点芙蓉水蓼，浅红深红。　一生踪迹与渠同，描写处凄惋无穷。看此幅荒江断雁，一片秋风。

水调歌头　雁

秋水一何碧，芦叶弄晴霜。玉关奋起双翼，几日到潇湘。不恋沉云菰米，不与栖鸡争食，天际任翱翔。偶爱芙蓉渚，栖息水云乡。　论踪迹，看情性，不寻常。鲰生结茅，苇际相狎不相妨。摹写飞鸣食宿，点染汀沙浦渚，挥洒笑颠狂。老拙无他技，笔墨擅微长。

洞仙歌　雁

蓼花滩畔，讵相连荷渚。嘹唳天边似人语。怕玉关冷落，一意随阳，应认得、岁岁年年旧路。　水云明又灭，此际菰米沉沉，禁谁取随分可疗饥。暮雨朝烟芦苇岸，好停双羽，却不解伊多少离愁意，咽咽声声，恁般凄楚。

贺新郎　女史恽冰画菊

三径秋如许，是香闺、弄粉调脂，精心摹取。宛似春风斗芳艳，小白嫣红姹紫。更翠叶、罗罗堪数。妙手徐熙工没骨，算国朝只有南田比，承家学，又才女。　　鲰生写菊平生喜。每狂来揎袖挥毫，渝糜满纸。颠倒欹斜篱落下，一味傲霜而已。论秀媚、停匀输此。老圃秋容图便面，料韩公，怀袖清气起，谱词阕，颂君美。

玉楼春　雪雁

一群阳鸟环相向，四野同云雪漭瀁。平沙漠漠尽琼田，远岸茫茫皆玉障。　　芦花都作琪花放，清极翻成富丽象，幕天席地任飞眠，宜傲他销金宝帐。

浪淘沙　雁

塞草日茫茫，塞月荒荒，关河冷落客途长。都说江南烟水好，且自随阳。　　菰米足潇湘，芦荻苍苍，于焉饮啄忽飞翔。排向碧天书几字，如此秋光。

柳梢青　雁

水落寒沙，携来俦侣，相伴芦花。塞北风霜，江南烟水，到处为家。　　行行字字欹斜，声断候呜呜暮笳。匹马秋风，孤舟夜雨，人在天涯。

百字令　藕

华池深浅，趁湘妃布袜，暗寻根节。惊起鸳鸯眠稳处，玉枕一双轻撇。洗出凝脂，堆陈碧碗，讶认冰蚕啮，秋来多恨，泪珠滴透香骨。　　正是露饱蕉衫，酒醒荷叶，细嚼玲珑雪。记向尊前偷冷眼，纤手戏招窥月，惯弄娇憨，湘衣未褪，故涩萧郎舌。粉香新碾，一瓯紫玉香屑。

长亭怨慢　雁

弹指初寒时序。结伴随阳，几多辛苦。湘浦烟深，衡阳沙远，且延伫。回汀枉渚，便认作、家乡住，荻尾响秋风，知菰米、稻粱何处？　　问予廿年落拓，地北天南羁旅。挥毫状物，也只算、自抒心绪。况苇间、雁汉门迎，正粉本、当前无数。写不了相思，又把新词填谱。

【校】

此词与《长亭怨慢》定格不合，上下阕首句均缺一字。《南画大成》卷六《边寿民芦雁》题有此词。现将全词录下，以见异同：

又弹指、初寒时序。结伴随阳，几多辛苦。湘浦烟深，衡阳沙远，且延伫。回汀枉渚，便认作、家乡住，荻尾响秋风，知菰米、稻粱何处？　　同予、念生平落拓，地北天南羁旅。挥毫状物，也只算、自抒心绪。况苇屋、雁汉门迎，正粉本、当前无数。写不了相思，白石新词填谱。

醉太平　雁

长亭短亭，山程水程。南归倦翮须停，卧沙洲不惊。三更四更，风清月明，芦花夹里舟行，傍篷窗数声。

前调

垂垂暮天，湾湾暗川。飞来红蓼滩前，在芦花那边。渔灯未燃，江村寂然，一声叫破寒烟，伴沙鸥早眠。

凤凰台上忆吹箫　将营苇间书屋作，附

城畔荒原，宅边余地，周遭一望蒹葭。似芙蓉江上，浅渚平沙。此地尽堪茆屋，门开处、斜对渔家。垂杨里，几畦菊圃，半截篱笆。　　嗟嗟、赵囊空矣，徒年年虚

愿，担搁烟霞。笑半生鸠拙，技止涂鸦。纵是诛茆插竹，也凭仗数笔芦花。点染过，三春将尽，十丈溪沙。

满江红　苇间书屋，附

万里归来，就宅畔、诛茆结屋。柴扉外、沙明水碧。荇青蒲绿，安稳不愁风浪险，寂寥却喜烟云足，更三城、宛转一舟通，人来熟。　　泉水冽，手堪掬，瓮酒美，巾堪漉。只有情有韵，无拘无束，壮志已随流水去，旷怀不与浮云逐。笑吾庐、气味似僧寮，享清福。

望江南　苇间好，附

苇间好，明浦豁西窗。两岸荇芦侵阔水，半天紫绿挂斜阳，新月到回廊。

苇间好，最好是新晴。寺后菜畦春雨足，城头帆影夕阳明，人傍女墙行。

苇间好，难得在城闉。烟火万家阛阓密，荻芦一带鸟鱼亲，却似近情人。

苇间好，郊外一舟通。帆影阁前春水绿，莲花街上夕阳红，人在画图中。

苇间好，时节爱清明。隔岸妇姑挑野菜，靠城儿女放风筝，满耳是蒲声。

苇间好，清事几多忙。古画购来须鉴定，新词填就要商量，隔水盼蓉庄。

苇间好，重五好嬉游。蒲艾青青萦槛外，葵榴灿灿出墙头，如在木兰舟。

苇间好，初夏最关情。浅水半篙荷叶出，深芦一带水禽鸣，雨后杂蛙声。

苇间好，亭构水中央。卧柳天然成略彴，垂枝低亚障斜阳，暑月尽乘凉。

苇间好，生意总堪夸。阶下雨分书带草，墙阴秋艳海棠花，扁豆结篱笆。

苇间好，薄暮曲栏凭。邻寺声声听佛号，隔滩闪闪见渔灯，水际乱飞萤。

苇间好，重九雨霏霏。古寺客穿红叶出，小舟人载菊花归，酒熟蟹螯肥。

苇间好，却好是侬家。或集或翔图雁影，和烟和雨画芦花，对景便无差。

苇间好，萧瑟忆深秋。芰去败芦宽水面，落残红叶露墙头，水畔冷飕飕。

沁园春　苇间书屋，附

三叠青城，一水通流，到我屋边。爱蒲风波影，都无尘俗，鱼庄蟹舍，尽有溪鲜。又劚地栽松，编篱架豆，饫我山厨不费钱。消长昼，惟清茶浊酒，静坐闲眠。　　幽栖已谢尘缘，久不见、剡溪访戴船。忽苇边林外，咿呀柔橹，依稀渐近，笑语喧阗，步出柴扉，柳阴凝望，旧雨扁舟共晚烟，南村叟、与一癯一胖，黄面苍髯。

买坡塘　丁卯正月二十八日，莼江学长，招集晚甘园，同人赋诗，余谱此调。附

荡轻舟，绿杨阴里，晚甘门对渔浦。梅边竹外盘回径，略约斜通蓉渚。凝望处，有几个、诗翁小立疏篱语。须眉最古。是檇李豪英（谓蒋、钱二君），楚湘耆旧（谓彭丈），奎宿五星聚。

拈霜管，都是黄钟大吕。太平歌咏和许，候虫时鸟音声小，惭愧唧啾奚补。坐起舞，欣此日、他乡故国多俦侣。丁宁旧雨，愿岁岁年年，名园文酒，容我小词谱。

【校】

"买坡塘"为"买陂塘"之误。

题跋
木瓜

木瓜，以金陵之栖霞山者为佳，圆大坚好，肤理泽蜡，无冻梨斑及虫口啮蚀状，故久而愈香，得一二枚，便足了一冬事矣。

犬

古人云：画虎不成反类狗。不审画狗不成，又将何似耶？为之一噱。

鳜鱼

此余昔时作也，多不过二十余年耳。糜蚀黝黯，如数百年物，物之易旧如此，人之易老可知，抚卷叹息，为识数语。

苇间先生品诣超卓，以文章雄一时，当日结社曲江楼，与周白民先生暨吾家浩亭、海方两公，号十子，名震大江南北，而诗画特其绪余。今海内但知重先生画耳，非真知先生者也。顾诗文久佚，而画名则远闻海外。兹题画诗一册，乃黄岘亭大令从画本录出者，而王君道生续录之，罗君叔韫又增益而编类之，得诗七十首，词三十五阕，题跋三则，吉光片羽，裁见一斑，不足觇先生之学之全也。刻成，赘语以识颠末。光绪己亥十月，后学邱崧生。

苇间老人题画集终

巢林集

〔清〕汪士慎　著

陈传席　点校

目 录

卷四

古者德业为重，然未尝辄废夫言，故可纪为文，可歌为诗，胥言之托，而诗难为工，非工之难，能一本于情、匪徒出于意之为难也。盖一往而至者，情也。若摹而出者，意也。若有若无者，情也。必然必不然者，意也。意僵而情活，意迹而情神，意近而情远，意伪而情真。顾称诗者，往往舍情而求之于意，于是远想以撰之，杂事以罗之，长韵以属之，俶诡以张之。卒之虚而无物，芜而不理，外相胜而天真隐，于诗何有。吾友巢林先生亮体达心，涉冶群籍，意行自重，不屑世好，衡门两版，宿如空山，三四素心，时相过从，焚香瀹茗之余，他无所事，故其诗亭亭落落，迥然尘壒之外，深情孤诣，吐弃一切。韩江文采如林，若吾巢林，洵如所称寒琼独朵者矣。予以牢落坎壈无所俚赖之身，得倾倒于巢林者，余廿载。惟是隔阂两地，未获以时相见。乃予之视巢林，若餐霞饮露游行云汉之表，不可攀援。而巢林则违众呢予，时时缄题见及。即巢林于交友之间，其深情一往而至者如此，而其于诗之一往而至者逾可知也。巢林近刻成，因识数语于简端。乾隆甲子秋中，钱唐同砚弟陈撰书于真州之穆陀轩。

好梅而人清，嗜茶而诗苦。惟清与苦，实渍肺腑。故朴不外饰，俭不苟取，啬用其明，暗然环堵，优哉游哉，庶其近古欤。陈章题　高翔书

《巢林集》卷一

富溪　汪士慎　近人

雨中过犀堂

僻处隔深巷，何妨破藓痕。朝昏来冷客，风雨落闲门。奇句提湘管，香醪注瓦盆。清言殊未已，霭霭暮云屯。

寄项瘿民

芳时草草过，三月又经旬。绿暗云连树，春阴酒病人。水南音信远，江上别离新。自笑成孤调，难堪入世尘。

雪

一夜雪盈尺，平冈人迹无。云寒昏野店，风劲落饥乌。绵邈
江光白，槎丫树色枯。漫漫欲买醉，林下自携壶。

江上

西风瑟瑟柳丝斜，茅屋人家近浅沙。晓雾全收江水阔，一声款乃①入芦花。

红轮初上海东头，无数云帆水面浮。一抹栖霞青未了，勾人情思白门秋。

【校】

① 款乃，应作"欸乃"。

听孙淑林弹琴

十年不渡古淮水，市上雄豪多老矣。十年不听孙郎琴，胸怀逼仄罗粗鄙。淮水昼夜流汤汤，孙郎逸兴动清商。瞑目匡床嗒然坐，细聆幽响生悲凉。殷勤为我再三鼓，鼓者心酸听者苦。七尺枯桐抱至灵，能令猛士泪如雨。从古悲思托语言，语言难写归冰弦。尔我低眉常默默，遐想忽复思先贤。伯牙既往不可有，百道飞泉落君手。繁弦疾响飘虚空，飕飕之声动星斗。吁嗟兮！前声郁郁后声哀，若有深愁积怨心难灰。与子久别翻无语，一灯相对中心摧。中心摧兮弦欲绝，声声相击斩然歇。拂衣起舞立空庭，寒雨蒙蒙湿残月。

送吴载皇之赵州署

羡尔浮家万里游，高怀浩浩夺江流。帆穷楚水过苗穴，马脱蛮山入赵州。极目波光通异域，遥看云气接西酉。不才亦有四方志，寂莫平生老故邱。

焦山六首

江雨昼冥冥，江花乱野汀。一帆破烟白，双屐踏峰青。海气连云树，山容豁性灵。离家才一日，不是旧畦町。

破晓临江岸，微茫见钓船。洪钟驱水怪，浊浪洗尘缘。一阁倚空碧，双峰拥翠烟。陂陀登绝顶，东望更茫然。

小憩双峰阁，波涛四面雄。手摩秋树顶，衣染莫霞红。牧马归京口，新蟾过海东。游仙更何处，此地即珠宫。

峻壁苔花老，难寻《般若经》。一龛新色相，片石古雷霆。脚踏岷波尾，身沾龙气腥。及时旷心目，白日转西溟。

芦花摇极浦，鸿雁落纷纭。双舄走黄叶，长裾曳白云。礼瞻汉高士，摹读晋碑文。随意题名胜，匆匆记见闻。

过江情思好，两夜宿云房。万窍作天籁，空花散妙香。重游应有约，小隐亦无妨。向晓一篙去，回头山混茫。

张吾未南还

连朝病懒下书帏，门掩寒云万事违。想见江干更凄绝，一帆风雪故人归。

画芍药

花发将离春事残，肯教憔悴倚朱栏。连瓶写上鹅溪绢，好待东风过去看。

湖上

湖边新柳绿浮烟，行过红桥便系船。清兴那如儿辈乐，风筝牵上落花天。

新秋见新月

新秋见新月，正我孤吟时。微光荡残暑，云艳风离离。欲留不我驻，欲系无长丝。穿我双桐阴，翘首思所思。

首春九日风雪大作，追忆去年此日，
与诸朋辈东郊探梅，因成一律，柬寄吴笙山

去年疏放东风里，今日愁城四面围。但有冰花堆蔀屋，更无幽客款荆扉。身依故土家何有，鬓欲成翁事总非。寄语故人应念我，可怜何处对春晖。

寒夜

街鼓无声夜更长，寒云不散月凄凉。闲看老鹤啄残雪，独抱清琴坐竹床。孤冢离离衰草外，深衣叠叠乱书旁。此身已类飘零客，不必天涯是异乡。

早春

小径东风入，昏黄月上弦。寒花非旧影，清泪入新年。孤梦无欢境，长松拱墓田。壮心何处著，天问只茫然。

深春卧雨柬诸朋辈

经过三月增新恨，屋漏寒生枕簟风。满径草肥春梦里，隔帘花尽雨声中。闲抛古砚因诗瘦，夜共香灯引泪红。旧事满怀向谁说，行藏多半类哀鸿。

秋梧

叶叶西风不断声，主人清到不胜情。才过疏雨又凉月，影散一床书乱横。

燕闲斋竹下作

几日不曾过小院，新栽修竹已成林。嗒然一石坐忘我，疏雨凉飐生妙音。 索索秋声细细来，看看落日下层台。主人爱我复留饮，墙脚海棠花正开。

平山堂

堂空寂寂倚烟岚，庆历风流未可探。只有衰杨抱城郭，好山都在大江南。

送金寿门

诗人情性惯离家，小别衡门落照斜。明日马蹄踏芳草，梨花风雨又天涯。

送春

年年相送鬓成丝，何术能教春去迟。人在江头无意绪，绿杨桥外立多时。

鲥鱼

乘潮到得小孤无，四月江东遍网罟。贱子几曾供土锉，先皇久已罢天厨。潜游鲛室分珠色，脍入冰盘比玉殊。多少人家贪异味，楝花风里倒金壶。

送俞以三之楚

蒹葭风起洞庭波，山翠云浓客路多。行到潇湘秋渐老，不知谁与问湘娥。

题《昭君倚马图》

回首昭阳霄汉间，内家妆束换应难。只愁前路马蹄疾，一日风沙一日寒。

答吴止斋

闭门卧风雨，匝地秋苔冷。长年澹无事，聊复弄霜颖。水墨洒空花，嗟哉成画饼。安得天宇清，三五游兴逞。携手入香林，坐话僧庐静。先拟挹幽人，草堂乱花影。

渡江

隔江山色烟中见，十里帆开水面浮。自此东游过吴越，好携书画到明州。

蓉湖曲

十五吴姬不解羞，生来临水弄轻舟。暂时相见即相笑，瞥眼东西各两头。

横塘

水漾残红柳亸腰，南风吹到彩云桥。凭栏初试新团扇，个个蛾眉学淡描。

莺脰湖

万顷鳞鳞莺脰湖，垂杨垂柳似烟铺。不知月白风清夜，谁向中流倾酒壶。

渡钱塘江

一江限吴越，烟际路迢迢。我浮一叶过，坐见群山高。群山青兮江水黄，风无声兮云飞扬。霸业雄才何渺茫，但见沙鸟双双止复翔。

曹娥庙

千秋祠庙俯江光，神去神来波渺茫。山带晚烟留过客，碑传黄绢倚空廊。灵旗风动珮环冷，寝殿云封草树荒。笑问掌灯闲侍女，近来曾复有中郎。

月夜由西兴登舟至嘉隆里

东游才入越，前路复何如。月浸湾环水，桥通远近墟。孤舟正清绝，双眼忽空虚。望去波无际，中宵独奈予。

访陈丈理公不遇

水程平似掌，溪路曲如弓。一入嘉隆里，全非尘土风。山容春黛晓，花径石桥通。未识幽人宅，停篙问钓翁。

不遇隐君子，欣看好子孙。清风生古屋，白日澹闲门。香酒沽邻瓮，春蔬剪后园。此乡真乐土，何用问仙源。

三月九日夜海舶遇风，同方可村作

碧月在天天宇空，水光射天难为容。冲波巨舰入大海，是时恍如仙人招我过鲛宫。夜蟾倏尔变昏黑，云烝雾塞迷双瞳。飒飒神飓卒然作，舵师急使偏樯风。与客瞪目相对坐，巾箱倾仄难容卧。万里鲸波四面号，洪音聒耳蛟龙播。势若众灵杂遝万类呼，怒张掀天空里过。我从窗底得偷视，乱倒银山冰碎破。怪云如马驾天衢，控影驱风世界无。飞涛扑面心茫茫，眼光缭绕飞明珠。一片精魂逐浩荡，倾危莫定愁须臾。回顾同来二三子，如痴如醉形容殊。玻璃沙漏更交五，龙无吟兮蛟不舞。神风过尽帆樯正，舟人合力驱楼橹。呼童活火生茶汤，始觉心旌安肺府。隐隐恍若天鸡鸣，笑启篷窗日初吐。

出蛟门

海上神山险绝伦，东西雄峙是蛟门。何来万里浮天水，都向船头怒欲吞。

登小白华山

白华山峙海中央，现出千花古道场。龙象有形呈法相，鼋鼍无迹避空王。明州春树浮苍莽，日本烟螺隔大洋。到此身心无挂碍，过来尘梦总荒唐。

观涛

日午下林麓，探奇忘巉嵸。踏过千步沙，渐近蛟龙穴。大壑空遥遥，灵变谁陈设。蜃气接云雾，曦光射虹霓。一时万象生，转瞬众形灭。升高一振衣，心向东洋折。天际来洪涛，排空波浪凸。声如群马奔，势若崩崖裂。触石喷明珠，回澜铺白雪。飞洒扑衿袖，光华透林樾。携手紫髯翁，狂呼叫奇绝。慨兹鸿钧力，活泼无休歇。天地入混茫，尘世在羁绁。自此返人寰，莫向鄙夫说。

进蛟门

海水积为陵，海山排作门。渊深不可测，波涛相吐吞。神蛟伏其下，张鬣骇人魂。我舟扬大帆，乘风疾如鲲。长橹各齐力，聒耳群车翻。行行触高浪，恍若升天阍。时予倚樯望，蜃气如云奔。白日照无地，巨壑杳无痕。故乡隔缥缈，客心乱朝昏。回头脱奇险，远黛烟中屯。

丈亭

姚江城外接沧溟，画里归船过丈亭。今日溪行百曲折，鸟声不断越山青。

梁湖道中

一道溪光入画图，计程今夜宿梁湖。船离水面过西坝（水中有石坝，蓄水灌田，官设坝夫，以缆牵船，过之有数处，各异其名），山耸城头见上虞。桑柘阴浓藏竹屋，桔槔声乱半村姑。行行渐到题诗处，孝女江心月出无。

秋夜听雨作

梧叶未黄蕉叶青，秋苔上壁凉云停。经旬避客户常键，西风吹雨来空庭。野人高卧卧复起，笔床茶具明灯里。雨声风声杂遝鸣，声声细入闲人耳。呼童活火煮香泉，一瓯龙井春芽鲜。因忆西湖暮春日，满船花雨今犹怜。鸡声破晓天忽朗，细草铺阶平似掌。晓光含雨翠淋淋，隔篱小犬金铃响。

病起

久卧绳床客到稀，阶除尽长紫苔衣。身如老鹤秋消瘦，心似闲云懒不飞。摵沓声中黄叶过，横斜枝上冷香归。寂寥小雪看看到，滋味盘餐菜甲肥。

酬吴广文锐见访

高轩入委巷，一见便开襟。久坐野人屋，宁非贤者心。静言黄叶堕，小立绿苔深。官阁清冬夜，能容雪里寻。

雪夜

朔吹满天雪压屋，老乌喔喔栖庭木。冰花满研罢钞经，一碗香灯照幽独。前年冒雪走淮阴，大河冰结阻归程。去年卧雪病双目，避客僧庐餐决明。今年听雪今夜好，心旌不动无俗扰。小岘春芽自煮汤，瓦炉煨芋足温饱。卷幔开轩一尺深，友朋雪里应来寻。瘦藤野服出东郭，梅花香处倾壶吟。

种竹

野叟敲门日未升，移来寒玉瘦如藤。沾泥犹带山中雪，冲冷先锄屋角冰。蕉叶绿时才有伴，梅花香处得为朋。六时风雨支撑过，清净闲参最上乘。

立春

梅信无消息，江南已立春。晨光都在雪，暖气未亲人。拨火开新酝，冲寒来旧邻。盘餐只野味，聊以庆佳辰。

写梅寄吴兴姚薏田

纵横铁骨杨补之①，繁花瘦干王元章。天姿各得岁寒性，写梅乃擅元人长。顾我终年心响慕，墨浮古砚含冷香。晴窗拂几试缣素，挥毫放胆追王、杨②。横枝大干走龙虬，万蕊千花心手狂。吴兴诗老夙契久，爱我梅花胜琼玖。病中欹枕琢秀句，粒粒珠玑常在手。闻君日夕坐高楼，楼外水云一千亩。王孙去后继诗人，更羡水晶宫不朽。题诗聊复寄相思，洒洒春风墨一斗。

【校】

①杨补之，应作"扬补之"。②王、杨，应作王、扬。

咏白桃花

满树银桃似雪堆，未过寒食早争开。宛如梅萼春冰浣，错认梨花白燕来。仙种未闻传皎洁，清姿已分老尘埃。图将画本堪常见，不逐东风散绿苔。

画凌霄花歌

买得凌霄花，栽傍青松树。倏忽四三年，蒙茸得雨露。草堂六月凉，满院松风香。举头听松瀑，累累藤花黄。藤花黄，我鬓苍，一年一对花芬芳。不道种花人易老，却愁树木老大挠风摧折难于保。何如写入画图中，笔墨留传颜色好。

桐

疏雨已过桐叶凉，晚风满院桐花香。小披衫葛不知暑，自扫清阴上竹床。

蕉

松花飘粉紫藤开，记取山僧曳屐来。遗我绿天天雨碧，至今幽响费吟裁。

葫芦

大者如瓴小似拳，零丁摇曳北窗前。几时挂上瘦藤杖，携到莲花最上巅。

豆棚

棚上豆花红伞盖，铛中豆荚紫玫瑰。野人饱食就阴坐，正有沙沙络纬来。

迟朱老匏不至

寂寂空庭清昼长，日移疏影到吟床。一声幽鸟下檐角，落尽桐花小院香。

隐隐林端透暝烟，煮茶声里思悠然。柴门开到月斜后，清露滴凉琴上弦。

题管应夫《秋夜读书图》

海月西飞夜气深，参天老树秋萧森。几间矮屋竹篱闭，痴童熟睡凉虫吟。中有幽人拥图史，笔床古砚明灯里。书声秋声格格清，小犬吠花雀惊起。

挽吴雨山

先生负奇气，风尘走不已。贱子何萧然，一室蓬蒿里。悠悠廿载间，人遐心自迩。君忽赴九京，谁来荐香莒。惜哉石火光，汤汤东逝水。妙笔落丹青，秀句谐宫徵。琴无声以悲，鹤长鸣而起。庭户酸风生，孤孙独从倚。

送王稼眉还新安

未面已神契，相逢即送归。秋怀同惨淡，清语见精微。别路青山翠，还家紫蕨肥。音书隔千里，云水梦依依。

送铨侄之楚

行行不觉到江干，此去帆孤路又漫。秋水平铺云梦阔，晨霜轻抹小孤寒。遥怜对月添乡思，谁与题襟结古欢。转眼柴门风雪里，一家望汝共辛盘。

挽俞以三

林泉结伴十三年，尔似闲云我似禅。风雪满天游兴剧，自携瓢笠上湖船。

博雅清才夙有因，六书四法更无伦。半生怀袖古文字，两汉金龟不示人。

衡岳归来病未瘳，承欢得慰老亲忧。三冬曳屐犹寻我，尽说潇湘一段秋。

病卧匡床只浃旬，可怜无术返元神。弥留不改清狂癖，指向梅花别故人（既死复苏，犹搴帷看予所写壁上梅花）。

《巢林集》卷一终

《巢林集》卷二

富溪　汪士慎　近人

读马嶰谷真州看桃花诗，因次原韵

放棹新河野岸斜，绿烟红雨压千家。妒君三日春风里，看遍銮江一县花。

春愁春病一年年，想到名园路杳然。曾上高楼坐终日，抛残歌板已生怜（谓郑氏江村）。

东风不管青春老，细雨经寒作雪飞。画里归船花里出，酒痕都滞木棉衣。

暮春同西唐、五斗泛保障河，望隋宫故址，维舟至铁佛寺，晚饮红桥四首

郊原风日近清和，紫荇牵丝燕掠波。雨积平田鸣细濑，人依矮屋晒青蓑。绿杨城外芳尘歇，红板桥头香草多。似叶小船二三客，一篙撑入古隋河。

野兴宁无吊古心，披衣小步入烟林。之玄路软埋宫瓦，清浅池荒现宝簪。近海青螺昏日午，护巢黄鸟唤春深。寻僧何处下山去，空外悠悠钟梵音。

散尽秾华古寺春，门前新涨绿无垠。小猊迎客似童子，野鹤出林如老人。满地清阴僧定后，一庭空碧燕飞频。不须多设香花膳，暂借蒲团话妙因。

天涯交结隔云霄，老我韶光去似潮。好事过来心寂寂，名山归后发萧萧。水边林下客无几，花落风狂酒易消。回首三山青一抹，夕阳波影返轻桡。

桐花

手植修桐十倍青，年年花发蔽苍冥。晓风吹蕊点襟袖，夜雨压香来户庭。小凤鸣时金布地，赤乌飞过翠成屏。野人无事抱影坐，林外月斜门未扃。

喜陈授衣归自吴兴

君家夫妇滞淮东，去我柴门指顾中。久已交亲成凤好，近来情性每相同。十年从事荒唐过，一束奚囊彻底空。闭户不妨生计拙，卖文元是古人风。

步西山同西唐、五斗作

冬晴出西郭，素侣相欢悦。陂陀金匮山，往来多车辙。云净爽心目，林深路曲折。摄衣上高陇，天地忽空彻。南望隔江山，群峰似屏列。峰峰昔游处，妙境难言说。自余海上归，乃与名胜别。今日偕良朋，山行力不竭。壶中有美酒，狂饮不肯歇。遥见烟莽间，下有狐兔穴。松声谡谡寒，青磷自明灭。顾此焉足悲，所悲在人杰。长眠有故人，悠悠永阔契。忽闻飒杳声，悲风扫荒垤。黄叶乱如雨，晚鸦阵盘结。欲归还迟回，新蟾上林缺。

题李素园山溪小幅

清溪盘曲碧波深，绕岸林峦翠欲淋。似此画图曾记取，一篷烟雨过山阴。

访梅四首

十日昏昏头懒梳，梅花零落雨模糊。晓来忽见晴光迥，顿觉心如酒病苏。

朋辈翩翩逸兴该，出门随意步山隈。杏花羞涩梅飘粉，一阵香风过水来。

桥边小径绕林陬，一带红墙古寺幽。乞食山僧持钵去，梅花庭院静于秋。

茅屋人家酒味甘，夕阳影里带微酣。相期明日南郊去，先上春城望晓岚。

书《秋林觅句图》

自顾翻夸野态清，水边林下每闲行。城南老友偏多事，写我秋来索莫情（素园写图见遗）。

森森古木抱崇冈，飒沓声来似雨狂。缓步独吟人不见，沿溪忽忽过雷塘。

鬓影飘萧逸兴深，年华摇落独惊心。老知七字难收拾，万吹声中细细吟。

咏两明轩盆荷，呈巘谷、半查主人

尺许香泥种藕须，从今花胜美人姿。阶前一样翻风叶，何用凭栏定有池。

夜来月似水云铺，仿佛凌波步影无。清兴主人诗境好，露华多处拾明珠。

惜花人有性天香，才似诗狂又酒狂。选得娇红先供佛，肯教莲叶盖鸳鸯（轩西有藤花庵，供大士画像）。

喜无风雨红妆静，素绠银瓶汲水添。曲几方床香国里，夜凉人去不垂帘。

夏日闻莺

小窗永昼净嚣尘，拂拂熏风短榻亲。忽讶流莺更无赖，隔林又送一声春。

女桑叶嫩离幽谷，蚕妇关心听放娇。别却春风易迁谢，还来调舌解人嘲。

好音直透暑云来，宛转如簧度水隈。万绿迷离藏不住，也应飞上碧嵬嵬。

山馆蓼花和嶰谷

也有闲情种水蕖，绕廊依槛一丛丛。小葩低处常含雨，碧叶敧时易受风。诗卷近传山馆艳，渔竿曾漾水波红。来过不觉添秋思，鸥鹭乡中梦已通。

闻蝉

清凉永昼野人家，又到疏蝉换物华。忽有熏风来屋角，一声吹乱柳丝斜。

远近声飘午梦悠，茶烟浮动绿阴稠。天涯曾憩水边树，得似清斋卧听幽。

不分舍北与溪东，声振斜阳何太雄。记得去年曾画取，一枝柳上抱西风。

赠西唐五十初度二首

猿鹤孤踪不易同，到今谁复问穷通。七条弦上知音少，三十年来眼界空。每欲放怀还借酒，不言生计转如篷。相交相爱垂垂老，朝夕过从风雨中。

落拓高怀自可伤，不教萝薜易冠裳。传书驿路来千里，坐客乡音杂四方。儿子竟能知揖让，阿翁虽老甚康强。茅堂景物欣如此，秋草秋花侑酒觞。

赠樊次白

江上别君久，风髯白倍余。老怀秋水淡，旧友晓星疏。书画一时重，贤良众口誉。攀留话往昔，新月上衣裾。

次白斋中古柏

矮屋何年近古阴，参天老柏久萧森。谁知百尺冰霜性，直似千秋孝子心。

闰九日同可村北山登高二首

重九欣逢闰，佳辰此度难。林疏清籁歇，秋老白衣寒。衰草登高路，香醪结客欢。挥杯北山上，风急梵音残。

牵裾高处望，放眼已无涯。落日山光紫，空天雁影斜。江村犹见菊，霜叶竟如花。不觉心俱旷，何须感岁华。

应夫藏石公所画班惠姬小像

空钩人物称能事，前有龙眠今有济（石公钳记）。一画成形众画随，心手宁为笔墨使。何年貌此班惠姬，淡扫蛾眉对文字。美好丰容儒者度，缟衣大带仙人致。《汉书》未竟班固摧，踵成汉纪斯人为。天子尊之国后重，一编《女诫》千秋垂。石公石公好怀抱，挥毫爱写非常姿。今日秋晴张素壁，香温茶熟频来窥。

题高丈《蕉窗读〈易〉图》

窗前蕉叶绿无瑕，窗里诗人发未华。一卷《周易》当窗纱，胸中万象生灵芽。诗人今年政七十，芭蕉绕屋发秋葩。夜深披展滴浓露，碧月吐出金虾蟆。

移居二首

年来谋计拙，头白更移家。乞米难盈瓮，担书竟满车。地偏成僻静，树古自纷拿。聊就南窗下，清吟月正斜。

甃石安茶灶，张帷蔽雨风。缘墙新莝粉，依砌旧栽桐。门闭日常静，朋来巷正通。从今得安稳，蔬食胜家丰。

张紫峰招同管幼孚、张楚涛由铁佛寺探梅，步至平山一粟庵四首

寻梅有约喜新晴，便觉青鞋布袜轻。古寺门前好林木，迟回如在画中行。

一声清磬出林中，六代群雄千载空。领取僧窗闲白昼，梅花枝上占东风。

小石桥边一径西，短筇支处望隋堤。游人最爱栖灵寺，海鹤惊飞是马嘶。

十载重过一粟庵，古梅不在院东南。良宵负却香花供，明月多情照佛龛。

铁佛寺看桃花，拈得九青

草软寻春路，雷塘两展停。松涛喧古寺，花雨湿残经，不信是空色，欣来倾酒瓶。迟留归路晚，灯火乱烟汀。

程采山招泛湖上

柳烟一带酒船横，水色溶溶拂槛明。夹路红桃偏解笑，隔林黄鸟亦求声。骚人逸韵频频见，游女春衫渐渐轻。转眼南风到团扇，深杯不负此宵情。

家援鹑弟招游浙中山水志别

自笑心犹壮，欣然继昔游（癸丑岁，曾与方六可村游吴越诸名山）。人随春水去，帆到浙江收。海气生云脚，山烟出杖头。暂辞诸友旧，老兴独悠悠。

题援鹑桐花书塾

来此幽栖处，桐花满院香。碧云侵户牖，疏雨接林塘。琴响三秋润，书声六月凉。何缘对贤主，日夕话江乡。

由梧桐乡至吴溇道中

一舸南浔路，烟波四月时。隔林看饮犊，比屋听缫丝。地接吴山脉，桥分震泽支。晚经沽酒处，小瓮出花篱。

述目疾之由示医友

寒宵永昼苦吟身，六府空灵少睡神。茗饮半生千瓮雪，蓬生三径逐年贫。爱临皎月开书卷，喜共闲僧饱菜莼。清到可怜营卫冷，即教双眼不沾尘。

归舟至江南道中，柬谢浙中诸友

归帆风力健，一瞬过吴山。回首所思远，推篷入望闲。难忘灯火夕，共爱老颓颜。自此劳书札，遥怜云水间。

秋夜怀姚薏田、沈大田、孙养恬、家援鹑二首

独倚空庭杉月明，双瞳热疾到秋平。归来无事生惆怅，不见翩翩好舅甥（姚为沈甥，汪为孙甥）。

旧好新知气谊投，桐花香里接清秋。孤帆别酒醨醨客，半日南风隔秀州。

试茶杂吟十首

武夷三味

此茶苦、涩、甘，命名之意或以此。余有茶癖，此茶仅能二三细瓯，有严肃不可犯之意，或云树犹宋时所植。

初尝香味烈，再啜有余清。烦热胸中遣，凉芳舌上生。严如对廉介，肃若见倾城。记此擎瓯处，藤花落槛轻。

武夷山郑宅茶

闽茶今有郑园良，细玩封题清昼长。云雾冥蒙春放紫，枪旗浮动夏生凉。杯中皎月一分碧，舌上灵苗尽日香。未必龙团能胜此，好加护惜待人尝。

龙井山新茶

野老亲携竹箬笼，龙山茗味出幽丛。采时绿带缫丝雨，煎处香飘解箨风。久嗜自应癯似鹤，苦吟休笑冷于虫。一瓯雪乳光浮动，映得樱桃满树红。

桑茗

一阵茗香生草堂，风前满碗秋鹅黄。昔年曾有客来说，二月吴兴蒸嫩桑。

松萝山茗

故乡庐舍归风雨，闻道村村有翠岚。头白但知茶味美，百年憔悴住淮南。

霍山新茗

几日轻车路，新茶到广陵。芳生江北味，蕊摘雨前蒸。烹借寒山雪，尝招野寺僧。别炊香饭熟，幽兴一时增。

顾渚新茶

一自梅残懒见人，但从茗事度芳辰。松声响泻寒岩雪，云脚香留顾渚春。几日东风过水驿，满瓯清露注山珍。饮多不觉侵神肺，终夜吟思未著尘。

阳羡秋茶

封褫精谨重灵芽，题处荆溪秋焙茶。铛里松声生活火，杯中藻影泛轻花。通宵神静因无寐，几日吟怀别有涯。留取余芬供冷客，寂寥风雪坐山家。

云台山茗

云台来故人，贻我山顶茶。自言采摘难，树树盘云霞。清品未入市，幽香良可嘉。君能自烹试，未如我山家。山家有止水，石上汲乳花。他日游海滨，风炉对日华。

小白华山茗

我昔东游渡沧海，波涛汹涌难形容。一山孤峙出鲛室，四时神飚摇危峰。峰头有树毓灵秀，屈干蟠根卧云雾。春来叶叶如枪旗，衲子提筐摘朝露。我正维舟陟翠微，东风扑面香霏霏。攀援寻到焙茶处，古洞云窝开竹扉。老僧揖我坐凭几，自近风炉煎石濑。满碗轻花别有春，津津舌本凉芬起。瞥眼归来过十年，擎瓯往往忆芳鲜。齿摇发白不复去，草堂寂寞飘茶烟。

菊英

甘菊抱秋心，餐之沁肠胃。未能洗俗怀，足以达禅味。因思众卉荣，焉敢近霜气。

目有痼疾，将成残废，
因作杂事诗四首，以当解嘲

作书

自笑谁家体，颠狂莫浪夸。不能如剑舞，安用比锥沙。折处钗纹断，行间雁阵斜。茫茫难乞米，衰老独咨嗟。

作画

隐几宜晴昼，挥毫仗小明。妍媸任涂抹，心手尚纵横。点出花须乱，题来字体轻。兴乘聊尔尔，为报故人情。

简友

白日静中去，尘埃梦已遒。鸟声常在树，人影不离花。野性寂如衲，清斋冷似衙。有谁怜老病，策杖雨风斜。

寄远

天涯有良契，渺渺隔云岑。十年一相见，千里同幽忱。况我目有障，当秋思益深。何曾致书札，戚戚抚瑶琴。

归自浙中寄诸友旧

临窗自捻决明丸，一笑东游兴已阑。目翳不分云水白，山光都作有无看。怀人渺渺传书远，乞米悠悠举笔难。谁肯致言曾旧好，入秋拼卧老江干。

题五斗松间像

水月风松夜正良，幽怀于此独清狂。古松映水縠纹绉，碧月照人秋鬓凉。谡谡声中猿鹤睡，飗飗弦上波涛扬。几时被褐共吟啸，活火煎茶欹竹床。

寄采山

一自欢游直到今，归来静坐古苔阴。长藤短策才离手，越水吴山每上心。旧友参差君去远，新鸿嘹呖信犹沉。不知红蓼青蒲外，多少秋思到苦吟。

迟诸友不至

侵晨时小立，拂拭净轩几。别院有炊烟，初日弄窗纸。野味治园蔬，山茶煎雪水。炉香已霭然，花气正清美。寂寂响新飙，空阶落桐子。

秋吟

回首众峰远，人归秋树黄。小斋风日丽，不怪久思乡。

雪水试秋茶，瓦盆煨紫芋。寂寂似山僧，风林叶如雨。

日日掩荆扉，孤衾离翠微。夜来疏雨过，秋梦不知归。

目中有热疾（贾司仓句），坐爱青杉阴。夜凉人不到，清露滴秋琴。

晓日照衰鬓，勾搔如蚕丝。蚕丝尚可染，衰鬓无青时。

白日不到地，昏云常黯然。安得最高处，窃药寻婵娟。

虚室生悄寒，秋侵孤客梦。江南幽恨多，夜半琴弦动。

懵懵百年情，枯荣过无迹。门闭苍苔深，悠然忘古昔。

晓起见邻家炊烟

晓烟袅袅出茅茨，轻飏墙东拂树枝。淡墨一痕曾画取，孤村风雪破寒时。

写梅答可村

笔研携游越，归来老病加。乱愁生白日，一目著寒花。却笑孤标立，难夸清影斜。多承风雪里，几度忆山家。

为陈授衣亲家写梅

晓日檐水豁，临风水墨香。花光圈处动，苔色点来苍。向月横孤竹，题诗写二王。高悬名士屋，幽赏笑清狂。

写梅花竹石

淡写空钩貌冷香，石兄竹弟共清狂。笑予无事一身老，砚北花南幽兴长。

题孙侣安《清宵秉烛图》卷

园林佳丽晚凉时，洒洒幽人鬓未丝。绕径红蕖牵玉珮，隔帘残暑送秋曦。水边云过鱼迷影，树底人行鸟不知。有此清宵须爱惜，灯光月色骋蛾眉。

咏幼孚斋中雪猫

搏雪作疑团，狸奴玉一般。纵怜毛骨软，不信爪牙寒。雀见惊飞去，墙阴卧最安。主人能省事，白小不加餐。

《巢林集》卷二终

《巢林集》卷三

富溪　汪士慎　近人

孟春二十日诸同人携具至小斋拈韵

一笑倚孤筇，东风兴致重。梅花真冷淡，鸥侣甚从容。好句近难得，清欢自少逢。何当携榼至，酒味与情浓。

草堂风日美，高论共开怀。竹几并肩坐，春盘一字排。诗中传铁佛（时西唐出《铁佛寺》诗有"佛容常自在，顽铁不销磨"之句），醉里说荆钗（诸子诵同郡女史王氏诗，甚奇）。记此深杯夜，杉阴月到阶。

春夜梦游焦山

昨夜微酣睡思浓，东风吹梦落狮峰。钟声直透江光白，云气常潜隐士踪。未觉眼昏还望海，亦知身老欲扶筇。朦胧听得波涛涌，窗外松杉尽似龙。

怀程雪门

万里岭南路，饥驱有故人。乡书不易到，瘴海已经春。翘首高鸿尽，关情白发新。几时绿杨外，帆影落江津。

二月三日诸子饮小斋，同用东坡点灯会客韵

散尽轻云渐暖天，小斋春意正暄妍。松梢有月能留客，溪上无梅不放船。还点明灯消永夜，莫窥青镜思华年。野人何处翻新历，采到芹芽又纪元。

喜五斗归自汉阳，用前韵

春在南枝月在天，远归人爱对清妍。旅愁乡梦应无迹，酒盏吟瓢始离船。野鹤飞来仍故态，梅花冷透是今年。雪中游兴听君说，大别山头过上元。

樊榭来自钱唐，再用前韵

相逢一笑又春天，小径东风正弄妍。杨柳著烟过驿路，诗人几夜宿吴船。所期旧好常青眼，不怨偏盲近老年。连日花开清兴足，昏昏酒病已还元。

春寒，三用前韵

东风吹雪遍江天，梅蕊凝寒未放妍。何日远寻云际寺，半春常忆柳边船。敝裘不暖亲朝旭，新酝含香胜去年。寂历虚斋吟思冷，瞑心枯坐似调元。

幼孚、紫峰以梅花数本见赠，四用前韵

病眼寻梅怯暖天，良朋雅贶致芳妍。昨宵闭户锄明月，今日巡檐舣小船。开后定滋寒食雨，修来到我白头年。谁拼十日蒙腾醉，扑瓮春醪味正元。

春游纪兴，五用前韵

到处风筝总上天，青鞋布袜著来妍。多时不离桥边路，明日还浮溪畔船。莺唆一声来唤侣，客归千里旧忘年（五斗）。夜深碧月临诗境，好句翻新破混元。

柬昆霞道士，六用前韵

记忆春风洞里天，桃花人面几回妍。青山过眼常欹

笠，白发盈簪每共船。对友朋时成乐事，得清闲日是长年。曾看多少神仙术，谁结灵胎续本元。

题观音画像，七用前韵

谁写清真出梵天，白衣飘动比云妍。盈瓶甘露人间雨，一瓣红莲自在船。海静不惊鹦鹉梦，山春好记善才年。探奇曾到潮音洞，细释禅宗问了元（癸丑春，曾航海登小白华山）。

和柳窗上巳泛舟

青衫白夹画船低，娇鸟娇莺柳拂堤。可惜风狂花历乱，歌声散入暮云西。

寒食雨中作

积雨连寒食，山翁兴味孤。厨荒难款客，酒美得盈壶。暝色暗杨柳，春愁到鹧鸪。焚香坐终日，机虑寂然无。

柳窗去之旬日，同西唐作

十日未启户，苍苔侵破堵。萧然动远情，远梦隔江浒。客子曾到家，蒲帆饱风雨。

闻蝉，同五斗作

物候递流转，休孤闲岁月。春归云态变，昼永桐花发。短槛度南风，轻衫披瘦骨。疏蝉忽有声，触耳何清越。江城杨柳多，瞥眼秋风捽。笑语默默者，惊人生白发。

挽陈世明

忆昔同少壮，怀抱多慨慷。结纳重逸气，谈笑生悲凉。一朝别我去，云山隔相望。艰难得一官，终岁滞冠裳。微官焉得志，扶病归故乡。尔归我病卧，安得话衷肠。何曾一相见，使我心摧伤。闻君病剧时，念我目有障。嗟哉廿载前，日夕恣清狂。可怜抱负奇，白首终韫藏。感兹热心客，能不思空王。况余守一毡，老态随流光。生刍聊致意，呜咽独彷徨。

对月煎茶有怀薏田

待月立中庭，夕霭散为绮。禽鸟归林樾，蟾蜍出海底。乍见如金轮，转瞬碧于水。呼童移竹床，抱膝空明里。茶铫作松声，市喧不到耳。因念远方朋，高洁但姚子。题我煎茶卷，诗品清无比。朗吟复高诵，此际饮更美。一瓯复一瓯，通宵对月姊。

盆莲为幼孚作

幽人好情思，所爱良可夸。乃于小盎中，种出红莲花。蒸以云霞气，浣以日月华。叶叶含净绿，心心吐灵芽。客来置几席，客去笼窗纱。惜彼池中艳，飔飔欹复斜。

怀援鹑

相隔一千里，相思一载余。一自相见亲，不比未识疏。畴昔但景慕，今日多踟蹰。寂寂立中庭，中庭白日徂。云山不入梦，书札常在涂。令人改须鬓，何处牵衣裾。道远难致身，诗寒聊寄吁。放笔独翘首，明月穿高梧。

赠卫石卿

君家阿母寿古稀，游子出门孙相依。一年几度羡君返，江淮负米归荆扉。万里南游曾度岭，罗浮梦断梅花影（石卿曾偕妇之粤，今失偶多年）。闺中无妇调羹汤，蚤晚一帆归定省。

六月晦日家玉峰由云台之秀州，道经邗上，维舟过晤

去年今日别君处，烟雨楼前朝扣舷。谁知经岁卧穷巷，开门复见喜欲颠。龙山露蕊先烹试，铛里南零水清滴。江泉浙茗相馨香，何况天涯旧同气。略言离绪与生涯，便说云台峰顶飞云霞。念余一目盲至今，安得扪萝蹑磴披光华。高城日落凉飔起，客子披衣行复止。匆匆无语心茫茫，明日风帆隔江水。

暑中酬周石门惠龙井山茶

火云蔽庭树，清气早离境。徙倚坐复卧，炎威无术屏。安得踏层冰，使我毛骨冷。新安有佳客，驿路过龙井。贻我雨前焙，封题极精整。急取黄梅雨，瓦铛亲灌引。烹来满碗春，瑟瑟泛云影。一叶张如旗，一叶纤如颖。初尝舌本甘，再啜心神静。香气散清斋，烦襟豁然醒。贵家辟暑犀，而我焉取领。短句谢嘉贶，还期联石鼎。

邻翁佘心也见招纳凉，因赋短章为赠

隔院爱嘉木，欣来一俯仰。结邻近城阴，薜荔缘书幌。闭门无市喧，到耳多幽响。茗味沁齿香，禽声穿绿

网。坐久乐莫喻，知君心自广。闻达虽无求，清风荡草莽。

挽张午岩

入门闻悲声，永隔非修阻。含凄忆往昔，卅载称尔汝。吟鬓老犹黑，灵台似有补。讵意毕昏嫁，一夕弃尘土。悠悠儿女心，清泪比秋雨。

题应夫《听秋图》为寿

先生赋性无尘滓，平生半在秋声里。我与相交壮复老，崎嵚磊落久盈耳。少年负气已飞扬，曾写《盐车》过大行。万山云涌一身立，嘶风骏马秋苍凉（先生少有《盐车图》像，石公补山径）。一朝揽辔出门去，落日西风无恐惧。天涯贤达谁其人，遥遥盘绕关山路。几年浪迹知音稀，华发蓬缪归故扉。故扉无恙有松菊，赵北燕南客尽违。自谓栖心似猿睡（先生有《秋山睡猿图》像），悠然静对南山翠。白头更写《听秋图》，爱听萧骚风雨碎。今年七十正秋宵，屋边万吹鸣天韶。为献长歌寿无量，如松如柏苍翠摇清霄。

秋日喜五斗惠雪水

舍南素友心情美，惠我仙人翦花水。西风篱落飘茶烟，自坐竹炉听宫徵。杉青月白空斋幽，满碗香光阳羡秋。欲赋长歌佐逸兴，吟怀一夜清悠悠。

夜起

拨火更焚香，轩开夜未央。秋声撼残梦，月色过匡床。盲目何关老，忧贫不碍狂。生涯无计策，终岁砚田荒。

束五斗乞雪水

清闲庭院月当门，拂树茶烟似墨痕。傥得山家沁齿水，云铛一夜响冰魂。

题柳窗《云木山庄图》

家园好丘壑，林木浮暖翠。水影荡轩槛，岚光照文字。白云空处生，清籁静中至。几度展斯图，悠然动遥思。

鲍明府西冈见寄《煎茶图》诗，因作水墨梅花奉报，赘以长句

吟笺远寄意殷殷，七字铿锵调不群。何日东风笑相见，梅花香里揖参军。

题卢九垓像

玉川情思近如何，石上科头自放歌。热客不来秋树静，好看明月照藤萝。

效柳窗四绝句

水边林下孰幽探，春气蒙蒙湿似岚。才有梅花便风雨，枉教好梦隔江南（西唐与柳窗札有"才有梅花，便经风雨"之语，柳窗因截为诗句）。

冷云侵户懒为吟，几日清斋晓睡深。才有梅花便风雨，老来何处得春心。

二三游侣兴迟迟，屐齿无声到竹篱。才有梅花便风雨，长怀野店酒香时。

横窗老干瘦于人，几度挥毫为写真。才有梅花便风雨，梦中懵懂不知春。

程春昙见过，索写墨梅，因题一绝句

南帆北辔久无闻，踪迹谁亲猿鹤群。一笑十年春梦客，梅花香处忽逢君。

自书《煎茶图》后

西唐爱我癖如卢，为我写作《煎茶图》。高杉矮屋四三客，嗜好殊人推狂夫。时余始自名山返，吴茶越茶箬裹满。瓶瓮贮雪整茶器，古案罗列春满碗。饮时得意写梅花，茶香墨香清可夸。万蕊千葩香处动，横枝铁干相纷拿。淋漓扫尽墨一斗，越瓯湘管不离手。画成一任客携去，还听松声浮瓦缶。

见归雁有感

一字排空北去频，好风吹送暮江春。不堪细数难归客，万里龙沙有故人。

夏日忆可村游小白华山未归

六月风林已带秋，远人只在海东头。夜来梦落蛟门外，犹似当年放浪游。

幼孚惠盆竹

尺许琅玕韵致幽，瓦盆分送到林邱。不凌云汉已高节，才近风檐似冷秋。茗碗摇光浮碧玉，墨池涵影蘸青虬。雅怀为我陈清供，差喜平安对白头。

怀柳窗

镇日南风到草堂，南帆不到心茫茫。松声触耳似涛涌，诗思入云如鹤翔。书札沉沉劳梦远，离愁潇潇觉时长。相思相念不相见，莲叶莲花空好香。

挽张紫峰

忆昔游萧寺，寒林结交始。忽忽三载间，悠悠如梦里。有时过我庐，谈笑论文史。爱尔诗笔新，不觉成尔汝。春来偶抱疾，当秋竟不起。如何天地间，翻令慧心死。书编付稚儿，梦寐归妻子。何处为九原，空庭白日徙。

吴侃画蝶

脱茧何知幻里胎，舞衣折叠化工裁。吴郎自入庄生梦，只到春风香国来。

老来五首

老来心虑澹，随意恣疏慵。静听窗边鸟，闲扶屋角松。茗香沁神肺，秋气敛衰容。兴到弄豪楮，谁矜字体工。

几载栖深巷，飘然与世违。闲门无客至，小径有云归。适意心常泰，耽吟思入微。孤清谁与共，绕榻乱书围。

往事不复忆，都如出岫云。无聊成遁迹，幽独鲜同群。目病求方数，神清瀹茗勤。暝心一室坐，喧竞久无闻。

秋日病初起，阶前水满坡。雨声还入梦，岁稔忽无禾。煨芋抵餐饭，缝棉胜绮罗。金飙透林薄，暮色落庭阿。

一自偏盲后，娱情尚写生。花随心手散，墨带雨风行。老兴固可遣，生涯常是清。难堪昔人语，身后与谁评。

晓起作

曾因多病渡江还，几载栖心昼掩关。不信老怀无遣处，飘飘秋梦落吴山。

对菊

夜雨明灯菊放英，团圝儿女笑相迎。萧萧篱落一尊酒，曾在天涯思此情。

辛酉秋日作

一秋不见好风日，寂寞穷庐生叹嗟。无赖雨声咽复响，阴云著地昏无涯。东阡南陌水盈尺，江湖之田尽漂没。倍增米价岂无饥，深巷低檐食薇蕨。老人对雨心虑浑，苟安眠食犹销魂。树头啼鸟怨巢覆，壁上青苔蚀破痕。晓来客至说江涨，近岸人家浮水上。更多崩踏人烟空，万数幽魂归骇浪。何堪檐溜犹潺潺，未见秋深如岁寒。风神雨神不肯去，打窗搅树何时阑。

秋日自遣

老矣难闻达，清欢尚可寻。安栖离市远，卷幔值秋深。夜月照幽梦，残花恋苦吟。萧萧风雨夕，喜有故人临。

鲍明府西冈见贻雁山芽茶

诗老远从苕溪来，遗我雁荡山中茶。小瓶满贮未一镒，蒙茸纤嫩春风芽。诗老扬帆赴金阙，野人闭户泼乳花。乳花沸处辨香色，勃勃云堆碗面碧。野人饮啜心目清，一时齿颊生香液。安得探奇入雁山，风炉携对龙湫月。

薏田惠杼山野茶

水晶宫里来江城，惠我杼山春茗新。云此种植非园叟，雀衔茶子生荒榛。樵人晓入云雾里，携儿挈侣穷峻岣。岩边水际远收采，几朝始得盈筐春。不惜工夫自烘焙，易钱易粟菰城闉。幽人携此山中品，亲识封缄字体纯。小斋镇日静无事，一院桐阴绿正匀。竹炉茗具自陈设，自煎自饮一手亲。香光雪色早能辨，细啜狂吟笔有神。莫笑老来嗜更频，他生愿作杼山民。

檇峰上人惠天目山茶

迢迢天目山，绵邈袤千里。洞壑多奇观，历历载文史。草木呈英华，品类难述数。夙知笋味鲜，今尝茶更美。山僧来广陵，灵芽出袖底。叶叶雷惊莢，枪枪雨前蕊。沁齿浮花香，一瓯淡秋水。坐对藤花落，高吟饮不已。泠泠六府清，寂寂睡神去。因悟香色空，还须讯佛子。

空林踏叶

四三游侣爱幽寻，小石桥西一带林。几日繁霜除翠盖，满山疏影乱寒禽。丹黄著地秋声散，杖履穿云逸兴深。老觉枯荣皆妙谛，冷吟遥对隔江岑。

嶰谷有烘梅诗，余亦继作

寂寂盆中梅，主人爱其质。霜根正抱冷，烘借南窗日。要令暄燠亲，不近冰霜窟。催花破寒梦，布影横书帙。何待东风吹，香光已满室。

帘影

白日下疏帘，帘影绉于縠。风来荡縠纹，行看借游目。满屋漾如水，流光静可掬。轻云不著空，夜月还来续。

记梦

飞梦落前渚，月照苍苔冷。仙人隔水呼，满路梅花影。

雪中作

满空散瑶玉，四壁生虚明。野老忍寒立，僵梅压径横。门外已迷路，竹中时有声。仙人在云际，安得共幽清。

写梅

雪里茅斋坐衰老，老人清冷过昏晓。自和水墨写梅花，人瘦花疏春未了。昔年曾作名山游，树树香光在怀抱。昨日冲寒过石桥，桥南桥北人踪少。荒村犬吠炊烟昏，雪压酒香梅信杳。东风何处望江城，对此新图颜色好。

除夕

今夕是除夕，家贫一例清。窗前松有韵，门外屦无声。稚女剥山果，老妻烹菜羹。年增衰未甚，瘦骨喜峥嵘。

《巢林集》卷三终

《巢林集》卷四

富溪　汪士慎　近人

答高西唐雨中见怀

霜鬓入新年，耽幽性所偏。苍苔滋小径，红萼破春烟。高馆隔良契，茅檐困晓眠。雨寒传笔札，孤调与谁怜。

怀方可村

方干与我友，投契是前因。鬓各垂垂老，心常勃勃春。高帆浮海远，青眼见谁真。屈指经年别，音书相递频。

怀古水上人

东风吹破寺，红萼吐空林。春入山僧衲，寒深铁佛心。水边堪小立，陇上好长吟。几日开新霁，飘然一杖寻。

怀杨己军

春水一江隔，怀君意独真。同为林下老，谁是眼中人。野服疏狂态，沙鸥远近邻。片帆何日便，携手更相亲。

怀沈樗翁

樗翁老而健，八十尚离家。游兴无时浅，名山一笠斜。金城传咏古（先生有《金城吊古》杂体诗），雪屋画煎茶（先生为予写《煎茶图》卷）。曾说东风便，来看江上花。

喜梅放

独自晓寒起，月残犹在天。冷香浮竹径，疏影落吟肩。相对成良晤，同清亦可怜。谁夸好颜色，高阁困朝眠。

试灯前一日集小玲珑山馆，
听高西唐诵《雨中集字怀人》诗

细听子吟诵，浪浪山馆清。所怀多旧识，入耳是新声。春雨得奇句，东风寄远情。今宵作良会，花径已灯明。

雨中对梅柬诸友

梅花庭院雨丝丝，小径迟徊对好姿。古雪满林茶熟后，狂香到枕梦回时。横斜铁干如谁瘦，懊恼东风觉我痴。过眼流光等闲事，可怜荣落费相思。

落梅

惆怅花朝过，难堪对落梅。冰魂离夜月，疏梗印苍苔。恍若故人去，能令老兴颓。从兹欲高卧，春色总尘埃。

喜可村早春见过

白发銮江客，春帆冒雨来。独行寻野老，一笑破苍苔。幽鸟上林木，疏香润茗杯。佳辰接良晤，霁月出云隈。

春日雨窗作

寒食才过困晓眠，鹁鸪啼到短墙边。昏烟入树绿初暗，细雨湿花红可怜。江上客归犹止酒（柳窗因病止酒），岁朝诗好正传笺（西唐《岁朝怀人》诗一百二十首）。老夫茶熟生清兴，目送春光又一年。

喜晴

今朝欲野望，处处有晴晖。宿雁起沙渚，娇莺出翠微。桥门新柳长，村径晚桃稀。几日春归去，南风掩竹扉。

拈木香花示古水上人

木香清致好，香色似梅花。岁久盘根错，春深引蔓斜。寺门曾种植，法雨润光华。一自飘零后，诗人路更遐。

寄怀薏田

相爱偏离别，相思思不穷。归船泛秋雨，远信隔春风。倚槛月波静（先生所居有寒槛楼），怀人江水空。茅檐君去后，竹树长蓬蓬。

立夏日樯峰上人招诸同好普胜院试茗，予未赴

东城沙软平如掌，垂柳垂杨满溪上。闻说溪边竹径深，中有禅居轩槛朗。前日诸朋约送春，昨朝诗衲煎茶新。我未送春春自去，茶烟隐隐浮溪滨。中泠之水雷惊芽，闽山龙井香如花。团坐松间列茶器，清风拂拂生光华。宣州沈老瘦似鹤（樗翁），江上老严神绰约（修

亭）。更有新安好兄弟（柳窗昆季），素瓷传处藤花落。茶烟未断初月生，诗人好句如珠明。诗多念我我未去，品泉辨色无人评。

六月十九日集寒木山房县观音画像

法雨洒空阶，灵风动帘箔。盥栉瞻妙相，浮虑顿销铄。心香著处清，花气沾衣薄。色丝绣幡幢，联珠挂璎珞。曲几渚莲娇，胆瓶风柳弱。文字佐庄严，吟怀破禅缚。夜静海云归，明蟾照寥廓。

书褚千峰《金石经眼录》后

邵阳褚子癖无比，半生足迹几万里。搜寻周秦两汉字，峨峨山岳胸中峙。穷碑古阙各殊境，国学石鼓焦山鼎。到处捶榻置怀袖，广阔纵横记最准。永昼深宵旅店荒，高张名迹生光芒。心摹手追得形似，缩成碑样如圭长。圜者锐者肖其形，残者缺者传其真。太平有象人有铭（西汉石人腹上有篆书铭三字），土花埋没经千春。吴门梓人镌勒好，一一无差成墨宝。苔斑字蚀气磅礴，宛似千年风雨澡。吁嗟兮！金石流传亡八九，千载一时今复有。开图熟视真奇观，太息褚生堪不朽。

舟过芒稻河，慰祝荔亭参军悼亡

聒耳惊湍蟒导河，河边古庙祀仙娥。离城卅里忽来到，有慰闲官赋挽歌。

茱萸湾里寒潮长，杨子江①头落日斜。白鸟烟莎归画轴，萧萧篱落是官衙（归舟西唐写图，诸子赋诗）。

【校】

① 杨子江，应作"扬子江"。

喜陈对鸥归自津门，饮寒木山房

招游沽水复京华，沽上题诗笔有花。才器久为先达重，旅怀惟惜故山迟。河干劝酒客俱老，雪里收帆书满车。共向山房作良会，盘餐风味出芹芽。

冬日草堂杂咏

孤桐

顶秃孤桐老岁华，横空枝干势纷拿。夜来满地枯槎影，寒月如霜有冻鸦。

寒篆

日上寒梢冻已苏，夜来雪重不能扶。一枝折下森森翠，青凤梳翎似得无。

小梅

小梅颇耐雪中看，铁骨横斜早傲寒。疏梗拂衣消息近，东风先到赤栏干。

山茶花

岁晚孤吟兴不穷，山茶花发近帘栊。雪晴朵朵迎初日，淋漓轻冰浣嫩红。

茗碗

自烧松子自煎茶，碗面香浮瑟瑟花。一笑平生常在手，不须酒盏送年华。

香炉

岁莫空庭一事无，呼童拂拭博山炉。客来闲话少清供，一瓣香消绕座隅。

晓寒

猎猎北风吹短鬓，摇空树色鸦成阵。晓来无事欲题诗，被褐行吟寒转甚。昨宵枕上听矇眬，雪声沙沙鸣竹中。今日草堂似瑶室，冻僵一树山茶红。

人日雨中追忆柳窗，复用昔年札中诗，续四绝句

新年已过七朝昏，旧韵重拈有泪痕。七字尚传人已没，一天风雨独消魂。

新年已过七朝昏，怀友空怜旧墨痕。交翠楼中无限恨，杜鹃枝上有吟魂。

新年已过七朝昏，鸿爪初消雪里痕。吟径可怜成幻境，芊芊庭草返春魂（先生所居庭院幽曲之处，予曾为题"吟径"二字）。

新年已过七朝昏，泥滑山寒冷屐痕。好约同游旧良契，梅花深处赋招魂。

友人斋中咏砚水

古砚微凹碧水浮，为云为雨作龙湫。休憎落笔淄尘污，偿得澄江半幅秋。

早春怀方竹楼

江上青年友，高怀颇激昂。买书供夜读，对客重清狂。雪屋茶烟细，晴窗水墨香。春帆曾有约，花里拜空王（曾订二月十九日过寒木山房清斋礼佛）。

咏花须

无事数花须，天工生意殊。千葩开笑脸，万缕出香肤。颤颤随蜂嘴，垂垂点露珠。春姿美如许，瞥眼绿云铺。

咏柳眼

连朝春尚浅，柳态早娉婷。细雨生烟碧，东风过眼青。才窥双蝶舞，已见众芳零。若待低眉后，池塘有绿萍。

二月十九日集寒木春华槛，限寒字

疏梅绕屋净旃檀，洒洒飞空雪未阑。满院北风犹似腊，一林红萼自禁寒。群蔬作馔为斋供，清酒浮觥佐晚餐。竟日钞经还叶韵，又拈香影到栏干。

挽祝荔亭

闻讣频频不忍看，鹿车共挽事尤难（谓李夫人前三月而殁）。雪飞冷署妆楼卸，春入虚窗砚席残。丁卯桥边山色暝，茱萸湾口水声寒。生刍一束三升酒，聊奠江干泪暗弹。

答许棠东

白沙一诗老，寄我琼瑶篇。篇中过奖誉，错比古昔贤。昔贤何可方，墨妙千载传。仆本落寞者，蹭蹬壮盛年。况当赋性拙，有为堪执鞭。老来未婚嫁，衣食还自赡。辛苦弄豪楮，砚席生云烟。贵家故不爱，贤者颇相怜。同游二三友，日夕相周旋。吟诗送美景，试茗煎山泉。关门避时俗，草木欣幽偏。性定啖藜藿，美味早弃捐。坦然任终老，无意慕神仙。老怀聊具陈，用以答嘉言。时期坐相对，白发两鬙鬙。

至白沙闻沈樗翁下世

敬亭残岁释归心，转眼秋江有讣音。四海苍茫无宿老，一庭风露冷孤琴。高谈往事酒边过（先生谈东林等事甚详），细写吟篇劫外寻（先生所著诗文，数岁前悉被回禄，止存晚年稿）。未及年华称九十，天涯交结尺书沉。

送对鸥重游津门

又是三千里外身（引先生诗句），嘉游还复滞天津。淮南亲故谁岑寂，落落青衫树下人。

新知旧好一时齐，沽上吟襟正续题。独有梅花动惆怅，梦中明月入西溪。

游铁佛寺（寺近隋宫故址）

古刹年深历雨风，到来幽寂与禅通。有声似水六朝树，以彩为花何处宫。爱汲野泉烧落叶，笑拈枯偈论诸空。门前一带雷塘路，惟见萧萧长乱蓬。

秋日程振华招同西唐、幼孚步蜀冈

牵襟挈伴陟高冈，爱听秋声过野塘。老去心情偏冷淡，兴来诗笔总苍凉。白云似水归山急，黄叶乘风扑帽狂。占得清欢在林壑，还携茗具到禅房。

九日同西唐登文选楼

文选楼边共徜徉，千秋风雅说萧梁。豪端藻思传今昔，天上书声落渺茫。九日秋高来冷客，一龛尘静傍空王。迟回同与高生老，白发垂垂送夕阳。

山房杂咏

萱

几朵秋萱晓日温，盈盈金粉露华繁。老人不作宜男想，小草清幽本净根。

榴

几上光生安石榴，明珠粒粒照清秋。不知开口笑何事，侬已寒酸到白头。

菊

离披一带墙阴菊，义手行吟风飘飘。轻黄浅碧霜中姿，愿祝年年伴寒木。

橙

烟梢露叶碧云横，剪取金丸入掌轻。爱此橙黄好时候，清斋深坐一灯明。

秋日即事感兴

临水登楼独黯然，朝曦夕霭一秋妍。愁闻入市米增价，喜得迎寒衣有棉。越岭书来霜雁后（得族人岭南书札），渡江人去菊花前（孙养恬过邗上即解缆之浙）。年年旧侣劳魂梦，不是天涯便墓田（谓樗翁、荔亭、柳窗）。

铜铸释迦降生像

佛相依稀在眼前，四门踪迹至今传。不知何代石居士，一握金为小梵天（铸有年号，剥蚀不辨，只识善人石氏）。

西土流传事特闻，横行赤子是迦文。摩耶未挽无忧树，早已龙天涌法云。

乌帽笼头净饭王，十年离绪独凄凉。泥连河上天魔散，种种光明被万方。

顶礼欣逢霁日温，山房清静似祇园。梅花树下好庵主，翰墨丛中奉世尊。

腊八日集寒木山房清斋礼佛

几点星光照晓晴，灯明香篆草堂清。人缘文字真如见，佛有楞迦圣果成。当户几筵花作供，溜匙雪乳芋为羹。斋心更有西湖老（樊榭、竹町两先生），笑曳吟裾妙义生。

围炉和西唐

破寒何处好，高馆许相寻。暖爱一炉火，欢生五字吟。谁还添薄醉，侬已得春心。触身疏林外，风狂噪暮禽。

元日

晴光满户牖，树树拂东风。丹萼吐清妍，朵朵迎衰翁。门外少贺刺，几上有诗简。团圝群儿女，春服绕阶红。

和西唐行莽雅集未赴之作

冷蕊疏花近梵天，群公雅会又新年。屋边古树消残雪，墙脚茶铛响细泉。几处飞光诗里得，近来清论静中便。野人久已心如水，蓬户春寒懒拂笺。

石门斋中食春饼戏作

汲取清泉和麦尘，蒙茸蔬笋裹偏匀。摊来素月流光洁，卷处春绵著手纯。高士林边重说饼，太常筵上得为珍。笑拈七字传风味，好博朋侪染翰频。

正月廿三日嶰谷昆季招游梅花书院，
因雨留饮山馆，分得才字

未须连屐到城隈，山馆层楼一笑开。幽径吐云当槛起，东风吹雨过江来。花如软玉生香浅，诗似明珠出蚌才。会此春灯作欢饮，夜深人影乱苍苔。

二月九日雨中，石门招同诸友
泛舟游毕氏园林，分得宿字

古柳浮轻烟，微波漾罗縠。停篙一屐通，细雨沾春服。香雪拥山亭，丛篁依蓊屋。小径碍人行，高林多鸟宿。娇花未骋姿，野客先游目。举酒开饮颜，狂呼成习熟。良时莫虚掷，好句须频读。几日是花朝，晴光媚草木。

二月十九日集寒木山房

观《天龙八部图》卷

我闻佛法阐无遮，现身亿万恒河沙。一点慈光照世界，能令烈火生莲花。种种威仪皆具足，庄严变化诸魔伏。所谓西方有圣人，龙天帝释咸膺福。吾徒今结莲社盟，斋心礼佛山房清。鲜花嫩柳作供养，幡幢精丽琉璃明。案头一卷明王相，龙瞑水墨谁摹仿。飞扬笔势如风云，神力神威生纸上。首作弥陀擐铠容，青瞳炯炯张雕弓。势至先驱跨神犴，紧那击鼓喧虚空。观音中显神通力，坐下飞龙张两翼。双手过头雪刃横，眉间不改慈悲色。闪闪旌旄一阵驱，天龙诸像形何殊。人非人兮世未有，邪氛一扫归虚无。我今参此图中因，妙义幽潜难细陈。百恶先防心上生，谁能湔涤灵台尘。尘尽心心如皓月，幽暗之中鉴毫发。斯言聊语趣禅人，何处无津通宝筏。卷图一笑闻妙香，不著僧衣对象王。挥毫谁肯攒眉去，各有心花洒道场。

春城晚望，同西唐、振华、幼孚

结伴同登仙鹤城，东风拂拂树头生。荒凉台榭谁家梦，断续弦歌水上声。云际山光青叠叠，日边江影白盈盈。凭临不觉千门夕，翘首扬州月未明。

喜樗峰上人至

支遁何期意独亲，三年踪迹隔江津。无家不是飘零客（上人与予同姓），一杖常扶自在身。老去久谙林下路，兴来聊问竹西春。眼前旧侣相思切，重向灯龛结净因。

浴佛日集寒木春华槛，礼绣塔，为广陵女史王氏所制

江城四月风日良，清清莲社开山房。剡藤为幔错如锦，万花为珞同时香。东家善女性智慧，心丝答愿凭针铓。一幢玲珑出绣塔，撑空之势飞神光。櫩棱欂角结文理，风铃云牖萦丹黄。层层周密八方具，缕缕蝉联纤手忙。我辈以诗为佛事，顶礼赞叹县中堂。钱王铸瓦久流落，子昂妙笔归缥缃。缅怀名迹不可见，对此挑金刺碧何辉煌。谁拈丽句比多宝，相轮顶上依空王。

题张崧南照（补景用香山"鹤与琴书共一船"句）

逸兴在江湖，放船随意适。或傍一林烟，或浮千顷碧。七弦挑动响飞湍，书声琅琅天宇宽。琴声书声杂鹤唳，白苹风起生秋寒。水云乡里夜蟾吐，翘首碧空双鹤舞。以此高踪聊寄情，胡不驱车秣马长安行。

周石门携太函山茗过小斋烹试，同人赋诗，分得远字

一室清凉握残卷，高杉蔽日午阴转。飘然忽得幽人来，草履蕉衫薄冠冕。袖中小篋贮名茶，云是太函山中春拣选。拈来馥馥细如毫，想见采时春尚浅。旋炊鲜火整茶器，小盏细瓯亲涤洗（叶铣）。松声蟹眼火候良，灵草之性乃无舛。沸处轻花勃勃生，擎时细蕊茎茎偃。清品久为先达珍（此茗即汪太函先生家植），幽芬岂是熏兰畹（新安人以兰熏松萝茗，下品也）。素瓷浮动色浅碧，微风入座香尤远。四三吟侣接踵至，辨味品泉容貌婉。更将果栗佐闲情，高话悠悠白日晚。今夜诸公定少眠，林端月上堪

忘返。

石门偕诸同好登南城，望隔江山色，携篇什见示，奉答十四韵，分得心字

衰残念往事，幽独生苦吟。自浮沧海归，悠悠栖故林。江北少丘壑，江南多名岑。金焦与北固，突兀而窈深。美哉少壮时，往往恣探寻。弹指十余载，胜境归幽忱。忽来二三子，惊我枝上禽。共言登眺好，新篇出袖襟。天际见群岫，城楼偕素心。晴岚落云槛，秀句吐璆琳。触我缥缈怀，如闻空谷音。欲往不可致，双眼蒙昏阴。安得山之妊，为我产空青。便可牵裾连袂过江去，胡为老卧青杉阴。

答吴蔚洲见赠原韵

高馆吟诗客，关情猿鹤俦。才华珠照水，清味露盈瓯。此意已生暖，孤怀早破愁。白头蒙见重，无志谒公侯。

书程老松照

老兴何洋洋，青山常在目。但与麋鹿俱，不向风尘逐。诗梦裹云烟，酒乡入幽独。山桃岁岁春，曾觉童颜复。

过寒木山房，喜幼孚携惠泉水至

高斋净秋宇，隔院来幽人。携将惠泉水，共试家园春。泠泠若空盎，瑟瑟浮香尘。一盏复一盏，飘然轻我身。

山芋羹

我无肉食相，堪对古先生。未著香林衲，居然白社盟。家园劚山芋，累累盈筐盛。用以作清馔，所谓山芋羹。雪处银丝滑，调时五味平。甘浆流勺腻，风味入唇清。饱食抵餐饭，清斋胜大烹。旨哉有禅意，扪腹南窗楹。

题梅

水边桥畔见精神，树树横斜世外身。香色界中春梦老，冰霜枝上暖风匀。逃禅居士挥毫古，和靖先生得句新。诗画不知谁更好，梅花应笑后来人。

《巢林集》卷四终

《巢林集》卷五

富溪　汪士慎　近人

午日喜孙养恬维舟见过即之浙，因作长歌赠行

平生不嗜酒，蒲觞聊一设。灼灼红榴花，对我头如雪。风炉正袅一茎烟，狂呼忽尔来茶仙。三年不见隔淮海，风期洒落欢如前。解衣脱帽释离绪，吴茶越茶君素喜。平山泉味良非佳，芳甘那比西湖水。昔年曾自西湖归，至今忆著心欲飞。年年但羡去来者，云烟一别双眼非。梧桐乡里君独往，放船更到西湖上。桐阴深处好甥舅（谓家援鹑），莲子花中湖水长。花娇水媚定忘暑，阴崖曲港穿柔橹。岩边寻我旧题句，墨色应为苔藓护。送君去，望君来，天涯故旧欢颜开。明日好山到君眼，一路云影山光浮茗杯。

幼孚斋中试泾县茶

不知泾邑山之涯，春风茁此香灵芽。两茎细叶雀舌卷，烘焙工夫应不浅。宣州诸茶此绝伦，芳馨那逊龙山春。一瓯瑟瑟散轻蕊，品题谁比玉川子。共对幽窗吸白云，令人六腑皆清芬。长空霭霭西林晚，疏雨湿烟客不返。

登南城望京口诸山

喧阗何处堪凭倚，城上南楼独耸峙。万缕烟中塔影尖，去来帆过西流水。西流之水接江潮，江上诸峰入望遥。翠黛烟鬟何窈窕，我衰更觉山容娇。

六月十九日寒木山房杂咏六首

盆兰

山房得净因，草木足娱玩。如坐游檀林，香气凝不散。羡彼湘浦蓓，菁华垂几案。九畹吐灵芬，六时通鼻观。欣承甘露滋，梦与楚云断。自此作天花，勿使骚客叹。

盆莲

在家各居士，吟社尊金仙。供以人间花，花中亦有莲。瑶华水月影，芳洁兜罗棉。碧叶捧朝露，妙意达心禅。岂曰托根浅，抔土越尘缘。即此是香国，一笑千花妍。

盆竹

森森盆中竹，漪漪似淇澳。对之烟雨生，看去浓阴覆。梳翎青凤小，振鬣螈龙缩。有节不干云，虚心抱幽独。陈列大士前，音声皆具足。闻道落迦山，曾现紫筼谷。

盆蕉

莲社列香供，鲜花杂芳杜。盆种南越蕉，似有碧烟吐。不知盖鹿时，有此清净土。叶叶披祥风，心心卷甘雨。他日灵蓓生，光华照庭宇。忽想绿天庵，但为学书苦。

杯露

程子赋性洁，前身香林徒。供佛以清泉，犹谓清泉污。诘晓入深坞，露气零衣襦。高擎白玉盏，滴滴垂花须。积成一杯水，亿万光明珠。美哉胜仙掌，妙香凝不渝。

盘冰

分题坐香室，不知火云垂。咏此淋沥冰，如在梅花时。凛凛错瑶玉，闪闪明玻璃。冷光逼毛骨，朔气侵桃梨。莹洁不供佛，恐是腥鳞漪。悠然息烦虑，时闻微妙辞。

苇村以时大彬所制梅花砂壶见赠，漫赋兹篇，志谢雅贶

阳羡茶壶紫云色，浑然制作梅花式。寒砂出冶百年余，妙手时郎谁得如。感君持赠白头客，知我平生清苦癖。清爱梅花苦爱茶，好逢花候贮灵芽。他年倘得南帆便，随我名山佐茶宴。

题止斋像

一林碧玉秋萧骚，风篁嫩箨穿云高。诗人静对天沉渺，满身拂拂青鸾毛。林中一别几冰霜，吟丝尽染秋蟾光。翩翩老态何康强，篮舆昨日过山堂。山堂终岁直幽冷，留连踏我松杉影。可能分取烟梢三两茎，闲门风雨无俗声。

西唐先生画山水歌

五岳堂上生清风，檐花石竹香蒙蒙。雨深苔老户常键，二分月堕蓬蒿中。先生高卧性懒慢，轩车不得来幽

丛。瓦砚墨汁常不竭，兔毫鼠尾皆成龙。平窗古案色斑剥，霜缣雪茧闪双瞳。一笔两笔峰插天，千林万麓临深渊。手辟心游意无尽，云根划断排空烟。瘦肩削玉孤踪迹（冬心赠诗有"瘦肩削玉状貌古"之句），置身直到千仞巅。天风吹衣何缥缈，凭虚似欲凌苍玄。纵横何暇法古法，狂扫已越荆关前。掷笔跌坐露双肘，更有一言真不朽。先生作画名书余（蕙田《书余说》云："犹之词为诗余"），两字流传昔未有。从来画法本书法（樊榭铭云："鼓手作画在仓颉后"），曲折淋漓在心手。曾观历代好画本，人人笔似风云走。此中蕴奥语向谁，未若关门对月饮美酒。落落贫交真耐久，我与梅花皆尔友。

嶰谷、半查招饮行笈

结茅佳处无喧哗，千年树底开窗纱。韩江诗人觞咏地，吟笺五色鲜如花。林光射酒好风日，老桂香幽时一袭。夜凉客散露华浥，满地秋声鸣蟋蟀。

和吴鸣皋见赠原韵

绮年才思比人长，多谢清辞肯寄将。霜颖未沾尘土气，蛮笺轻染麝煤香。惟君福泽生来厚，顾我年增幸少康。自与梅花同耐冷，至今谁爱孟襄阳。

《春溪洗砚图》诗　并序

程子泰谷少好读书，工文章，蚤有声誉，四方名流咸造访焉。今老且贫，犹好学不倦。秋九月，予过其家，相与清谈甚欢，因出少时所写《春溪洗砚图》像属题，因赋长句奉赠云。

开图一片春波绿，千丝万丝柳吐玉。依稀黄鸟放娇时，程郎洗砚临溪曲。一握紫云生地肺，古气絪缊良匠剧。程郎才思夐称优，文澜荡漾清于秋。千言落笔意浩瀚，细吟朗诵无时休。砚池残墨香不收，淋漓散作溪云流。溪上楼台读书处，万花围绕牙签富。青衫白夹常飘然，驯鹤驯猿共朝暮。天下名流愿识君，两板闲门关不住。湘帘高卷芳筵开，书堂日日倾樽罍。南船北马客满坐，明灯照耀多雄才。灯光人影花气乱，春风无处生苍苔。胜事悠悠云过眼，十年梦觉空尘埃。今日秋清弄楮毫，尔鬓我鬓同萧骚。图中少年尔非尔，案头古砚皆成凹。溪水生寒秋柳高，荒凉亭榭谁游遨。天南地北客离散，但有松老孤撑如我曹。西风飒飒动衣袂，暮鸟声喧来旧巢。

疏桐

桐叶惊秋早，飘零众木先。霜皮青不改，古干影萧然。香引花时凤，音通指下弦。中郎不可见，摇落任年年。

败蕉

寒凝蕉叶拆，秋影散纷披。著雨声应变，遮天绿尽萎。梦乡难复鹿，湘管罗临池。留得芳心在，东风展翠旗。

衰柳

衰柳连城郭，长条拂野尘。叶随飘处冷，人远别时春。路阔谁调马，烟销月印津。我怀离恨外，老梦久无垠。

晚桂

蟾魄弄寒影，蒙茸金粟枝。叶繁沾露重，香老出林迟。丛菊得为伴，小山应共时。天葩元耐冷，不改早秋姿。

腊八日集寒木山房，喜钱唐丁敬身至

绕槛红苞渐及春，清斋寒悄净无尘。何期西子湖边客，来作莲花社里人。笑貌忽通千里梦，云山已隔十年因。吟瓢酒盏欢无量，墨汁淋漓贝叶新。

题可村《梦游塞外图》卷

梦乡踪迹画来工，马踏寒沙一笑雄。天际有山青不了，草根无雪白连空。征衫抖擞秦城北，远碛迷离瀚海东。枕上蓸腾归卷轴，至今还忆挽雕弓。

送可村游京师

江乡风冷喜新晴，老友披裘忽远行。香雪林边三日饮，夕阳桥外一帆轻。冰沙路迥过淮甸，火树花飞入凤城。九十日春游兴剧，应须重念故园情。

上春三日沈惠堂五十

我衰尔复老，白首事浮沉。无梦游金马，长贫恋故林。生涯劳砚席，古调落弦琴。岁酒欣为寿，梅花伴醉吟。

忆可村

生意动茅茨，江南冰泮时。故人行已远，野老鬓添丝。雪驿貂裘敝，朱门白日迟。关情旧同契，翘首结遐思。

上元日周静斋携酒过饮

幽人一笑至，三径酒香生。花底开筵静，林端透月清。烛龙传楚俗（时有楚中人作龙灯戏于市），雪茧画春城（是日，西唐写《鹤城春望图》，同人赋诗寄怀周石门）。得此良宵聚，深杯有远情。

送郭蜀村之延平

南去镡州路，琴书画里过。渡江春浪阔，入浙好山多。蛮语连昏瘴，猿啼隔翠萝。九峰冠群岫，一杖倚云歌。

寄玉几

冠盖如云地，蓬门一味清。径荒花树冷，病懒笑言轻。得兴过萧寺，牵怀忆旧盟。生来成褊性，老我绿杨城。

赠答于石香司马

青年才子出京华，小驻淮南书满车。懒向长官垂组绶，爱从野客话烟霞。二分月朗闲拈句，五两风停早放衙。此日江乡消夏好，白鸥泛泛绕兼葭。

答朱旸亭见赠诗

未识山阴客，吟篇霭若春。清才徐正字，妙墨卫夫人。孤独感君慕，荒寒谁与邻。半生栖砚席，挥洒任天真。

蕉阴试茗

绿天雨过秋气清，青摇叶叶凉风生。一瓯苦茗饮复饮，涮涤六腑皆空明。闲门深闭无客至，缅想忽生天际情。越峤吴山三四月，云芽雾蕊香盈盈。高峰屏列挂白练，临流汲取亲手烹。暝云跂石乐莫喻，松声出谷和铛鸣。忆此幽境隔廿载，至今不复离柴荆。蕉叶荣悴我衰老，嗜茶赢得茶仙名（冬心赠句云："诗人今日称茶仙"）。春烘秋焙远人寄，茶烟日日空中行。平生煮泉百千瓮，不信翻令一目盲（医云：嗜茗过甚则血气耗，致令目眚）。一目光明著吟卷，兴来点画犹纵横。繁华冠盖不相识，幽窗冷韵私评衡。连日晴光媚白夹，肯教岁月闲中更。更扫清阴设茶宴，枯僧野老皆旧盟。

书石香主人《金陵杂咏》后

一纸吟笺咏所怀，烟花无迹过秦淮。从来司马情元重，忆著青楼好梦乖。

雨中怀西冈、蕙田两先生三首

清江渺渺隔遥津，几度秋风到白苹。落寞小窗连夜雨，雨昏灯暗不眠人。

茗雪烟波接海宁，翩翩诗老眼俱青。遥知胜地牵情思，多少长亭续短亭（时鲍公由吴兴改任海宁）。

参军别去刚三载，少监还家已隔年。欲寄鱼笺问消息，几时帆影落江烟。

怀可村、江皋两先生

庭树萧萧又报秋，远人还在海西头。关情惯结蓸腾梦，不落幽州即冀州。

怀石门先生

长堤春柳复秋柳，幽客还家不离家。多少江南好风日，可怜两地送年华。

怀石香先生

闻道秋来得好怀，青衫白马渡长淮。石公山下斋衙静，翘首音鸿恐易乖。

怀敬身先生

惟有西湖丁隐君，高踪常似在山云。十年神契曾相识，古雪林边得共群。

写梅寄答津门诸先生

诗人未面已相思，驿路遥传绝妙辞。多少江南好风景，萧萧竹外有横枝。

胶粉淋漓渍蕊寒，一枝枝上雪初干。画成未敢轻相寄，晓日明窗且自看（周子七峰二首）。折枝老丑卧江滨，雪里寒苞索莫春。多谢远人寄高咏，香生好梦不侵尘（万子循初）。

曲折何能效补之，拈毫聊以答遐思。疏香几点意无尽，得似西湖月上时（朱子）。

秋来著意写寒花，多少江南客忆家。欲托芳心慰离析，小春风信隔天涯（陈子江皋）。

蕙田寓马氏丛书楼，以近稿见示，因成一律博笑

故人多病爱孤清，瘦倚寒藤步屧轻。但喜朝昏亲卷帙，自成疏放懒逢迎。花生冷眼竹西月，诗出高怀鹤背笙。山馆小留能适意，宽闲随处著幽情。

淑林鬻琴感赠十韵奉寄

曾听青年抚蜀桐，五五长爪生松风。夜深庭院蝶梦醒，宫商暗度花玲珑。不惜黄金易焦尾，山亭水榭鸣琤琮。廿载重逢门巷古，苍苔屐齿埋幽踪。酒边不复话往昔，七条弦上诉深衷。满地霜花动逸响，一天寒月惊哀鸿。新声故声各殊调，枯楠乃与心相通。到今相隔不相见，江淮秋气归衰容。膝上古琴四散去，千声万声消虚空。此情此意不可说，相逢惟劝酒千钟。

忆铁佛寺旧游

广陵北郭四三里，叠叠平冈林木起。六朝古刹门闭深，深翠重阴落轩几。昔年游屐何频频，寻花踏雪无冬春。翩翩杖笠兴不浅，酒边琢句如花新。今日追思犹梦觉，多少欢怀成寂寞。枯僧久废井南禅（主僧古水移住城中），旧好多为辽海鹤（老匏、天瓢、素园、莱亭、柳窗皆下世矣）。鹤去无踪岁月深，孤怀不必更幽寻。云房古殿委尘土，一回相念一酸吟。

枕上口占

目病卧常早，匡床近月明。梦中无俗境，枕上得秋声。往迹惟神溯，幽潜本性成。侵晨犹懒起，飞鸟入帘鸣。

家援鹑见寄庙后秋茶

茗茶过水驿，幽客远相投。庙后一林碧，吟边满碗秋。灵芬凝不散，珍品鲜难求。对此情何限，依依隔秀州。

题周石门揖山楼

窗几凭虚笔砚排，先生吟思思无涯。座中双眼望到海，天际一峰青入怀。云烟变态四时好，热客不来来野老。有时客散主人醉，醉卧匡床梦瑶岛。

元日登文峰寺塔，同幼孚、蔚洲作

梵音齐唱众僧忙，引客梯空眺四方。霁日正明江上雪，北风犹著树头霜。到来野服消尘壒，归去吟囊带妙香。共喜清斋过元日，祇园应结古欢场。

新岁遣兴

六十翻头又丙寅，多年况味得称贫。闲贪茗碗成清癖，老觉梅花是故人。蔬食元胜粱肉美，篷窗能敌锦堂新。安排扫地焚香坐，积雪檐冰早占春。

食荠

野有丛生荠，朝昏匝地挑。盈筐偏易得，作馔可亲操。根蒂除残雪，菁英落剪刀。加餐贫有赖，甘苦共儿曹。

立春日答西唐，同用东坡韵

开岁行春令，昏云冻不堪。雨风来曲巷，友旧隔清谈。无分杯中酒，难邀面上酣。栖迟闲似鹤，伸屈冷如蚕。剪韭荒厨未，簪花老貌惭。年增花入眼，气短剑归潭。远想惟神溯，长贫与病参。仙非辟谷得，廉岂饮泉贪。结屋依城北，栽梅近院南。清寒应琢句，日暖再传柑。共泛湖边艇，还寻云际庵。蒙蒙香雾里，牵袂过山三。

喜蔡旅亭见过

扃户已逾月，开轩得素心。晴光明积雪，生意动寒林。苦茗有真味，清言多古音。坐深春气暖，斜日上吟襟。

上元后二日雪中，
闻振华偕友人之吴门看梅，因成三绝句

闻道冲寒结伴双，一肩行李上吴艭。夜来沽酒灯桥市，密雪笼帆晓过江。

春风驿路未嫌迟，携酒携瓢任所之。林下水边无不好，蜂峰晴雪画峨嵋。

衰迟空羡两闲身，有福才逢邓尉春。直待归来问踪迹，几朝香雪海中人。

窗前山茶花作蕊甚繁，冬春之交，风雪殊常，
悉皆萎落，感咏一章，惜此花之不辰也

山茶枝上蕊离离，其奈冰霜正此时。未遇冬温红自损，已过花候艳难施。生依幽径长年冷，老占春风得气迟。何似成蹊桃李树，向人容易逞娇姿。

春雪不已，苦寒有作

砚水胆瓶皆冻坚，寒威凛凛朔风前。溪边路滑客懒过，户外雪深人独眠。呖呖冥鸿悲旅食，寥寥野老畏饥年。凝阴不见阳和动，竹树披纷何黯然。

振华游武林归过话

老羡嘉游不可攀，风寒远接故人颜（谓樊榭、冬心、敬身诸先生）。衣沾宿酒兼新酒，目送吴山与越山。雨暗湖心春尚浅，潮生江面月初弯。留连却道收帆早，万树梅花裹梦还。

雨中抱村招过书斋

精舍常扃护绿苔，探幽人带湿烟来。雨声悦耳层层树，花气沾衣片片梅。众鸟在巢啼舌懒，冷云入户纸窗开。清吟浅醉欢宾主，小径牵襟缓步回。

题如皋周氏夫人贴梅瓣小帧

怜取寒香散路尘，拈来片片带余春。夫人解得庄生梦，却为梅花作幻身。

咏茧扇二首

雾縠霜纨总未同，慧心蚕女弄清风。不知三起三眠后，多少冰魂折叠中。

丝丝无迹比兜罗，谱曲堪为障面歌。明月半弯裁妙相，动摇花里得香多。

《巢林集》卷五终

《巢林集》卷六

富溪　汪士慎　近人

普洱蕊茶

客遗南中茶，封裹银瓶小。产从蛮洞深，入贡犹矜少。何缘得此来山堂，松下野人亲煮尝。一杯落手浮轻黄，杯中万里春风香。

宁都岕茶

远近名茶不易干，宁都雾蕊得尤难。青青活色团云脚，蔼蔼花芬上舌端。火候肯乖灵草性，水程遥隔赣江湍。街南好约清闲客（幼孚），石鼎松声接夜阑。

石门招同诸友探梅，分得南字

芳春半与雪相参，二月寻梅野渡南。老树有魂栖冷梦，东风无力负幽探。开时定占桃花侯，香处偏教燕子谙。好坐小亭浮大白，先呼明月照华簪。

观走马伎

北方有女逞娇羞，能调骏马来扬州。紫丝鞭控春葱柔，锦靴踏镫双垂勾。绿杨堤上游人聚，美人下马整缠头。长裙簇波秋鹅色，红衫细织金花稠。金鼓声扬马东骋，美人一笑攀花秋。一脚斜悬脸西顾，轻袿历乱春风愁。危机忽堕令人恐，回旋颠倒缭群眸。左低右昂缰不收，直以马背如平畴。汉宫妃子掌上舞，洛浦仙姬水面浮。此女非仙亦非嫔，学成僄疾等猿猴。怜彼生涯过眼休，黄金何处常营求。

过茧庐听宋默夫弹琴

东风拂拂出幽丛，白云缕缕行春空。茶熟香温张蜀桐，主人为我弹秋鸿。两三弦心孤悄，繁音细响飘空蒙。引我双耳入秋水，耳边瑟瑟兼葭风。悠然不觉意兴融，心神已在缥缈中。庭花乱落曲初歇，主人袖拂春衫红。

冬心六十初度

诗人双眼空遥遥，长歌短歌天上韶。不是仙人不可招，猩红袍映春山娇。西子湖中过六十，碧桃花里虬髯立。玉壶贮酒盍朋簪，明珠探尽骊龙泣。

蔚洲招同寿门、樊榭用里草堂看梅

蒙蒙晓雾滞衣襟，幽侣欣来渡水浔。小石桥头香已到，赤栏干外雪难侵。高拿龙爪逃禅笔，乱著繁花煮石心。拂拂东风才一日，有谁先入醉乡深。

新池和西唐

掘地为新沼，依山曲曲通。欲招鸥鸟宿，先植蓼花丛。水面鱼犹小，波心月已空。迟回石桥上，一杖倚东风。

石门招看白杜鹃花，因追忆柳窗

对此灵葩感易生，酒边能不念南卿。骚人未老登仙籍，小树多年占鸟名。太素染将春冷淡，啼痕浣净月空明。惜花难弟情原重，草绿池塘梦屡成。

过环溪看藤花

东风池馆春将尽，步屐藤廊日正曛。密蕊离离支暮色，柔丝缕缕弄清芬。玲珑石上纤花绶，烟霭林中驻紫云。为惜光华归去晚，重来不更问缤纷。

和西唐复水藤花

藤香吐蕊繁，影落溪光紫。舞蝶镜花深，游鳞璎珞里。流波不恋春，汩汩过桥去。

题友人像

梅龙高拿空，野鹤发清唳。蒙蒙香雾深，有客独心契。境幽情自闲，机息春无际。坐待月昏黄，花光落衣袂。

秋柳和苇村

西风吹老一丝丝，不是烟笼粉黛时。多少离愁付流水，纵无攀折已难支。

听吴重光弹琴

闻君善琴久，今始听君弹。潈潈暗泉动，凄凄幽思攒。繁弦催叶脱，细响逼秋寒。曲罢感孤调，知音何处干。

拜老匏墓

往事牵情不复论，故人何处卧秋魂。西风草色碧无际，白日林深路有痕。赖得贞珉书姓氏，空余抔土送寒暄。临流剪取溪毛荐，旧好飘零几辈存。

歙砚

吾乡产石抱文德，何处沉埋多剥蚀。墨池锈结冷云烟，凹面黯光铁花色。花纹琢作焦尾琴，谁将文字调清音。不知砚北客几换，磨人丸墨销光阴。汲泉为尔濯尘翳，嗒然静置明窗里。麝煤香动春风生，写出梅花千万蕊。

题家玉峰《云台观瀑图》

开图便觉四山响，百丈飞湍落潺潺。九龙奔赴泻阴壑，散雨喷珠满石上。山中有客寄高踪，行吟日日披清风。一家眠食水声里，犬吠白云山杏红。

赋得花坞夕阳迟

信步入深坞，纷纷蜂蝶忙。暖风收雨气，斜日恋花光。香径阴难合，烟梢影渐长。扶筇待明月，残粉落衣裳。

赋得径草踏还生

东风吹草色，满径早茸茸。鹤步青无恙，花时屡有踪。几朝行处损，一雨晓来秾。生意欣如此，吟边倚瘦筇。

赋得落尽梨花春未了

梨花时候雨风多，春在梨云梦里过。满地飞英香已散，一庭明月夜如何。霜衣燕子难迷影，巧舌流莺尚掷梭。想见天涯应落尽，阿谁楼上蹙双蛾。

吴南庄先生以诗索梅，赋此奉酬

胜事在交欢，酬赓成雅化。伊予卧穷巷，幽寂人咸讶。长年事茗柯，七碗颇相亚。感君五字赠，字字珠辉夜。钩画瘦金痕，语意春风下。仆本孤陋者，赖友高声价。何以报深情，寒梅散烟麝。

写萱草小帧与友人

茗碗浮香墨吐华，晴窗拈管静无哗。向平昏嫁看看毕，闲写阶前儿女花。

展上巳环溪流觞和竹町

五泉西去好林塘，藻荇盘纡绕曲廊。上巳过来刚十日，诗人更结古欢场。鱼争落蕊穿杯影，燕掠春波带酒香。自有文章添《褉帖》，醉看明月到渔梁。

柬春溪乞菖蒲水盆

清和风日正新晴，石上菖蒲绿颖生。乞取瓦盆浮碧水，吟边聊寄白头情。

斋中盆莲花放

瓦盆种藕玉苗新，青钱贴水无纤尘。南风满院白昼永，亭亭翠盖高于人。叶底忽见菡萏起，老怀不觉生欢喜。相亲相近吸清气，向夜开门注流水。流水深深花放红，花花叶叶香飘空。满身凉露沁肌骨，况有青梧碧月光玲珑。因嗟谁比此花洁，六月徂暑心如雪。旧交零落新交疏，独耸吟肩聊自悦。

秋日听吴重光弹塞上鸿

有客抱琴来草堂，萧萧黄叶打衣裳。开我轩窗据我榻，冰弦细细流清商。心神忽落万里外，阴山大漠哀鸿翔。哀鸿翔，初如云寒霜重飞不起，又如山高风劲难成行。纷纭历乱度寥廓，若远若近声悲凉。声悲凉，双耳欲聋心彷徨，五音杂逻浮天阊。缥缈之怀已无际，不觉主客皆相忘。哀声怨声划然散，氤氲扑鼻秋花香。

题南庄先生《晓耕图》二首

江村四月水云该，耕舍应为播谷开。草露沾衣青嶂晓，绿杨风里一锄来。

锄云劚雨事艰难，何幸先生注目看。直待九秋释农具，此中真乐有谁干。

送曹葆田之楚二首

黄花节后不胜情，拈动吟毫感易生。孤调已怜相识少，秋来偏是送人行。

川途渺渺带昏烟，汀草汀花秋可怜。送客先疑怀客处，庾公楼外雪连天。

秋感二首

老人目病十年余，生计悠悠半子虚。画本只钩香雪蕊，吟笺难作瘦金书。三秋无事关门坐，歉岁看花隔院疏。落落孤怀向谁是，暮蝉声里自容与。

萧然一室独惺惺，频跳双丸去不停。岂怪闲愁生静想，略经世事便劳形。金飙振耳秋行令，古木惊寒草自青。车马尘高何足羡，敢夸野服占芳馨。

草

芳草连天碧，茸茸软衬花。马蹄愁不了，人迹远无涯。野烧痕还合，池塘梦已遐。年年到蓬户，一径长新芽。

林

众木聚为林，多年结古阴。夜深疑鬼啸，风急似龙吟。根土久同气，低昂其有心。枯荣皆画本，匠石未须寻。

泉

泉源生邃谷，涌不间须臾。细响知穿蟖，潜行忽似无。到崖垂匹练，归涧泻明珠。自此杳然去，闲花水面铺。

城

一自干戈定，城笼万井烟。将军不望远，战士若归田。绕郭春花丽，当楼秋月娟。任人闲徙倚，无复话当年。

村

安居无所适，户户乐仓盈。老妇犹勤织，儿童愿事耕。水明桑柘影，鸟避桔槔声。村馆何为学，经传未粗名。

鹤

相此灵禽好，仙乡隔海东。竦身如我瘦，清唳觉山空。年寿莫可纪，丰姿谁与同。有时振风翮，一举遍鸿蒙。

雁

天际鸣鸿雁，排空自古今。过江声在水，入寒韵归琴。旅宿一汀月，云程万里心。去来频过眼，衰老独沉吟。

鸥

沙鸥无远志，来去恋波光。宿渚迷秋梦，成群乱夕阳。闲情依钓艇，野态集渔梁。我亦忘饥者，相亲共此乡。

蝉

邻家多夏木，才听一蝉鸣。不觉四三日，旋成千万声。晓霜黄叶寺，斜日绿杨城。借问绥冠者，炎凉耐此情。

蛩

冷月生虚碧，林梢湛露华。人声寂良夜，蛩语出秋花。足以供清听，何堪有俗哗。从兹随候气，幽响接霜华。

琴

横琴传大雅，声韵托冰弦。材自何年斫，音通太古先。惊秋飞落叶，洗耳听流泉。自别孙郎后（谓淑林），高县又几年。

墨

自爱挥毫后，磨人墨未闲。鸦涂千匹练，笔扫万重山。已共岁华去，空留石面斑。惟卿与我友，头白尚相关。

石

顽石本无璞，擎来大似拳。浑沦静者相，枯寂野僧禅。米老爱如此，生公法未传。因知不材质，足以得长年。

榻

平生依短榻，安稳著闲身。斜月每来照，寒毡不碍贫。花时香到枕，秋老冷侵人。何处留宾客，能教孺子亲。

檠

短檠称蓬户，相对夜沉沉。继晷无盈缺，摊书见古今。焰垂花蕊细，光透竹阴深。华烛休相笑，孤荧对苦吟。

屐

冲泥双屐好，几度问梅花。犬吠过村巷，苔荒入酒家。桥头行款款，雪里响沙沙。高处从来滑，衰年爱水涯。

柝

永夜惊寒柝，家家深闭门。鸣街催月落，入巷破霜痕。孤馆听难尽，欢筵烛易昏。一声声渐已，开眼又朝暾。

砧

千门缯纩急，砧杵逼秋清。远戍寒无敌，高城月有声。透空昏霭散，入夜旅鸿惊。闻者犹回首，何堪思妇情。

梵

白马驮经后，空中有此声。五音归梵呗，大众合清赓。扬抑风云荡，威仪色相成。我曾翻贝叶，千载一灯明。

风

依微动苹末，浩浩满洪钧。漏泄四时气，飞扬万丈尘。波涛传震怒，竹木画精神。到处还随我，飘萧两鬓银。

云

老矣登楼客，云奇过眼多。满空驱阵马，万顷散鲸波。雨急浓如墨，秋清薄似罗。六时无定相，世事更如何。

雪

仙人在云际，剪水散轻花。密洒草堂静，平铺小径斜。寒花红隐隐，冻箓绿沙沙。瞥眼成瑶阙，烧薪自煮茶。

东

川渎朝宗处，鲸波无尽穷。日华荡流景，雨气吐长虹。泰岱烟云里，人文邹鲁中。海阳卑隰地，城郭总依东。

西

险绝连云栈，雍梁道路奇。羲轮趋陇首，新月上峨嵋。河自万山出，江分两戒支。记曾读《禹贡》，引导始西陲。

南

南方风候异，炎海气常偏。腊尽无冰雪，春来有瘴烟。云帆通远贡，白日遍神渊。闻道秋空雁，山高度可怜。

北

皇王幅员广，北尽黑龙江。远碛通行旅，寒沙走健駹。近边春漠漠，入寨雁双双。万里阴山雪，而今属内邦。

尘

纤尘谁碾出，寂寂遍寰区。晴晦不时见，沾濡何物无。雨来暂销歇，风起又模糊。惟有古今士，惊人事不污。

古

古人去何处，惟见古人心。功业归贤哲，文章出士林。千山余过迹，万象隔幽忱。最是江河水，滔滔直到今。

影

影形是良伴，相恋到衰残。未识我何似，都应象外看。日斜成丈六，月正更孤单。惟有高眠后，思君一顾难。

籁

奇响出天风，音声杂遝中。乱山嘘洞穴，灌木吼蛟龙。疏雨昼鸣瓦，寒涛夜振空。还闻人籁起，落笔鬼神通。

新雁声

冥鸿忽忽又江城，入耳秋来第一声。定有倚楼人极目，得无垂老客关情。黄芦瑟瑟和清唳，银汉迢迢送远征。只恐漫天风雪重，不胜哀怨度寒更。

落叶声

江南木叶忽萧萧，林下老人悲暮朝。乱响中如山鬼啸，洒空过若水波摇。几回掩卷疑疏雨，连日打窗嘶冷飙。听到无声秋渐了，不堪回忆绿云饶。

寒蝉声

散尽天香菊乱敧，感人物候动吟思。秋侵高柳叶频脱，病到疏蝉鸣自悲。冷抱西风无急响，暖喧斜日未移时。夏虫难及冰霜老，此意何堪热客知。

捣衣声

北方清响动寒衣，砧杵家家尚不违。未必尽为征妇思，安知非待远人归。随风振野催黄叶，向晚喧空送落晖。何似江南冰雪里，披裘拥褐到芳菲。

月夜过吴梅查青棠馆拈韵

一杖来高馆，清阴露气沾。瓯香春在茗，竹密月如帘。幽鸟安巢稳，轻风入坐恬。欣欣贤主意，选句待人拈。

所思和己军

衰年何所思，思发易成悲。幽独非今日，交游谢昔时。名山归梦久，好事上心迟。一任高鸿过，天涯未有期。

立春日与小坡过具公丈室拈韵二首

一路东风软，双林得气先。偶然偕素侣，不觉入吟禅。腊雪消灵境，春钟透梵天。行行意幽寂，同结远公缘。

茫茫尘土梦，心到此中宁。树里闲房古，阶前宿草青。嘉言流性海，道味落茶经。留待林边月，迟回到日暝。

种松

岭上青松树，移栽小院南。灵根依竹石，翠鬣带烟岚。岁久风云聚，阴森雨露涵。我衰难共老，化鹤定来看。

雪窗蕉

南窗一夜雪，蕉叶尚抽心。枕上知非雨，风中别有音。狂毫犹可著，古梦杳难寻。粉本诗中画，王维正冷吟。

霜天雁

一片霜花白，征鸿正可怜。水寒菰米尽，风劲角弓圆。关塞雪将满，江湖梦尚牵。我曾同逆旅，愁极夜如年。

山茶雪

山茶开正好，渗渗雪花笼。小径蒙寒绿，低枝坠冷红。瑶华凝艳粉，霁影淡幽丛。几日冰澌动，春来气可通。

砚池冰

雪屋夜寒甚，冰花结砚池。冷烟凝不动，霜兔未能驰。晓日烘犹薄，熏炉暖正宜。一时香满纸，挥洒忽淋漓。

《巢林集》卷六终

《巢林集》卷七

富溪　汪士慎　近人

吴氏家藏十三银凿落歌为蔚洲赋

东城雅会延陵家，丹黄绕座开秋花。宾朋半是南帆客，筼筜影里浮流霞。酒酣主人兴复作，呼取盘盂重劝酌。明灯闪闪古匣开，著手光流银凿落。银凿落，十三持，得从先世称觞时。是时盟契七六辈，各举一觞同赋诗。到今传留岁月久，世世宝藏胜琼玖。玉壶酒满泻红云，荡漾雕镂真妙手。想见良匠心，造意殊寻常，红炉熔出拳拳雪，利刀割雪进寒铓。或为彝鼎形，或作云雷象，玲珑花叶各逞奇，雅与银槎无下上。金珀黄犀焉足称，素磁玉斝堪同赏。一饮再饮客颜丹，长歌短歌如狂澜。殷殷贤主意无尽，花芬月皎还盘桓。

赠孙千波二首

闻道欢游兴最遐，曾携笔砚到天涯。赏心岭表林林雪，骋目滇南树树茶。古锦囊中多翰札，木棉衣上滞云霞。何缘独爱淮东老，几度蓬窗坐日斜。

帆从杨子①津头落，人自水晶宫里来。满纸烟云生笔阵，一天风雪问官梅。疏狂未肯依喧境，冷淡偏宜近讲台（孙君寓具如和尚方丈）。昨日何当遗秀句，不知何以报玫瑰。

【校】

① 杨子，应作"扬子"。

集青棠馆拈得春衫一首

野服常凋敝，春衫旧绮罗。轻棉称意暖，宽袖得风和。酒滞从来少，花熏不厌多。翩翩随素友，未许换青蓑。

佛灯

梵宇一灯静，诸天此照临。长明流法远，古火得年深。影散大千界，光收亿万心。从来清夜里，不比海珠沉。

棋灯

爱棋人不散，更恋一灯青。妙义两难测，仙机夜更灵。分光敲冷玉，带影摘寒星。却笑挑残后，迟回兴未宁。

客灯

我亦曾为客，灯前感岁华。有时亲酒盏，终是照天涯。愁觉生花易，昏怜举笔差。而今归卧好，儿女一庭哗。

写梅送吴醒园之汉阳

寒梅写得自难堪，千里随君正伴函。点点疏香侵汉水，小春风信隔江南。

酬冒葚原惠蜀茗

故人遗我茶，言从蜀客寄。采于金篦山，山遥得匪易。传来意已深，珍重刮目视。褫封辨灵草，仿佛蒙顶制。老人寂无事，解衣自烹试。一铛秋雨过，满碗轻花蔽。玩味比嘉言，生甘得妙义。涤我六府尘，醒我北窗寐。五字颂高贶，重缄合珍秘。伊谁万里心，致此馨香意。

池上

园林积雨方歇，池水潋滟如银。桥北桥南鸥泛，苹花苹叶香新。云徘徊而濯影，风澹荡以铺鳞。到此已忘热恼，柳阴多处吟呻。

白燕和抱村

白燕何来双复单，水边烟际有人看。才过社鼓霜翎薄，乍入梨云玉骨寒。到处银塘翻净影，谁家珠箔度轻翰。写生安得徐熙手，胶粉钩描上素纨。

初夏泛舟红桥拈韵二首

半篙流水碧烟铺，野粉残英望去无。一笑游人春梦老，绮罗香已衬青芜。

桥边黯黯绿杨低，犹似渔洋旧品题。行过荻芦向何处，漪南亭外一鸠啼。

紫牡丹

一径香风扫绿苔，魏家粉本正全开。人间巾帼谁堪拟，安得真妃赐紫来。

梨花

粉杏红桃懒去看，煮茶声里独凭栏。新栽一树梨花艳，便觉春风小院寒。

送吴补庭入都

花里闲吟客，秋来忽壮游。驱车迎塞雁，回首隔江鸥。友旧半岑寂，郎官久契投（谓南庄令弟）。西风疏柳外，良晤尚悠悠。

寄怀补庭

瞥眼行人远，流光逐旅尘。韩江秋渐晚，京国梦无垠。嘉会怅难得，相思老更频。从人问消息，前月过天津。

冬夜斋中望月

岁晚江南景物殊，小窗但见玉蟾孤。阶前虚白行如昼，空际幽辉望若无。仙女弄霜磨宝镜，潜蛟吹浪濯寒珠。冰壶影里谁相伴，老树含苞半臂枯。

落梅

惆怅立空墀，梅花过眼时。好香归宿雨，明月在荒篱。何处客吹笛，连朝风满枝。一年清兴了，心事付吟丝。

春愁曲

东风雨暗江南天，桃花红湿娇可怜。深院高楼昼悄悄，春愁远与天涯连。荡子不归年复年，美人梦落空江烟。潋潋芳心不转石，泠泠清泪无声泉。千秋难泯情丝牵，枝上啼红有杜鹃。

早秋夜坐

残暑忽已退，山房夜正清。凉云驱雨气，皓月走秋声。瀹茗睡神醒，逃禅世事轻。一心如止水，忧乐不关情。

哭姚蕙田

卅载交深一夕违，客窗重见事全非。韩江秋老吟魂散，苕水帆收旅榇归。多病寡妻伤薄命，能文爱女化仙妃。遥怜春雨春风日，寒鉴楼空燕子飞。

张孙氏挽言　并序

女名惠，为予故人孙君叠山长女。少孤，依慈母，性柔顺，得母训，咸称贤淑。年十八，适张氏子定州，甫三年而定州物故，遗孤两月，女乃定志守贞，抚育其子，讵意女年廿五，染病而逝。呜呼，此女自生至殁，德性殊众，有古贤嫒风，若得天假以寿，未必不留名于彤管者也。予与孙三世交好，是以耳熟此女之贤，漫成长句云。

昔与孙君友，肝胆倾心吐。廿载称忘年，溘焉中道阻。庭前儿女孤，教育欣有祖。惟此弱龄女，总髻依孀母。绕膝戏斑斓，承颜无逆迕。性洁怀清风，容庄步芳矩。一编《女诫》明，满室春风昫。芳年嫁得读书郎，相亲相近称糟糠。德性何曾殊孟光，昼依井臼夜缝裳。昔日高门节钺拥，而今三径蓬蒿长。甘心裙布作贤淑，直看罗绮空熏香。自拟家贫得清吉，何期一夕生凄凉。心魂忽堕天地外，可怜瞥眼分鸾皇。良人忽赴玉楼去，酸风苦雨摧肝肠。全身如落空江水，直欲相从共栖止。尘海茫茫鹤不归，忍看两月遗孤子。子眠襁褓不知悲，一线悠悠系宗祀（此子为张经略公伯鲸裔孙）。庭花扫尽昼关门，甘老冰霜不敢死。瞑心守志送流年，但望斯儿头角起。阿母难抛爱女心，空房相顾悲怀深。堂上姑亡翁远宦，勤劳王事隔幽忱。风清月冷清复清，家徒四壁空瑶琴。束薪瓮粟母所给，不愁风雪来空林。朝怜莫惜儿能行，四时祭扫昭神歆。吁嗟兮，苦志年光应寿考，二十五年春梦老。菱花黯淡朱颜凋，何堪二竖频侵扰。闻说秋来眠食难，淹淹竟欲离昏晓。床头药裹人间草，灵术灵方无处祷。光阴不驻千秋心，谁逐冰魂就杳渺。自言不复谢亲恩，海色西风昼欲昏。回眸一一别兄嫂，付托遗孤语更温。不愿儿封万户侯，愿儿自此生灵根。他日能亲孔孟语，自应不辱忠良门。舍凄忍泪敛容色，索取清泉亲手挹。从容就枕似禅寂，白鹤青鸾追不及。

秋云

何处龙嘘气，秋云出海初。暗遮山骨瘦，轻抹树林疏。鸿雁栖昏塞，星河荡太虚。昨宵凉雨后，洗出玉蟾蜍。

过秋琴馆看竹赠苇村

秋来风日佳，策杖秋琴馆。主人清风怀，种竹当阶满。阴交砚席凉，翠落衣裳浣。抱虚君子心，耐冷梅花伴。坐久闻妙音，茶烟去宛转。

冬心先生来广陵，过予草堂，
各出翰墨相赏，因成一律

饥渴三年别，衡门一笑亲。贫仍如宿昔，老不减精神。我迹未离境，杉阴早化尘（屋前古杉为风折去）。相怜复相慰，落笔占千春。

冬夜江楼望月

永夜一轮满，寒辉望不穷。水明沙路白，山暗寺灯红。朔雪侵仙兔，清霜逼桂宫。我怀向何处，消息远人空。

喜梅查过荒斋，以诗见赠，即和原韵

君来荒径雀喧哗，坐拥残书富几车。垂老孤怀欣素友，荫阶古木借邻家。清才馥馥天葩吐，野态珊珊竹杖斜。颠倒吟笺休见笑，直今双眼总生花。

茉莉

何年岭表卉，分种到江乡。艳质出炎暑，繁英生夜光。开时纤月落，香处晚风凉。小院披襟坐，流芬上竹床。

栀子

未识栴檀树，欣看薝卜荣。色经甘露洗，香自逆风生。六出光明性，同心智慧情。金仙不可见，拈处得花清。

凌霄

绕树凌霄发，盘空曲似蛇。花明丹粉重，丝飐暑风斜。得气因依附，长荣阅岁华。欣欣好颜色，莫被绿云遮。

蓼花

汀洲生景色，一棹蓼花中。丛穗媚流水，弱茎垂碎红。密遮鸥背雨，低拂钓丝风。动我江湖思，烟波处处通。

牵牛花

竹树交加处，藤攀缕缕轻。半轮残月坠，一片晓花明。秀色烟笼出，灵胎翠长成。露凉无客至，寂寂倚檐楹。

水木犀

爱此指田花，依稀金粟芽。不逢秋露冷，常被鬓云遮。弄影荒村月，飘香野叟家。芳蘅与杜若，剪以配清华。

送方介亭还真州三首

晓来坐我屋三间，疏柳摇风映别颜。几日吟怀珠历乱，暂留犹欲趁潮还。

共喜游踪远世尘，最幽深处放闲身。还家好向朋侪说，莲社拈花第一人。

江上人归小院秋，惊飙著树已飕飕。相期直待梅花发，莫遣何郎易白头。

老吟十首

予少壮时，尝在江淮吴越间，历览山川名迹，迄今廿载，不复出户。今老且病，昔游难再。旧友星疏，不觉有江乡岁晚之悲。因作《老吟十首》，聊以抒情。

平生踪迹雪泥鸿，渺渺云山梦寐通。林下水边十年隔，旧游瓢笠总成空。

镜里年华老态增，形消顶秃竟如僧。向平事了更无事，抛得闲愁即大乘。

自成孤调许谁同，繁会丛中迹久空。老去生涯真冷淡，横斜枝上得春风。

近来情思懒如云，一目昏花何所欣。不羡翩翩浪游好，荒村野店约同群。

庭花鲜洁酒尊疏，静煮溪茶近竹炉。幽鸟一声心目爽，僧伽扶杖过柴庐。

老卧江干命所该，浮云富贵不须来。昨朝有客天边至，风雨闲门一笑开。

目眩心摇寿外翁，兴来狂草活如龙。胸中原有云烟气，挥洒全无八法工。

吟边流出性天真，难比雕龙绣虎人。自觉语言从肺腑，眼空无处著红尘。

白头随意种秋花，惟有秋花耐岁华。四海名山无著处，可怜人近日西斜。

化鹤人归何处求，空多名姓在心头。草堂连日未岑寂，捡点遗篇乱不收。

绿野醒园斋中拈题

万绿含烟遍野时，遥遥入望自迷离。深藏茆屋清阴合，点染平田白鹭宜。隔岸远迎骑马客，缘坡常映牧牛儿。菁华得气三春后，青帝多情雨露私。

纸鸢

春到儿曹技可施，纸鸢飞起扬晴曦。摩霄岂识青天阔，得气须防一线离。输与人看疑振羽，略因风动总乘时。老夫伫立独惆怅，过眼浮沉恐类斯。

蝶

得意春风舞态斜，众香香里送年华。去来那识谁家院，输与山翁作眼花。

病起

病除秋已半，谢客几经旬。白露长新草，西风老瘦人。有怀天际客，久隔陌头尘。坐对轩窗静，幽花作主宾。

午日庭前藤花盛开，柬诸同人

午日对藤花，风中拂槛斜。柔丝牵紫绶，密叶走青蛇。剪取堪为缕，蒸餐可配茶。谁能乘浅醉，幽赏过山家。

九秋吟效家柏岩作

空

翘首空遥遥，天光青似卵。何处动秋思，思逐孤云断。

坟

牛羊下高陇，云覆松楸晚。秋气入荒坟，子孙独何远。

田

群鸟啄余粒，农夫都在场。秋深一犁雨，宿麦又成行。

兰

幽谷出幽兰，秋来花畹畹。与我共幽期，空山欲归远。

灯

幽响聒无寐，明灯透竹深。闲门掩秋夜，光湛碧淋淋。

雨

密密洒黄叶，淋淋湿红蓼。漫空雨气深，敝服生寒早。

苔

老至道心庄，人言静者寿。秋来常闭门，日见青苔厚。

鹰

霜天过鸟稀，四野草根出。独羡脱韝鹰，摩空双眼疾。

蛩

碧月满秋草，老人独延伫。听此蛩鸣悲，绝胜市人语。

喜家承斋见过二首

桐溪嗜古士，作宦近淮南。白日勤王事，深宵启秘函（时在龙潭督理行宫事务）。过江屏虞从，访旧得幽探。忽到蓬蒿径，清风入笑谈。

忆自京华去，相思春复秋。音鸿千里断，风雪故人忧。旷意得今夕，关情惜病眸。云旌明日远，回首各悠悠。

孙小坡归龙眠山，赋此赠行

昔慕赋山才，今羡归山乐。赋工山著名，人归山有托。孙君归览龙眠奇，品题直映天台辞。山盘谷邃写不尽，水曲云窝生妙思。屋里贮琴书，门前呈画图。野樵枯衲亦可友，春鹤秋猿皆尔徒。四时悦耳响万吹，入户晴烟浮暖翠。糟床酒滴颇堪醉，那有喧嚣通瘝瘵。

除夕

世事劳形久不胜，白头生计竟何凭。每怜温饱欢儿女，但觉艰难仗友朋。诗笔生寒羞祭祷，闲身无恙感年增。茅堂亦作团圞饮，人影花光共一灯。

跋

　　《巢林诗集》七卷，富溪汪近人先生侨寓邗江时所著者。其棃板，旧为玲珑山馆马氏藏本。予年少时，初游广陵，曾于安定讲院吴谷人夫子几席间得读是集，浅可入深，微能达显，如列子御风而行，不可攀仰。维时马氏浸替，诸名辈久皆星散，所存之板，不知其用以覆瓿耶，抑不知取以代薪耶，予不得而知之。深惜是集之不可多得。今越卅年之久，于吾侄竹簃处，得睹斯板，完好如初，心疑翻刻。亟询颠末，始知从坊间得来者。玉鱼金碗，仍在人间。如吾侄竹簃者，可谓善阐幽光者矣。属予为记，即拟列入印订成书，以公同好。嗟乎，巢林之集，不传于子孙而传于友朋，又不终传于友朋而传于百年后之金竹簃。噫，诚如吾友叶布帆集中展朱老匏先生墓句云："果然传姓字，何必定儿孙。"倘九原有知，不知作何欣感。而竹簃得此，又当如何宝贵欤。

　　道光癸巳年重九日，钱唐金世禄蕉衫氏识于乐天书舍。

【校】

乾隆九年刻本无二跋，据道光十三年重印本补。

　　昔人谓：诗人之诗，即佛家所谓参最上乘。盖其诗从性情中流出，如天衣无缝者也。岂若务纷华靡丽之习者，不伤于纤巧，则伤于藻绘，吾不知其性情何由见耶。富溪汪巢林先生侨居韩江，不慕荣利，琴尊自娱，书画篆刻之外，尤耽韵语。其诗如寒梅著花，绝无尘壒。同时与厉太鸿、高西唐、陈玉几诸名辈酬唱于马氏玲珑山馆，极一时人文之盛。先生善画梅，嗜苦茗。暮年左目失明，曾锓小印曰："尚留一目著花梢。"继而双瞽，犹能以意运腕，时作狂草，自号心观道人。可谓沉湎翰墨，笃志风雅者矣。故冬心先生谓其盲于目而不盲于心也。今楷于坊间购得先生手书诗版，计历百年未损一字。于虖，楷与先生殆有前生文字缘耶。谨就所闻而识之如此，并属坊友印订行世，以扩海内博雅君子采风之一助焉。

　　道光十三年，岁在癸巳仲冬望后二日，钱唐后学金楷正伯父拜跋于邗上之聚好斋。

板桥集

〔清〕 郑 燮 著

段子宜 点校

目 录

板桥诗钞（范县作）

绝句二十三首

板桥诗钞（潍县刻）

板桥词钞

板桥题画

自古名人著述流传海内者夥矣，然欲汇平生之精构，手录成编，俾吟揽之余，即为临池之助者，致不多觏。板桥先生以风流倜傥之性，纵情翰墨间，其为诗词书画，酝酿古人，自开面目，海内争宝藏之，而衣钵真传，不逾是集。予偶购诸贾人，窃喜得窥全豹，又字画皆出其手，恐传刻无多，积久就湮，因重付剞劂，以供同好。岁昭阳单阏如月之望，延陵茶坨子识于清晖书屋。

【校】

原刻本无此文，据清晖书屋等翻刻本补。

板桥集目录①

一编

　　古今体诗

二编

　　古今体诗

三编

　　词

四编

　　道情

五编

　　题画②

六编

　　家书

【校】

　　①原刻本无此目录，据清晖书屋等翻刻本补。"编"，善成堂重镌本作"卷"。

　　②据卞孝萱考证，《题画》应在《家书》之后。

前刻诗序

余诗格卑卑，七律尤多放翁习气。二三知己屡诟病之，好事者又促余付梓。自度后来亦未必能进，姑从谀而背直，惭愧汗下，如何可言。板桥自题。

后刻诗序

古人以文章经世，吾辈所为，风月花酒而已。逐光景，慕颜色，嗟困穷，伤老大，虽刳形去皮，搜精抉髓，不过一骚坛词客尔，何与于社稷生民之计，《三百篇》之旨哉！屡欲烧去，平生吟弄，不忍弃之。况一行作吏，此事又束之高阁。姑更定前稿，复刻数十首于后，此后更不作矣。板桥又题。

板桥诗刻止于此矣，死后如有托名翻板，将平日无聊应酬之作，改窜烂入，吾必为厉鬼以击其脑。①

【校】

①原刻本无此三十八字，据清晖书屋等翻刻本补。

紫琼崖道人慎郡王题词

高人妙义不求解，充肠朽腐同鱼蟹。此情今古谁复知，疏凿混沌惊真宰。振枯伐萌陈厥粗，浸淫渔畋无不无。按拍遥传月殿曲，走盘乱泻蛟宫珠。十载相知皆道路，夜深把卷吟秋屋。明眸不识鸟雌雄，妄与盲人辨乌鹄。

板桥诗钞

兴化郑燮克柔氏　著

巨鹿之战

怀王入关自聋瞽，楚人太拙秦人虎，杀人八万取汉中，江边鬼哭酸风雨。项羽提戈来救赵，暴雷惊电连天扫，臣报君仇子报父，杀尽秦兵如杀草。战酣气盛声喧呼，诸侯壁上惊魂逋，项王何必为天子，只此快战千古无。千奸万黠藏凶戾，曹操朱温尽称帝，何似英雄骏马与美人，乌江过者皆流涕。

种菜歌（为常公延龄作）

有明万历天启间，时事坏烂生凶顽，群贤就戮九千岁，宫中不复尊龙颜。烈皇帝起震而怒，练帛一条殪凶孺，天荒气败不可回，龟鼎潜移九庙仆。苍谷先生开平嗣，屡疏交章称天意，提将白刃守宫门，散尽黄金酬死事。都城陷没走南邦，恶孽桐城马贵阳，新王夜夜酣春梦，戍卒朝朝立晓霜。上方请剑长号唾，忠谠不闻城又破，虎口才离二黠奸，孤舟欲覆江流大。买田种菜作生涯，泪落春风迸野花，懒寻旧第乌衣巷，怕看钟山日暮霞。荷锄负担为佣保，菜羹粝食随荒草，时供麦饭孝陵前，一声长哭松楸倒。家有贤媛魏国孙，甘贫茹苦破柴门，烧残昔日鸳鸯锦，涤尽从前翡翠痕。一畦菜熟一畦种，时时汲水提春瓮，玉纤牵断井边绳，茅棚压扁钗梁凤。几年氄毷先生死，含饭无资乞邻里，天涯有客独挥金，棺衾画翣皆周视。人心不死古今然，欲往金陵问菜田，招魂何处孤臣墓，万里春风哭杜鹃。

题双美人图

珮环摇动湘裙冷，俏风偷入罗衫领，美人相倚借余温，细语无声亲素颈。玉指尖纤指何许，似笑姮娥无伴侣，又似天边笑薄云，夜寒不得成浓雨。

自遣

啬彼丰兹信不移，我于困顿已无辞，束狂入世犹嫌放，学拙论文尚厌奇。看月不妨人去尽，对花只恨酒来迟，笑他缣素求书辈，又要先生烂醉时。

山色

山色清晨望，虚无杳霭间，直愁和雾散，多分遣云攀。流水澹然去，孤舟随意还，渔家破蓑笠，天肯令之闲！

诗四言

夜杀其人，明坐其家，处分息事，咤众母哗。主人不知，托为腹心，无奸不直，无浅不深。

仁义之言，出于圣口，奸邪窃似，济欲忘丑。播谈忠孝，声凄泪痛，哈诳贤明，况汝愚众。

当春不华，蓄意待秋，秋又不实，行将谁尤？茸蔓藏蛇，梧桐哕凤，象分性别，各以类贡。况汝棘刺，鸱鹗避之，乃思鸾凤，槁死不知。

求利于地，丝枲稼穑；求利于天，锄欲植德；求利于物，网罟钓弋；求利于人，面曲背直。有禽其心，有兽其力，诋贤玩愚，寝危卧仄，天亦汝怜，大道不塞。

偶然作

英雄何必读书史，直摅血性为文章，不仙不佛不贤圣，笔墨之外有主张。纵横议论析时事，如医疗疾进药方。名士之文深莽苍，胸罗万卷杂霸王，用之未必得实效，崇论闳议多慨慷。雕镌鱼鸟逐光景，风情亦足喜且狂。小儒之文何所长，抄经摘史饾饤强，玩其词华颇赫烁，寻其义味无毫芒。弟颂其师客谈说，居然拔帜登词场。初惊既鄙久萧索，身存气盛名先亡。華碑刻石临大道，过者不读倚坏墙。呜呼！文章自古通造化，息心下意毋躁忙。

送友人焦山读书

焦山须从象山渡，参差上下一江树，高枝倒挽行云住，低枝搏击江涛怒。枯藤盘拿蛇走壁，怪石崚嶒鬼峡路。日落烟生江雾昏，微茫星火沿江村，忽然飞镜出东海，万里一碧开乾坤。夜悄山中更凄肃，鹳鹤无声千树秀。邻屋时闻老僧咳，山魈远在云端哭。几年不到大江滨，花枝鸟语春复春，抱书送尔入山去，双峰觅我题诗处。

海陵刘烈妇歌

烈妇夫武举，从左良玉阵亡，无后。妇誓奉公姑，待其终年，即自缢死。州人哀之，称为刘烈妇云。

湿云压窗灯欲死，少妇停梭拂衣起，夜惨心孤倦欹卧，沙场梦入深闺里。破甲残旗裹血痕，手提败鼓号冤魂，自云转战身陷没，断骸漂骨黄河奔。仓皇踯躅妇惊觉，群犬乱吠秋篱根。深夜欲啼啼不得，泪珠迸落罗衾湿。抹去胭脂罢晓妆，翠翘云鬓无颜色。凶问传来败散军，果然与梦无差分。温言绪语慰翁媪，幽闺裂破绣罗裙，椎心一哭数斗血，纸钱飘去回秋云。柴门寂寞魑魅魅，病妇把家门户瘦，夜夜寒机达曙光，朝朝破井提鸳鸯。十亩荒田岁不收，一园花柳空如绣。翁殁媪殁妇即殁，宗祀无人妾何立？拼将皓颈委红罗，要使芳魂觅沙碛。丈夫死国妻死夫，忠义不得转呼吸，一念徘徊事则败，包羞泉壤何嗟及。至今坟树晚悲号，荒河白草秋原高，寒鸦孤栖夜不定，哀鸣向月求其曹。

扬州

画舫乘春破晓烟，满城丝管拂榆钱。千家养女先教曲，十里栽花算种田。雨过隋堤原不湿，风吹红袖欲登仙。词人久已伤头白，酒暖香温倍悄然。

廿四桥边草径荒，新开小港透雷塘。画楼隐隐烟霞远，铁板铮铮树木凉。文字岂能传太守，风流原不碍隋皇。量今酌古情何限，愿借东风作小狂。

西风又到洗妆楼，衰草连天落日愁。瓦砾数堆樵唱晚，凉云几片燕惊秋。繁华一刻人偏恋，呜咽千年水不流。借问累累荒冢畔，几人耕出玉搔头？

江上澄鲜秋水新，邗沟几日雪迷津。千年战伐百余次，一岁变更何限人。尽把黄金通显要，惟余白眼到清贫。可怜道上饥寒子，昨日华堂卧锦茵。

晓行真州道中

僮仆飘零不可寻，客途长伴一张琴。五更上马披风露，晓月随人出树林。麦秀带烟春郭迥，山光隔岸大江深。劳劳天地成何事，扑碎鞭梢为苦吟。

寄许生雪江三首

诗去将吾意，书来见尔情。三年俄梦寐，数语若平生。雨细窗明火，鸦栖柳暗城。小楼良夜静，还忆读书声。

金紫人间事，缥缃我辈需。闲吟聊免俗，极贱到为儒。妙墨疑悬漏，雄才欲唾珠。时时盼霄汉，待尔入云衢。

不舍江干趣，年来卧水村。云揉山欲活，潮横雨如奔。稻蟹乘秋熟，豚蹄佐酒浑。野人欢笑罢，买棹会相存。

赠石道士

楼殿玲珑草木闲，洞箫吹彻碧云间。歌成莫拟无投赠，新洗羊脂白玉环。

闲居

懒慢从来应接疏，闭门扫地足闲居。荆妻拭砚磨新墨，弱女持笺索楷书。柿叶微霜千点赤，纱厨斜日半窗虚。江南大好秋蔬菜，紫笋红姜煮鲫鱼。

宗子相墓

寥落百花洲，老屋破还在。远水如带环，东风吹野菜。

七歌

　　郑生三十无一营，学书学剑皆不成，市楼饮酒拉年少，终日击鼓吹竽笙。今年父殁遗书卖，剩卷残编看不快。爨下荒凉告绝薪，门前剥啄来催债。呜呼！一歌兮歌逼侧，皇遽读书读不得。

　　我生三岁我母无，叮咛难割襁中孤。登床索乳抱母卧，不知母殁还相呼。儿昔夜啼啼不已，阿母扶病随啼起，婉转噢抚儿熟眠，灯昏母咳寒窗里。呜呼！二歌兮夜欲半，鸦栖不稳庭槐断。

　　无端涕泗横阑干，思我后母心悲酸。十载持家足辛苦，使我不复忧饥寒。时缺一升半升米，儿怒饭少相触抵，伏地啼呼面垢污，母取衣衫为湔洗。呜呼！三歌兮歌彷徨，北风猎猎吹我裳。

　　有叔有叔偏爱侄，护短论长潜复匿，倦书逃药无事无，藏怀负背趋而逸。布衾单薄如空橐，败絮零星兼卧恶，纵横溲溺漫不省，就湿移干叔夜醒。呜呼！四歌兮风萧萧，一天寒雨闻鸡号。

　　几年落拓向江海，谋事十事九事殆。长啸一声沽酒楼，背人独自问真宰。枯蓬吹断久无根，乡心未尽思田园，千里还家到反怯，入门忸怩妻无言。呜呼！五歌兮头发竖，丈夫意气闺房沮。

　　我生二女复一儿，寒无絮络饥无糜，啼号触怒事鞭扑，心怜手软翻成悲。萧萧夜雨盈阶庀，空床破帐寒秋水，清晨那得饼饵持，诱以贪眠罢早起。呜呼！眼前儿女兮休呼爷，六歌未阕思离家。

　　种园先生是吾师，竹楼桐峰文字奇，十载乡园共游憩，壮心磊落无不为。二子辞家弄笔墨，片语干人气先塞，先生贫病老无儿，闭门僵卧桐阴北。呜呼！七歌兮浩纵横，青天万古终无情。（种园先生陆震，竹楼王国栋①，桐峰顾于观。）

【校】

①原刻后印本铲去"王国栋"三字。

哭犉儿五首

天荒食粥竟为长，惭对吾儿泪数行。今日一匙浇汝饭，可能呼起更重尝。

歪角鬖儿好戴花，也随诸姊要盘鸦。于今宝镜无颜色，一任朝光满碧纱。

坟草青青白水寒，孤魂小胆怯风湍。荒途野鬼诛求惯，为诉家贫楮镪难。

可有森严十地开，儿魂一去几时回？啼号莫倚娇怜态，逻刹非而父母来。

蜡烛烧残尚有灰，纸钱飘去作尘埃。浮图似有三生说，未了前因好再来。

村塾示诸徒

飘蓬几载困青毡，忽忽村居又一年。得句喜捻花叶写，看书倦当枕头眠。萧骚易惹穷途恨，放荡深惭学俸钱。欲买扁舟从钓叟，一竿春雨一蓑烟。

淮阴边寿民苇间书屋

边生结屋类蜗壳，忽开一窗洞寥廓，数枝芦荻撑烟霜，一水明霞静楼阁。夜寒星斗垂微茫，西风入幰摇烛光。隔岸微闻寒犬吠，几捻吟髭更漏长。

项羽

已破章邯势莫当，八千子弟赴咸阳。新安何苦坑秦卒，坝上焉能杀汉王！玉帐深宵悲骏马，楚歌四面促红妆。乌江水冷秋风急，寂寞野花开战场。

邺城

划破寒云漳水流，残星画角动谯楼。孤城旭日牛羊出，万里新霜草木秋。铜雀荒凉遗瓦在，西陵风雨石人愁。分香一夕雄心尽，碑版仍题汉彻侯。

铜雀台

铜雀台、十丈起，挂秋星，压寒水。漳河之流去不已，曹氏风流亦可喜。西陵松柏是新栽，松下美人皆旧妓。当年供奉本无情，死后安能强哭声。穗帏八尺催歌舞，懒慢盘鸦鬓不成。若教卖履分香后，尽放民间作佳偶。他日都梁自捡烧，回首君恩泪沾袖。

泜水

泜水清且浅，沙砾明可数。漾漾浮轻波，悠悠汇远浦。千山倒空青，乱石兀崖堵。我来恣游泳，浩歌怀往古。逼侧井陉道，卒列不成伍。背水造奇谋，赤帜立赵土。韩信购左车，张耳陋肺腑。何不赦陈馀，与之归汉主？

易水

子房既有椎，渐离亦有筑，荆卿利匕首，三人徒碌碌。世浊无凤麟，运否纵蛇蝮。雷霆避其威，人谋焉得速。萧萧易水寒，悄悄燕丹哭。事急履虎尾，偾辕终败辕。酒酣市上情，一往不可复。

赠瓮山无方上人二首

山裹都城北，僧居御苑西。雨晴千嶂碧，云起万松低。天乐飘还细，宫莎剪欲齐。菜人驱豆马，历历俯长堤。

一见空尘俗，相思已十年。补衣仍带绽，闲话亦深禅。烟雨江南梦，荒寒蓟北田。闲来浇菜圃，日日引山泉。

追忆莫愁湖纳凉

江上名湖号莫愁，纳凉先报楚江秋。风从绿若梢头响，云向青山缺处流。尚忆罗襟沾竹露，可堪清梦隔沙鸥。遥怜新月黄昏后，团扇佳人正倚楼。

送职方员外孙丈归田（韦兆奎）

先生六月江南去，敝橐秋风亦径归。鲈鲙先尝应忆我，蕨薇堪饱莫开扉。故人几辈头俱白，后学相看识者稀。淮海文章终自在，任渠披诘绛纱帏。

鹤儿湾畔藕花香，龙舌津边粳稻黄。小艇雾中看日出，青钱柳下买鱼尝。村墟古庙红墙立，天末孤云白带长。借取渔家新箬笠，一竿烟雨入沧浪。

峄山

徐州五色土，乃在峄山下，凸凹见青黄，崩裂堕赤赭。偃蹇十里石，蓄怒卧牛马，苔斑古铜铸，黑骨积铁冶。耷然触穹苍，千峰构云厦。曲径回肠盘，飞泉震雷泻。古碑断虫鱼，老屋颓甍瓦。秋河敻可竭，寒星摘盈把。悲乌百群叫，孤鹤万年寡。结茅此间住，万事孥可舍。山中古仙人，或有骑龙者。

山寺

山顶何年寺，寒墙补破云。古钟雀巢钮，断石藓成文。僧话从教译。炉香久不焚。回风吹柿叶，凄响正纷纷。

徐君墓

湛卢夜哭坟头树，天神百怪精灵聚。月射芙蓉冷露凝，霜寒鞚璇银蛇吐。殷殷时呼水底龙，熊熊欲化山头虎。为表延陵万古心，忍负徐君三尺土。世人投赠不及身，百千赙布空尔情，季子抱恨刻心骨，区区挂剑徒虚名。眼前眷恋情难厌，死后相思空寄念，席上摩挲便赠之，一条秋水横棺殓。

赠博也上人

闭门何处不深山，蜗舍无多八九间。人迹到稀春草绿，燕巢营定画梁闲。黄泥小灶茶烹陆，白雨幽窗字学颜。独有老僧无一事，水禽沙鸟听关关。

寄许衡山

江淮韵士许衡州，近日萧疏似昔不？好事春泥修茗灶，多情小碗复诗阄。食眠消减缘花瘦，莺燕商量怨水流。我有无题新脱稿，寄君吟向小朱楼。

寄松风上人

岂有千山与万山，别离何易来何难！一日一日似流水，他乡故乡空倚阑。云补断桥六月雨，松扶古殿三时寒。笋脯茶油新麦饭，几时猿鹤来同餐。

喜雨

宵来风雨撼柴扉，早起巡檐点滴稀。一径烟云蒸日出，满船新绿买秧归。田中水浅天光净，陌上泥融燕子飞。共说今年秋稼好，碧湖红稻鲤鱼肥。

弘量上人精舍

渺渺秋涛涌树根，西风落叶破柴门。蛮鸦日暮无人管，飞起前村入后村。

山门夜悄不能呼，冷烛秋船宿苇蒲。残月半天霜气重，晓钟鸡唱满东湖。

题画

秋山秋树秋水，苍瘦秃落清驶。旧曾游望依稀，渺渺雁行沙嘴。

悍吏

县官编丁著图甲，悍吏入村捉鹅鸭。县官养老赐帛肉，悍吏沿村括稻谷。豺狼到处无虚过，不断人喉抉人目。长官好善民已愁，况以不善司民牧。山田苦旱生草菅，水田浪阔声潺潺。圣主深仁发天庚，悍吏贪勒为刁奸。索逋汹汹虎而翼，叫呼楚挞无宁刻。村中杀鸡忙作食，前村后村已屏息。呜呼长吏定不知，知而故纵非人为。

私刑恶

　　自魏忠贤拷掠群贤，淫刑百出，其遗毒犹在人间，胥吏以惨掠取钱，官长或不知也。仁人君子，有至痛焉。

　　官刑不敌私刑恶，掾吏搏人如豕搏，斩筋抉髓剔毛发，督盗搜赃例苛虐。吼声突地无人色，忽漫无声四肢直，游魂荡漾不得死，婉转回苏天地黑。本因冻馁迫为非，又值奸刁取自肥，一丝一粒尽搜索，但凭皮骨当严威。累累妻女小儿童，拘囚系械网一空，牵累无辜十七八，夜来锁得邻家翁。邻家老翁年七十，白梃长椎敲更急。雷霆收声怯吏威，云昏雨黑苍天泣。

抚孤行

　　十年夫殁扃书籯，岁岁晒书抱书哭，缥缃破裂方锦纹，玉轴牙签断湘竹。孀妇义不卖藏书，况有孤雏是遗腹。四壁涂鸦嗔不止，十日索墨五日纸，学俸无钱愧塾师，线脚针头劳十指。灯昏焰短空房黑，儿读无多母长织。败叶走地风沙沙，检点儿眠听晓鸦。

赠巨潭上人三首

　　山骨苍寒压古墙，坏廊拳曲入僧房。金钱十万谁来施，多起楼台占夕阳。

　　墨碟铅匙一两三，半窗画意写江南。谁家绢素催人急，先向空中作远岚。

　　寒烟袅袅淡孤村，一绺霜华界瓦痕。睡足晓窗无一事，满山晴日未开门。

别梅鉴上人

海陵南郭居人少，古树斜阳破佛楼。一径晚烟篱菊瘦，几家黄叶豆棚秋。云山有约怜狂客，钟鼓无情老比邱。回首旧房留宿处，暗窗寒纸飒飕飕。

客扬州不得之西村之作

自别青山负夙期，偶来相近辄相思。河桥尚欠年时酒，店壁还留醉后诗。落日无言秋屋冷，花枝有恨晓莺痴。野人话我平生事，手种垂杨十丈丝。

再到西村

青山问我几时归，春雨山中长蕨薇。分付白云留倦客，依然松竹满柴扉。送花邻女看都嫁，卖酒村翁兴不违。好待秋风禾稼熟，更修老屋补斜晖。

除夕前一日上中尊汪夫子

琐事贫家日万端，破裘虽补不禁寒。瓶中白水供先祀，窗外梅花当早餐。结网纵勤河又冱，卖书无主岁偏阑。明年又值抡才会，愿向秋风借羽翰。

秋夜怀友

斗帐寒生夹被轻，疏星历历隔窗明。满阶蕉叶兼梧叶，一夜风声似雨声。塞北天高鸿雁远，淮南木落楚江清。客中又念天涯客，直是相思过一生。

芭蕉

芭蕉叶叶为多情，一叶才舒一叶生。自是相思抽不尽，却教风雨怨秋声。

梧桐

高梧百尺夜苍苍，乱扫秋星落晓霜。如何不向西州植，倒挂绿毛幺凤皇。

得南闱捷音

忽漫泥金入破篱，举家欢乐又增悲。一枝桂影功名小，十载征途发达迟。何处宁亲惟哭墓，无人对镜懒窥帷。他年纵有毛公檄，捧入华堂却慰谁。

山中雪后

晨起开门雪满山，雪晴云淡日光寒。檐流未滴梅花冻，一种清孤不等闲。

题画

两岸青山聚米多，长江窄窄一条梭。千秋征战谁将去，都入渔家破网罗。

莫为

莫为甄妃感寂寥，袁曹宠幸旧曾饶。周郎早逝孙郎夭，肠断江东大小乔。

小廊

小廊茶熟已无烟，折取寒花瘦可怜。寂寂柴门秋水阔，乱鸦揉碎夕阳天。

怀舍弟墨

我无亲弟兄，同堂仅二人，上推父与叔，岂不同一身。一身若连枝，叶叶相依因，树大枝叶富，树小枝叶贫。况我两弱干，荒河蔓草滨，走马折为鞭，樵斧摧为薪，含凄度霜雪，努力爱秋春。我年四十一，我弟年十八。忆昔幼小时，清癯久肥腴。老父酷怜爱，谓叔晚年儿，饼饵拥其手，病饱不病饥。出门几回顾，入门先抱持。年来父叔殁，移家僦他宅，幸有破茅茨，而无饱糠核。老兄似有才，苦不受绳尺，贤弟才似短，循循受谦益。前年葬大父，圹有金虾蟆，或云是贵征，便当兴其家。起家望贤弟，老兄太浮夸。家贫富书史，我又无儿子，生儿当与分，无儿尽付尔。离家一两月，念尔不能忘。客中有老树，枝叶郁苍苍。东枝近檐屋，西枝过邻墙，两枝不相顾，剪伐谁护将？感此伤我怀，苦乐须同尝。

昼苦短

昼苦短，夜正不长。清歌妙舞看未足，楼头曙鼓声皇皇。明星拔地才数尺，日光摇动来扶桑。昼苦短，昼亦不短。山中暇日如小年，尘世光阴疾如箭。古来开国多圣明，历尽艰难身百战，一朝勘定称至尊，承明殿上头毛变。安期枣尽还瘦羸，赤松黄帝坟累累，学仙学佛空尔为。昼苦短，西日飞。

赠高邮傅明府，并示王君廷槼（傅讳椿）

出牧当明世，铭心慕古贤。安人龚渤海，执法况青天。琐细知幽奥，高明得静便。星躔罗腹底，冰雪耀眉端。昔守淮堤撼，曾忧暑雨溅。麻鞋操畚锸，百口寄舟船。生死同民命，崎岖犯世嫌。上官催决塞，小吏只壅田。时值西风急，凭翻竹楗编。孤城将不保，一命敢求全。痛哭苍天应，焚香巨浪恬。支祈收震怒，河伯效渊潜。运道终无恙，居民亦有年。稻粱千里熟，歌舞数州连。鱼蟹多无算，鸡豚不计钱。青帘桥畔酒，细雨树中烟。父老村村祝，铨衡缓缓迁。文游春水湛，甓社夜珠悬。愿献长溪藻，还供缩项鳊。邻邦咸取法，下邑赐矜怜。访我荒城北，停舟荻岸边。一谈胸吐露，数盏意周旋。颇有王生者，曾经绛幄延。美材承斫削，高义破迍邅。约束神应阻，炉锤器益坚。秋风动南国，六翮会翩跹。

落拓

乞食山僧庙，缝衣歌妓家。年年江上客，只是为看花。

赠潘桐冈

读书必欲读五车，胸中撑塞如乱麻。作文必欲法前古，婢学夫人徒自苦。吾曹笔阵凌云烟，扫空氛翳铺青天。一行两行书数字，南箕北斗排星躔。有时滴墨娇且妍，晓花浮露春风鲜。画眉女郎年十四，欲折不折心相怜。斩龙杀虎提龙泉，定情温细桃花笺。萧萧落落自千古，先生信是人中仙。天公曲意来缚絷，困倒扬州如束湿。空将花鸟媚屠沽，独遣愁魔陷英特。志亦不能为之抑，气亦不能为之塞。十千沽酒醉平山，便拉欧苏共歌泣。君不见，迷楼隋帝最荒淫，千秋犹占烟花国。名姬百珚试琵琶，骏马千金买鞍勒。丈夫得志会有时，人生意气何终极。扬州四月嫩晴天，且买樱笋鲥鱼相啖食。

观潮行

银龙翻江截江入，万水争飞一江急。云雷风霆为先驱，潮头耸并青山立。百里之外光荧荧，若断若续最有情。崩轰喧豗倏已过，万马飞渡萧山城。钱塘岸高石五丈，古松大栎盘森坱。翠楼朱槛冲波翻，羽旗金甲云涛上。伍胥文种两将军，指挥鲲鳄鲸鼍蟒。杭州小民不敢射，荡猪击凫来相享。我辈平生多郁塞，豪情逸气新搔痒。风定月高潮渐平，老鱼夜哭蛟宫荡。

弄潮曲

钱塘小儿学弄潮，硬篙长楫捯复捎。舵楼一人如铸铁，死灰面色睛不摇。潮头如山挺船入，樯橹掀翻船竖立。忽然灭没无影踪，缓缓浮波众船集。潮平浪滑逐沙鸥，歌笑山青水碧流。世人历险应如此，忍耐平夷在后头。

肃宗

百战艰难复两京，范阳余孽尚纵横。太平天子无愁思，内殿惟闻打子声。

南内

南内凄清西内荒，淡云秋树满宫墙。由来百代明天子，不肯将身作上皇。

韬光

韬光古庵嵌山巇，北窗直吸余杭县。葛洪小儿峰岭低，南屏一片排秋扇。钱塘雪浪打西湖，只隔杭州一条线。海日烘云湿已干，下界奔雷作蛇电。山中老僧貌奇古，十年不踏西泠①土。厌听湖中歌吹声，肯来伺候衙门鼓？曲房幽涧养神鱼，古碑剔藓蝌蚪书。铜瓶野花乌几静，湘帘竹榻清风徐。饮我食我复导我，茅屋数间山侧左。分屋而居分地耕，夜灯共此琉璃火。我已无家不愿归，请来了此前生果。

【校】

①西泠，应作西泠。

偶成

雨过天全嫩，楼新燕有情。江晴春浩浩，花落水平平。越女吹箫坐，吴儿拨马行。回头各含意，烟柳闭州城。

饮李复堂宅赋赠

四月十五月在树，淡风清影摇窗户，举酒欲饮心事来，主客无言客起去。主人起家最少年，骅骝初试珊瑚鞭，护跸出入古北口，橐笔侍直仁皇前。才雄颇为世所忌，口虽赞叹心不然。萧萧匹马离都市，锦衣江上寻歌妓，声色荒淫二十年，丹青纵横三千里。两婴世网破其家，黄金散尽妻孥瘁，剥啄催租恼吏频，水田千亩翻为累。途穷卖画画益贱，佣儿贾竖论非是，昨画双松半未成，醉来怒裂澄心纸。老去翻思踏软尘，一官聊以庇其身，几遍花开上林树，十年不见京华春。此中滋味淡如水，未忍明良径贱贫。

题团冠霞画山楼

竖幅横披总画山，满楼空翠滴烟鬟。明朝买棹清江上，却在君家图画间。

大中丞尹年伯赠帛（讳会一）

落拓扬州一敝裘，绿杨萧寺几淹留。忽惊雾縠来相赠，便剪春衫好出游。花下莫教沾露滴，灯前还拟复香篝。兴来小步隋堤上，满袖东风散旅愁。

题游侠图

大雪满天地，胡为仗剑游？欲谈心里事，同上酒家楼。

题程羽宸黄山诗卷

黄山擎空青，造化何技痒？阴阳未判割，精气互溟濛。团结势绵迁，抽拔骨撑掌。日月始明白，云龙渐来往。轩成末苗裔，炼丹破幽厂。天都强名目，芙蓉谬借奖。秦汉封锢深，唐宋游屐广。云海荡诗肺，松涛簸天响。飞泉百断续，怪石万魑魍。少少塔庙开，微微金华榜。岑崿裹楼殿，龙象森灌莽。鹘鹤鹃鸠鸹，榛榧枣栗橡。岩果垂累累，仙禽翩晃晃。山腰矮雷电，峰顶耸蒲蒋。肤土寸若金，风萝密于网。转径窄欲堕，陟巇眩还惘。我欲跻颠嵭，梦寐徒怅怏。陆骑姑熟驴，波泛浙江桨。羁迟婚嫁累，苟贱簪笏想。山灵久拒斥，飞砂击俗颡。输君饱游憩，晴岚披翠爽。澡泉畅骨脉，卧雪饮瀣沆。聒耳流琤琤，耸身峰仄仰。摘星揭户牖，洗日涤盆盎。赋诗数十篇，才思何阔朗。刻画宠金石，铿锵叶平上。朱砂入炉灶，天马受羁鞅。骨重势郁纡，神清气英荡。作记数千言，琐细传幽赏。同游谁何人，吾宗虔谷党。当境欣淋漓，离怀惜畴曩。昔我未追逐，今我实慨慷。万愿林壑最，一官休歆觊。当复邀同游，为君负筇氅。

赠张蕉衫

淮南又遇张公子，酒满青衫日已曛，携手玉勾斜畔去，西风同哭窈娘坟。

上江南大方伯晏老夫子（讳斯盛）

虎瞰峰高迥出云，凤池春早曲流纹。才充上苑千林秀，气压西江九派分。舟下牂牁开涨海，山临铜鼓拂南熏。武侯千载征蛮后，直待先生展大文。（公新渝人，由翰苑视学贵州。）

归朝晋秩列卿班，检点彤仪肃珮环。虎旅千人排象阙，鹓行九品拜龙颜。再持文柄心逾下，屡沐殊恩意转闲。惭愧无才经拂拭，也随桃李谒高山。（公以大鸿胪分校礼闱。）

星轺渺渺下南邦，剑匣书囊动晓装。六代烟花迎节钺，一江波浪涌文章。云边保障开钟阜，天下军储仰建康。赤旱于今忧不细，披图何以绘流亡。

淮南大郡古扬州，小县人居薄海陬。架上缥湘皆旧帙，枕中方略问新猷。鄱湖浪阔输洋子，匡阜云来润石头。手把干将浑未试，几回磨淬大江流。

由兴化迂曲至高邮七截句

百六十里荷花田，几千万家鱼鸭边。舟子搁篙撑不得，红粉照人娇可怜。

烟蓑雨笠水云居，鞋样船儿蜗样庐。卖取青钱沽酒得，乱摊荷叶摆鲜鱼。

湖上买鱼鱼最美，煮鱼便是湖中水。打桨十年天地间，鹭鸶认我为渔子。

买得鲈鱼四片腮，莼羹点豉一尊开。近来张翰无心出，不待秋风始却回。

柳坞瓜乡老绿多，么红一点是秋荷。暮云卷尽夕阳出，天末冷风吹细波。

一塘蒲过一塘莲，荇叶菱丝满稻田。最是江南秋八月，鸡头米赛蚌珠圆。

船窗无事哺秋虫，容易年光又冷风。绣被无情团扇薄，任他霜打柿园红。

赠国子学正侯嘉璠弟

读书数万卷，胸中无适主，便如暴富儿，颇为用钱苦。大哉侯生诗，直达其肺腑，不为古所累，气与意相辅。洒洒如贯珠，斩斩入规矩。当今文士场，如公那可睹！家住浙东头，山凹水之浒，雁峰天上排，台根海底柱。树密龙气深，云霾石情怒。安得从君游，啸歌入天姥！龙湫万丈悬，对坐濯灵府。我诗无部曲，弥漫列卒伍。转斗屡蹶伤，犹思暴猛虎。家非山水乡，半生食盐卤。顽石乱木根，凭君施巨斧。

赠胡天游弟

作文勉强为，荆棘塞喉齿。乃兴勃发处，烟云拂满纸。检点岂不施，涛澜浩无涘。昨读《秋霖赋》，触手生妙理。涂抹古是非，排挞世欢喜。抽思云影外，造语石骨里。李广飞将军，自然成壁垒，列子御风行，庸夫寻辙轨。钱塘江雨青，山阴石发紫。何必采灵芝，干崖看秀起。山灵爱狂逸，魑魅识才技。杂沓吾扬州，烟花欲羞死。

燕京杂诗

不烧铅汞不逃禅，不爱乌纱不要钱。但愿清秋长夏日，江湖常放米家船。

偶因烦热便思家，千里江南道路赊。门外绿杨三十顷，西风吹满白莲花。

碧纱窗外绿芭蕉，书破繁阴坐寂寥。小妇最怜消渴疾，玉盘红颗进冰桃。

呈长者

御沟杨柳万千丝，雨过烟浓嫩日迟。拟折一枝犹未折，骂人春燕太娇痴。

桃花嫩汁捣来鲜，染得幽闺小样笺。欲寄情人羞自嫁，把诗烧入博山烟。

酬中书舍人方超然弟

研粉宫笺五色裁，兔毫挥断紫烟煤。书成便拟《兰亭帖》，何用萧郎赚辩才！

君家两世文名盛，宦况萧条分所宜。笑我笔花枯已尽，半生冤枉作贫儿。（老伯文翰先生，讳棻如。）

读昌黎上宰相书因呈执政

常怪昌黎命世雄，功名之际太匆匆。也应不肯他途进，惟有修书谒相公。

瓮山示无方上人

松梢雁影度清秋，云淡山空古寺幽。蟋蟀乱鸣黄叶径，瓜棚半倒夕阳楼。客来招饮欣同出，僧去烹茶又小留。寄语长安车马道，观鱼濠上是天游。

寄青崖和上

山中卧佛何时起，寺里樱桃此日红。骤雨忽添崖下水，泉声都作晚来风。紫衣郑重君恩在，御墨淋漓象教崇。透脱儒书千万轴，遂令禅事得真空。

访青崖和尚，和壁间晴岚学士、虚亭侍读原韵

（晴岚张公若霭，虚亭鄂公容安。）

西风肯结万山缘，吹破浓云作冷烟。匹马径寻黄叶寺，雨晴稻熟早秋天。

渴疾由来亦易消，山前酒旆望非遥。夜深更饮秋潭水，带月连星舀一瓢。

屋边流水势潺湲，峭壁千条瀑布繁。自是老僧饶佛力，杖头拨处起灵源。

烟霞文字本关情，袍笏山林味总清。两两凤凰天外叫，人间小鸟更无声。

法海寺访仁公

昔年曾此摘苹婆，石径敧危挽绿萝。金碧顿成新法界，惜他荒朴转无多。

参差楼殿密遮山，鸦雀无声树影闲。门外秋风敲落叶，错疑人叩紫金镮。

树满空山叶满廊，袈裟吹透北风凉。不知多少秋滋味，卷起湘帘问夕阳。

同起林上人重访仁公

几日不相见，作诗盈一囊。立残云外漏，销尽定中香。雨歇四天碧，风高秋稼黄。可应歌《击壤》，更为继陶唐。

宾主吟声合，幽窗夜火然。风铃如欲语，树鹤不成眠。月转山沉雾，花深鸟入烟。朝霞铺满径，裁取作蛮笺。

胜地前朝辟，青山帝主情。莫教轻一物，可待报他生。斋粥分天庾，盘蔬列贡罂。秋风满松壑，幽梵晓来清。

山中夜坐再陪起上人作

人语山上烟，月出秋树底。清光射玲珑，峭壁澄寒水。栖鸟见其腹，历历明可指。秋虫草际鸣，切切哀不已。禅心冷欲冰，诗怀淡弥旨。吟成无笺麻，书上破窗纸。

顽奴倦烹茶，汤沸火已灭，冷然酌秋泉，心肺总寒洌。丛花夜露滋，细媚石上茁。老槐恃气力，排风骨正折。坐久月当中，寒光射毛发。不但饮秋泉，此心何得热。

晨起望诸山，烟岚漭涨塞。阳乌初出海，气弱不得力。墨云横亘天，稚霞敛颜色。重帛那禁寒，拥裘坐岩崿。露重如小雨，径危滑难陟。酸枣垂累累，瓜果蔓寒棘。招手谓山乌，与尔得饱食。

诗成令我写，写就复涂抹。骨脉微参差，有爱忍心割。未得如抽茧，针尖隐毛褐。既得如尸解，蜣螂忽蝉脱。主人门外来，诗才自豪阔。迟疾各性情，维余气先夺。

赠图牧山（讳清格）

我访图牧山，步出沙窝门。臃肿百本树，断续千丈垣。野庙包其中，蹒跚僧灌园。僮奴数十家，鸡犬自成村。青鞋踏晓露，小阁延朝暾。烹茶亦已熟，洗盏犹细扪。平生书画意，绝口不一言。江南渺音耗，不知君尚存。愿书千万幅，相与寄南辕。

又赠牧山

十日不能下一笔，闭门静坐秋萧瑟。忽然兴至风雨来，笔飞墨走精灵出。小草小虫意微妙，古石古云气奔逸。字作神禹钟鼎文，杂以蝌蚪点浓漆。怪迂荒幻性所钟，妥帖细腻学之谧。访君古树荒坟边，叶凋草硬霜凛栗。一醉十日亦不辞，芦沟归马催人疾。扬州老僧文思最念君，一纸寄之胜千镒。

送都转运卢公（讳见曾）

扬州自古风流地，惟有当官不自怡。盐策米囊销岁月，崖花涧鸟避旌旗。一从吏议三年谪，得赋淮南百首诗。昨把青鞋踏隋苑，壶浆献出野田儿。

清词颇似王摩诘，复以精华学杜陵。吟撼夜窗秋纸破，思凝寒涧晓星澄。楼头古瓦疏桐雨，墙外清歌画舫灯。历尽悲欢并喧寂，心丝袅入碧云层。

尘埃吹去又生尘，泪尽英雄为要津。世外烟霞负渔钓，胸中宠利愧君臣。去毛折项葫芦熟，豁齿蓬头婢仆真。两世君家有清德，即今风雅继先民。

何限鹓鸾供奉班，惭予引对又空还。旧诗烧尽重誊稿，破屋修成好住山。自写簪花教幼妇，闲拈玉笛引双鬟。吹嘘更不劳前辈，从此江南一梗顽。

李氏小园

小园十亩宽，落落数间屋。春草无秽滋，寒花有余馥。闭户养老母，拮据市粱肉。大儿执鸾刀，缕缕切红玉。次儿拾柴薪，细火煨陆续。烟飘豆架青，香透疏篱竹。贫家滋味薄，得此当鼎觫。弟兄何所餐，宵来母剩粥。

晨起缝破衣，针线不成行。母年七十四，眼昏手又僵。装绵苦欲厚，用线苦欲长。线长衣缝紧，绵厚耐雪霜。装成令儿暖，母衣单薄凉。不衣逆母怀，衣之情内伤。

儿病母煮药，老泪滴炉灰。几死复得活，为母而再来。终养理之顺，哭儿情至哀。老天有矜怜，复使归母怀。

兄起扫黄叶，弟起烹秋茶。明星犹在树，烂烂天东霞。杯用宣德瓷，壶用宜兴砂。器物非金玉，品洁自生华。虫游满院凉，露浓败蒂瓜。秋花发冷艳，点缀枯篱笆。闭户成羲皇，古意何其赊！

野老

输罢官租不入城，秋风社酒各言情。明年二月逢春闰，细雨长堤看耦耕。

赠金农

乱发团成字，深山凿出诗。不须论骨髓，谁得学其皮。

细君

为折桃花屋角枝，红裙飘惹绿杨丝。无端又坐青莎上，远远张机捕雀儿。

雨中

终日苦应酬，连阴得闭门。清凉满心肺，草木向我言。新竹倚屋檐，绿沁窗纸昏。梁燕坐不出，蜗牛满苔痕。犬迹踏沙软，蹑屐恐泥翻。回廊足散步，把书行且温。家酿亦已熟，呼僮倾盎盆。小妇便为客，红袖对金尊。

平山宴集诗（为进士王元薇作）

闲云拍拍水悠悠，树绕春城燕绕楼。买尽烟花消尽恨，风流无奈是扬州。

春风细雨雷塘路，旭日明霞六一祠。江上落花三十里，令人愁杀冷胭脂。

江东豪客典春衫，绮席金尊索笑谈。临上马时还送酒，寒鸦落日满淮南。

野花红艳美人魂，吐出荒山冷墓门。多少隋家旧宫怨，珮环声在夕阳村。

赠梁魏金（国手）

坐我大树下，秋风飘白髭。朗朗神仙人，闭息敛光仪。小妇窃窥廊，红裙飏疏篱。黄精煨正熟，长跪奉进之。食罢仍闭目，鼻息细如丝。夕影上树杪，落叶满身吹。机心付冰释，静脉无横驰。养生有大道，不独观弈棋。

骨董

末世好骨董，甘为人所欺。千金买书画，百金为装池。缺角古玉印，铜章盘龟螭。乌几研铜雀，象床烧金猊。一杯一尊罍，按图辨款仪。钩深索远求，到老如狂痴。骨肉起讼狱，朋友生猜疑。

方其富贵日，价直千万奇。及其贫贱来，不足换饼糍。我有大古器，世人苦不知。伏羲画八卦，文周孔《系辞》，《洛书》著《洪范》，夏禹传商箕，《东山·七月》篇，斑驳何陆离：是皆上古物，三代即次之。不用一钱买，满架堆离披。乃其最下者，韩文李杜诗。用以养德行，寿考百岁期，用以治天下，百族归淳熙。大古不肯好，逐逐流俗为？东家宣德炉，西家成化瓷。盲人宝陋物，惟下愚不移。

逢客入都寄勖宗上人口号

汝到京师必到山，山之西麓有禅关，为言九月吾来住，检点自云房半间。

贫士

贫士多窘艰，夜起披罗帏，徘徊立庭树，皎月堕晨辉。念我故人好，谋告当无违。出门气颇壮，半道神已微。相遇作冷语，吞话还来归。归来对妻子，局促无仪威。谁知相慰藉，脱簪典旧衣。入厨然破釜，烟光凝朝晖，盘中宿果饼，分饷诸儿饥。待我富贵来，鬓发短且稀，莫以新花枝，诮此蘼芜非。

行路难三首

天明始觉满身霜，抖擞征衫曳马缰。茅店暖烟嘘冷面，射人朝日出林塘。

关山老马怯驰驱，幼仆而今作壮夫。万里功名何处是，犹将青镜看髭须。

红帖糊门挂柏枝，东风马上过年时。一杯浊酒家千里，逆旅多情送饼糍。

又一首仍用前起句

天明始觉满身霜，日出才伸十指僵。山色半青还半雾，马头红叶是何庄？

广陵曲

隋皇只爱江都死，袁娘泪断红珠子。玉勾斜土化为烟，散入东风艳桃李。楼上摘星攀夜天，斗珠灼灼齐人肩。雷塘水光四更白，月痕斜出吴山尖。晓阁凉云笛声瘦，碎鼓点花撒秋豆。长夜欢娱日出眠，扬州自古无清昼。

秦宫诗后长吉作

方庭四角烧艳香，酒阑妓合灯煌煌，金舆翠幰贵人散，只有秦宫入画堂。南堂夫人赐金凫，北堂相公同绣被，未识欢哥一片心，平分偏向知何寄。内宠外宠重复重，昼有微眠夜无寐。自古淫花荡雨风，海棠不得辞憔悴。天生桀黠奴非众，柔软骄憨复骁勇。鹧鸪承明百尺墙，斗上平翻燕赤凤。

范县呈姚太守（讳兴滇）

落落漠漠何所营，萧萧澹澹自为情。十年不肯由科甲，老去无聊挂姓名。布袜青鞋为长吏，白榆文杏种春城。几回大府来相问，陇上闲眠看耦耕。

塞下曲三首

天远山空塞草长，太平羽猎出渔阳，少年马上谈诗事，一种风流夹莽苍。

万幛①千山落日多，将军猎罢选清歌，胡姬醉舞双红袖，笑指黄羊挂骆驼。

洗尽寒酸旧笔头，十年关塞觅封侯，臂鹰跃马黄皮裤，射得丰狐作短裘。

【校】

①万幛，应作万嶂。

村居

雾树溟蒙叫乱鸦，湿云初变早来霞。东风已绿先春草，细雨犹寒后夜花。村艇隔烟呼鸭鹜，酒家依岸扎篱笆。深居久矣忘尘世，莫遣江声入远沙。

怀无方上人

初识上人在西江，庐山细瀑鸣秋窗。后遇上人入燕赵，瓮山古瓦埋荒庙。今君闻住孝儿营，乱石寒云补棘荆，别筑岩前数间屋，绘图招我同归耕。伊昔茅棚晒秋药，我混屠沽君种作，推堕蹇驴村市中，笑而不怒心寥廓。嗟我近事如束柴，爪牙恶吏相推排，不知喜怒为何事，夜梦局蹐朝喧豗。一年一年逐留滞，徒使高人笑疣赘，我已心魂傍尔飞，来岁不归有如水。

怀程羽宸

余江湖落拓数十年，惟程三子羧奉千金为寿，一洗穷愁。羽宸是其表字。

世人开口易千金，毕竟千金结客心。自遇西江程子羧，扫开寒雾到如今。

十载音书迥不通，蓼花洲上有西风，传来似有非常信，几夜酸辛屡梦公。

渡江

海日出复没，江光紫而冷。风平浩浩波，帆定亭亭影。瓜步渺然去，北固苍翠耿。未暇游金焦，先寓象山岭。

招隐寺访旧五首

江鸟唤朝兴，山中访旧僧。遇泉先解渴，济胜漫夸能。十里树中曲，半楼天外凭。上方应远在，小歇更攀登。

沃水先清面，除烦更削瓜。客真无礼数，僧亦去袈裟。竹榻斜支枕，苔窗卧看花。来朝好风日，细细探烟霞。

禅房精笔砚，窗又碧纱糊。吮墨情温细，吟诗味澹腴。茶枪新摘蕊，莲露旋收珠。小盏烹涓滴，青光浅浅浮。

俯瞰僧归寺，微茫蚁附阶。过桥疑入涧，转树忽登崖。碧绿新筐果，轻黄旧草鞋。林深天欲暮，风起作阴霾。

楼有高于树，树更迥于楼。上下扶苏碧，阴晴户阒幽。鸟声人语让，花气日光道。五月山秋逼，僧衣裹作裘。

云

浓云风不动，薄霭片时过。泽小含烟少，山深吐气多。弥漫遮大块，轻弱赴微波。爱巧嫌痴重，人情可奈何。

乳母诗

乳母费氏，先祖母蔡太孺人之侍婢也。燮四岁失母，育于费氏。时值岁饥，费自食手外，服劳于内。每晨起，负燮入市中，以一钱市一饼置燮手，然后治他事。间有鱼飧瓜果，必先食燮，然后夫妻子母可得食也。数年，费益不支，其夫谋去，乳母不敢言，然长带泪痕。日取太孺人旧衣溅洗补缀，汲水盈缸满瓮，又买薪数十束积灶下，不数日竟去矣。燮晨入其室，空空然，见破床败几纵横，视其灶犹温，有饭一盏，菜一盂，藏釜内，即常所饲燮者也。燮痛哭，竟亦不能食矣。后三年，来归侍太孺人，抚燮倍挚。又三十四年而卒，寿七十有六。方来归之明年，其子俊得操江堤塘官，屡迎养之，卒不去，以太孺人及燮故。燮成进士，乃喜曰："吾抚幼主成名，儿子作八品官，复何恨！"遂以无疾终。

平生所负思，不独一乳母。长恨富贵迟，遂令惭恧久。黄泉路迁阔，白发人老丑。食禄千万钟，不如饼在手。

白门杨柳花

白门杨柳花飘飘，陌上游人互见招，明珰翠袖车中手，锦带弯弓马上腰。少年何必曾相识，好鸟名花天下惜，妾住青楼第几家，映门桃柳方连刻。家有水亭新绿荷，东风不大生微波，愿得晴明好天气，郎来倚槛流清歌。郎意温勤自安妥，郎情佻薄谁关锁？陌上游人尽爱依，依得郎怜然后可。

长干女儿

长干女儿年十四，春游偶过南朝寺，鬓发纤松拜佛迟，低头堕下金钗翠。寺里游人最少年，闲行拾得翠花钿，送还不识谁家物，几嗅香风立怅然。

长干里

墙里花开墙外见，篱门半覆垂杨线，门外春流一派清，青山立在门当面。老子栽花百种多，清晨担卖下前坡，三间古屋无儿女，换得鲜鱼供阿婆。缫丝织绣家家事，金凤银龙贡天子，花样新添一线云，旧机不用西湖水。机上男儿百巧民，单衫布褐不遮身，中原百岁无征战，免荷干戈敢怨贫。

比蛇

粤中有蛇，好与人比较长短，胜则啮人，不胜则自死，然必面令人见，不暗比也。山行见者，以伞具上冲，蛇不胜而死。

好向人间较短长，截冈要路出林塘，纵然身死犹遗直，不是偷从背后量。

脆蛇

是蛇易断易续，能治病，无毒。土人以竹筒诱入，塞之，焙以为药。

为制人间妙药方，竹筒深锁挂枯墙，剪屠有毒餐无毒，究竟身从何处藏？

绍兴

丞相纷纷诏敕多，绍兴天子只酣歌，金人欲送徽钦返，其奈中原不要何。

游白狼山

积雨空山草木多，山僧晨起斫烟萝，崖前露出一块石，悄坐松阴似达摩。

悬岩小阁碧梧桐，似有人声在半空，百叩铜镮浑不应，松花满地午阴浓。

【校】

原刻后印本铲去《游白狼山》至《四皓》十五题、十九首诗。

客焦山袁梅府送兰

秋兰一百八十箭，送与焦山石屋开。晓月敲门传简帖，烟帆昨夜过江来。

宿野寺

野寺荒寒乱水侵，长廊坏院一灯深，芭蕉淅飒梧桐雨，不起愁心是狠心。

游焦山

日日江头数万山，诸山不及此山闲，买山百万金钱少，赊欠何曾定要还。

老去依然一秀才，荣阳①家世旧安排，乌纱不是游山具，携取教歌拍板来。

【校】

①荣阳，应作"荥阳"。

雪晴

檐雪才销日上迟，古铜瓶晒腊梅枝。触窗无力痴蝇软，切莫欺他失意时。

六朝

一国亡来一国亡，六朝兴废太匆忙。南人爱说长江水，此水从来不得长。

题张宾鹤《西湖送别图》

西湖烟水不成秋，半是僧楼半酒楼。云外一帆挥手去，要看江海泊天流。

赠孝廉金兆燕

买得吴儿也姓徐，陈髯风调满诗余，老夫深愧巢民叟，不得金钱送后车。

焦山赠袁四梅府

画角凄凉铁笛哀，一江秋色冷莓苔。多情只有袁梅府，十日扁舟五去来。

江晴

雾裹山疑失，雷鸣雨未休，夕阳开一半，吐出望江楼。

天阴作图画，纸墨俱润泽，更爱嫩晴天，寥寥三五笔。

【校】

第二首诗又见《板桥题画》。

罗隐

罗隐终身不负唐，君王原自爱文章。诸臣琐琐忧辕辀，改面更衣却事梁。

吴越山川黤寂寥，秀才心事有弓臿。如何万弩横江上，不射朱温却射潮？

文章

唐明皇帝宋神宗，翰苑青莲苏长公。千古文章凭际遇，燕泥庭草哭秋风。

李商隐

不历崎岖不畅敷，怨炉仇冶铸吾徒。义山逼出西昆体，多谢郎君小令孤。

金莲烛

画烛金莲赐省签，令狐小子负堂廉。大名还属真名士，异代留传苏子瞻。

四皓

云掩商于万仞山，汉庭一到即回还。灵芝不是凡夫采，荷得乾坤养得闲。

宿光明殿赠娄真人（讳近垣）

老聃庄列人中仙，未闻白昼升青天，五千妙义《南华》诠，虚静恬澹返自然。秦皇汉武心如烟，腾空飘幻无涯边，茂陵树接骊山阡，牧羊奴子来烧煎。金丹服食促寿年，元和大历无愚贤。我朝力扫诸从前，踢翻药灶流丹铅。真人应运来翩翩，神清气朗心静专，浑融天地为方圆，出入仁义恢经权，藏和纳粹归心田。有何烧炼丹磨研？有何解脱尸蛇蝉？我来古殿夜宿眠，银龙金索摇星躔，雕阑玉砌朝露鲜，名花异草相绵连。费民千百万金钱，有明事业诸所传。真人假寓心弃损，毁之重劳姑置焉，天子曰俞聊取便。匪令逐逐还沾沾，富而教之王政全，万国寿命同修延。

破衲（为从祖福国上人作）

衲衣何日破，四十有余年，白首仍缝绽，青春已结穿，透凉经夏好，等絮入秋便，故友无如此，相看互有怜。

赠勖宗上人三首

鼋画溪边髻尚鬖，便拈荷叶作袈裟。一条水牯斜阳外，种得山头十亩霞。

髯公美似晋司空（谓青崖老人），识取云间紫气浓。手把干将日磨淬，匣中抽出秋芙蓉。

诗清云淡两无心，人自青春韵自深。好待菊花重九后，万山红叶冷相寻。

山中卧雪呈青崖老人

一夜西风雪满山，老僧留客不开关。银沙万里无来迹，犬吠一声村落闲。

紫琼崖主人送板桥郑燮为范县令

万丈才华绣不如，铜章新拜五云书。朝廷今得鸣琴牧，江汉应闲问字居。四廓桃花春雨后，一缸竹叶夜凉初。屋梁落月吟琼树，驿递诗筒莫遣疏。

将之范县拜辞紫琼崖主人

红杏花开应教频，东风吹动马头尘。阑干苜蓿尝来少，琬琰诗篇捧去新。莫以梁园留赋客，须教《七月》课豳民。我朝开国于今烈，文武成康四圣人。

僧壁题张太史画松（韦鹏翀）

画背所揭纸，案头已败笔，僧房坐无聊，偶然作松骨。松毛无几许，松干颇郁兀，虬龙挺僵瘦，修蛇欻出没。轻云澹欲无，奔雷怒将击。想当无意中，情神乍飘忽。傍无指授人，令作何体格，胸无成见拘，摹拟反自失。鲁公《坐位帖》，要以草藁得。我昔未尝见，僧粘在破壁。及经惊叹奇，千求不我锡。此纸立即破，装潢事孔急，吾求不汝强，汝当真爱惜。

板桥诗钞　范县作

兴化郑燮克柔氏

音布

昔予老友音五哥，书法峭崛含阿那。笔锋下插九地裂，精气上与云霄摩。陶颜铸柳近欧薛，排黄铄蔡凌颠坡。墨汁长倾四五斗，残毫可载数骆驼。时时作草恣怪变，江翻龙怒鱼腾梭。与予饮酒意静重，讨论人物无偏陂。众人皆言酒失大，予执不信嗔伪讹。大致萧萧足风范，细端琐碎宁为苛。乡里小儿暴得志，好论家世谈甲科。音生不顾辄嚏唾，至亲戚属相矛戈。逾老逾穷逾怫郁，屡颠屡仆成蹉跎。革去秀才充骑卒，老兵健校相遮罗。群呼先生拜于地，垒酒大肉排青莎。音生瞠目大欢笑，狂鲸一吸空千波。醉来索笔索纸墨，一挥百幅成江河。群争众夺若拱璧，无知反得珍爱多。昨遇老兵剧穷饿，颇以卖字温釜锅。谈及音生旧时事，顿足叹恨双涕沱。天与才人好花样，如此行状应不磨。嗟予作诗非写怨，前贤逝矣将如何！世上才华亦不尽，慎勿咤叱为幺魔。此等自非公辅器，山林点缀云霞窝。泰岱嵩华自五岳，岂无别岭高嵯峨。大书卷帙告诸世，书罢茫茫发浩歌。

范县

四五十家负郭民，落花厅事净无尘。苦蒿菜把邻僧送，秃袖鹑衣小吏贫。尚有隐幽难尽烛，何曾顽梗竟能驯。县门一尺情犹隔，况是君门隔紫宸。

寄题东村焚诗二十八字

闻说东村万首诗，一时烧去更无遗。板桥居士重饶舌，诗到烦君并火之。

寄招哥

十五婷婷娇可怜，怜渠尚少四三年。宦囊萧瑟音书薄，略寄招哥买粉钱。

怀扬州旧居（即李氏小园，卖花翁汪髯所筑）

楼上佳人架上书，烛光微冷月来初。偷开绣帐看云鬟，擘断牙签拂蠹鱼。谢傅青山为院落，隋家芳草入园蔬。思乡怀古兼伤暮，江雨江花尔自如。

感怀

歌舞楼头暮影催，雪霜门户艳阳回。苏秦六国都丞相，罗隐西湖老秀才。游说寂寥齐市哭，文章光怪越山开。分明一匹鸳鸯锦，玉剪金刀请自裁。

送陈坤秀才入都

天台才子侯嘉璠，与予京师饮酒西华门，开怀吸尽玉泉水，只手拔断西山根。是时长安新晴九陌净，月光烂烂升银盆，长风吹天片云邈，银台万树含烟翻，疏星远火动芳甸，迴沙细浪酷似江南村。是后相逢广陵道，予正肩舁入烟岛。左竿一壶酒，右竿一尾鱼，烹鱼煮酒恣谈谑，道傍便借村人居。饮罢茫茫又分去，君从何处得此侯生书？侯生不妄许与人，滇池洱海宁为亲，怜君书法有古意，历落不顾时贤嗔。赠诗赠字指君路，要窥北阙排勾陈。范州知县亦何幸，回车枉驾来沙尘。荒城古柳夕阳瘦，长堤嗥犬秋坟新。此去京师一千里，十日可到浑河津。薄酒寒茶饭粗粝，对人慎勿羞吾贫。京师有僧介庵子，是尔滇南旧闾里，书法晶莹秀且清，秋兰挺拔春桃紫。君往从之必有倚，况兼古碑旧帖藏最多，纵横观之疑问彼。问君此去胡为乎？功名富贵良难图，惟有文章世公器，石渠天禄开通渠。观君运腕颇有力，柔软妥帖须工夫，莫辞长跪首泥地，只纸片字明月珠。书法巨公二老在，法华庵主梁西湖。（法华主张公照，梁西湖讳诗正。）

鄂公子左迁（讳容安）

仲子空残呕血，鄂君原不求名，革去东宫詹事，来充国子先生。

十日菊

十日菊花看更黄，破篱笆外斗秋霜，不妨更看十余日，避得暖风禁得凉。

县中小皂隶有似故仆王凤者，每见之黯然

喝道前行忽掉头，风情疑是旧从游，问渠了得三生恨，细雨空斋好说愁。

口辅依然性亦温，差他吮笔墨花痕，可怜三载浑无梦，今日舆前远近魂。

小印青田寸许长，抄书留得旧文章，纵然面上三分似，岂有胸中百卷藏。

乍见心惊意便亲，高飞远鹤未依人，楚王幽梦年年断，错把衣冠认旧臣。

喝道

喝道排衙懒不禁，芒鞋问俗入林深。一杯白水荒涂进，惭愧村愚百姓心。

范县诗

十亩种枣，五亩种梨，胡桃频婆，沙果柿椑。春花淡寂，秋实离离，十月霜红，劲果垂枝。争荣谢拙，韫采于斯，消烦解渴，拯疾疗饥。

桑下有梯，桑上有女，不见其人，叶纷如雨，小妹提笼，小弟趋风，掇彼桑葚，青涩未红。既养我蚕，无市我茧，杼轴在堂，丝絮在捻。暖老怜童，秋风裁剪。

维蒿维蕨，蔬百其名，维筐维梠，百献其情。蒲桃在井，萱草在坪，枣花侵县，麦浪平城。小虫未翅，窈窕厥声，哀呼老赵，望食延颈。（范以黄口为小虫，以衔食哺雏者为老赵。）

臭麦一区，饥鸡弗顾，甜瓜五色，美于甘瓠。结草为庵，扶翳远树，苜蓿绵芊，荞花锦互。三豆为上，小豆斯附，绿质黑皮，匀圆如注。（范有臭麦，成熟后则不臭。黄、黑、绿为三豆，为大豆，余俱小豆。黑豆而骨青者最贵。）

鹅为鸭长，率游于池，悠悠远岸，漠漠杨丝。人牛昼卧，高树荫之，赤日不到，清风来吹。

斗斯巨矣，三登其一，尺斯广矣，十加其七。豆区权衡，不官而质。田无埂陇，亩无侵轶。尔种尔黍，我穫我稷。丈之以弓，岔之以尺。

黍稷翼翼，以葱以郁，黍稷栗栗，以实以积。九月霜花，雇役还家，腰镰背谷，脚露肩霞。遥指我屋，思见我妇，一缕晨烟，隔于深树。牵衣献果，幼儿识父。

钱十其贯，布两其端，四十聘妇，我家实寒，亦有胜村，童儿女孙，十五而聘，十七而昏。菀枯异势，造化无根。我欲望天，我实戴盆。六十者佣，不识妻门，笼灯异彩，终身为走奔。

驴骡马牛羊，汇费斯为集，或用二五八，或以一四七。（期日。）长吏出收租，借问民苦疾，老人不识官，扶杖拜且泣。官差分所应，吏扰竟何极，最畏朱标签，请君慎点笔。贪者三其租，廉者五其息。即此悟官箴，恬退亦多得。

朝歌在北，濮水在南，维兹范邑，匪淫匪娈。陶尧孙子，刘累庶枝，鼻祖于会，衍世于兹。娓娓斤斤，《唐风》所吹，垦垦力力，物土之宜。

绝句二十三首①

高凤翰

号西园，胶州秀才，荐举为海陵督灞长。工诗画，尤善印篆，病废后，用左臂，书画更奇。

西园左笔寿门书，海内朋交索向余，短札长笺都去尽，老夫赝作亦无余。

【校】

①绝句原二十三首，现只存二十一首。据卞孝萱考证，"李鱓"诗之后、"莲峰"诗之前，撤去一页，铲去两首诗。

图清格

号牧山，满洲人，部郎。善画，学石涛和尚。

懒向人间作画师，朋游山下牧羊儿。崖前古庙新泥壁，墨竹临风写一枝。

李鱓

号复堂，兴化人，孝廉。供奉内廷，后为滕县令。画笔工绝。（蒋相公、高司寇弟子。）

两革科名一贬官，萧萧华发镜中寒。回头痛哭仁皇帝，长把灵和柳色看。

莲峰

杭州诗僧，雍正间赐紫。

铁索三条解上都，君王早为白冤诬。他年写入《高僧传》，一段风波好画图。

傅雯

字凯亭，间阳布衣。工指头画，法且园先生。

长作诸王座上宾，依然委巷一穷民。年年卖画春风冷，冻手胭脂染不匀。

潘西凤

字桐冈，人呼为老桐，新昌人。精刻竹，濮阳仲谦以后一人。

年年为恨诗书累，处处逢人劝读书。试看潘郎精刻竹，胸无万卷待何如。

孙峨山前辈

讳勷，德州人，进士，通政司右通。文章满天下，子孙科甲无算，先生泊如也。

屡劝诸儿莫做官，立官难更立身难。一门自有千秋
业，万石高风国史看。

黄慎

字恭懋，号瘿瓢。七闽老画师。

爱看古庙破苔痕，惯写荒崖乱树根。画到情神飘没
处，更无真相有真魂。

边维祺

字颐公，一字寿民，山阳秀才。工画雁。

画雁分明见雁鸣，缣绡飒飒荻芦声。笔头何限秋风
冷，尽是关山离别情。

李锴

字梅山，又号豸青山人，索相子婿也。极博工诗，辽
东世胄。

落魄王孙号豸青，文章无命命无灵。西风吹冷平津
阁，何处重寻孔雀屏。

郭沅

字南江，扬州人，孝廉。工制艺。

点染诗书万卷开，丹黄如绣墨如苔。客来相对无言
说，文弱书生小秀才。

音布

字闻远，长白山人。善书。

柳板棺材盖破袪，纸钱萧淡挂輀车。森罗未是无情

地，或恐知人就索书。

沈凤

字凡民，江阴人，盱眙县令。王箬林太史门生，工篆刻。

政绩优游便出奇，不须峭削合时宜。良苗也怕惊雷电，扇得和风好好吹。

周景柱

字西掣，遂安人，孝廉。由内阁中书为潮州府丞。工书法。

曾约严滩去钓鱼，春风江上草为庐。如何万里无消耗，君屈衙官我簿书。

董伟业

字耻夫，号爱江，沈阳人，流寓甘泉。作《扬州竹枝词》九十九首。

百首新诗号《竹枝》，前明原有艳妖词。合来方许称完璧，小楷抄誊枕秘随。

保禄

字雨村，满洲笔帖式。遇于江西无大师家，赠诗云："西江马大士，南国郑都官。"

曾把都官目板桥，心知诳哄又虚骄。无方去后西山远，酒店春旗何处招？

伊福纳

字兼五，姓那拉，满洲人。进士，户部郎中。工诗。

红树年年只报秋，西山岁岁想同游。枯僧去尽沙弥换，谁识当时两黑头。

申甫

号笏山，关中人，孝廉。工诗。

男儿须斗百千期，眼底微名岂足奇。料得水枯青石烂，天涯满诵笏山诗。

杭世骏

字大宗，号董浦，杭州人。工诗。举鸿博，授翰林苑编修。

门外青山海上孤，阶前春草梦中癯。宦情不及闲情热，一夜心飞入鉴湖。

方超然

字苏台，淳安人。工书。为盐场大使。

蝇头小楷太匀停，长恐工书损性灵。急限采笺三百幅，宫中新制锦围屏。

金司农

字寿门，钱塘人。博物工诗。举鸿博不就。

九尺珊瑚照乘珠，紫髯碧眼聚商胡。银河若问支机石，还让中原老匹夫。

凡大人先生，载之国书，传之左右史。而星散落拓之辈，名位不高，各怀绝艺，深恐失传，故以二十八字标其梗概。□□□□□□□□□□□□□□□□□□□□□□□□□□□□□□□□□□□□□□□[1]峨山先生不应在是列，笔之所至，遂不能自已。

【校】

[1]原刻后印本铲去三十字左右。

南朝

昔人谓陈后主、隋炀帝作翰林，自是当家本色。燮亦谓杜牧之、温飞卿为天子，亦足破国亡身。乃有幸而为才人，不幸而有天位者，其遇不遇，不在寻常眼孔中也。

舞榭歌楼荡子家，骚人落拓借扯遮。如何冕藻山龙客，苦恋温柔旖旎花。红豆有情传梦寐，青春无赖斗烟霞。风流不是君王派，请入鸡林谢翠华。

历览三首

历览名臣与佞臣，读书同慕古贤人。乌纱略戴心情变，黄阁旋登面目新。翻笑腐儒何寂寂，可怜世味太津津。劝君莫作《闲居赋》，潘岳终须负老亲。

历览冰山过眼倾，眼前辇穑有谁争？三千罗绮传宫粉，十万貔貅拥禁兵。白发更饶门户计，黄金先买史书名。焚香痛哭龙门叟，一字何曾诳后生。

历览前朝史笔殊，英才多少受冤诬。一人著述千人改，百日辛勤一日涂。忌讳本来无笔削，乞求何得有褒诛？唯余话口文堪读，惆怅新添者也乎。

有年

槐影鸦声昼漏稀，了除案牍吏人归。拈来旧稿花前改，种得新蔬雨后肥。小院乌童调骏马，画楼纤手叠朝衣。冈陵未足酬恩造，大有书年报紫微。

立朝

立朝何必无纤过，要在闻而遽改之。千古怗终缘宠恋，问君恋得几多时？

君臣

君是天公办事人，吾曹臣下二三臣。兢兢奉若穹苍意，莫待雷霆始认真。

咏史

蠭起狐鸣几辈曹，是真天子压群豪。何须傀儡诸龙种，拜冕垂旒赠一刀。

天位由来自有真，不须铲削旧松筠。汉家子弟幽囚在，王莽犹非极恶人。

二生诗（宋纬、刘连登，范县秀才。）

腐《史》湘《骚》问几更，衙斋风雨见高情。也知贫病浑无措，不敢分钱恼二生。

怀李三鱓

耕田便尔牵牛去，作画依然弄笔来。一领破蓑云外挂，半张陈纸酒中裁。青春在眼童心热，白发盈肩壮志灰。惟有莼鲈堪漫吃，下官亦为啖鱼回。

待买田庄然后归，此生无分到荆扉。借君十亩堪栽秫，赁我三间好下帏。柳线软拖波细细，秧针青惹燕飞飞。梦中长与先生会，草阁南津旧钓矶。

秋荷①

秋荷独后时，摇落见风姿。无力争先发，非因后出奇。

【校】

①各本皆无标题，据诗意补。

平阴道上

关河夜雨，车马晨征。萧萧日出，荡荡波平。山城树碧，古戌花明。云随马足，风送车声。渔者以渔，耕者以耕。高原妇饁，墟落鸡鸣。帝王之业，野人之情。

止足

年过五十，得免孩埋。情怡虑澹，岁月方来。弹丸小邑，称是非才。日高犹卧，夜户长开。年丰日永，波澹云回。乌鸢声乐，牛马群谐。讼庭花落，扫积成堆。时时作画，乱石秋苔。时时作字，古与媚皆。时时作诗，写乐鸣哀。闺中少妇，好乐无猜。花下青童，慧黠适怀。图书在屋，芳草盈阶。昼食一肉，夜饮数杯。有后无后，听已焉哉。

七夕

天上人间尽苦辛，飞桥斜度水粼粼。一年一会多离隔，好把牛郎觑得真。

漏尽星飞顷别离，细将长夜说相思。明年又有新愁恨，不得重提旧怨词。

孤儿行

孤儿蹢躅行，低头屏息，不敢扬声。阿叔坐堂上，叔母脸厉秋铮铮。阿叔不念兄，叔母不念嫂。不记瘦嫂病危笃，枕上叩头，孤儿幼小，立唤孤儿跪，床前拜倒。拭泪诺诺，孤儿是保。

娇儿坐堂上，孤儿走堂下，娇儿食粱肉，孤儿兢兢捧盘盂，恐倾跌，受笞骂。朝出汲水，暮莝刍养马。莝刍伤指，血流泻泻。孤儿不敢言痛，阿叔不顾视，但詈死去兄嫂，生此无能者。娇儿著紫裘，孤儿著破衣，娇儿骑马出，孤儿倚门扉。举头望望，掩泪来归。

昼食厨下，夜卧薪草房。豪奴丽仆，食余弃骨，孤儿拾啮，并遗剩羹汤。食罢濯盘浴釜，诸奴树下卧凉。老仆不分涕泣，骂诸奴骨轻肉重，乃敢凌幼主，高贱躯。阿叔阿姆闻知，闭房悄坐，气不得苏，终然不念茕茕孤。老仆携纸钱，出哭孤儿父母，头触坟树，泪滴坟土。当初一块肉，罗绮包裹，今日受煎苦。墓树萧萧，夕阳黄瘦，西风夜雨。

后孤儿行

十岁丧父，十六丧母。孤儿有妇翁，珠玉金钱付其手。蒲苇系盘石，可以卒长久。纵不爱他人儿，宁不为阿女守？丈丈翁，得钱归，鼠心狼肺，侧目吞肥，千谋万算伏危机。 姥曰："不可。"翁曰："不然。"令孤儿汲水大江边，失足落江水，邻救得活全。丈丈闻知复活，不谢邻舍，中心怅然。

朝不与食，暮不与栖止，孤儿荡荡无倚。乞求餐饭，旬日不返，外父外母不问，曷论生死。夜宿野庙，荒苇茫茫，闻人笑语，渐见灯光，绿林君子，勒令把火随行。孤儿不敢不听从强梁。事发贼得，累及孤儿，贼白冤故，官亦廉知。丈丈辣心毒手，悉力买告，令诬涅与贼同归。西日惨惨，群盗就戮。顾此孤儿，肌如莹玉。不恨己死，痛孤冤毒。行刑人，泪相续。

题陈孟周词后

陈孟周，赘人也。闻予填词，问其调。予为诵太白《菩萨鬘》《忆秦娥》二首。不数日，即为其友人填二词，亦用《忆秦娥》调。其词曰："光阴泻，春风记得花开夜。花开夜，明珠双赠，相逢未嫁。　旧时明月如钩挂，只今提起心还怕。心还怕，漏声初定，玉楼人下。""何时了，有缘不若无缘好。无缘好，怎生禁得，多情自小。　重逢那觅回生草，相思未创招魂稿。招魂稿，月虽无恨，天何不老！"予闻而惊叹，逢人便诵。咸曰青莲自不可及，李后主、辛稼轩何多让矣。拙词近数百首，因愧陈作，遂不复存。

圆峤仙人海上飞，吸风饮露不曾归。偶然唾墨成涓滴，化作灵云入少微。

世间处处可怜情，冷雨凄风作怨声。此调再传黄壤去，痴魂何日出愁城？

署中示舍弟墨

学诗不成，去而学写。学写不成，去而学画。日卖百钱，以代耕稼，实救困贫，托名风雅。免谒当途，乞求官舍，座有清风，门无车马。四十科名，五十旌旌，小城荒邑，十万编氓。何养何教，通性达情，何兴何废，务实辞名。一行不当，百虑难更。少予失教，躁率易轻。水衰火炽，老更不平。日有悔咎，终夜屏营。妻孥绮縠，童仆鼎羹，何功何德，以安以荣？若不速去，祸患丛生。李三复堂，笔精墨妙。予为兰竹，家数小小，亦有苦心，卅年探讨。速装我砚，速携我稿，卖画扬州，与李同老。诗学三人，老瞒与焉，少陵为后，姬旦为先。字学汉魏，崔蔡锺繇，古碑断碣，刻意搜求。维兹三事，屋舍田畴。宦贫何畏，宦富可惕，即此言归，有赢不匮。人不疵尤，鬼无瞰祟。吾既不贪，尔亦无患。需则失时，决乃云智。

破屋

廨破墙仍缺，邻鸡喔喔来。庭花开扁豆，门子卧秋苔。画鼓斜阳冷，虚廊落叶回。扫阶缘宴客，翻惹燕鸦猜。

登范县城东楼

独上秋城望，高楼出晓烟。西风漳邺水，旭日鲁邹天。过客荒无馆，供官薄有田。时平兼地僻，何况又丰年。

姑恶

古诗云："姑恶，姑恶，姑不恶，妾命薄。"可谓忠厚之至，得《三百篇》遗意矣。然为姑者，岂有悛悔哉？因复作一篇，极形其状，以为激劝焉。

小妇年十二，辞家事翁姑。未知伉俪情，以哥呼阿夫。两小各羞态，欲言先嗫嚅。翁令处闺阁，织作新流苏。姑令杂作苦，持刀入中厨。切肉不成块，磊魂登盘簋，作羹不成味，酸辣无别殊，折薪纤手破，执热十指枯。翁曰："是幼小，教导当徐徐。"

姑曰："幼不教，长大谁管拘？恃其桀傲性，将欺颓老躯，恃其骄纵资，吾儿将伏蒲。"今日肆詈辱，明日鞭挞俱。五日无完衣，十日无完肤。吞声向暗壁，啾唧微叹吁。姑云是诅咒，执杖持刀锯："汝肉尚可切，颇肥未为癯，汝头尚有发，薅尽为秋壶。与汝不同生，汝活吾命殂。"鸠盘老形貌，努目真凶屠。阿夫略顾视，便嗔羞耻无。阿翁略劝慰，便嗔昏老奴。邻舍略探问，便嗔何与渠？嗟嗟贫家女，何不投江湖？江湖饱鱼鳖，免受此毒荼。嗟哉天听卑，岂不闻怨呼？人间为小妇，沉痛结冤诬。饱食偿一刀，愿作牛羊猪。岂无父母来，洗泪饰欢娱。岂无兄弟问，忍痛称姑劬。疤痕掩破襟，秃发云病疏，一言及姑恶，生命无须臾。

邯郸道上二首

铜台西北又丛台，泱潦尘沙泒水回。笑武灵王无末路，爱厮养卒有英才。青山易老人长在，白发无权志不灰。最是耳余堪借鉴，千秋刎颈有疑猜。

仙馆荒寒不见人，吕翁遗像满埃尘。古碑剔藓前文陋，画壁含苔幻说新。几处断桥支破板，一沟折苇卧秋苹。分明告我浮生事，伏枕何须梦假真。

渔家

卖得鲜鱼百二钱，籴粮炊饭放归船。拔来湿苇烧难著，晒在垂杨古岸边。

小游（赠杭州余省三）

撒杭越，入姑苏，吞震泽，藐西湖。钱塘之潮十里阔，荡以太湖波浪浑如无。惠山买酒醉酩酊，金山脚踢成齑粉。别有寥寥古澹心，披衣散发焦崖顶。半夜狂扪《瘗鹤铭》，五更冷对文王鼎。大索扬州不见我，飘飘千里来山左。袖中力士百斤椎，椎开俗吏双眉锁。俗吏之俗亦可怜，为君贷取百千钱。谒曲阜墓，观峄山刻，登泰山颠。尚有嘶风扫电之骥足，送君云外飞归鞭。君之小游略如此，壮游他日吾从尔。

江七姜七（名昱，名文载。）

扬州江七无书名，予独爱其神骨清，欧阳体质褚性情，藐姑冰雪光莹莹。如皋姜七无画名，予独爱其坚秀明，梧桐月夜仙娥娙，如闻叹息微微声。（画中景。）二子才思原纵横，二子学术原峥嵘。天南万里诸髦英，俯首听命无衡争。板桥道人孤异行，昌羊别嗜颠倒倾。独推书画众目瞠，寻诸至理还平平。庙堂若荐牺刚骍，二子应列丹刻楹。大章《箫韶》《咸池》鸣，景王无射休噌吰。即今别调吹竽笙，世间破裂琵琶筝。我来山左尘沙并，春风夜雨思乔莺。穷达遇合何足营，望君刻苦孤迈征。江书姜画悬臬枨，欧干卞璧湘秋蘅。或予谬鉴双目盲，请呼老秃嗤残伧。

板桥诗钞　潍县刻

逃荒行

　　十日卖一儿，五日卖一妇，来日剩一身，茫茫即长路。长路迂以远，关山杂豺虎，天荒虎不饥，肝人伺岩阻。豺狼白昼出，诸村乱击鼓。嗟予皮发焦，骨断折腰脊。见人目先瞪，得食咽反吐。不堪充虎饿，虎亦弃不取。道旁见遗婴，怜拾置担釜，卖尽自家儿，反为他人抚。路妇有同伴，怜而与之乳。咽咽怀中声，咿咿口中语，似欲呼耶娘，言笑令人楚。千里山海关，万里辽阳戍，严城啮夜星，村灯照秋浒，长桥浮水面，风号浪偏怒。欲渡不敢撄，桥滑足无履，前牵复后曳，一跌不复举。过桥歇古庙，聒耳闻乡语。妇人叙亲姻，男儿说门户，欢言夜不眠，似欲忘愁苦。未明复起行，霞光影踽踽。边墙渐以南，黄沙浩无宇。或云薛白衣，征辽从此去，或云隋炀皇，高丽拜雄武。初到若凤经，艰辛更谈古。幸遇新主人，区脱与眠处。长犁开古碛，春田耕细雨，字牧马牛羊，斜阳谷量数。身安心转悲，天南渺何许。万事不可言，临风泪如注。

还家行

　　死者葬沙漠，生者还旧乡，遥闻齐鲁郊，谷黍等人长。目营青岱云，足辞辽海霜，拜坟一痛哭，永别无相望。春秋社燕雁，封泪远寄将。归来何所有，兀然空四墙，井蛙跳我灶，狐狸据我床。驱狐窒鼯鼠，扫径开堂皇，湿泥涂旧壁，嫩草覆新黄。桃花知我至，屋角舒红芳，旧燕喜我归，呢喃话空梁，蒲塘春水暖，飞出双鸳鸯。念我故妻子，羁卖东南庄，圣恩许归赎，携钱负橐囊。其妻闻夫至，且喜且彷徨，大义归故夫，新夫非不良，摘去乳下儿，抽刀割我肠。其儿知永绝，抱颈索我娘，堕地几翻覆，泪面涂泥浆。上堂辞舅姑，舅姑泪浪浪。赠我菱花镜，遗我泥金箱，赐我旧簪珥，包并罗衣裳，"好好作家去，永永无相忘。"后夫年正少，惭惨难禁当，潜身匿邻舍，背树倚斜阳。其妻径以去，绕陇过林塘。后夫携儿妇，独夜卧空房，儿啼父不寐，灯短便何长。

思归行

山东遇荒岁，牛马先受殃，人食十之三，畜食何可量。杀畜食其肉，畜尽人亦亡。帝心轸念之，布德回穹苍。东转辽海粟，西截湘汉粮，云帆下天津，舻舳竭太仓。金钱数百万，便宜为赈方。何以未赈前，不能为周防？何以既赈后，不能使乐康？何以方赈时，冒滥兼遗忘？臣也实不材，吾君非不良。臣幼读书史，散漫无主张，如收败贯钱，如撑断港航，所以遇烦剧，束手徒周章。臣家江淮间，虾螺鱼藕乡，破书犹在架，破毡犹在床。待罪已十年，素餐何久长。秋云雁为伴，春雨鹤谋粱，去去好藏拙，满湖莼菜香。

效李艾山前辈体

秋声何处寻，寻入竹梧里，一片竹梧阴，何处秋声起？

挽老师鄂太傅五首

西华门外草萋萋，白塔金鳌树影迷。北斗有光清漏肃，三台无力晓云低。上方乙夜调丹药，七校春风送紫泥。其奈巫阳下霄汉，钧天有诏竟先赍。

松苍桧老日华东，铃索凄清澹晓风。遗草不曾归太史，嘉谟只是告深宫。河山有象心难画，周召无模趣则同。应向九天陪列圣，赤虬骑在白云中。

六诏风烟旧莽苍，九边吹角夜琅琅。云山秋静黄金甲，花柳春深绿野堂。辟谷有方羞检阅，扫门无客自清凉。圣朝若画麒麟阁，姓霍仍须讳写光。

天泪皇皇湿尾箕，八荒九泽尽衔悲。武功万里兼文德，王佐千秋实帝师。学并南阳还令主，勋高郭相又佳儿。人间五福于今备，合演《洪畴》作诔辞。

平泉草木锡天家，石槛松门竹径赊。笼鸟放还天地囿，池鱼乐并海江涯。布衣屡卧平津阁，远泪难挥杜曲花。华屋山丘何限痛，终须来吊旧烟霞。

断句

白驹场颜秋水前辈诗云："□□□□□□□，□□□□□□□。"①又云："偷临画稿奴藏笔，贪看斜阳婢倚楼。"满洲常建极有云："奴潜去志神先阻，鹤有饥容羽不修。"湖州潘汝龙《西湖诗》云："秋风雁响钱王塔，暮雨人耕贾相园。"淮安程风衣云："乾坤著意穷吾党，途路难言仗友生。"一斑可喜，何必全豹。

小小茅斋短短篱，文窗绣案紧封皮。秋风白粉新泥壁，细贴群贤断句诗。

【校】

①原刻后印本铲去十四字。

署中无纸书状尾数十与佛上人

闲书状尾与山僧，乱纸荒麻叠几层。最爱一窗晴日照，老夫衙署冷于冰。

咏史

云里关门六扇开，天边太华鸟飞回。汉家安受秦家业，项羽东归只废才。

已背齐盟强自雄，便应割据守关中。如何宴罢鸿门去，却觅彭城小附庸？

窘况为许衡州赋

半缺柴门叩不开，石棱砖缝好苍苔，地偏竹径清于水，雨冷诗情瘦似梅。山茗未赊将菊代，学钱无措唤儿回，塾师亦复多情思，破点经书手送来。

万里西风雁阵哀，五更霜月起徘徊。薄田累我年年种，秋稼登场事事来。私券官租纷凤欠，女裙儿褐待新裁。老亲八十豪情在，斗米焉能废腊醅。

忆湖村

数声桃桔隔烟萝，是处西风压稻禾。荻苇半含东墅雨，鹭鸶遥立夕阳波。买鱼人闹桥边市，得酒船归月下歌。拟向湖干筑秋舍，菊篱枫径近如何。

和高相公给赈山东，

道中喜雨并五日自寿之作（讳斌，号东轩）

相公捧诏视东方，百万陈因下太仓。天语播时人尽饫，好风吹处日俱长。村村布谷催新绿，树树斜阳送晚凉。多谢西南云一片，顿教霖雨遍耕桑。

五日生辰道上过，山根云脚水罗罗。冲泥角黍蓑翁献，介寿蒲尊瓦盎多。马上旌旗迷渤海，柳边舆盖拂潍河。愚民攀拽无他嘱，为报君王有瑞禾。

和学使者于殿元枉赠之作（讳敏中）

十载扬州作画师，长将赭墨代胭脂，写来竹柏无颜色，卖与东风不合时。

潦倒山东七品官，几年不听夜江湍，昨来话到瓜洲渡，梦绕金山晓日寒。

三百人中最后生，玉堂时听夜书声，知君疗得嫦娥渴，不为风流为老成。

山东锁院自清凉，湖水湖云入槛长，剪取吾家书带草，为君结束锦诗囊。

济南试院奉和宫詹德大主师枉赠之作（讳保）

锁院西风画角清，淡云疏雁济南城。桂花不用月中折，奎阁俨如天上行。模范已看金在铸，洗磨终愧玉无成。饶他崦华青青色，还让先生泰岱横。

小园

月光清峭射楼台，浅夜篱门尚半开。树里灯行知客到，竹间烟起唤茶来。数声犬吠秋星落，几阵风传远笛哀。坐久谈深天渐曙，红霞冷露满苍苔。

寄小徒昆宁、坤豫二孝廉，兼呈令师崔云墅先生

板桥头发已苍苍，尔辈何须学老狂，记取旧延崔录事，"鹧鸪"那得及"鸳鸯"。

御史沈椒园先生新修南池，建少陵书院，

并作杂剧侑神，令岁时歌舞以祀（沈讳廷芳）

御史骢马行山东，马蹄到处膏露浓。洗排泰岱砺邹峄，吹青汉柏秦皇松。少陵南池久寂沉，夕阳惨淡荒波红。庙之祐之绘而塑，牢之饫之鼎以钟。雕镌鳞羽动笋簴，梁桷翚翲相飘冲。挥毫蘸墨作碑版，百金一字尤坚工。板桥居士读不厌，卧看三日铺秋茸。颇闻岁时虔祷祀，荡猪割雉陈虾鳙。荏梨青桃海獐鹿，杨梅橘柚南柑封。以其余闲作杂剧，燕姬越女黄娘踪。相随太白著宫锦，潞州别驾调羹饔。金元院本久退舍，秦箫湘瑟清鱼龙。神灵飘飘侑而喜，苇花之外云之中。愿从先生乞是剧，选伶遍谱琳琅宫。

瓜洲夜泊

苇花如雪隔楼台，咫尺金山雾不开。惨淡秋灯鱼舍远，朦胧夜话客船偎。风吹隐隐荒鸡唱，江动汹汹北斗回。吴楚咽喉横铁瓮，数声清角五更哀。

偶然作

文章动天地，百族相绸缪，天地不能言，圣贤为咙喉。奈何纤小夫，雕饰金翠稠，口读《子虚赋》，身著貂

锦裘，佳人二八侍，明星灿高楼，名酒黄羊羹，华灯水晶球。偶然一命笔，币帛千金收，歌钟连戚里，诗句钦王侯，浪膺才子称，何与民瘼求。所以杜少陵，痛哭何时休！秋寒室无絮，春雨耕无牛，娇儿乐岁饥，病妇长夜愁。推心担贩腹，结想山海陬。衣冠兼盗贼，征戍杂累囚。史家欠实录，借本资校雠。持以奉吾君，藻鉴横千秋。曹刘沈谢才，徐庾江鲍俦，自云黼黻笼，吾谓乞儿谋。

题盆兰倚蕙图

春兰未了夏兰开，画里分明唤阿呆。阅尽荣枯是盆盎，几回拔去几回栽。

题破盆兰花图

春雨春风写妙颜，幽情逸韵落人间。而今究竟无知己，打破乌盆更入山。

题峤壁兰花图

山顶兰花早早开，山腰小箭尚含胎。画工立意教停蓄，何苦东风好作媒。

题半盆兰蕊图

盆画半藏，兰画半含，不求发泄，不畏凋残。

【校】

《题盆兰倚蕙图》至《题半盆兰蕊图》四首诗，又见《板桥题画》。

题屈翁山①诗札，石涛、石溪、八大山人山水小幅并白丁墨兰共一卷

国破家亡鬓总璠，一囊诗画作头陀。横涂竖抹千千幅，墨点无多泪点多。

【校】

①原刻后印本铲去"屈翁山"三字。

题姚太守家藏恽南田梅菊二轴（姚讳兴滇）

今日方知恽寿平，石田笔墨十洲情。廿年赝本相疑信，徒使前贤笑后生。

画芝兰棘刺图寄蔡太史（讳时田）

写得芝兰满幅春，傍添几笔乱荆榛。世间美恶俱容纳，想见温馨澹远人。

题石东村《铸陶集》

诗人老去兴偏豪，烧尽千篇又铸陶，从此铸韩还铸杜，更于三代铸《风》《骚》。

家兖州太守赠茶（讳方坤）

头纲八饼建溪茶，万里山东道路赊。此是蔡丁天上贡，何期分赐野人家。

恼潍县

行尽青山是潍县，过完潍县又青山。宰官枉负诗情性，不得林峦指顾间。

饶诗

客来颇有一盘棋，客去非无酒数卮。发短官忙身又病，倩君饶我一篇诗。

兴到千篇未是多，愁来一字懒吟哦。非云此事从今绝，脱复佳时待体和。

赠陈际青

瓜洲江水夜潮平，月满秋田鹤唳清。记得扁舟同卧听，金山云板二三更。

真州杂诗八首并及左右江县

春风十里送啼莺，山色江光翠满城。曲岸红薇明涧水，矮窗白纸出书声。衙斋种豆官无事，刀笔题诗吏有名。昨夜村灯鱼藕市，青帘醇酒见人情。

村中布谷县中啼，桑柘低檐麦陇齐。新笋劚来泥未洗，江鱼买得酒还携。山花雨足皆含笑，絮袄春深欲换绨。何限农家辛苦事，渐看儿女满町畦。

寒衣新熨折参差，一笑裘毛落许时。脾土渐衰唯食粥，风情不减尚填词。雪中松树文山庙。雨后桃花浣女祠。最爱卷帘高阁上，楚江晴碧晚烟迟。

月白潮生野水潺，上游千里控荆蛮。洗淘赤壁无遗燎，溶漾金陵有剩山。烟里戍旗秋露湿，沙边战舰夕阳闲。真州漫笑弹丸地，从古英雄尽往还。

吴越咽喉铁瓮城，隔江相望晓烟横。高樯迥与山排列，浊浪喧同海斗争。卷去芦花浑雪意，飘来鼓角尽秋声。中原万里无烽燧，扶杖衰翁未见兵。

南国枫凋结绮楼，雷塘北去蓼花秋。染成红泪胭脂湿，蘸破新霜草木愁。两地干戈才转瞬，一般成败莫回头。《后庭》遗曲江边唱，又听隋家《清夜游》。

行过青山又一山，黄将军墓兀其间。悬崖断处孤松出，骇浪崩时血泪还。江上诸藩皆逆类，枢中一老复颓颜。抵天只手终何益，运去心枯事总艰。

何事秋风只杜门，护花长怕晓霜痕。挂冠盛世才原拙，卖字他乡道岂尊？山雨乍晴如洗沐，江烟一起又黄昏。惟君诗兴清豪在，唤醒东南旅客魂。（和张仲蔄一首）

真州八首，属和纷纷，皆可喜，不辞老丑，再叠前韵

江头语燕杂啼莺，淡淡烟笼绣画城。沙岸柳拖骑马客，翠楼帘卷卖花声。三冬荠菜偏饶味，九熟樱桃最有名。清兴不辜诸酒伴，令人忘却异乡情。（谓张仲蔄、鲍匡溪、米旧山、方竹楼诸子。）

满林烟雨曙鸦啼，脉脉春流与岸齐。虾菜半肩奴子荷，花枝一剪老夫携。除烦苦茗煎新水，破暖轻衫染旧䌷。最是老农闲不住，墙边屋角韭为畦。

满塍新绿燕参差，正是秧针刺水时。陌上壶浆酬力作，田中么鼓唱盲辞。霖霖圣世唯沾块，猫虎先型有赛祠。野老何知含哺乐，优游化日向来迟。

一江离思水潺潺，绿酒红亭怨小蛮。芳草不曾遮远道，浮云只是负青山。缲丝无力春蚕老，系臂何心彩缕闲。咫尺乡园千里阔，大刀头缺几时还？

莽莽山城接水城，千年霸业尚纵横。佛狸去后弛戎马，侯景来时酿战争。君相南朝同燕幕，文章六代总蛙

声。衣冠礼乐吾朝盛，除却蒐苗未点兵。

伍相祠高百尺楼，屯田遗墓也千秋。溪边花落三春雨，江上潮来万古愁。无主泥神常趁庙，失群才子且低头。画船半破零星板，一棹残阳寂寞游。

踏遍芒鞋为买山，谁家小阁树中间？白云封处门长闭，红日高时梦未还。六代烟花销妄念，扬州金粉付朱颜。惟余一二渔樵侣，钓雨担云事未艰。

柏叶枫枝静掩门，卧看霜雁碧天痕。一生去国鲁司寇，万古辞家佛世尊。策马有心鞭已折，抄书无力眼全昏。而今说醒虽非醒，前此俱为蝶梦魂。

和雅雨山人红桥修禊（卢讳见曾）

一线莎堤一叶舟，柳浓莺脆恣淹留。雨晴芍药弥江县，水长秦淮似蒋州。薄幸春光容易老，迁延诗债几时酬？使君高唱凌颜谢，独立吴山顶上头。

年来修禊让今年，太液昆池在眼前。迥起楼台回水曲，直铺金翠到山巅。花因露重留蝴蝶，笛怕春归恋画船。多谢西南新月挂，一钩清影暗中圆。

十里亭池一水通，俨开银钥日华东。逶迤碧草长杨道，静悄朱帘上苑风。天净有云皆锦绣，树深无雨亦溟蒙。《甘泉》《羽猎》应须赋，雅什先排《禊帖》中。

草头初日露华明，已有游船歌板声。词客关河千里至，使君风度百年清。青山骏马旌旗队，翠袖香车绣画城。十二红楼都倚醉，夜归疑听景阳更。

再和卢雅雨四首

广陵三日放轻舟，渐老春光尚小留。才子新诗高白傅，故园名酒载青州。（公山东人。）花因近席枝偏亚，人有凭阑句未酬。隔岸渝裙诸女伴，一时欣望尽回头。

莫以青年笑老年，老怀豪宕倍从前。张筵赌酒还通夕，策马登山直到巅。落日澄霞江外树，鲜鱼晚饭越中船。风光可乐须行乐，梅豆青青渐已圆。

别港朱桥面面通，画船西去又还东。曲而又曲邗沟水，温且微温上巳风。放鸭洲边烟漠漠，卖花声里雨蒙蒙。关心民瘼尤堪慰，麦陇青葱入望中。

新月微微一线明，衔山低树傍歌声。烟横碧落春星澹，露满宫楼夜气清。皂隶解吟笺上句，舆台沾醉柳边城。归途莫漫频呹喝，花漏东丁已二更。

后种菜歌（仍为常公延龄作）

菜叶青，霜雪零，菜叶落，桃李灼。别有寒暄只自知，骨头不比松枝弱。辘轳牵断银瓶绠，填瞎胭脂亡国井。畦干虫蠹叶如纱，蠹入孝陵墙上粉。碎麟残虎暮松声，扫叶填沙隧道倾。年年寒食一盏饭，来享孤臣旧菜羹。

李御、于文浚、张宾鹤、王文治会饮

黄金避我竟如仇，湖海英雄不自由。今日一杯明日别，订盟何得及沙鸥。

小古镜为同年金殿元作（讳德瑛）

土花剥蚀蛟龙缺，秋水澄泓海月残。料得君心如此镜，玉堂高挂古清寒。

赠袁枚

室藏美妇邻夸艳，君有奇才我不贫。

板桥词钞

自序

燮词不足存录。简亭楼夫子谓燮词好于诗，且付梓人，后来进益，不妨再更定。嗟乎！燮何进也？燮年三十至四十，气盛而学勤，阅前作辄欲焚去；至四十五六，便觉得前作好；至五十外，读一过便大得意。可知其心力日浅，学殖日退，忘己丑而信前是，其无成断断矣。楼夫子是燮乡试房师，得毋爱忘其丑乎？

陆种园先生讳震，邑中前辈。燮幼从之学词，故刊刻二首，以见一斑。

为文须千斟万酌，以求一是。再三更改，无伤也。然改而善者十之七，改而谬者亦十之三。乖隔晦拙，反走入荆棘丛中去，要不可以废改，是学人一片苦心也。燮作词四十年，屡改屡蹶者，不可胜数。今兹刻本，颇多仍旧，而此中之酸甜苦辣备尝而有获者亦多矣。世间为父师者，见其子弟之文疏松爽豁便喜，见其拗涩晦拙便忧。吾愿少宽岁月以待之，必有屈曲达心、沉著痛快之妙。天下岂有速成而能好者乎？

少年游冶学秦柳，中年感慨学辛苏，老年淡忘学刘蒋，皆与时推移而不自知者。人亦何能逃气数也。

板桥词钞

兴化县郑燮　著　上元司徒文膏　刻

渔家傲

王荆公新居

积雨新晴江日吐，小桥著水烟绵树，茅屋数间谁是主？王介甫，而今晓得青苗误。　　吕惠卿曹何足数，苏东坡遇还相恕，千古文章根肺腑。长忆汝，蒋山山下南朝路。

蝶恋花

晚景

一片青山临古渡，山外晴霞漠漠收残雨，流水远天波似乳，断烟飞上斜阳去。　　徙倚高楼无一语，燕不归来没个商量处，鸦噪暮云城堞古，月痕淡入黄昏雾。

渔父

本意

宿雨新晴江气凉，湿烟初破柳丝黄。才上巳，又清明，桃花村店酒瓶香。　　漠漠海云微漏日，茫茫春水渐盈塘。波澹荡，燕低昂，小舟丝网晒鱼梁。

浪淘沙

莫春

春气晚来晴，天澹云轻，小楼忽洒夜窗声。卧听萧萧还淅淅，湿了清明。　　节序太无情，不肯留停，留春不住送春行。忘却罗衣都湿透，花下吹笙。

和洪觉范潇湘八景

潇湘夜雨

风雨夜江寒，篷背声喧，渔人稳卧客人叹。明日不知晴也未？红蓼花残。　　晨起望沙滩，一片波澜，乱流飞瀑洞庭宽。何处雨晴还是旧？只有君山。

山市晴岚

雨净又风恬，山翠新添，熏炁上接蔚蓝天。惹得王孙芳草色，酝酿春田。　　朝景尚拖烟，日午澄鲜，小桥山店倍增妍。近到略无些色相，远望依然。

渔村夕照

山迥暮云遮，风紧寒鸦，渔舟个个泊江沙。江上酒旗飘不定，旗外烟霞。　　烂醉作生涯，醉梦清佳，船头鸡犬自成家。夜火秋星浑一片，隐跃芦花。

烟寺晚钟

日落万山巅，一片云烟，望中楼阁有无边。惟有钟声拦不住，飞满江天。　　秋水落秋泉，昼夜潺湲，梵王钟好不多传。除却晨昏三两击，悄悄无言。

远浦归帆

远水净无波，芦荻花多，暮帆千叠傍山坡。望里欲行还不动，红日西殂。　　名利竟如何？岁月蹉跎，几番风浪几晴和。愁水愁风愁不尽，总是南柯。

平沙落雁

秋水漾平沙，天末澄霞，雁行栖定又喧哗。怕见洲边灯火焰，怕近芦花。　　是处网罗赊，何苦天涯，劝伊早早北还家。江上风光留不得，请问飞鸦。

洞庭秋月

谁买洞庭秋，黄鹤楼头，槐花半老桂花稠。才送斜阳西岭去，月上蟆钩。　　潺潺大荒流，烟净云收，万条银线接天浮。不用画船沽酒去，我自神游。

江天暮雪

雪意满潇湘，天淡云黄，梅花冻折老松僵。惟有酒家偏得意，帘旆飘扬。　　不待揭帘香，引动渔郎，蓑衣燎湿暖锅傍。踏碎琼瑶归路远，醉指银塘。

种花

宿雨昨宵晴，今日还阴，小楼帘卷卖花声。伏枕半酣犹未足，又是斜曛。　　晴雨总无凭，诳杀愁人，种花聊慰客中情。结实成阴都未卜，眼下青青。

贺新郎

徐青藤草书一卷

墨汁余香剩，扫长笺狂花扑水，破云堆岭。云尽花空无一物，荡荡银河泻影，又略点箕张鬼井。未敢披图容易玩，拔烟霞直上蒿华顶，与帝座，呼相近。　　半生未挂朝衫领，狠秋风青衿剥去，秃头光颈。只有文章书画笔，无古无今独逞，并无复自家门径。拔取金刀眉目割，破头颅血迸苔花冷，亦不是，人间病。

西村感旧

抚景伤飘泊，对西风怀人忆地，年年担搁。最是江村读书处，流水板桥篱落，绕一带烟波杜若。密树连云藤盖瓦，穿绿阴折入闲亭阁，一静坐，思量著。　　今朝重践山中约，画墙边朱门欹倒，名花寂寞。瓜圃豆棚虚点缀，衰草斜阳暮雀，村犬吠故人偏恶。只有青山还是旧，恐青山笑我今非昨，双鬓减，壮心弱。

送顾万峰之山东常使君幕

掷帽悲歌起，叹当年父母生我，悬弧射矢。半世销沉儿女态，羁绊难逾乡里。健羡尔萧然揽辔，首路春风冰冻释，泊马头浩渺黄河水，望不尽，汹汹势。　　到看泰岱从天坠，矗空青千岩万嶂，云揉月洗。封禅碑铭今在否？鸟迹虫鱼怪异，为我吊秦皇汉帝。夜半更须陵日观，紫金球涌出沧溟底，尽海内，奇观矣。

独有难忘者，宁不见慈亲黑发，于今雪洒。检点装囊针线密，老泪潺湲而泻，知多少梦魂牵惹，不为深情酬国士，肯孤踪独骑天边跨？游子叹，关山夜。　　颇闻东道兼骚雅，最羡是峰峦十万，青排脚下。此去唱酬官阁里，酒在冰壶共把，须勖以仁风遍野。如此清时宜树立，况鲁邹旧俗非难化，休沉溺，篇章也。

常君名建极，字近辰，旗下人。有《登泰山绝顶》诗云："二三星斗胸前落，十万峰峦脚底青。"又云："烟霞历乱迷齐鲁，碑版零星倒汉唐。"皆警句也。

赠王一姐

竹马相过日，还记汝云鬟覆颈，胭脂点额。阿母扶携翁负背，幻作儿郎妆饰，小则小寸心怜惜。放学归来犹未晚，向红楼存问春消息，问我索，画眉笔。　　廿年湖海长为客，都付与风吹梦杳，雨荒云隔。今日重逢深院里，一种温存犹昔，添多少周旋形迹。回首当年娇小态，但片言微忤容颜赤，只此意，最难得。

赠陈周京

咄汝陈生者，试问汝天南地北，游踪遍也。十五年前广陵道，马上翩翩游冶，曾几日髭须盈把。落拓东归寻旧梦，剔寒灯絮尽凄凉夜，浑不似，无羁马。　　君家先世丹青亚（令祖射闯贼中目），炳千秋凌烟褒鄂，云台耿贾。谁料关西将家子，乱草飘蓬四野，还一任雨淋霜打。莫问人前谈往事，恐道傍屠贩疑虚假，勉强去，妆聋哑。

有赠

旧作吴陵客，镇日向小西湖上，临流弄石。雨洗梨花风欲软，已逗蝶蜂消息，却又被春寒微勒。闻道可人家不远，转画桥西去萝门碧，时听见，高楼笛。　　缘悭觌面还相失，谁知向海云深处，殷勤款惜。一夜尊前知己泪，背着短檠偷滴，又互把罗衫抆湿。相约明年春事早，嚼花心红蕊相思汁，共染得，肝肠赤。

落花

小立梅花下，问今年暖风未破，如何开也？不是花开偏怨早，总为早开先谢，被断雨零烟飘洒。粉蝶游蜂谁念旧，背残枝飞过秋千架，只落得，蛛丝挂。　　江南二月花抬价，有多少游童陌上，春衫细马。十里香车红袖小，婉转翠眉如画，伴不解傍人觑咱。忽见柳花飞乱絮，念海棠春老谁能嫁？泪暗湿，香罗帕。

答小徒许樗存

十载名场困，走江湖盲风怪雨，孤舟破艇。江上萧萧黄叶寺，乱草荒烟满径，惹客子斜阳梦冷。捡点残诗寻旧句，步空廊古殿琉璃影，一个字，吟难定。　　书来慰勉殷勤甚，便道是前途万里，风长浪稳。可晓金莲红烛赐，老了东坡两鬓，最辜负朝云一枕。拟买清风兼皓月，对歌儿舞女闲消闷，再休说，清华省。

述诗二首

诗法谁为准，统千秋姬公手笔，尼山定本。八斗才华曹子建，还让老瞒苍劲，更五柳先生澹永。圣哲奸雄兼旷逸，总自裁本色留深分，一快读，分伦等。　　唐家李杜双峰并，笑纷纷诗奴诗丐，诗魔诗鸰。王孟高标清彻骨，未免规方略近，似顾步骅骝未骋。怪杀《韩碑》扬巨斧，学昌黎险语排生硬，便突过，昌黎顶。

经世文章要，陋诸家裁云镂月，标花宠草。纵使风流夸一世，不过闲中自了，那识得周情孔调？《七月》《东山》千古在，恁描摹琐细民情妙，画不出，《豳风》稿。

文关国运犹其小，剖鸿蒙清宁厚薄，直通奥窔。寒暑阴阳多眕式，笔底回旋不少，莫认作书生谈笑。回首少年游冶习，采碧云红豆相思料，深愧杀，杜陵老。

食瓜

五色嘉瓜美，问东陵故侯安在，圃园残废。多少金台名利客，略啖腥膻滋味，便忘却田家甘旨。门径薜萝荒不剪，绿杨桥板断空流水，总不作，抽身计。　　吾家家在烟波里，绕秋城藕花芦叶，渺然无际。底事欲归归不得，说是粗通作吏，听此话令人惭耻。不但古贤吾不逮，看眼前何限贤劳辈，空日费，官仓米。

陆种园先生一首

吊史阁部墓

孤冢狐穿繟，对西风招魂剪纸，浇羹列鲊。野老为言当日事，战火连天相射，夜未半层城欲下。十万横磨刀似雪，尽孤臣一死他何怕，气堪作，长虹挂。　　难禁恨泪如铅泻，人道是衣冠葬所，音容难画。欹仄路傍松与柏，日日行人系马，且一任樵苏尽打。只有残碑留汉字，细摩挲不识谁题者，一半是，荒苔藉。

青玉案

宦况

十年盖破黄绸被，尽历遍、官滋味。雨过槐厅天似水，正宜泼茗，正宜开酿，又是文书累。　　坐曹一片吆呼碎，衙子催人妆魂偬，束吏平情然也未？酒阑烛跋，漏寒风起，多少雄心退。

菩萨鬘

留春

留春不住由春去，春归毕竟归何处？明岁早些来，烟花待剪裁。　　雪消春又到，春到人偏老。切莫怨东风，东风正怨侬。

留秋

留春不住留秋住，篱菊丛丛霜下护。佳节入重阳，持螯切嫩姜。　　江上山无数，何处登高去？松径小山头，夕阴新酒楼。

宿千科柳

渔家泊在清淮口，西风稻熟千科柳。茅店挂新红，酒旗青更浓。　　买酒将鱼换，得酒船头转。岸上打场声，渔歌水上清。

浣溪沙

少年

砚上花枝折得香，枕边蝴蝶引来狂，打人红豆好收藏。　　数鸟声时痴卦算，借书摊处暗思量，隔墙听唤小珠娘。

老兵

万里金风病骨秋，创瘢血渍陇西头，戍楼闲补破羊裘。　　少壮爱传京国信，老年只话故乡愁，近来乡思也悠悠。

陇雨萧萧陇草长，夕阳惨淡下边墙，敌楼风起暮鸦翔。　　册上有名还点队，军中无事不归行，替人磨洗旧刀枪。

沁园春

恨

花亦无知，月亦无聊，酒亦无灵。把夭桃斫断，煞他风景，鹦哥煮熟，佐我杯羹。焚砚烧书，椎琴裂画，毁尽文章抹尽名。荥阳①郑，有慕歌家世，乞食风情。

单寒骨相难更，笑席帽青衫太瘦生。看蓬门秋草，年年破巷，疏窗细雨，夜夜孤灯。难道天公，还钳恨口，不许长吁一两声？颠狂甚，取乌丝百幅，细写凄清。

【校】

①荥阳，应作"荥阳"。

落梅

小苑闲窗，细雨初晴，日射朱扉。正疏梅几点，粉娇红姹，幽香满径，天澹云微。莫打游蜂，还邀绛蝶，海燕今朝归不归？　春如醉，甚东风恶劣，碎搅花飞。

明知不怪风吹，奈不怨东风却怨谁？且落英细扫，藏诸砚匣，残枝一剪，供在书帏。昨夜三更，灯昏月淡，铁马檐前说是非。全无谓，到飘零残褪，妒甚光辉。

西湖夜月有怀扬州旧游

飞镜悬空，万叠秋山，一片晴湖。望远林灯火，乍明还灭，近堤人影，似有如无。马上提壶，沙边奏曲，芳草迷人卧莫扶。非无故，为青春不再，著意萧疏。　十年梦破江都，奈梦里繁华费扫除。更红楼夜宴，千条绛蜡，彩船春泛，四座名姝。醉后高歌，狂来痛哭，我辈多情有是夫。今宵月，问江南江北，风景何如？

踏莎行

无题

中表姻亲，诗文情愫，十年幼小娇相护。不须燕子引人行，画堂得到重重户。　　颠倒思量，朦胧劫数，藕丝不断莲心苦。分明一见怕销魂，却愁不到销魂处。

荆州亭

江上

江雨萧萧渐大，闷倚篷窗一个。沽酒不曾来，借取邻舟灯火。　　半担六朝奇货，千古暮云江左，贩卖是谁家？紫绶貂蝉八座。

千里布帆无恙，万里沙鸥来往。划却暮山青，更觉溶溶漾漾。　　多少六朝闲账，近日渔樵都忘，只是怨弘光，白昼金銮选唱。

柳梢青

有赠

韵远情亲，眉梢有话，舌底生春。把酒相偎，劝还复劝，温又重温。　　柳条江上鲜新，有何限莺儿唤人。莺自多情，燕还多态，我只卿卿。

虞美人

无题

盈盈十五人儿小，惯是将人恼。撩他花下去围棋，故意推他勍敌让他欺。　　而今春去花枝老，别馆斜阳早。还将旧态作娇痴，也要数番怜惜忆当时。

念奴娇

金陵怀古十二首

石头城

悬岩千尺，借欧刀吴斧，削成江郭。千里金城回不尽，万里洪涛喷薄。王濬楼船，旌麾直指，风利何曾泊。船头列炬，等闲烧断铁索。　　而今春去秋来，一江烟雨，万点征鸿掠。叫尽六朝兴废事，叫断孝陵殿阁。山色苍凉，江流悍急，潮打空城脚。数声渔笛，芦花风起作作。

周瑜宅

周郎年少，正雄姿历落，江东人杰。八十万军飞一炬，风卷滩前黄叶。楼橹云崩，旌旗电扫，熛射江流血。咸阳三月，火光无此横绝。　　想他豪竹哀丝，回头顾曲，虎帐谈兵歇。公瑾伯符天挺秀，中道君臣惜别。吴蜀交疏，炎刘鼎沸，老魅成奸黠。至今遗恨，秦淮夜夜幽咽。

桃叶渡

桥低红板，正秦淮水长，绿杨飘撇。管领春风陪舞燕，带露含凄惜别。烟软梨花，雨娇寒食，芳草催时节。画船箫鼓，歌声缭绕空阔。　　究竟桃叶桃根，古今岂少，色艺称双绝。一缕红丝偏系左，闺阁几多埋灭。假使夷光，苎萝终老，谁道倾城哲。王郎一曲，千秋艳说江楫。

劳劳亭

劳劳亭畔，被西风一夜，逼成衰柳。如线如丝无限恨，和雨和烟僝僽。江上征帆，尊前别泪，眼底多情友。寸言不尽，斜阳脉脉凄瘦。　　半生图利图名，闲中细算，十件长输九。跳尽胡孙妆尽戏，总被他家哄诱。马上旌旄，街头乞叫，一样归乌有。达将何乐，穷更不若株守。

莫愁湖

鸳鸯二字，是红闺佳话，然乎否否？多少英雄儿女态，酿出祸胎冤薮。前殿金莲，《后庭玉树》，风雨催残骤。卢家何幸，一歌一曲长久。　　即今湖柳如烟，湖云似梦，湖浪浓于酒。山下藤萝飘翠带，隔水残霞舞袖。桃叶身微，莫愁家小，翻借词人口。风流何罪，无荣无辱无咎。

长干里

逶迤曲巷，在春城斜角，绿杨阴里。赭白青黄墙砌石，门映碧溪流水。细雨饧箫，斜阳牧笛，一径穿桃李。风吹花落，落花风又吹起。　　更兼处处缲车，家家社燕，江介风光美。四月樱桃红满市，雪片鲥鱼刀鮆。淮水秋青，钟山暮紫，老马耕闲地。一丘一壑，吾将终老于此。

台城

秋之为气，正一番风雨，一番萧瑟。落日鸡鸣山下路，为问台城旧迹。老蔓藏蛇，幽花溅血，坏堞零烟碧。有人牧马，城头吹起觱栗。　　当初面代牺牲，食惟菜果，恪守沙门律。何事饿来翻掘鼠，雀卵攀巢而吸？再曰"荷荷"，趺跏竟逝，得亦何妨失。酸中硬语，英雄泪在胸臆。

胭脂井

辘轳转转，把繁华旧梦，转归何许？只有青山围故国，黄叶西风菜圃。拾橡瑶阶，打鱼宫沼，薄暮人归去。铜瓶百丈，哀音历历如诉。　　过江咫尺迷楼，宇文化及，便是韩禽虎。井底胭脂联臂出，问尔萧娘何处？《清夜游》词，《后庭花》曲，唱彻江关女。词场本色，帝王家数然否？

高座寺

暮云明灭，望破楼隐隐，卧钟残院。院外青山千万叠，阶下流泉清浅。鸦噪松廊，鼠翻经匣，僧与孤云远。空梁蛇脱，旧巢无复归燕。　　可怜六代兴亡，生公宝志，绝不关恩怨。手种菩提心剑戟，先堕释迦轮转。青史讥弹，传灯笑柄，枉作骑墙汉。恒沙无量，人间劫数自短。

孝陵

东南王气，扫偏安旧习，江山整肃。老桧苍松盘寝殿，夜夜蛟龙来宿。翁仲衣冠，狮麟头角，静锁苔痕绿。斜阳断碣，几人系马而读。　　闻说物换星移，神山风雨，夜半幽灵哭，不记当年开国日，元主泥人泪簇。蛋壳乾坤，丸泥世界，疾卷如风烛。老僧山畔，烹泉只取一掬。

方景两先生祠

乾坤欹侧，借豪英几辈，半空撑住。千古龙逢原不死，七窍比干肺腑。竹杖麻衣，朱袍白刃，朴拙为艰苦。信心而出，自家不解何故。　也知稷、契、皋、夔、闳、颠、散、适，岳降维申甫。彼自承平吾破裂，题目原非一路。十族全诛，皮囊万段，魂魄雄而武。世间鼠辈，如何妆得老虎。

洪光①

宏光建国，是金莲《玉树》，后来狂客。草木山川何限痛，只解征歌选色。《燕子》衔笺，《春灯》说谜，夜短嫌天窄。海云分付，五更拦住红日。　更兼马、阮当朝，高、刘作镇，犬豕包巾帻。卖尽江山犹恨少，只得东南半壁。国事兴亡，人家成败，运数谁逃得。太平隆万，此曹久已生出。

【校】

① "弘光"是南明福王朱由崧年号。清高宗名弘历。郑燮避讳而写为"洪光""宏光"。

西江月

警世

细雨玲珑叶底，春风澹荡花心，梦中做梦最怡情，蝴蝶引人入胜。　俗子几登青史，英雄半在红尘，酒怀豪淡卧旗亭，满目苍山暮影。

世事无端冷淡，老怀何处安排？美人头上插新梅，昨日花枝不戴。　粉蝶夸衣径去，黄莺咿舌先回，醉中丢我在尘埃，醒后也无僽睬。

老子残书破帽，儿孙绿酒红裙，争春不肯让毫分，转眼西风一阵。　皓月当头最乐，疾雷破柱还惊，世间多少梦和醒，惹得黄粱饭冷。

唐多令

寄怀刘道士并示酒家徐郎

一抹晚天霞，微红透碧纱，飐西风凉叶些些。正是客愁愁不稳，杨柳外，又惊鸦。　桃李别君家，霜凄菊已花，数归期雪满天涯。分付河桥多酿酒，须留待，故人赊。

思归

绝塞雁行天，东吴鸭嘴船，走词场三十余年。少不如人今老矣，双白鬓，有谁怜？　官舍冷无烟，江南薄有田，买青山不用青钱。茅屋数间犹好在，秋水外，夕阳边。

满江红

金陵怀古

淮水东头，问夜月何时是了。空照彻飘零宫殿，凄凉华表。才子总缘杯酒误，英雄只向棋盘闹。问几家输局几家赢，都秋草。　流不断，长江淼，拔不倒，钟山峭。剩古碑荒冢，淡鸦残照。碧叶伤心亡国柳，红墙堕泪南朝庙。问孝陵松柏几多存？年年少。

思家

我梦扬州，便想到扬州梦我。第一是隋堤绿柳，不堪烟锁。潮打三更瓜步月，雨荒十里虹桥火，更红鲜冷淡不成圆，樱桃颗。　　何日向，江村躲，何日上，江楼卧。有诗人某某，酒人个个。花径不无新点缀，沙鸥颇有闲功课。将白头供作折腰人，将毋左。

招隐寺

转过山头，隐隐见松林一片。其中有佛楼斜角，红墙半闪。雨后寻芳沙径软，道傍小饮村醪贱。听石泉幽涧响琮琤，清而浅。　　山门外，金泥匾，祇树下，香涂殿。看几朝营造，几朝褒贬。七级浮图空累积，一声杜宇谁听见？向禅扉合掌问宗风，斜阳远。

田家四时苦乐歌 过桥新格

细雨轻雷，惊蛰后和风动土。正父老催人早作，东畲南圃。夜月荷锄村犬吠，晨星叱犊山沉雾。到五更惊起是荒鸡，田家苦。　　疏篱外，桃华灼，池塘上，杨丝弱。渐茅檐日暖，小姑衣薄，春韭满园随意翦，腊醅半瓮邀人酌。喜白头人醉白头扶，田家乐。

麦浪翻风，又早是秧针半吐。看垄上鸣槔滑滑，倾银泼乳。脱笠雨梳头顶发，耘苗汗滴禾根土。更养蚕忙杀采桑娘，田家苦。　　风荡荡，摇新箬，声浙浙，飘新箨。正青蒲水面，红榴屋角。原上摘瓜童子笑，池边濯足斜阳落。晚风前个个说荒唐，田家乐。

云澹风高，送鸿雁一声凄楚。最怕是打场天气，秋阴秋雨。霜穗未储终岁食，县符已索逃租户。更爪牙常例急于官，田家苦。　　紫蟹熟，红菱剥，桃桔响，村歌作。听喧填社鼓，漫山动郭。挟瑟灵巫传吉兆，扶藜老子持康爵。祝年年多似此丰穰，田家乐。

老树槎丫，撼四壁寒声正怒。扫不净牛溲满地，粪渣当户。茅舍日斜云酿雪，长堤路断风吹雨。尽村春夜火到天明，田家苦。　　草为榻，芦为幕，土为锉，瓢为勺。砍松枝带雪，烹葵煮藿。秫酒酿成欢里舍，官租完了离城郭。笑山妻涂粉过新年，田家乐。

陆种园夫子一首

赠王正子

蓦地逢君，且携手垆边细语。说蜀栈十年烽火，万山鼙鼓。枫叶满林愁客思，黄花遍地迷归路。叹他乡好景最无多，难常聚。　　同是客，君尤苦，两人恨，凭谁诉？看囊中罄矣，酒钱何处？吾辈无端寒至此，富儿何物肥如许。脱敝裘付与酒家娘，摇头去。

玉女摇仙珮

寄呈慎郡王

紫琼居士，天上神仙，来佐人间圣世。河献征书，楚元设醴，一种风流高致。论诗情字体，是王、孟先驱，锺、张后起。岂屑屑丹青绘事，已压倒董、巨、荆、关数子。羡一骑翩翩，肯访山中盘根仙李。（谓梅山李锴。）

我亦青玉烧灯，红牙顾曲，醉卧瑶台锦绮。一别朱门，六年山左，老作风尘俗吏。总折腰为米，竟何曾小补民生国计。凭致书青鹰林边，（李氏庄园。）紫琼天上，诗文不是忙中事，举头遥望燕山翠。

有所感

绿杨深巷，人倚朱门，不是寻常模样。旋浣春衫，薄梳云鬓，韵致十分娟朗。向芳邻潜访，说自小青衣，人家厮养。又没个怜香惜媚，落在煮鹤烧琴魔障。顿惹起闲愁，代他出脱千思万想。　　究竟人谋空费，天意从来，不许名花擅长。屈指千秋，青袍红粉，多少飘零肮脏。且休论已往，试看予十载醋瓶齑盎。凭寄语雪中兰蕙，春将不远，人间留得娇无恙，明珠未必终尘壤。

酷相思

本意

杏花深院红如许，一线画墙拦住。叹人间咫尺千山路，不见也相思苦，便见也相思苦。　　分明背地情千缕，翻恼从教诉①。奈花间乍遇言辞阻，半句也何曾吐，一字也何曾吐。

【校】

①《酷相思》定格六十六字，下片第二句应六字。此词疑脱一字。

太常引

听噶将军说边外风景（讳尔玺）

满天星露压长城，夜黑月初生，万障马嘶鸣，还夹杂风声雁声。　　红霞乍起，朝光满地，飞鸟立辕门，边塞静无尘，须检点中原太平。

水龙吟

寄噶将军归化城

十年不见丰仪，髭须应向边庭老。李家部曲，程家刁斗，宽严两到。瘦日偏多，淡云无着，凉风易扫。想锦裘貂障，三更雪压，灯未灭，乡心照。　近世文章草草，把书生尽情谈笑。八股何益，六经犹在，如何推倒？柏举兴吴，鄢陵破楚，兵机最妙。寄东君满腹韬钤，盲左亦须寻讨。

满庭芳

赠郭方仪

白菜腌菹，红盐煮豆，儒家风味孤清。破瓶残酒，乱插小桃英。莫负阳春十月，且竹西村落闲行。平山上，岁寒松柏，霜里更青青。　乘除天下事，围棋一局，胜负难评。看金尊檀板，豪辈纵横。便是输他一着，又何曾着着让他赢。寒窗里，烹茶扫雪，一碗读书灯。

晚景

秋水连天，寒鸦掠地，夕阳红透疏篱。草枯霜劲，飒飒叶声悲。几点渔庄雁户，为风波钓艇都稀。关山远，征人何处，九月未成衣。　柴扉无一事，乾坤偌大，尽可容伊。但著书原错，学剑全非。漫把丝桐遣兴，怕有人户外闻知。如相问，年来踪迹，采药未曾归。

赠歌儿

玉笛声迟，琵琶索缓，几回欲唱还停。捻花微笑，小立绣围屏。待把金尊相劝，又推辞宿酒还醒。秋堂静，露华悄悄，银烛冷三更。　轻轻喉一转，未曾入破，响迸秋星。又低声小叠，暗袅柔情。试问青春几许，是莫愁未嫁芳龄。吾惭甚，髭黄鬓苦，未敢说消魂。

村居

草绿如秧，秧青似草，棋盘画出春田。雨浓桑重，鸠妇唤晴烟。江上斜桥古岸，挂酒旗林外翩翩。山城远，斜阳鼓角，雉堞暮云边。　　老夫三十载，燕南赵北，涨海蛮天。喜归来故旧，情话依然。提起髫龄嬉戏，有鸥盟未冷前言。欣重见，携男抱幼，姻娅好相联。

瑞鹤仙

渔家

风波江上起，系扁舟绿杨，红杏村里。羡渔娘风味，总不施脂粉，略加梳洗。野花插髻，便胜似宝钗香珥。乍呼郎撒网鸣榔，一棹水天无际。　　美利，蒲筐包蟹，竹笼装虾，柳条穿鲤。市城不远，朝日去，午归矣。并携来一瓮谁家美酿，人与沙鸥同醉。卧苇花一片茫茫，夕阳千里。

酒家

青旗江上酒，正细雨梨花，清明前后。虾螺杂鱼藕，况泥头旧瓮，新开未久。清醇可口，尽醉倒渔翁樵叟。向村墟归路微茫，人与夕阳熏透。　　知否？世间穷达，叶底荣枯，卦中奇偶。何须计较，捧一盏，为君寿。愿先生一扫长安旧梦，来觅中山渴友。解金貂付与当垆，从今脱手。

山家

山深人迹少，渐石瘦松肥，云痴鹤老。茅斋嵌幽岛，有花枝旁出，萝阴上罩。游鱼了了，潭水澈澄清寂照。唉林中春笋秋梨，当得灵芝仙草。　　缥缈，五更日出，犬吠云中，鸡鸣天表。篱笆西角，星未尽，月犹皎。问何年定访山中高士，阔领方袍大帽。也不须服食黄精，能闲便好。

田家

　　江天春雨后，傍山下人家，野花如绣。平田大江口，喜潮来夜半，土膏浸透。青秧绺绺，埂岸上撒麻种豆。放小桥曲港春船，布谷烟中杨柳。　　株守，最嫌吏扰，怕少官钱，惟知农友。匏尊瓦缶，村酿熟，拉邻叟。每长吁稚女童孙长大，婚嫁也须成就。到冬来新妇家家，情亲姑舅。

僧家

　　茅庵欹欲倒，倩老树撑扶，白云环绕。林深无客到，有涧底鸣泉，谷中幽鸟。清风来扫，扫落叶尽归炉灶。好闭门煨芋挑灯，灯尽芋香天晓。　　非矫，也亲贵胄，也踏红尘，终归霞表。残衫破衲，补不彻，缝不了。比世人少却几茎头发，省得许多烦恼。向佛前烧柱香儿，闲眠一觉。

官宦家

　　笙歌云外迥，正烂灿星明，花深夜永。朝霞楼阁冷，尚牡丹贪睡，鹦哥未醒。戟枝槐影，立多少金龟玉笋。霎时间雾散云销，门外雀罗张径。　　猛省，燕衔春去，雁带秋来，霜催雪紧。几家寒冻，又逼出，梅花信。羡天公何限乘除消息，不是一家悭定。任凭他铁铸铜镌，终成画饼。

帝王家

　　山河同敝屣，羡废子传贤，陶唐妙理。禹汤无算计，把乾坤重担，儿孙挑起。千祀万祀，淘多少英雄闲气。到如今故纸纷纷，何限秦头汉尾。　　休倚，几家宦寺，几遍藩王，几回戚里。东扶西倒，偏重处，成乖戾。待他年一片宫墙瓦砾，荷叶乱翻秋水。剩野人破舫斜阳，闲收菰米。

小唱　道情十首

板桥郑燮　著

　　枫叶芦花并客舟，烟波江上使人愁，劝君更尽一杯酒，昨日少年今白头。自家板桥道人是也。我先世元和公公，流落人间，教歌度曲。我如今也谱得道情十首，无非唤醒痴聋，消除烦恼。每到山青水绿之处，聊以自遣自歌。若遇争名夺利之场，正好觉人觉世。这也是风流世业，措大生涯。不免将来请教诸公，以当一笑。

　　老渔翁，一钓竿，靠山崖，傍水湾，扁舟来往无牵绊。沙鸥点点轻波远，荻港萧萧白昼寒，高歌一曲斜阳晚。一霎时波摇金影，蓦抬头月上东山。

　　老樵夫，自砍柴，捆青松，夹绿槐，茫茫野草秋山外。丰碑是处成荒冢，华表千寻卧碧苔，坟前石马磨刀坏。倒不如闲钱沽酒，醉醺醺山径归来。

　　老头陀，古庙中，自烧香，自打钟，兔葵燕麦闲斋供。山门破落无关锁，斜日苍黄有乱松，秋星闪烁颓垣缝。黑漆漆蒲团打坐，夜烧茶炉火通红。

　　水田衣，老道人，背葫芦，戴袱巾，棕鞋布袜相厮称。修琴卖药般般会，捉鬼拿妖件件能，白云红叶归山径。闻说道悬岩结屋，却教人何处相寻。

　　老书生，白屋中，说黄虞，道古风，许多后辈高科中。门前仆从雄如虎，陌上旌旗去似龙，一朝势落成春梦。倒不如蓬门僻巷，教几个小小蒙童。

　　尽风流，小乞儿，数莲花，唱竹枝，千门打鼓沿街市。桥边日出犹酣睡，山外斜阳已早归，残杯冷炙饶滋味。醉倒在回廊古庙，一凭他雨打风吹。

掩柴扉，怕出头，剪西风，菊径秋，看看又是重阳后。几行衰草迷山郭，一片残阳下酒楼，栖鸦点上萧萧柳。撮几句盲辞瞎话，交还他铁板歌喉。

邈唐虞，远夏殷。卷宗周，入暴秦，争雄七国相兼并。文章两汉空陈迹，金粉南朝总废尘，李唐赵宋慌忙尽。最可叹龙盘虎踞，尽销磨《燕子》《春灯》。

吊龙逢，哭比干。羡庄周，拜老聃，未央宫里王孙惨。南来薏苡陡兴谤，七尺珊瑚只自残。孔明枉作那英雄汉，早知道茅庐高卧，省多少六出祁山。

拨琵琶，续续弹，唤庸愚，警懦顽，四条弦上多哀怨。黄沙白草无人迹，古戍寒云乱鸟还，虞罗惯打孤飞雁。收拾起渔樵事业，任从他风雪关山。

风流家世元和老，旧曲翻新调，扯碎状元袍，脱却乌纱帽，俺唱这道情儿归山去了。

是曲作于雍正七年，屡抹屡更。至乾隆八年，乃付诸梓。刻者司徒文膏也。

家书

　　板桥诗文，最不喜求人作叙。求之王公大人，既以借光为可耻，求之湖海名流，必至含讥带讪，遭其荼毒而无可如何，总不如不叙为得也。几篇家信，原算不得文章，有些好处，大家看看，如无好处，糊窗糊壁，覆瓴覆盎而已，何以叙为。郑燮自题。乾隆己巳。

十六通家书小引　　　　　　　　　　　　　　　司徒文膏刻

与舍弟书十六通

兴化郑燮板桥氏　著

雍正十年杭州韬光庵中寄舍弟墨

谁非黄帝尧舜之子孙，而至于今日，其不幸而为臧获、为婢妾、为舆台、皂隶，窘穷迫逼，无可奈何。非其数十代以前即自臧获、婢妾、舆台、皂隶来也。一旦奋发有为，精勤不倦，有及身而富贵者矣，有及其子孙而富贵者矣，王侯将相岂有种乎！而一二失路名家，落魄贵胄，借祖宗以欺人，述先代而自大。辄曰：彼何人也，反在霄汉，我何人也，反在泥涂。天道不可凭，人事不可问。嗟乎，不知此正所谓天道人事也。天道福善祸淫，彼善而富贵，尔淫而贫贱，理也，庸何伤。天道循环倚伏，彼祖宗贫贱，今当富贵，尔祖宗富贵，今当贫贱，理也，又何伤。天道如此，人事即在其中矣。愚兄为秀才时，检家中旧书簏，得前代家奴契券，即于灯下焚去，并不返诸其人。恐明与之，反多一番形迹，增一番愧恧。自我用人，从不书券，合则留，不合则去。何苦存此一纸，使吾后世子孙，借为口实，以便苛求抑勒乎！如此存心，是为人处，即是为己处。若事事预留把柄，使入其网罗，无能逃脱，其穷愈速，其祸即来，其子孙即有不可问之事、不可测之忧。试看世间会打算的，何曾打算得别人一点，直是算尽自家耳！可哀可叹，吾弟识之。

焦山读书寄四弟墨

僧人遍满天下，不是西域送来的，即吾中国之父兄子弟，穷而无归，入而难返者也。削去头发便是他，留起头发还是我。怒眉瞋目，叱为异端而深恶痛绝之，亦觉太过。佛自周昭王时下生，迄于灭度，足迹未尝履中国土。后八百年而有汉明帝，说谎说梦，惹出这场事来，佛实不闻不晓。今不责明帝，而齐声骂佛，佛何辜乎！况自昌黎辟佛以来，孔道大明，佛焰渐息，帝王卿相，一遵《六经》《四子》之书，以为齐家治国平天下之道，此时而犹言辟佛，亦如同嚼蜡而已。和尚是佛之罪人，杀盗淫妄，贪婪势利，无复明心见性之规。秀才亦是孔子罪人，不仁不智，无礼无义，无复守先待后之意。秀才骂和尚，和上亦骂秀才。语云："各人自扫阶前雪，莫管他家屋瓦霜。"老弟以为然否？偶有所触，书以寄汝，并示无方师一笑也。

仪真县江村茶社寄舍弟

江雨初晴，宿烟收尽，林花碧柳，皆洗沐以待朝暾，而又娇鸟唤人，微风叠浪，吴、楚诸山，青葱明秀，几欲渡江而来。此时坐水阁上，烹龙凤茶，烧夹剪香，令友人吹笛，作《落梅花》一弄，真是人间仙境也。嗟乎，为文者不当如是乎！一种新鲜秀活之气，宜场屋，利科名，即其人富贵福泽享用，自从容无棘刺。王逸少、虞世南书，字字馨逸，二公皆高年厚福。诗人李白，仙品也；王维，贵品也；杜牧，隽品也。维、牧皆得大名，归老辋川、樊川，车马之客，日造门下。维之弟有缙，牧之子有荀鹤，又复表表后人。惟太白长流夜郎。然其走马上金銮，御手调羹，贵妃侍砚，与崔宗之著宫锦袍游遨江上，望之如神仙，过扬州未匝月，用朝廷金钱三十六万，凡失路名流，落魄公子，皆厚赠之，此其际遇何如哉，正不得以夜郎为太白病。先朝董思白，我朝韩慕庐，皆以鲜秀之笔，作为制艺，取重当时。思翁犹是庆、历规模，慕庐则一扫从前，横斜疏放，愈不整齐，愈觉妍妙。二公并以大宗伯归老于家，享江山儿女之乐。方百川、灵皋两先生，出慕庐门下，学其文而精思刻酷过之，然一片怨词，满纸凄调。百川早世，灵皋晚达，其崎岖屯难亦至矣，皆其文之所必致也。吾弟为文，须想春江之妙境，挹先辈之美词，令人悦心娱目，自尔利科名，厚福泽。或曰：吾子论文，常曰生辣、曰古奥、曰离奇、曰澹远，何忽作此秀媚语？余曰：论文，公道也，训子弟，私情也。岂有子弟而不愿其富贵寿考者乎？故韩非、商鞅、晁错之文，非不刻削，吾不愿子弟学之也；褚河南、欧阳率更之书，非不孤峭，吾不愿子孙学之也；郊寒岛瘦，长吉鬼语，诗非不妙，吾不愿子孙学之也。私也，非公也。是日许生既白买舟系阁下，邀看江景，并游一戗港。书罢，登舟而去。

焦山别峰庵雨中无事书寄舍弟墨

秦始皇烧书，孔子亦烧书。删书断自唐、虞，则唐、虞以前，孔子得而烧之矣。《诗》三千篇，存三百十一篇，则二千六百八十九篇，孔子亦得而烧之矣。孔子烧其可烧，故灰灭无所复存，而存者为经，身尊道隆，为天下后世法。始皇虎狼其心，蜂虿其性，烧经灭圣，欲剜天眼而浊人心，故身死宗亡国灭，而遗经复出。始皇之烧，正不如孔子之烧也。自汉以来，求书著书，汲汲每若不可及。魏、晋而下，迄于唐、宋，著书者数千百家。其间风云月露之辞，悖理伤道之作，不可胜数，常恨不得始皇而烧之，而抑又不然，此等书不必始皇烧，彼将自烧也。昔欧阳永叔读书秘阁中，见数千万卷，皆霉烂不可收拾，又有书目数十卷亦烂去，但存数卷而已。视其人名皆不识，视其书名皆未见。夫欧公不为不博，而书之能藏秘阁者，亦必非无名之子。录目数卷中，竟无一人一书识者，此其自焚自灭为何如，尚待他人举火乎。近世所存汉、魏、晋丛书，唐、宋丛书，《津逮秘书》，《唐类函》，《说郛》，《文献通考》，杜佑《通典》，郑樵《通志》之类，皆卷册浩繁，不能翻刻，数百年兵火之后，十亡七八矣。刘向《说苑》《新序》，《韩诗外传》，陆贾《新语》，杨雄①《太玄》《法言》，王充《论衡》，蔡邕《独断》，皆汉儒之矫矫者也，虽有些零碎道理，譬之《六经》，犹苍蝇声耳，岂得为日月经天，江河行地哉！吾弟读书，《四书》之上有《六经》，《六经》之下有《左》《史》《庄》《骚》，贾、董策略，诸葛表章，韩文、杜诗而已，只此数书，终身读不尽，终身受用不尽。至如《二十一史》，书一代之事，必不可废。然魏收秽书；宋子京《新唐书》，简而枯；脱脱《宋书》，冗而杂。欲如韩文、杜诗脍炙人口，岂可得哉，此所谓不烧之烧，未怕秦灰，终归孔炬耳。《六经》之文，至矣尽矣，而又有至之至者，浑沦磅礴，阔大精微，却是家常日用，《禹贡》《洪范》《月令》《七月流火》是也。当刻刻寻讨贯串，一刻离不得。张横渠《西铭》一篇，巍然接《六经》而作，呜呼休哉！雍正十三年五月廿四日，哥哥字。

【校】

①杨雄，应作"扬雄"。

焦山双峰阁寄舍弟墨

郝家庄有墓田一块，价十二两，先君曾欲买置，因有无主孤坟一座，必须刨去。先君曰："嗟乎，岂有掘人之冢以自立其冢者乎！"遂去之。但吾家不买，必有他人买者，此冢仍然不保。吾意欲致书郝表弟，问此地下落，若未售，则封去十二金，买以葬吾夫妇。即留此孤坟，以为牛眠一伴，刻石示子孙，永永不废，岂非先君忠厚之义而又深之乎！夫堪舆家言，亦何足信。吾辈存心，须刻刻去浇存厚，虽有恶风水，必变为善地，此理断可信也。后世子孙，清明上冢，亦祭此墓，卮酒、只鸡、盂饭、纸钱百陌，著为例。雍正十三年六月十日，哥哥寄。

淮安舟中寄舍弟墨

以人为可爱，而我亦可爱矣，以人为可恶，而我亦可恶矣。东坡一生觉得世上没有不好的人，最是他好处。愚兄平生漫骂无礼，然人有一才一技之长，一行一言之美，未尝不啧啧称道。囊中数千金，随手散尽，爱人故也。至于缺厄欹危之处，亦往往得人之力。好骂人，尤好骂秀才。细细想来，秀才受病，只是推廓不开，他若推廓得开，又不是秀才了。且专骂秀才，亦是冤屈，而今世上那个是推廓得开的。年老身孤，当慎口过。爱人是好处，骂人是不好处。东坡以此受病，况板桥乎，老弟亦当时时劝我。

范县署中寄舍弟墨

刹院寺祖坟，是东门一枝大家公共的，我因葬父母无地，遂葬其傍。得风水力，成进士，作宦数年无恙。是众人之富贵福泽，我一人夺之也，于心安乎，不安乎！可怜我东门人，取鱼捞虾，撑船结网，破屋中吃秕糠，啜麦粥，搴取荇叶蕴头蒋角煮之，旁贴荞麦锅饼，便是美食，幼儿女争吵。每一念及，真含泪欲落也。汝持俸钱南归，可挨家比户，逐一散给，南门六家，竹横港十八家，下佃一家，派虽远，亦是一脉，皆当有所分惠。骐骥小叔祖亦安在，无父无母孤儿，村中人最能欺负，宜访求而慰问之。自曾祖父至我兄弟四代亲戚，有久而不相识面者，各赠二金，以相连续，此后便好来往。徐宗于、陆白义辈，是旧时同学，日夕相征逐者也。犹忆谈文古庙中，破廊败叶飕飕，至二三鼓不去，或又骑石狮子脊背上，论兵起舞，纵言天下事。今皆落落未遇，亦当分俸以敦夙好。凡人于文章学问，辄自谓己长，科名唾手而得，不知俱是侥幸。设我至今不第，又何处叫屈来，岂得以此骄倨朋友！敦宗族，睦亲姻，念故交，大数既得，其余邻里乡党，相赒相恤，汝自为之，务在金尽而止。愚兄更不必琐琐矣。

范县署中寄舍弟墨第二书

吾弟所买宅，严紧密栗，处家最宜，只是天井太小，见天不大。愚兄心思旷远，不乐居耳。是宅北至鹦鹉桥不过百步，鹦鹉桥至杏花楼不过三十步，其左右颇多隙地。幼时饮酒其傍，见一片荒城，半堤衰柳，断桥流水，破屋丛花，心窃乐之。若得制钱五十千，便可买地一大段，他日结茅有在矣。吾意欲筑一土墙院子，门内多栽竹树草花，用碎砖铺曲径一条，以达二门。其内茅屋二间，一间坐客，一间作房，贮图书史籍笔墨砚瓦酒董茶具其中，为良朋好友后生小子论文赋诗之所。其后住家，主屋三间，厨屋二间，奴子屋一间。共八间。俱用草苫，如此足矣。清晨日尚未出，望东海一片红霞，薄暮斜阳满树。立院中高处，便见烟水平桥。家中宴客，墙外人亦望见灯火。南至汝家百三十步，东至小园仅一水，实为恒便。或曰：此等宅居甚适，只是怕盗贼。不知盗贼亦穷民耳，开门延入，商量分惠，有甚么便拿甚么去，若一无所有，便王献之青毡，亦可携取质百钱救急也。吾弟当留心此地，为狂兄娱老之资，不知可能遂愿否。

范县署中寄舍弟墨第三书

禹会诸侯于涂山，执玉帛者万国。至夏、殷之际，仅有三千，彼七千者竟何往矣。周武王大封同异姓，合前代诸侯，得千八百国，彼一千余国又何往矣。其时强侵弱，众暴寡，刀痕箭疮，熏眼破胁，奔窜死亡无地者，何可胜道。特无孔子作《春秋》，左丘明为传记，故不传于世耳。世儒不知，谓春秋为极乱之世，复何道？而春秋已前，皆若浑浑噩噩，荡荡平平，殊甚可笑也。以太王之贤圣，为狄所侵，必至弃国与之而后已。天子不能征，方伯不能讨，则夏、殷之季世，其抢攘淆乱为何如，尚得谓之荡平安辑哉！至于《春秋》一书，不过因赴告之文，书之以定褒贬。左氏乃得依经作传。其时不赴告而背理坏道乱亡破灭者，十倍于《左传》而无所考。即如"汉阳诸姬，楚实尽之"。诸姬是若干国，楚是何年月日如何殄灭他，亦寻不出证据来。学者读《春秋》经传，以为极乱，而不知其所书，尚是十之一，千之百也。嗟乎，吾辈既不得志于时，困守于山椒海麓之间，缮阅遗编，发为长吟浩叹，或喜而歌，或悲而泣。诚知书中有书，书外有书，则心空明而理圆湛，岂复为古人所束缚，而略无张主乎！岂复为后世小儒所颠倒迷惑，反失古人真意乎！虽无帝王师相之权，而进退百王，屏当千古，是亦足以豪而乐矣。又如《春秋》，鲁国之史也，使竖儒为之，必自伯禽起首，乃为全书，如何没头没脑，半路上从隐公说起，殊不知圣人只要明理范世，不必拘牵。其简册可考者考之，不可考者置之。如隐公并不可考，便从桓、庄起亦得。或曰：《春秋》起自隐公，重让也，删书断自唐、虞，亦重让也。此与儿童之见无异。试问唐、虞以前天子，那个是争来的？大率删书断自唐、虞，唐、虞以前，荒远不可信也。《春秋》起自隐公，隐公以前，残缺不可考也，所谓史阙文耳。总是读书要有特识，依样葫芦，无有是处。而特识又不外乎至情至理，歪扭乱窜，无有是处。

人谓《史记》以吴太伯为《世家》第一，伯夷为《列传》第一，俱重让国。但《五帝本纪》以黄帝为第一，是戮蚩尤用兵之始，然则又重争乎？后先矛盾，不应至是。总之，竖儒之言，必不可听，学者自出眼孔、自竖脊骨读书可尔。乾隆九年六月十五日，哥哥字。

范县署中寄舍弟墨第四书

十月二十六日得家书，知新置田获秋稼五百斛，甚喜。而今而后，堪为农夫以没世矣。要须制碓、制磨、制筛罗簸箕、制大小扫帚、制升斗斛。家中妇女，率诸婢妾，皆令习舂揄蹂簸之事，便是一种靠田园长子孙气象。天寒冰冻时，穷亲戚朋友到门，先泡一大碗炒米送手中，佐以酱姜一小碟，最是暖老温贫之具。暇日咽碎米饼，煮糊涂粥，双手捧碗，缩颈而啜之，霜晨雪早，得此周身俱暖。嗟乎，嗟乎，吾其长为农夫以没世乎！我想天地间第一等人，只有农夫，而士为四民之末。农夫上者种地百亩，其次七八十亩，其次五六十亩，皆苦其身，勤其力，耕种收获，以养天下之人。使天下无农夫，举世皆饿死矣。吾辈读书人，入则孝，出则悌，守先待后，得志泽加于民，不得志修身见于世，所以又高于农夫一等。今则不然，一捧书本，便想中举、中进士、作官，如何攫取金钱、造大房屋、置多田产。起手便错走了路头，后来越做越坏，总没有个好结果。其不能发达者，乡里作恶，小头锐面，更不可当。夫束脩自好者，岂无其人。经济自期，抗怀千古者，亦所在多有。而好人为坏人所累，遂令我辈开不得口，一开口，人便笑曰：汝辈书生，总是会说，他日居官，便不如此说了。所以忍气吞声，只得捱人笑骂。工人制器利用，贾人搬有运无，皆有便民之处。而士独于民大不便，无怪乎居四民之末也，且求居四民之末而亦不可得也。愚兄平生最重农夫，新招佃地人，必须待之以礼。彼称我为主人，我称彼为客户，主客原是对待之义，我何贵而彼何贱乎？要体貌他，要怜悯他，有所借贷，要周全他，不能偿还，要宽让他。尝笑唐人《七夕》诗，咏牛郎织女，皆作会别可怜之语，殊失命名本旨。织女，衣之源也，牵牛，食之本也，在天星为最贵，天顾重之，而人反不重乎？其务本勤民，呈象昭昭可鉴矣。吾邑妇人，不能织绸织布，然而主中馈，习针线，犹不失为勤谨。近日颇有听鼓儿词，以斗叶为戏者，风俗荡轶，亟宜戒之。吾家业地虽有三百亩，总是典产，不可久恃。将来须买田二百亩，予兄弟二人，各得百亩足矣，亦古者一夫受田百亩之义也。若再求多，便是占人产业，莫大罪过。天下无田无业者多矣，我独何人，贪求无厌，穷民将何所措足乎！或曰：世上连阡越陌，数百顷有余者，子将奈何？应之曰：他自做他家事，我自做我家事，世道盛则一德遵王，风俗偷则不同为恶，亦板桥之家法也。哥哥字。

范县署中寄舍弟墨第五书

作诗非难，命题为难。题高则诗高，题矮则诗矮，不可不慎也。少陵诗高绝千古，自不必言，即其命题，已早据百尺楼上矣。通体不能悉举，且就一二言之：《哀江头》《哀王孙》，伤亡国也，《新昏别》《无家别》《垂老别》《前后出塞》诸篇，悲戍役也，《兵车行》《丽人行》，乱之始也，《达行在所》三首，庆中兴也，《北征》《洗兵马》，喜复国望太平也。只一开卷，阅其题次，一种忧国忧民忽悲忽喜之情，以及宗庙丘墟，关山劳戍之苦，宛然在目。其题如此，其诗有不痛心入骨者乎！至于往来赠答，杯酒淋漓，皆一时豪杰，有本有用之人，故其诗信当时、传后世，而必不可废。放翁诗则又不然，诗最多，题最少，不过《山居》《村居》《春日》《秋日》《即事》《遣兴》而已。岂放翁为诗与少陵有二道哉？盖安史之变，天下土崩，郭子仪、李光弼、陈元礼①、王思礼之流，精忠勇略，冠绝一时，卒复唐之社稷。在《八哀》诗中，既略叙其人，而《洗兵马》一篇，又复总其全数而赞叹之，少陵非苟作也。南宋时，君父幽囚，栖身杭越，其辱与危亦至矣。讲理学者，推极于毫厘分寸，而卒无救时济变之才。在朝诸大臣，皆流连诗酒，沉溺湖山，不顾国之大计。是尚得为有人乎！是尚可辱吾诗歌而劳吾赠答乎！直以《山居》《村居》《夏日》《秋日》，了却诗债而已。且国将亡，必多忌，躬行桀、纣，必曰驾尧、舜而轶汤、武。宋自绍兴以来，主和议、增岁币、送尊号、处卑朝、括民膏、戮大将，无恶不作，无陋不为。百姓莫敢言喘，放翁恶得形诸篇翰以自取戾乎！故杜诗之有人，诚有人也，陆诗之无人，诚无人也。杜之历陈时事，寓谏诤也，陆之绝口不言，免罗织也。虽以放翁诗题与少陵并列，奚不可也。近世诗家题目，非赏花即宴集，非喜晤即赠行，满纸人名，某轩某园，某亭某斋，某楼某岩，某村某墅，皆市井流俗不堪之子，今日才立别号，明日便上诗笺。其题如此，其诗可知，其诗如此，其人品又可知。吾弟欲从事于此，可以终岁不作，不可以一字苟吟。慎题目，所以端人品，厉风教也。若一时无好题目，则论往古，告来今，乐府旧题，尽有做不尽处，盍为之。哥哥字。

【校】

① 清圣祖名玄烨。"陈玄礼"，郑燮避讳而写为"陈元礼"。

潍县署中寄舍弟墨第一书

读书以过目成诵为能，最是不济事。眼中了了，心中匆匆，方寸无多，往来应接不暇，如看场中美色，一眼即过，与我何与也。千古过目成诵，孰有如孔子者乎，读《易》至韦编三绝，不知翻阅过几千百遍来，微言精义，愈探愈出，愈研愈入，愈往而不知其所穷。虽生知安行之圣，不废困勉下学之功也。东坡读书不用两遍，然其在翰林读《阿房宫赋》至四鼓，老吏苦之，坡洒然不倦。岂以一过即记，遂了其事乎！惟虞世南、张睢阳、张方平，平生书不再读，迄无佳文。且过辄成诵，又有无所不诵之陋。即如《史记》百三十篇中，以《项羽本纪》为最，而《项羽本纪》中，又以巨鹿之战、鸿门之宴、垓下之会为最。反复诵观，可欣可泣，在此数段耳。若一部《史记》，篇篇都读，字字都记，岂非没分晓的钝汉！更有小说家言，各种传奇恶曲，及打油诗词，亦复寓目不忘，如破烂橱柜，臭油坏酱悉贮其中，其龌龊亦耐不得。

潍县署中与舍弟墨第二书

余五十二岁始得一子，岂有不爱之理，然爱之必以其道，虽嬉戏顽耍，务令忠厚悱恻，毋为刻急也。平生最不喜笼中养鸟，我图娱悦，彼在囚牢，何情何理，而必屈物之性以适吾性乎！至于发系蜻蜓，线缚螃蟹，为小儿顽具，不过一时片刻便折拉而死。夫天地生物，化育劬劳，一蚁一虫，皆本阴阳五行之气絪缊而出。上帝亦心心爱念。而万物之性人为贵，吾辈竟不能体天之心以为心，万物将何所托命乎！蛇蚖蜈蚣豺狼虎豹，虫之最毒者也，然天既生之，我何得而杀之，若必欲尽杀，天地又何必生，亦惟驱之使远，避之使不相害而已。蜘蛛结网，于人何罪，或谓其夜间咒月，令人墙倾壁倒，遂击杀无遗。此等说话，出于何经何典，而遂以此残物之命，可乎哉，可乎哉！我不在家，儿子便是你管束。要须长其忠厚之情，驱其残忍之性，不得以为犹子而姑纵惜也。家人儿女，总是天地间一般人，当一般爱惜，不可使吾儿凌虐他。凡鱼飧果饼，宜均分散给，大家欢嬉跳跃。若吾儿坐食好物，令家人子远立而望，不得一沾唇齿，其父母见而怜之，无可如何，呼之使去，岂非割心剜肉乎！夫读书、中举、中进士、作官，此是小事，第一要明理作个好人。可将此书读与郭嫂、饶嫂听，使二妇人知爱子之道在此不在彼也。

书后又一纸

所云不得笼中养鸟，而予又未尝不爱鸟，但养之有道耳。欲养鸟莫如多种树，使绕屋数百株，扶疏茂密，为鸟国鸟家。将旦时，睡梦初醒，尚展转在被，听一片啁啾，如《云门》《咸池》之奏，及披衣而起，颒面漱口啜茗，见其扬翚振彩，倏往倏来，目不暇给，固非一笼一羽之乐而已。大率平生乐处，欲以天地为囿，江汉为池，各适其天，斯为大快。比之盆鱼笼鸟，其巨细仁忍何如也。

书后又一纸

尝论尧舜不是一样，尧为最，舜次之。人咸惊讶。其实有至理焉。孔子曰："大哉尧之为君，惟天为大，惟尧则之。"孔子从未尝以天许人，亦未尝以大许人，惟称尧不遗余力，意中口中，却是有一无二之象。夫雨旸寒燠时若者，天也。亦有时狂风淫雨，兼旬累月，伤禾败稼而不可救，或赤旱数千里，蝗蝾螟特肆生，致草黄而木死，而亦不害其为天之大。天既生有骐麟、凤皇、灵芝、仙草、五谷、花实矣，而蛇、虎、蜂虿、蒺藜、稂莠、萧艾之属，即与之俱生而并茂，而亦不害其为天之仁。尧为天子，既已钦明文思，光四表而格上下矣，而共工、驩兜尚列于朝，又有九载绩用弗成之鲧，而亦不害其为尧之大。浑浑乎一天也！若舜则不然，流共工、放驩兜、杀三苗、殛鲧，罪人斯当矣。命伯禹作司空、契为司徒、稷教稼、皋陶掌刑、伯益掌火、伯夷典礼、后夔典乐，倕工鸠工，以及殳斨、朱虎、熊罴之属，无不各得其职，用人又得

265

矣。为君之道，至毫发无遗憾。故曰："君哉舜也。"又曰："舜其大知也。"夫彰善瘅恶者，人道也，善恶无所不容纳者，天道也。尧乎，尧乎，此其所以为天也乎！厥后舜之子孙，宾诸陈，无一达人。后代有齐国，亦无一达人。惟田横之卒，五百人从之，斯不愧祖宗风烈。非天之薄于大舜而不予以后也，其道已尽，其数已穷，更无从蕴而再发耳。若尧之后，至迁且远也。豢龙御龙，而有中山刘累，至汉高而光有天下。既二百年矣，而又光武中兴。又二百年矣，而又先帝入蜀，以诸葛为之相，以关、张为之将，忠义满千古，道德继贤圣。岂非尧之留余不尽，而后有此发泄也哉！夫舜与尧同心同德同圣，而吾为是言者，以为作圣且有太尽之累，则何事而可尽也，留得一分做不到处，便是一分蓄积，天道其信然矣。且天亦有过尽之弊。天生圣人亦屡矣，未尝生孔子也。及生孔子，天地亦气为之竭而力为之衰，更不复能生圣人。天受其弊，而况人乎！昨在范县，与进士田种玉、孝廉宋纬言之，及来潍县，与诸生郭伟勣谈论，咸鼓舞震动，以为得未曾有。并书以寄老弟，且藏之匣中，待吾儿少长，然后讲与他听，与书中之意互相发明也。

潍县寄舍弟墨第三书

富贵人家延师傅教子弟，至勤至切，而立学有成者，多出于附从贫贱之家，而己之子弟不与焉。不数年间，变富贵为贫贱：有寄人门下者、有饿莩乞丐者。或仅守厥家，不失温饱，而目不识丁。或百中之一亦有发达者，其为文章，必不能沉着痛快，刻骨镂心，为世所传诵。岂非富贵足以愚人，而贫贱足以立志而浚慧乎！我虽微官，吾儿便是富贵子弟，其成其败，吾已置之不论，但得附从佳子弟有成，亦吾所大愿也。至于延师傅，待同学，不可不慎。吾儿六岁，年最小，其同学长者当称为某先生，次亦称为某兄，不得直呼其名。纸笔墨砚，吾家所有，宜不时散给诸众同学。每见贫家之子，寡妇之儿，求十数钱，买川连纸钉仿字簿，而十日不得者。当察其故而无意中与之。至阴雨不能即归，辄留饭，薄暮，以旧鞋与穿而去。彼父母之爱子，虽无佳好衣服，必制新鞋袜来上学堂，一遭泥泞，复制为难矣。夫择师为难，敬师为要。择师不得不审，既择定矣，便当尊之敬之，何得复寻其短？吾人一涉宦途，即不能自课其子弟。其所延师，不过一方之秀，未必海内名流。或暗笑其非，或明指其误，为师者既不自安，而教法不能尽心，子弟复持藐忽心而不力于学，此最是受病处。不如就师之所长，且训吾子弟之不逮。如必不可从，少待来年，更请他师，而年内之礼节尊崇，必不可废。

又有五言绝句四首，小儿顺口好读，令吾儿且读且唱，月下坐门槛上，唱与二太太、两母亲、叔叔、婶娘听，便好骗果子吃也。

二月卖新丝，五月粜新谷，医得眼前疮，剜却心头肉。

耘苗日正午，汗滴禾下土，谁知盘中飧，粒粒皆辛苦。

昨日入城市，归来泪满巾，遍身罗绮者，不是养蚕人。

九九八十一，穷汉受罪毕，才得放脚眠，蚊虫獦蚤出。

潍县寄舍弟墨第四书

凡人读书，原拿不定发达。然即不发达，要不可以不读书，主意便拿定也。科名不来，学问在我，原不是折本的买卖。愚兄而今已发达矣，人亦共称愚兄为善读书矣，究竟自问胸中担得出几卷书来？不过那移借贷，改窜添补，便尔钓名欺世。人有负于书耳，书亦何负于人哉！昔有人问沈近思侍郎，如何是救贫的良法？沈曰："读书。"其人以为迂阔。其实不迂阔也。东投西窜，费时失业，徒丧其品，而卒归于无济，何如优游书史中，不求获而得力在眉睫间乎！信此言，则富贵，不信，则贫贱，亦在人之有识与有决并有忍耳。

潍县署中与舍弟第五书

无论时文、古文、诗歌、词赋，皆谓之文章。今人鄙薄时文，几欲迸诸笔墨之外，何太甚也？将毋丑其貌而不鉴其深乎！愚谓本朝文章，当以方百川制艺为第一，侯朝宗古文次之，其他歌诗辞赋，扯东补西，拖张拽李，皆拾古人之唾余，不能贯串，以无真气故也。百川时文精粹湛深，抽心苗，发奥旨，绘物态，状人情，千回百折而卒造乎浅近。朝宗古文标新领异，指画目前，绝不受古人羁绁，然语不遒，气不深，终让百川一席。忆予幼时，行匣中惟徐天池《四声猿》、方百川制艺二种，读之数十年，未能得力，亦不撒手，相与终焉而已。世人读《牡丹亭》而不读《四声猿》，何故？

文章以沉着痛快为最，《左》《史》《庄》《骚》、杜诗、韩文是也。间有一二不尽之言，言外之意，以少少许胜多多许者，是他一枝一节好处，非六君子本色。而世间婭婭纤小之夫，专以此为能，谓文章不可说破，不宜道尽，遂訾人为刺刺不休。夫所谓刺刺不休者，无益之言，道三不着两耳。至若敷陈帝王之事业，歌咏百姓之勤苦，剖析圣贤之精义，描摹英杰之风猷，岂一言两语所能了事？岂言外有言、味外取味者，所能秉笔而快书乎？吾知其必目昏心乱，颠倒拖沓，无所措其手足也。王、孟诗原有实落不可磨灭处，只因务为修洁，到不得李、杜沉雄。司空表圣自以为得味外味，又下于王、孟一二等。至今之小夫，不及王、孟、司空万万，专以意外言外，自文其陋，可笑也。若绝句诗、小令词，则必以意外言外取胜矣。

"宵寐匪祯，札闼洪麻。"以此訾人，是欧公正当处，然亦有浅易之病。"逸马杀犬于道"，是欧公简练处，然《五代史》亦有太简之病。（高密单进士烺曰："不是好议古人，无非求其至是。"）

写字作画是雅事，亦是俗事。大丈夫不能立功天地，字养生民，而以区区笔墨供人玩好，非俗事而何？东坡居士刻刻以天地万物为心，以其余闲作为枯木竹石，不害也。若王摩诘、赵子昂辈，不过唐、宋间两画师耳！试看其平生诗文，可曾一句道着民间痛痒？设以房、杜、姚、宋在前，韩、范、富、欧阳在后，而以二子厕乎其间，吾不知其居何等而立何地矣！门馆才情，游客伎俩，只合剪树枝、造亭榭、辨古玩、斗茗茶，为扫除小吏作头目而已，何足数哉！何足数哉！愚兄少而无业，长而无成，老而穷窭，不得已亦借此笔墨为糊口觅食之资，其实可羞可贱。愿吾弟发愤自雄，勿蹈乃兄故辙也。古人云："诸葛君真名士。"名士二字，是诸葛才当受得起。近日写字作画，满街都是名士，岂不令诸葛怀羞，高人齿冷？

与舍弟书十六通 　　　　　　　司徒文膏刻

板桥题画

郑燮克柔甫　著　靳畲秋田甫　校

竹

余家有茆屋二间，南面种竹。夏日新篁初放，绿阴照人，置一小榻其中，甚凉适也。秋冬之际，取围屏骨子，断去两头，横安以为窗棂，用匀薄洁白之纸糊之。风和日暖，冻蝇触窗纸上，冬冬作小鼓声。于时一片竹影零乱，岂非天然图画乎！凡吾画竹，无所师承，多得于纸窗粉壁日光月影中耳。

一节复一节，千枝攒万叶，我自不开花，免撩蜂与蝶。

昨自西湖烂醉归，沿山密篆乱牵衣，摇舟已下金沙港，回首清风在翠微。

江馆清秋，晨起看竹，烟光日影露气，皆浮动于疏枝密叶之间。胸中勃勃遂有画意。其实胸中之竹，并不是眼中之竹也。因而磨墨展纸，落笔倏作变相，手中之竹又不是胸中之竹也。总之，意在笔先者，定则也；趣在法外者，化机也。独画云乎哉。

文与可画竹，胸有成竹，郑板桥画竹，胸无成竹。浓淡疏密，短长肥瘦，随手写去，自尔成局，其神理具足也。藐兹后学，何敢妄拟前贤。然有成竹无成竹，其实只是一个道理。

文与可墨竹诗云："拟将一段鹅溪绢，扫取寒梢万尺长。"梅道人云："我亦有亭深竹里，也思归去听秋声。"皆诗意清绝，不独以画传也。不独以画传而画益传。燮既不能诗，又不能画，然亦勉题数语：雷停雨止斜阳出，一片新篁旋蓊裁，影落碧纱窗子上，便拈毫素写将来。言尽意穷，有惭前哲。

与可画竹，鲁直不画竹，然观其书法，罔非竹也。瘦而腴，秀而拔，欹侧而有准绳，折转而多断续。吾师乎！吾师乎！其吾竹之清癯雅脱乎！书法有行款，竹更要行款，书法有浓淡，竹更要浓淡，书法有疏密，竹更要疏密。此幅奉赠常君酉北。酉北善画不画，而以画之关纽，透于入书。燮又以书之关纽，透入于画。吾两人当相视而笑也。与可、山谷亦当首肯。

徐文长先生画雪竹，纯以瘦笔破笔燥笔断笔为之，绝不类竹，然后以淡墨水钩染而出，枝间叶上，罔非雪积，竹之全体，在隐跃间矣。今人画浓枝大叶，略无破阙处，再加渲染，则雪与竹两不相入，成何画法？此亦小小匠心，尚不肯刻若，安望其穷微索渺乎！问其故，则曰：吾辈写意，原不拘拘于此。殊不知写意二字，误多少事。欺人瞒自己，再不求进，皆坐此病。必极工而后能写意，非不工而遂能写意也。

石涛画竹，好野战，略无纪律，而纪律自在其中。燮为江君颖长作此大幅，极力仿之。横涂竖抹，要自笔笔在法中，未能一笔逾于法外。甚矣石公之不可及也。功夫气候，僭差一点不得。鲁男子云："唯柳下惠则可，我则不可，将以我之不可，学柳下惠之可。"余于石公亦云。

为无方上人写竹

春雷一夜打新篁，解箨抽梢万尺长，最爱白方窗纸破，乱穿青影照禅床。

一枝竹十五片叶呈七太守

敢云少少许，胜人多多许？努力作秋声，瑶窗弄风雨。

潍县署中画竹呈年伯包大中丞括

衙斋卧听萧萧竹，疑是民间疾苦声，些小吾曹州县吏，一枝一叶总关情。

予告归里，画竹别潍县绅士民

乌纱掷去不为官，囊橐萧萧两袖寒，写取一枝清瘦竹，秋风江上作渔竿。

笋竹

江南鲜笋趁鲥鱼，烂煮春风三月初，分付厨人休斫尽，清光留此照摊书。

笋菜沿江二月新，家家厨爨剥春筠，此身愿劈千丝篾，织就湘帘护美人。

初返扬州画竹第一幅

二十年前载酒瓶，春风倚醉竹西亭，而今再种扬州竹，依旧淮南一片青。

为马秋玉画扇

缩写修篁小扇中，一般落落有清风。墙东便是行庵竹，长向君家学化工。（时余客枝上村，隔壁即马氏行庵也。）

"小院茆堂近郭门，科头竟日拥山尊。夜来叶上萧萧雨，窗外新栽竹数根。"燮常以此题画，而非我诗也。吾师陆种园先生好写此诗，而亦非先生之作也。想前贤有此，未考厥姓名耳。特注明于此，以为吾曹攘善之戒。

余画大幅竹好画水，水与竹，性相近也。少陵云："懒性从来水竹居。"又曰："映竹水穿沙。"此非明证乎！渭川千亩，淇泉绿竹。西北且然，况潇湘云梦之间，洞庭青草之外，何在非水，何在非竹也。余少时读书真州之毛家桥，日在竹中闲步，潮去则湿泥软沙，潮来则溶溶漾漾，水浅沙明，绿荫澄鲜可爱。时有鲦鱼数十头，自池中溢出，游戏于竹根短草之间，与余乐也。未赋一诗，心常养养。今乃补之曰：风晴日午千林竹，野水穿林入林腹。绝无波浪自生纹，时有轻鲦戏相逐。日影天光暂一开，青枝碧叶还遮覆。老夫爱此饮一掬，心肺寒僵变成绿。展纸挥毫为巨幅，十丈长笺三斗墨。日短夜长继以烛，夜半如闻风声、竹声、水声秋肃肃。

【校】

据卞孝萱考证，《板桥题画》非郑燮亲自厘定，而是靳甾所编、刻、印。《为马秋玉画扇》标题下的第二、三两段长题，非扇面所能容纳，当是靳甾误置于此。

为黄陵庙女道士画竹

湘娥夜抱湘云哭，杜宇鹧鸪泪相逐。丛篁密箨遍抽新，碎翦春愁满江绿。赤龙卖尽潇湘水，衡山夜烧连天紫。洞庭湖渴莽尘沙，惟有竹枝干不死。竹梢露滴苍梧君，竹根竹节盘秋坟。巫娥乱入襄王梦，不值一钱为贱云。

兰

屈宋文章草木高，千秋《兰谱》压《风》《骚》。如何烂贱从人卖，十字街头论担挑。

此是幽贞一种花，不求闻达只烟霞。采樵或恐通来径，更写高山一片遮。

僧白丁画兰，浑化无痕迹。万里云南，远莫能致，付之想梦而已。闻其作画，不令人见，画毕，微干，用水喷噀，其细如雾，笔墨之痕，因兹化去。彼恐贻讥，故闭户自为，不知吾正以此服其妙才妙想也。口之噀水，与笔之蘸水何异？亦何非水墨之妙乎！石涛和尚客吾扬州数十年，见其兰幅，极多亦极妙。学一半，撇一半，未尝全学，非不欲全，实不能全，亦不必全也。诗曰：十分学七要抛三，各有灵苗各自探，当面石涛还不学，何能万里学云南？

余种兰数十盆，三春告莫，皆有憔悴思归之色。因移植于太湖石黄石之间，山之阴，石之缝，既已避日，又就燥，对吾堂亦不恶也。来年忽发箭数十，挺然直上，香味坚厚而远。又一年更茂。乃知物亦各有本性。赠以诗曰：兰花本是山中草，还向山中种此花，尘世纷纷植盆盎，不如留与伴烟霞。又云：山中兰草乱如蓬，叶暖花酣气候浓，出谷送香非不远，那能送到俗尘中？此假山耳，尚如此，况真山乎！余画此幅，花皆出叶上，极肥而劲。盖山中之兰，非盆中之兰也。

画兰寄呈紫琼崖道人

山中觅觅复寻寻，觅得红心与素心，欲寄一枝嗟远道，露寒香冷到如今。

275

破盆兰花

春雨春风洗妙颜，一辞琼岛到人间，而今究竟无知己，打破乌盆更入山。

【校】

此诗即《诗钞》中的《题破盆兰花图》，诗句稍异，请读者参看。

半盆兰蕊

盆是半藏，花是半含，不求发泄，不畏凋残。

【校】

此诗即《诗钞》中的《题半盆兰蕊图》，诗句稍异，请读者参看。

半开未开之兰

山上兰花向晓开，山腰乳箭尚含胎，画工刻意教停蓄，何苦东风好作媒！

盆兰

春兰未了夏兰开，万事催人莫要呆，阅尽荣枯是盆盎，几回拔去几回栽。

画盆兰送范县杨典史谢病归杭州。题曰：兰花不合到山东，谁识幽芳动远空？画个盆儿载回去，栽他南北两高峰。后被好事者攫去，杨甚愠之。又十余年，余过杭，而杨公已下世久矣。其子孙述故，乞更画一幅补之。既题前作，又系一诗曰：相思无计托花魂，飘入西湖叩墓门，为道老夫重展笔，依然兰子又兰孙。

【校】

此诗即《诗钞》中的《题峤壁兰花图》，诗句稍异，请读者参看。

折枝兰

多画春风不值钱，一枝青玉半枝妍。山中旭日林中鸟，衔出相思二月天。

峤壁兰

峭壁一千尺，兰花在空碧，下有采樵人，伸手折不得。

画盆兰送大中丞孙丈予告归乡（讳勷，字子未，号峨山）

宿草栽培数十年，根深叶老倍鲜妍，而今归到山中去，满眼名葩是后贤。此雍正三年事也。后十三年过德州，公年八十二，十一子，孙曾林立，并见元孙[①]。复出是图索题，又书二十八字：载得盆兰返故乡，天家雨露郁苍苍，今朝满把兰芽茁，又喜山中气候长。

【校】

①清圣祖名玄烨。玄孙，郑燮避讳而写为"元孙"。

画盆兰劝无方上人南归

万里关河异暑寒，纷纷灌溉反摧残，不如归去匡庐阜，分付诸花莫出山。

为侣松上人画荆棘兰花

不容荆棘不成兰，外道天魔冷眼看，门径有芳还有秽，始知佛法浩漫漫。

折枝兰

晓风含露不曾干，谁插晶瓶一箭兰？好似杨妃新浴罢，薄罗裙系怯君看。

从兰棘刺图

东坡画兰，长带荆棘，见君子能容小人也。吾谓荆棘不当尽以小人目之，如国之爪牙，王之虎臣，自不可废。兰在深山，已无尘嚣之扰，而鼠将食之，鹿将龁之，豕将蠹之，熊、虎、豺、麢、兔、狐之属将啮之，又有樵人将拔之割之。若得棘刺为之护撼，其害斯远矣。秦筑长城，秦之棘篱也。汉有韩、彭、英，汉之棘卫也，三人既诛，汉高过沛，遂有"安得猛士守四方"之慨。然则蒺藜、铁菱角、鹿角、棘刺之设，安可少哉？予画此幅，山上山下皆兰棘相参，而兰得十之六，棘亦居十之四。画毕而叹，盖不胜幽云十六州之痛，南北宋之悲耳！以无棘刺故也。

为娄真人画兰

银鸭金猊暖碧纱，瑶台砚墨带烟霞，一挥满幅兰芽苗，当得君家顷刻花。

石

米元章论石，曰瘦、曰绉、曰漏、曰透，可谓尽石之妙矣。东坡又曰："石文而丑。"一"丑"字则石之千态万状，皆从此出。彼元章但知好之为好，而不知陋劣之中有至好也。东坡胸次，其造化之炉冶乎！燮画此石，丑石也，丑而雄，丑而秀。弟子朱青雷索予画不得，即以是寄之。青雷袖中倘有元章之石，当弃弗顾矣。

何以谓之文章，谓其炳炳耀耀皆成文也，谓其规矩尺度皆成章也。不文不章，虽句句是题，直是一段说话，何以取胜？画石亦然，有横块、有竖块、有方块、有圆块、有敧斜侧块。何以入人之目，毕竟有皴法以见层次，有空白以见平整，空白之外又皴，然后大包小，小包大，构成全局，尤在用笔用墨用水之妙，所谓一块元气结而石成矣。眉山李铁君先生文章妙天下，余未有以学之，写二石奉寄，一细皴，一乱皴，不知仿佛公文之似否？眉山古道，不肯作甘言媚世，当必有以教我也。

今日画石三幅，一幅寄胶州高凤翰西园氏，一幅寄燕京图清格牧山氏，一幅寄江南李鱓复堂氏。三人者，予石友也。昔人谓石可转而心不可转，试问画中之石尚可转乎？千里寄画，吾之心与石俱往矣。是日在朝城县，画毕尚有余墨，遂涂于县壁，作卧石一块。朝城讼简刑轻，有卧而理之之妙，故写此以示意。三君子闻之，亦知吾为吏之乐不苦也。

昔人画柱石图，皆居中正面，窃独以为不然。国之柱石，如公孤保傅，虽位极人臣，无居正当阳之理。今特作为偏侧之势，且系以诗曰：一卷柱石欲擎天，体自尊崇势自偏，却似武乡侯气象，侧身谨慎几多年。

老骨苍寒起厚坤，巍然直拟泰山尊，千秋纵有秦皇帝，不敢鞭他下海门。

顽然一块石，卧此苔阶碧，雨露亦不知，霜雪亦不识。园林几盛衰，花树几更易，但问石先生，先生俱记得。

兰竹石

介于石，臭如兰，坚多节，皆《易》之理也，君子以之。

复堂李鱓，老画师也。为蒋南沙、高铁岭弟子，花卉翎羽虫鱼皆妙绝，尤工兰竹。然燮画兰竹，绝不与之同道。复堂喜曰："是能自立门户者。"今年七十，兰竹益进，惜复堂不再，不复有商量画事之人也。

靳秋田索画

终日作字作画，不得休息，便要骂人，三日不动笔，又想一幅纸来，以舒其沉闷之气，此亦吾曹之贱相也。今日晨起无事，扫地焚香，烹茶洗砚，而故人之纸忽至。欣然命笔，作数箭兰、数竿竹、数块石，颇有洒然清脱之趣，其得时得笔之候乎！索我画偏不画，不索我画偏要画，极是不可解处，然解人于此但笑而听之。

三间茅屋，十里春风，窗里幽兰，窗外修竹。此是何等雅趣，而安享之人不知也。懵懵懂懂，没没墨墨，绝不知乐在何处。惟劳苦贫病之人，忽得十日五日之暇，闭柴扉，扫竹径，对芳兰，啜苦茗，时有微风细雨，润泽于疏篱仄径之间，俗客不来，良朋辄至，亦适适然自惊为此日之难得也。凡吾画兰画竹画石，用以慰天下之劳人，非以供天下之安享人也。

石涛善画，盖有万种，兰竹其余事也。板桥专画兰竹，五十余年，不画他物。彼务博，我务专，安见专之不如博乎！石涛画法千变万化，离奇苍古，而又能细秀妥帖，比之八大山人，殆有过之无不及处。然八大名满天下，石涛名不出吾扬州，何哉？八大纯用减笔，而石涛微茸耳，且八大无二名，人易记识，石涛弘济，又曰清湘道人，又曰苦瓜和尚，又曰大涤子，又曰瞎尊者，别号太多，翻成搅乱。八大只是八大，板桥亦只是板桥，吾不能从石公矣。

郑所南、陈古白两先生善画兰竹，燮未尝学之，徐文长、高且园两先生不甚画兰竹，而燮时时学之弗辍，盖师其意不在迹象间也。文长、且园才横而笔豪，而燮亦有倔强不驯之气，所以不谋而合。彼陈、郑二公，仙肌仙骨，藐姑冰雪，燮何足以学之哉。昔人学草书入神，或观蛇斗，或观夏云，得个入处，或观公主与担夫争道，或观公孙大娘舞西河剑器，夫岂取草书成格而规规效法者？精神专一，奋苦数十年，神将相之，鬼将告之，人将启之，物将发之。不奋苦而求速效，只落得少日浮夸，老来窘隘而已。

题兰竹石调寄《一剪梅》

几枝修竹几枝兰，不畏春残，不怕秋寒。飘飘远在碧云端，云里湘山，梦里巫山。　画工老兴未全删，笔也清闲，墨也斓斑。借君莫作画图看，文里机闲，字里机关。

乾隆二十一年二月三日，予作一桌会，八人同席，各携百钱以为永日欢。座中三老人、五少年：白门程绵庄、七闽黄瘿瓢与燮为三老人，丹徒李御萝村、王文治梦楼、燕京于文濬石乡、全椒金兆燕棕亭、杭州张宾鹤仲谋为五少年。午后济南朱文震青雷又至，遂为九人会。因画九畹兰花以纪其盛。诗曰：天上文星与酒星，一时欢聚竹西亭，何劳芍药夸金带，自是千秋九畹青。座上以绵庄为最长，故奉上程先生携去①。

【校】

①据卞孝萱考证，"乾隆二十一年二月三日"这段长题，与《题兰竹石调寄〈一剪梅〉》的标题不合，当是靳畬误置于此。

韬光庵为松岳上人作画

天阴作图画,纸墨俱润泽,更爱嫩晴天,寥寥三五笔①。

元日画兰竹,远寄郭芸亭,万水千山外,知余老更青②。

缀玉含珠几箭兰,新篁叶叶翠琅玕,老夫本是琼林客,只画春风不画寒。

【校】

①第一首诗即《诗钞》中的《江晴》第二首。

②第二首诗的内容,与《韬光庵为松岳上人作画》的标题不合,据卞孝萱考证,系靳畚误置于此。

乱兰乱竹乱石与汪希林

掀天揭地之文,震电惊雷之字,呵神骂鬼之谈,无古无今之画,原不在寻常眼孔中也。未画以前,不立一格,既画以后,不留一格。

画菊与某官留别

进又无能退又难,宦途踽踽不堪看,吾家颇有东篱菊,归去秋风耐岁寒。

竹石

咬定青山不放松,立根原在破岩中,千磨万击还坚劲,任尔东西南北风。

四竿竹

一竿瘦,两竿够,三竿凑,四竿救。

篱竹

一片绿阴如洗，护竹何劳荆杞？仍将竹作笆篱，求人不如求己。

出纸一竿

画工何事好离奇，一干掀天去不知，若使循循墙下立，拂云擎日待何时。

竹石

十笏茆斋，一方天井，修竹数竿，石笋数尺，其地无多，其费亦无多也。而风中雨中有声，日中月中有影，诗中酒中有情，闲中闷中有伴，非唯我爱竹石，即竹石亦爱我也。彼千金万金造园亭，或游宦四方，终其身不能归享。而吾辈欲游名山大川，又一时不得即往，何如一室小景，有情有味，历久弥新乎！对此画，构此境，何难敛之则退藏于密，亦复放之可弥六合也。

一笔石

西江万先生名个，能作一笔石，而石之凹凸浅深，曲折肥瘦，无不毕具。八大山人之高弟子也。燮偶一学之，一晨得十二幅，何其易乎！然运笔之妙，却在平时打点，闲中试弄，非可率意为也。石中亦须作数笔皴，或在石头，或在石腰，或在石足。

八畹兰

九畹兰花江上田，写来八畹未成全，世间万事何时足，留取栽培待后贤。

啸村近体诗选

[清]李葂　著

段子宜　点校

目 录

卷上 七言律诗

卷中　五言律诗

卷下　七言绝句

欧阳子有言，诗非能穷人，殆穷者而后工，信哉。余闻啸村诗名于胶州高西园凤翰。时西园方以县丞试用于皖城。啸村，皖人也。余为六安州牧，每至省，必与两君盘桓。后五年，转运扬州，大会名士于平山堂，时啸村与西园俱在座，赋诗怀古，意气遒上。及余被逮，西园亦挂弹章，啸村留扬州不去，与予两人相依。后余徙塞外，啸村又时时以诗相问讯，盖啸村之笃于友谊如此。岁甲子，蒙恩起牧滦州。乙丑，迁永平守。啸村俱各有诗。甲戌，乃复来兹土，回忆平山之会，首尾逾十八年，而啸村犹偰然为诸生，囊其所著近体诗，诣余求叙。呜呼，啸村之遇，可谓穷矣。啸村名葹，生而颖异，总角应童子试，辄冠一军。其为诗，义手立成，如不经意，而新警隽拔，无一字拾人牙后慧。学使者海盐俞公按皖，试《春江》诗，笔不停挥，成七言律三十首，俞大惊，有国土之目。啸村自此名益重，文益高，而棘闱亦日益踬，当道诸公重其才，争礼之，然卒落拓无所遇，啸村亦不以非分干人。乙卯，天子开博学鸿词试，予以君名荐，为学使者放归。余《扬州杂诗》有云"心折阿房终下第，那能不愧武陵贤"，盖为啸村伤之也。乾隆辛未，皇上南巡，接驾于江宁龙潭，奉召试赐宫缎及内造针黹等物。呜呼，以寒士之诗，至倾动万乘，蒙恩赏赉，不可谓不遇，乃其遇亦止此。呜呼，如啸村者，乃真穷士也。啸村曾题《燕子矶》绝句云："年年高卧非关懒，许大江南没处飞。"以啸村之才，不为鸾鹄之高翔，乃仅效苔封之片石，埋没于荒烟寂寞之滨，悲夫。予哀其遇，因益重其诗，诗如啸村，宜其不遇，然亦可以不遇也。啸村工于近体，不为古诗，不以其所不能为能，此所以为啸村欤。乾隆甲戌闰四月上浣二日，德州卢见曾撰。

【校】

此序与卢见曾《雅雨堂文集》卷二《李啸村三体诗序》文字稍异。

皖江李君啸村以诗名江南北者数十年，生平喜游览名山大川，行踪所至，遇风雅之士与嵚奇磊砢之才，辄相与流连唱酬酣嬉而不厌，而客金陵维扬时尤多。余识啸村，垂二十年矣，风晨月夕，客庐僧舍，以及广场繁会，颇乐与啸村偕，闻其诙调，接其议论，并听其自诵所为咏歌之作，锵然其声，跃然其神，俾人忧者喜而菀者舒，是殆得风人之深趣者也。两淮都转德州卢公素爱其诗，莅官维扬日，啸村常从之游。后公以事别去，啸村独往返江上者十余年，潦倒场屋，卒无所遇，而处之不以为困，时时闲吟自娱，然羸尪憔悴之容，日浸以甚，比卢公再任两淮，而已叹啸村之衰且老矣。未几，病而归，归而卒，公深悲焉。余时持服归里，会公选辑啸村诗，将锓诸木以行之，命予序其首。于虖，啸村死矣，而借以播之艺林者，诗也。友朋散处，歌其零篇断句，恐就磨灭，而甄综以传之者，公也。往时新城《感旧》一编，公深契其怀人笃故之思，增注本事，贻诸久远，可云先后有同心。兹于啸村诗，盖亦感旧不忘之情事欤。啸村不为古诗，而近体娟秀宜人，刻镂工巧，盖实费苦心焉，非比夫才豪气猛、间杂蝼蚓者。公之集之，讵有私好，而余缀斯言，秋风短檠，犹仿佛啸村琅琅自诵时也。乾隆丙子秋杪，白下秦大士拜书。

《啸村近体诗选》卷上　　七言律诗

怀宁李葂　著

金山

鳌背连云未易攀，尘心到此觉全删。空中楼阁无多地，海上蓬莱有数山。天远帆随春树没，潮平钟送夕阳还。当年不解坡公带，长此横腰亦等闲。

焦山

别开生面水为邻，风鼓烟钟泽国春。海底勒铭犹有石，山中却聘更无人。浪攻彼岸千层雪，树辟浮图十丈尘。不共沧桑容易变，请看周鼎至今新。

泊瓜洲

渡不能飞恼客情，掀篷坐对晚潮生。金焦烟锁传钟响，淮海风奔作雨声。几树灯红船入市，一滩沙白月穿城。明朝策杖登高岸，便拟山阴道上行。

冬夜舟次怀友

欹枕无眠苦忆君，严寒木落正纷纷。风生高岸沙成雪，月上空江才化云。白练书残王内史，青楼梦破杜司勋。此时翠袖围银烛，遥卜清狂到十分。

夜泊华阳镇

吟篷推望水连天，月上烟樯未满弦。出谷泉分灯影细，入林风合磬声圆。雷江犹记封沙日，彭泽难忘种菊年。乡井别来才百里，牵情早已不成眠。

和雅雨夫子自江宁调治颍州原韵作

秣陵正说使君贤，忽捧丹书又著鞭。京兆不妨官五日，大夫岂止岁三迁。郡楼霜冷青灯夜，驿路风高白雁天。行见西湖清彻底，公余觅句想当年。

清明日书事

风疏烟澹雨迷离，生计因循路更歧。春服未成翻爱冷，家书空寄不妨迟。抛荒三径人千里，插遍重门柳一时。课睡有闲聊自语，寸心肯负落花知。

春柳

抱水围山树树新，短长犹是及时春。花能著地飞还起，风纵如刀剪未匀。陌上有楼休望远，天涯何处不行人。年来狂放无拘束，肯受江干一点尘。

归思

开过将离麦又秋，依然怀刺未轻投。停杯每为花惆怅，买棹多缘雨逗留。误信千金曾换赋，直教五月尚披裘。纵横江上还家路，那有闲情对白鸥。

寓楼题壁

因循一似恋扬州，百二晨昏此寓楼。可奈怀人空有梦，久知作客不宜秋。蟹肥菊瘦吟兼醉，鹤野云闲去复留。生计岂无田负郭，却从书剑觅封侯。

中秋夜归自秣陵

扁舟归系大江边，故国风光又宛然。入夜天分秋一半，到门人与月俱圆。且图对酒强为客，何必看囊定有钱。从此护持旧篱落，花时知不负今年。

霜叶

冰柱奇观共雪车，何如秋老见霜花。固知岁晚木微脱，莫认春深桃始华。带月夜烧丹灶火，因风晴布赤城霞。飘零若更随流水，又道题诗出内家。

腊月十五夜对月

寒光如水复如烟，云破花梢又满弦。故国有人通夜望，今年只此一回圆。断蓬辗转疑无地，飞镜空明总在天。照我治装应不远，上元灯火送归船。

自秣陵归里

寒香开又到梅花，每为家园惜岁华。弹铗九秋聊寄食，拿舟三日便还家。草深门有迎人犬，木落庭余噪雪鸦。此际山妻正惆怅，尚疑人在海天涯。

抵家

经年传食得诸侯，归到家园未及秋。借酒何能浇垒块，著书方不负穷愁。但无旷日皆生计，差胜闲居是薄游。六月倦飞思暂息，尽教高卧对沙鸥。

无题二首

浪走天涯少定踪，寺楼何处叩霜钟。神藏秋水微嫌冷，眉写春山未觉浓。锦字一函封豆蔻，金针并蒂绣芙蓉。也知后会非无日，盼断重关重复重。

不复深宵踏月来，丽谯风鼓动轻雷。魂消客舍歌三叠，肠逐江流曲九回。栀子同心空有结，桃花薄命本多才。凌晨不分闻檐鹊，闷拨金炉未烬灰。

友人过访抱瓮草堂留共蔬饭即用蔬字

正掩松关赋《子虚》，故人得得造吾庐。覆蕉未信藏无鹿，弹铗终难食有鱼。共此诗篇浑漫兴，不知天命竟何如。山厨却笑空于水，只办家园一束蔬。

五日

不闻箫鼓草堂深，一事无关长短吟。红放榴花儿女节，绿斟蒲酒弟兄心。连朝疏雨门常掩，何处空山药可寻。试问画船人竞渡，何如高卧此园林。

蕉席二首

绿天割取片云轻，布就花阴近豆棚。卧拥未须图画意，坐牵正自得诗情。一缄暗拆书何有，三叶微醺梦渐成。似此清寒谁与共，野人应不起纷争。

翠旗不复卓东墙，覆满深林七尺床。说梦事传樵子误，抛书枕藉美人香。卧游碧海宽如许，坐守青毡冷不妨。纸帐梅花并葵扇，山家清供恰相当。

过访童遥青书屋

夜叩山房月上初，醉吟未审近何如。树无不活知栽法，门有时关得隐居。鸡黍约从今日践，莺花诗是隔年书。交深我辈风兼雨，来往寻盟廿载余。

别家园梅花

将花时节仆夫摧，晓出柴关首重回。月上定知无鹤伴，雪深更觉少人来。瓦瓶贮水时斟酌，纸帐留香费剪裁。料得此行归计早，抵家犹见十分开。

赴姑孰感事

担簦更上太平洲，寒色侵人静倚楼。一杵疏钟烟寺晚，半棚新月豆花秋。候虫语作无腔曲，过客身为不系舟。自问此行真莫解，挑灯含笑看吴钩。

客况次韵

居人谁是谢宣城，客况真同潭水清。入市卖钱书画贱，沿门投刺姓名轻。难为蜀道都非险，薄到秋云尚有情。丛桂香中呼一斗，夜分唯向月明倾。

新城泛舟

又见新潮复旧痕，禁烟节候气寒温。尽宽世界容双桨，无几人家占一村。犬吠桃花香满地，燕翻帘布影当门。此行渐入皆佳境，丁卯桥头问许浑。

平山堂即事

也从载酒向山堂，社鼓声中泊野航。诗以催成多险句，花因寒勒有奇香。半篙新绿怜春水，一抹微红寄夕阳。庆历风流余此地，几人误认作欢场。

题雅雨夫子《出塞图》

行李萧萧好戒途，关山万里一人孤。使臣有命非迁客，圣主无刑及大夫。惊定风花终未堕，春回霜草不曾枯。会看天上裁新诏，便写高车入塞图。

碧云红树送吟鞭，戎马书生望若仙。义重及门由从我（谓同门夏之璜），恩深解网帝同天。纵无罪赎功当立，一出关来事已传。但是幅员皆内地，枕戈何用更筹边。

生日酬真州方鉴斋

无成鹿鹿已华颠，又到生辰意惘然。讳老偏逢人序齿，抛家动辄隔经年。倦眠萧寺春风榻，放浪桃花夜月船。此际多君慰岑寂，一尊郊外集群贤。

春山

横空山色又经春，暖雨时过绝点尘。隔岸喜当迎面笑，倚楼妒煞画眉人。夕阳芳草疑无路，流水桃花别有津。容易风高兼木落，何辞携酒醉千巡。

上巳郊行分得添字

山色溪声觉渐添，纡回路踏不生嫌。香无人惜空花落，食有僧推得笋甜。一线淡黄露初月，几家新绿隔重帘。未成村店谋豪饮，晚市归来问酒帘。

上巳忆白下

晴明恰是握兰辰，遥卜秦淮眼一新。杨柳晚风深巷酒，桃花春水隔帘人。桥边车过香生路，楼外船归月满津。憔悴不堪来旧馆，相怜谁为洗沙尘。

隔溪桃花

仙源咫尺绝风尘，入望无烦更问津。傅粉错疑何驸马，画衣重见李夫人。（唐诗：隔水残霞见画衣。）水精帘动梳头影，玉镜台开却扇春。一语不通情脉脉，尽教相对悟前因。

柬方南塘

三十年来共揣摩，燕来鸿往疾如梭。远方聚较家乡易，老境吟输少小多。海内解人宁有几，山中归计竟如何。我当旅食居高馆，一样风霜两鬓幡。

寒食前二日再集

行厨风雨出盘餐，密坐高读到夜阑。花落尚余将放蕊，春深犹有未消寒。人能免俗差堪对，诗但求工已觉难。更待禁烟时节过，提壶自上岭云端。

迟黄未亭不至

空谷无闻又一宵，迟君枉自烛高烧。卖花市散香沿路，踏月人归影过桥。金石同坚宁亦妄，林塘相距未为遥。蟹肥酒熟重阳近，何处情深喜见招。

美人风筝应台观察

底事身轻向翠微，几人仰面认依稀。月犹可入乘鸾去，仙不能留作燕飞。消息远传千尺缕，剪裁寒重五铢衣。花开陌上红如许，好趁东风缓缓归。

寄内人镜

芙蓉及第愿成虚，磨洗青铜付鲤鱼。秋水空明卿自见，春风憔悴我何如。一囊依样当花绣，双鬓从新对影梳。抱去未须深夜听，归期已卜月之初。

汪履方道人陪雅雨夫子出塞暂归，
问讯无恙，即候兴居

榴花照眼柳依依，酒社诗坛迹渐违。三十月中书信断，八千里外道人归。起居绝塞应知好，生长中华转觉非。早卜君恩宽似海，马蹄秋共雁南飞。

长夏过双树堂赠药根诗僧

数椽小隐巷西偏，树散浓阴别有天。款客盘分供佛果，租花囊耗卖文钱。虚空不说无生话，安稳惟参自在禅。我亦乘闲时过访，分题同遣日如年。

却人写真

浮生如寄付狂歌，瘦削宁烦更揣摩。有影正嫌无处匿，不材尚觉此身多。将图卧雪真难称，便画凌烟待若何。试看三毫添颊上，至今安在况其他。

与桐城倪九思诚话旧

当年一苇（庵名）共居停，相对岐途鬓未星。名酒开樽浮嫩绿，好山排闼入遥青。香分研雨题纨扇，影落瓶花检藏经。不信岁时弹指过，等闲二十五秋萤。

冬夜怀友

香从荀令几时熏，笑语尊前久未闻。纸阁灯明人入梦，霜天风冷雁离群。自伤蓬鬓还为客，每对梅花即忆君。安得此生常接席，吟襟莫让等闲分。

酬郭稜庵夫子

年来落拓发如丝，载笔君门事已迟。除却张华谁博物，愧非曾巩但能诗。治生久拟三农老，失学难酬一日知。闻道姓名登荐版，令人惆怅月明时。

友人斋看瓶梅和秦涧泉韵

林下风华是也非，汲泉分贮纸屏围。新妆自合羞银烛，瘦影何曾厌布衣。未荐清尊心已醉，要探空谷愿全违。赢他十里香无赖（谓十里江梅），乱逐萧萧冻雨飞。

雅雨夫子重莅淮南喜赋

别去旗亭十四年，江南冀北两情牵。入关果见朝金阙（公《出塞》诗有"三年便许朝金阙，万里何辞出玉门"句），过海何殊驾铁船。传恐未真疑是梦，愿无难遂莫非天。广陵涛共平山月，正待秋高续旧缘。

绣旗迢递指维扬，走马真如入故乡。局布胸中有成竹，荫留江上见甘棠。谢公花墅春风满，董相书帷化雨香。半壁一时称快事，不才况久托门墙。

客古巢将之白下，寄怀张稼兰、董绍声，即用丙午秋送别元韵

江上寻巢燕子归，桃花飞尽柳依依。春残作客偏逢

雨，月落知君独掩扉。旧梦乍醒萧寺鼓，余寒犹恋故人衣。长安有路终非远，并辔何时谒紫微。

相思几度数晨昏，片纸无从寄白门。一斗李生能问月，三年董子不窥园。吟同鹤瘦诗成律，泣比鱼枯泪有痕。好到水云楼上望，挂帆人已出江村。

内人寄衣

迢遥风雪寄衣难，客路开缄意转酸。密线久深慈母痛，绵袍谁念故人寒。白头有句吟初苦（时余纳姬），紫玉成烟泪始干（谓殇女）。数纸感卿书不尽，暖余为劝更加餐。

桐山道中

老梅开满向南枝，驿路东风策蹇迟。宿雨新添沙岸草，春山无恙酒家旗。文章久已驱穷鬼，造化从今托小儿。所愿粗酬衣食足，姓名底用尽人知。

寄秦谏泉殿撰

报捷泥金喜且惊，书生一旦得承明。壮怀科第无虚愿，盛代文章有定评。痛忆岐途遭鬼笑，难忘初地订鸥盟。此身不啻同君达，说到弹冠便世情。

登汉阳大别山

凭空绝磴费跻攀，人在风高木落间。极浦浪飞千尺雪，夕阳烟抹半城山。看灯未断桃花老（桃花夫人即息妫），江汉无争铁锁闲。全楚片时归眼底，顿教游屐不知还。

琵琶亭

香山遗迹未消磨，肯便乘风草草过。白月自随江影阔，青衫偏惹泪痕多。九秋枫荻声犹在，一曲琵琶事奈何。不是重新亭可上，维舟那得复狂歌。

辛未南巡召试

禁林钟动向彤墀，亭午归来影渐移。岁月久甘场屋老，姓名仰荷帝王知。千秋鸿宝摹非易，九锡龙章拜已迟。不信布衣人待诏，孙山尽处亦荣施。

恭纪圣恩钦赐荔枝色缎一联、荷包一对

御制般般出上方，九重恩渥岂寻常。顾家针黹葳蕤锁，汉府机丝荔子香。佩服只宜归画省，拜登恐未称茅堂。较之细葛轻罗贵，一样诗成喜欲狂。

拙草散佚，诸同人广为搜罗，拟合钱付梓未果

久惭失学自生初，门外徒多问字车。累及枣梨缘底事，名知走卒待何如。本无泣鬼惊天句，差比编年纪月书。不得长安逢贺监，当垆谁复解金鱼。

画虎涂鸦墨未干，一囊水剩共山残。抽毫汗漫题襟易，镂板商量问世难。帝曰凌云非所望，人言覆酱太无端。也知枫落吴江冷，五字其余来足观。

摘句寻章遣岁华，有时微笑胜拈花。鹤声幸不为人窃，鼠迹何曾敢自夸。风雪旗亭徒画壁，鼓钟禅院待笼纱。阙疑一似天难补，烂石无从学女娲。

删从订后订从删，辞选多般始就班。背上奚囊李长吉，袖中新本白香山。徒工声韵非奇货，不第文章亦厚颜。字字都经辛苦得，灞桥风雪几曾闲。

307

《啸村近体诗选》卷中　　五言律诗

怀宁李葂　著

登北固山

扼要当京口，中流指顾间。天低全入海，岸远竟无山。铁塔应难朽，丹梯尚可攀。古来争战地，长此得宽闲。

泊紫沙洲

紫沙明水际，泊岸各争先。乡远人千里，江空月一船。冷吟对花笑，薄醉枕书眠。宵柝无烦警，安危久任天。

瓜洲除夕

岁酒夜言欢，芦帘未觉寒。钗裙山妇箧，枣栗女儿盘。鬓雪风吹尽，炉灰火拨残。江乡家尚在，三口且团圞。

寓楼不寐

羁此真无味，秋深事事慵。客床千里梦，僧寺五更钟。壁破灯光入，帘疏月影重。朝来仍故我，何处慰飘蓬。

灯花

灯花何太喜，入夜照残编。风冷犬无吠，月高人未眠。家书遥莫致，行橐久空悬。底事凭渠报，相看转惘然。

早起

不待鸡鸣起，披衣正觉寒。佛通花智慧，人与竹平安。霜气扑帘重，钟声出槛残。伊蒲香积满，早已办朝餐。

清明过瓦官寺

瓦官存废寺，往迹未全虚。暖入桃花粥，香生贝叶书。草深风雨际，树老鼓钟余。已是逃禅客，来寻十笏居。

苔径

也觉裙腰似，依微一道斜。不胜高屐踏，聊借曲栏遮。浅绿分垂柳，轻红点落花。儿童休便扫，珍惜此生涯。

袁简斋招集随园

江南山水胜，都聚此楼台。不速无多客，知名未易才。苦吟惭下里，畅叙托深杯。亦有闲云过，篱门肯漫开。

新夏（赵州社分赋）

花信风吹尽，年华逐晓钟。柳多抛败絮，云渐叠奇峰。帘敞出巢燕，墙高解箨龙。赵州茶熟候，香泛绿阴浓。

萤火

不共夕阳没，寒光分外清。避风惊欲堕，冒雨湿还明。野火流花径，疏星度水程。可怜漂泊惯，芳草是前生。

中秋集渔庵待月

明月四时有，今宵应不同。已知离海畔，可遽到天中。香动木樨影，凉生纨扇风。秦淮穿十里，处处敞帘栊。

中秋夜不寐

漏下鼓逢逢，水楼灯影红。醉残窥黠鼠，吟苦续寒虫。事出人情外，山归旅梦中。月明斜照处，二个信天翁。

问远村上人桂花消息

六一堂前桂，还迟几日开。木樨香自在，金粟见如来。片月寒于此，小山人未回。待君寄消息，同上最高台。

出门

岁晚百端集，人归我出门。债无台可避，耕赖舌犹存。清旷江千里，寒空月一痕。天涯时有梦，大半在江村。

古剑

英雄久不作，片铁至今存。贫贱埋霜刃，风尘锈血痕。藏将三尺雪，报得几人恩。曾伴封侯骨，生还入玉门。

方丈茶话次韵

华言未可凭，说法听南能。岂是无家客，翻为有发僧。息机疏旧雨，履险戒春冰。自问心犹杂，难参最上乘。

坐雨

晴雨浑无定，悬知行路难。花迟何日放，春补去冬寒。僻处有余暇，群书得纵观。倩人赊薄酒，独酌且为欢。

春水

莫辨舍南北，盈盈奈尔何。流将残雪尽，影入丽人多。芳草碧同色，远山青可罗。船从天上坐，不是洞庭波。

桃花和许霁堂韵

积雨一朝断，至今桃始华。远乘黄篾舫，饱看赤城霞。粉腻苔痕湿，香飞日影斜。临溪风味好，鸡犬几人家。

宿味菜轩和王竹堂韵

几夜风兼雨，侨居人对床。乡书空雁足，客路绕羊肠。竹石王维画，烟花李贺囊。恬然高一枕，也自谓羲皇。

柬焦五斗

明日有闲否，偕君出郭门。山堂新过雨，村酿正开尊。林月影初见，木樨香渐繁。二三方外友，好与话云根。

留别广陵同人

鸡黍登高约，因之送客行。满斟黄菊酒，又出绿杨城。得伴路忘远，怀人梦亦清。久羁归却好，莫便动离情。

淮安道中

片席指东楚，凌寒破浪花。有天连水国，无地住人家。不募射潮弩，空乘犯斗槎。夕阳前路远，高树噪群鸦。

钟声

尘梦一声醒，凌虚散远天。五更斜月堕，孤寺夕阳偏。木落拜山鬼，风回到客船。好从烟际认，余韵尚铿然。

望耕亭晚眺（无为署中）

一饱复何事，凭高望夕阳。已歌田祖赐，犹觉稻孙香。孤塔插寒翠，几家临野塘。故乡风景似，好去课农桑。

登芜湖识舟亭分赋

一雨秋无际，凭高望眼迷。烟横经岸断，天远入江低。把酒思前辈（谓王季重先生），摩碑觅旧题。霜林红欲染，踏遍短长堤。

慈湖晓发

带月出村店，凌晨望眼悬。翠螺临积水，白雁渡长天。舆系登山屐，囊酬卖饼钱。太平州上路，来往动经年。

舟次铜官

望里铜官近，长山树几丛。城围三面水，帆卸半边风。行灶烹江鲤，归心眄塞鸿。茫茫何处泊，正趁夕阳红。

马口

廉纤微雨过，烟树有无间。曲港渔罾密，危楼戍鼓闲。花飞春水岸，云断夕阳山。自笑缘何事，三年两往还。

再过铁树宫

重来当绝顶，放眼际春明。窗纳千帆影，泉春万壑声。金山江上寺，铁瓮海边城。僧老曾留榻，犹能道姓名。

题鸿来馆应吴鹤园先生

摇落芦花候，寒空路渺茫。疏灯孤枕梦，残月满天霜。消息迟山馆，湖田足稻粱。可怜分片影，相失近衡阳。

《啸村近体诗选》卷下　　七言绝句

怀宁李葂　著

瓜渚

树接平堤草满汀，花飞两岸短长亭。怪他山色偏分别，只在江南一带青。

燕子矶

燕子何从化作矶，苔深片石羽毛肥。年年高卧非关懒，许大江南没处飞。

栖霞题壁

山坳重叠白云封，松吼残阳欲化龙。未卜此间藏寺古，被风吹出一声钟。

探梅二首

曾跨疲驴问水涯，分明疏影见横斜。今年不合逢春闰，耽阁东风第一花。

领袖名花属早梅，苦遭寒勒费疑猜。薄情纵是天奇妒，未必能教竟不开。

春阴

珠泻莺喉一串圆，花梢风荡酒帘偏。晴无日色阴无雨，恰是江南养麦天。

青溪即事

粉墙红扫落花痕，一带楼台树影昏。雨细风斜帘未卷，纵无人在亦消魂。

题雅雨夫子《借书图》二首

旋假旋归未得闲，十行俱下片时间。百城深入便便腹，直抵荆州借不还。

吟披不负客窗虚，借遍人家架上书。为问邺侯三万轴，未经手触待何如。

白芙蓉

玉琢难容一线瑕，霜何曾拒满头遮。剧怜明月无人夜，照入秋江不见花。

思归

竟年身比片云闲，来往红桥古渡间。昨日无端动归思，悔从楼上看春山。

访陈楚云不遇

校书人去太平州，风雨能无忆旧游。几度来宾桥上望，夕阳一片蓼花秋。

龙潭驿即事

只有周旋杖一枝，商量蜡屦意迟迟。何缘驿宰新相识，日日看山借马骑。

客真州柬秦谏泉

黄泥滩嘴冻将解，红杏梢头烟正浓。只道别离经十日，未防消息隔三冬。

喜晴寄内人

千村雨足喜新晴，啼彻江天布谷声。镵馂固知卿亦惯，年年底事误春耕。

扬州

草泽啼号风雨夜，画船箫鼓绮罗春。扬州无地能中立，只此奇穷极乐人。

抵广陵和友人喜晤

浃旬积雨苦江行，得放新晴一叶轻。渐觉故人风味近，红桥春水绿杨城。

出郭

乍晴出郭日初长，草浅沙柔柳欲黄。一种春风分厚薄，梅花吹老杏花香。

夜泛红桥

天高月上玉绳低，酒碧灯红夹两堤。一串歌喉风动水，轻舟围住画桥西。

柳枝词

桃花历乱柳丝长，几叶扁舟去住忙。载得个人帘半卷，又添一抹水痕香。

春寒

炉火从新簇夜阑，阴霾天色太无端。东风欲酿梅花雪，故作春深料峭寒。

访友人村居

柴门松径竹篱笆，一样沿村十几家。遥望即知君住处，春风墙脚有梅花。

和雅雨夫子移桐种竹二首

树扛百尺入重门，安土于今好托根。疏雨不知人境改，犹从墙外滴黄昏。

翠掩祠门雨后开，客从看竹爱新栽。主人今是江都相，不问休教竟入来。

旭林上人招饮未赴

月明有约践山僧，赌酒梅花最上层。一个行人正岑寂，水窗无梦剔红灯。

移蕉

墙角移来亦偶然，心抽叶放露珠圆。个中带得无多绿，染就山窗十尺天。

卖花吟六首

西府凌晨烂若云，剪枝高出众香群。自今卖落行人手，瓦缶金尊插任君。

牵枝带叶复连根，辛苦担来自远村。老圃不如双粉蝶，相随犹得入朱门。

不相顾盼各离披，那是同根连理枝。拗就瓶中好章法，天真失却已多时。

未必文章续《楚·骚》，怪将花样赚儿曹。颠狂任尔抬声价，一上长街便不高。

园林许大绝风尘，秾李夭桃次第新。自是主人看来到，闲来物色担头春。

抛来锦绣囊中物，换去单寒手内春。花岁岁开门户改，买花不及卖花人。

石塔寺

木兰院古树森森，回首王郎续旧吟。莫讶相看僧冷热，笼纱原是打钟心。

题高燕山《蕉窗读〈易〉图》

屡绝韦编岂惮烦，吟披不出此层轩。晓来滴取研朱露，减却芭蕉绿一痕。

夏寒

未防六月可披裘，西北风吹雨不休。客况从来怕萧瑟，偏遭长夏变深秋。

立秋日

又是今年草草过，三春九夏已消磨。原无节候关心绪，可奈空亭片叶何。

过废园

谁家亭院自成春，窗有莓苔案有尘。偏是关心邻舍犬，隔墙犹吠折花人。

客有假余姓名

尔谁怀刺走风尘，将我为伊我岂嗔。正恐叩门人不应，姓名未必似陈遵。

送江啸函赴淮

襟分邗上花期近，棹入淮阴水气温。此地土风原不恶，妇人犹解重王孙。

戏柬友人

炉围座客尽君欢，罗绮丛中玉几团。莫为绨袍费筹画，故人风雪不曾寒。

乞猫

当年断狱事成虚，欲仗狸奴一扫除。莫笑客中无可聘，一枝新柳也穿鱼。

访施上林

故人家近绿杨天，过访时乘夜雨船。不必桃花红两岸，也随流水到门前。

花烛词为友人作二首

沿溪堤柳碧毵毵，水照空明镜一函。已是从游何碍远，胸前长此佩宜男。

红绽榴花风露清，画眉人是旧知名。自怜掌上身如燕，恰称枯吟太瘦生。

吴石屏留饮

君归不得我辞家，同是他乡度岁华，不用相逢互相笑，且沽春酒醉梅花。

沈芦山《瘦吟图》

天涯著处一吟瓢，官阁多情屡见招。明月梅花关底事，等闲瘦煞沈郎腰。

秋冷

碧梧如沐雨初收，楼倚西风葛易裘。热退未凉天便冷，最无层次是今秋。

园居

春深三径长莓苔，花里柴荆岂浪开。无地可容双屐齿，落红几夜叠成堆。

饮村舍

村醪醉客野花娇，水浸柴关柳亚桥。放鸭人归新月上，豆棚时有数声箫。

辕门桥（扬州花市）

浅碧深红天嫩晴，几丛风搅卖花声。人生不得河阳县，也合辕门桥上行。

嘲风

柳绵吹去复吹还，总在凭空鼓荡间。秋有芦花冬有雪，一年能得几时闲。

张执远送镜

铜古重磨月一圆，教人无处避华颠。多情早肯相持赠，犹及风尘照少年。

元宵雨雪

雨丝雪片带风声，懊恼人应盼月明。华屋笙歌金谷酒，为人原不论阴晴。

雪晴

雪晴不断檐牙滴，泥燥犹闻屐齿声。人恋重衾寒未起，何曾晓梦得分明。

见燕

水村山郭菜花稀，树渐成阴草渐肥。人尚依人遍天海，争教燕子不分飞。

新栽柳二首

河桥驿路影婆娑，酒载扁舟次第过。赠别几时攀得尽，行人从此不妨多。

荡漾无边风势斜，多情拂马更藏鸦。人归亭午江村远，一路浓阴送到家。

雨窗

细雨如尘窗半明，寂无剥啄梦魂清。铿然片玉惊风碎，道是盆荷泻水声。

学圃

豆藤瓜蔓散难收，裁竹为棚待有秋。垂实也供邻舍饱，任风牵引过墙头。

红桥泛舟值雨

出关几叶夕阳舟，来往轻于逐浪鸥。一雨骤高三尺水，送人直上柳梢头。

草堂

草堂原自绝尘嚣，苦茗浓煎雨一瓢。睡起不知长昼热，白莲花杂碧芭蕉。

西兴

路转西兴又问津，满篷月色烂如银。只凭柔橹终宵力，便是山阴道上人。

过惠泉

亭午闻鸡起倦眠，水窗茶试雨余天。一铛折脚支船尾，煮过中泠煮惠泉。

过广化寺茶话

轻寒初地午风吹，茶话从容归去迟。落得满身香不散，荼蘼架底坐多时。

山厨

山厨风味逐时新，只此园蔬便可人。蚕豆登盘樱笋熟，胜他红雪擘麒麟。

山塘

云连芳草碧无涯，歌板声中酒旆斜。昨夜山塘过微雨，沿门开遍杜鹃花。

虎阜

寺门已是绣成堆，客更维舟未肯回。花径渐谙僧面熟，五年三上虎丘来。

陪卢雅雨夫子邓尉山看梅

香风波影两纷拿，望眼纵横未有涯。除却僧楼无隙地，几分湖水几分花。

已为寒香三日留，夕阳归去放轻舟。分明邓尉山中客，插有梅花在舵楼。

闻布谷

布谷催耕舌岂饶，雨余农事急朝朝。啼声且莫湖村过，尚有平脐水未消。

虎丘竹枝词

塘横七里路西东，侍女如云踏软红。才到寺门欢喜地，一时花下笋舆空。

仰苏楼畔石梯悬，步步弓鞋剧可怜。五十三参心暗数（谓石梯阶级），欹斜扶遍阿娘肩。

佛座香烧一瓣新，慈云低覆落花尘。不妨诉尽痴儿女，那有如来更笑人。

女冠装裹认依稀，只少珠穿百八围。岂是闺人真好道，阿侬爱著水田衣。

项隅谷松竹小照

乔松修竹影横斜，只欠寒香共岁华。捉笔者谁真解事，画人不更画梅花。

百子山房斋起

衾拥僧楼未觉单，片云侵晓过栏杆。怪渠更作潇潇雨，成就空山八月寒。

过枫桥

横塘小港路迢迢，柔橹凌寒宛转摇。今夜此行忘不得，半篷残雪过枫桥。

题观察许公细雨骑驴入剑门小照

图开一卷剑南春，叠嶂层峦迹尚新。不见只今清要地，乘骢人是跨驴人。

独据吟鞍去远天，半肩行李客萧然。自从驰入江南路，忻慕伺人不执鞭。

天街此日已鸣珂，风雨孤征较若何。一事却输驴背上，行行容易得诗多。

笑我饥驱西复东，年来岐路正飘蓬。为公题照应亲切，策蹇担囊是个中。

送周幔亭之西湖时余将楚游

我登黄鹤楚江边，君在西湖正放船。两地遗踪皆可觅，美人原不让神仙。

渡钱塘江

潮平风定落花香，撇却篮舆上野航。正是行人安稳处，碧山如画渡钱塘。

西湖

南高峰面北高峰，一镜楼台千万重。不及苏公堤上土，半栽杨柳半芙蓉。

台州

山连城郭花连屋，云没帆樯海入田。一日时晴复时雨，浙西天似岭南天。

黄荻坂道中

黄荻坂前花落时，笋鞋踏遍草离披。行人不厌还家远，一路青山叫画眉。

泊吉阳湖

家山遥指片帆孤，晓起江门到日晡。尚欠今宵船一宿，微风微雨吉阳湖。

小孤山阻风

打头风起水潺湲，断港维舟镇日闲。一事赢他来往客，篷窗看足小孤山。

彭泽

斗大山城面水涯，先生风味远繁华。只今几树青青柳，较胜河阳满县花。

铁柱宫夜坐

江空云净月为灯，人在瑶台第一层。天气嫩凉纨扇掷，紫薇花下擘红菱。

临平道中

十里三桥绿树津，高低雁齿接鱼鳞。往来差胜江南路，风雨时多问渡人。

关岭

岭上迢遥十里程，笋舆恰趁晓风轻。无端贮满行人耳，远是松声近水声。

棕川莲花池上作

鱼种莲池池水清，例输官税抵秋成。今年预料霜鳞美，新涨山根一片明。

题商宝意太史《秋霞集》

疏篱曲曲是儿家，半掩荆扉夕照斜。帘影动人空似水，一枝豆蔻女郎花。

采莲巷口眼波明，依约蓝桥记未清。抛却千金求玉杵，肯教当面失云英。

自粤东归里舟次见杨花

忆昨辞家霜满衣，片帆却趁暮春归。天风惯骇长途客，又遣杨花作雪飞。

同朱象山归自泰州舟次即事

烟汀月晕影微微，办得宵行草上飞。垂发女儿知荡桨，不辞风露送人归。

淮城

丸泥为重斗金轻,长此周遭浪压城。堤与洪河较高下,翻教人在地中行。

淮海欲将城作壑,人家直与水为邻。生灵亿万通呼吸,只此区区几束薪。

舟次新城驿

柳阴浓处荡舟轻,水面笙歌渐有声。夹岸灯红人卖酒,风凉今夜过新城。

退笔

生花有梦亦含羞,名姓徒然记旧游。落拓一枝投未得,看人容易博封侯。

鼠须栗尾结成胎,文字差能合体裁。莫笑中书君老秃,也曾应制九重来。

蛟湖诗钞

〔清〕黄慎 著

丘幼宣 点校

目　录

卷二　五言律诗

卷三 七言律诗

卷四　七言绝句

瘿瓢山人小传

　　瘿瓢山人者，闽汀之宁化人也。性颖慧，工绘事。自其少时，于山川、翎毛、人物，下笔便得造物意。已乃博观名家笔法，师其匠巧，又复纵横其间。踔厉排奡，不名一家，不拘一格。虽古之董、巨、徐、黄，不能远过也。予曩莅绥阳，山人方饥，驱走四方。及山人返里居握手外，于笔墨间快领山人意趣，知山人挟持有过人者，非一切弄笔沈墨之所可冀也。

　　山人尝言：予自十四五岁时便学画，而时时有鹘突于胸者，仰然思，恍然悟，慨然曰，予画之不工，则以余不读书之故。于是折节发愤，取毛诗、三礼、史汉、晋宋间文、杜韩五七言及中晚李唐诗，熟读精思，膏以继晷。而又于昆虫、草木，四时推谢荣枯，历代制度，衣冠礼器，细而至于夔蚿蛇凤，调调刁刁，罔不穷厥形状，按其性情，豁然有得于心，应之于手，而后乃今始可以言画矣。呜呼，观山人之画，读书格物之学，可以奋然而兴矣。

　　予尝拭棐几，净端石，磨古墨，濡名笔，以待其至。至则解衣盘礴，谈玄道古，移日永夕，若忘其为欲画也者。促之再三，急索酒，力固不胜酒，一瓯辄醉。醉则兴发，濡发舐笔，顷刻飒飒可了数十幅。举其生平所得于书而静观于造物者，可歌可泣，可喜可愕，莫不一一从十指间出之。虽担夫竖子持片纸，方逡巡不敢出袖间，亦欣然为之挥洒题署。当其意有不可，操缣帛郑重请乞者，矫尾厉角，掉臂弗顾也。

　　顾山人漫不重惜其画，而常自矜其字与诗。章草怀素，张之壁间，如龙蛇飞动。长篇短什每乐以示人，仓遽忙迫，牵人手，口喃喃，诵不休。或遗忘，则回首顾其徒曰：云何，云何？其磊落自喜如此。

山人心地清，天性笃，衣衫褊裼，一切利禄计较，问之茫如。而所得袜材赀，尽举以奉其母。母节孝，为倾囊请于官，建立坊表。妻与子或至无以糊其口。山人，孝子也。岂徒以画师、诗人目之哉！

山人姓黄，名慎，字躬懋，改字恭寿。

合肥许齐卓撰。

【校】

铅字本与抄本，此传均排列于卷首第四篇，现据内容逻辑顺序，改列为卷首第一篇。其中"谈元道古"句，黄慎因避清圣祖（玄烨）讳，易"玄"作"元"，今改。

声律至唐称盛，而闽中绝少传人。惟周朴以布衣著名，"山鸟杏花"之什，欧阳永叔流连不置。而《纪事》云其侨寓，非属闽产。抑何开创风气之难也！宋世理学节义，炳照史册，然诗之可传者，亦不数数觏。逮前明洪武间，风雅之道始有可观。子羽倡之福清，彦恢和于长乐。一时"十子"之目，"二元"之授，标格华秀，有钱刘遗风。其布衣而著声者，为景明之《储玉斋集》。盖闽多复岭，为南国奥区。恬退者往往耽意吟咏，以不乐仕为高。故巉岩绝壁下，每有佳什流传人间，而或不遇赏音，声销迹灭，亦不知凡几。高蹈者既无自显之阶，采风者复鲜表扬之雅。以致古来隐逸之士，集传者少，谁之咎欤？

余自丁卯左迁来闽，韩洋、剑浦及漳、泉二郡，捧檄摄篆，且历九邑。所至以访求耆隐为怀，恒不可得。己卯来宁化，知有黄山人瘿瓢，隐于画。壮时曾为维扬之游，人咸以绘事相推重，惟金坛王已山太史知其诗，且为其母传节孝。

山人落拓，不事生产，所得赀，辄游平山堂及金陵秦淮湖，随手散尽。倦而归，今且老矣。延与相见，年高而耳聋，与之言，不尽解，惟善笑而已。目力不少衰，能作小楷字。画甚捷，数幅濡笔立就。姿格苍老，假古名手题款，人莫辨也。性耿介，然绝不作名家态。画时，观者围之数重，持尺纸更递索画，山人漫应之，不以为倦。虽不经意数笔，终无俗韵。画已，辄睡。颇嗜果饵。睡久不起，撼醒之，贻以时果，则跃起弄笔，神益壮旺。

每题画毕，必凭几掉头，往复吟哦，不能自已。询之，知为少作。急索全集观之，清远流丽，古近体皆有师承。为删选尤胜，存其半，皆可传者矣。曩时江右曾太守修汀郡志，载山人《蛟湖集》，实未尝刻。余为捐俸刻之，表微阐幽，固在官者之责也。

山人诗集，矜许不轻示人，有周朴争河流向东之癖。以所作较之《储玉斋》，亦无愧颜。惟生当盛时，得遂其野逸之性，含哺击壤，歌咏太平。其所遇，视闽中前古布衣，乃为独幸。至其至性过人，少有孝行，宁人多能言之。此又作诗根本，亦读书者所宜知也。不然，人品不足重，诗又安得佳哉！

时乾隆二十八年；癸未，新秋上浣，海昌陈鼎撰。

【校】

1913年、1923年铅字本无此序。1931年铅字本、抄本有。

闽中黄山人，以画游于扬。余耳其名久矣。壬子春，偕寓于白下，始相见，意态殊落落。已乃数晨夕，益亲。顾时时读书，或静坐，殊无意于画者。视余诗，闲远萧疏，如其画。山人盖高士也，外间知之者半以画。贵人争迎致之，又多以写真。

一日，山人谓余曰："某之为是，非得已也。某幼而孤，母苦节，辛勤万状，抚某既成人，念无以存活，命某学画；又念惟写真易谐俗，遂专为之。已旁及诸家，差解古人法外意。行游豫章，遍吴越，以直归供菽水，多历年所。母垂老，不欲远离，奉以来扬。今复数年矣，贫如故，老人思归矣。"言已，泫然。余太息良久。

山人既工画，又工诗，勤读书，书卷之气溢于行墨，故非世俗人。乃复笃于至性如是，岂以目皮相者所知耶！因语山人，余隶史氏，他日传独行，亦当为山人写真。山人解颜一笑。

山人名慎，字公慎，又字恭寿。将归闽，为予作册。于古今人物、山川、草木之情状，着墨无多，生韵迥出，盖萧然于烟楮之外者。山人之画，亦岂易知也哉！余书以诒之。他日暮云春树，见此当思余之恋恋于山人也。

雍正十二年，岁次甲寅，暮春之初，已山王步青书于邗上寓斋。

宁化黄山人慎，以绘事擅场。雍正改元来扬，持缣素造门者无虚日。扬之人遂咸知有山人之画。已而山人稍稍出其诗示予，五律尤清脱可喜。予于是又知山人之诗。

山人告予曰："慎之寄于画也，非慎志也。慎别吾母而来扬，为谋吾母之甘旨也。此地诚可以谋甘旨矣，慎将归。"予诘其故，凄然曰："慎非画，无以养母；母不见慎，即得甘旨弗食也。慎将归迎母。"予异之。越数月，山人往返六千里，竟奉母来。

山人每晨起，拭几涤砚，蘸笔伸纸，濡染淋漓，至日旰，不得息。得间辄从四方诸闻人赋诗。于是世人亦渐知画不足以尽山人之能事。山人之画，风趣闲远，出入仲圭、子久间。间变法出新，适能自拔于畦径之外。又善写生，落纸栩栩欲活。酒酣兴至，奋袖迅扫，至不自知其所以然。故世之人能尽知山人之画者亦鲜。

山人既熟悉吾扬风土，家人胥安之。一夕忽告别曰："吾母久而思归矣。"嗟乎，山人思母，则迎母来；山人之母思归，则将母去。然则知山人者，且不当徒以其诗，而况于画乎！唐六如云："闲时自写青山卖，不使人间作业钱。"束皙之《补南陔》曰："馨尔夕膳，洁尔晨餐。"山人作画以供晨夕，则与《南陔》之称"馨""洁"者似矣。然则，世果能重山人之画，亦来为不知山人。

广陵马荣祖力本氏拜撰。

【校】

此序与马荣祖《力本文集·送黄山人归闽中序》文字稍异。"雍正改元来扬"句，文集作"雍正元年来扬"。"至日旰，不得息"句，文集作"至日旰，不能息"。"风趣闲远"句，文集作"风韵闲远"。"间变法出新，适能自拔于畦径之外"句，文集作"间变法出新意，能自拔于畦径之外"。又，文集无"唐六如云……"十八字。

余同里有瘿瓢山人，好山水，耽吟咏，善画，工书。少孤，资画以养母。游广陵，迎母奉晨昏，母思乡井，则侍以归。余素不知画，独爱诵其诗。如巉岩绝巘，烟凝霭积，总非凡境。其字亦如疏影横斜，苍藤盘结。然则，谓山人诗中有画也，可；字中有画也，亦可。山人性脱落，无城府，人多喜从之游。或谓山人画与字可数百年物，诗且传之不朽。山人来访余，爱书此以序而归之。

山人姓黄，字恭寿，名慎。不乐人知其名字，自署瘿瓢山人云。

翠庭雷铉题。

【校】

雷铉《经笥堂文钞》本文标题作《瘿瓢山人诗集序》。

瘿瓢山人画不如诗，雷翠庭尝言之。顾其诗为画掩，则以画易流传，而《蛟湖集》则绝版已久故也。今雷子肖籛拟集资重镌之，余因得读山人诗。觉其神味冲淡，忧愤不形。盖清雍乾间文字之狱数起，吕、戴辈率以一诗婴大祸，当时哀之。山人处禁网繁密之世，布衣草笠，鬻画金陵，得与其时名士大夫舂容吟咏，而无害其养亲逃名之素志。陈子昂所谓文艺之事以自娱，而不以自苦者，非耶？

抑余忆旅东时，尝与肖籛谈闽中人物，余谓清初宁化有二奇士，一为李寒支，一为黄瘿瓢。顾寒支文仅于某杂志上读其《狗马史记·序》三篇，每以未见全集为憾。今得《蛟湖诗》，乃叹缘福之殊，有如此者。岂山人不余弃然欤？然肖籛能介绍余与山人，而不能介绍于寒支先生，余又不能不怼肖籛矣。

民国二年八月，莆田林翰序。

【校】

抄本无此序。

宁化瘿瓢山人，久以画名于前清雍乾间，尺纸零缣，世争宝贵，顾人罕知其能诗。余近从雷子肖篯处得读其《蛟湖诗钞》，大率自抒胸臆，浑朴古茂，绝无俗韵，七绝尤得晚唐神髓。雷翠庭先生序称："山人字与画可数百年物，诗且传之不朽。"非谀语也。余行年忽忽四十，百无一就，最爱山人"壮不如人何待老，文难媚世敢云工"句，悚然自惭，曾书为楹帖，用以自励。盖山人诗本非以诗家名，即其画亦非徒以画名。当其时久客江南，借画养母，山人者，固孝子也。故其诗皆从真性情流出，不屑屑与诗家较短絜长。读其诗者，自能得其人矣。

予尝论吾汀人文，近三百年来独萃于宁化，如寒支之文章、气节，翠庭之理学，墨卿之书，山人之画而兼诗，皆可卓然传诸百世。意其山水之奇，必当甲于他邑者。年来奔走南北，而于同郡之地尚未一游目，心良自歉。行将一笠一屐，归探圃珑、石巢之胜，访诸乡先生之故居，以偿其夙愿。山水有灵，当亦许我乎！

肖篯将集赀重刊山人诗，属余为序。因略书所见，以质肖篯，并借是为他日游宁约也。

民国二年七月，上杭丘复谨序于冶山东麓。

【校】

抄本无此序。

《蛟湖诗钞》，为吾邑瘿瓢山人黄先生慎所作，族祖翠庭公曾序以行世。山人本以画名，公序云："瘿瓢画可数百年物，而诗且传之不朽。"可以想见其诗之价值矣！世远版佚，传本盖寡。因念一邑之大，今昔代谢，人口无虑恒河沙数，其能文章者，直如凤毛麟角。然无人而为校定，无资以为刊行，犹不能不翼而飞，不胫而走。文之传世，不綦难欤！就令发刊行世矣，而兵燹之摧残，虫鱼之剥蚀，不一二百年，版本亦易致散佚，使无为保持收拾，已传者必因而绝响。此非后辈之责而谁责耶？

寿彭夙抱微愿，思将乡先达遗著之未刊及已刊而散失者，搜辑付梓。顾以人事匆匆，有志未逮。爰与诸乡先生鸠赀，先将山人是稿重付印刷，以广流传。至于搜残拾坠，阐发幽光，则俟诸他日。

中华民国二年八月，邑后学雷寿彭谨序于福建省议会。

【校】

抄本无此序。

癸丑之秋，余梓瘿瓢山人稿，装潢凡五百帙。不数月，分赠殆尽。索者犹麋至，比岁积函且盈尺。盖喜读山人之诗者多，亦以见高风亮节，感人者有素；而吾乡风雅之未沦丧也。今春重付手民，续刊五百帙，用餍阅者之望。山人有知，倘亦掀髯一快也乎？

邑后学雷寿彭又志。民国十二年三月。

【校】

1913年、1931年铅字本、抄本无此序。

癸丑、癸亥之间，余梓瘿瓢山人稿，前后装潢凡千帙。分赠既尽，索者犹麋至，比岁积函且盈尺。盖喜读山人之诗者多，亦见高风亮节，感人者有素；而吾乡风雅之未沦丧也。今夏重行鸠赀，续刊五百帙，用餍阅者之望。

民国二十年六月，邑后学雷寿彭又志。

【校】

1913年、1923年铅字本、抄本无此序。

瘿瓢山人《蛟湖诗钞》卷一　　三四五七言古诗

闽宁化黄慎恭寿氏　著

杂言

龟有灵，壳有斐。陷泥涂，犹曳尾。

野鹤饥，不营禄。家豝肥，未为福。

蝶敷文，儿所侮。蜂藏毒，谁敢睹？

晴持盖，防阴雨。刈枳棘，疆园圃。

古意

哑性多累，聋性多喜。与其缄口，不如充耳。

黄蜂乘春，采采声疾。盼得春归，伤哉割蜜。

短歌

虎啸风至，龙举云从。皇灵剡剡，万国朝宗。

欲游四渎，以待冲风。试问冯夷，骖骓二龙。

黄河汤汤，欲济无航。我欲叱之，鼋鼍为梁。

蓬矢射革，枉张强弩。功则何成？取哂伥虎。

蔡草有毒，鱼虾不知。谁投于水？罔罟饲之。

万壑幽寒，雨霰吹残。绝无人径，惜蟾蜍兰。

杂言

饥思食，渴思水。女儿长大，爱抱邻妇子。

采花贴额，临水自视。不自夸好，堂前问姐。

侬爱桐花，桐花多实。不羡合欢，中有得失。

门锁春风，香熏入髓。眼看女伴，归宁抱子。

短歌

东方日出，照我扶桑。太息僵偏，目极荒荒。

百兽之长，枢星为虎。谁设槛阱？尾摇首俯。

卫公宠鹤，受禄乘轩。吴王送女，舞鹤喧阗。

怀义含仁，四灵麟首。网罟不罗①，维瑞维寿。

嵇康灯燃，照此魑魅。耻与争光，理琴灭燧。

雁同帛玉，以贺秦缪。实维得士，社稷之福。

【校】

① "罗"应作"罹"。

杂言

水性无机，桔槔所陷。云自无心，太虚可鉴。

黄犊恃力，无以为粮。黑鼠何功？安享太仓！

短歌

智苦卞和，三献而琢。玉在中泣，何能还璞？

长相思

长相思，久离别，邮亭目断西风烈。肝欲摧，肠如结。泪洒戒行装，伫立睨车辙。去去路应遥，朝朝尘不灭。

长相思，离别悲，寂寂春归柳万丝。熏风过，朔风吹。枫落斜阳里，颜衰正艾时。不知衣带缓，谁度瘦腰肢？

杂韵

歌声欲绝云，谁能不惬意！今日欢乐场，明日空寂地。

击鼓复椎锣，村村恣所适。老儒守饥馁，酒肉惟饭觎。

蕉鹿辨谁真？漆园寄舞蝶。何事韩昭侯，梦言虑妻妾。

埋砚爱陆焚，送穷笑韩腐。谁将杜康酒，去浇刘伶土？为问皮相者，往往陷旧辙。仲尼貌阳虎，谁能辨优劣？谲语类忠言，是非辩谗谄。空中悬一剑，涂蜜令人话。

效读曲歌

熏风吹不已，绿坡芜靡靡。贪攀连理枝，罗裳扑湿水。郎住桃花源，侬住郎下里。年年花片来，目送春流水。

拟古

贺客填门至，踵还吊者陪。日月递寒暑，岁时景物催。譬彼锦一端，组织抽丝来。山鬼驱狂风，海怪掣电雷。荒冢照磷焰，春云湿纸灰。飘荡浑闲事，经济空雄才。我无赫赫志，空有戚戚哀。

市道嗤信陵，执辔倾人耳。文学继昌黎，何能挽靡靡。彼时有吕医，朴茂蒙褒美。世情日险阻，伤哉趋谲诡。长怀古圣人，朝闻夕可死。末俗工语言，每每拾青紫。

谒麻沙镇张横渠先生祠

我来麻沙镇，苦雨越山砠。悬崖断千尺，泥滑将衣裾。大道巍祠宇，询闻古先儒。时年在咸祐，后裔入闽初。残碑今尚在，宸翰锡横渠。遗像严凛凛，四子列徐徐。下拜荐蘋藻，细读《西铭》书。文公为之赞，仲淹品其玙。晚时避①佛老，早岁悦孙吴。撇坐逊二程，旁搜攻异途。千古发长叹，殒殁藉门徒。

【校】

① "避"应作"辟"。

读刘氏柳溪子《儒林世家传》，
复观《画马图》，并作长歌以赠

麻沙镇上刘氏裔，一门五忠谁可继？绍兴之间和议成，致中上策权臣蔽。罢归讲学授生徒，杜门不出惟粗粝。谁将伪禁噬名儒？沧洲西山咸堕计。被黜胼胝皆流血，至今千古尚滂涕。挽流东归有文简，遭源白鹿规复丽。当时特见一崇之，熹罢经筵留削切。自是平贼后被污，冤非宣抚今谁雪？只今文采之子孙，经术犹能相抵论。至使柳溪有奇癖，读画入髓惊吟魂。兴来疾扫渥洼种，托人生死筋骨存。英雄寄意推好手，夺我袜材呼小友。君不见丹漆礼器执梦中，《文心雕龙》光裕后。又不见闻鸡起舞枕戈矛，千古壮心今不朽。别来吴盐点鬓斑，重逢遮莫惊老丑。

怀故山

家住翠华麓之下，蛟湖叫断杜鹃夜。江南纵好春风移，何似归林自休暇。硗田得粒薄甘腴，幼儿抒髻多欢娱。兹游伥伥眯城郭，翻令泛滥工瑟竽。茅茨已熟黄粱梦，罗绮成尘泥金凤。徘徊歧路屡吁嗟，空教髀老据鞍痛。历徂南山朝菌生，险窥朱栈玉绳横。月色飞沉怜戢翼，几年笑负拔山名。

悼建阳邑侯左崧甫

廉吏维国桢，子产人中英。长跪膝下儿，坚白述平生。维时月建辰，我来心忧京。下拜中肠结，企像秀骨成。枢悬馆城西，官爵题铭旌。威灵怕若在，贞信重文明。初饮龙溪水，老逾潭阳城。课经追阃奥，为政秉持衡。造物一朝尽，风撼大树倾。人生伤咄嗟，草木悲枯荣。秋旻空辗转，奄忽护丧行。精魂翔故山，慈惠后世名。

水西曲

城西曲曲水溁溁，荡入城中桂兰桨。绿阴隐隐入垂阳，路逢绝处豁然朗。鹧鹚溯洄影下迟，鸳鸯睡去惊双飞。紫菱荻叶深莫测，水关雉堞高参差。油油禾黍耕宫殿，王气已消宝光见。游女至今结彩航，腥红①上下光如电。虹霓长跨武定桥，岸边游侠气雄豪。飞身走马疑天路，青楼酒肆呼香醪。相望水阁夸丹漆，帘卷凉生风入室。小姑少妇倚雕栏，搔头影落玉光寒。舟子哓哓说土风：家无担石有狡童，不知岁歉与年稔，只愁花市不交通。

【校】

① "腥红"应作"猩红"。

公子行

石头城外柳，曾记兴亡否？春到自青青，往来云不厚。金镫公子略豪华，千金买笑不为奢。画阁彼姝目争识，手持金弹过娼家。相亲相爱忽相怜，联辔追从二月天。卖弄柔情人不觉，摘花斜插乌帽边。东城看遍西城畔，市上胭脂费几贯。凤章履下凌波小，鸳鸯丝绦云光粲。此时春气熏帘栊，梦魂夜夜内桥东。自是兰芳无旦暮，高烧银烛化双龙。曜灵景速那得知，无边欢爱有竭时。一朝倏忽秋飙起，出门异辙还相悲。青娥杳杳览镜霜，公子悠悠乘马黄。独怜明月秋空澹，柳叶衰堤风乱狂。

读雷翠庭银台《九泷歌》奉和寄呈

噫吁戏！古有闽海之危巅，其下九泷兮，险如黄河水决昆仑之东川。一泷长鲸势莫比，磨牙吞舟喷沫涎。马泷浪击，雪山直走三门下，针穿隙窍击深渊。篙师逆折剑锋敌，巴子成之字钩连。高岑寸碧黏天上，跌踢还疑坐铁船。犰猲獃猇深藏影，山魈魑魅不敢前，大长波冲，恍然紫贝燃犀角，缆解黄泷腾踔飞。竹箭沛，舟瞬息，五霸天地皆昏黑。六泷雷鼓瘦蛟争，声闻凄怆格斗死，石迸秋雨破天惊。宛转射潮三千弩，勇当三万七千五百之洗兵，顷刻鸿门峡外峰磨天。小长泷过忆诗仙，想君凤池清梦里，读君欸乃犹唱沧浪前。履险心夷神已恬，报君香泷安泷意豁然。（君有"欸乃十余里，履险心如夷"之句。）

谢叠山祠故址（在朝天桥头）

谢枋得字君直，号叠山，弋阳人。

德祐中，除江东制置使，知信州。吕师夔降元，引兵攻信州。枋得遣兵御之，兵败不支。乃变姓名，入建宁唐石，转茶坂[①]。日麻衣蹑屐，东向而哭。不识者，疑其被病。已而卖卜建阳市中。来卜者委以钱，不受，惟取米、屦而已。其后，人稍识之，多延至其家讲学。宋亡，奉母居闽中。元使人聘之，枋得作书致时宰，谓其为宋室遗臣，只欠一死。后强逼至燕，不食，死。三贤堂，在莒口前村。宋儒翁道渊建，与熊禾、谢枋得讲道之所。至今名其村曰"三贤堂"。

维公秉大节，灵祠犹有址。卖卜隐驿桥，刚性直如矢。麻衣蹑双屐，东向哭不已。自是类佯狂，清心为有泚。泚水尚长流，呜咽石齿齿。馨香荐一方，千载三贤里。过化滋犹深，岂必在提耳？自命宋逋臣，肯陷泥涂滓。一木良难支，终甘惟饿死。

【校】

① "入建宁唐石，转茶坂。"据《建阳县志·山川》，应作"入建阳唐石，转茶坂。"

双松堂杨星嵝孝廉佩剑图

天下几人能好奇？子云平生性所之。丈夫任侠须行乐，得意贤豪今数谁？回思吾君三十载，拔剑砍地醉漏卮。我坐双松君子堂，轩开刻竹牡丹房。遣使洛阳驰异种，买得玉版朱砂芳。欧碧浅碧较优劣，其余天巧变新妆。一枝价值中人产，城南坐客惊折简。当时绝品各留题，壁上琅玕犹在眼。吾兹老矣鬓成丝，只今重过春风吹。迩来见君在图画，自是当年隽不疑。佩剑进退必以礼，面君犹记种花时。

赠杨玉坡侍御

如君卓荦真我曹，千金一掷轻鸿毛。相逢那肯说身老，封侯睥睨时人豪。烹羊宰牛何足乐？红螺有举都酕醄。平生樗散得真趣，苦热颇惮为烦劳。闲选名姬种花圃，十眉频斗管弦高。石路嵌空倚山翠，柳丝蘸水抱城濠。低头我自拜东野，著书君愿垂师皋。断烟残渚江南客，楚水吴江八月涛。翘首银河疑咫尺，待看新月勾桐梢。

答古延王潜夫司马索画虎歌

墙乐老人新诗出，骨节强如谢混驱迈疾。武接乃翁之绣衣，一膺民社如冬日。昔日鹅片雪填门，手持五字长城律。贻我读之醒欲狂，如拱白璧千万镒。韶光转烛三十年，牵衣仍怜晋树前。相逢不道关山苦，大逞雄心欲画虎。人生会合如浮云，岂必流涕鹿豕聚？嘱图蔚炳光粲然，真样无妨出乌府。知君写此说虎轩，资谈博古增快睹。况兼虎变跃海陵，琅玡国士曳龟组。君不见"虎尾之履"载《易》书，又不见钟傅醉时挦其须①。乃知惟士尚谋智，戒儿切勿暴虎同区区。

【校】

① "又不见钟傅醉时挦其须"，据《新唐书》卷一九〇，"钟傅"应作"钟传"。

过邗上东园悼太原贺吴村

东园柳，东园柳，拂尽春云变苍狗。我来但见踠垂条，当年风韵伤吾友。维时细数海内交，独此贺君年最久。倏忽他乡送我归，我歌乌乌君击缶。拔剑砍地歌莫哀，多君奇气薄牛斗。别后悠悠那得知，骇闻弄石狂欲走。石上竭尽雕龙心，令我见之神抖搜①。鬼工镂出草木细如发，床头蚁斗如闻吼。山鬼叫啸神为愁，仙佛摩娑莹在手。精灵未灭吐光怪，细大龙虾无不有。古刹茸成翻落叶，马蹄系处豪呼酒。松径幽栖分鹤梦，云房深锁张鱼笱。题诗一任绕回廊，镌入杏轩长不朽。只今人拟是平原，自昔雍门调懊恼。依依沧海变桑田，朝为陆兮暮为潦。秋眉青发幻无遗，寿匪金石固难保。伤君喑呐令人悲，悔我交欢苦不早。临风玉树埋黄土，一朝晞露泣远道。千秋万岁永无期，柳枝摧尽惟芳草。

【校】

① "令我见之神抖搜"，"抖搜"应作"抖擞"。

乾隆元年除夕前，下榻于虔州张明府露溪署斋，尊人出其先君画马卷子索题，跋其后

乾隆元年闽海客，腊尽气暖望崆峒。得招郎署忘归去，令我坐浴春风中。堂上椿干挺霜雪，六十孙弘属乃翁。手中一卷摩娑出，蜀锦宝装玉玲珑。自言先人画马之草稿，遗泽得之万卷丛。子华好手那可再，凝神此轴意无穷。一笔二笔自潇洒，墨痕不到气穹隆。冷然瘦骨踶飞铁，秋高匹练声鸣铜。中有一骥损前足，托人生死汗劳功。其余啮草饮涧各自适，影如飞电形藏空。安得笔力有如此，千秋想见儒者风。只合子孙为廉吏，会携琴鹤随青骢。

大小姑山歌

大姑晓起望彭湖，金光万叠跳日乌。九嶷绵邈扶桑出，浪骇潮回倒海隅。须臾入夜鱼龙隐，小姑足底明月珠。渔舟击榔中流去，苍茫烟水看有无。昔别彭郎春已半，参差蘅荇江蓠纤。曾闻战斗波千顷，弄兵小丑俄沦胥。龙骧义旗照水府，伏虎功成掠野狐。人生寒暑铄肌骨，岁月磨砻几丈夫？

感怀

此生足可惜，此志何能偿？念昔韶龄日，记诵不能忘。自命昂藏意，何用而不臧？那知岁无几，焦劳不可量。天地降以灾，厄我灵椿伤。母也守残疴，午夜历冰霜。我年一十四，两妹相继殇。幼弟在襁褓，失乳兼绝粮。是时薪若桂，盗贼起年荒。天地晨昏黑，日蚀昼无光。蛤蟆古老语，玉川涕泗滂。须臾侣①万古，谁置我周行？

【校】

① "侣"应作"似"。"似"本字为"佀",形近误为"侣"。

平山堂看牡丹

平山三月春将半,蚁织游人看鼠姑。芳尘遥忆京华远,风景无如庆历殊。画舡载得豨莶酒,蜀道寻来连理榆。醉眼红妆开顷刻,檀心玉兔妒须臾。缅邈欧阳评第一,难教敏叔复全图。花开那得年年似,身老无常事事如。好怀几见佳时节,寂寞蹉跎岁月余。君不见金高难买花前醉,醉杀狂夫得似无?

康山

康山亘千古,我辈复经过。江南渺云树,淮甸逝奔波。岚烟浮远近,山川自逶迤。摇摇思孤游,浩歌发清秋。伤彼昔贤迹,询知多宏猷。芳草触去思,宴乐想风流。日月远行客,徒愧越乡忧。

拟古

穷天夜台月,起视蝼蛄悲。风威何惨栗,游子终岁羁。孤衾掩鼻破,空床旅梦迟。乡书归数纸,寄耕烧东菑。小儿未谙事,硗田任邻犁。旧社有父老,故国出门时。防我读书苦,讶我客游疲。振策眷吴越,吁嗟前致辞。倾侧中道艰,万变不可知。旧轨见蓬心,飞薄长忍饥。

其二

名利苦絷拘,何能巧趋跄。每窥贤达士,磨砺自不伤。霜雪冬贸贸,靓此荠麦光。运行待节候,鸣鸠逼青阳。

其三

夜半秋雨来，一灯犹煜煜。策策鸣悲风，愁肠如轒
辒。颇颔怜平生，亲戚多毁龇。卒卒出里门，故书已悔
读。羞弹贡氏冠，归蹴阮生哭。

其四

海鹏将欲怒，井蛙难与语。所见皆异同，总缘判所
处。牛毛与麟角，多少何须较。鹤翮与兔蹄，高下那可
学。生也得其地，肩随咸肆志。苟不推腹心，床下匿亦
弃。终当俟以命，于焉徒究意。且以乐吾真，悠哉沂水咏。

侨寓平山麓下李氏园

昆岗麓下棠梨雨，花落花开笑今古。假馆萧然晏仆
夫，谁识阮生歧路苦。保障湖头滞不归，晓烟处处啼杜
宇。甘泉城外景凄清，不逐繁华吊黄土。白骨如丘冢若
鳞，那得幽魂都有主。苍狐乱窜东又西，青磷夜冷散还
聚。我持麦饭拜荒蓁，垄头错谔①惟牧竖。一杯酹地绿罗
春，目送行云过淮浦。

【校】

① "谔"应为"愕"。

乌石山

乌石天风吹我笠，九仙对峙为我揖。松杉如发翠毵
毵，石势栈巉猱猿立。自是秦鞭到海滨，昔闻天宝改闽
岌。台上苍藤挂古今，井边断绠谁提汲？几年浪迹滞秦
淮，故国怀归望井邑。壮心秋老自萧森，万里潮来一呼
吸。蹑空直觑鼋鼍宫，探珠还拟鲛人泣。我欲诛茅葺茨

居，直将耕凿看日入。

邗江杨玉坡侍御台阳苫次歌

铁冠御史绳曲直，从古击奸谁尽职？年少杨郎鄙章句，今见昂藏使异域。棨戟台前鹭车明，排闼天衢骢马疾。细诵《蓼莪》切孝思，远念《彤弓》树明德。去年此日万安桥，皇华骆马风萧萧。行吟旧雨传邮使，涉江舟子声招招。纸裘贱子方拥雪，海门望断旅魂销。遥想虹霓驾云岛，旋看鸟旆拂春潮。虎符履危不避凶，锦囊句响如洪钟。匹马五花超渤海，长虹一道锁蛟龙。动摇山岳雕齿服，将军不用夜鸣弓。琉球、日本咸入贡，土风记上蓬莱宫。缅彼天平峰前语，夙夜无忘在公署（侍御之台时，太夫人送别浙水）。义方垂训何敢违，乘飙倏忽青鸾驭。摧裂肝肠不忍生，回头手线叮咛处。许身稷契宁惮劳，白云深处增哀慕。

寓文园，为竹楼王子作照，
用杜陵叟"随意坐莓苔"句，兼附以诗

与君相遇总头白，昂藏九尺吾较衰。经年孤馆作羁客，贫贱落拓蹈海涯。潮头草色怜春梦，岸上闲花恋故枝。泼墨时滋兰蕙畹，蹋壁卧吟冰雪诗。怜我老丑见肝胆，贻我好句沁心脾。叹我兀傲古无匹，笑我冷暖世莫知。我羡汪郎与君共徘徊，山公醉蹋习池来。四时景物常不断，芙蓉泣露黄花开。清风明月不用买，主人池上泼春醅。兴极明朝复开宴，大醉舞剑歌莫哀。此时大叫索写照，昌黎东野无嫌猜。君为龙兮我为云，与君上下何快哉！自觉别图费妆点，不如"随意坐莓苔"。诙谐自命工

部意，风流不亚谪仙才。只今被褐仍怀玉，相对茫茫志已灰。留此形枨俟他日，有兴还来寻驿梅。

耿司马赵千重修书屋落成赋赠

闻君高祖始有庐，卜邻甪里贤人居。巷有居人询[1]美都，载将彝鼎数车书。一经清白世所系，只今子孙盈里间。蝉联冠盖尽鸣珂，新修别业安乐窝。我来邗上三十载，四时风景亦频过。昔谒乃翁我年少，今看令子鬓双皤。谓我形容已枯槁，异乡裋褐怜蹉跎。劝我归家省醉眠，纷纷世事俗眼多。花前酌酒君莫辞，送君归去我更歌。月氏花好戎葵下，暖风吹落紫藤花。门环绿水春归去，芳草池边听官蛙。浓荫堂开胜绿墅[2]，友朋簪盍喧骕骦。岸跃神物鲤鱼肥，松竹萧萧白露晞。高台石壁劚艳雪，老梅卧月照书帏。渔经猎史评千古，与君终日神俱飞。爱君令嗣五代之曾孙，出语惊人尽珠玑。高轩时过争夸客，雏凤光于老凤辉。当今圣代选才俊，驷马轮奂紫绯衣。

【校】

①据《诗·郑风·有女同车》，"询"应作"洵"。

②据《新唐书·裴度传》，"墅"应作"野"。

留别文园主人汪璞庄

兼呈诸子王竹楼、刘潇湘、仲松岚、高雨船

漱六阁高水满渠，莲翻自羽熏风徐。主人盍簪碧筒饮，何异兰亭修禊初。著述满庭无俗客，渔猎千古罗群书。柴门近海沧江破，碣石维山夜月虚。念竹长廊穿个个，养花深坞凿如如。牡丹台畔时偃息，紫藤架下风萧疏。相对每逢风雨夜，携衾抱枕即吾庐。花前酒后六时

娱，秋去冬来三月余。诗战戈铤谁与敌？竹楼老鹤声昂激。漱石豪雄张吾军，潇湘骐骥奔霹雳。松岚白凤吐高岗，雨船清光掣虹霓。独我折戟老无能，主人九万怒鹏击。一朝齐唱骊驹歌，高烧银烛光重剔。虎兕蛟龙护锦文，阳生长至调玉律。只今媵腊留别君，试看春来诏三锡。

潭阳邑侯许鉴塘种竹歌

潭阳邑侯厌食肉，种竹疗饥岂砭俗。衙斋青挹妙高峰，移翠当轩趁雨足。朝来吏退一事无，手持畚插[①]呼童仆。分来个个影窗棂，夜起风声敲碎玉。径迷山石转荦确，墙角棕榈如轮辐。春深蓑笠没髁泥，瘿瓢野人笑相蹴。打门快语殊已瘅，空翠翻云荡心目。主人自比张膺家，遥隔淮南旧淇澳。十载宦游更不归，秋来见月怀松菊。蒲鞭不用草满庭，掀髯大笑时空狱。

【校】

①“插”应作“锸”。

答宗弟漱石

去年香生桂树下，平山吟彻中秋夜。今年芙蓉开海滨，好句何人称小谢。吾家漱石真诗伯，能令江西退三舍。洗钵池边水绘图[①]，滔滔直似建瓴泻。细读文园六子诗，能使老人如啖蔗。林塘日夕不释手，千秋之下知不朽。倏忽双鲤昨夜来，劝吾归去怜吾厚。历遍繁华常苦饥，况复流离十八口。追随漱六寓斋中，相对呜呜歌击缶。壮怀拔剑斫地酣，潋滟酥醽杯在手。人生坎坷且莫悲，浮云满眼多苍狗。试看古来贤达士，裋褐不完常见肘。君今归去何咨嗟，策杖南山仰白首。一聆兹言疑已剖。

【校】

①据《如皋县志》，"水绘图"应为"水绘园"。

陈洪授①《伏生传经图》

画佛曾闻有道求，画儒近代数章侯。经营惨淡精灵出，一图想见千古愁。天地为痛鬼夜哭，祖龙坑儒成山丘。独有济南秦博士，庞眉皓齿气吞牛。胸藏尚书无遗漏，幼女口授如丝抽。无讹能与孔壁合，至使配享功乃酬。兴亡自古关文运，天教此卷长久留。

【校】

①据《清史稿·列传二九一》，"陈洪授"应为"陈洪绶"。

行路难

寒儒藜藿甘如饴，豪家粱肉贱似泥。世事纷纷空在眼，才高谁与相匡持。金分管鲍久不作，惟有苏君与张仪。金币车马悉完具，使人阴奉远相随。及后入秦执秦柄，只今犹令人永思。我今发白齿牙落，股肱竭尽胡所为？杀人不过丁都护，好客无如田文儿。我欲推倒南山化为肉，倾尽东海灌漏卮。大铺天下谢寒士，千载之下声名驰。金笼头辞真宰相，羡廖歌怨五羊皮。不如痛饮且为乐，莫待酒阑花落、行路风凄凄。

倚琴墨美人图

江南江北春水满，江上客庐春雨浣。可怜柔绿与嫣红，多少东风吹不断。此时买酒问梨花，醉中抚景来天涯。愁怀美人目渺渺①，蘸墨濡毫染舜华。唇红巧笑想瓠齿，额黄浅淡忆獭髓。卷帘斜抱缕金裙，入户难抬刺绣履。手制齐纨名合欢，欲题未题如闻叹。腰支绶带止一尺，头上犀玉空辟寒。龙绡光薄露红玉，凤髻倭嫷耀金屋。几回舞罢娇不胜，几度曲终弦柱促。心烦语默良难知，绿绮不弹空置之。世不知音空日暮，籝绥妥影敛双眉。君不见当年婕好韵②团扇，曾辞同辇帝闻善。重之不以色事君，肯将铅粉涂其面。

【校】

①据《楚辞·九歌·湘夫人》，"渺渺"应为"眇眇"。

②据黄慎题画诗手迹，"韵"应为"咏"。

送门士刘非池归汀水

负笈来山城，戒车还汀水。汀水清人心，濯缨颡有泚。灌溉课家僮，桑麻根本始。蔓草勤剪除，诗书流观美。无为独学陋，下问须不耻。闭户求冥契，陈言糠秕耳。余时尚少小，笃嗜古人髓。缀辑有妙文，偏陂何能尔。有如筵撞钟，难鸣厥音旨。岂知岁月迁，身老徒堪鄙。动辄履祸梯，时时招訾訾。

麻沙道中示门士吴馨归里

端坐大儒里，蹉跎去日非。齿发惊衰暮，秋风汝独归。鸱鸮鸣野外，鸿雁戒霜飞。冒雨行无盖，御冬寒无衣。志士甘固穷，游子长苦饥。荒涂横棘茭，乡山忆蕨薇。须臾歧路异，执手但依依。衾影夜无愧，相勖语莫违。泥泞防险阻，计日到荆扉。

梅花岭（吊史可法葬衣冠处）

昔为偕乐园，今为芜城墩。苍茫分淮甸，平野罩烧痕。白鸟顾将夕，梅萼静无言。谯楼悲晓角，古冢号夜猿。请奠上世人，欲荐涧溪荪。

宿古山

仰眦陟崇岗，抠衣步上方。海气蒸霞色，兰叶冷秋霜。石濑结残雪，草露揽群芳。高树恣游息，危蹬生彷徨。礼兹圣贤像，垂手上慈航。毒龙谁可制？醉里参法王。

重游霹雳岩

揽衣顶摩天，豁目决云影。仙人丹灶空，重来白露冷。峭壁荡风雷，琅玕生玉井。泉水照古心，不用汲修绠。寰宇福地多，爱此绝人境。硍硍势欲崩，天外骖螭骋。

吊古疾民

刘宜，字崇义，麻沙大儒里人，终身未娶，一经自守。

嗟哉古疾民，生长大儒里。诗书铄肌骨，道义矜廉耻。壮慕楚丘生，老伤牧犊子。终岁守穷庐，饭糗甘饮水。富贵訾苍狗，功名笑敝屣。死去长怀仁，生前性如矢。行人指道碑，来往嗟未已。我来礼孤坟，白草荒披靡。寒林栖暮鸦，残霞不成绮。轩辕探高风，芳名归青史。欲荐泪沾巾，穷冬绝菌芷。

田家

农家赖稼穑，俶载向南亩。耕读道在兹，古来贤哲守。春及播百谷，高陇一翘首。妇子馌伊黍，旻旻耤持久。我徒执诗书，一家尚八口。兀兀以穷年，西驰复南走。丰年儿啼饥，道在形吾丑。悔不事躬耕，归家怨谁咎？

其二

鸡鸣揽衣起，匪是苍蝇声。东郊露未干，荷锄事经营。畛畦久未修，夜雨增水痕。呼邻驱其儿，竭力须合并。不见新振羽，速速畊春鹏。

述怀

天为盖兮地为车，晓光丽碧捧金乌。天中节序惟建午，丁在卯兮诞降初。人时是日古所忌，邻翁走贺光里闾。我祖咨嗟声不绝，争谓田文豪有余。四龄分梨亦知让，七岁画灰亦知书。庭前觅枣健如犊，十五学剑轻匹夫。百氏贪多空涉猎，前修炳炳轻步趋。嗟哉父死洞庭野，我母鞠育如掌珠。笑彼封侯不足贵，肉食何能识远图？自命生也颇挺出，鸿羽桢干不足誉。倏忽四十已五十，八尺侯嬴空健躯。寒暑相侵气苦易，风尘碌碌多居诸。茫茫驱马出门去，五陵环辙遍三吴。相逢奇伟尽气义，卜居直至秦淮隅。拔鲸之牙不我伤，捋虎之须不我虞。只今老矣丹青笔，曾绘仙娥近御炉。可怜盛世成肥遁，孙弘六十之遇长欷歔。

吴励斋刑曹员外郎出示小照
兼题《山水册子》歌

廿二为郎世所稀，长安春色上新衣。紫丝络头金腰褭，御柳宸风拂晓晖。棣萼入朝绳祖武，梁公伫望白云归。溪行水荇参差见，载酒青山数问奇。锦春园内读书客，一时纸贵传帝畿。好水好山都入册，诗成画笔界乌丝。绝巘本得仲圭法，小点无心合大痴。气吐长虹千①碧落，墨花千涧无专师。令我见之每束手，风流儒雅照须眉。标题乐府皆古意，笑人辛苦学妃豨。

【校】

①"千"应为"干"。

寄怀沙阳余肃斋

我家门前水，流向沙阳路。年年春涨凤翔桥，何事与君隔朝暮。杜宇惊闻处处啼，望春春去空山雨。罨石枕流江上村，莲花峰底忆石乳。临分犹惜不尽欢，高烧绛烛为花护。檀槽一曲彻城西，只今芳草耿犹误。遵岐返照在游龙，褰裳涉溱猿拥树。花时容易乐且孺，卒卒秋风车马度。粤中郁郁难具陈，谁贵当年清思赋？粹温我自爱玄晖，态丑无如到管辂。皮褐①不全老易悲，只今归去无酒具。

【校】

①据《诗·豳风·七月》，"皮褐"应为"衣褐"。

题吴不李①观察重修静慧禅院

昔在世祖章皇帝，特赐招提御墨光。四代叠耀题银额，山川幽邃辉天章。金碧琳宫烂殿角，岂期年久法台荒。空余鸟鼠侵墙穴，至使栋宇生凄凉。我来雍正二年间，曾闻静慧古山房。只今驱驰三十载，老矣扶鸠参梵王。逢人惊说吴居士，前身结愿伽蓝装。但见花雨法轮转，重新兰若肃回廊。蒲牢吼动游香国，珠火光圆选佛场。禅房花木幽照眼，琉璃夜彻灯辉煌。鱼鼓沉沉来晓郭，磬声隐隐过横塘。直使恩波摇碧汉，高悬塔影日光芒。

【校】

①据李斗《扬州画舫录》卷八，"吴不李"应为"吴步李"。

瘿瓢山人《蛟湖诗钞》卷二　　五言律诗

闽宁化黄慎恭寿氏　著

山居

好风生水面，荒径折溪湾。野鸟碧空下，高槐夕照闲。遣僮趁墟落，买酒到山间。醉卧一庭月，柴门夜不关。

游梅川飞泉岩

泉飞开绝壁，珠落散晴沙。凿石种桃树，穿云摘芥茶。龙归山挟雨，鹿出径衔花。十二峰罗列，仙人第一家。

金陵怀古

醉来无善状，冲口便高歌。天地因秋老，江湖作客多。野棠思玉辇，青锁卧铜驼。千古茫茫事，都归一钓蓑。

途中作

松门开石镜，曾照几人过。山爱芙蓉面，驹怜白玉珂。一肩担雨雪，半世老风波。何日能归去？结茅衣薜萝。

谒南丰曾子固先生庙

得拜先生庙，空堂山四围。文章追大雅，礼乐见当时。黄叶随风下，寒云带郭飞。满江烟雨色，独载一船归。

冒雪买舟归里

建春门外望，又唤木兰船。担带城中雪，帆含江上烟。耻为弹铗客，安得买山钱？可叹东流水，茫茫似去年。

除夕

归家岁已暮，梅放隔年春。女渐知言笑，妻原甘食贫。盘分新菜甲，镜对旧儒巾。却怪昌黎腐，穷文送此辰。

广陵书怀

广陵城下水，垂老尚栖迟。银杏曹王庙，春风绣女祠。日斜红半郭，草长绿平池。岁岁黄金坝，种田羞尔为。

题谢焕章南郊故园

荒园人不到，春老棘成丛。三径空生绿，一花开更红。山珠牵晚霁，野鸟逐高风。满目幽栖意，题诗寄谢公。

过绥安丁布衣旧宅

宅是人何处？秋山剩夕阳。竹根穿冷灶，松鼠坠空梁。寂寞伤今日，流离老异乡。但余文字在，点点泪成行。

赠梅川曾子羽明经值园即事

梅花三十树，数亩草堂分。竟日无来客，关门理旧文。罄瓶防夜冻，漉酒待朝醺。堤上闲叉手，风生水面纹。

与官亮工饮张颐望可在堂，即席赠刘鳌石

伤彼流离子，归杭万里身。论交原旧友，对酒似嘉宾。憔悴横双眼，文章老八闽。看君多慷慨，失路莫悲辛。

喜李子和、子美伯仲自楚归里

同是天涯客，相思隔楚天。梨花寒食雨，秋水木兰船。廊庙今新策，江湖异去年。到家春酿熟，一见一留连。

呈圣翔伯祖

吾宗有隐者，自是老人星。笑指沧桑变，长歌天地青。科头踏冰雪，白手剥参苓。甲子腹中有，征文重典型。

吊艾东乡先生

一代文章伯，城危死国恩。乾坤留碧血，日月驻幽魂。剑水风犹怒，莲峰泪尚存。只今闻野老，相与话中原。

送韩墨庄归京江

裘马邗沟上，怜君已倦游。三春京国梦，七月海门秋。文字空刍狗，琴樽狎水鸥。前期未可卜，更拟共沧洲。

春日喜曾蕴生舅氏见过

竹箨古冠裳，寻春到草堂。凌霄系落日，佛耳护危墙。老去情怀热，静中滋味长。自怜风景易，莫学外家狂。

重游邗上寄怀马荣祖明府

闻君花县去，怅望茂陵园。凤尾城头草，羊蹄涧底根。交游君独远，忧患我偏存。寄语十年客，皤然两鬓髡。

寓维扬李氏园林

草堂飞万竹，苔藓上平栏。晓月鸦声落，秋香蝶梦残。酒连今日病，衾破旧时寒。归计鄱阳水，相思十八滩。

皖江阻雪

日出皖江天，儿童戏岸边。敲冰擎作磬，攒雪塑飞仙。诗酒消寒色，须眉忆少年。明朝风便不? 借问秣陵船。

冒雨买舟过黎景山宅

柴门春水涨，寒雨过江来。酒对故人饮，花怜昨夜开。朗吟天竺寺，醉上郁孤台。每忆旧游处，相思梦几回。

送郑耕岩归瓜洲草堂

金焦只两点，门对面南徐。客至发梁笥，人归读《汉书》。暝钟江寺远，细雨豆花初。曾过郑公里，因之忆敝庐。

留别秣陵白长庚

美髯江左客，幕府擅风流。竹叶三分月，春风十四楼。我归盘谷老，君订武夷游。挥手淮阴道，依依上小舟。

寄豫章李汉生

闻君有茅屋，篱外蓼花洲。风雨几年客，江山无限秋。画偿新酒债，诗战古穷愁。辄忆滕王阁，何当烂熳游。

贡川道上送叔又白入建宁

握手浑如梦，客中复送行。风梅桥上落，霜棘路旁生。每忆为童子，相呼尚小名。可堪俱老大，无处请长缨。

与宗弟启三寓留云亭

时时临水阁，看蝶过墙东。诗爱千回读，花能几日红？寒潮生夜雨，老木得春风。检帙闲驱蠹，钟声落碧空。

送赵饮谷北上

勾吴有才子，衰鬓走长安。地自南来暖，天从北去寒。关河乍相见，风雨别尤难。我亦羁栖者，空教借羽翰。

送汪松萝归湖上

扁舟湖上曙，杨柳六桥春。芳草随天碧，闲花到岸新。酒寻名士饮，礼爱野人真。我尚江都客，君归拂远尘。

江东与巫绍三夜话

牛首当春立，鸡笼返照迟。松根缝石罅，花片织蛛丝。吴楚分江色，秦淮唱竹枝。青灯余旧梦，重话秣陵时。

过南安买舟止宿梅花山

高盖梅花顶，行行且息肩。悔为牛马走，负却故山缘。残月栖烟断，寒香偎雪眠。狂呼茅店酒，不问雇船钱。

接李子明书

君作无羁客，余归卧旧林。一函今夜月，千里故人心。语气风霜入，情怀湘水深。何时临草阁，樽酒坐花吟。

与上人夜话

蜡泪广陵客，招提久逗留。高僧一榻话，寒雨四更秋。天地樽中老，文章身后谋。听钟频自省，梦断白云浮。

与门士李乔舟泊湖口

颇得江山趣，扁舟是客庐。浪游忘岁晚，相伴忽年余。朝盥鄱阳水，暮烹湖口鱼。举杯迟月上，光照半船书。

古田

鸣玉滩头水，古田梦里山。雨伤蚕月冷，春惜马蹄闲。诗酒能熔性，烟霞可驻颜。年年羞燕子，白发不知还。

美成草堂

春泥香屐齿，绕屋印梅花。饥鹤啄晴雪，轻鹊拨软莎。野僧供佛手，邻叟馈椿芽。夜息无余事，忘机独听蛙。

赠绥安逸民余豹文

出塞归江渚，结茅自荷锄。棹歌声欤欤，山月意徐徐。圃竹镌诗密，篱云补菊疏。只今年七十，承露写奇书。

秣陵除夕燕雷声之、汉湄伯仲爱莲亭

屠苏今日酒，俱在异方论。红烛烧残腊，春风到白门。各怜儿女小，几个旧交存。不尽乡关思，情亲尔弟昆。

坐雷声之秣陵爱莲亭

溪石甃莲沼，堤杨盖水亭。坐深忘大暑，意适理残形。雨脚悬江白，蝉声接树青。主人蔬一箸，辛苦出园丁。

登小姑山

舟如九节杖，挂到小姑山。阁接江东雨，云归湖口关。扪萝忘境险，纵目觉身闲。信有寒潮约，千秋鉴我颜。

送沫水魏石奇入粤之官

为问芋原驿，故交病却疏。相思秋夜雨，未答隔年书。薄俸犹捐鹤，多情尚借驴。行吟残梦断，怀古意踌躇。

溪行

独有清溪上，环看面面山。野凫回浦曲，秋卉向人闲。洞口朝归去，松门夜不关，会心多胜事，流水响潺潺。

老僧楚云

一衲破青天，寒暄曝背眠。黄齑知道味，白发落生前。藤杖三乘立，芒鞋五岳穿。平陵一抔土，几见劫灰迁。

小集刻竹斋

绮丽爱新诗，狂呼歌雪儿。兴来晨独往，醉问夜何其？云窦龙芽草，凤仙麂眼篱。重逢行乐地，谁似少年时？

雷声元①长安归里

君过五侯衢，峨冠忆鲁儒。酒阑歌慷慨，策上叹驰驱。月照龙城驿，雁归彭蠡湖。相逢筋力减，新置短筇扶。

【校】

① 据同卷《秣陵除夕燕雷声之、汉湄伯仲爱莲亭》《坐雷声之秣陵爱莲亭》，"雷声元"应为"雷声之"。

晤巫丽夫

少年江左客，空忆万山中。竹马同儿日，霜颜各老翁。满江春水绿，双桨夕阳红。从此悠悠意，闲吟《五噫》鸿。

杨侍御献赋赐貂锦

碧海辞珊树，红云捧玉宸。波随龙艇静，花发凤楼春。珥笔阴天旧，金貂湛露新。久怀补衮术，长羡钓璜人。

其二

乍入姑苏境，行台识紫宸。诏随鸳鹭晓，跸驻翠华春。吴越江山秀，秦淮烟月新。欣逢锡难老，长养太平人。

汪璞庄过邗上草堂

东海知名士，相逢白发年。停舟问秋水，穷巷冷厨烟。匣有千金砚，囊无一酒钱。呼儿且入市，燋饼度凉天。

过五峰，偕巫公甫游中峰禅院

古刹万松围，层岩淡夕晖。断虹拦雨散，晓翠带僧归。酒癖同嵇阮，风骚替柳韦。趾离无梦入，信宿白鸥依。

过张吉六读书草堂，不值

高人何处去？尘扫一匡床。稚子衡门候，草堂白昼长。春熏翻蝶翅，花暖酿蜂房。归路空惆怅，高岗下夕阳。

怀武进周鲁瞻

缆解兰陵雨，离心折棹歌。长江千里去，一剑十年磨。夹口黄天荡，裙腰宝带河。送君回首望，白发更如何？

到家

万里经年客，归来住海隅。芒鞋霜雪健，茅屋雨风俱。尘拂新龙隼，香添旧鸭炉。却忘轩冕贵，自爱愚公愚。

豫章百花洲

百花亭子上，宛在水中央。湖净一天碧，竹深六月凉。到窗山面面，夹路石苍苍。春过小桥畔，风来不辨香。

怀李子明

有客武昌去，三年尚不还。只今看夜月，独自向溪山。秋色荒村里，寒声落叶间。无人知所处，寂寞掩松关。

宾馆

越王山畔月，寂寞水溶溶。花事幽怀懒，草堂春睡浓。至今余战垒，终古想军容。几度登临去，还教置短筇。

过西郊草堂，示弟启三

五里溪西畔，峰回一草堂。门开春树绿，路坼野花黄。荆棘宜频剪，藩篱可护疆。田园仍旧业，勉汝力无荒。

官河

扑面梨花雨，官河几曲湾。风梳新绿柳，帘卷旧青山。寂寞人归去，呢喃燕未还。离心应计日，回首板桥间。

吴城望湖亭

南州催晓发，暮上望湖亭。水落沙纹见，风回鱼市腥。停桡呼买酒，赛愿复扬舲。遥指苍冥处，庐峰一点青。

晚归

江路生新月，桥边野客归。晚花飘不定，乳燕学斜飞。入市防疏放，居山无是非。牧童牛背稳，横笛送残晖。

寓留云亭即事

终年还作客，老病尚依人。果熟听风拾，花繁借雨匀。客盘僧圃菜，陶瓮市头春。醉里浑忘物，谁云葛氏民？

喜官亮工游长安归

白发归来日，索绹理草堂。依然冰雪志，少息水云忙。棚豆分窗绿，瓶花落砚香。经营尊酒外，兼为鹤储粮。

示门士陈汝舟

怜汝无归处，相依赣水边。才看迎社鼓，又见禁炊烟。扫叶司茶灶，涂鸦准酒钱。游山携杖笠，忙过一春天。

陈唐草山人招陪黄敬梅、育亭伯仲

追陪公子宴，双桨下梅溪。薄雾横江断，斜阳入郭低。到来重秉烛，座上再分题。不尽山家趣，归鞭听马嘶。

逢谢伯鱼

人来卖菜港，舟过运河堤。细涧催春涨，空山唤雨犁。野虫营旧垒，归燕啄新泥。笑我惆惆意，频年东复西。

送宗珉叔入湖南

故园春握手，古寺遇严冬。愧我黑裘敝，伤君绿鬓蓬。月痕窥半井，霜气入残钟。一别寒山意，孤踪几万重。

归里

苔壁草堂古，城南认故居。山花分产牖，云气染衣裾。老妇剥新笋，憨僮摘短蔬。呼邻泥醉饮，豪气未全除。

瓜步韩墨庄招游牛首

潋滟瓜洲闸，萧森建业天。秋风孤客思，夜雨故人前。酒债因年减，诗狂何日痊？明朝整游屐，天阙抱云眠。

怀沫水魏石奇

晴日出西郭，怀君立水滨。冻开花解笑，青乱柳含颦。养拙从吾道，相怜见汝真。明朝如有意，共醉草堂春。

感怀

从人开笑口，心苦自能知。路走石盘蚁，春归茧尽丝。旅依常汛汛，失意故迟迟。剩有江山趣，奚囊一卷诗。

邗上怀古

谁划长江地？当年帝子家。箫声沉月夜，帆影落天涯。花巷传金带，旗亭老木瓜。年年看蔓草，绿遍玉钩斜。

新淦

舟过新淦县，寒拥晏婴裘。白水漱城脚，青山唤渡头。市荒争菜米，沙净掠凫鸥。十载江南客，归家两鬓秋。

坐宜庭与王友石话旧

风雨白蘋夜，孤窗剪烛吟。汉江秋水冷，烟月渚宫深。衣食驱吾老，琴尊契子心。碑看羊叔子，千载寄高岑。

赠浙江沈石村

陈雷风已远，谁与缔交新。入市吹箫客，还山织屦人。但令身不辱，自是道为邻。独爱闲阶草，春深坐绿茵。

书怀

十年归故关，茅屋老三间。乌府供茶役，歌儿唤小蛮。溪山城郭迥，吴楚布衣还。历尽风波客，衰容借酒颜。

维扬怀古

水关凫舫接，不到几回春。为问新巢燕，今非旧主人。紫箫歌《白纻》，花帻想芳尘。惟见邗沟外，垂杨翠可亲。

过吴天池无墨斋

老去悲霜鬓，频年尚卜居。相寻深巷雨，坐对古人书。昼永花阴静，阶深草色舒。闲来访真隐，自觉世情疏。

邗上逢乡人周景谟

玉带河边水，蒲帆独去斜。侯门吾寄食，梓里汝无家。生意白霜草，离心红蓼花。相看垂老日，目断片云遮。

送别李子明之楚

别君三楚客，归计万山中。形役分牛马，行踪叹雁鸿。云霾古驿树，雨打白蘋风。莫怪头颅改，相期种晚松。

赠南园吴子琬

欧冶池边水，烟波有晦冥。旷怀双眼白，磨砺一天青。谁炼金丹冷，空闻石髓馨。夜来群动息，独坐草堂灯。

过刘咸吉新村半筑草堂

十亩清阴地，涟漪水一湾。菊园秋月满，树古广庭闲。老鹤司长夜，孤云卧故山。也知城市隔，客至启松关。

舟中

一笛《关山月》，渔舟晚泊情。浪花危客枕，江树动秋声。晓发扬舲去，天低听桨鸣。匡庐指顾下，计日到吴城。

留别许符元

下马桥边日，逢君醉绿醅。龙山惊帽落，牛渚渡江来。云黯中秋月，风寒九月槐。不知衰老至，犹自问金台。

书怀

自怜抱璞泣，肯效宋人愚。云冷茱萸埭，帆飞岱石湖。漫沽陶令酒，笑抮使君须。莫问飘零况，出门饥所驱。

怀巫振纲

谁怜增白发，寂寞卧蒿林。一夜淮南雨，孤舟楚客心。锦鳞江尾绿，翡翠岸花沉。目断秋来雁，空怀百衲琴。

失刻鹤杖

失杖想江边，相随为汝怜。探春沿断岸，拨草踏晴天。龙化葛坡日，鹤飞邗水年。他乡知老大，归去望空烟。

法海寺与刘南庐话旧

世事久何凭，吾宁谢不能。绿波堤上客，黄叶寺中僧。风雨十年话，河山一夜冰。几时烟水外，乡路共车乘。

初晴过雷蕙亩孝廉斋头小饮

匝月伤春雨，新晴上柳堤。花须余蝶梦，燕嘴湿香泥。潦倒从今世，商量补旧题。看君狂未减，把酒泻玻璃。

寄双江梅林黎息园处士

一天秋水外，隐隐棹歌来。江上招归鹤，篱边问野梅。晚烟隐蔀屋，新月见苍苔，扫地叶还落，闭门风自开。

赠梅林黎景山

但有虔州客，相逢问止亭。总缘君古处，一见眼偏青。墨沈滋兰畹，花枝位酒瓶。不知将白发，独坐只渔经。

海藤

谁把一乌藤？众生说上乘。空堂残梦雨，远树下方灯。窃果悬枝狙，孤云截海鹰。晚潮清梵出，岛屿露峻嶒。

岁暮门士伍君辅归闽

汝归间里日，吾尚滞天涯。饮柏村沽酒，迎春雪作花。旅怀俱有泪，往事那堪嗟。负笈相随久，飘蓬未到家。

瘿瓢山人《蛟湖诗钞》卷三　　七言律诗

闽宁化黄慎恭寿氏　著

天阙

嵯峨独立朝天阙，仪凤门开接汝坟。云影不闻归铁锁，水声犹自说陶军。仓庚又听社综会，紫燕重来春已分。却笑孙吴空割据，还期汗漫秀茅君。

从军

云旗乍卷龙沙开，遥望烽烟画角哀。十载坚冰须一尺，几声短笛梦初回。黄河水怒连天涌，紫塞风威截面来。从古书生多慷慨，众中应逊仲升才。

送瑞金杨季重之五羊城

送君此去五羊城，看到梅花岁又更。芳草赵佗台上色，鹧鸪韩愈庙前声。味知马甲无多美，瘴避桄榔忆远征。执手东南歧路异，海天风雨独关情。

金陵怀古

淮水东归问内桥，昔年王气望中消。莺花闹市连三月，风雨残更话六朝。江锁已沉王濬去，石城无复莫愁娇。龙蟠虎踞形依旧，白浪如山到海潮。

客广陵寄怀曾太守芝田

寄言浪迹瘿瓢子，渤海遥知早放衙。燕子不归三月雨，玉兰落尽一庭花。彩笺犹记题衔凤，乌帽重经试剪纱。从此别来汀水远，广陵芳草思无涯。

金陵送杨倬云孝廉归邘上

裘马自怜游已倦，五湖归去鬓丝明。王维终悔为伶役，阮籍何妨作步兵。关路跟跄榆荚雨，乡心格磔鹧鸪声。相逢一笑春风软，醉插花枝出禁城。

寄怀金坛王汉阶太史

昔年两度接朱骖，犹记秦淮三月三。红满杏花娇驿路，绿迷芳草绣江南。遥知又启山公事，何日重联太史谈？此际衡门空怅望，清时萝薜衣多惭。

寄画册与太原贺纶音司马

一诺如君独寡俦，谈霏玉屑擅风流。太原归日黄花雨，江左离心白草秋。怅望鱼书淮海月，寄将画册雪鸿洲。别知胜事增多少，助汝高斋作卧游。

过甘泉葛憨牛读书处

多书尤爱邺侯家，岩石堂开看晓霞。老更诙谐师曼倩，毫无骄态信曹华。大明寺里香泉水，阳羡山中谷雨茶。自笑浮生浑若梦，春风倚遍紫藤花。

送杨玉坡侍御上京

直上黄河万里澄，山公启事慰苍生。铁牛湖畔夜犹卧，骢马堤边晓戒行。海外文坛簪旧笔，尊前酒阵出奇兵。送君饱载扬州月，好照承明水样清。

卢雅雨鹾使简招，并示《出塞图》

东阁重开客倚栏，醉中出示塞图看。玉关天迥驼峰耸，沙碛秋高马骨寒。经济江淮新管钥，风流邹鲁旧衣冠。只今重对扬州月，笑索梅花带雪餐。

送新安程文石归里

曾制荷衣招隐伦①，天门归扫石床春。竹西道上吟花雨，丁卯桥边侧葛巾。谁识文园今已倦，应知锦里未全贫。临歧漫订匡庐约，一啸秋风我两人。

【校】

① "伦"应为"沧"。

淮安署中留别长沙白长庚①

相逢得共按歌回，慷慨如公卓越才。官舍海棠新旧雨，草桥春柳别离杯。愁怜白发三千丈，老去丹心一寸灰。知己许为天下士，至今何处有金台？

【校】

①《金陵诗征》作"沙村白长庚"。

扬州元日

人间如蚁磨盘忙，我亦纷拿梦里狂。觑破世情为冷眼，趁逢花事作欢场。丹砂那有长生诀？文字因知不死方。归去故山麋鹿友，好从春水卧云房。

江东与雷汉湄寻春，憩饮江楼

蛟湖山下读书人，孙楚楼中醉脱巾。莺眼漫窥青草路，马蹄踏破白门春。六朝风雨松楸夜，上巳阴晴祓禊辰。记得年年江汉客，归心无那指汀蘋。

赠绥安逸民余豹文

一从冀北走咸阳，万里还乡野趣长。池草绿归灵运句，云山紫控木公房。豪呼酒政苛犹简，忏物情怀醒亦狂。江畔钓船今未废，不须回首少年场。

答李子和、子明楚中见寄

柳眼青青野蕨肥，吴门烟月掩荆扉。墙过玉笋连云插，燕湿香泥带雨归。湘北鱼书经岁断，淮南花事与心违。推窗时对钟山坐，几度吟诗绕翠微。

次韵双江刺史黄学斋署中八月梅花

花发平津望岭头，初疑剪彩出神州。霜容早试三分白，瘦影横撑一半秋。南国佳人怜粉署，秣陵才子忆罗浮。酒阑傲舞银缸①下，犹认孤山雪未收。

【校】

① "缸"应为"釭"。

寄居维扬美成草堂

去岁离家木落初，瘿瓢杖笠一车书。芦帘织就春风暖，窗网窥时夜月虚。孙楚楼中常纵酒，冯骥座上漫歌鱼。𬯀羸骨瘦狂犹在，千里亲情故旧疏。

渔者

杨柳毵毵曲曲村，沧浪唱罢又黄昏。忘言自是芦中叟，买酒还招楚客魂。荡破水云归钓艇，飞空萝月挂江门。不知何处劳耕凿，稳卧烟波长子孙。

旅怀

丈夫何事老殊方？岁岁秋风明月床。儿女别时才解语，髭髯白尽始还乡。蛾眉满架家园豆，马齿堆盘野菜香。自笑少年江海客，醹醴断送此生狂。

过金陵颠道人旧宅

伤君旧宅上河东，闻说生前作客慵。松老但看江鹳集，门敧常有石藤封。丹炉不受风雷灭，画卷长为天地容。我独徘徊空翠里，倩谁指点认遗踪。

归里

躬耕归去遂吾初，生事年年计总疏。身似赘瘤怜病鹤，室同悬磬索枯鱼。平原座上惭虚左，杜甫桥边意自如。一抹断烟杨柳外，好锄明月种春蔬。

悼王仲立，因检箧见其遗稿

箧底闲翻诗格新，痛君血泪独沾巾。龙孙夜雨逬寒食，奴菊秋香到小春。死去空怜磨镜客，生前羞作鬻琴人。高堂白发啼冰雪，啮指心疼想负薪。

竹夫人

用舍何曾敢怨言，不教云雨暗销魂。梅花纸帐无来梦，淇水秋山想故园。受热情怀终冷落，守虚风骨尚温存。抱衾肯比专房辈，只为缠绵转少恩。

过瑞金杨汝水石户云房

石户频铺见彩霞，古苔深处子云家。碎金菊泛分香榍，紫玉砖临淡墨花。野菜新抽秋雨后，白鹇时放夕阳斜。主人不尽耽幽兴，相送池边路未赊。

书怀

铜柱消磨海尽尘，九华峰顶挂纶巾。忍将白发同秋草，欲采芙蓉寄远人。天阙有怀生翼梦，丹经难复少年春。诗成却笑求仙客，汉武空祠太乙神。

约晚香宗弟游名山，不果

十年为客想幽栖，几约名山负故知。心死成灰方是学，雄飞能伏始为奇。还将柳色怜张绪，空使桃花葬孟姬。何事春江万余里，秋霜赢得鬓边丝。

答杨侍御玉坡简招入台原韵

白首尊前梦里疑，昨宵书到感君知。节持龙虎排山日，牙建鲸鲵跨海时。早上蛮方风土记，遥传旧雨驿简诗。廿年曾作扬州客，落拓谁怜泣路歧。

其二

曾记江南二月天，桃花历落柳三眠。终年行负蜗牛舍，一路春输榆荚钱。眼过繁华都逝水，鬓怜霜雪寄来笺。不须往事重相问，癯骨犹怀喷墨仙。

呈程渭旸刑部郎，兼呈盐运使尹公

图鸭相投寒食天，桐花落尽绕墀前。官厨支俸求名酒，湖岸看山买画船。野老不知行马贵，春风能识主人贤。风流自是平津辈，犹订洪崖笑拍肩。

真州买舟晓渡江东

小艇繁霜朝似雪，载将诗思渡江东。雨花台畔荒荒草，忠孝亭前面面风。壮不如人何待老，文难媚世敢云工。胭脂井槛无寻处，惟向残阳拜故宫。

访山家

爱君自种丘中麻，漠漠轻烟物物嘉。瓦罐沽来墟市酒，缺瓶随插野溪花。暮灯星乱孤村远，新月人归小巷斜。犬吠不惊诗客到，春江自是杜陵家。

归闽寄怀广陵王竹楼、汪楚白、
刘湘云，族弟巩堂、漱石

夜来鼓角悲城堞，滚滚浮云望里看。苦竹鹧鸪啼暮雨，绿杨燕子怯春寒。空函报国同殷浩，双屐怀归笑谢安。览胜几回竖赤帜，至今江左孰登坛？

姑苏怀古

千年往事见潮痕，阊阖城开梦帝阍。越水丝萝空惹恨，吴宫花草旧承恩。千金枉铸鸱夷像，两目犹悬伍相门。还忆南昌梅少府，隐名应笑舌徒存。

途中留别吴湘皋明府

半生作客客多年，何日归耕改蔗田？裘帽独冲湖口雪，图书又上秣陵船。故人官罢门罗雀，贱子途穷席割毡。犹有交情两行泪，直随流水到江边。

元日阻雪孤山舟中

雪阻风回系岸芦，舟人惊见醉屠苏。江唇势远横吞楚，山髻高寒望入吴。生计总缘谋食拙，诗肠堪笑选词枯。北堂此日还多祝，游子霜毛在旅途。

送伍昭令之江西

一赋曾传金石声，十年仍是鲁诸生。自甘粗粝长为爨，那得黄金作解醒？荒草断烟孺子墓，寒风苦雨灌婴城。飘零容易头颅白，三尺龙泉夜欲鸣。

寄泉上李愧三

萧骚两鬓雪霜亲，归卧青山刺眼新。痛饮何妨呼校尉，长贫不解媚钱神。云罗矮屋连宵雨，花带长堤二月春。割席每怀锄菜甲，癖情应忆洗桐人。

秣陵与故乡罗见三话旧

梦里犹惊拍手呼，同君浪迹走东吴。获①铃红暖怜金线，佐酒香温荐玉酥。人代茫茫荒草合，雨声淅淅小窗孤。何堪相对仍如旧，春水年年绿满湖。

【校】

① 据《开元天宝遗事·花上金铃》，"获"应为"护"。

吊江都孝廉杨卓云①

性僻如君类结髦，里门冠盖尽同袍。囊无好句叹消索，罂累新醅放意豪。今侑炙肝蒸麦饭，可堪酹酒治羊羔。生前一夕怜风雨，无复凭栏紫蒂桃。

由汀州曾刺史芝田饯，至鹭门，将渡台，不果，途逢玉坡侍御

饯出东门歌路难，酒阑钟歇海潮残。丈夫有志金台杳，壮士空余铁骨寒。老我儒冠催鬓短，凭君簪笔重毫端。相逢车笠天涯路，始信今朝古道看。

答玉坡侍御残腊道中赠句

细问邗江黄叶村，春归几度落花魂。眼中得意人俱老，愁里何堪我独存。却惜终年妪赤脚，怪来拙守妇无裈。只今重对秋山色，嗷嗷犹闻夜断猿。

浮山观

报午鸡声谷口家，晚来流出一溪霞，道书懒阅尘封卷，药圃新锄草逆芽。管领春风轻柳絮，廉纤小雨湿桃花。客来一勺寒泉水，相对无言但煮茶。

忆舍弟可行之江东

田畯行行起蛰龙，可知游子愧山农。天涯兄弟艰难会，江汉风波憔悴容。入梦昼闲封野蚁，排衙春暖趁游蜂。只今老去空怀思，惟有年来事事慵。

寄台湾观察杨朴园

蓬瀛客向海东浔，持节皇华佩玉音。回忆广陵红药

赋，却逢大担白衣盎。秋砧敲断怀人梦，边月长明望阙心。半壁安危凭寄托。好教番庶感恩深。

病起，寄平山绿安开士

芦帘梦觉草堂东，邻院声声报午钟。亭畔鼠姑擎宿雨，枝头鸠妇唤晴风。口含石阙情难语，杯泛香醪懒治聋。几日春归支病骨，平山旧社问诸公。

送行一叔游江南

三千里路岭头分，回首乡心见白云。老去功名成敝帚，拟将诗冢葬穷文。春花才共开新酿，秋雁空怀恋故群。还订阿戎归守岁，莫教目断怅斜曛。

答杨建其书询问吾乡邑侯孙殿云

记别江南逢二月，殷勤腼酒饯台城。秋山露冷芙蓉面，芳草人归鹎鸠声。昔日漫夸张绪柳，只今竞识子云名。别来岁岁劳双鲤，为报吾乡官长清。

道中寄怀赖品一、门士巫逊玉、侄乘之

自是胸中有甲兵，忆君万卷气纵横。离亭魂断青山暮，马首朝来白发生。寒食雨迷桃叶渡，春风树黯润州城。银河金阙无来梦，惆怅归与杜宇声。

秋夜寄怀伊又行

江城岁岁冷螿吟，清况依然一布衾。窗月灯残游子梦，霜钟夜半故人心。客边几度莺花老，镜里难忘雪鬓侵。不信烟霞成痼疾，可堪垂老作书淫。

上巳怀刘旸谷

索酒黄公笑解鞍，相逢始觉醉乡宽。九枝灯记扬州市，一捻红看芍药栏。气化商庚鸣晓翠，雨余燕子怯春寒。只今独向邗沟上，渠渎悠悠入夜漫。

订谢北鱼归闽峤

万岁楼边下夕阳，故乡南望海门苍。帐裁旧日藤皮纸，笔卧新春乌木床。四十年前疑共析，三千里外谊难忘。拂衣莫待归来晚，自合诛茅结草堂。

小饮友鳌楼，喜主人李子美自楚返

爱子诗来类建安，小楼归对暮烟残。先春茶嫩山泉冽，破腊梅香陇雪寒。闲辟山窗留古月，勤锄隙地蓄幽兰。晴川遥忆鳌峰下，买得新丝理钓竿。

寄虔州梅林黎息园

野老江头理钓丝，花飞几点送春诗。雨蓑挂壁牧归晚，小艇维篱月影移。扫尽山房苦竹叶，烧残茶灶古松枝。红尘隔断无消息，惟有悠悠鸥鹭知。

雩都峡（丙辰携家归闽）

桃根桃叶自相怜，旧事凄凉忆往年。病酒悔教持戒晚，惜花应喜得香先。猿随片月栖山阁，鹤带孤云上峡船。几度经过劳怅望，陆陵荒草变新田。

留别江宁明府吴湘皋、宗弟岩瞻

采石春风听晚潮，榻悬宾馆夜萧萧。一时酒暖繁花艳，明日帆飞去路遥。冻绿欢尝罗汉菜，矜红深惜美人蕉。可怜不尽殷勤意，难绾离心是柳条。

借居维扬杨倬云孝廉刻竹草堂，时自淮安归，有感

五王龙种去萧萧，归向淮阳趁早潮。官柳绿遮沙口堰，野棠红到斗门桥。蹲鸱埋火饥充馔，蝙蝠栖梁昼作宵。回首不堪人事异，且沽村酒醉花朝。

送宗弟松石归余杭

维扬风雨苦凄凄，相送寒山路向西。京口波涛郭子墓，断桥烟月白公堤。徘徊归鹤盘云脚，踪迹孤鸿印雪泥。忆汝沙河塘上望，梅花香日好分题。

赠虔州王草臣

八百滩头起白鸥，十年客鬓海门秋。孤舟夜雨萦乡梦，落叶寒山纪客游。花港人归携蟹籣，草堂僮至递诗阃。知君大笑拂衣去，不羡和鲭谒五侯。

归里，喜晤廖向如

白云无意自西东，历尽繁华杯酒中。稗草空肥沾宿雨，稻花何事不禁风。怀人秋水一轮月，写我闲心三尺桐。最是昔年光景异，一时竹马总成翁。

挽宜征①张寰斋明经

建安才子落花诗，下拜曾为一字师。漫笑卢循难续命，深怜伯道竟无儿。长贫尚有千金砚，豪迈空残一局棋。自是老妻能作诔，更无人述蔡邕碑。

【校】

① "宜征"应作"仪征"。

江南归，过万田袁锦秋也足斋，晤刘太古崖

也足斋头春较迟，逢君扫尽十年诗。别来江左怀鳞札，归忆青溪理钓丝。鹦鹉谁怜狂客赋，错刀那得美人贻。虔南老友今谁问？屈指灯残夜雨时。

美成堂即事

广储门外雪成泥，歌吹谁怜旧竹西。布被难温流汁炭，纸裘聊当辟寒犀。关山有路凭归梦，儿女长饥只解啼。谁似袁安高卧稳，檐牙一尺碧琉璃。

答张文潜慰焚草堂，并谢方竹杖

小堂一夕成灰烬，子厚遥传有贺文。腐草萤光流夜月，桃花笺纸化溪云。杖教衰至能无恙，砚为愁时早欲焚。几点青山犹在望，今宵有梦息纠纷。

忆江都元夕

松棚灯影斗婵娟，从古扬州不夜天。彩燕双飞春几日，烛龙跳舞纪前年。家山归后无诗草，酒肆曾输卖画钱。还忆喧阗追胜事，小东门外曲江边。

行一叔入南山读书，奉答手札

市城不到借书抄，谁向空山作解嘲。只选盆鱼消昼永，闲编琴谱纪年劳。水曹乌府供茶役，马齿龙孙佐野看。朱穆矫时多一论，须知慎择订新交。

乾隆三年秋，读亡友杨季重《自鸣集》

从来只惯住林丘，野性偏宜鹿豕游。世味但知甘蔗尾，功名曾笑烂羊头。贾生鹏鸟终成谶，宋玉悲歌总入秋。生死交情凭作诔，西昆谁不羡杨刘？

书寄门士李苍林，问讯真州

闻道真州泣路歧，故乡杖履忆追随。鹤鸾亭古秋阴覆，烟雨楼高海日迟。旧稿曾临周舫①意？微云可得少游辞？远行记汝双亲语，自说衰年望此儿。

【校】

①据《历代名画记》，"周舫"应为"周昉"。

寄黎川宗弟晚香

几年相约蹑华嵩，可叹行踪西复东。渡口全铺秋月白，寺门半掩夕阳红。独怜久客哀王粲，莫怪逢人问孔融。一笛晚烟平野阔，牧童吹出稻花风。

山斋落梅

晴日茅斋向水隈，东风猎猎剪春梅。漫传和靖孤山韵，浇尽佺期小岁杯。屧印香泥魂自惜，烟笼纸帐梦初回。高情不与梅花①乱，只许空林雪作堆。

【校】

①据黄慎《赏梅图》上题诗手迹，"梅花"应为"梨花"。

归故林，忆如皋汪楚白、宗弟漱石

曾记江南打麦天，榆枌散尽沈郎钱。卖花声远过邻巷，载酒人来上画船。鲀乳细柔当二月，蟹黄香满别经年。只今补屋休归晚，独向青山一角烟。

送宗兄兼三归新安

黄山归去住天门，三百滩头啸夜猿。秋月东峰微有魄，钱塘孤棹独销魂。高烧画烛双龙尾，绮靡花开银杏园。了却功名应自足，几番清兴到黄昏。

庚申二月与李子美游朝斗岩

春风谷口听黄鹂，招隐何年话阁西。人事久知生好恶，鸿飞那管隔云泥。难分苦竹青千个，细数浮花红一溪。信宿烟萝倍惆怅，壁间剩有旧留题。

江东归，过丽天弟拥城阁，示阿侄乘之

闾里追随臭味同，十年兄弟隔江东。卜居曩昔怀仁里，守岁还教忆阿戎。柳绾莺梭空织翠，花交燕剪费春工。旧田数亩荒芜久，新社重盟桑苎翁。

闻李子和自楚返

昂藏谁识浪仙流，手握明珠肯暗投。十载人归浈口雨，一声雁断楚江秋。行吟放浪湖干寺，泥酒重来竹里楼。伊昔欢场剧豪迈，只今谁按古《凉州》？

送查溥公入粤

烟雨楼边问去津，椰榆①也笑送行人。书飞塞北关山月，梅破江头粤水春。垂老兰陵多偃蹇，应知曲逆不长贫。五羊城外青岚瘴，莫遇奇花恣赏新。

【校】

① 据《本草纲目》，"椰榆"应为"楲榆"。

过邘上刘旸谷六梅轩

临水寒梅压屋檐，诗成捻断数茎髯。僮持罐去寻村酒，客至盘堆有石盐。薄雾夜深怜纸帐，春风昼暖卷芦帘。爱君谁得干高致，乡党从无竞小廉。

怀京口韩墨庄

曾从供奉入官家，归隐由来恋岁华。晴日嘤交巧妇鸟，春风开遍地丁花。织成仲子擘纻履，种得孙钟饷客瓜。十载往来京口路，时时闻赋玉钩斜。

登郁孤台，寄怀扬州马力本明府

郁孤台下水交流，望阙碑横今古愁。过眼梁园非旧主，惊心玉笛倚高楼。才怀马总三山雨，书著虞卿两鬓秋。记得紫兰兼茉莉，纳凉时节到扬州。

客怀

蟋蟀声声吊落晖，霜严客久叹无衣。断烟衰柳丝千缕，照水红蓉玉一围。江左空怀安石渚，富春又上子陵矶。那堪秋雨秋风后，一画南来数雁归。

坐美成堂怀刘渭宾

扬州风景倍关心，小住城隅水阁深。十载才名鹦鹉赋，一春归思鹧鸪吟。岸回画舫移花影，目送歌声入柳阴。昨夜乡书犹未达，故人望断最高岑。

社日呈陈组云邑侯

冬冬社鼓报春耕，荏苒流光节序惊。莼染春云团凤饼，鳞飞活水煮鲈羹。消残棠棣寒灯梦，都上芭蕉夜雨声。割肉不须思曼倩，宰官今日是陈平。

己酉寄怀梦草堂谢焕章伯鱼，
有感故乡吴天池、官亮工、张颙望徂谢

二月杨花看已破，天涯倦客最相关。感时共筑埋文冢，终古空留化剑滩。忆卧岭云迟去鸟，追随杖履饱看山。只今事往伤耆旧，回首空归六六湾。

寄黄饮霞

知名谁不重南州，得共仙舟作胜游。远树依微连断岸，夕阳影里泛中流。一声长笛鱼龙醒，满眼西风木叶秋。从此北归冬渐暖，小春时节野花稠。

怀曹元之

从来不解因人热，老去豪雄兴渐无。刺眼红桃怜宿雨，连天青草媚平芜。荣枯眼底翻棋局，冷暖生涯守药炉。莫道山间幽事少，时时野鸟自相呼。

送族弟巩堂、漱石

吾家谁得并争先，此日逢君庾杲莲。玉铗龙飞双剑合，蚌胎月满一珠圆。柳牵晚翠流金勒，花堕新红绣锦鞯。回首灞陵无限意，春风送尽艳阳天。

过阴秉三传经草堂

湖水东归浩荡春，荷衣终负百年身。艰时方识饭香味，避俗应妨肉食人。鼬鼠无羁窥果树，猱狙频盗钓鱼纶。幽居时濯沧浪水，谁向桃源更问津。

闻刘鳌石先生归杭

心同活火尽成灰，士行如何肯自媒。敢效上堂元叙^①哭，谁怜挝鼓祢生才。鸣虫独抱秋灯坐，落叶还惊夜雨来。忆到君归石牛路，曾闻月嶂五丁开。

【校】

① 据《后汉书·文苑列传》，"元叙"应为"元叔"。

寄瑞金杨方立侍御，兼怀令叔季重

湖光直似镜中移，佳景横收对月陂。镌竹截筒摇凤尾，新诗黏壁界乌丝。珠能照夜惟三树，金为欺人畏四知。屈指交情瞻海内，竹林自昔最相思。

美成堂奚囊诗一卷，
寄示门士廖叔南、张试可、巫逊玉

草堂归忆在南陂，别后吴盐点鬓丝。豆架已除霜更落，荜门常扫客来迟。夜编棋谱闲敲子，朝折瓶花选胜枝。汝辈莫忘千古业，江湖剩此一囊诗。

过田家

村郊雨足麦油油，拓石峰前抱涧流。担上蓑衣连箬笠，门前碌碡系春牛。墙桑奕奕家家绿，社鼓冬冬处处幽。尘世无关生计足，终年只有稻粱谋。

瘿瓢山人《蛟湖诗钞》卷四　　七言绝句

闽宁化黄慎恭寿氏　著

江南杂咏

三山门外望平芜，春草春烟叫鹧鸪。扑面梨花寒食雨，蹇驴又过莫愁湖。

其二

柳眼青青送客过，白门草色近如何？明朝犹有故园思，燕子来时风雨多。

忆蛟湖草堂

夜雨寒潮忆敝庐，人生只合老樵渔。五湖收拾看花眼，归去青山好著书。

病愈

病愈初晴懒看山，短僮折得老梅还。窗前卧听江南雨，输与东风十日闲。

即事

风翻柳絮日迟迟，燕语轻寒冷翠帷。不道白家吟老妪，小鬟也自解新诗。

江南

泽国鲥鲟俱擅美，十年舒啸谢公墩。只今老眼空萧瑟，雨雨风风过白门。

其二

秦淮日夜大江流，何处魂销燕子楼。砧捣一声霜露下，可怜都作石城秋。

其三

石城门外夕阳东，消尽繁华丝管中。几日茶坊秋色好，珊瑚丈二雁来红。

其四

十年客类打包僧，无怪秋霜两鬓髯。历尽南朝多少寺，读书频借佛龛灯。

其五

一卧沧波老钓徒，故人夜雨忆三吴。大江东去成天堑，处处春山叫鹧鸪。

其六

雨余燕子喜新晴，旅馆凄凄感旧情。又见江南春色好，十年前记卖花声。

扬州怀古

参军一赋识秦声，雨啸风嘷感旧情。为问宋家州郭棣，不知何处筑牙城？

其二

湖边茭叶卧凫鹥，箫管催残日又西。无力柳条春亦懒，游人尚自恋隋堤。

其三

年少何当曲蘖埋，因循花事独徘徊。空惭州左拥书夜，又上江都戏马台。

其四

隋苑迷楼起昔时，六朝陈迹鸭鸥知。画船载得雷塘雨，收拾湖山入小诗。

其五

湖头鸂鶒傍船栖，越女吴姬唱转低。弱柳难将春思系，风花不定广陵西。

其六

淡淡春山约柳腰，玉人犹自忆吹箫。至今剩有烟波在，月色朦胧廿四桥。

即事

晓爱荷风坐水亭，浪痕沙净满江汀。故人过我闲幽讨，觅得焦山《瘗鹤铭》。

其二

四月秧针绿已齐，膏车又过秣陵西。草迷池馆前番梦，记得垆头醉似泥。

维扬竹枝词

箫声吹彻月蒙蒙，羡杀歌儿爱比红。水阁无人冰簟冷，鸳鸯深入藕花风。

其二

人生只爱扬州住，夹岸垂杨春气熏。自摘园花闲打扮，池边绿映水红裙。

其三

院院笙歌送晚春，落红如锦草如茵。画船飞过衣香远，多少风光属酒人。

其四

画檐春暖唤晴鸠，晓起棠梨宿雨收。闲倚镜奁临水面，拟将时样学苏州。

过彭蠡湖

峰回五老气苍苍，谁吊当年古战场。欲买一尊江上奠，孤帆隐隐趁斜阳。

即事

城都儿女唤稠饧，一枕残编午梦清。几日风光春信好，隔帘又听卖花声。

其二

芦帘不卷日西斜，门长蓬蒿仲蔚家。无数幽怀何处着？一瓶春水玉兰花。

其三

寒衣欲寄厚装棉，节近重阳又一年。怕上湖亭萧瑟甚，漫天风雨卸秋莲。

其四

垫巾漉酒师陶公，瓦罐床头夜滴红。醉眼摩挲怜幼子，同骑竹马笑成翁。

其五

昼暖一盆荞麦饭，芽姜蒿笋爱江东。春熏花气蒸人骨，一梦华胥属睡翁。

其六

红尘飞不到山家，自采峰头玉女茶。归去溪云携满袖，软风撩乱碧桃花。

杂咏

投竿空羡任公鱼，鬓点秋霜过五湖。今日归来深竹坞，春灯补读未完书。

其二

一筇一笠一瘿瓢，爱向峰头把鹤招。莫道归来无长物，梅花清福也难消。

其三

生平作事笑离奇，冷暖归来只自知。十载桐花谁为扫？孤高久惜凤凰枝。

其四

巴溪流水接湘潭，旧友飘零只二三。书到故园春已尽，梅花开日在江南。

其五

谷口春风掠水涯，藤缠矮柳未全遮。泉深昨夜三更雨，手挈军持自浸花。

其六

江村地僻少人家，青草池边响绿蛙。昨夜亭前风雨过，晓持竹帚扫桐花。

其七

春来柳暖读耕堂，坐拂花茵爱石床。门外秧针新绿遍，犊归村巷背斜阳。

其八

斋头又检一年春，供客梅花自不贫。瘦到可怜冰作骨，还疑孤影认前身。

即事

深巷轻寒到草堂，小鬟初试耳边珰。绿痕春雨防苔滑，入夜持灯照海棠。

题画

蓝①内河鱼换酒钱，芦花被里醉孤眠。每逢风雨不归去，红蓼滩头泊钓船。

【校】

①据黄慎题画诗，"蓝"应为"篮"。

姑山

大姑飞过小姑湾，树郁阴浓不可攀。今夜彭郎潮有信，庐峰指点是家山。

昨夜

魏家池馆宋家邻，吹落梅花玉笛春。昨夜东风来社燕，画梁高垒换泥新。

淮安

日日船行折竹占，射阳湖畔贱鱼盐。板桥几点梅花落，知有人家觅酒帘。

其二

补网人家夜结绳，褐衣儿女鬓鬌鬖。淮南淮北春消息，向晓舟人击断冰。

真州

故人今夕月无边，安得洪崖共拍肩。临水小桃春浪暖，真州江口夜行船。

寄怀杨星嵝

惜别春风杨柳丝，怀君囊有玉堂诗。长安道上归心急，四月鲥鱼樱笋时。

闺情

春风散入郏侯家，地碾殷雷百草芽。爱杀阿华劳窟寐，分移墙角海棠花。

其二

凤堕轻云气吐兰，画衣帘外怯春寒。粉匀朝浥荼蘼露，不语临风斗玉盘。

其三

绣帏日上睡犹酣，又听春光三月三。偶过邻家闲斗草，背人先去摘宜男。

其四

杨柳红桥碧玉家，门前宝马七香车。舞裙不用盘金线，自拓膝王①蛱蝶华。

【校】

① 据王建《宫词》"拓得滕王《蛱蝶图》"，"膝王"应为"滕王"。

其五

开到棠梨燕未知，鸾笺书破定情诗。灯前无语嗔郎抱，愁压春寒小立时。

其六

金鸭香沉冷绣帏，却怜酒醒换春衣。莲塘妒杀双栖翼，打得鸳鸯对对飞。

其七

谁怜小凤自妖娆，眉锁春山赛二乔。最是一楼秋水冷，月斜人静学吹箫。

其八

莲塘春水宿鹣鹣，蝶翅初翻粉色粘。自启湘帘窥卫玠，簪花微露指纤纤。

其九

水阁无人昼启帘，芭蕉新绿色如缣。美人睡起呼茶碗，鹦鹉能传到画檐。

其十

孔雀屏开日影迟，看花无赖亦如痴。拈毫试学簪花格，临得曹娥绝妙辞。

十一

晏起慵妆额角黄，当年曾许嫁王昌。夹衣怕滴桐花泪，燕子春寒语画堂。

除夕

褐衣草草过残年，劳祭诗神一勺泉。痴仆卖呆归负米，女儿又索买花钱。

病起

湘帘自起坐空堂，病愈闲抄《肘后方》。近水楼台秋意澹，芙蓉雨过十分凉。

杂咏

归听笙歌画舫迟，爱君湖上赏花诗。吟哦今夜春灯雨，燕子梁间睡熟时。

其二

山僮寂寂扫荆扉，帘外苔痕绿已肥。每到花时常病酒，不妨燕子语春归。

谢太傅祠

薄暮闲过太傅祠，清华江左动人思。鸳鸯瓦覆双株桧，曾见将军卷画旗。

邗沟庙

霏霏丝雨客天涯，遥望城东十万家。古庙邗沟争报赛，衮裳犹自媚夫差。

小雷宫

东行残蕙露蒙蒙，过客年年思不穷。莫怪寒螀泣秋月，青山一发小雷宫。

佛狸庙

江山千古横双眼，吊古聊凭酒一卮。太武空传惟小字，荒烟惨澹佛狸祠。

仙女庙

郊原草色绿萋萋，桂楫悠悠泛碧溪。遥望紫霞仙女庙，墙花剥落旧时泥。

题梅

拾得梅花带雪痕，石床片片点香魂。逋仙去后谁为主？孤负光寒水月村。

雪夜留别王竹楼

青云事业总无能，况复衰年白发增。夜发江头流别泪，那堪堤畔结层冰。

其二

客途相对惜衰颜，断稿劳君着意删。何事扁舟载明月，回头夜半失狼山。

庚午除夕，与杨玉坡侍御舟中作

永昌门外木兰舟，送腊高烧溯上游。剪烛话君思旧日，松盆火暖学扬州。

其二

篙师量酒拜新年，守岁家家不夜眠。儿女忍寒无裋褐，候门时望客归船。

怀兴化王竹楼

古丰书屋月光寒，老客多情笑语欢。曾记去年秋夜半，芙蓉泣露倚栏看。

重过汪璞庄读书堂

去岁五纹添线日，骊驹一曲饯君家。重来遥望河堤上，不觉春风换柳芽。

忆高雨船

与君水阁坐秋清，忽听归鸿感客情。记得炼诗风雨夜，打窗蕉叶一声声。

过如皋访宗弟漱石

青郊春到老梅柯，白发星星夜渡河。此日东风郧子国，燕来重语别离多。

跋

余三十年前，曾于友人处读瘿瓢山人之画：权奇臃肿，具不可一世之概。窃谓其画与名称，殆怀材不遇，以樗栎而自全其天者乎。呜呼！瘿瓢之生，尚在清雍乾盛时，其噫郁也已若此。设以瘿瓢而居今世，不知兰荃幽怨，流露笔墨间者，更何似也。

雷子寿彭以是编示余，因得竟全集。天马行空，不受人间羁勒。古体尤得屈骚、焦易之遗。余亦爨材，早分无闻于世。余之赏识，知且与世相违。君诗自佳，安用丰干饶舌耶！雷子将重刊是集，必欲余序，用跋数语，以副其意。

石瓠叶大瑄敬跋。时癸丑七月五夕。

【校】

抄本无此跋。

岁昭阳大渊献，雷子寿彭重刊《蛟湖诗钞》，又以序请。余曰："噫！知蛟湖者，有逾君家翠庭先生者乎？翠庭之言曰：'山人画与字，可数百年物，诗且传之不朽。'又曰：'山人不乐人知其名字，自署曰瘿瓢山人。'嗟夫！士君子生贞元之会，抑塞磊落，至仅仅以字画与诗得名，亦可哀也已。乃名矣而犹自晦其名，忧谗畏讥，若珍享帚留而待数百年后赏识，则尤可哀之甚者也。雷子重刊是钞，将以广流传，似非山人意也。虽然，乡先生遗著，吉光片羽，因是获存，其用意亦可嘉也已。再赘数语而归之，佛头着粪，则吾岂敢。"

石瓠又跋。癸亥上巳后二日。

【校】

1913年、1931年铅字本、抄本无此跋。

黄慎集外诗文

[清] 黄慎 著

丘幼宣 点校

目　录

黄慎集外诗文

闽宁化黄慎恭寿氏　著

题人物册页（康熙五十九年九月作）

《漂母饭信图》

王孙有菜色，漂母哀其贫。报后千金易，谁把英雄识？

《琴趣图》

但得琴中趣，何劳弦上声。

（以上天津历史博物馆藏画）

乙巳寓李氏三山草庐（十首之二）（雍正三年作）

出郭尘嚣远，新邻老圃家。晴窗流竹露，夜雨长兰芽。客至严诗律，钱空废画丫。迩来饶逸兴，村酒尚能赊。

（扬州博物馆藏草书横幅）

题《携琴仕女图》（雍正三年秋作）

乐哉新婚，鼓瑟鼓簧。为以旨酒，载笑载觞。

悠悠长道，露浥碧草。愁来煎心，匪不我好。

历历三台，下土飞回。今我不乐，日月相催。

仰视霄汉，出门天旦。铗好谁弹？长吁累叹。

（泰州博物馆藏画）

题花果册页（雍正四年暮春作）

水仙

杜若青青江水连，鹧鸪拍拍下江烟。湘夫人正梦梧□

（下），莫遣一声啼竹边。

山茶

叶厚有棱傺多健，花深少态鹤头丹。

芍药

客中囊涩买花钱，花市归来兴惘然。忽报故人携酒至，醉涂蔢尾一枝妍。

（以上台湾艺术图书公司《扬州八怪全集》）

送朱草衣返江东（雍正四年夏作）

送君知早发，马首向江东。酒政愁难禁，时宜老未工。枯荷听夜雨，败叶战秋风。自笑生明世，惭无一寸功。

（扬州博物馆藏草书横幅）

题《对菊弹琴图》（雍正四年十月作）

人事有同今日意，黄花只作去年香。

（文物出版社《扬州八怪·黄慎》）

题山水册页（雍正七年七月作）

步香城山

一天春雨歇，烟谷遍新晴。钟破孤峰寂，花怜淡月生。龙门回远水，鳌背瞰高城。每忆看云上，相将快此情。

蜀岗逢故人

客久不归去，清秋习氏池。君来千里梦，笔搁半年诗。金粟开蓬蒿，玉簪委路歧。二分明月色，须记广陵时。

过孔望山

山从孔望嵬，人自海州回。盐渎分河出，秋涛飞郭来。酹将漂母墓，啸过刘伶台。得睹丰年瑞，应知燮理才。

天柱道中

天柱峰前雪，年来妒夕阳。江鲈飞玉片，楚桔破红囊。渴酒温如故，狂歌兴不忘。人生成咄嗟，何处问沧桑。

（以上载台湾艺术图书公司《扬州八怪全集》）

题《壶公图》（雍正八年三月作）

汉有老翁卖药，悬一壶于市。及罢，辄跳入壶中。人莫之见，惟长房睹之，异焉。因往拜，奉酒脯。翁知其意诚也，曰："子明日可更来。"长房旦复诣，翁乃与入壶中，饮毕而出。

（河南省博物馆藏《黄慎人物、山水、花卉册》）

题花卉卷（雍正十二年春作）

水仙

谁怜瑶草自先春，得得东风到水滨。湿透湘裙刚十幅，宓妃原是洛川神。

芙蓉

故人过我草堂东，不问明朝米瓮空。擎着烛台成习气，夜来还照鹤翎红。

玉簪

郁蓝天气露华新，谁采闲阶宝玉珍？不识搔头能倍价，只今犹忆李夫人。

绿萼梅

壁上壳虫齐化去，雨余惊蛰碾殷雷。一春忙过无诗草，负却墙东一树梅。

（以上载邵松年《古缘萃录》卷十四）

题花卉卷（雍正十二年长至日作）

芍药

樱桃初熟散榆钱，又是扬州四月天。昨夜草堂红药破，独防风雨未成眠。

牡丹（送杨星嵝有赠雨后牡丹）

积雨江城歇昨宵，石家锦幄便妖娆。粉残夜湿霓裳冷，香暖新晴驿雪骄。视草中书帖骑语，舞风公子宿堂高。因知野客山居久，故使红妆破寂寥。

（以上旅顺博物馆藏画）

题山水人物册页（雍正十三年九月作）

米点山水

来往空劳白下船，秦楼楚馆总堪怜。但余一卷新诗草，听雨江湖二十年。

雪景山水

送君微雨雪花天，扬子江头鸭嘴船。归到宁阳如有向，疲驴破帽过年年。

余往来江东，已经十余年矣。乙卯春，携家归闽，卧故林。辄忆负诗瓢，泛鄱阳，送客渡扬子诗，历历如在目前。因漫涂数纸，复摹人物六幅，合成二开，并纪。

（以上北京故宫博物院藏画）

题《美人团扇图》（雍正十三年长至日作）

鬓薄松松绿露凉，春风额点麝香黄。背人扑得双蝴蝶，满扇蔷薇露水香。

（连朗《三万六千顷湖中画船录》）

题花卉图（雍正十三年作）

余雍正乙卯春归卧故山，职三砚弟持吴淞绢素索写花卉。即呼旧醅以浇逸兴，作此数种。醉中不觉身如庄蝶，栩栩然而与物俱化矣。

（《书法》1979年第3期）

题《抱筝仕女图》（乾隆四年十二月作）

绣被难温倚半床，洗空秋月照雕梁。书成颠倒鸳鸯字，梦破还余唵叭香。咏雪庭间推谢女，鸣筝筵上顾周郎。晚妆露冷添衣薄，帘影偷窥鬓影长。

（贵州省博物馆藏画）

题写生山水册页（乾隆五年六月作）

望玉皇阁

别殿规模古，寒岩叠夕阴。到天才尺五，拔地直千寻。龙化葛坡杖，峰悬玉女针。自知人世忤，徒有帝乡心。

眺燕子矶

十年江汉客，今始浩然归。腊雪梅花岭，春风燕子矶。每怀香稻熟，还忆药苗肥。望望家山月，其如知者稀。

广陵湖上

城壕丝管集，争待水关开。画舫垂杨外，歌儿皓齿来。闲寻八蜡庙，时访斗鸡台。三月春光暮，相逢莫拒杯。

寒山峡雨

自我入江东，南来碧海通。一番上峡雨，几折落帆风。敢谓茹茶苦，终无分寸功。买丝归作钓，放荡沧浪翁。

舟发鄱阳

峰回招五老，冬暖出鄱阳。湖口石围郭，孤山水作乡。蛟潭龙女静，鲛室素娥妆。摇曳中流去，冥鸿天际长。

赣滩叠翠

峡险滩成曲，篙师力有神。水声吞石铲，岸势走江春。寄食奔吴楚，浮家常苦辛。计程归日近，小隐好裁巾。

过彭泽县

地经彭泽县，今尚忆陶公。水掠孤凫绿，山翻落叶红。低辞五斗粟，剩得一江风。甲子犹书晋，高怀谁与同？

闽峤雪梅

此翁海上归，万里拂征衣。掎剑划南岳，策驴游帝畿。到家酿秫酒，编荆护柴扉。冬日寻幽事，梅花入雪肥。

慎挟笔墨，驱驰吴楚、西昌，复寓广陵，几及廿载。兹值负老母，挈家人，归卧故山，荷蒙毅翁太公祖大人召榻郡署之清友亭，命写曩昔历涉鄱阳，渡扬子江，当夜雨早潮，春山晓云，因以漫染成册，并录游草，恭承诲定。宁化治民黄慎百拜敬书。

（以上济南市博物馆藏黄慎写生山水、草书合册）

过姑山寄怀谢伯鱼

寄我扬州紫蟹糟，江宁亭子梦劳劳。浪回彭蠡天垂尽，春到姑山髻挽高。每忆试茶煎雪水，几时团饼剪香蒿。一从社会归来日，闭户抄书削笔毫。

送杨季仲

自入罗浮今古津，韶州一别尚经旬。笑他求福木居士，下拜多情石丈人。蜜色含风蕉布冷，猩红刺眼荔枝新。此间闻有龙葱种，欲卷能为竹叶巾。

与雷声之看江宁迎梅

与君又过孝侯台，且喜今朝雪照开。敲断江梅辞腊去，挽将官柳勒春回。椒盘人远家千里，彩燕途迎酒一杯。惆怅声华邹马末，同时深愧挟天才。

感怀

莫莫闲愁月上弦，飞来飞去渺如烟。豪华老去非前日，风景依微入旧年。蛱蝶翻春云断锦，凫鹥落渚水痕钱。且将收拾蓑衣屦，归咏茅茨旧石田。

书怀

踏遍江湖九陌春，蹇驴归尽化衣尘。贫来家世难留研，老去中原少故人。鹰健尚羁窥幕燕，鹤闲时自啄溪鳞。买丝几欲空惆怅，犹耻机心用细纶。

秋夜怀邓能士

为问余杭小堰门，春归几度落花魂。眼中得意入俱老，愁里何堪我独存。却惜终年妪赤脚，怪来拙守妇无裈。只今空对秋山色，嗷嗷犹闻夜断猿。

送王子乐圃归里

文场谁得并争先？归去青箱理旧编。玉铗龙飞双剑合，蚌胎月满一珠圆。柳牵晓翠流金勒，花坠新红绣锦韀。回首琅玡今在望，春风相送艳阳天。

开春与家叔行一偕弟过东郊探梅

来踏东郊第一春，寒梅冷笑旧年人。须眉欲白难辞老，岩谷回青易更新。但见山僧揖石髭，还寻酒伴坐花茵。儿童相迓不相识，遥指林宗垫角巾。

433

江台

一天星月倒江台，旅次愁吟起夜来。已拼榆粉春又尽，尚怜桃李雨中开。难将骨相投魁芋，终使凡夫愧石材。洛水滔滔莫回顾，只今空忆玉人杯。

无题

浮生梦梦半闲人，野水空称草莽臣。北走黄河清此日，遥瞻圣诞祝嘉辰。金莲菊绽疑霜降，玉蝶梅开趁小春。五十衰颜今有四，幽怀独对物华真。

（以上济南市博物馆藏黄慎写生山水、草书合册）

题《雪骑觅句图》（乾隆九年十月作）

诗客骑驴过桥去，不因觅句便寻梅。

（上海人民美术出版社《黄慎》）

题桃花册页（乾隆十年春作）

一年一度花上市，眼底扬州十二春。冷冷东风开燕剪，碧桃细柳雨中新。

（山西博物院藏画）

题《骑驴踏雪图》（乾隆十年五月作）

骑驴踏雪为诗探，送尽春风酒一瓢。独有梅花知我意，冷香犹可较江南。

（福建博物院藏画）

题《三仙图》（乾隆十二年十月作）

余读仙书，谓上乘之道，金液还丹者，其质生质，由虚造实。其要在于炼己，先要惺惺不昧，然后其气自定，金丹可炼而成，随所施而妙用不测耳。因作《三仙图》，漫占一绝以题之："举世纷纷皆若醉，仙家独自道中醒。金丹放出飞升去，冲破秋空一点青。"

（福建博物院藏大中堂）

题《古柯群鹭图》（约乾隆十二年作）

潭阳县前树，百尺耐朝曦。晨露浥濯濯，春日滋泺泺。堂上使君贤，羔羊美素丝。既明信且哲，允惟藏私□。夙夜自匪懈，宽猛因以时。鹭鹭飞振振，鹭鸶巢其枝。一一以致百，翱翔适其宜。惠风养天和，高云屯雪肌。明星光灿灿，银河盈垂垂。摩空荡心意，物性神悠驰。退食顾而乐，与民同乐之。皓皓不可尚，谁其能磷缁？

潭阳县前有鹭鸶百余巢其树，歌以志之。

（故宫博物院藏画）

题《苇岸渔舟图》（乾隆十三年立春日作）

举世沉酣者，独醒有几人？不须勤击桨，贱卖石梁春。

（安徽博物院藏折扇）

题《鹭鸶图》（乾隆十五年十月作）

乾隆庚午小春，至海关。海上沙洲，夜间潮水汹汹雷轰，岛屿石裂。忽忆坡公云："流水文章，笔力遒劲。"噫，方信能移人情。后看鱼鸟性成，浩荡自得，泼墨图之，以纪其意。

（扬州博物馆藏画）

题《雪骑探梅图》（乾隆十六年小春月作）

岁晚何人肯卜邻？梅于我辈最情亲。南山尽是经行处，一雪不知多少春。先后花随人意思，横斜枝写月精神。寒香嚼得成诗句，落纸云烟行草真。

（广西壮族自治区博物馆藏通景四条屏）

题《老叟调鹤图》（乾隆十六年十月作）

生平梦梦扬州路，来往空空白鹤归。六水三山惟浣带，烟霞还洣旧时衣。

（北京市工艺品进出口公司藏立轴）

题蔬果册页（乾隆十六年长至日作）

萝卜石榴

见他开口处，笑落尽珠玑。

西瓜瓣

剖开天上三秋月，飞作人间六月霜。

枇杷

东园载酒西园醉，南斗文章北斗年。

南瓜

只因野性甘藜藿，最爱山蔬带水云。

苦瓜

秋风海市来彭越，夏日乡园忆苦瓜。

茄

采采香盈把，筐筥手提携。厥味故淡薄，和之盐与齑。

芋魁

一天星月倒江台，旅次愁吟起夜来。点点榆钱春已败，依依燕剪雨中裁。难将骨相投魁芋，终使凡夫愧石材。洛水滔滔莫回顾，只今空忆玉人杯。

莲藕菱角

岁暮归心催短景，怀君江上雪帆迟。纳凉忆剥分莲子，有约无缘啖水葵。壮不如人伤老大，贫来且喜未全痴。要离冢畔真娘墓，试问奚囊几首诗。

（以上故宫博物院藏画）

题《麻姑献酒图》（乾隆十八年三月作）

十二碧城栖第几？飕风绣幡卷凤尾。七月七日降人间，酒行百斛歌乐岂。矜相狡狯试经家，长铁顷刻成丹砂。闲着六铢历寒暑，顶分双髻学林鸦。花香玉膳擘麟脯，千载蕉花献紫府。不知此去又何年，咨尔方平总真主。珊瑚铁网海已枯，桑田白景更须臾。况睹蓬壶经几浅，御风天外舞凭虚。

（扬州博物馆藏画）

题《梅花图》（乾隆二十年开元日作）

乙亥开元日，分梅过草堂。梅花印屐齿，片片雪泥香。

（扬州文物商店藏画）

题《人物图》（乾隆二十一年三月作）

西州城里拜征君，自是飘然立鹤群。眼底麝香送岳草，袖中云影俨经纹。从来去住无形识，不与寻常逐世纷。此日相逢应一笑，也教名姓上清云。

（云南省博物馆藏画）

题《鹭石图》（乾隆二十一年春作）

乾隆辛未，渡台不果，行至海门玉砂州，水波潋滟，石走东南。后观鱼鸟性成，浩荡自得。忽忆坡公云："流水文章，笔力遒劲。"信乎。丙子春，偶过静慧寺看牡丹，后忆鸟语，乱笔图之，以返其意耳。

（江西省博物馆藏画）

题旧作《绝壁孤舟图》（乾隆二十一年十月作）

此帧乃予壮岁之笔，迄今二十余年矣。重过邗上，于李君次玉斋头见之，诚大快也。何则？余持管走天涯，凡应成者指不胜屈，飘零沦散，宁能记忆乎！而如此种尤少，盖人亦不好，余亦不作。李君爱之而藏之，赏识于牝牡骊黄之外，永为鉴别之士。遂书数语于右，并续一绝："夜雨寒潮忆敝庐，人生只合老樵渔。五湖收拾看花眼，归去青山好著书。"

（《艺苑掇英》第二十四期）

题《古槎立鹰图》（乾隆二十五年十月作）

风定如翔，迎行而舞。侧目枝头，精神千古。

（福建博物院藏画）

题《三羊图》（乾隆三十年秋）

饮哺惩浇俗，行驱梦逸材。仙人拥不去，童子驭未来。夜眼含星动，晨毡映雪开。莫言鸿渐力，长牧上林隈。

（安徽博物院藏画）

题《三羊图》（乾隆三十一年作）

昔时贤相惟三阳，升平辅理称虞唐。九重优游翰墨香，天与人文垂四方。

（安徽博物院藏画）

题山水册页

《山行图》

怀君抱癣恶新衣，入夜荧荧见少微。参差春光三四月，竹鸡声里菜花飞。

《山水图》

瘿瓢箬笠意何求？只学孤狐老此丘。回首那堪思往事，一声黄叶寺门秋。

《赏梅图》

十年牛马各奔驰，笑杀钱刀市上儿。今日相逢广陵道，梅花冢畔索题诗。

（以上录自邵松年《古缘萃录》卷十四）

题《梅花图》

夜深雪水自煎茶，忽忆山中处士家。记取寒香清彻骨，至今无梦到梅花。

（上海文明书局《黄瘿瓢人物、花卉、山水册》）

题《麻姑图》

好红吹树橘花香，花下真人道姓王。大篆龙蛇随笔札，小天星斗编衣裳。闲抱南极归期远，笑指东溟饮兴长。要唤麻姑同一醉，更人载酒下余杭。

（福建博物院藏横批）

题《抱壶美人图》

当炉女子髻岩巉，窄袖新奇短短衫。自是江南好风景，梨花小雨燕呢喃。

（迮朗《三万六千顷湖中画船录》）

题《仕女图》

高髻阿那长袖垂，玉钗仿佛挂罗衣。折得花枝向宝镜，比妾颜色谁光辉？

（上海人民美术出版社《黄慎》）

题《仕女图》

双龙画烛吐青烟，宝瑟闲挥五十弦。髻堕轻云光殿角，袖牵飞燕落筵前。舞腰一尺愁难减，泪眼盈波见易怜。堪笑阮郎空怅望，蓝桥回首即神仙。

（河南博物院藏画）

题《仕女图》

芙蓉为帐金为堂，冷落流苏百和香。额角有伤求獭髓，县门无日化鸳鸯。软风委地春花晚，明月当天绣户凉。一自萧郎相别后，舞衣闲叠合欢床。

（河南博物院藏画）

题《渔妇图》

渔翁晒网趁斜阳，渔妇携筐入市场。换得城中盐菜米，其余沽酒出横塘。

（天津艺术博物馆藏画）

题《人物琴鹤图》

凤翥鹰翔，垂绅长佩。焚香正告，琴鹤自随。朱弦玉轸，皆吾知音。缟衣玄裳，皆吾同类。

（安徽博物院藏折扇）

题《山谷听琴图》

流水白云西复东，高歌一曲走金风。相携自是知音客，故写闲心三尺桐。

（南京博物院藏画）

无题

焚香一炷拜星辰，共祝皇家管履新。老笑簪幡苏学士，羞惭剪胜李夫人。选花看妾临春水，投刺忘呈答比邻。懒与少年同习俗，不教骑马踏街尘。

（天津人民美术出版社《书法举要》）

题《山谷隐者图》

沅有芷兮澧有兰，空蒙夜气石堂寒。一湖秋水浸明月，两袖闲云归故山。弘景自高真宰相，陶潜应悔授郎官。也知白发生朝暮，安得仙人换骨丹。

（江苏省国画院藏画）

题《双雁图》

半山经雨带斜晖，向水芦花映客衣。云外可知君到处，寄书须及雁南飞。

（故宫博物院藏立轴）

题《英雄独立图》

左看若侧，右视如倾。劲翮二六，机速体轻。钩爪悬芒，正如枯荆。嘴利吴戟，目颖星明。雄安邈世？逸气横生。

（故宫博物院藏立轴）

题双蝶图册页

造化谁使然，春去秋风起。愁语恋寒蛩，文章媚凤子。

（上海博物馆藏画）

题《菊蟹图》

手执螺卮擘蟹黄，客中何事又重阳。年年佳节看来惯，醉榻寒花一瓣香。

（天津艺术博物馆藏立轴）

题《秋柳画眉图》

凤钗如坠试容妆，睡起慵慵醉海棠。学得柳纤新样子，画眉疑是唤张郎。

（文物出版社《扬州八怪·黄慎》）

题《柳塘双鹭图》

湘帘晓卷广陵烟，杨柳高楼大道边。闲杀春光看振鹭，一拳撑破水中天。

（四川博物院藏画）

题《芦雁图》

南归爱上荻芦洲，杳渺晴空一片秋。何事飞鸣多回顾，大都不免稻粱谋。

（美国旧金山亚洲艺术美术馆藏横幅）

题《瓶梅图》

寄取桓玄画一厨，草堂仍是旧规模。胆瓶自插梅花瘦，长忆春风乞鉴湖。

（人民美术出版社《黄慎》）

题梅花小品

江南霜月白如银，带醉归来别馆春。忽到画间疑是梦，绕帘梅影认前身。

（人民美术出版社《黄慎》）

题玉簪小品

老人一扫秋园卉，六片尖尖雪色流。用尽邢州砂万斛，未便琢出此搔头。

（扬州文物商店藏画）

题杂画花卉

下剪春风锦绣香，谁怜铁石是心肠。知君不爱胭脂抹，墨蘸徐妃半面妆。

（人民美术出版社《黄慎》）

题《蕉叶鸡冠图》

芭蕉叶下鸡冠花，一朵红鲜不可遮。老夫烂醉抹此幅，雨后西天忽晚霞。

（宁化县文化馆藏画）

题芍药册页

阿姨天上舞霓裳，姊妹庭前剪雪霜。要上牡丹为近侍，铅华不御学梅妆。

（湖南省博物馆藏画）

题紫藤花册页

岩石堂深看早霞，多书犹爱司农家。老去诙谐师曼倩，从无骄态信曹华。大明寺里香泉水，晚对亭边谷雨茶。自笑浮生浑若梦，春风无力紫藤花。

（上海博物馆藏画）

题葵花册页

最爱葵花浅淡妆，秋来何事殿群芳？却嫌银粉多相污，还忆当年尚额黄。

（云南省博物馆藏画）

题《双猫图》

泛览昌蒲花，那得同凡草。唯兹能引年，令人长寿考。对兹含笑花，谁似长年好。蔓草春风归，安得不速老！

十载江南村，不识江南路。片片落花飞，来去知何处？

（广东省博物馆藏立轴）

题米点山水

横涂直抹气穷窿，不与人间较拙工。醉里那知不是我，凭他笑我米南宫。

（宁化县文化馆藏画）

题《三星图》

洞天香火不胜晴，南极于今夜夜明。圣主阳刚万年寿，更从长至祝长春。

（宁化县文化馆藏画）

题《李铁拐图》

吞云作雾遍天涯，不问人间路几赊。摄从芒鞋何处去？手中都是十洲花。

（宁化县文化馆藏画）

题漱石《捧砚图》

写神不写真，手持此结邻。何处风流客？吾家大度人。

（文物出版社《扬州八怪·黄慎》）

题《柳塘双鹭图》

青山淡抹走轻烟，杨柳高楼大道边。闲杀春光看振

445

鹭，一拳撑破水中天。

（台湾艺术图书公司《扬州八怪全集》）

题《九龙险滩行舟图》

九龙水涨篙师骄，万马奔腾驾海潮。夕月篷光窥鼬鼠，风雷勾险走山魈。人如天上坐来稳，鸟逐云边望去遥。千古狂澜谁可挽，那堪瓖渚目萧条。

（台湾艺术图书公司《扬州八怪全集》）

题米点山水册页

风雨年年过客愁，鹭鸶清意立芳洲。却怜河畔青青草，不怨春光逝水流。

（台湾艺术图书公司《扬州八怪全集》）

题《柳燕图》

能言不让雪衣娘，飞入鸦群点点苍。自是湘江开燕剪，夕阳疏柳水云乡。

（台湾艺术图书公司《扬州八怪全集》）

红桥

红桥画鹢漫操觚，暮色垂杨趁雨途。野水木鲸归法海，春风石马拜司徒。帘前花色窥仙仗，堤外莺声识故吾。尽日缺瓜船上望，鉴开新涨满芰菰。

（杨澜编《汀南廑存集》）

迁寓

客馆净嚣尘，南村近得邻。绿杨三月雨，芳草满亭春。剐竹引泉水，罗峰拜丈人。图书兼芳碗，又是一番新。

（湖北省博物馆藏草书立轴）

送汪瞻侯归姑苏

卧病江湖迹已疏，闻君重整旧茅庐。言栽瑰渚千头桔，懒答中原一纸书。潮水难平悲伍员，溪毛留恨荐三闾。不须别自寻生计，归向湖边作老渔。

（文物出版社《书法丛刊》第三辑）

怀黄敬梅

昔别大江舟，春城忆石头。疏闻竹杪雨，冷过木樨秋。诗剪西昆体，书飞淮海邮。弟兄怀墨绶，遥望出神州。

（湖北省博物馆藏草书立轴）

赠洪石夫

三十六峰客，云门有石夫。游心资铁笔，对酒吸银盂。破砚耕常在，择邻德不孤。看君多慷慨，玄凤近来无？

（《书法》1969年第3期）

七绝（二首）

一从点选入官家，尽道人称萼绿华。曾记夜深煎雪水，牙痕新月剩团茶。

多情自古犯情痴，每爱江南唱竹枝。莲底女郎双白足，不知红豆是相思。

（载《书法》1969年第3期）

七绝（二首）

三十年来跨一驴，只今到处似僧居。风尘扑面空搔首，悔住深山不读书。

吟花吹柳月初三，几几江潮逐远帆。却望东风青草绿，去年今日在江南。

（以上宁化县文化馆藏墨迹）

题《伯乐相马图》

南骥已负王良御，一顾应逢伯乐鸣。

（故宫博物院藏）

题螳螂、稻穗册页

形骓似天马，不及石碙多。

（上海博物馆藏）

题蟋蟀、狗尾草册页

墙上春生狗尾多。

（上海博物馆藏）

题鸡冠花册页

阶前秋老鸡冠瘫。

（上海博物馆藏）

题《抱壶美人图》

云液既多须强饮，玉书无事莫频开。

（迮朗《三万六千顷湖中画船录》）

题《渔翁图》

羡煞清江白发翁，和雨和风卷钓筒。

（日本《中国南画大成》第七卷）

题《群渔图》

不如收拾丝纶去，留得长竿钓巨鳌。

（宁夏回族自治区博物馆藏）

题《教子图》

教子犹勤老读书。

（上海人民美术出版社《黄慎》）

题《瑞雪图》

昨夜忽飞三尺雪，明年须兆十分春。

（上海人民美术出版社《黄慎》）

题《采药仙人图》

有时带剑锄灵药，无事焚香对古书。

（上海人民美术出版社《黄慎》）

题《秋江图》

极浦涵秋月。

（上海人民美术出版社《黄慎》）

题《石室仙宫图》

石室冷擎千古月，仙宫高出半天云。

（中华书局《晋唐宋元明清名画大观》）

题《瓶花图》

料得朝开园内白，霞彩雨墨写青天。

（上海人民美术出版社《黄慎》）

题菊花册页

惟惭老圃秋容淡，且看黄花晚节香。

（湖南省博物馆藏画）

题杨梅册页

昨夜嫦娥有消息，今日天香报晓来。

（湖南省博物馆藏画）

题佛手梅花册页

寿阳公主怜秋艳，故把梅花改素妆。

（湖南省博物馆藏画）

题荷花册页

荷叶秋风失翠渚。

（上海人民美术出版社《黄慎》）

题花卉山水册页

荷花

清香袭我衣。

桐子

依爱桐花结子多。

虞美人

下剪春风，谁怜锦绣。

芋魁

领取十年宰相。

水仙

水滨解佩忆陈思。

蕙

谷雨蕙香，云淡蕙荡，绝好赏时。

（以上台湾艺术图书公司《扬州八怪全集》）

题《疏柳鹦鸹图》

能言不让雪衣娘，飞入鸦群点点妆。

（台湾艺术图书公司《扬州八怪全集》）

晚泊逢故人（残句）

月生钟阜冷，雁破楚天青。

（雷铉《闻见偶录》）

怀李子明（残句）

千里楚山去，一楼海月孤。

（雷铉《闻见偶录》）

对联（五副）

别向诗中开世界，

长从意外到云霄。

（扬州博物馆藏草书墨迹）

夜静斗撑偬剑月，

秋高风洗读书天。

（浙江省博物馆藏草书墨迹）

石泉和梦冷，

野草入诗香。

（福建省宁化县济村乡三村过见排曾清显藏草书墨迹）

看花临水心无事，

啸志歌怀意自如。

（福建省宁化县雷鸣声藏草书墨迹）

花时招我无虚日，

月下寻君紧到门。

（福建省宁化县雷鸣声藏草书墨迹）

题《南极仙翁图》

矍铄哉！是翁也。以八百岁为春，八百岁为冬。举杯吞湖海之口，策杖返扶桑之东。

（安徽博物院藏立轴）

题《金带围图》

维扬芍药，有红瓣而黄腰，号"金带围"，本无常种。此花见，则城中内出宰相。韩魏公守广陵，忽出四枝。公选客具宴以赏之。时王岐公以高科为倅，王荆公以名士为属，皆在选。阙其一，私念有过客，召使当之。及暮，报陈太傅来，亟使召至，乃秀公也。后四公皆入相。

（南京博物院藏立轴）

冬心先生集

［清］金农 著

张郁明 点校

目　录

冬心先生集

尧之外臣汉逸民，蓍簪韦带不讳贫，疏髯高颡全天真，半生舟楫蹄与轮，诗名到处传千春。

蒲州刘仲益题

予赋性幽夐，少耽索居味道之乐，有田几棱，屋数区，在钱塘江上；中为书堂，面江背山，江之外有山无穷，若沃洲、天姥、云门、洛思诸峰岭，群欲褰裳涉波，昵就予者。于是目厌烟霏，耳饱澜浪，意若有得，时取古人经籍文辞研披，不间昕夕，会心而吟，纸墨遂多，然犹不自慊。近交里闬，二三能言之士，大抵多与予同其好。林壑间，俊僧隐流，钵箪瓢笠之往还，复绕苦硬清峭之思，相与撦发抉摘，尽取高车影缨辈所不至之境，不道之语而琢之绘之，由是世遂比数予于诗人，予翻然秘匿，惧其隘而不广于见闻，直而不惬于比兴，瘠而不腴于枝叶，笑覆陆机之瓿，屡矣。或有跻予于钜公派别者，予曰：昔徐师川不深附西江，张伯雨能超手铁雅，诗固各有体，趋今何如则古耶，乃鄙意所好，常在玉溪天随之间。玉溪赏其窈眇之音，而清艳不乏；天随标其幽遐之旨，而奥衍为多；然宁必规玉溪而范天随哉。予之诗，不玉溪不天随，即玉溪即天随耳。比长年来，益为汗漫游，遍走齐、鲁、燕、赵、秦、晋、楚、粤之邦，或名岳大河，倾写胸臆；或荒台陊殿，怅触古怀；或雨零风欷，感伤羁屑；或筝人酒徒，飞扬意气；境会所迁，声情随赴，不谐众耳，唯矜孤吹；此则予诗之大凡也。孤露以后，旧业随废；欲求天随子松江通潮之田、小鸡山之樵薪，已不可得。旅食益困，念玉溪生有打钟扫地为清凉山行者誓愿，因亦誓愿五十之年便将衣祴入林，得句呈佛，以送余生。遂发愤将旧稿删削编雝，都为四卷，写一净本，付之镂木家。自今有索冬心先生而望岫息心者，得不披对此集乎。冬心先生者，予丙申病痁江上，寒宵怀人，不寐申旦，遂取崔国辅"寂寥抱冬心"之语以自号，今以氏其集云。雍正十一年十月钱塘金农自序。

《冬心先生集》卷第一

钱塘　金农寿门

予处田野，与物无争，赋杂体一章，颂稼事也，遍为告诚，以当农谣

蚕桑月令过，芒种天所予。老巫卜瓦卦，请验古谚语。勤恳稼秅兴，田家苦骄阳。行祷不雨厄，劝龙各一觞。踽踽复踽踽，垄阪筋力颤。鞭棰尔虽长，宁识牛性善。西堤比户忙，窄衣只掩骼。罱泥三尺浑，朝来喧筑坝。王命布农事，秋收戒其荒。暖暖墟中烟，五里闻炊香。太岁值丰年，出入皆大吉。督工村夫子，风俗耻货殖。

月夜叩灅禅师讲堂

去天只一握，峰势俨西华。欻闻云脚香，苍苍满床下。二十五条衣，吾师谛妙义。住于忍界中，不唾琉璃地。禅定灵鸽栖，客心生幽怖。破市寒月来，水光千万树。僵个念夙缘，今霄侍瓶钵。悄听邻钟声，合掌乱山谒。

雪中怀会稽陶十二幼雅

山雪白皑皑，郊扉昼不开。懒为洛阳卧，谁共霸陵杯。窥涧鸟声合，入林江影来。遥思严长史，清啸㯊娥台。

寄吴丈允嘉

北郭依乔木，青山属隐君。心知白云妙，书爱众香

熏。草阁编遗集，滤湖采旧闻。犹夸健如犊，课子事耕耘。

杨知、陈章见过冬心斋，
予出汉唐金石拓本二百四十种共观

空巷草根苦，遭此秋雨屯。离披一尺长，那知中有人。守穷如守盟，向壁独吊影。书家得申韩，二子欣造请。圣唐与神汉，文字古所敦。吉金贞石志，辨证搜株源。嗟嗟暝色催，客去倚江渚。炊烟饥不生，寒鸡各上距。

碧澜堂寄王豫

酒漉纱巾春瓮开，碧澜堂外望漭洄。此间丝竹声凄唳，善病王郎竟不来。

雨后独步池上

烟际曳筇人掩关，绕行池上夜忘还。浮萍刚得雨吹散，吐出月痕如破环。

卢圻港

瓜皮艇子水粘天，认得卢圻港口烟。一币霜丛有人语，晚风撑到卧床前。

若溪曲二首

净绿瓜瓢嫩，揉蓝草汁熏。光明河畔水，好与染罗裙。

下若翠物香，细尝淡为贵。但能通颜色，何必沙糖味。

题贞曜先生集后

苦词峭刻寡情欢，孟保荒迷石井阑，一尉终身贫至此，溪堂草木笑清寒。

同鲍十四明府鉁、高十一秀才岩过夹山漾舟中阻风

先生解官印，快游心目开。我已一笑诺，况携杜秀才。单棹入镜行，春波宛南浦。暖翠浮岚中，活脱峰伍伍。长林夹山漾，修坂小康村。如何寂寞意，展望伤客魂。青冥变茫苍，纤末从云起。只此十里间，愁风复愁水。

双林晚景

若练吴波折复回，遥岑悄没夕阳催，绝无人影橹声过，萍叶中间一道开。

曲江之上先人敝庐在焉，积病初倦杂书六首

门庭就衰落，弹指等浮沤。羌非广绝交，客肯浪见投。恋恋两黄犬，萧萧一苍头。自拾甑中尘，贫窭忘苟求。麻薄葛粗疏，摧烧各悲秋。

七八月之间，胡为抱积瘅。酒库曲糵荒，相思屡欠呵。比无俗喧豗，耳目成懒惰。野花墙框生，暗泉床下过。袅袅凉叶飞，虚堂枕手卧。

乡里时问疾，幼女戏捶背。合和药一剂，差觉医可爱。辛苦服三苓，本草出袖内。江湖计已辍，摄生理固在。誓将乞神农，丘樊永潜晦。

旧种倔强松，弱藤互勾棘。上巢塌翅禽，反哺形逼仄。驯性年复年，奚忍施缴弋。似怜主人意，当午叫不

息。博得二千石，余粮为汝食。

忆昔载游具，贤尹真吾曹。春帆十幅蒲，太湖行周遭。百里洲上树，疏瘦如牛毛。题诗大雷山，诡迹搜冥弢。至今寒梦中，淘淘惊波涛。

退院赴斋期，缁流澹孤踪。禅派话灵岳，方袍策短筇。功德离垢幢，竦然闻清钟。秋光妙渲染，溪云泄阴浓。变雨忽不雨，朵朵檐际峰。（比日尝过梵天讲寺为散疾之游）

前江后山书堂修竹十五竿为人删除，作诗惜之

籤籤青竹竿，环绕江上宅。移至刹中僧，岁之摄提格。略除虫蠹侵，不计土肥瘠。我无食肉相，稍喜共萧索。微阳荫槛隅，凉吹递林隙。娟秀若翠葆，婆娑悦姹婳。今秋游故郭，羁旅成俗客。负此十五茎，苦节抱孤直。可怜遭剐去，束缚竟抛掷。宁为彗与箕，免受煎茶厄。

四哀诗

而翁远窜谪，恶信来梦寐。肉与骨相离，袖有一掬泪。痛君投荒寻，瘴疠犺獠地。近复奔东都，绝粒嵩阳寺。七年赋零丁，漫灭背上字。（蔡本驯）

少壮藩邸游，晚归啬于遇。粉本工小笔，能笺尔雅误。逢逢罗刹江，忽闻王公讣。哀哉篆墓砖，铭语贱子作（叶）。丙舍绕沮洳，残花剥如雨。（王玙）

黑头荣戟郎，引我称兄弟。未解筹钱刀，恰谙食苦荠。昨岁结清欢，水嬉共秋禊，隔世悲音尘，朋党失文艺。齿冷同辈儿，骄人只门第。（杨守晟）

古乐栖神明，抚琴卧岩薮。丝中有木声，不生荆棘手。尝言海虞老，指法非矫揉。练心旦复旦，天乎夺长寿。幽龛何时营，撤弦沥吴酒。（张沄）

题鲍十四游邓尉探梅诸诗后二首

鲍清凤是木肠儿，铜井铜坑践素期。塔影湖光树中见，花香偏在裹头时。

方丈灯明万籁虚，夙生慧业究何如。开堂一语君参否，水底蓬尘山上鱼。

平望驿晓发过太湖

解缆画眉桥，川程浩弥弥。乞得美满风，快如渡彭蠡。聒天波空灵，初阴树迢递。回头莫厘峰，厌厌未梳洗。

宿焦山

缥缈松寥山，积翠下无路。风籁钟微茫，鹤迹云散聚。如闻定中僧，禅窟劝小住。牵月濯巾瓶，江光漾高树。

广陵客舍寄答谢大遵王

一月闭门恒自饥，连朝养疴懒赋诗。高僧送米苦难得，残客索书佯不知。昨宵小饮酒人处，拍浮笑记鲴阳语。三十六陂清露香，秋暑已被花销去。中年以往万事输，岂惜齿痛须半枯。柔丝纤管领风味，早衰吾欲称老夫。

南郭

连坰重阪近幽栖，菜甲抽青自灌畦。刚得天凉三日雨，秋光如水草虫啼。

题方氏池上壁

凭栏送远目，积阴生陂塘。水木自明瑟，凫鹥何拍张。棋从岳僧覆，茶共蜀客尝。纤雨晚飞来，晞发池上凉。

杨三十五过宿广陵客舍

秋林正凉雨，为洗客衣尘。而我祢衡病，夫君原宪贫。岁看华鬓改，话到故山真。今夜燃①灯坐，乡愁添一人。

【校】

①燃，原作"然"。

秋来

纨扇生衣捐已无，掩书不读闭精庐。故人笑比中庭树，一日秋风一日疏。

汪埸、陈章见送真州舟中漫述二首

一夜风叶中，听雨声不休。既阻帆的的，复掩灯修修。谁不惜游子，骚怨含离忧。去如楚江篱，弱根日以浮。

他乡乐亦苦，泪滴杯酒间。车有书满椟，橐无金两锾。怯渡黄连港，笑寻甘草山。岂为滑稽雄，暂尔启客颜。

孙宪遗米，予于僧厨作粥食之，戏报此诗

学佛疲津梁，辟谷乃不可。长饥东方生，胡能达青琐。遗诮桑下留，俄悲蔀间堕。瑾户类蛰虫，绳床拥絮

坐。楠楠闻叩声，于思剧怜我。三升分仓储，精凿出扬簸。作糜感殷勤，瓦铫拨宿火。一饱计已奢，何须灸车辖。

月夜陆立、刘乃大见过

一卷细注陆德明，千瓯不醉刘公荣。谈经饮酒得二友，时顾寂寞僧寮清。奇葩芬口义可取，糟丘寓言理非诮。独我天寒夜失眠，低头泱泱霜月苦。

闵华治酒送别

雷陂重相送，饯席暂淹留。人作浮云笑，酒生明日愁。西风孤烛夜，凉笛五湖舟。缭白萦青外，家山话越州。

松陵雨泊

依然袯被返句吴，踪迹荒凉似野凫。一夕菰蒲打篷雨，声声引梦入江湖。

怀人绝句三十首

汉阴丈人甘遁迹，笔札奇奥驱夔魖。破费菖蒲洗烦恼，三层楼上注虫鱼。

数来武林作词客，市上独倾酒百杯。观者围场顿挢舌，硬弓力挽癫如雷。

杪椤阴蔽菩萨泉，壁挂镇子空厨烟。记得山中秋雨歇，大家来看兜罗绵。

宋元雕本积万卷，夫子著书游禁庭。近不得意但高卧，秋风吹老古槐厅。

平生沈九严十六，雕句炼格超篱樊。昨赋宫体更新变，对君端欲把降幡。

玉练槌香天气晴，秋来曾访长官清。苹花百里快烟水，柔橹一枝摇进城。

流浪定悲朱邸改，幽潜已逊鹤书征。年年送客徒为郡，支俸何人刻七经。

诗文酷似梅欧阳，七十授官君最强。不畏早朝待宫漏，尺三污脚满靴霜。

季子岂长贫贱者，逸经熟窥秘且奇。缚帚庵中每来往，尖头僧请复残棋。

嚼徵含商谱曲迟，语儿溪畔忆爰丝。渚禽喧聒无来客，雨散秋堂长泽葵。

解印真成衰谢翁，会稽仙令等飘蓬。左车作恶何人问，只合抽身药院中。

今年专访甘风子，论画老兄时见招。渐渐斜阳平水阁，檐花颠倒散鱼苗。

疏放偏能坚酒戒，滑稽岂愿曳华裾。春城弦管春如海，多少蛾眉笑吃虚。

御红千盏抵千团，园主轻抛客恶滩。三载归来归便去，花开却让别人看。

慧郎赤牍逾淮至，说道渠爷遽弃家。移向轩辕台顶住，鹿床轻载独轮车。

装潢庄严贤伯仲，画中真赝辨精粗。寒家一厨付火劫，只剩钩金灌佛图。

谈笑项侯妙天下，撑肠拄腹多异书。壮哉尚欲走辇毂，鞭掉西风秃尾驴。

一瓶颜色胜秋泉，留待相逢话洞天。落叶打头如过雨，倚汀楼认孝廉船。

陈三与我称至友，年复年来悲断萍。试问芜城苦吟客，落花忆否鲒埼亭。

七年不见朱循吏，往事漫漶如扫尘。闻说休粮买山隐，白髭须称罢官人。

片石冈峦各殊状，果然妩媚若烟鬟。纷纷夸有空青府，可敌玲珑绛望山。

琴传樊氏古良工，君趁凉飔弹塞鸿。堂上槐花飘一寸，七条弦在水声中。

沉湎直可呼黯伯，朝朝醉死忘颓龄。有时迋我说断饮，怕我上天囚酒星。

蝉腹龟肠清若无，九朝三食真仙儒。井阑淘米日趀影，一笑腾腾据灶觚。

童时顽劣逃村塾，连臂比邻萧八郎。不识春光是何物，白蔷薇底捉迷藏。

散职旧衔冰样清，初删苜蓿又发萌。糟床漉酒留客听，家婢合和骨董羹。

收藏三百十种帖，一一旧拓浮古香。乞君题遍极考订，烂纸败煤重开光。

金牛湖上涨层峦，鸟榜红舷昔共欢。才看抛堶过冷节，落花飞絮滚成团。

今秋郧国归来后，即访荒斋赌酒尊。团坐绳床夜联句，百虫啼雨叶堆门。

乐府十篇音节长，众中猥诵风骚狂。莫教传入京城去，惊动庞眉老侍郎。

画兰竹自题纸尾寄程五鸣、江二炳炎

写竹兼写兰，欹疏墨痕吐。一花与一枝，无媚有清苦。掷纸自太息，不入画师谱。酬人分精粗，妙语吾所取。钤以小私印，署名隶书古。半幅悬空斋，色香满岩坞。隐坐整日看，冷吟独闭户。饮水张玉琴，斜阳忽飞雨。

江上迟厉二鹗

疲琴有涩声，昨夜雨不止。嗒然罢空弹，独立当门水。新漉酒一升，冷热味何似。墟烟山叶中，知君来曳履。

近溪庵怀亦谙上人

庵改团瓢形，溪迷白沙路。十年不来游，经行惮寒沍。晶晶银色云，盘盘螺髻树。夙爱轧氏癯，永怀己公句。可怜在山僧，三徙城中住。

晓登栖霞岭，历水乐洞，转憩慧日精舍，觅壁上题名，泛湖而归。杂书三首寄昔年同游王煦、周京司直、金士章、厉鹗、汪潭台诸朋好

幂云容翠□巘宽，此间寄胜若骖鸾。野梅苦竹无人见，破晓冰霜各自寒。

烟林叶尽声如扫，山鸟日高啼已空。独立吟成有谁和，一方寒玉水丁东。

蛛尘藓墨认依稀，怊怅题名身世非。坐对诸峰浸湖面，黄妃塔下放船归。

宿韬光飞雨轩

隙尘抖擞上方眠，飞雨轩中暂息缘。试问蒲团琳长老，可曾听厌满山泉。

小善庵予别业也。旧凿硗确得泉涓涓冷冷，厨僧常取供之，因作是诗

摘泉凿石根，我家青芝坞。源非黩而恶，蒙蒙天奥府。疾风中多缠，怪木上欲啮。洞深纳积阴，雷雨不敢泄。入山瓢勺喧，引供步沃沃。僧厨十二筒，断竹复续竹。击声若礧硪，高秋聚沆瀹。三漱劳舌神，可以消宿愆。

腊月二十四日，江上无事，因出家酝要诸邻翁小饮

曾读逸民传，南村旧隐沦。清江围屋树，寒雨对床人。岁晏药苗路，花开酒国香。依然敦汉俗，祭灶请比邻。

江上岁暮杂诗四首

内史书兰亭，绝品阅世久。风流翠墨香，得之独漉叟。（旧为刘山人所藏）楮烂字画全，光华神气厚。旧传七遗民，淋漓跋其后。惜为老黠工，名迹已割取。椟去珠尚存，何伤落吾手。少日曾习临，搴帷羞新妇。自看仍自收，空箱防污垢。一事胜辩师，未饮缸面酒。（冬心斋中石刻褉帖）

有物爬沙行，合眼听怪绝。索索复苴苴，天寒一夜雪。撒盐与铺糁，清晓生万洁。床琴冻折弦，巷门荒脱阘。主人病耽愁，涩缩中阴闭。身比枯木僵，心如宿火

热。坐失江上山，微茫辨明灭。新添空涧中，泉声日呜咽。（雪）

高生作画图，送予还乡土。淡墨善工愁，至情写终古。郁郁刺孤城，惝惝飞小雨，戢香江南山，树有别离苦。恍闻吹浦笛，又觉打津鼓，吴舻一霎行，朔风渡扬子（叶）。抵家币月深，闷怀若墙堵。展轴每思君，何时奉清尘。（题广陵高翔送予还钱塘山水轴子。）

古镜破难照，中敛寒月精。么钱薄无用，上渍丹砂明。嗟吾两不如，万事忝所生。可怜穷鸟赋，乡人多讥评。（戏答杨三十五知）

雪夜怀吴兴姚秀才世钰

密雪厅空闭，明灯叶扫多。思君若樀酒，寒夜可来么。

书和靖先生集后

不婚不宦失津涯，身后高名动慕嗟。毕竟有人庐舍侧，俸钱治墓服缌麻。

《冬心先生集》卷第二

钱塘　金农寿门

章丘绣江亭寄杭孝廉士骏、桑贡士调元

赚得闲情半日看，绣江亭似散花滩。绿差差水乡心动，只少东边斗鸡阑。

樊川雪后至西坡庵寻陈文贞公题名

余雪媚樵径，精庐策杖行。眼明半峰影，心洗百泉声。驯鹤襹襹立，朝曦暖暖生。樊川陈阁老，岩壁有题名。

与陈学士壮履晚食戏成三首

漫道萧娘纤指同，熏人辛味出桦中。何能强食过三斗，酷吏宁逢屈突通。

升仙事渺发斑斑，银押生光钉坐间。我是江南未归客，一拳如见润州山。

雪虐风饕饮冻醅，围炉偏向夜深来。可知印绶寻常物，只博丁郎啖百枚。

春雪

春雪玉尘飞，春风柳絮稀。薄寒欺网户，清艳妒罗帏。敛袂奁棋掩，哦诗篝火微。小游仙有梦，今夕降真妃。

伎席咏落梅二首

比翼青禽去不回，花枝转惜十分开。粉绵已退衣香减，空捧银槎唱落梅。

离笛含愁绮席春，横汾咫尺隔芳津。而今月地云阶
别，玉女窗中梦绿尘。

匠里

匠里聚村落，高春湛露晞。溪清鉴尧韭，山野剩周
薇。风以淳初古，人多道胜肥。耦耕今不废，椒醑共
春祈。

圣王坪

访道通幽象，仙山视听殊。鹤鸣知子午，松吹叶笙
竽。香雾迷三里，天浆散百觚。肯教容易别，琼月闭
金铺。

石淙院与禅人茶话

虚空同瞑坐，竖拂老汤师。一夕庄严论，三生茗果
期。花宫何窈窕，药树自逶迤。不厌春泉沸，淙淙檐
下垂。

桑林

遗迹桑林旧，熙熙物态舒。地犹传谷饮，人半杂麇
居。匼币春山远，冥漾社雨余。回瞻请祷处，如侍六龙舆。

吉祥寺泉上十韵

新雾来山中，精舍骋游昈。始入灌木阴，稍深冷风
善。维南豁乎畴，极西耸浮巘。静云一族居，幽涧众
流衍。酒出浸浅莎，滥时破重藓。橘橘灵液华，涓涓连
珠演。手蝌不乱淆，口饮有廉辨。即此澹交订，君子意

非舛。惜哉无名缁，绿尘斗茶莽。明朝续水缘，石鼎携松笼。

过北碛精舍，得宋高僧手写涅槃经残本，即题其后

欲尝米汁来禅扉，孤松解带刚十围。向日苾刍香馡馡，驯禽相对无妄飞。忏堂拭案白拂挥，漆龛朽坏生蟪蛳。残经一卷认依稀，口诵深悔前毁诽。彼国长者忘是非，文字不作阴符机。圣僧手写心弗违，朱丝阑好界画微。法王力大书体肥，肯落人间寒与饥。阅岁六百方我归，如石韫玉今吐辉。此中妙谛多福威，昆明浩劫增歔欷。

绯桃花下喜雨

东风作恶春无据，花上浮尘吹不去。忽闻好雨淅淅鸣，虚廊洒瓦天将曙。辘轳井畔红峥嵘，夭桃渐破含笑迎。一枝半叶三沐浴，从此秾华分外生。

伎席

丁香花弱飘成泥，东家蝴蝶西家飞。春风三月细马骑，秀靥破玉双眉开。下马入门戏牵衣，绣鞯余暖无人知。觥船鳞鳞一棹迷，琵琶笑拨月色肥。金源曲子声如丝，外洋粉巾来索题。钗光鬓影红袖围，冬郎艳体赋赠谁。铜蠡暗咽乌夜啼，醉乡劝住归不归，面对何须生九疑。

蟢子

双烛生花送喜频，红丝蟢子漾流尘。不结绮窗雕户里，恰无人处上罗巾。

山中吉祥草，忽尔吐花，抽茎高出叶上，连缀紫萼，若排粟然，嗅之妙香逆鼻，真祇林幽品也。古老尝云："十岁始一开，终鲜有见者。"今获睹此，实予之厚幸矣。因赋转韵五字诗记之

萱草可忘忧，青棠能蠲忿。何如吉祥花，伸眉开笑吻。葳蕤抽亭亭，攒萼明龛灯。一领紫袈裟，恍对天台僧。善相本端然，忻忻若旧识。莫使姹女来，乱汝好颜色。涧风无繁声，逆鼻清香生。转恨九节蒲，仙茸空负名。

送贺十五德舆之辰州

五月沅陵道，毒淫多畏途。滑稽齐赘婿，潦倒楚狂夫。雾嶂砂床暗，蛮溪铜柱孤。此行悲老马，谁与抹青刍。

送性原上座还青浦

梦醒槐根日未晡，愿闻妙法阐醍醐。石人闭口宁相妒，莲子空心自不污。成佛莫教灵运后，弥天得似道安无。祖肩持钵师归去，如盖凉云薛淀湖。

携客步至七柿滩望樊山

各领清凉味，愔愔村坞深。沁脾向花水，张腋立风林。君作洛生咏，我弹越客琴。芙蓉山九点，浓翠扑衣襟。

梅子冈

引眺梅子冈，林端曲盘上。虽无一鹤随，已与孤云往。飞瀑畅秋源，前山开翠幌。叉手立移时，庵门揭茶榜。

石闾道院

厓反俯石闾，赴岭得幽造。花瓕向夕敛，水活入林冒。愿要白兔公，斋房诵真诰。啖之七孔明，心光翳尽扫。

游王屋山

不驾短辕车，不骑伏枥马。手拄猢狲藤，独游到岩下。松栝风棱棱，乱石如堕星。留我三日住，云白山转青。众山列修眉，野云覆成幄。朱衣鸟一双，其音奏韶乐。灵药满目前，传闻灌香泉。年年长芝术，仙官亦种田。

寻孟尊师草堂

遗蜕怀仙史，翠微通草堂。何时安药臼，于此置绳床。叩玉阴泉出，如人双树长。嗒然白云外，巾舄得清凉。

《水经注》云："析城山中有二泉，东浊西清，左右不生草木。"今游斯地，但见灌阴郁莽而已。灵源故道失其所在，感赋此诗

峭阁飞梁想洞天，山中遗迹已千年。无端草木丛生绿，不见东西清浊泉。

樊口西郊行药

何处病眼开，荒荒割昏膜。不著比丘衣，尚留居士屩。樊上得延伫，信步历榛薄。孤罄清磬空，诸峰白云各。此间微径僻，斜景闭墟落。谁识地隐人，时来一行药。

龙涎香二首寄吴秀才焯、厉孝廉鹗

氤氲盘袅验香煤，如带龙堂晓雾来。懒与人间斗檀麝，夕熏睡鸭已心灰。

方壶岛客渺难逢，一饼凄凉话故宫。南渡销亡天水碧，空传乐府补题中。

忆康山旧游，寄怀余元甲、高翔、
马曰璂、曰琯、曰璐、汪士慎

曩哲风流地，朋游数往还。饮盟无箅爵，花社一家山。谈艺挥犀柄，填词按翠鬟。相思渺天末，肠断朱萸湾。

寄丁敬

被褐藏荣绪，耽贫范史云。立言敦雅颂，取友别薰莸。蜀郡草堂集，陈仓石鼓文。何年共幽览，矫首海鸥群。

怀吴门陆峤

公子美无度，读书吴郡间。门留郁林石，床对小鸡山。终岁淹秋驾，何时缀玉班。殷勤通旅梦，细雨穆陵关。

吴江朱志广下第后，闻作粤西山水之游，
诗以怀之二首

席帽奚伤落羽悲，晓辞魏阙又天涯。白藤书笈单车出，谁送才人沈亚之。

玉笋瑶蔘山态新，漓江正好浣缁尘。桂林风土君须

记，闻说梅花也瘴人。

游天坛值雪

璇房璃室路幽州，晨降雪䡴万玉妃。记取年年石幢侧，仙人剪水作花飞。

憩王屋山后十方院二首

斗室虚无隘九州，萧条还作采真游。黄梅花融照□霰，疑是铜山铅泪流。

大椿灵饵话尧年，炼液升烟日驭前。玉女投壶天一笑，人间何苦种桑田。

樊川梅花下独酌怀沈助教闵述蜀中

一株忽见谢公墩，无数花须缀玉痕。香堕酒杯随入口，影斜苔阁正销魂。风尘不惮冰霜路，家世应知水月村。驿使难逢空怅立，故人芳讯隔彭门。

东峪访马山人复图卜肆

高颢称狂客，端居证道情。避人花独坐，请雨束长生。呼吸天关辟，神明水镜清。揲蓍兼布卦，江国问归程。

寄赠陈征君约

辞却三公位，桔槔日灌园。中林绝萧艾，隙地长葵萱。避世子孙乐，隔云鸡犬喧。龙门山可到，九曲探河源。

春苔

漠漠复绵绵，春苔翠管圆。日焦欺蕙带，风落笑榆钱。多雨偏三月，无人又一年。阴房托幽迹，不上玉阶前。

樊口

名山一百里，樊口似丹丘。岩户云孤注，花源水四周。尘祛持隐诀，松卧恣天游。桑苎江南客，风流老此州。

寄家书呈江上诸兄弟

燧易星回远报书，乡愁如疟笑驱除。数茎白发千杯酒，九曲黄河双鲤鱼。中岁弟兄贫亦好，全家烟水梦何疏。海鲜桥外樟亭路，无赖春风三月初。

老子祠李花

月夜长明洗眼昏，上清一气贯仙根。玉钿雾縠休轻比，恐污玄元七叶孙。

平定道中

雨后春流泻黛脂，李諲作颂托微辞。行人饮马来偷见，一阵花飞妒女祠。

悦公溪上紫藤著花

覆涧藤阴合，开时璎珞同。百年无天阏，三月正玲珑。弄色鱼鳞上，吹香佛钵中。吴兴思仿佛，花濑紫蒙蒙。

晋阳遇同乡李叟载通二首

记室相逢幕府清，玉溪笺奏擅才名。婆留乡语听来熟，恍在春风衣锦城。

白发萧萧映绿尊，每谈古迹黯销魂。明朝残树残山外，一吊离宫贺六浑。

游晋祠

叔虞祠不改，水木发清妍。蔼蔼长生树，泠泠难老泉。影如青伞立，味在玉浆前。更领凉堂趣，风中挥七弦。

次香山驿

香山驿断飞狐口，折臂难夸射雕手。昏霾睐眼脂流泔，欲觅清阴少杨柳。左骖右騑何足奇，但恨匹马行厓赢。稊田米贱那得食，短后之衣风披披。吹角嘶笳本游逻，慷慨悲歌有谁和。百里宿店马亦饥，饮啮满腹槽下卧。我心兀兀堕渺茫，不随骑吏随艑郎。富春江上足烟水，凉笛一声汀草长。

题青林沟所居

尘坌炎光昼已空，投簪久羡濯缨翁。鲜花活水山中路，轻篷纤稀林下风。乌榼一双贫不废，金丹四百老弥工。何年得遂茅茨约，黛色玲珑远可通。

唐检讨继祖除祠部郎中有寄

南宫典礼出蓬池，星位推尊众所知。旧日文名沈家令，新年官职赵中仪。冰厅风冷披香早，藤格花明退食迟。若梦江湖应念我，投竿释褐渺无期。

咏频婆果二首

晚凉才过浴兰时，一种甘香欲坠枝。为语玉溪溪上女，不劳红豆寄相思。

胭脂涂颊粉肌明，瑶席新尝别味清，翻恨炎州鲜荔子，只向风露不同生。

月夜紫薇花下有怀陆舍人庆元、陈吉士师俭

如闻仙漏暗泉中，冉冉芳蕤月浸空。今夜应知宿清禁，青绫客对紫薇翁。

午亭山村陈文贞公居里也。去公薨后十五年予乃游其门，与嗣君学士为笔札之徒。每企公之清德余风，合乎古而不可没者，因连缀成篇计得小诗四首。较之夸毗无徵之音，微有异焉

独持清德道弥尊，半饱（相国自号半饱居士）遗风在菜根。厩吏尚然思楚相，栈车牝马久无存。

河岳精灵绝代夸，耻居王后论诗家。瓣香一脉才如愿，蛛网梁尘拜绛①纱。

溪上青山接太行，午亭便是午桥庄。能消裴令生前憾，绣尾鱼今二尺长。

令狐学士被恩齐，趋步曾登白石梯。夹道槐阴门似水，雨余好护旧沙堤。

【校】

① 绛，原作"绛"。

汾州于郎中灏远觇隃麋戏报三首

古香清不醲，一挺复一螺。老夫乱涂抹，却胜画双蛾。

羊真孔草已矣，书法以心为师。昨日墨池干涸，重开花更淋漓。

蛇孙蛇子久催枝，那数松烟含绿滋。磨向晴窗钩石本，崇徽公主手痕碑。

过济胜讲寺

入寺戒坛古，远风吹塔铃。空廊且粗饭，净手独繙经。林瘦多病叶，鹤孤自长龄。连宵有山梦，梦见众山青。

湘中杨隐士棻寄遗君山茶片奉答四首

茶称仙掌凤曾闻，白绢红钤远寄勤。除却巢兄无别客，开函疑有洞庭云。

安得中泠汲满瓶，楚狂毁后愈芳馨。煎时若入姜盐味，岂异嬴秦施五刑。

明婳山容菡苕天，疏寮凉院证因缘。笑他纱帽笼头坐，水厄虚名直浪传。

八饼何须琢月轮，不如细啜越瓷新。漫忧销耗通宵醒，元是秋堂少睡人。

东冈卧病

蟾蜍两岁照秋林，忽忽奚堪百感侵。久别金茎分草露，顿忘碧海守蹄涔。西方尚竞椒兰气，北里新除郑卫音。敢与王郎比朝隐，爱闲多病闭门深。

秋雨小止，杂书遣怀简陈学士三首，来日拟作九女台之游

层馆疏且清，人定无喧嚜。合抱树郁栾，连阴雨淋滴。滴如寒漏闻，夜比华池独。校书烛幢幢，恍陪玉堂宿。

先生慕渴羌，饮酒若决渠。山中时挂笏，花底仍悬车。近从农圃言，续寄齐谐书。物理不可测，朽瓜化为鱼。

玲珑洞阳东，前月窥天柱。缥缈王屋西，晚秋踵灵府。晨拟导沁流，遐瞩希风古。扠身九女台，峰峰弄眉妩。

十五夜对月有怀淮上旧游

素华先夕净云霾，忽到尊前分外佳。已验珠胎随影满，可怜玉镜借光揩。西方一桁秋河路，凉笛三更雁齿阶。记得天涯流恨处，照人头白是清淮。

石闾晓起将游洞阳山中

流影西斜月帐空，披衣独坐尚朦胧。依人香草如湘曲，争旦清猿似峡中。眼界明来千障失，心苗开处九关通。无烦市上壶公术，好御仙山离合风。

登阳台观

清斋朝盥入山行，恍忽松幢葆盖迎。欲向月田除桂蠹，愿从云海访芝精。心如绛阙三池满，足比青禽两翼轻。歌罢人间可哀曲，阳台观侧窃留名。

客来自覃怀见饷地黄奉酬十韵

客游枋口来，颜貌温而癯。遗我地黄好，翠茎连根

株。言采药柜山，经宿色不渝。灵品彰士德，流膏蕴精腴。吾衰气血耗，六府如空炉。何能协风火，兼之固机枢。久服自奇效，导行登天都。入夜视有光，心渊生宝珠。抱朴语颇诞，此物非青刍。敢云饲老马，报君以良驹。

往岁逢阎敏于襄垣道中，旋即别去，近传流寓邹鲁间，短句奉寄

去年芳草畔，挥别上虒亭。今夕凉波外，相思小洞庭。箫箫闻坠叶，历历见明星。试问东阿客，曾招帝子灵。

寄王三孝廉奘并讯城北旧游诸子

激箭风高落木初，思君终日叹离居。山重水渺云难合，春北秋南雁不如。八柱桂堂知习赋，一床湘管定工书。垆头嵇阮常相见，亦念殊乡野鬓疏。

晏岁山舍夜卧

峪中气凄历，晏岁百端结。木陨山趾寒，泉枯溪腹泄。夜惟粥镉亲，书就灯槊阅。通塞非不推，吾生秉苦节。

双雀二首

交飞冻雀意相关，啄穗悲啼往复还。漫道不逢生处乐，野田却胜纟干山。

未许明珠逐后尘，岂同寡鹄仰高冥。鸟桓城废空仓冷，谁唱雌雄双白翎。

白丈庆余见招以豆糜为食走笔记之

草虫乱啼豆叶青，溪雨变凉豆花明。二七为族极蕃

衍，荚肥偏向砠田生。虽无畛域有行次，秋成不让嘉禾名。丈人年年自刈获，筐之筥之储丰赢。是日急雪大如掌，冒寒招我劳村氓。一盘脱粟异舂硙，菽乃熬粥藿作羹。咄嗟而办谙古法，流匙滑润含芳馨。温絮共歠致足饱，奚用羊臑方登铏。此乡昔闻闵仲叔，弗求滋美充容形。平居造席只周党，辄供斯食屏膏腥。我与丈人称至友，调饥顿释空肠鸣。破冰得水漱口齿，起立更觉迷晶莹。山中路断见虎迹，朔飙猎猎欺虚棂。

立春日答张巽

如苔池水将镕色，似火花枝已酿胎。此日芹盘争送菜，春风暗里逐人来。

《冬心先生集》卷第三

钱塘　金农寿门

游海会寺

青阳更始正春融，拄杖来游此寺中。阴壑断崖泉出树，飞檐浮柱塔生风。经残未睹番书妙，佛古犹传塑像工。懒学朝天奏韶濩，自怜踪迹一龛同。

卷发曲（有小序）

卷发曲，悲彼姝中，弃而为房老也。予写其纷乱之思，托己之微意焉。噫。同情者可以怨矣。

舞钗股折妆镜没，膏沐羞容众芳歇。黄支之犀巧琢谁，偏似天边未圆月。欲理翻愁同乱丝，赵家新髻侬不知。一梳再梳已决绝，那复缠绵是旧时。

游窦氏别圃，卫秀才惟顺相邀过其草堂闲话

骀荡春游恋物华，已忘寄迹在天涯。活禽生卉看滕宅，石础松棂过薛家。岩隙尚须搴月幌，酒中只少泛星槎。潜机幽赜皆名理，卫玠清言似永嘉。

题郭外人家种莎

满径移莎短镢稀，闭门春雨郁生肥。劝君牵犊扶犁去，好织青青被襕衣。

兔垧之阴有野花，色如退红，每迎朝阳而开，惜未及日昃则飘谢矣，因成二首

暂沾朝露领朝阳，镜里朱颜似窈娘。半日开花半日谢，背人偷泣负风光。

野丛浮艳自无名，却恨新恩顷刻倾。若把红枝较荣悴，从今暮槿号长生。

与谢山人夔池上弈二首

方罫楸枰布势迟，钩连小劫动偏师。隔宵凉雨波如簟，想见铜池涴漾时。

腷膊声中黑白机，茶香蠡渴昧心微。西南风急舟几覆，一角何人笑解围。

感春口号

春光门外半惊过，杏靥桃绯可奈何。莫怪撩衣懒轻出，满山荆棘较花多。

邯郸花谢曲为庐江应彤赋

月头月尾花谢开，春雨春风客去来。冶游潜在邯郸陌，酒卷白波一百杯。而今剩有衫痕溅，题字柱心空照面。可怜扫地轴帘人，前阁后堂都不见。建安才子动猜嫌，那复闻歌阿鹊盐。久虚消息通鱼钥，枉说清阴窥画檐。簌钱声寂莎阶黑，只影相思长怅忆。隐语徒教休洗红，燕支山远无颜色。劝君收泪莫偷啼，手弄狂尘为破迷。毕竟东南孔雀故巢好，双飞终解共双栖。

慕园题竹

便娟修竹覆榈楹，出格幽姿天与成。薄粉分沾何驸马，清风合置薛先生。湘中未掩含啼态，淇上空添扫翠情。不见鹓雏殊脉脉，可知佳复负虚名。

重游王屋，访唐开元时御爱松并韩抗为司马炼师书刻石不得，小憩阳台观，抵暮出山

行寻御爱松，偃盖杳无迹。悯兹百木长，缚炬遭幽厄。又访遗教碑，批答奖真籍。韩康卖药孙，狂书失钩画。二者渺莫逢，重来空念昔。愿游不死庭，丹元咽津液。灭景走三尸，潜光炼九魄。此间阳台观，仿佛轩辕宅。芝囷纳流霞，蒲涧委玉舄。我欲近掇之，左神恐呵责。学道苦云晚，取诮古逋容。日落毛发森，出山悲天窄，八极骋轮蹄，难追崦嵫迫。

横山旧庐独吟

朱夏慕闭关，烦痟或消痊。孑孑人迹稀，离离花光泫。列岫窗霭蔽，微钟涧路缅。松下百骸轻，清风胜和扁。

松花

五粒三针想物初，非花非雾伴潜居。麻姑沧海尘相似，炎帝香蒲粉不如。云盖结时朝绛节，鹤巢倾处点青裾。果能服食身轻举，还爇阴脂勘异书。

孤蝉

已散青林乐，孤蝉送夕飙。露凉金雁驿，柳断赤阑

侨。枵腹无全饱，枯形非一朝。遗荣守清节，不共侍中貂。

张二丈伊以白苎布见遗感作十韵

白苎一匹新出机，银光烂烂雪涴涴。阿翁笑赠意良厚，却胜祁阳之轻绨。周官书载厥名好，疏物更见风人诗。其长四丈阔尺五，缜密何减冰蚕丝。感君知我有野性，裁成曲领宽袖衣。罕逢褆襫少苛礼，棕鞋桐帽方相宜。今夏此邦多凋瘵，纠缠疫疠民苦饥。旱魃拘虐土龟坼，雌雷昼鸣雨不飞。胡为卑处受毒热，乡心早已归江湄。准办松毛缚棚香透屋，凉飔稳卧黄琉璃。

初秋养疾樊上

岩居养疾远郭廛，参术多于粥饭缘。秋涧曲流喧枕上，槐花一寸积门前。未忘舌本思今日，尚损腰围似去年。云笈珠林从妙悟，绝胜驺衍共谈天。

椿山寺示诸僧众

迭嶂钩连拥磴斜，迦蓝斋会设无遮。佛烟聚处疑成塔，林雨吹来半杂花。年记鼠儿碑尚在，山寻鸡足路还赊。欲求文字资禅录，须办缁帷茗一车。

寄赠于三郎中山居四首

身离束缚卸犀围，白夹披时少是非。抖擞绝无尘土杂，岂如十月浣朱衣。

彤闱琐闼了前因，省直年华梦未真。试问仙曹春雪里，乳毛松格属何人。

药苗五叶当蔬畦，稳卧家山丹灶西。久别觚棱朝谒早，淮南不养汝南鸡。

而今隐作烂柯翁，三百枯棋谁与同。一咏覆图闻雨句，秋灯却忆郑郎中。

菖蒲

菖蒲九节俯潭清，饮水仙人绿骨轻。砌草林花空识面，肯从尘土论交情。

北寺水廊听雨有怀虞十八以潜

僧廊听雨写明珠，尘垢齐蠲烦恼无。忽忆绿蓑青笠客，池边合眼即江湖。

中秋夜玩月感作二首

当头无翳欲梯空，毕竟银潢潜可通。世上浮飙与纤浪，不教阑入玉轮中。

蟾户光明盼一年，露盘湿桂又凉天。须怜今夜金波苦，何处团团照粉田。

东冈之下老屋三楹，陈文贞公读书处也，予尝游憩其间怀企有作

秋气敛虚馆，东冈生道心。林疏风脱翠，山暗雨添阴。既有出烟磬，复多聒渚禽。六时喧寂意，欲继谢公吟。

海会寺池上观鱼呈道禅师四首

不戏田田莲叶东，浮阳吞饵乐无穷。阿师抚掌留公

案，大海何如沸鼎中。

紫鳞勿损有怀珠，活泼天机相沫濡。未必岁收千百利，堂堂策策少惊呼。

凭槛风来聚藻凉，可知闻法喻空王。撇波逐队争迎我，错认临江白石郎。

八功德水溯灵踪，清净云山觌面逢。恍在放生池上坐，抛残香饭听湖钟。（吾郡西湖上有放生池，往年尝游其间，观僧施食。）

东冈望砥柱山

砥柱峰高俨帝囷，每于檐隙挹鲜新。酒场莫负今朝约，风扫疏林雨洗尘。

白鹇词（有小序）

萧颖士之言曰："白鹇羽族之幽奇也，神貌闲暇，不杂于众鸟，人莫得而驯狎之，若绁乎笼樊之中，殊可慨已。"兹睹其毸毵拘囚之状，似类予者。因成短歌，珍禽有知，能弗引吭悲鸣一和予耶。

白璧一双买白鹇，主人三载爱渐悭。朝来不饮也不啄，何日开笼返故山。素襟难易原太洁，身若穹庐古时雪。安得见尔生逢南越王，西京贡入趋步随鸾凰。

上党道中二首

霜驿平分朔雁程，天连上党识雄名。他年若掌周官乐，好验山中牛铎声。

熨斗台荒漳水寒，壶关西隔路迷漫。远峰挽髻雪堆絮，偏在匆匆马首看。

闻喜县中，早发行四十里，宋秀才士谔乃出丰馔相邀午食，因纪长歌并以述连日劳役之不同也

驿鼓統統打五更，羊胖已熟东方明。落叶满头人晓行，马蹄松快沙路平。转怜前日历奇险，左萦右旋皆山程。午攀峰脊穿岭腹，恍如百级登桃摇悬旌。其上石门束关钥，穷阴出鬼含怒狞。人马困惫欲龇咋，解鞍投枕舒烦情。今朝坦夷筋力健，况复曦景鲜云生。当年韩赵空战斗，时清安有烽烟惊。绛水涑水渺何许，徒令怀古吁交并。邑中才艺数裴秀，后来领袖多儒名。襄陵之酒果易醉，西郊汛醳劳相迎。脯腊腒胰非不饱，未免秋风刮面思莼羹。

诣庶滋上人斋堂蔬饭望中条山

净名已悟小轮围，绀宇精严一歙扉。孤竹瘦于尊者相，野云白似道人衣。何曾心地妨禽鸟，且向斋堂饱蕨薇。试上莓梯腰脚健，中条山色见纤微。

入王官谷

栖逸王官谷，清晖日夕娱。一池寒藻合，三诏旧堂无。荒垄除山税，东菑足晚铺。土风称习俭，仍不改唐虞。

蒲州刘高士仲益隐居不仕，时时断炊，作诗慰之二首

林薮惟知味道腴，长贫何用计花枯。解嘲却笑丹阳尹，一斛槟榔消食无。

我亦枵然人外闲，饥肠时复破天悭。采薇歌罢钩帘坐，饱看君家雷首山。

书乾腊子郭汾阳事

旌旄开府摄兵戎，永镇蒲州郭令公。自古功名堪一笑，元来河渎亲家翁。

渡黄河二首

沉璧曾闻致太平，龙门竹箭疾流惊。星源自解通银汉，岂待千年后始清。

喧豗怒触起盘涡，曲忆笭箵怯渡河。从此登车问驺卒，梦时可有恶风波。

前年邂逅郭十一詹吉于沧州，昨岁又遇于沁县，今秋予过登封意外把臂，感而有作

康庄迷轨失亨衢，潦倒秋风独向隅。万窍不休悲宋玉，一毛无济泣杨朱。日斜黄叶先朝寺，山映青旗卖酒垆。话到前期更怜汝，三年三处客音殊。

旧有写经砚自为铭日："白乳一泓，忍草一茎，细写贝叶经，水墨云山粥饭僧。"属广陵高翔以八分书之，汪士慎镌其背。往岁携游京师，僦居慈仁寺，六月多雨，青苔及榻，客厨时时断炊，竟易米于贵人矣。今偶登嵩山过片石庵，阅释氏之书，休憩树下，忽念故物，率成二诗，诗中杂述所感，不专言砚也

紫衣三载已飘零，笔墨无缘再乞灵。今日斋堂空一饱，思惟树下怅幡经。

手闲却懒注虫鱼，且就嵩高十笏居。到处云山到处佛，净名小品倩谁书。

过玉晨道观潭上

潭上净难唾，坐见新泉豁。窜竹不为喧，滤云始觉活。黛影幻所思，狂名戒相掇。如在洞宵宫，寻源一杖拨。

中条山下人家

苍翠中条路，人家荒史前。逃名却蒲帛，无象喻窈筌。广场勤春稼，长廊画古贤。好将山下水，一灌涑阴田。

坐洗药泉上，出匣中雷氏琴，手弦而口歌之

琴古之孑遗，黝面心匪烂。今出幽匣中，零若殆已半。所幸五音全，和平不我叛。客居若架巢，女萝以为幔。一曲楚明光，缓爪自澡盥。弹无剿弦愤，听有捐斤汉。松吹遏流云，溪籁激清旦。谢彼撼铃人，毋来奸声乱。

寄卢郡掾睿

之官已三月，高卧狎青冥。床上列茶蘁，花间缫印厅。无言慕刁琰，大道问瞿硎。闻说谢曹掾，行寻千岁苓。

过茹柔仁者方丈禅话

方袍林下缁，相见折松枝。古水自荒裔，连峰转委蛇。龛深寂无垢，云白净如筛。后佛参前佛，清凉生四肢。

题湘阴女郎画竹三首

妆阁流风洗黛痕，管夫人法卷中存。生来不画红花树，怕见倡桃笑倚门。

竹枝新长楚江头，便有烟昏细雨愁。若说无心心最苦，斑斑湘女暮啼秋。

物外婵娟用意深，此君写照在虚襟。蔽传南国知增价，岂止吴儿一铤金。

僦居玉溪，与无闷讲师精蓝相近，屡过率赠

听法何心发爱涎，溪光汎汎石戋戋。一牛鸣地时相见，双树影堂还结缘。消受佛香方外客，潜通茶梦定中天。南宗释老门风在，拔苦元来出四禅。

卢郡掾官斋销夏即事有赠四首

笑释形拘坐绿槐，黄粱未熟睡先催。问君转乞邯郸枕，入梦无须出梦来。

济源水味根难同，茶事殷勤羡乃公。野竹也知能请客，暑风都变作清风。

冷金笺上五言多，才子偏教鬓已皤。花坞夕阳吟更好，而今大历胜元和。

退耕决计话抽簪，九品官资七不堪。携手山妻鹿门隐，草堂何必在终南。（君自秦徙居梦中，近二纪矣。）

秋雨坐槐树下书怀

昨宵娟魄明银蟾，似水潋潋栖短檐。六翳那碍半影好，露洗转觉清光添。低头思乡了无益，三更著枕垂风帘。今朝熟衣换敝筲，满城秋雨飞霡霡。阴晴之理意难度，岂能乙巳穷窥占。阶前老槐十围大，碧罗张伞高厌厌。花开未落叶忽落，可怜树亦生凉炎。嗟予朱颜就沮丧，口鲜滋味非醯盐。方纳圆凿匪所用，顾者却避多猜

嫌。客嘲宾戏深且险，伯夷仅贪盗跖廉。江东士气乃不振，坚守中垒提封严。何如佣书铁佛寺，写经一卷直一缣。

怀甬东邢十九大缵秋试二首

高槐篆篆报花期，花爱秋黄弄雨丝。遥忆西陵渡江客，担书可有傲船资。

白头未嫁守家机，周召余风好发挥。料尔今番领乡荐，三杯仙露换麻衣。

怀张机客淮阴、黄树谷客广陵

清淮淼淼接雷塘，二子淹留各异乡。心迹无聊如贺老，风流不坠在江郎。对花镂管知争巧，乞食吹篪也觉狂。念否春华恋分袂，衔杯相与坐藜床。

寄盛上舍纶三首

江墅通僧窟，谈禅卵色天。瘦权与癞可（谓孚中圣眼两小师），同坐筲箕泉。

里中词客惟汝，苦调潘郎鬓丝。今日阿侬憔悴，秋霜也到吟髭。

紫琳割得自端州，相赠烟光浩不收。笑比水田三百顷，代耕何用漏蹄牛（春间予曾以手制田砚奉贻）。

茶事八韵

云根一蹄泉，白乳好颜色。汲来日煮茶，准之自有则。离火斥秽薪，温谷用无息。候汤毋妄沸，司命在尽职。镂古交床支，瓯香净巾拭。槚蔎品不同，甘苦味全啬。何如小岘春，独饮通仙默。蓬蓬肺渴尘，驱去若五贼。

八月十五日夜对月寄内二首

一夜光华濯魄新，明明穴鼻认来真。月中田地知多少，不见花开散麝尘。

刀镮有梦逼秋期，料得家人歌厥厥。江上归船杳无信，可怜虚嫁弄潮儿。

携酒送客

毳幕韦韝客去初，客中送客折辕车。晚峰千髻烟相妒，清酒一桮玉不如。冷饮果然添耳热，愁看从此与天疏。马头生角乌头白，塞上悲歌磨盾书。

旅夜闻筝，赠别孔氏兄弟三首

弹筝峡里响淙淙，岂是秦声按琐窗。紫雁斜飞绛河近，不教零落一双双。

开元妙艺几人知，曾拜琼琼作女师。细数哀弦刚十四，此生长恨月圆时。

夜阑手语动离心，我亦闻之凄怨深。难免西风伤老大，恍疑孤艇泊枫林。

题卖饼家壁

葱肆浆房半故儒，康衢卖饼亦潜夫。凄凄燮燮油灯里，读罢公羊一卷无。

雨夜寄广陵诸子

一灯如菽雨绵绵，扬子桥头阻远天。叶落晚潮思楚树，酒添凉席梦吴船。王昙何减闻歌日，陆展尤怜染发年。通夜萧骚不成寐，侘傺独鹤感霜眠。

送周郎赴剑州

曲换明珠天下无，岷沱西去寸心孤。若逢蜀道萧萧雨，一吊伶人张野狐。

怀鲍十四涿州

郦亭流寓注书成，自有清资日下名。一束腰犀须早办，范云来岁即公卿。

送猗氏杜祺孙之雍州

剑镡扣罢又重看，饭颗山前骨相寒。天上双鸾求未得，河东五犊畜何难。且同吟社亲书檠，莫以离怀负菊栏。此别霜花快如洗，到时落叶满长安。

观猎二首

飞鞚疾于鹜，射生恶少年。风毛与雨血，何苦污青天。

万事落人后，马棰空有铭。不若揖黩卒，尚知太白经。（戊申九秋，予在太行道中作马棰铭。铭曰："滑溪之藤，可策而走，笮云笮云，毋落人后。"）

嘉定杨谦以水墨画梅见寄，不减清仁长者家风，客窗展看，如掇冷香漫题二首

一枝梅好墨淋漓，寄至逃禅老画师。所恨未曾亲见得，钩完花瓣点椒时。

莫认缁尘浣素衣，略同清瘦是耶非。水边林下从头想，如此江南不早归。

冬雪

稷稷冬雪深，即之在林表。噫气失暖威，顽寒出阴矫。正如客心苦，堕落无复跻。相警保坚白，勿使不洁扰。

著敝裘寄丁处士江上

羊裘虽敝念此翁，岁久毛秃非茸茂。贫怜老韝勿可弃，故物却与故人同。是乡九月已飞雪，众草凄枯百虫闭。披时未抵酒力融，身弗暖兮心转热。朱门值得一钱无，较之冬俗回寒嘘。手挶欲觅不龟药，江头洴澼今何如。

送西吴诗僧超婴南归

诗孙新得灵运孙，《杼山集》好十卷存。苦吟五字振禅藻，家风羡汝真荃荪。腊月行腾趁清旦，归去还应弄柔翰。冰雪之交花正开，佛案寒香吹不散。

木瓜山下卖花翁见送木瓜报之小诗

不数宣城簇露枝，额黄颜色映书帷。园官送到香如涩，正是客心酸楚时。

雪中怀汪十六潭客居梁溪并寄王先辈澍

昔时绿池上，听雪捉鹢船。此日黄茆外，离家负秋田。几生续流咏，何物驻凋年。因念夫椒客，充寒有半毡。

505

怀陈学士午亭山居

思母庵长键，相违岁月徂。高松恋云壑，飞翠湿山厨。诗拟剡中好，泉听樊口无。不须绿玉杖，醉倒两儿扶。

堕车戏作

冲泥郭外听辚辚，难觅当垆饮火春。失笑连宵梦乌狗，饿夫翻作堕车人。

己酉除夕

客岁更难挽，堂堂去寂然。自添商陆火，谁送水衡钱。迭鼓声何逼，孤杯味可怜。样中消夜果，风物忆南天。

《冬心先生集》卷第四

钱塘　金农寿门

元日过张少府小饮花下

仙尉逢梅福，同为上日吟。鼻香开酒库，眼乱入花林。资物春温早，迎人善气深。西山扫残雪，蜡屐试登临。

沽酒

沽酒旗亭雪后稀，玉缸辜负典春衣。新年客味浑依旧，无怪空瓶毻氄归。

人日寄小侄二首

鼎鼎飞光催客频，元辰才过又灵辰。池冰忽泮花销雪，果信春风是恨人。

千里归情搅晏眠，何时接手玉华前。阿咸定尔怜头白，懒逐银幡斗少年。

忆茶

草铺绿廲地无尘，朝日熏微榆火新。两串春团三道印，不知茶宴赴何人。

水北兰若与孔毓铭对棋即送归里二首

僧寮一局子丁丁，本欲忘机机反生。算尽苦心闻见绝，松无交影水无声。

合离聚散各如何，君说还乡卧涧阿。来日休棋向岐路，路中岐路较棋多。

过善师禅林蔬饭

病起维摩招客来，钵囊初解小徘徊。涧钟山磬经时听，意树心花顷刻开。昔梦讵忘青豆舍，妙香尚验白檀灰。从兹断饮吾何用，多事春风劝举杯。

访韦隐君用良山居

先生履袜笑双穿，不碍幽寻精舍前。樵斧无声雉登木，岩花弄色雨添泉。两朝耆硕遗风邈，百氏菁华副墨传。从此槃游申古训，往来人拟洛中贤。

东郊客舍寄章十五全人

风襟不整减心情，一任床尘满把生。但觉交游无鲍佐，几曾才艺识萧卿。春浮暖陌芳坰远，花圻山樱野馆明。只合杜门称懒放，注书且喜脑华清。

过长林寺

青山传舍宅，一宿去来缘。树下问僧腊，龛中送佛钱。连陉迷坏磴，细绠出新泉。露地牛何在，千畦欲募田。

上巳日禊饮风漪园有怀顾十二韦之客洛阳

三月重三节，红敷正好春。浮杯曲池映，濯发禊堂新。绝少衣分麝，无烦扇障尘。驰情想溱洧，亦有未归人。

蔡七舍人端，富于藏书，皆手自精校。
曩岁曾一访之，今渡京江削牍寄予，因答来贶

昔访瀼东宅，百千万卷书。今来京口信，三十六鳞鱼。丹墨校无恙，寒暄慎独居。临风答嘉藻，何日诵琼琚。

雀啄覆粟曲

牛折角，车沦泥，雀争残粟天色黳。喈喈啧啧声恻凄，劝汝且食戒勿语，无如饱腹将雏栖。昔人辨听反为累，吁嗟从来口舌真祸梯。

遣闷二首

黄羊祀灶却无因，故智昏昏丧所真。天帝聘钱何处贷，万缗不及郑商人。

团团朝日出东隅，多少驱车九达衢。莫哂长贫河上客，纬萧自可得明珠。

有忆二首

涎涎谁怜燕尾长，芹泥冷落已销香。换巢一去非无意，不爱雕堂爱草堂。

红啼薇帐吐愁烟，曲榭翻为杞国天。回想昨年花好些，尚容酒病老夫颠。

红檐

隔夜樗蒲星陈横，四弦愁是子弦声。合昏花下渐渐雨，不放红檐一刻晴。

阙里逢华阳蒋三丈衡

昔君访我蒲帆八幅饱挂东吴船，铁幢浦口立谈斜照目注寒林烟。是时各具豪气讵屑事屠侩，君夸强仕头颅未白我怀铅椠矜少年。忽忽别去不相见者逾廿载，塞鸿江鲤何处问讯同周旋。知君远走秦关三辅地，钩弋宫废徒吊渭水昆明天。比岁我亦惘惘出户减欢味，闽粤荆湘燕赵而达伊祁故都悲颠连。黄河怒泄也曾穷源到碣石，中条山色总在老夫七尺乌藤前。今春乡思顿起俶装返越国，车潇马瘏难觅脂秣殊可怜。道过阙里展谒孔庙观礼器，正届皇帝重光榱桷新豆笾。辒辌街南兖公陋巷忽与君聚首，颜家兄弟箪瓢取乐诚好贤。初惊发已变霜雪有衰态，坐定转诉羽毛凋脱泥土忘飞翾。君言抱经载囊来此圣人之邦偿夙志，愿写净本一一列入两庑青瑶镌。我聆斯语猎襟增叹息，蔡邕往矣三体茫昧靡完全。魏邯郸淳迹就残毁，所留大历开成诸儒楷法赘门悬。又言世尹爱客不遗旧，门栌加垩为君分余田。轩窗开拓得以正心执管摹点画，六十五万二百五十二字毋颇偏。惜我潦落鲜用将乘秋风放归溜，胡能快睹群书功毕奏置鲁壁累祀争流传。吁嗟华阳真逸方瞳湛碧自长寿，他日随君金堂璃馆摄景寻神仙。

题贮清馆

策竹到竹里，竹风导我行。连绵石多态，瀺灂鱼至清。忽见九节蒲，不共众草生。问之了无答，仙貌谁削成。

不睡枕上口号二首

搅舍鼾声久破除，不眠夜夜似鲹鱼。若须闭目垂帘坐，此是仙人我弗如。

居然枯腊称尩羸，煮药空堂试一匙。八万四千毛孔里，汗来微有睡来时。

病起扶杖循廊小步二首

曾斗兰陵八百儿，争先捷步尚嫌迟。而今花底红藤杖，扶得晴廊立片时。

蹒跚平地亦难前，跂脚虚教摩涌泉。不信去年寻虎窟，太行容易上青天。

问颜大懋伦疾

榻掩青苔径没莎，巷中深辙几人过。海枯石烂愁仍在，凤躁龙狂病转多。齐物彭殇原可拟，同年椿菌又如何。怜君秋雨秋风里，拥被寒厅亦抱疴。

秋雨

秋雨如尘多，积病抱幽耿。昼分木客吟，夜同雁奴警。池面风滆滆，檐端树同同。何以曲录床，偃卧吊孤影。

短睡十韵

睡乡蚩蚩人乐哉，此中讶我久弗来。得毋以夜为日在，酒国蜡烟蘑花成埃。腾觚飞爵忘满促，沉湎何啻是鸩媒。娇丝脆竹志易惑，溺之宫徵皆生灾。不然夭桃百媚楚女腮，翠蛾一一画麝煤。长袖善舞更擅曲，行云行雨迷阳台。我闻若辈苟责语，口勿能辩酸心摧。吁嗟作客抱寂寞，三旬负病形尪顇。岂但寡欢屏声色，即今断饮焚尊罍。斯须拱揖遽别去，依旧独眠鱼目开。

怀戚五丈东发江上

黑齿曾游古陋邦，归来散发卧清江。篆书可载车兼两，负郭难谋田十双。堂上野花迷旧席，门前枯柳系轻艭。遥知待我余杭酒，醉弄霜天铁笛腔。

西林秋夜听支十丈弹琴

秋夜白头客，抱琴弹此声。离堂花漠漠，古树水丁丁。弦直寸心合，曲微六气清。断云与孤雁，都是欲归情。

题何山人琦活埋庵十韵

客舍如团焦，林木纷幽罩。急喉何居士，投老乐湛湛。一日百忧生，戚戚独茧蚕。而非酒可解，具钟心失贪。抱头懒卧起，署名活埋庵。我睹惨弗怿，问答皆悲谈。读书不得力，辛苦惭丁男。滋味檗与茶，安能变其甘。劝子且游世，单步行荷担。出门山满目，好山在终南。

新弦曲

故琴今夕张新弦，弹者生涩声可怜。一弦断兮一弦续，心有别离手则然。枯桐本非爨下弃，收之古囊且自闷。宫徵何尝音不谐，试向岁寒寻此意。

贫交送别曲答诸酒人并呈蒋三丈

贵交之别祖帐长，缨骖绀幰大道旁。腊夫炙豕还刲羊，昔闻相送吏部郎。贫交之别则不尔，浊醪一杯话千里。落落酒徒尚如此，白头故人可知矣。

秋柳和陈三撰二首

蓬松绿鬓减腰围，可奈风欹霜倒飞。已失三眠旧时态，绝如房老泣孤帏。

何愁婀娜一枝残，金镂衣销舞袖寒。转眼明年春二月，龙池晓雨拂阑干。

近事

曦光烘纸坐堂廉，书字无缘换束缣。可笑客尘生镜襆，花前懒去摘风髯。

六言寄题洪三上舍公寰江湖载酒游卷

闭关贪饮十榼，束带笑迎五经。何似江湖一舸，绿波颜色满瓶。此中可梦南浦，而外宜游洞庭。小泊互为主客，野鸥飞下凉汀。

马曰琯、曰璐兄弟招同王岐、余元甲、汪埙、厉鹗、闵华、汪沆、陈皋集小玲珑山馆

少游兄弟性相仍，石屋宜招世外朋。万翠竹深非俗籁，一圭山远见孤棱。酒阑遽作将归雁，月好争如无尽灯。尚与梅花有良约，香粘瑶席嚼春水。

宣城沈丈廷瑞画松歌

我家万松岭下松已无，烟煤扫迹天水愁模糊，却与宣城老子画中见，绿鬓绀发拱揖如丈夫。昔闻张璪员外最奇古，手握双管齐运与众殊，纸上一为生枝一枯柿，落落之

状未肯客鱐鲰。今君远追遗法自森别，硬笔有同割飞鬼国铁，何假匄氏大火来煅成，直干强立焉能遭错折。要我作诗赠我长幅好，携归挂壁终日坐叹绝，疣琴闷雨仿佛是尔声，此声荒凉可听不可说。

过唐太守绍祖吴兴郡舍，信宿三日，濒别漫投十韵

春风碧澜堂，扁舟晚来泊。汀草杂汀花，野香各无著。靸履入郡斋，相见话岁龠。辗然笑口开，情好宛如昨。即知廉守贤，民事自疏瀹。信宿三日留，殷勤一杯酌。朋辈得萧李，文翰乃纷作。夜闻雨淋浪，其心在寥廓。明将泛江湖，驯鹭先我诺。去去绿蓑衣，鱼竿计非错。

广陵北郭花下独酌

独携小榼少人间，林木参覃地百弓。我与飞花都解饮，好风相送酒杯中。

寄闵八

贫而好客郑卿贤，小别相思若闰年。简雨疏风草堂闭，定知一夕长苔钱。

吴丈弘谟携酒过寓园，竹间对酌长句奉酬

三春虚掷花事抛，今甫重幕燕定巢。既无热人共争席，却鲜弟子私相嘲。结朋惟爱老苍好，晚乃与君深缔交。越日载酒过别圃，竹下一壶倾松胶。此间种竹可五亩，勿遭恶棘缠荒茆。繁阴当午生冷翠，弗揉自直异曲匏。满林得风作笑语，绿肤新粉抽烟梢。夙闻妙手擅钩

勒，萧协律派非夸嘤。欲乞放笔写万个，目接崖谷心坰郊。君言秋凉再连话，为我泼墨画出金错刀。

五月二日吴孝廉瀚、上舍濂招饮，遍尝所藏名酝，听吴下李周二生撇笛，度曲醉成此诗

绿蒲节近晚酒香，先开酒库招客忙。酒名记注细可数，觥船潋滟同品尝。中有氾光春更好，新鹅出浴烛腻黄。饭如建瓴不放手，三万六千少年场。君家弟兄工谱曲，减字偷声皆乐录。传抄今已遍江南，肯使酒徒冷空局。周郎小李产吴趋，鸿溅滩头一双玉。忽来筵上劝我醉，激管清喉夜忘促。调变伊凉入破多，后庭还唱定风波。眼花迷缅心苗损，恍听狗儿吹笛胆娘歌。

题汪六处士士慎兰竹二首

雨过深林笔砚凉，女兰开处却无郎。柔荑骈穗多纤态，不数金陵马四娘。

道人绝粒面苍鬖，写竹偏来南坨西。清瘦两竿如削玉，首阳山下见夷齐。

寄题李征君秉元青枫别业

割地栖岩道味深，一辞辟州见初心。小经鲁习严彭祖，至孝无惭何展禽。云卷有时来枕席，麛游自古在山林。余粮我办支筇去，十八盘中曲磴寻。

褚先生恒谦老毁儒服，委迹浮屠，闻其瓶拂隐于鄠县山中寄赠

渴来安得万年冰，却羡清凉住九层。晚谢朱轓乌府

客，老为白阁紫衣僧。长眉扫塔花间久，左手抄书灯下能。历尽劫灰人隔世，飙轮辗破法轮升。

忆家

烂银月色露檐垂，千里思家雁信迟。正是捣衣衣半湿，夜烧熨斗坐空帷。

将游楚中，于真州江上登舟二首

真州判袂客途新，悄悄迢迢最黯神。上得孤舟闻迭鼓，横波送酒却无人。

乱柳摧心野郭秋，隔江山翠晚夆收。月初缺处津头别，仿佛湘烟楚竹愁。

寄岳州黄处士端龄

一绳天外雁来初，露脚凉飞月魄虚。沅芷澧兰骚客远，朱桥粉骨酒人疏。须怜夜杕难同饮，莫怅风帆少定居。爱尔洞庭吹笛赋，昔年倾倒老尚书。

过小孤山

古县萧条对岸开，大江行色榜人催。水风多处轻抬眼，浮出青山似覆杯。

郢中放舟至襄阳

船头望青山，众态逞娬婳。饥烟明浦树，饱风送帆席。继作郢中吟，缅怀岘首客。际晚计邮程，百五宿江驿。

寒夜过荆山人山居

雪中寒色到肩隅，黄叶堆门月晕无。想见苦吟风烛下，灵龟屏息玉蟾枯。

西池精舍梅花二首

半影疏枝梦不忘，独来树下设禅床。酒铛歌板都无用，莫乱梅花好道场。

月光明似佛堂灯，池水生寒又结冰。消受清香透毛骨，除非前世此山僧。

复至武昌，将还钱塘，留别许士谔二首

一掌好风吹暖烟，乞来不费沈郎钱。连朝绝似嘉陵路，水送山迎天上船。

官道垂杨客系留，堆棉搓絮武昌楼。此番伤别无须酒，坐有仙人许散愁。

秋夜鲍明府鉁携酒就刘郎泊小酌，与姚世钟同过

秋夜秋池幽且娟，凉鸥凉鹭五湖天。水明于月宜同梦，树老如人又十年。散发贺循言可听，衔杯谢瀹迹堪怜。刘郎泊记思前度，好续吴兴掌故传。

玉湖阻风，唐太守招饮，沿月归宿舟中，作此遣兴

石尤风甚厉，故人酒颇佳。阻风兼中酒，百忧释客怀。先生了公事，文案无繁哇。笋竹闭铃阁，乳雀驯苔阶。组圭澹相忘，林壑期不乖。既恕向栩狂，且作刘伶埋。归来见凉月，其光新磨楷，空船衔尾卧，浊浪如长淮。

岁暮复寓吴兴姚大世钰莲花庄之寒鉴楼，杂书五首

家家三尺好溪光，此处溪光墨汁香。楼上南山如女色，晓夜开候翠眉长。

宿苇枯芦有雁声，连宵倚槛讵忘情，还须把酒吹寒笛，十二回圆坐月明。

题壁蛛丝亲拂除，诸郎昔共此深居。兰熏玉缜嗟摧折，不见对床人读书（谓亡友秉衡豊万兄弟）。

鸥波亭外水蒙蒙，记得今秋携钓筒。消受白莲花世界，风来四面卧当中。

雪尚未晴雨复喧，六时思与阿谁言。缆船绝少金襕客，鱼弟鱼兄笑叩门。

吴中春雨泊舟，入夜寒甚，被酒作歌

春雨打篷云冥冥，篷底听雨泊远汀。十十五五长短亭，好山对面失洞庭。野梅缚棘香零丁，疏香激玉飞珑玲。苦寒噤瘁夜不宁，水际一灯如孤萤。照书冷焰光星星，倾三百杯影劝形。滋味浊清辨渭泾，醉来荒唐嗤楚醒。伴我卧者空酒瓶。

自曲阿之润州渡江作三首

小辛村坞曲街通，孟佐湖荒远岫空。好试斜风细雨里，红阑射鸭竹枝弓。

碧草抽心花脱胎，旧情枨触客肠回。去年今日离筵上，楚女春衫拭酒杯。

迎船塔影渡江迟，爱诵瓜郎五字诗。对面相思若千里，石簰山下落潮时。

怀张先辈幼持林居

十年焚轨卧林芴，深闭书堂少俗矜。收得此心如镇石，常时见面有寒冰。空囊赵壹清无匹，一揖嵇康懒未能。曾共春风三度醉，樱桃花下曳青藤。

柳三首

销魂桥外绿匆匆，树亦销魂客送空。万缕千丝生便好，剪刀谁说胜春风。

酒边青幔水边楼，郎马蹄忙可暂留。三月长条如翠帚，扫愁不得反添愁。

偏汝无端替别离，离多合少费相思。独眠人梦模糊甚，正是飞花作雪时。

广陵秋日杂作三首寄一二友旧

精庐净于水，双树缥绿初。石琴托心谣，竹扇擅草书。驺从时罕逢，隼旟来已虚。惟有秋灯下，曲生不我疏。

明年当为僧，渐欲匿名姓。负薪叔敖饥，苦雨子桑病，还山慰幽夐。

何兄与樊弟，岩馆忘世情。茶梦澹而媚，药尘香且清。屡访花隐僧，踵息无一声。好比江上鸥，戢影恋旧盟。

送宣城沈隐君游楚中

君访汉阴好，机心机事无。山寒道士狄，月古郎官湖。活笔添松格，清谣想鹤癯。明春定归卧，庵户足茶租。

城南僧舍寄梁高士文瀚二首

干净逍遥地，经年白社情。晚云看千变，清磬槌一声。杞菊澹相向，龟鱼时放生。此中悟萧寂，禅悦最聪明。

高卧午才起，浮华已懒攀。秋林广陵郭，乡梦富春山。帖帖风襟短，栖栖蓬首闲，故人书远寄，好附酒船还。

新编拙诗四卷，手自抄录，付女儿收藏，杂题五首

圣代空嗟骨相癯，常裁别体辟榛芜。他年诗话添公案，不在张为主客图。

钟声断处攒眉想，日影趖时拥鼻吟。只字也须辛苦得，恒河沙里觅钩金。

古调泠泠造眇微，玉池清水自生肥。留传若待官三品，谁重襄阳是布衣。

天涯诗老浪相称，怅触清愁岁月增。一棹今成五湖长，酒波如练雨如渑。

卷帙编完顶发疏，中郎有女好收储。帽箱剥落经嬴敝，莫损严家饿隶书。

雍正癸丑十月开

雕于广陵般若庵

吴郡弘文仿宋本字画录写

冬心先生续集

[清] 金 农 著

蒋 华 点校

目　录

《冬心先生续集》自序

康熙癸未，予年十七，习声韵之学。同里项二丈霜田引为小友。每遇耆英宿儒高会，辄褰裳从之。尝云："子诗度越时彦，举体便佳，梵夹道藏，不可偏废。惜吾老矣，未得见子他日成大名也。"西湖后岭水乐洞，闻有诗僧亦谙，己公之亚，青鞋布袜，常造精庐，得句呈佛，旬日忘返。又南山之南，吴庆伯征君隐居，征君闭关却轨著书，比牛腰粗，婆娑躄蹩。隔月异软舆过谈亦谙禅窟，见予《林逋墓上作》，谓亦谙曰："吾新营生圹，宜乞此子寒瘦诗，阿师为吾乞之。吾以高辛氏铜盘、太康玉辟邪相报。百载后，吾幽光借之不泯也。"丙戌四月渡罗刹江，访九十一翁毛西河太史。至会稽探禹穴、观宎石，作九言诗，太史激赏夸示宾坐曰："吾年逾耄耋，景迫崦嵫，忽睹此郎君，紫毫一管能颠狂耶！"丁亥戊子间，读书吴中何义门先生家，先生言："吾门俊乂众多，擅麟角之奇，唯斯人。五七字诗，俨然孟襄阳、顾华阳流派。"时秀州朱竹垞检讨在慧庆寺，主东南诗盟，予怀刺往谒，检讨出迎，笑曰："子非水周林张高士宅，赋木莲花钱塘金二十六乎？子之诗，吾齿虽衰脱，犹能记而歌也。予频年喜游，屡游长兴、下榻邑长鲍西冈十四兄官舍，赓唱迭和，大雷山、小沈渎，都题满矣。"西冈曰："君诗有仙骨神竦气。王无蓬蓬尘，汤西崖少宰评君，为独产醴泉芝草，何须根源前辈？鉴识真不虚耳！"辛丑首春浪游扬州，谢秀才前巺拜衮之岁，已驰誉江表，不可一世。见予《景申集》雕本，槌壁发癫曰："吾目光如炬，不轻让第一流，何来狂夫，夺吾赤帜？"余葭白舍人扬州之领袖也，尝千金结客，置酒为乐，醉后睨视，捋予须曰："天下撑肠拄腹，卷轴胜于君者不少，如君诗无一贱语，岂可得哉。"程友声、汪簏先两上舍颔之以为知言。予客扬州最久，朱布衣贯男，贫交诗友也。贯男严冬拥败絮僵卧破屋中，日趁不爨，嚛痒拭涕磨灶煤，苦吟缺唇瓶梅花，啾啾有鬼语。自诩曰："寒郊夜哭，天不为吾雨粟乎？鬼语骚雅之变，世间诗作乞儿语，才可耻耳。"时于葭白、前羲所读予诗，则下拜曰："此金鳌顶上人。"雍正癸卯夏五，予赴莱东，道经临淄，邂逅赵秋谷詹事。偶一接论，索予诗，哑哑抚掌曰："子诗造诣不盗寻常物，亦不屑效吾邻家鸡声，自成孤调。吾老眼慵开，今日为子增双明也。"岁乙巳，客于泽州陈幼安学士四载，相国午亭留咏殆遍，即中条、王屋无处不大胆题诗也。学士叹曰："吾不幸十六中进士，领芸局翱翔禁庭，十年而罢归，不深读书。今每夜一灯相对，受益良多。君乡查翰林是吾后进，兔园挟册，吾最薄之。君诗如玉潭，如灵湫汲绠之施，不息不穷，君非吾友，实吾师也。从此执业称诗弟子矣。"甲寅八月归安明府，裘鲁青招予游吴兴，吴兴予旧游地。明府爱予《陈武帝故里曲》，特有矫异，命县吏抄一通，令其子诵之。乾隆元年开博学鸿词科，明府荐予姓名于节钺大夫，遂到都门。徐澂斋编修为旧契，嘉定张南华与澂斋同官，问予诗何如？澂斋答曰："寿门诗如香州之芷，青丘之蒿，日饫大官羊者，罕知其味。然性好奇，畜一洋舶小犬，常携至四方，齐、鲁、嵩、洛、秦、晋、楚、粤之邦，往返二万余里，颇伴其羁旅憔悴之行吟也。"华亭张得天尚书，曾屏车骑，访予于樱桃斜街云：

"昨日潭拓寺见君《风氏园古松歌》，病虎痴龙，造语险怪。苍髯叟，近虽摧伐，更想诗人不易逢也。君善八分，遐陬外域，争购纷纷，极类建宁光和笔法。曷不写五经，以继鸿都石刻？吾当言之曲阜上公请君，君不吝泓颖之劳乎？"戊午除夕，泊舟西江滕王阁下，寻吴处士镜秋。镜秋工乐章，贺鬼头、姜散仙直似之。予诗四卷，镜秋为予笺注云："黄金十饼，明珠一箪，何足取贵君之诗。磊磊焉、落落焉、始足贵也！"丙寅予在新安，适临川李穆堂侍郎，来游黄山，春风杖履，共话曩昔。乃云："君刻集自称冬心先生，吾谪居京师时，曾诺君作记，记古人自称先生者四十九家，今可以偿夙愿也。若君诗靦颜龂谢，含任吐沈，久播人口，吾不复称说也。"呜呼！诸公先后奄逝，墓木俱拱。予亦年将七十矣，追念长者之言，不胜惭汗，被于颡颊。世之享上寿而操觚者，未必笃爱区区，若是其心倾倒耶！予编缵续集上下卷成，因抒往事，述之简端。

乾隆十七年岁次壬申二月十日雪中，钱塘金吉金撰。

昨秋八月既望，厉二樊榭自扬州归，语我曰："兄见金二十六自序其续集之文乎？"大怪绝语，语皆述陈人之言，类点鬼簿。然自佳不拾人牙后一字，不一涉操觚家蹊径。见髯老倔强处，闻渠腊尾返家江行，必质之子矣。予曰："唯然魏武感乔元一言，遂有车过腹痛之语。盖深悼知己之不易也。况文人，自昔工于倾敠，求一寓目，即生嫉妒者，已如星中月，况能举其所得誉之终生者乎？况其人已往其语，尤可念乎！"未几，樊榭下世，予哭之失声，且迁怨髯老之诗之异，何称之者，遽为陈人也耶。今春人日，髯来请曰："予将开雕予续集，先雕此序，君书足张我军，请勿惮指腕之劳也。"嗟乎！予爱髯诗，未后诸老，往往能举其全篇，尤爱其七字四句之作，以为风调顿挫、别擅酸盐，三唐以还，无是作矣。然有予甚喜者，顾不见之集中何耶？每欲手抄其七言绝句，都为一卷，时得披咏，会阻多病，今其请勤勤，予何可辞。乃语髯曰："子援东莱赵詹事邻鸡之语，应指新城。特新城未见子耳。使见之其倾倒必有出于群公外者。奈何承天水公阳秋口吻乎！"髯无以对，第曰："予袖中一瓣香，从未为过去贤劫诸佛拈却，子言良是。行当为蚕尾老人，作最后之供，以忏此罪过。子但为我书此，毋作丰干老古锥也。"予乃一笑罢去。日来风雨经旬，颇多暇逸，因涤南唐所琢羊斗岭石砚，试晶阳子天关煤为录。竟此序计一千三百六十有六字云。

乾隆十八年岁次癸酉春三月望日，同里友弟丁敬身并记于砚林。

【按】

续集世未传播，尝于吴兴书船见先生自书此序。楷隶小册，审为真迹。后得刻本，乃丁先生书。末署"山阴陈又民刻字"。小板、阔行，刊印极精。右据刻本，录出软舆上一字，原作"畁"，疑误，今意改作"异"。里后学魏锡曾识。

【校】

同治刻本卷首录《冬心先生续集自序》两篇，此本据前篇校订。后篇虽于题后注有"按罗刻此序，讹夺多字，今据原刻袖珍本"十六字；又于篇末注："山阴陈又民刻字"。全篇除"软舆上"一字作"畁"外，余皆与前篇无异，故从略。

冬心先生续集

门人罗聘　编

楚州张先生携青毛神龟一头相赠，
因赋神龟篇

神龟何来出丛耆，离灵渊，饮而不食寿万年。追想甲子才分地天，此龟疑是洪荒先。其长周尺尺二形具足，其背曰神屋。藏六妙用在信缩，屏息无声忘晦朔。青毛蔽体一寸余，茸翠飞，瑶光舒，冷气逼人三伏初。蓑衣仙，占卜奇，曾见古皇轩辕同宓羲。张公携赠意颇重，昨乘辒车夜入梦。世间凡水多腥涎，无忧树下养以均州十斛大缸满注天上泉，久之宛若江淮河海相周旋。日对真可蠲烦恼，袚疾疠，延休贞，岂特洗眼增双明。三卷金字经，学得导引敖游乎黄庭，我亦不死与尔终始。

双禽曲

白练雀，一双林中啼，其性不叛不妄飞，不拣别家枝上栖。别家树虽好，密叶蔽空根合抱，虞人祸机卒难保。饥时且食山果红，莫啄地下叩头虫，彼方乞怜求天公。

游鱼曲

我生尝羡同队鱼，大鱼小鱼一族居。绿差差，水碧玉，如飞花扑面。三月初，欲寄故人千里书。故人远为宰，相隔十余载。尺素迢迢望江海，北固山下有毒钩，毋贪其饵慎尔游。

过古上人

瓢笠宜独往，阿师禅味同。林疏目不隘，云嫩心相通。梵夹时一检，佛光正当中。秋蛩亦何苦，啼断藓床空。

郘阳褚峻飞白歌

郘阳褚峻性好奇，九嵏山前尝拓昭陵碑。青毡白椎自载随，太少二室搜其秘。岷沱大江探其危，蛇虺阴宅虎豹窟，独来独往恒辄饥。石碣有字扫空苔藓色，苟得一字两字心先驰。频年交我颇资我，百番把赠翠墨漓。我如欧赵嗜古志亦苦，愿补史传岁月里爵之阙遗。今相见，邗沟上，枯荷败柳西风吹。我顾憔悴汝落寞，汝时慰我忘孤羁。汝言曾工飞白书，能作此歌惟吾师。我闻飞白人罕习，汉世须辨俗所为。用笔似帚却非帚，转折向背毋乖离。雪浪轻张仙鸟翼，银机乱吐冰蚕丝。此中妙理妙善解，变化极巧仿佛般与倕。汝诵我诗重再拜，发狂笑面同靴皮。明朝别我汝忽去，钱刀不计还家赀。到处题名磨废瓦，傥逢秦宫邺台当摹追。眼底纷纷牵犬臂鹰手，呜呼峻也果异幽并儿。

寄归安令裴明府思芹

故人为令擅风仪，日复相思岁及期。一树病梨知作赋，定能除蠹悯疮痍。

泛萧家湖

迥汀曲渚暖生烟，风柳风蒲绿涨天。我是钓师人识否，白鸥前导在春船。

过开高士执芹隐居

清光爱平旦，盥罢一相亲。水籁邻左右，药田绵冬春。言酬到居士，心契藏丈人。冲隐有嘉会，著簪不厌贫。

简陆秀才立

落花未全落，四月有余春。野水多于屋，荒苔不见人。睊睊空远讬，寂寂属前因。第一难忘者，茶乡与笋邻。

长夏坐□□□上

团庵非卑居，逍遥获长暇。经声出溪中，茶器散林下。滑簟轻自携，小风清可借。鸟昕鱼从容，吾其同休夏。

水轩

东头开水轩，幽瞩弥日夕。后先花漂溪，下上鸥散席。诗卷得九僧，茗柯思二客。此地可息阴，热恼若冰释。

薄游楚州，居东溪之上，三易朔晦矣。目有所存，杂书二首

狗子猫儿可共居，天生佛性人得如。终朝俗客罕相见，足垢头脂快洗除。

东阳饷米义难受，上谷借书老更痴。三十年来抱诗苦，冷症何处问秦医。

东溪

自入东溪住，东溪无俗昏。水清鱼独乐，蒲老雨相喧。散发已遗世，开书合闭门。寄言楚州长，吾计避朱轓。

寄天台僧（元济）

我爱白足僧，林中置禅室。忍草讵可伤，暴禽久已黜。一缚经译无，五种食礼毕。闻恋在山泉，石梁不轻出。

稽留山中读书二首

上世重韦布，今人重犀龟[1]。二者性各殊，有赖文字垂。女萝长恻恻，贞木高缅缅。观物遗浮荣，岩壑无乖期。

先民隐于牧，羊豕亦同群。读书善解书，五十何苦勤。一荐凿坏遁，交辟毁车焚。果然楮山老，不失为征君。

【校】

①从乾隆刻本改“今人贵犀龟”。

过净云精舍，怀正相上人在西洛

云离忽云合，叠叠复盘盘。松子向人落，山光满屋寒。栖心六时好，道眼百年看。今夜托遥梦，秋声八节滩。

访太湖上周丈（仲文）

幽居小沈渎，枉访遂天间。山好在舍下，云生交睫间。美田秋有获，青桂暮相攀。七十何言老，夫君多古颜。

赠杨仙翁

仙扉如滑玉，仙磴有阴霞。列坐杂山鸟，逆闻寻涧花。大年尧甲子，上隐汉元嘉。向夕耽言妙，清风出齿牙。

安隐寺泉上

扁舟五十里，到寺寺门清。突与老松遇，暗随孤磬行。鸟时来石案，苔欲上山楹。爱此池头水，汲之双玉罂。

祁二十五隐君嘉方游南山归，索予赠诗

有客著游屐，斋心三日迟。循泉入涧户，囊药出松帷。丹篆不可读，白云以为期。还家话山水，佳处似嵩伊。

江上得大梁窦十二源书

袖手坐清晓，沉吟十月初。江寒雁无次，山远树生疏。庾氏少新产，何郎有故庐。殷勤望来使，花下洛城书。

题江寺左壁

江寺昼冥冥，江枫照路青。众山自骈抱，一雁远零丁。何处闻吹笛，有时逢负苓。宽鞋独来去，炊饭饭荒亭。

酬诗弟子束枝凤

前年子来谒，萧寺从我游。入林风满衣，六月如寒秋。授以五字诗，韦郎最清贵。其音近疏达，其淡有滋味。今年子更奇，吊古狂不休。雷塘呜咽水，何事干卿愁[①]。知我燕赵行，送别出吟卷。缠绵复缠绵，一日三见面。

【校】

①从乾隆刻本改"何事干乡愁"。

屡访石林书堂，留必竟日，辄赏鄙诗，奉酬一篇

一过石困坐，再来林幌眠。对石淡无语，开林夕生娟。主人与客同，晏处释尘服。千鸥酒常持，七略书可读。是月暑雨多，憔悴其如何。华镵嫩相逐，时时叩岩阿。我诗众口嫌，苦味失调适。爱之独有君，天上矜标格。鹤不浴而白，玉不寒①而温。岂意叹赏间，闻此长者言。

【校】

① "寒"字原残缺，据乾隆本补。

闵廷容邀其郡中士友，自小东门泛舟红桥，予亦继游，因作长歌

小秦淮上风光贱，隔岁铅华阻相见。水本无情却有情，绿波如对故人面。君今沽酒兼买舟，连臂紫衣招白头。肯负红桥好天气，双鸟梳翎宿雨收。五月荷乡共清坐，花开不多叶颇大。芳草鸡缸醉罢休，离愁别意毋轻浣。东船沸管露正清，西舫催弦烛渐残。莫笑吟诗若钩棘，游丝书满绣囊看。

上党张水部出观宋范宽画《独山草堂图》

留我看画双瞳明，笑启厨钥开寒厅。短童捧出颇矜贵，两头小轴鱼胆青。宋楮坚光未糜坏，款字低行类垂薤。画中遗事画外寻，慢展轻叉且高挂。一峰孤撑如破巾，下筑精舍床少尘。林花新沐方过雨，炉香不绝疑有人。当年妖祸遭非妄，前藏贾相后严相。细说流传茶话多，却喜云峦尚无恙。先生弃官卧漳滨，葛衣典库长饥

贫。此画勿失苦亦乐，肯换三秉之粟十束薪。

乾隆元年八月予游京师，
十月驱车出国门之曲阜县，展谒孔庙作长歌

八月飞雪游帝京，栖栖苦面谁相倾。献书懒上公与卿，中朝渐已忘姓名。十月坚冰返堠程，得行便行无阻行。小车一辆喧四更，北风耻作鹍旦鸣。人不送迎山送迎，绵之亘之殊多惜。冷光寒翠眉际生，先师儒里瞻尊荣。入庙肃拜安心旌，然香何必刑牢牲。告曰艺事通微诚，呜呼五经昌且明。吾欲手写承熹平，字画端谨矫俗狂。隶学勿绝用乃享，刻石嵌壁开暗盲。此间古柏含元精，寿可千岁历戊庚。左围右列如墉城，弗为火夺惟汝贞。旧时熟识毋乖盟，日坐其下繁籁清，恍然乐奏闻竽笙。（按真迹生韵下，尚有"雄州大邑豪黍轻"一句）

鲁中杂诗

雪里绨衣客断炊，佯狂何以给朝饥。新藏奇货古刀布，钱癖居然似富儿。

溺饮湛冥已丧真，长年长夜复千巡。国中所见皆糠粕，捐酒毁器无其人。

三熏三沐开经囊，精进林中妙意长。礼毕小身辟支佛，写时指放玉毫光。

琵琶纤手失春葱，欲续么弦调不同。残烛泪流花暗泣，伤心偏话玉熙宫。

寄赠咏公

息心想缁室，风味本来殊。无垢林如洗，独眠鹤太

孤。瘦权多秀句，懒瓒在名区。比日夸新得，解衣有智珠。

饵菊

叶疏花更疏，寒菊淡如此。有酒香入杯，无人影在水。可以充斋厨，夕粮笑糠秕。餐之得长生，我亦康风子。

广陵客舍病目长歌遣怀

桃花不红李不白，病眼难分好颜色。眼中如火如撒沙，以手抉之出不得。三朝眩痛迷西东，兼旬昏眊医复矇。洗处当求上池水，吹来偏是少姨风。道家养目专用晦，万物何劳昼长对。六时息翕下垂帘，视弗在外视在内。新学此方坐缁帷，□形神屋同枯龟。七重恼热尽退灭，自然银海生华滋。杨叟吉□善医有仁智，问疾殷勤隔日至。亲为量煎药一囊，我忽心悲去年事。客秋九月忧患并，哭罢好友（归安令裘鲁青先生）又哭兄（阿兄聿禅师）。摧残兰茝伤鹡鸰，老泪倾泻几丧明。入春幽结顿萌发，遂令双瞳更恍惚。片诗吟就祭延光，帝鉴其微宥其罚。他乡已近寒食天，耳畔香轮杂画船。草绿河桥未能见，赠钿拾翠笑无缘。

自题四十三岁小像后三首

十载重逢身外身，二三千里路沙尘。天涯岂少争相识，娘子关前堕马人。

柴车已毁幔全无，烟棹霜篷计不孤。抛却残书一竿去，有鲈鱼处钓江湖。

烛油灯影话飘零，往事无情隔杳冥。杯底青山波上宅，每年秋雨梦中听。

汪处士慎将次移家先寄一诗

落落与君好，相怜老勿谖。此生同瓦砾，无累及儿孙。心外得太古，耳中思妙言。草堂赀若办，先办种鱼轩。

晓起入西湖，周览湖中诸山。复舍舟渡黄泥岭，憩灵隐寺门，观南宋人纪游题字；予出马希仁所斫瑟，蜀僧为弹商音一曲。是日心意恬适，放笔成歌，有未尽者，以俟再来

二竖已退脱苦樱，独眠遥夜华津生。晓起东方半辨色，宿林众鸟忘其声。敲石得火灯挂壁，洗头濯足四体轻。一童抱琴一童扶，椰枥突如小鹿前。后行重峦居然在，胸次久未觌面心。长倾笑撑孤艇出湖浒，此湖天下无此清。青山之青分外青，逼真故人双眼睛。远兮近兮纷来迎，舍舟造岭入幽翳。紧鞋宽袜正试霜新晴。萧九娘家炊午饭，野葅柔菽同为羹。选胜且向寺门坐，千龛礼佛阴苔平。谽谺古洞搜旧迹，咸淳姓氏昭文明。吾本州士走他县，少而将老才题名。大书悬岩继往哲，即事差免讥荒伧。何来蜀僧论琴旨，请弹雅曲销尘情。尘情既销音转妙，松乎水邪交相争。始悔广陵城中作羁客，徒抱恶食形拘伫[①]。

【校】

①从乾隆刻本改"徒饱恶食形拘伫"。

坐冷泉亭迫暮止宿僧舍，明旦出山，复至泉上，取别口号二首

匆匆亭下浣衣尘，清坐斜阳想净因。莫怪流泉作人语，不留人听反催人。

僧房借宿五更起，泱泱有声晓不休。此水殷勤出山送，老夫一步一回头。

夜坐小善庵

到此径路绝，果然毛骨清。久之散云气，初不辨泉声。贝叶净可写，精兰夙有名。香长与粥薄，夜话记前生。

寒夜听韩丈弹琴，送姜五入蜀二首

不闻人声闻水声，其妙却在琴中生。惜别悲离弹亦苦，幽幽咽咽催天明。

天明日出送高台，马乱嘶时首重回。莫忘昨夜伤心曲，此去瞿塘滟滪堆。

屋后荒筱，冬心先生归来，复理成林，春雨既作，清夜可听，因怀楚中刘六丈道源，道源亦爱竹，千里属寄，以慰相思

簏簏竹间雨，久不闻此声。好似故人至，长话池上清。一灯夜将半，小阁天未明。所宜是何梦，梦在湘江行。

江上沽酒小酌，漫成短歌

春江照户若我私，春山笑人亦故欺。惟我得知人不

知，有酒吝饮真是痴。青州从事欢相约，一醉千场恍如昨。山月江风他处无，肯教月堕风零落。

与君丁隐敬诣南屏山中访让公

君袖石，我抱琴，癖各具癖心同心，妙僧须向岩中寻。今年南屏暑早退，入寺人影凉惜惜。僧留树下坐移日，饭香蒪若意颇深。石有高格居然列上品，琴多异光直可轻黄金。天教此僧亦贪恋，抚琴弄石发冷吟。奇赏俱足爱之至，疑石能语琴反喑。一僧二老大欢喜，相对滋味如秋阴。

南屏山中观米外史"琴台"石刻二大字，同周京、顾之珽、金志章、郑江、鲁曾煜、汪台、厉鹗、杭世骏、梁启心、张湄、丁敬、施安、陈北仑、顾之麟、陆秩、吴城诸诗老，大恒、让山二上人作

一僧导我行，南山小而岧。石润云逢逢，松喧风靡靡。突见米颠书，劖削瘦螭拟。慨想赵宋间，操缦者谁子。琴亡台亦亡，何以辨物始。惟余径尺字，笔画古苔委。此音妙不闻，翻尔恋寸晷。重湖多少秋，忽落青鞋底。

送盐运判官鲍十四鋑仍为长兴邑宰，同丁敬作

送君不奉卤与彝，恐君饮之生别离。送君不陈丝与竹，恐君听之伤心目。果然无酒无管弦，但多愉悦捐忧痛。稽留山民龙泓子，共理茶经检画史①。十月分司不值钱，好诗方得千古传。北郭开舟何所见，秋风骚骚云

物变。日复一日年复年，连峰叠岩青如前。仍作长兴旧令尹，县中父老争迎靮。光明河上水有情，重来偏照长官清。

【校】

①应从乾隆刻本改作"共理茶经捡画史"。

十一月九日社中诸君同集绣谷亭待雪

风凄百草病，我心感幽牵。微霰若将集，共晒西斋前。索索气逆鼻，棱棱寒耸肩。先尝元相酝，早设江郎毡。何时积三尺，结想林中天。狂飞如乱巾，一白同琼田。洛社游可期，郢曲和罕传。冻鹤当为谋，今年是尧年。

新雪同周京、梁启心作

前年郧子国，昨岁新安江。听雪雪不休，百壶倾玉缸。今冬倦翻还，非客仍是客。策策初作声，皑皑盈已白。毡帐可辟寒，香篝如烧春。回忆千里游，冷笑当垆人。果然故乡好，街泥少沾涴。净侣得二妙，林间斗茶坐。

重游安隐寺，独坐泉上，归从旧时松径，宿于舟中，晓起开行，临平山色，历历在目，漫作长歌纪之

十年前曾泉上坐，松毛酰酰松盖大。泉喧松喧六月寒，热痱全消无一个。今年重游泉上亭，长松拱揖如相迎。可怜我老松不老，我发已白松仍青。寺门砖塔影矗矗，抚松弄泉与僧熟。临平山下晚泊船，又共汀鸥沙鹭宿。侵晓纡回柔橹行，夜来霜浓变作晴。数峰有意露圭

角，要试先生双眼明。

正月十五夜风雪不止，漫赋

芳陌华闉风雪寒，闭门空倚曲阑干。今年今夜无情月，第一回园不得看。

上春同周京、厉鹗、杭世骏、梁启心、
施安，过顾之麟高斋，试箸小咏四首

楚葵产青泥，小摘玉一把。何劳野人献，堆盘作春社。（芹）

新茁蒿如许，羹材风味殊。可以芼为食，问三闾大夫。（蒿）

夜雨剪春韭，咀之含芳辛。夫君肉食相，不似庾郎贫。（韭）

撷翠试夹提，风诗有深取。得此荠味甘，当思茶菜苦。（荠）

乾隆十一年三月廿有二日，乃予六十犬马之辰，
触情感事，杂书四首，非所以自寿也

清江三月好风多，自唱年年铜斗歌。莫哂求官我无分，金襕不换一渔蓑。

白傅无儿诗更达，萧郎舍宅计非差。春来笑话亲书券，卖与仙人扫落花。

潞河渺渺隔天涯，记得卿言亦复佳。此日荒园失料理，谁收竹粉拾松钗。（老妻时尚在天津女家）。

快活平头六十人，老夫见道长精神。从今造酒营生圹，先对青山醉百巡。

论画杂诗二十四首

草堂一所君王赐，隐服还山送老资。十志居然千古事，自书自画自题诗。

唐朝绝艺推韩干，善画风鬃雾鬣奇。此法不传留一语，厩中良马是臣师。

晋公游戏画五牛，最后一匹金络头。不比田家晚晴候，野塘浮鼻野风秋。

风吹草低氄幕孤，矮卷胡瑰卓歇图。燕市昔酬三十卷，明昌印记半模糊。

应梦真容入定相，我尝瞻拜生咨嗟。一幛远胜十六轴，奇古不数卢楞迦。

金陵徐熙海棠好，曾见妖红满树开。蝴蝶成团蜂逐队，误飞来却有千回。

笔底三百六十滩，忽惊真水喧狂澜。坏廊无佛无僧住，袖拂蛛丝子细看。

长沙助教易元吉，画出槲林翠作堆。孤猿丧子吊夜月，月色此时如死灰。

南朝官纸女儿肤，散木疏花影欲扶。此画不遭香蠹蚀，山移海溃笑须臾。

龙眼画佛画菩萨，三十二品多净因。自后纷纷多丑相，刀林沸镬鬼生嗔。

我爱宣和最长卷，蜀花粤鸟被春迷。瘦金书体偏矜贵，不似今人信手题。

日共贵游数赵昌，朱阑碧瓦岂寻常。宫中团扇画蝉雀，小卉杂窠疑弄香。

泼墨米家山大好，吴生习气嗤汝曹。莲房蔗滓都收用，不借一床秋兔毫。

濠梁崔白工小景，内府法绢独梭机。酸榴花下双练雀，只近亚字阑前飞。

出门往往逢麴车，破墨乱画松叉丫。毁裂不为豪富夺，黄金无用若泥沙。

隐君名不挂朝端，物外风标取次看。江路野梅僧壁竹，肯教天子赏酸寒。

楚山清晓真名迹，南渡流传直百金。一双官窑轴零落，装潢谁知赵孟林。

秀木幽披覆短莎，马和之画日摩挲。杨家妹子书偏爱，白发周郎妩媚多。

甘风子与梁风子，细笔减笔俱通仙。但知偿酒付佣保，不换三百青铜钱。

醉眠伎馆温和尚，水墨葡萄举世夸。怪叶狂藤等儿戏，俨然一领破袈裟。

画猫驿卒有神技，泽吻磨牙逞虎威。夜深张壁可绝鼠，果少清油污白衣。

一翁七客皆遗老，剩水残山纸上看。相对凄凉话亡国，苎袍褴楼葛巾寒。

王孙画羊吾旧物，失去苍茫异代非。春草年年生怨绿，可怜羖羠上天飞。

朱阳馆主荆蛮民，远岫疏林无点尘。也曾著个龙门衲，此老何尝不画人。

龙井山中信步有得，遂成四韵

撰杖信所往，南山游目新。不然访泉窦，或者遇樵人。草媚青于发，松喧散若尘。此心结元契，幽钥启仙真。

忆吴兴、京口诸胜游，作此遣怀，以示诗弟子孙松

养疾草堂上，骎骎岁月徂。长饥辞脯糒，清梦落江湖。三葵亭何在，五州山到无。门生侍篮舆，入市笑胡卢。

与吴门薄□具舟至木渎，访王伯子岩东草堂，
信宿不去，际晚循游池上，欣然有作二首

舟轻如身轻，溪风喜不逆。况与静者期，遂造幽人宅。长林蔽檀栾，诸峰见婳婳。巾袜无烦苛，茶瓜有清格。或坐或鼾眠，忘言憺将夕。

将夕池上行，众鸟喧亦妙。游鱼无俱心，前轩方罢钓。愿同鱼鸟乐，挈杖且一笑。石径宛转桥，小立各领要。知君托栖遁，此中可埋照。

弁山僧心印乞余画瘦竹一枝，长供佛前，
画毕题此

好游名山扶一藤，林中忽遇长眉僧。合掌乞画苦寒竹，先生近日无他能。竹中不复画荆棘，荆棘乃竹之盗贼。老来懒似水牯牛，随意题诗在上头。

题喻高士大本山居

天放俗械无，即事息群动。花苦林雨减，钟寒涧风送。清觏思阿蒙，从游有二仲。新著颍阳书，玉检且一讽。

吴兴眠佛寺僧觉老近闻已亡，
觉老平日爱予长短句诗，今作此体悼之

我佛出世苦如此，疲于津梁卧不起。若是寻常粥饭僧，那得前知了生死。灯非灯第二月散，坏风吹即灭。伊兰水沫芭蕉树，弹指之间生惧怖。睡蛇夜动同转轮，问疾都来问宿因。一笑而逝扫去火上尘，刀圭无用叹寂寞。药王疗病亦多错，甘露有时变毒药。

朱水部典郡河东，
过我江上草堂，对花共饮，醉而成诗

年年钓鱼不在鱼，日日读书是何书。故人新典股肱郡，来访城南野老居。野老居，无所有，只有清江邻左右。红蔷薇花香满扉，倾杯莫惜酒污衣，且看百双蝴蝶花间飞。蝶易散，花易落，此会须怜今夕乐，潋滟春缸劝再酌。明朝分袂去天涯，淮阴市、洛阳街，黄河声怒如奔雷，君嘶五马空徘徊。记得太行山突兀，我旧题诗探虎窟，侧帽风前搔白发。

过灵隐寺闻虚长老游衡岳寄怀

古寺风清清，山门少送迎。树全无束缚，鸡亦爱修行。坐石意已足，听泉渴不生。忆师南岳去，一尺草鞋轻。

韩叟约伯僻居有年，尝牧羊山中，又种秫田数亩，
以供酿事。暇则著《琴说》十篇，近腊过其池上，
韩叟手操一曲，因作诗赠之

山中独行黄初平，松下小像陶渊明。驱羊变石岂欺

世，漉酒用巾非沽名。偶然之事便千古，后人退企心先倾。叟也高隐栖柴荆，揖让昔贤无烦缨。更闻抱艺阐微绪，开襆出琴冬气清。池头闲弄两三声，水泙泙鱼丁丁。楄花暗堕弦上惊，恍如刺船东海移吾情。

江行连日，舟中书寄陈高士仲谋

春雨打我梦，春山迎我舟。中行第一程，欲愁那得愁。雨歇无跳珠，山遥失横黛。汀草夹汀花，未开疑有待。邮签计日多，日日少风波。故人东郭贤，消息今如何。星迴燧复更，不见空游矖。想子仙骨轻，真觉天下俗。杖携百结藤，酒饮小屈卮。琵琶亭上月，独个去题诗。

居扬州旧城西方寺中，每日饭讫，翻诸《佛经》，语语笔妙。七十老翁妄念都绝，我亦如来最小之弟①也。广长舌在，岂无白言，因作《古佛颂》

七池无狂华，双树无暴禽，中有道场精进林。雪山白牛日食草，其粪合香为佛宝，以此涂地香不了。长者居士与导师，各具智慧千人俱，多乐少苦功德施。童男扫塔复洗塔，塔内舍利一百八，清净耳闻诸天乐。昔传佛在师子城，说法无量度众生，能使荆棘柔软沙砾咸光明。

【校】

① 乾隆本与同治本均为"我亦如来最小之弟也"，"弟"后，应落一"子"字。

僦居西方寺旬日矣，漫题古壁

无佛又无僧，空堂一点灯。杯贪京口酒，书杀剡中藤。占梦今都应，诶人老未能。此时何所想，池上鹤窥冰。

越日又成一诗，书揭客坐

速客客不至，毋烦客共言①。饥禽方乞食，落叶时打门。药可蠲心疾，泉宜洗眼昏。夜深牛粪火，笑拨自温存。

【校】

①从乾隆本改"毋烦客共言"。

晨起盥沐，画佛一躯，佛著无价衣，借草坐树下，其树周匝，枝叶庄严，真化城中妙相也。观我画者拟我以卢楞迦之流，非五浊人所能为。画毕，合十指爪复演说八十四字，题卷首云

菩提树有净妙音，三株两株青愔愔。此是佛家无忧林，佛坐其下吉祥草。耳鼻口舌除热恼，甘露灌顶若雪澡。大地诸光光不生，佛一毛孔生光明。盲者忽睹开双盲，优钵罗花香雨偏。遂令寻常百面见，谁曰宝山空手转。

扬州诗弟子罗聘云："前身花之寺僧。"写真者图其小影，予赋长歌一篇

花之僧住花之寺，今生来作诗弟子。阖户尝设太常斋，行歌不谒尚书里。二清二妙隔世交，大园佛镜著方袍。五七字句一千首，写秃人间秋兔毫。香茅满把三椽屋，旧迹前踪寻面目。随吾杖履从吾游，凫绎龟蒙山矗矗。天上天下天四周，尔正年少吾白头。当杯莫负芜城

酒，一醉同销万古愁。

画梅赠汪六（士慎）

寻梅勿惮行，老年天与健。半树出江楼，一林见山店。戏拈冻笔头，未画意先有。枝繁花亦繁，空香欲沾手。远师丁野堂，春风吹满纸。题作万玉图，笑寄瞽居士。居士□断炊①，噤痒寒耿耿。挂壁三摩挲，赏我横斜影。

【校】

①乾隆本、同治本"居士"后，均缺一字，现据金农《冬心先生画梅题记》，应作"居士尝断炊"。

汪六士慎失明三年，忽近展纸能作狂草，神妙之处，俨然如双瞳未损时。知予卧病萧寺，自携大书一通见赠。予因口诵病中五字诗，士慎笑之不止，笑之正所以赏之也。相对终日，尘事俱忘。王右军云："人生老病当以乐死。"信哉，信哉

双扉久不闻人声，忽惊打门声丁丁。黄犬吠客□衣迎，咄哉瞽叟无世情。袖中大字大如斗，自言写时颇运肘，心光顿发空诸有。当前多少美少年，有眼有手徒纷然，但见满纸丑恶笔倒颠。问我病，听我诗，笑得面皱捧两颐。池上鹤窥冰，风吹寒棱棱，爱我此诗非众能，我病经旬乖水火，夜失安眠昼难坐。于潜白术高丽参，阿谁赠药欢相寻。叟兮又言小弟目盲非不祥，老兄软脚亦何妨。木棉裘暖饱饭日复日，明日还来荒寺话斜阳。

番禺镏叟豫士博物好游，
来自海隅，赋赠此诗

忽有来船客，高谈动众听。囊书习禽乙，浮海辨鱼丁。潂潂云虚白，罗罗山渲青。今年年九十，南极老人星。

任城南蒲荷花二首

万柄荷花八面生，红襟翠袖亦风情。玲珑水殿前头去，人语不闻闻雨声。

白板小桥通碧塘，无栏无槛镜中央。野香留客晚还立，三十六鸥世界凉。

两淮都转运司何公谦自号如如居士，平生断荤血、洁身，奉佛称弟子，日亲梵夹。垂三十年，尊宿再来可想见矣。居士旧为三品大夫，比罹事待罪于囹圄者一载，今邀圣恩，释归故里，因用古韵作歌以贶之

何居士前身乃是雪山僧，山中雪深坐一灯。今生虽未毁儒服，学佛坚守五戒之精能。手不拘挛口不謇缩，长斋拜经又写经，大哉世界在掌握。两翼鸭，两足鸡，羊角弯弯猪四蹄，终年宰杀悯勿施。近罹忧患囚重狴，若堕眢井迷东西。收心尺宅已忘斧，锁楞严诸品讽诵。无间日朔复晦晦，复朔昼夜相更梦。天竺开眼圚，墙乱草皆狼牙，合眼便见不如车轮青莲华。久而拨苦出沈狱，依然归奉空王卧空谷。秋风帖帖吹晚波，津头恋别白头多，作歌赠者苏伐罗。

送吴麟还新安

扬子桥边送客舟，十年前事话无休。大江之上不忍别，如此青山两白头。

与黄元御相见于扬州，往复弥月，颇得古欢，一旦别去，溯清淮而归东莱矣。赋诗祖饯其行

读君七难篇，其道通神明。方瞳负奇术，能令死者生。若拯智井溺，若释重狴樱。肺腑果作语，今医谁知名。慕君与君好，申契同弟兄。正宜人外游，领略秋光晴。胡为匝月留，遽去心怦怦。清淮邈且长，水有离别声。君家近劳山，草木含灵英。吾愿随采掇，口景祛三彭。

嘉定杨丈谦年七十矣，乞予为诗

先生终日求真形，袖有一卷龙虎经。今年七十得大道，百四十岁应长龄。大道不在人在我，地之水，离之火，丹成上天无不可。但看点点明窗尘，一呼一吸生精神。药葫芦，大贮古春真。了翁非钝汉，纳景韬光自轻健。重帘即是蓬莱山，山中饱吃桃花饭。

山中白云曲

云从佛髻光中生，缕缕庄严缕缕明。只有翻经人爱看，同眠同坐更同行。

一朵白云生相奇，飞来故意弄春姿。有如玉女披衣立，待我诗成去未迟。

弄月莲花沟歌为徐本淯作

此月团团复团团，我呼天上烂银盘。不照秦女弹筝
筵，拉拉杂杂十四弦。不照楚客悲秋船，呜呜咽咽声可
怜。又不照塞翁黄沙白草枕戈鋋，又不照妖狐拜月狼啸烟
以及雪中曳尾之蛆地下叩头之虫偷吸清光万万千，此月偏
照黄山最高处，莲花峰头龙潭前。峰奇石怪松倔强，更与
此月相周旋。有一人兮双碧眼，手弄此月吟诗篇。嘲笑压
倒李供奉，饱吃月窟玉屑之饭称飞仙。

题汪丈舸小像

浔阳江，大别山，先生客游凋朱颜。今春归来脱尘
服，便与倦鸟还林间。任他处处风浪颠不休，泊心如泊
舟，闭门七字傲五侯。逃禅画作老僧影，坏色衣一领。衣
内智珠光炯炯，清晨枉访出此图，指说骨相非华敷。厉病
（樊榭）已亡全痴（谢山）死，眼中能诗唯有子。又言子
笔含骚愁，为我细写频年荒津败驿之离忧。题成寄去花
前读，定瀹灵芽爇枯木。漫笑区区下劣人，眉际白毫长
过腹。

朐阳寻墓诗，为淮阴程七仲南作

寒无衣，饥无食，人生此苦未为苦。母棺忽迷葬所难
觅泉上土，此苦终古皇天亦无补。七郎七郎清羸瘦疾白日
不照双瞳去，寻得空抱一灯夜夜黑如漆。七郎七郎心茫
茫，影怅怅，昨者到朐阳。郁洲之山，老龙之潭，何暇追
游歌乐方，有人指点乱草野火驱牛羊。荒冢垒垒仿佛小
北邙，遗骸背负返故乡，果然三十男儿强，淮流呜咽摧肝
肠，长贫反觉滋味长。从来大孝载青史，七郎七郎真孝子。

题《雪夜读书图》，为朱箦作

书生有奇举，其气可吞虎。舌作霹雳飞，鼻端火欲吐。山南雪如鸥，出猎谁敢侮。所获非恶腥，殪丑泄我怒。归来破屋中，弓瘏箭没羽。烛影何幢幢，玉检读且舞。舞罢循复谓，咀味同石乳。今夜天下寒，万木偕偻伛。独此枯梅枝，著花香一缕。渊然道心发，唾珠在灵府。

韶侄三日前以竹箧画新花时，果见寄，忽感微疾捐世矣。人生浮脆一至于此，惊胆不足，哭之以诗

吾家骐骥产渥洼，忽闻蹶足生悲嗟。昨寄画扇尚在箧，萧萧数笔绝代夸。半青半黄山枇杷，雨中惨红荍葵花。今朝偷看已隔世，便觉生气无一些。高楼浸水月魄死，人不见兮夜如此。伤逝之泪老更多，想著凄风入怀里。秦嘉少妇守空房，嵇氏小男才扶床。短檠留照莫轻弃，机声咽咽书声长。

喻小姑善画工书，请予赠诗

昔传贵胄曹夫人，临平藕花工写真。又称宫中杨妹子，媚笔能摹内库纸。女史书画非粉脂，不独谢家柳絮诗。今观喻姑纤手巧，翠墨丹青兼二妙。年华三五月东方，待嫁西京执戟郎。

扬州杂诗二十四首

玉女窗西碧海东，人间容易路潜通。灵台不昧华池满，明月忽生唾雾中。

梅子黄时雨不休，一枝乱开安石榴。荍葵昨夜倒墙

卧，恼杀苦吟贺鬼头。

已无解咏萧夫子，安得写真何秀才。可惜城南好山水，青鞋布袜见谁来。

六月六日寒生毛，但闻满纸风萧萧。记得昔人通马语，穹庐古雪几曾消。

不须索枕来占梦，却有康骈可剧谈。烛揄香销花藗藗，愁离分别是江南。

懒问五陵客姓名，马蹄特特车辚辚。终年足垢不一洗，莫笑我如阴子春。

花爱徐郎亲手栽，园丁已报五分开。酒鎗原是君家物，每日闹红堆里来。

谣曲歌行清复新，要如泉石长精神。眼中只有王文度，踏遍芜城少此人。

昙礡村荒非故庐，写经人邈思何如。五千文字今无恙，不要奴书与婢书。

日日抱琴作枕看，溪堂高卧溪风寒。直须石洞林花吐，人去多时始一弹。

楚女春衫曾拭酒，洛妃罗袜旧题诗。而今头白风流减，不敢人前唱竹枝。

夜来趺坐失鼾声，不睡功夫道已成。始信无床胁尊者，四蛇二鼠敢相惊。

博陵太守旧知贤，劝我春耕上噢田。若贷俸钱三十贯，老夫明日买乌犍。

山泽有时气不通，高人厄岁想孤踪。眼为双耳手为口，天下暗聋岂易逢。

画舫空留波照影，香轮渐远草无声。怕来红板桥头立，短命桃花最薄情。

三过严滩访隐居，相传高蹈故人疏。钓坛之下一垂钓，不钓寻常赪尾鱼。

唐朝镇库墨尺许，异锦包缠生光华。欲知造法捣万杵，好觅松明载一车。

健笔摩空颠且狂，穷年文价太荒唐。一钱不值遭乡摈，真个鞭笞鸾凤凰。

待漏朝衣箧内存，开看不散旧温馫。君夸门第门才盛，五品仙郎一品孙。

东家亭上花开落，西舍池头月缺圆。酒不招人山隔面，扬州何苦住年年。

推倒翻经台已空，阿师了了在胸中。一朝烧佛通红火，不向世间乞死风。

松比人长复石阑，人如松立影生寒。一双我有弄泉手，溅沫飞流独饱看。

何故幽怀触处生，山中之人亦不平。罪松责竹嘲明月，说是无情却有情。

一心愿随郎马蹄，山隔南北天东西。对坐花前各无语，玉偏偷泣珠偷啼。

放鱼曲为川上翁作

此乡一望青菰蒲，烟漠漠兮云疏疏。先生之宅临水居，有时举网千百鱼，不惧不怖鱼自如。高人轻利岂在得，赦尔三十六鳞游江湖。游江湖，翻踟躇，却畏四面飞鹈鹕。

成都陈孝仪服田力穑间工五字古诗寄赠

佳句托幽敻，丰囷享太平。洛生终日咏，虞氏九年耕。不愧称名士，毋^①荒作蠹氓。眼前轻一顾，车马锦宫城。

【校】

①乾隆本、同治本均为"母荒作蠹氓"，"母"字应为"毋"字之误。

画杏花

青骢嘶动控芳埃，墙里红枝墙外开。唯有杏花偏得意，三年又见状元来。

画芭蕉

绿得僧窗梦不成，芭蕉偏向短墙生。秋来叶上无情雨，白了人头是此声。

与蒿上人花下小酌

春夜一壶酒，醍醐可比清。留僧对花饮，看月出林行。风扰何能损，云眠了不生。老夫爱禅悦，前世有交情。

金陵晓起拟作摄山之游

林乌未啼月堕屋，老夫先起寒可掬。开门自汲浇药泉，扫地才完茶已熟。茶啜一杯春露浓，坐听四百八十晓寺钟。若不轻鞋布袜摄山去，笑人岂止六朝松。

初八夜月

团团树影水中央，若有微风满袖凉。可怪月光留不住，二更容易下西墙。

寿女士方婉仪

谢家才女夸门第（女士为方方伯愿瑛之孙女），嫁得王郎好夫婿（为罗聘之妻）。不但能诗咏絮工，能画能书妍且丽，七言巧和冰灯歌（曾和予冰灯诗二章传颂一时），时涂云母春梅多。红丝小砚簪花笔，一螺岂屑描双蛾。今年六月是生辰，莲塘潋滟花精神。无滓无尘清可比，风裳水珮证前生。

旧传隋时展子虔有
《春夜侍游图》，不可得见，漫作一首

露湿葳蕤玉帐空，南朝月色恨无穷。生绡一幅寻名迹，试问斜街粉铺中。

江昉以茅山菖蒲相贶，作诗答之

遗我九节蒲，驻颜可扶老。终朝眉目间，历历青不了。爱此五寸玉，风味刮骨清。一物两心同，水石见交情。寄向幂翠庭，相赏知有喜。负奇澹荡人，能诗二三子（谓雪强、云溪二友）。来年入茅山，游憩掇其真。花开紫蒙茸，餐之延长春。

过净因精舍

抱寺一水昼夜明，入门小僧眉目清。石槛松棂隔深竹，不闻人声闻棋声。久觉空翠湿衣履，叉手独个林间行。叉手独个林间行，春风留我非世情。再来试听念佛鸟，自有涧草岩花迎。

琴叟季大衍出游海上，诗以赠行

伏羲古琴缑岭客，袖拂流尘自收拾。二弦、三弦、四弦、十四弦，众乐繁音，皆琴之臣妾，对人且莫弹一声，此中松风山泉空冷冷。前年陶隐君、明居士（谓仲张二山人）酬赠诗篇书满纸，叹息枯桐毁面丧宫徵。掷碎何必长安市，今秋出游无机心。成连先生勿浪寻，打头黄叶深复深。

夜月

苹末清风四面凉，有心人立小回廊。才看月出云初起，便笑云忙笑月忙。

老已至矣，抒写近怀，
寄挚友杨八丈自贵

我老未全老，白髭须白更妙，常在刘叟花前说年少。今春耳半聋，尚能听打清凉山上钟，绝胜张丞不闻大江声汹汹。我贫九府之钱无一串，书床却有千金砚。此中水田三顷何曾贱眼犹明光浏浏，终朝弄笔愁复愁。偏画野梅酸苦竹啼秋，细写满纸小楷如蝇头。双脚懒，迷所向，免得折腰谒公相。偶然出门散袖行，健步抛去红藤杖。衰颜近喜亲酒杯，平原督邮曲秀才。相约而至笑口开，醉乡那许俗子来。赋长歌，乞谁和，殷勤觅寄杨临贺，只等百二秦关雁飞过。

过友人故居感作

门外已残春，残春草又新。酒香昨夜梦，花悼去年人。蹑履游五国，题襟记汉津。风流邈不见，开阁扫床尘。

过信公禅院感作

林下与僧别，多年不记年。香寻吃茶处，花想坐池边。旧径礼新塔，荒厨问赐田。四灵诗一卷，堆案尚依然。

衰病闭门，梅花树下漫作三首

凤躁龙狂耳失听，唯看梅影上窗棂。老夫半月不轻出，日写维摩救疾经。

苦荠新桃作旅羹，鼻香如触绕花行。长缣一匹纸八尺，伴我春风画学生（谓门人项均）。

千枝万蕊手亲栽，灵谷山僧乞得来。莫谓小庭无所有，胸中三百座楼台。

跋

　　冬心先生既编其诗为《冬心先生集》，后复编续集一卷，因次其生平游历交游，怆然于知己之感。其序久行于世，诗卷留枕箧中，摩挲永日，意有出入，即为刊落，秘惜过情，聘所及见。癸未秋，先生没于扬州佛舍，书笭琴瑟，几杖器服，百年之聚，浩然云散，此卷亦已泯焉。精光灵气，猝归槁壤，可为陨涕。聘浮生飘泊，旧学渐忘，将恐日月奄多，遗泽无复可识。于是经年求访，倚席之讲授，好事长者之藏弄，酒亭佛寺之壁，蜡车覆瓿之余，于尘藓、垢蚀、缣素、凋裂间，寻循点画，指定拟似，至于忘食废事，厘为一卷。仍其原序，以终先生之志。先生既编续集，十年而殁，今又十年矣。遗文故物，与人俱尽，徒使白头弟子，掇拾于百一，哲人之悲，将何穷已！先生诗清音促节，况诸幽涧之水，此则出峡以后，萦草赴石，才迤演自得之概。乾隆三十八年十二月十六日，门人罗聘谨题于津门客舍。

三山　吴玉田镌

冬心集拾遗

[清] 金 农 著

吴岭梅 点校

目 录

冬心集拾遗

［清］　金农　著

西湖修禊诗（二首）（见《西湖修禊诗》刊本）

乾隆丙寅闰三月三日，修禊事于湖上，效兰亭体，赋四言、五言。

遐慕前古，抱此冲襟。风祛霾径，雨洗夕岑。韦布圭组，申契何深？祓除不祥，凯醉谣吟。

幂历前湖津，续游意俱惬。仿佛曲水间，邈情托稠叠。余葩敷嘉林，纷落随步屧。人事观物表，重三欣再浃。

观单仲谋舍人所藏唐薛稷画鹤

（以下见吴灏《杭郡诗辑》）

高丽松扇扑去尘，宣州木瓜香逼人，客里秋光冷如水，白头不著衣裳新，弥勒同龛饱看画，玉貌皆写青田真，胎仙本来寿无量，尾凋半分更入神，鹤乎鹤乎何长身，褚公之甥艺绝伦，今君结喉例寒饿，有此讵患翳桑贫，若遇榷场录名迹，一缣可值三百缗。

汪淡人招要林馆饮酒赋诗

桫椤树底青恺恺，曲池怪石罗堂襟。芳尊昼陈朋盍簪，主情稠叠手奉斟，贱子取醉乐不任，复设茗事舌本寻，径山双井开蓬心，水味极淡茶味深。半瓯嫩色如秋阴，此时宜听风中琴。戴公昆弟怀琼琛，大小雅言和其音。谢家儿好耽书淫，一门有集须雕锓。何幸与之同清吟！

斜阳

板桥瓦曲酒炉荒，一段清愁百折肠。蝶散冷香花粉落，最难留住是斜阳！

淮堤柳

绿柳一枝红板桥，东风用力媚春朝。可怜种向淮堤上，不是低头便折腰。

立冬日陆腾招同许大纶、鲁曾煜、梁启心、吴城、范肇新、许承祖、江源、释篆玉南屏山看红叶（见释篆玉《话堕集》）

烘霞绚采胜春游，纵目枫林烂漫收。一衲貌如石门叟，高人袖有栝湖秋。此中真意堪消日，方外清谈可散愁。闻道南屏金鲫好，八功德水访千头。

哭周穆门（见周京《无悔斋集·附录》）

论交四十载，老友忽云徂。谶应蛇年促，神伤鹿梦孤。诗编传北郭，书迹满东吴。一笑泉台近，从游许我无。

咏邱氏古树（见王昶《湖海诗传》）

前辈风流一草堂，旧家松柏话句章。岁寒自有诸孙守，不数成都八百桑。

养素园介寿（以下见王德溥《宝日轩集》附存诗）

七十老而传，其礼见礼经。有子策令名，文字生芳馨。养亲奉甘旨，精洁非羊铏。君家辟小园，竹槛纷松棍。乐志具闲论，戒奢勒新铭。玉池濯仙骨，丹砂驻长龄。是日风景和，消摇乎广庭。载诵难老篇，举觞开云屏。

养素园十景诗

绕屋梅花

古屋净于水，梅花发冷香。每于疏枝下，窥见月明光。

倚楼临水

仿佛千顷陂，上有高楼好。蒙庄秋水篇，可以托遐抱。

远树柔蓝

青青三百树，一望在平陆。朝夕与客同，鼹鼹生远目。

乾溪雨涨

积雨瀺瀺声，入耳非凡响。一道白于练，便作清溪赏。

夏木垂阴

崇柯幕重帷，高吟者谁子。五帝与三皇，不知何人是。

疏雨梧桐

井梧复苍□，园扉午后开。有客青油幰，不辞风雨来。

三秋丹桂

丹桂散麝尘，其下设茶具。四士与五君，分咏小山句。

古寺鸣钟

钟声古招提，深省未能寐。因之思南朝，四百八十寺。

秋深红叶

小园秋气清，丹黄树如织。何待短辕车，坐看好颜色。

远山雪霁

雪晴湖上山，簇簇攒头齐。孤藤共双屐，昨与幽人期。

卢雅雨运使招集红桥观芍药（以下见李堂《缘庵诗话》）

看花都是白头人，爱惜风光爱惜身。到此百杯须满饮，果然四月有余春。枝头红影初离雨，扇底狂香欲拂尘。知道使君诗第一，明珠清玉比精神。

晚秋湖上分韵

最无情事性相乖，只有朋游老更偕。不怕湖云欺白发，且寻秋草试青鞋。今年九月此佳日，饮酒一杯多好怀。小雨段家桥外去，晚波十里若磨揩。

春风扇微和（以下见胡荣《拟唐试帖类选》）

献岁和风早，青阳发上春。吹嘘邹谷黍，披拂楚江蘋。乍暖水嘶满，徐来甲坼新。汉宫骀荡日，洛禊冶游尘。汛蕙光皆遍，催花力渐匀。孤荑转寒色，愿此借芳辰。

秋山极天净

平野秋容淡，苍苍见远山。金天净如镜，翠岫碧于鬟。霞衬游氛灭，云归孤黛间。高泉垂皎洁，落木露孱颜。泰华虚无里，衡巫缥缈间。几时攀绝顶，乘月浩歌还。

秦镜

照胆传方镜，由来本自秦。鸾惊无匿影，鹊画绝纤尘。兴乐依红壁，咸阳重紫珍。重圆四规魄，合照两边人。菱彩朝光动，花奁月色新。虚明能鉴物，拂拭不嫌频。

龙池春草

年年春草发，兴庆濯龙池。禁籞风光远，天家露液滋。绕堤青渐合，拂水翠全迷。嫩可铺花片，深堪映柳丝。扇回承辇处，香动拂袍时。何必寻南蒲，萋萋凝碧姿。

冷红词客六十像（以下据真迹）

昔年汝我少年场，一卷清池斗渴羌。毕竟二分明月下，白头容得老夫狂。

雪霁南香草堂分韵

残年抱幽独，雪霁屋如巢。秦羽方头责，扬雄有客嘲。冰文浮瞑色，梅信坼寒苞。且与一觞进，欢然世外交。

奉别西冈明府归钱塘兼寄诸朋好

乏月访岩邑，正值生魄时。抖擞征衣尘，细话诸山奇。惟君嗜史库，立言存清规。日要高詹事，疏簜同题诗。

吾党五六人，暌离思弥熟。合抱树郁栾，连阴雨淋漉。由来解胸春，沥灰酒一斛。残梦耿客灯，江声欲崩屋。

诘朝长揖去，上箰放舴艋。还乡扫寒厅，短绠汲砖井。洗我筜竹丛，稍稍凉吹并。峰液看泄云，日圭测趢影。

甲子七月十二日诸名流会复园先生池上，适红板桥新成，同人分韵得七阳

习家池上好风光，小小红桥映绿杨。数到低阑非十二，略通曲水岂寻常。适来翠鸟分吟席，安得轻舱作卧床。管领清秋闲意味，白髭须称老夫狂。

奉和德州先生江氏水南花墅赏芍药诗，原韵四首

名花重看惜依留，别有含香一种愁。偏是使君多丽句，朝天来自古神州。

娇红姹紫万千枝，骈萼交跗更出奇。隐约水南幽胜地，频年恨未共追随。

不数刘家七宝妆，风流人说次公狂。须知月榭云阶好，一笑开襟飞羽觞。

年年岁岁作欢游，身在花间香四周。此日药栏传故事，新诗直到海东头。

高秋轩小像

高氏既学易，高生复工诗。一画与五言，妙悟人天时。小窗芭蕉树，入秋晨露滋。爱彼净绿好，可以为书资。

题画

幽居俨似绿围庄，宛柳绯桃占一方。如此春波如此屋，读书端合让王郎。

梅子

江南暑雨一番新，结得青青叶底匀。梅子酸时酸不了，眼前多少皱眉人。

怀人绝句（三十首）（中十三首与集本全异①）

养疴居士云鸿乙，御冷幅巾早制成。戏倩麻姑与搔背，簌箕声里听鼾声。

魏丈东林述祖德，牛栏鸡栅守遗铭。村村风送响碌碡，绕树拖条榔杬听。

去年客送燕京去，怜尔辛勤道路艰。数遍官塘亭堠子，故乡三百六十山。

南荣对酌小重阳，削稿精劖服老狂。玉练槌香好天气，同乡人各在他乡。

五口才口卢与骆，战闉家望老承恩。著成妙德先生传，肯负哀名曰憋孙。

莽荡当湖聚洲岛，短篷舴艋拣羹材。句吴莼鲙君家物，此语曾闻齐帝来。

疏寮十笏昼凝香，琼想徭思独擅长。女逻花间列书库，几人亲奉束脩羊。

饥驱出门指□道，室内小儿啼呱呱。万里巴江行不断，东风曾拜杜鹃无。

文集商丘□□老，布衣依旧归穷庐。晚年佞佛诈疯疾，日日铜龛译梵书。

髯翁烘染非浙派，破书天悭心最贪。记得茅堂叉手立，看君横幅画春岚。

先生久享归田乐，嫩著朝衫惹俗尘。何事间吟忧稼穑，劝农使者属前身。

颇讶羁栖炎瘴地，滇中海稻种当治。可知闺有檽机妇，正拟唐人镜听词。

问讯起居轻利否，犹传脚气未全苏。畏寒我却昼炀火，酿雪年光两病夫。

【校】

字句与集本不同者：集本"玉练槌香天气晴，秋来曾访长官清"，此作"绮岁成名淡宦情，难忘招我弄秋晴"；集本"支俸何人刻七经"，此作"小经"；集本"今年专仿甘风子"；此作"今年专仿马一角"；集本"琴传樊氏古良工"，此作"徐陈雅解抚琴趣"；集本"今秋郧国归来后"，此作"省亲郧国"。

以诗集付女海珊（见钟骏声《养自然斋诗话》）

一帙诗成手自删，苦心孤诣破深艰。斯才不出云霞上，相见多于松石间。变隶向谁遗大翮，美髯自合狎重鬃。只争贞曜他年谥，莫到名山便不还。

雍正甲寅九月，予客广陵。褚峻自吴兴来，将还邰阳。从余游者浃旬，于去之日，出宋库罗纹纸，界乌丝阑乞余作飞白歌，为言非夫子莫能作也！予时抱禅病，未敢破泓颖之戒，峻必欲得之，又留三日，再请曰：归橐无长物，惟求夫子诗，压装耳！予感其勤倦之意，乃赋此篇。峻真好诗也哉！峻工飞白书，颇得古贤遗法，今之人不为也！其善椎拓，极搜残阙剥蚀之文，予诗中亦言之，世之交峻者，定以余言为可征也（见陆绍曾、张燕昌《飞白录》）

邰阳褚峻性好奇，九嵕山前尝拓昭陵碑。青囗白椎自载随，壮哉猛气，可敌千熊黑！太少二室搜其秘，岷沱大江探其危。蛇虺阴宅虎豹窟，独往恒辄饥。石碣有字，扫空苔雨色，苟得一字，两字心先驰。频年交我颇资我，百番把赠翠墨光淋漓。我如欧赵嗜古志亦苦，愿补史传岁月、爵里之阙遗。今秋相见邗沟上，枯荷败柳西风吹。我顾憔悴君落寞，君时慰我忘孤囗。君言曾工飞白书，能作此歌惟吾师。我闻飞白人罕习，汉世须辨俗所为。用笔似帚却非帚，转折向背毋乖离。雪浪轻张仙鸟翼，银机乱吐冰蚕丝。此中妙理君善解。变化极巧，仿佛般与倕。君诵我诗重再拜。发狂笑面同靴皮。明朝别我君忽去，钱刀不计还家赀。到处题名磨废瓦，倘逢秦宫邺台当摹追。眼底纷纷牵牛臂鹰手，呜呼峻也，果异幽并儿。

【按】

此诗已见续集。此初稿制题较详，诗句亦有异同，惟"独往"上，此无"独来"二字；"牵犬"此作"牵牛"，疑《飞白录》刊写脱误，今恶仍之。

与客对弈戏成三首（据真迹）

道士曾游不死庭，来夸妙技通仙灵。枰中岂是寻常物，三百六十周天星。

松下围棋与客争，相争争处为争名。未曾看破都成笑，半子输赢坐五更。

心贪打劫局难收，白发新添忽满头。好是故人陈阁老，一官恋恋几时休。

杂诗三十首（续集选二十四首，兹存六）

杂诗三十首，皆予放浪之言，大半在扬州所作也。旧友闵君荑斋，时过相赏，尝云：老而无情，何能为此言耶？若人人能言之，又何足取哉！今荑斋吟髭亦加白矣！爱不去口，其缠绵兴叹，为可感也！

石莲华峰云晓生，相约他年自在行。看我泥牛同渡海，来听头上波涛声。

呼龙耕草卷中诗，除却狂夫更有谁？定与少年饮美酒，红薇花下写乌丝。

极目疏林驿路长，水萦山绕最难忘。斜阳欲落雁声苦，那晓有人秋袂凉。

浴佛斋期昨已过，溪堂清坐晓风多。菖蒲生日四月半，石似樗蒲水砑罗。

下马槐街上石台，不知何物是愁媒。花飞瑶席乌窥户，独酌一杯又一杯。

如此春寒雪又催，一慵万事便心灰。梅花今年也狡狯，天子未来不敢开。

近人先生为予篆刻姓氏私记，
深得两京遗法，因追忆旧时所蓄汉印，
作诗三首以寄

垢翁已逝古籛亡，汉法陵澌太息长。赖有七峰居士在，穷源心力到天荒。

刻来大雅异雕镂，老气峥嵘横九州。麝楮烟绡钤小印，头衔差免烂羊头。

沈沙败碛土花中，苦费多年收集功。一自淮阴质钱库，惊秋风箨海西蓬。

乾隆癸亥暮春之初，马氏昆季，宴友人于玲珑山馆。秋宇主人出前朝马四娘画眉螺黛、太子坊纸、宋元古砚、将意友人。余得秋宇案头巨砚，质虽稍粗，然临池用之，大可快意，老年获此，又得一良友矣

修禊玲珑馆七人，主人昆季宴嘉宾。豪吟堇浦须捻手，觅句句山笔点唇。樊榭抚琴神入定，板桥画竹目生瞋。他年此会仍如许，快杀稽留一老民。

立夏日同丁敬、梁文濂作
（见梁文濂《后洋书屋诗钞》）

夏值今朝雨，春归昨夜风。荷钱试浅碧，花阵恋残红。论古龙泓子，吟诗鹤发翁。此时宜对酒，肯放十分空。

寒绿斋诗集序（据吴文坌撰原集）

余尝至真州，与真州诗人游，所作皆扶树雅道，冲夷恬适，然犹人意中语。独至吴君之诗，则往往匋匋拍几，惊畏为不可及。君乃歙溪大族，居真州，世称名家，雅号山褐老人，赋质独标秀颖。况真州临江瞰山，当吴楚之会，风气清淑。君能绮岁擩染，卓有见闻。家筑欧公记内城东之园，富于水木，多设文宴其中，宜乎合弦谐响，成真州坛坫。每与诸作者、或拔戟自成一队，人得钦吴君之立语不殊。而诗法不取前人之陈，不拾近人之沈，力辟蛰户，巧觑幽窅，缒空梯险，足跰手搬，不入榛棘，搴其英花，无休今绎。其诗有如古锦、讹断而云盘蕊乱、缬蝉翔鹤，去丸柕万万者。有如荒林残碣，蠹蚀不可辨，才以意属读，而瑰辞奇字、瞥来就人者。有如鞊鞢之奏，槃木之歌，嘤咿骤听，恍如天风海水，繁会赴节，太常良工叹观止者。然作者不易，知者，亦不易。世无离朱之目，而欲探窅窱之貌，无般倕之指，而欲求网象之形，多见其不自量耳！余于君所以叹服，为不可及也。昔元遗山编《中州集》目王南云为异人，其诗有"石裂华雯发炯秋，松阴滚碎阑干月"之句，为遗山所标举称赏。今此集中可与谛摩龙什，争胜于芒厘者，指不任偻。即如赋寒绿斋云："粉蕉绿卷纱帏中，香丝欲沈月一角"；赋春寒云："冻雀北飞哄小亭，一阵梅花吹鬓影"；又云："淡月过墙竹声乱"；赋秋棹云："茶声乍沸叶飘到"；又云："黄羊枰上销战魄"；赋舟返大帆山云："水溅落穗荽叶折，舒丝射石飔细莎"；赋北固山云："千峰万岫裹蓝光，俄吹白云围佛幢"；赋九月梅云："主人发疏花亦疏，向檐梢簇凉云枯"，赋西湖云："曙色满沙云，花风吹渔户”；赋东园云："矮篁垂嫩叶，翠粉缥壶天"；赋江上草亭云："乍开江气乌归后，一抹山痕帘卷初"；赋曙春圃梅下云："才软翠翎春刷色"；赋绣球花云："纷绡簇月香团梦"，皆清奥古艳，非世所泛见。尝与吾友厉樊榭咨叹，以为今有遗山，定目吴君为异才不可得也！而君顾自评曰："吾诗深得于楚骚乐府，迨后探讨唐之昌黎、东野、昌谷、义山各派，二十年呕心耳！"可见究古穷源，荟萃菁英，而运成一体，无怪乎才力过人者。盖学昌谷、法元人，推铁门最盛，如于彦成，张思廉辈标拟太过，遂成狐穴常调。其能刻刓灵颢，穿漏虚无，如君诗者哉！君习气书卷，谈谐雅驯，尤善贾，创基振业，有狂流砥柱之重望。又每自遣门，况能泚笔随意，作山水草卉，颇似彝斋逃禅之风，临摹晋帖，亦得大小王波磔，而诗复经奇如此。余谓君年才三十有七，是集绚写，已足超越古人，压伏时辈，若传之后世，光焰炯炯，更少有窥其涯埃耳！余不揣次第其语，谬为序。乾隆四年，岁在己未小春月，钱塘同社弟金农拜撰。

《裨勺》序（见鲍鉁原书）

或有问于余曰，辛甫鲍先生之以《裨勺》，名书也，盖小说家者流，义宜取于稗如淳，谓细米为"稗"，街谈巷说细僻之言。王者欲知闾巷风俗，故立"稗官"，使称说之。兹"稗"而有取于"裨"，义何居，我未之前闻也？余应之曰，子不见先生自序之有取于"裨海一勺"乎？昔谈天衍之言曰，中国名曰赤县、神州内自有九州、中国外、如赤县神州者九、于是有裨海环之，九州之外，乃有大瀛海环之，小司马谓裨海小海也，先生亦逊辞耳。

或曰衍之言，迂大而闳辩，仅与雕龙炙毂，坚白异同辈，称滑稽之雄耳！岂先生著书自命之意哉！余曰，子何泥于文，而鲜达于义乎？先生之学，纷纶博稽，著书甚富，要皆根柢理道，以明人事，其述古也，核而不泛，其称今也，信而不诬，即闲及二氏，当九流既息之后，亦采其无悖于儒术，而不助其澜，岂与臣安未央虞初周说，浅薄依托之词，同日而语哉？扬子谓仲尼之道，犹四渎也，经营中国终入大海。先生一卷之书，虽偶然攒笔，必劝讽昭然，立意忠厚，其于航断港绝潢以望，至于海者，如示之沿河而下，况夫探星宿之源，穷溟涬之趣，是编何足以尽先生之底蕴乎！稽留山民金农序。

上学使帅公念祖书（见《禅勺》）

钱塘金农顿首再拜，献书学使大人阁下。农草茅下士，夙鲜师承，名外胶庠，躬辞衿带。非敢自放，取高效阢，居士之隐节也！徒以早岁贫辛，衣膳奔走，两载尧都，三年王屋，僵仆阙里，留滞周南，汉阳则耽玩晴川，扬子则相亲佛火，渐臻五十之期，将抱无闻之耻。今者淮阴倦游，江干息影，旧友猥列之荐章，大人过蒙于礼接，比之孔融举、祢衡、袁逢待、赵壹，古今相交，当复无过。农自受命以来，涕因感集，从容自问，进退为难！伏闻圣天子搜奇岩穴，盖非特崇信虚声而已。必有郑元、王肃、贾逵、董遇之经术，更益之以刘骃骙、荀悦、王沈、鱼豢之史才，更益之以杜夔、荀勖、郑妥、万宝常之乐律，更益之以张华、郭璞、刘杳、徐之才之博虚，而后张衡运其精思，蔡邕综其密意，子云逞其沈博，长卿施其夸饰，镕裁法彦，和之雕龙，程量有史通之品藻，庶几对扬明问，无忝大科。农颛愚则一无可恃，曩自童年，迨于立岁，蔓辞纷衍，根柢孔疏，间有流传，见称贤达，譬之虫鸣蚓窍，自号自吟，暂观或惬于清幽，纵览岂当于汗漫，矧复使之弸笔而赋聊苍，对策而同樊逊，编题未审，温卷何能？设复问以十家年之历谱，十九事之祥瑞，记成周山川之图，作西陲地理之序。书同三箧之亡，手有五斤之重，欠伸张目，默塞低头，不免倒绷，终于曳白，一遭垂翅，可胜噬脐，即使大人以方圆取材，鲰生以侥幸获选，柴车上道，单衣应征，蓬篓之荣，于斯极矣！然而玉堂之掌故未谙，文馆之鸿裁尚隔，既无徐生为容，不知庆氏之习礼，加猿猱以冠履，野性难驯，被枯梓之春剪，精华早竭。樊英至而观听衰，周党庸而毁言起，推原举主，兼责后期。上之不能议明堂、郊社、宗雺、禘祫之乐，次之不能阐石渠、金鐻、蕉庭、秘阁之鸿猷。下之不能敷长扬羽猎，子虚上林之丽藻。芜词弱句，尘累堂皇。媛媛姝姝，包羞忍诟，匪特来者难诬，抑恐乡邦不齿。故敢披沥下情，仰干公虑，察茂宰阿私之好，遂山民林壑之怀！剪拂既施于驽骀，斧斤得宽于樗栎。农虽不得出大贤之门，自当终身执弟子之礼。感激恩私，铭愈金石，蹜阶泥首，幸少垂怜，临颖曷胜，悚惶之至！

拟进诗表（据真迹）

圣朝老民金农稽首顿首上言。窃民籍本钱塘，少未就举，及长游于四方，历齐鲁秦晋楚蜀闽粤之邦，作诗歌咏太平，享盛世生成之福七十六年。近虽左耳聋聩无知，欣逢皇上恭奉，皇太后銮舆巡幸江浙，民得瞻天睹日，不胜欢抃之至。谨录所业各体诗进呈御览，肃聆圣训，俾在野草茅，沾恩光于万一荣莫大焉！从此载景阖门，惟有效尧民击壤之歌，颂祷圣寿无疆之多庆云。

黄西清琛象赞（见《杭郡诗辑》）

出走万里，诗思纵横。归老丙舍，孺慕弥诚。斮裘被体，一真浑成，淳行可法，庸德难名。

题汪巢林《乞水图》（见仁和郑琦所藏原图）

巢林汪先生居广陵城隅，平日嗜茶，有玉川子之风，月团三百片，不知水厄为烦也！同社焦君五斗，当严冬，雪深堆径，时蓄"天上泉"最富。巢林因吟七字，复作是图以乞之，图中惟写破屋数间，疏篱一折，稚竹古木，皆含清润和淑之气，门外蛮奴奉主人命，挈瓶以送，光景宛然，想见二老交情如许也！署款为乾隆庚申，未几巢林失明称瞽夫，又数载巢林海山仙去矣！阅今星燧已更二十余年，五斗念旧勿替，装成立轴，请予题记，忆予与二老，谊属素心，存亡之感，岂无涕洟濡墨而书邪！惜予衰聩多病，未暇和二老之诗于其侧云。乾隆辛巳九月九日，为吾五斗老友题巢林先生《乞水图》。七十五叟杭郡金农撰。

《南宋杂事诗》题辞（见原书）

吾乡田氏父子，在明时擅淹贯之目，金事公尝同五岳山人遍游武林诸山，撰《西湖游览志》及《志余》，观者惊其繁衍，无敢异议。至朱竹垞先生著诗话，始有挂一漏十之诮，而比来耆旧凋疏，承学之士，不暇深究，亦莫知竹垞先生之说为何如也，同学诸君耻之，以南宋关于西湖甚巨，各为诗以续志阙，如钦宗祔庙，而志云不祀。度宗为理宗侄，而志云同母弟。渊圣梓官，金人未经奉还，而志云杨髡发钦陵，只镮櫫一枝。"有美堂"在吴山，而志云在"凤凰山"。苏小墓在嘉兴，而志云在"西泠桥"。"富景园"在百花池上巷，而志云"白花蛇散巷"。潮鸣寺高宗书东坡诗，而志云御制。三茅观"赐牛鼎"本刘宋孝建物，而志云"汉建元鼎"。陆放翁过"聚景园"诗，而志云"玉津园"。"白塔"有二，而志以"镇南塔"为"白塔"。"里湖堤"本"白沙堤"，而志云"白公堤"，此订讹之最大者也！"德寿宫"在"望仙桥"，而志失载。"四地分榜额""张功父园"在南湖，而志失载。"桂隐""百果"诸池馆名，"宝奎寺"在"石龟巷"而志失载。"见沧阁""张循王府"在"清河坊"而志失载。"乔木亭""杨和王府"在"癸辛街"，而志失载。流觞曲水之胜！他若"睦亲坊"志失载。陈宗之故居"九里松"志失载。俞商卿故居"蒲桥"，志失载。杨万里寓居"白龟池"志失载。朱少章寓居"灵芝寺"志失载。朱文公寓居"李博士桥"志失载。李性传寓居"清湖桥"志失载。杜仲高寓居"水磨头"志失载。姜白石寓居"长桥"志失载。郑起"水南半隐""七宝山"志失载。王仲言寓居"西马塍"志失载。宋伯仁寓居"吴山"，志失载。廉宣仲寓居，此补亡之大者也！读之双眸豁然，经行处辄兴考古之思，惜竹垞先生已归道山，不及见诸君之作，为金事公一洒前说耳！同里金司农。

《宣示帖》跋（据石刻）

右魏钟太傅《宣示帖》。旧为宣和内府本，贾相似道刻于家。清瘦如玉，姿趣横生，绝无平生古肥之诮。梁武评其书，有十二意，此盖得之矣。贾相颇以自矜，用姓氏印记："悦生"胡卢印，识其后。当时好事者，无以过之。吾友桐乡汪君援鹑搜求金石文字，弗遗余力，储藏贾相缩本兰亭刻石，靳惜予人，未敢轻以登登之声试之也。若使吾友获见此物，定当出明珠一箪，黄金十饼，笑相易耳！古杭金龙漫述。

《麻姑仙坛记》跋（见仁和许增所藏原碑）

右抚州《麻姑山仙坛记》，颜鲁公撰并书。结体方整，雅有美度，其事颇涉于荒诞，诡为怪寝之说，正人君子亦崇尚之邪？余家有大字本，笔画细校，稍有异同，此拓为汪进士溧溪先生所藏，楮墨纯旧，洵可宝诸！康熙庚子仲冬，钱塘金司农，跋于维扬寓窝。

宋拓钟鼎款识册跋（见王复斋钟鼎款识阮摹本）

寒中先生出游，必递书画金石墨拓自随，连艑巨舸，捆束塞坐。先生凝然摩挲，十指勿释。陶岘三舟之载，不足数矣！丁酉清明节发帆平望，示所藏钟鼎款识，精绯神旺，顿还旧观，平生俗眼陋怀，盖可一雪。同观者语水衰苇，及令子之复。浙河后生金司农谨跋。

《汉武梁祠像》唐拓本跋
（见黄易《小蓬莱阁金石文字》）

《武梁祠像》旧武进唐氏物。寒中先生购之，极为珍爱。丁酉三月，予信宿"衍斋"，得观晴窗。吾师何义门先生远留史馆，每寓书问讯，必勤勤眷眷，以未见此为恨。予小子先吾师而展对，一何幸欤！钱塘金司农识。

《汉鲁峻碑》跋（据宋拓本）

右《司隶校尉鲁峻碑》，汉熹平二年立，在济宁州学，即古任城地也。峻之为政，事君以忠，牧民以惠，故其谥曰："忠惠"真无怍于试吏矣！是册旧为林村谢先生物，转赠汪君伯子，二老皆吾之好友也！善收藏，精鉴别，非世皮相之士，宜乎流传爱护无黠鼠之迹，暴蠹之食焉。曩岁余客曲阜石门上公公府，曾游南池，一至碑下，摩挲其文，残缺殆半，未若此拓，尚有什之柒，可寻绎而读也！腧麋侧厘属有古色，审定汴宋名手所椎，又何疑耶！乾隆乙丑四月廿四日，稽留山民金农，寓吴之予楼书。

明俞祭酒文稿跋（见真迹）

新安俞祭酒允文，嘉靖间钜公也。文体安雅，书法亦工，此其自书手稿，世所罕传，得之者，何异神接蓬壶，复游乎丽农之山，心目为之一快耶！乾隆丙寅秋七月，杭郡后学金农识。

跋林吉人砚铭册（见林正青《砚史》）

福州林君苍岩，与予交三年矣。乾隆丁巳九月，以龃之曹掾赴广陵，访予北郭僧舍，出其先舍人所制研铭，并君之乡人余黄诸公所作，而征予题记。予卅年最癖于研，自履所至，作韵语品定者，约百余种。为人铭十之七，为己铭者十之三，曾雕板以行。今观斯册叹赏靡已，因书徐铉"磊磊落落皆贤良"七字以美之，予与石卿平生颇有良合也！

冬心先生画竹、梅、马、佛、
自写真题记

〔清〕金农　著

张郁明　点校

目 录

《冬心先生画竹题记》序

冬心先生年逾六十，始学画竹，前贤竹派，不知有人，宅东西种修篁约千万计，先生即以为师。去春先生病起，目蒙耳聩之状，辄自爱惜，名山老疾，时时动念，今夏四月，轻轮短棹，别刳中诸胜，过吴兴，揽苍弁，阚大雷，下浸太湖，狎洞庭，揖林屋，品第茶经慧泉泉上，蹑良常，憩招隐，复渡江，访焦先瓜牛庐，又至广陵，客榭司空寺，无日不为此君写照也。画竹之多，不在彭城，而在广陵矣。每画毕，必有题记，一摅怅触之感。秋雨兀坐，编次成集。江君鹤亭，见而叹赏不置，命傔人抄录付剞劂氏。江君早岁能文，交道矜慎，独取乎韦布寂寞之言，其贤谁得而测之耶。

乾隆上章敦牂九月九日钱塘金农自序

冬心先生画竹题记

钱塘　金农寿门

　　饥凤非竹实不饱。予画竹，竹之实岁无所收，安得为羽仪者之食也。竹之族六十有一，而独盛西南。曰箮、曰筱、曰籭、曰筀、曰篔筜、曰箖箊，皆可貌其幽姿者也。其他若篴笭之类，则不堪写入毫楮矣。宋人有咏竹米诗，竹米者，竹实也。即筱也。儋石之储，何人见之？所以巢于阿阁者，常饥也。予之常饥，又何怪乎。

　　康熙丁亥，予读书于先师何义门先生家，见沈贞吉隐君画竹小幅，翳荟之趣，如坐幽谷。其父为孟渊处士，其子即石田翁也。居相城里，山舆溪艇，非胜流净侣弗与游，三世不慕绯绂，著簪韦带，皆享耄耋大年，吴中谈往哲者，至今称之。今予追想其笔，漫然写此，然不强合其妙耳。并题诗曰："文洋州世不复有，阎助教近已无闻。即今坡老亦疏阔，敛衽何人知此君。"

　　宋淳熙间，省元徐履善墨竹，得风作笑之态，时时出纸上。雍正壬子，王吏部虚舟先生携观梁溪听松庵中。传闻履殿试日，写新篁于卷尾，题云："画竹一竿，送与试官。"其清狂殊可爱也。十余年来，虚舟先生已归道山，此画无存。予养疴江上，偶作小笔，辄一动念。履之画竹，世不恒见，视后之夏昶、文璧、姚绶之徒，几有威风山鸡之喻矣。

　　籧籧竹竿，画以自赏，倘逢王方平，吾欲斫取赠其作垂钓之具焉。上虞江三石头，策策之鱼不少，钓既不得，得亦不卖，此逸民中高蹈遗世之人也。今有其人，吾当友之。

先民有言曰：“同能不如独诣。”又曰：“众毁不如独赏。”独诣可求于己，独赏罕逢其人。予于画竹亦然。不趋时流，不干名誉，丛篁一枝，出之灵府，清风满林，惟许白练雀飞来相对也。

眉山长帽翁画竹横轴，乾隆元年九月曾见于京师一豪贵家。墨腴笔趑，有崩云抉石之势，自属奇迹。予每落想摹写，往往来胸中，颇有得也。若魏国夫人疏篁瘦条，真闺帏间稚物，只合配女郎诗耳。

予自丁卯岁，从江上迁居南城隅，种竹无算，日夕对之，写其面目，若五斛黛在毫楮间，烟啼风嬉之态，颇谓得之，文湖州、柯丹邱未尝知有其人也。

五代隃麋内库纸，开轩画竹云舒舒，莫将蒲苇轻相比，此是杨风子草书。

古人云：“怒气画竹。”予有何怒而画此军中十万夫也。胸次芒角，笔底峥嵘，试问舌飞霹雳鼻生火者，可能乱画一笔两笔也。

近得一大砚，状貌甚古，人皆以为砧娘捣练之石也。闭门独坐，画长竹数竿，题之寄远，措句用韵，不拘规矩。极诗之变，吾党惟陈楞山、厉樊榭、丁钝丁、杭堇浦、陈竹町颇能赏之，五君子亦擅斯体之妙者也。诗曰：

"此砚一钱虽不值,此砚千金却不易。中有海眼疑出泉,坐对常想百年前。百年前头谁识得,此砚定为空阶捣衣石。终日摩挲我独忙,抱向孤松松下之高堂。画竹不画今画古,湘江人愁湘云苦。旧时骚怨渺何许,重磨轻烟扫长毫。题诗大胆气益豪,岂屑啾啾喑喑声嘈嘈。天风忽尔吹蓬蒿,抉眦侧望皆汝曹。只合寄与茅山道士劳山樵。"

郦道元注《水经》:"山阴县有苦竹里,里中生竹,竹多繁冗不可芟,岂其幽翳殄瘁,若斯民之馁也。"夫山阴比日凋瘵,吾友舒明府瞻为是邑长,宜悯其凶而施其灌溉焉。予画此幅,冷冷清清,付渡江人寄语之。霜苞雪翠,触目兴感,可何如也。

时雨夜过,春泥皆润。晓起,碧翁忽开霁颜,玉版师奋然露顶,自林中来,白足一双,未碍其行脚也。刘宋沈道虔,屋后生大笋,或窃之,乃笑止曰:"惜欲令成林,更有佳者,相与买送。"此语颇蕴藉也。予偶画竹,并画迸土觮觮欲出之状,倘逢朵颐物色人,可能从纸上掘去烧之作午食也。

前人画竹,钩勒之妙,不名一家,有以朱碧渲色为之者,亦能品中高艺也。予屑隃麋半挺,漫然写意,所得在成都大慈寺灌顶院壁上唐张立用笔之法,可以想见。

冬心先生出游四十年,老且倦矣。四十年之中,渡扬子,过淮阴、历齐鲁燕赵而观帝京。自帝京趋嵩洛,之晋之秦之粤之闽,达彭蠡,遵鄂渚,泛衡阳、漓江间,车之轮，舟之楫，有时晏坐一室，泊如也。傫人从者，或三四人，或六七人，各治其人，泓颖取资，抑何多焉。即炀灶折薪，抱瓮汲水，久而忘其服劳之苦也。甬东朱龙善琢砚，新安张喜子界乌丝阑，会稽郑小邑工抄艺，吴趋庄闰即操缦能理琴曲，泾阳蔡春解歌元白新乐府。近来先生僻好画竹，长幅矮卷，日竟十数，兰陵陈彭学画竹，可乱先生真。呜呼，上世贤哲之士，若宁戚将车，陈仲子灌园，公沙穆赁舂，司马相如涤器，夏馥为治家佣，申屠蟠为漆工，阚泽佣书，杜广为厩卒，袁宏为富翁运租，祁嘉作都养给食，吴逴行庖，南霁云为长年操舟，陆羽龙盖寺牧牛，程贺充眉州厅仆洒扫，此身初非有意处于卑贱而不恤也。人贵乎自立耳，自立则其执役不为屈，不为辱也。下至王褒之髯奴炙酒，张志和之渔童捧钓，杜甫之阿段伐木，杨伯起之阿对种蔬，虽后无所显，然亦见用于名流，而不泯其传也。

老而无能，诗亦懒作，五七字句，谀人而已，可勿录也。然平生高岸之气尚在，尝于画竹满幅时，一寓己意。林下清风，惠贶不浅，观之者不从尘坌中求我，则得之矣。

唐宋以来，写竹枝者不尚丹青，专用水墨，大半出于高流胜侣之笔，非画吏俗工所能也。其于坚冰积雪时，乃见此君岁寒之盟，与梅兄松叟久而勿替也。予爱竹不啻好色，近复挥扫，往往画以自赏，间或作易米计，然未尝有好事者连船运租偿送也。

松有时而摧为薪，桂有时蠹其腹，物之生也其如戕贼何。竹族其蕃，不夭阏，不龙钟，亭亭特立，若翠葆玉人，日夕清风出怀袖间，庾公之尘，借之而拂去也。予与通好，辄为写真，此君面目，惟青城野鹤可相并亚。

凡花之发于勾芒也。自含葩以及落蒂，倏而敷荣，倏而挈敛，便生盛衰比兴之感焉。晕朱调铅，壮夫不为也。予僻性爱竹，爱其陵霜傲雪，无朝花夕瘁之态。每闻多竹胜地如渭川淇上者，直造竹所，不问主人，往往人见之错呼为王郎。暇日则写其貌，黟县陈元资我不浅也。

予画竹不画石，石何难乎。颜色太古，雪作飞白者乃佳。若攒苔用雨点皴，不屑画也。

画竹宜瘦，瘦多寿，自然饱风霜耳。蒙庄十围胕肿之木，予觉懒对图绘，恐客愁宾戏，以我为肉食相也。

"一枝新长楚江头，便有烟昏细雨愁。若说无心心最苦，斑斑湘女暮啼秋。"此予二十年前题湘阴女子画竹诗也。予近善此制，遂转以自赠，白头潦倒，空负青青琅玕之照眼睫也。老丑不嫁，意欲何为，难免彼姝掩口笑之不止耳。

予家书堂前后皆植竹，每于雨洗烟开时，辄为此君写照。一枝一叶，盖不假何郎之粉、萧娘之黛作入时面目也。

傔人陈彭，冬心先生字曰幼镤，复字之曰八百，侍先生砚席，历百二十朔晦矣。先生受二竖之撄三载，仆半散去，若风筝之解也。彭独留，药铫粥镉，晨夜无怠，四方朋友，皆谓戴逵已应灾星，孰知尚在人世。今年五月，霍然而起，尝作束晰近游，清苕苍弁，彭相随以往，诣天圣寺，观寺壁画竹一堵，归写此幅，彭乞请收藏。噫！其不好樗蒲簸钱之戏，又不爱珠犀金玉之贵，而宝芦中穷士之残煤秃管，亦异己哉。

虚心高节，久而不改其操，竹之美德也。若戕伐之，煎茶缚彗之厄，非爱护弗能免之耳。予画此数竿，如见所生。设百年后纸渝墨敝，煎茶缚彗之厄可免也。

跛道士，梅沙弥，写竹一竿极似之。不补桃花三两枝，何须贵人题恶诗。

居无竹，食无肉，居无竹长俗也，食无肉长瘦也。是日西廊分种修篁七竿，适有客饷豚蹄者，予得饱肉坐竹中，居然不俗不瘦之人矣。因磨王仲卿墨画此纸幅，萧萧秋声如贯两耳，砌下甘蕉丛棘，毋妒长身君子挺立不屈也。

野蒲出水，雏鸭唼萍，如夏新篁，已解粉筜，窥人作微笑矣。南朝官纸，滑如女儿肤，晨起写此一竿，世无文殊，谁能见赏，香温茶熟时，只好自看也。

唐萧协律善画墨竹，画十五竿赠醉吟先生，醉吟先生作长歌报之，倾倒其绝艺逼真举世无伦也。予远希前良，写此牝牡十三辈，茫茫宇宙，何处投人，一字之褒，难逢雅赏，其他可以取譬而不为矣。

竹有祖，竹有孙，艺竹者，善于养畜也。《齐民要术》所载："东家种植，西家收利。"又非人力之能施矣。予江上旧庐多竹，阅数世不改青瑶华，今转徙居何氏妹耷书屋，瓦松梁苔薄见曦景，而苍筤一竿无有也。养畜收利之说，则托之墨卿，画此长卷，将欲授高枕石头之人也。

嶰谷风秋，柯亭人古，信手写来，便是竹谱。

《天宝遗事》云："商山隐士高太素，居清心亭，亭下有秀竹，棱棱玉立，不羡侯家戟门也。"予仿小笔数竿，以贻潜林逋客。潜林为太素云仍之孙，千载相望，其发光戢影，敦盅履之节，同一轨也。

予游弁山。寻小玲珑石不得，信宿寮僧，僧心印乞画瘦竹一枝，长供佛前，尊竹者顿开生面矣。并题七字古诗曰："好游名山扶一藤，林间忽遇长眉僧。合掌乞画寒苦竹，先生近日无他能。竹中不复画荆棘，荆棘乃竹之盗贼。老来懒似水牯牛，随意题诗在上头。"

九龙山人，尝于月下隔船闻箫声，欣然写竹一枝相报。越日，估客奉红氍毹一端，复请山人画为配，山人索取前画裂之，其事颇为美谈。予今年四月十五夜，泊舟九龙山前，缅想高风，漫兴画此长幅。何地无月，何时无箫声，即沽客比比皆是，红氍毹岂少耶，然求之今之世，万无其人耳。言之可发一笑。

　　兴化进士郑板桥，风流雅谑，极有书名，狂草古籀，一字一笔，兼众妙之长。十年前予与先后游广陵，相亲相洽，若鸥鹭之在汀渚也。又善画竹，雨梢风箨，不学而能。广陵故多明童，巧而黠，俟板桥所欲，每逢酒天花地间，各持砑笺、纨扇，求其笑写一竿，板桥不敢不应其索也。若少不称陈蛮子、田顺郎意，则更画，醉墨渍污上襟袖不惜也。今试吏于齐东潍县矣，便娟之径，可添伎席否，翠娥红屬之围，讵少涤砚按纸之人耶？君素性爱竹，近颇画此，亦不学而能，恨桥板不见我也。

　　予画此幅墨竹，无潇洒之姿，有憔悴之状，大似玉川子在扬州羁旅所见萧郎空宅中数竿也。予亦客居斯土，如玉川子之无依，宜乎此君苍苍凉凉，丧其天真而无好面目也。噫！人之相遭，故然相同，物因以随之，可怪也哉。

　　五月十三号为竹醉日，杜秀才从太原来，遗桑落酒一尊。予独赏竹下，余沥浇之，三杯通大道矣。即以酒和墨漫写直幅。竹何能饮，亦何能醉耶。淋漓敧斜，便若睹此君沉湎拍浮之态也。

　　曩在汪伯子岩东草堂，见张萱画飞白竹，纸长一丈许，干墨渴笔，枝叶皆古，俨如快雪初晴，微风不动，想作者非娟媚之姿悦人也。予缚黄羊尾毛，画此巨幅，纵意所到，不习其能，然幽眇间小有合耳。寄与新安方密庵，密庵善别画，千里之外，定辗然以张萱目我也。贤者乐此，不贤者又何乐哉。

竹里清风竹外尘，风吹不断少尘生。此间干净无多地，只许高僧领鹤行。

舟屦往来芜城，几三十年，画梅之妙得二友焉。汪士慎巢林，高翔西唐，人品皆是扬补之、丁野堂之流。巢林画繁枝，千花万蕊，管领冷香，俨然霸桥风雪中。西唐画疏枝，半开蓓朵，用玉楼人口脂抹一点红，良缣精楮，各臻其微。

予比岁沉疴顿起，辄事画竹，然已所师从，每当幽篁解箨时，乞灵于此君，李超儿墨，日供挥洒，尝为二友称赏，赏予目无古人，不求形似，出手町畦之外也。

饮郑氏园，大醉如泥，烂银月色，今夕尤佳，画此竹枝，自代解酲，并题小诗其上。诗云："花气已阑人罢酒，棋声方散月当阶。新篁一枝才落墨，便有清风生百骸。"予之竹与诗，皆不求同于人也。同乎人，则有瓦砾在后之讥。

昔贤画竹，有画于成都筜桥观音院中，又画于中峰乾明寺僧堂壁间，俨然如生，墨色淋漓，寒翠四出，令睹者虽执热，亟思挟纩也。今人目不接古，干云直上之状，何能得其万一耶。乾隆庚午六月朔日，游石塔寺，访吴兴寄舟开士，遂在禅室写此长幅，以充供养，眼尘心垢，都为蠲去。予之所得，盖有宿因默契于先哲也。

风约约，雨修修，翠袖半湿吹不休，竹枝竹枝湘女愁。

宣城沈叟樗崖，年八十岁似四十岁人，雍正间会合于广陵之红桥。叟善画松，龙之鳞鳞，石之衙衙，唐张璪画法也。广陵猗顿富家出白金一流，叟始放笔为直干，然不问其谁何，以宣德丈六名纸请乞也。乾隆壬戌，鲍辛甫先生领盐运判官，招叟游杭，乌巾白褐，叟欣然来西湖，诸精蓝粉壁，辄作大幅，未尝索取三百青铜钱。予交叟居小友之次，星纪凡历二周。每见叟破墨皴动，欲师其双管齐下，生枝枯桢之妙，不可得也。予今年学画竹，竹之品与松同，总要在象外体物之初耳。叟已骑箕天上，予则吹篪市中，相感更多叹息也。

磨墨五升，画此狂竹，查查牙牙不肯屈伏，天上天下，吾愿劚取一竿，赠之不钓阳鱼罗而钓诸侯也。世人中有眼大如车轮者，定知此意。

结夏僧屋，野人有献瓜果者，予小尝之，画此墨竹相答。题诗云："不劳纤手剥莲蓬，西域瓜浆消热中，画出张高士家竹，暑风却变作清风。"北郊去市已远，若养羊牧豕，鬻薪种菜，定有游明根孙期葛洪范宣一流人，吾将访之，倘不得见，当再往也。

予今年又至广陵，有于思复来之消，所居北郭僧庐，僧庐多竹，惜在顽石污潴中，未见其娟秀之媚，幽独也。近日风雨无事，辄作数竿，聊为此君湔洗尘服耳。

竹之生也，绿坡穿径，绝无行次，葳蕤擅栾，若君子之在野焉。当其抽萌换箨，元功造化，谁维司之。予画竹，一月之中麝煤狐柱破费几许。此幅寄赠丁隐君敬身，龙泓不远展看于风篁岭下，车马尘是何物也。

予入夏来，不巾不袜，逭暑无方，雪车冰柱安可得哉。画竹一幅，以当休憩，纯甲焦墨，长竿大叶，叶叶皆乱。有客过而诧曰："此嬴秦战场中折刀头也，得毋鬼国铁为硬笔耶。吾为先生聚鬼国铁，于九洲铸万古愁何如？"

宋程郎中堂善画墨竹，为湖州老友入室弟子。尝登峨嵋山，见菩萨竹，节外之枝，茸密如裘，辄写其形于乾明寺寺壁。予用吾乡元时林松泉代郡鹿胶墨摹之，恍若晚风搅花，作百颠狂，却未有落地沾泥之苦也。

吴门薄君自昆，相见广陵，赠予东魏兴和砖砚一枚，色泽若幽幽之云吐岩壑中，琢手精奇，四周三道，墨池深洼，真稀世物。贮砚之器，是宋鬃漆，纹理如牛毛，如蛇腹，亦可宝也。因试其良，画西蜀丛竹长幅报之。题云："贻我吉砚，报君新篁，此中有渭川之千亩，何用洛阳二顷之耕疆。"

丹阳许滨江门，善画窠石水仙，薄冰残雪，时见嫣然。赵子固九十三茎画法，江门深得之。汀洲华嵒秋岳，侨居吾乡，当对皆白首矣。尝画兰草纸卷，卷有长五丈者，一炊饭顷便能了事，清而不媚，恍闻幽香散空谷中。二老每遇古林茶话，各出所制夸示，予恨不能踵其后尘也。今年六月，予忽尔画竹，竹亦不恶，颇为二老叹赏于众公间曰："宋李息斋无此题记数行也。"近日习家，池头风荷露盖，世上人可不必画，必欲泼墨涂染，只好悬诸葱肆，供拾苓通者作息肩之观也。

比日不出，非不出也，避城狐社鼠之相窥也。既不出矣，招剡溪之人来画老竹数竿，在大石罅，石作飞白者一，作黳黑者一，下有败棘有恶草，不意幽林绵谷中伏处此辈也。画毕掷笔太息，自解不得，吾将搔首问青天耳。

楚州陆三竹民，新拜头衔曰"江湖钓鱼师"，予以纸上一竿赠之。直钩乃可，不可效籍人沈毒钩也。此是老夫痴想，观者莫以有此事耳。并题小诗，申广其意。"新妇矶头懒寄书，竹竿笑赠莫踟蹰。钓鱼须钓一尺半，三十六鳞如抹朱。"

吾杭南山之南，樵路涧中皆有丛竹之胜，人行其下，翠沾衣襟，今远客广陵，每一思之，则写其形，并赋小诗，托楮先生通殷勤焉。"雨后修篁分外青，萧萧如在过溪亭。世间都是无情物，只有秋声最好听。"

金错刀，李重瞳儿画竹法也。予戏笔为之。物外服古之士，定知予有自来也。

入秋雨师暴行其政，渺渺江湖，恍在户庭。半月来朝曦夕阳，偶见竹影，不三日，而淋漉之声又满耳矣。子桑之病，杜门懒出，惟有此君知我也。写毕乃作诗二首，以寄意焉。诗曰："一番阴雨一番晴，晴却无多雨又倾。如此声光太欺客，携灯画竹到天明。""一派丛生苦竹洲，枝枝叶叶正凉秋。得风恍若作微笑，笑我无家人白头。"

古人身处贫贱，执业甚卑，若太公望卖浆孟津，老莱子缉毛楚国，严遵卜筮成都肆，韩康卖药长安道上，樊宏艺漆寿张，严清运灰越城，步骘种瓜江东，刘实卖牛衣高唐农家，傅昭卖历日灵州州境，朱百年伐薪若于会稽山中，朱桃椎置芒屦于益州路口，以至河上公纬萧宛，孔氏治铁，雍伯贩脂，浊氏胃脯，段干木侩马，灌婴市缯，赵岐炊饼，徐孺子磨镜，王猛编畚，沈麟士织帘，箧叟酱翁之流，或异时通显、名著旂常，或毕世幽潜、迹光蓬蘽者也。冬心先生客广陵五阅月，衣上尘满把矣。臣朔九朝三食之厄未免也。日画墨竹，欲鬻以自给，终不得，有损鲁公之困而实莱芜之甑，为可叹也。

此幅墨竹，为巢林先生作。题诗曰："去年新竹种西墙，今岁墙阴笋渐长。一日生枝三日叶，秋来便已蔽斜阳。"其意未尽，又题诗曰："明岁满林笋更稠，百千万竿青不休。好似老夫多倔强，雪深一丈肯低头。"予与巢林俱是鹤发翁矣。当时行乐，莫负景光，若豫章之木。七年而成阴，不暇画之，以奉先生也。

秋声中，惟竹声为妙，雨声苦，落叶声愁，松声寒，野鸟声喧。溪流之声泄。予今年客广陵，绕舍皆竹，萧萧骚骚，历历屑屑，非苦愁寒暄之声，而若空山绝粒人幽吟不辍也。晨起清盥毕，画此满幅，恍闻竹声出纸上。世有太拙薛先生，自能知之，耳塞豆者，乌辨听其妙者耳。

金陵余纶仿宋录写

江氏鹤亭古梅庵藏板

冬心先生画竹题记终

冬心先生画梅题记

钱塘 金农寿门

　　白玉蟾善画梅，梅枝戌削，几类荆棘，著花甚繁，寒葩冻萼，不知有世上人。玉蟾本姓葛，名长庚，弃家游海上、号海琼子，又号玭庵武夷散人、神霄散吏、紫清真人，殆乎仙者也。昔年曾见其小幅，题诗亦清绝，今想象为之，颇多合处。予初号曰冬心先生，又号稽留山民、曲江外史、昔耶居士、龙梭仙客、百二砚田富翁，心出家庵粥饭僧，可谓遥遥相契于千载矣。惜予客游无定日，在尘埃中，羽衣一领，何时得遂冲举也。

　　世传扬补之画梅，得繁花如簇之妙，徽宗题曰"村梅"。丁野堂画梅，理宗爱之，野堂遂有"江路野梅"之对。二老皆蒙两朝睿赏而品目之，千古艺林，侈为美谈。今予亦作横枝疏影之态，何由入九重而供御览也。画毕戏言，可发观者一笑。

　　吾乡龚御史田居先生，家有辛贡粉梅长卷，丁处士钝丁，家有王冕红梅小立幅，皆元时高流妙笔。予用二老之法，画于一幅中，白白朱朱，但觉春光满眉睫间，老子于此兴不浅也。

　　径山林道人，乞于画梅，写此寄之，并自度新词书其上。"三五溪翁"谓陈仲父，刘巨生诸隐君也。"山僧送米，乞我墨池游戏。极瘦梅花，书里酸香扑鼻。松下寄，寄到冷清清地。定笑约溪翁三五，看罢汲泉斗茶器。"①

【校】

①原诗和文为两段，现合为一段。

乾隆丙子初春，蛾眉山中精能院漏尊者遣单于阿钝持书相讯，予作此诗答之。改月，仿九里山人画法画此长幅，又书此诗以寄胜侣，茶熟香温时，可多物外之赏也。"蜀僧书来日之昨，先问梅花后问鹤。野梅瘦鹤各平安，只有老夫病腰脚。腰脚不到尝闭门，闭门便是罗浮村。月夜画梅鹤在侧，鹤舞一回清人魂。画梅乞米寻常事，那得高流送米至。我竟长饥鹤缺粮，携鹤且抱梅花睡。""冒寒画得一枝梅，却好邻僧送米来。寄与山中应笑我，我如饥鹤立苍苔。""砚水生冰墨半干，画梅需画晚来寒。树无丑态香沾袖，不爱花人莫与看。"①

【校】

①原文和诗分为三段，现合为一段。

吾郡孤山下荒亭之中，有梅十数，横斜多态，相传逋仙手植。每花时必吟赏其侧，今客扬州，若号寒之虫。墐户不出，追想风格，呵冻写此，不失古貌也。恨无薛家笔法，添画裓裰六鹤于左右耳。

画梅须有风格，风格宜瘦不在肥耳。扬补之为华光和尚入室弟子，其瘦处如鹭立寒汀，不欲为人作近玩也。客窗仿拟，以寄胜流。

宋萧太虚冲元观道士，善画墨梅，著花疏秀，别出一格。康熙丁酉，旧里杨工求进士，携萧之小立轴观于陈楞山玉几山房，恍若山行篱落间，各题诗一篇。后工求领二千石，典郡秦中，此画不复再见矣。今二君皆下世，追想昔日游处，展玩写此长幅，二君无由共赏也，不禁怃然。

石门僧画梅，吾友丁敬身藏一轴，密萼繁枝，孤诣独绝。踵后尘者，越城王郎。予雪中仿其意，尚不至于望尘不及耳。

晨起为杜道士小龙精墨为梅兄写照。

东邻满坐管弦闹，西舍终朝车马喧。只有老夫贪午睡，梅花开后不开门。

野梅如棘满红津，别有风光不受春。画毕自看还自惜，问花到底赠何人。

画梅之妙，在广陵得二友焉。汪巢林画繁枝，高西唐画疏枝，皆是世上不食烟火人。予画此幅，居然不疏不繁之间，观者疑我丁野堂一流，俨如在江路酸香之中也。

雀查查，忽地吹香到我家。一枝照眼，是雪是梅花。

乾隆元年，应举至都门，与徐亮直翰林过张司寇宅，司寇出观赵王孙墨梅小立幅。冷香清艳，展视撩人，大似予缁尘浣素衣也。今二老仙去，予亦衰颓，追写寒葩，不觉黯然自失，恨不令二老见我横枝满幅，含毫作简斋诗句,一题其上也。

宋释氏泽禅师善画梅,尝云:"用心四十年才能作花圈少圆耳。"元赵子固亦云:"浓墨点椒大是难事。"可见古人不苟,败梅秃管岂肯轻易落于纸上耶。予画梅率意为之,每当一圈一点处,深领此语之妙,以示吾门诸弟子也。

吾家有耻春亭,因自称为耻春翁。亭左右前后种老梅三十本,每当天寒作雪,冻萼一枝,不待东风吹动而吐花也。今侨居邗上,结想江头,漫写横斜小幅,未知亭中窥人明月,比旧如何,须于清梦去时问之。

驿路梅花影倒垂,离情别绪系相思。故人近日全疏我,折一枝儿寄与谁。

横斜梅影古墙西,八九分花开已齐。偏是东风多狡狯,乱吹乱落乱沾泥。

客窗偶见绯梅半树,用玉楼人口脂画之,彼姝晓妆,毋恼老奴窃其香奁而损其一点红也。不觉失笑。

水边林下,一两三株,瘦影看来有若无,白白朱朱,数不尽,是花须。

"玉女窗中,有人同梦,梦在水边林下。"此予五年前为华亭沈君沃田画梅花帐子句也。时沈君方纳姬金屋,有诗纪事，朋侪多艳称之。今予用胭脂螺黛写此小幅，复书前词。家有明珠十斛之人者，赠之何如。

以诗贽游吾门者，有二士焉。罗生聘、项生均，皆习体物之诗。聘得予风华七字之长，均得予幽微五字之工。二生盛年耽吟勿辍，无日不追随杖履，执业相亲也。二生见予画，又复学之。聘放胆作大干，极横斜之妙，均小心作瘦杖，尽萧闲之能，可谓冰雪聪明，异于流俗之趋向也。今均袖纸一番，请予画暗香疏影图，因就其所欲而画之，天空如洗鹭立寒汀可比拟也。

耻春翁画野梅，无数花枝颠倒开。舍南舍北，处处石粘苔。最难写天寒欲雪，水际小楼台。但见冻禽上下啼香弄影，不见有人来。

华光长老写横枝，说与西江癫阿师。今日风前呵手画，几回错认雪飞时。

老梅愈老愈精神，水店山楼若有人。清到十分寒满把，始知明月是前身。

一枝两枝横复斜，林下水边香正奢。我亦骑驴孟夫子，不辞风雪为梅花。

扬补之甥汤叔雅，宋开禧间，与弟叔用皆工墨梅，各出新意，谓之倒晕花枝。时有茅进士汝元，亦擅名当世。叔雅画梅，曾见于吾乡梁少师苎林家，不愧逃禅叟，而叔用及汝元之疏枝瘦萼，未尝睹也。今予追想叔雅之笔，写此一幅，冷冷落落，大似深山绝粒人，观者当惜其缁尘满素衣也。

古笺一番，画江路野梅，题诗其上，装成小立轴，奉寄巢林先生。寻梅勿惮行，老夫天与健，半树出江楼，一林见山店。戏拈冻笔头，未画意先有。枝繁花瓣繁，空香欲沾手。爱仿丁野堂，万玉纷满纸。谢却金帛求，笑寄瞢居士。居士尝断炊，噤瘁寒耿耿。挂壁三摩挲，赏我横倒影。

冬心先生画梅题记终

冬心先生画马题记

钱塘　金农寿门

乾隆十五年，在吴门谢林村宅，见隋朝胡瓌番马图，骨格雄伟，与驽骀有异，后郶阳褚峻自九嵕山来，携示石刻昭陵六马，惨澹中有古气，非赵王孙三世之用笔也。客窗漫尔画之，风鬃雾鬣，写其不受羁绁，控御者何从而顾之哉。目前无杜二郎，咄咄神骏，不敢妄求今之诗人品题也。

唐贤画马世不多见，元赵魏公名迹尚在人间，诸储藏家皆是粉缣长卷，马之群五五十十，自八至百，或柳阴晚浴，或花底滚尘，芳草斜阳中，交嘶相啮之状也，骐骥骅骝，未有貌及独行万里者。予画非专师，爱其神骏，偶然图之，昂首空阔，伯乐罕逢，笑题一诗，以写老怀。诗曰："扑面风沙行路难，昔年曾蹑五云端。红鞯今敝雕鞍损，不与人骑更好看。"

冻雨初晴，僧阶之苔绝鲜客履，因坐庭阴，画此匹马，不嘶不动尾摇风，乃于尺幅见之。马乎马乎，举体无千金之装，皮相者何能估价也。掷笔一笑。

"马知人意亦回头"，唐韦瀍句也。予笑而测之，狭邪者得非张公子杜舍人一流耶。晴窗无事，画此春骢，行行芳草，且少留之，衣香鬓影或从绡中出也。并赋小诗："花间酒幔水边楼，嘶处随郎郊外游。一自玉人春信杳，夕阳西下不回头。"

写此老骥，尚有壮心，譬之于人，不无日暮穷途之叹，世间罢赢者睹之，踽踽然，同一伤感乎。又题一诗，聊以解嘲："古战场中数箭瘢，悲凉老马忆桑乾。而今衰草斜阳里，人作牛羊一例看。"

予摹唐人画马，皆画西域大宛国种，用笔雄俊，别开生面，而圉夫冰雪在须，寒磔之态，亦复肮脏，朔风怒号，展轴看之，恍然置身古骨刺之地也。画毕复题数行，告世之爱马者。

骄嘶掣影耳生风，晓日瞳瞳正照东。谁把倾城与倾国，翠娥红袖换花骢。

龙池三浴岁骎骎，长抱驰驱报主心。牵向朱门问高价，何人一顾值千金。

古之相马者，寒风氏相口齿，麻朝相颊子，女历相目，卫忌相髭。许鄙相䏚投，伐褐相胸胁，管青相膹肠，陈悲相股脚，秦牙相前，赞君相后，各有所能，未若伯乐具相之全者也。设有良骥，不但伯乐难逢，要求各有所能者亦未易得也。予用曹韩法画此一匹，所谓若灭若没之形，今之世，何人妙解而识之哉？画毕为之慨然。

马尾摇风春日暄，花前花后杏花繁。爱他踸踔京城里，骑过吾家两状元。昔贵游诗云："一色杏花红十里，状元归去马如飞。"诵之殊多艳羡也。状元何足重，三年便出一个，读书人个个皆能为之，其所以异者，要在平生事业不朽耳。吾家昆弟掇巍科后，著作之编盈尺矣，无愧榜头名也。今予①画马乃戏及之非为马幸也。甚甚秀才，毋嗤老夫夸张门庭。

【校】

① "予"原作为"于"。

秃笔扫骅骝，韦侯画马之妙也。其《红鞯覆背图》一轴，乾隆元年见之京师王侍郎宅，曾题诗左方，侍郎逝后，此画为厮养卒窃去，归之内城卖浆家矣。今拈毫追想其意，所谓头一点尾一抹者，乃于素缣中摹得之，每逢上巳祓裙之日，不无有斜阳芳草、香轮渐远之感也。

昔闻有良骥，服盐车而上太行，漉污洒地，白汗交流，中坂迁延，负辕不能进，伯乐遭之，下车攀而哭之，解绔衣幕之，骥于是俯而喷，仰而鸣，以为伯乐知己也。今予画马，苍苍凉凉，有顾影酸嘶自怜之态，其悲跋涉之劳乎。世无伯乐，即遇其人，亦云暮矣！吾不欲求知于风尘漠野之间也。

世传韩幹画马，一日有人诣门，自称冥使，请马为坐骑，公乃画马一匹焚之。后于寝室见前冥使来谢云："关山迢递，赖公无跋涉之苦矣。"其感召遂若是乎。今予写此，颇亦通灵，安得有求之者入梦而相告也。

予年来画马，马皆丈余，雄伟独大，赤喙黑身，耳如批竹，尾若拥彗，所谓騕者是也。袤者，神马也，其种出东骨利国，一日行千里，日食须海上龙刍，非沙州饲以茨萁、瓜州饲以蓉草、西蜀饲以稗草、安北饲以沙蓬根针可比，惟周官所载古天子十二闲中有之，当时曹韩图写者，殆近是欤。

　　　　　　　　　　　　　　冬心先生画马题记终

冬心先生画佛题记

钱塘　金农寿门

予初画竹，以竹为师，继又画江路野梅，不知世有丁野堂，又画东骨利国马之大者，转而画诸佛，时时见于梦寐中。三年之久，遂成画佛题记一卷，计二十七篇，语多放诞，不可以考工氏绳尺拟之也。广陵执业门人罗聘，为予编次之，惧予八十衰翁，恐后失传，乃请吾友杭堇蒲太史序予文，并刊藏朱草诗林，其用心亦良苦矣。乾隆二十七年，岁在壬午七月七日，前荐举博学鸿词杭郡金农漫述。

汉明帝时，佛从西域鸡足山来入中国，其教日兴，后之奉者，皆四天下智慧之士，下至凶暴之徒，未尝不畏果报而五体投地也。若晋卫协画七佛图，顾恺之瓦官寺画维摩诘像，前宋陆探微甘露寺画宝檀菩萨像，谢灵运天王堂画炽光菩萨像，梁张僧繇天皇寺画卢舍那像，隋展子虔画伫立观音像，郑法士永泰寺画阿育王像，史道硕画五天罗汉像，尉迟跋质那婆罗门画宝林菩萨像，其子乙僧光泽寺画乐音菩萨像，唐阎立本画思维菩萨像，吴道子画毗卢遮那佛像，卢楞伽画降灵文殊菩萨像，杨庭光画长寿佛像，翟琰画释迦佛像，李果奴画无量寿佛像，王维画孔雀明王像，韩幹画须菩提像，周昉画如意轮菩萨像，辛澄画宝生佛像，左全画师子国王菩萨变像，范琼画正坐佛图，张南本圣寿寺画宾头颅变像，张腾文殊阁下画报生如来像，后梁朱繇画香花佛像，跋异福光寺画自在观音像，后晋王仁寿画弥勒下生像，南唐王齐翰画辟支佛像，前蜀杜子瑰画侍香菩萨像，杜龉龟画欢喜国佛像，释贯休画应梦罗汉像，吴越释蕴能画妙声如来像，富玫画白衣观音像，宋石恪画药师佛像，周文矩画金光明菩萨像，武洞清画智积菩萨像，侯翼画宝印菩萨像，句龙爽画普陀水月观音像，李公麟画长带观音像，关同画龙窠佛像，董源画定光佛像，黄居寀画著色观音像，梁楷画化城行化佛像，赵广画妙光林中披发观音像，赵伯驹画拘那舍牟尼佛像，释智什画白描阿弥陀佛像，释梵隆画十散圣像，历代画之，今则去古甚远，不可得见。惟于著录中想慕而已。余年逾七十，世间一切妄念种种不生，此身虽属秽浊，然日治清斋，每当平旦十指新沐，熏以妙香，执笔敬写，极尽庄严，尚不叛乎昔贤遗法也。世多善男子，愿一一品之，永充供养云。

十五年前，曾为援鹑居士写金刚经一卷，居士刻之枣木，精装千本，喜施天下名胜禅林，与伐那婆斯尊宿贝叶之书争光也。即外域遐方，若朝鲜、若日本、若暹罗、若琉球、若安南诸国以及小琼岛、大西洋，皆附海舶远行，散布之地，无不知中华有心出家庵粥饭僧之柔翰矣。今年又画佛、画菩萨、画罗汉，将俟世之信心敬奉者锓摹上石，一如写经之流传云。

龙眠居士，中岁画马，堕入恶趣，几乎此身变为滚尘矣。后遂毁去，转而画佛，忏悔前因。年来予画马，四蹄只影见于梦寐间，殊多惘惘，从此不复写衰草斜阳、酸嘶之状也。近奉空王，自称心出家庵粥饭僧，工写诸佛，墨池龙树，常现智慧云。是日朝曦照户，冬气益清，但觉

烦悃一瞬顿释，因作香林大自在菩萨端正相，以寄长斋之
人，上池水须汲供之。

上世慧业文人奉佛者，若何点、周颙之流，然未能断
荤血而节情欲，当时故有"周妻何肉"之诮也。予自先室
捐逝，洁身独处，畜一哑妾，又复遣去。今客游广陵，寄
食僧厨，积岁清斋，日日以菜羹作供，其中滋味亦觉不
薄。写经之暇，画佛为事，七十衰翁，非求福褆，但愿享
此太平，饱看江南诸寺门前山色耳。

佛之化城，城中有无忧林，林中有十二种树，尤窠其
一也。若思维、若音乐、若如意、若菩提、若贝多罗、若
伊那提、若宝相，人间亦未易睹耳。予画菩萨妙相，奇柯
异叶，以状庄严，恍如佛光上下隐现在方寸也。古云：
"世无文殊，谁能相赏。"予闻斯语，为之兴叹。

五代释贯休，天福间蜀主赐紫衣，号禅月大师，其画
罗汉，皆从梦中所见。予年十三四时，逢上元节，随先处
士过长明寺，观其真形十六轴，隆鼻朵颐，庞眉大目，各
尽意态，虽古缣如漆，而精爽突出尺许，实通神之笔也。
后为彭城李公夺之，送入西湖圣因寺供养。秀州汪垕乾
隆八年重装，予书签题名，世上一切下劣人不得瞻睹也。
今予亦画罗汉诸佛，若有宿因，因忆往岁旧事，漫记于
此云。

《古佛颂》颂曰："七池无狂花，双树无暴禽。中有
道场精进林，雪山白牛日食草。其粪合香为佛宝，以此涂
地香不了。长者居士与导师，各具智慧千人俱。多乐少苦

功德施，童男扫塔复洗塔。塔内舍利一百八，清净耳闻诸天乐。若传佛在师子城，说法无量度众生。能令荆棘柔软，沙砾咸光明。"

芭蕉，佛家称之为树，以喻己身要常保坚固也。予于绿天林中，画古佛一躯，坐藉忍草，耳寂音，闻师子城宾头颅变相，仿佛似之。合十敬礼者，当具香花作供，五浊不污，自生善心。

予年逾七十，乃我佛如来最小之弟也。唐贾岛诗云"得句先呈佛"，其奉西方圣人可知矣。予近画佛及四大菩萨十六罗汉诸像，亦必施入金绳界地中以充供养，为善之乐，与众共之。

有客赠我古纸一番，因而画之。客曰："先生画突过虎头矣，如浑噩之气满纸也。若悬之香林之中，岂止得钱百万耶？"相付一笑。

王右丞室中，惟绳床经案而已。扫地焚香，日饭名僧数辈，暇则写佛，其《辟支佛图》。曾见于扬州北柳巷涂洛水轩，后闻归马氏嶰谷，今不知果在玲珑山馆耶。近予画沙门妙相，兼画贝多一株，无垢之叶，非复世间所有功德云缕缕然护之，合十指爪拜而奉者，庞居士其人乎。

闭门饱太常斋，画佛一躯，意境俱别。佛之上下左右，草木华滋而含和气，香林异品，一一写之。我佛通彻解悟，以广长舌演讲诸妙言。山中顽石为之点头，信然信然。

旧传顾常侍恺之，在瓦官寺作画维摩诘图，观者千人，得钱百万，施留寺中，抑何盛欤。今予写长寿佛像于浮玉山禅堂，不受一文，意欲乞我佛髻内宝珠藏入无缝塔，其许我乎。

释迦成道日，心出家庵粥饭僧汲菩萨泉，新沐指爪，以雪山牛头香熏之，执笔敬写长寿佛一躯于无忧林中，与四大天下善男子永充供养云。

晨起熏沐，画佛一躯，佛著无价衣，借生树下，其树周币，枝叶庄严，真化城中宝相也。观我画者，拟我以卢楞迦之流，非今五浊人所能为。画毕复演说八十四字题卷首云："菩提树有净妙音，三株两株青惜惜。此是佛家无忧林，佛坐其下吉祥草。耳鼻口舌除热恼，甘露灌顶若雪澡。大地诸光光不坐，佛一毛孔生光明。盲者忽睹开双盲，优钵罗花香雨遍。能令寻常百回见，谁曰宝山空手转。"

富玖吴越时人，所画白衣观音，世代夐远，不可得见。予结想为之，上下左右复画五色云，缕缕不绝，真化城中绝缊之气也。客过观而兴叹曰："先生画法，全是六朝神品，唐宋间无此奇古，唐宋以后，何暇论哉。"予乃答曰："二十年前，曾在龙泓居士家睹陆探微佛像，故窃其用笔之妙也。"客去，予取其言书于卷轴之上云。

补遗①

余画诸佛及四大菩萨、十六罗汉、十散圣，别一手迹，自出己意，非顾、陆、谢、张之流，观者不可以笔墨求之，谛视再四，古气浑噩，足千百年，恍如龙门山中石刻图像也。金陵方外友德公曰："居士此画，直是丹青家鼻祖，开后来多少宗支。"余闻斯言，掀髯大笑。

【校】

①此补录为汪泽人京卿所藏冬心先生画佛轴上题记，由邓实补录于《美术丛书·冬心画佛题记》后。

冬心先生画佛题记终

冬心先生自写真题记

钱塘　金农寿门

　　古来写真，在晋则有顾恺之为裴楷图貌，南齐谢赫为汉肃传神，唐王维为孟浩然画像于刺史亭，朱抱一写张果先生真，李放写香山居士真，宋林少蕴画希夷先生华山道中像，李士云画半山老人骑驴像，何充写东坡居士真，张大同写山谷老人真，皆是传写家绝艺也。未有自为写真者，惟《云笈七签》所载，大中年间道士吴某引镜濡毫自写其貌。予因用水墨白描法，自为写三朝老民七十三岁像，远寄乡之老友丁钝丁隐君。隐君不见予近五载矣，能不思之乎？他日归江上，与隐君杖履相接，高吟揽胜，验吾衰容，尚不改山林气象也。

　　宋时有三朵花，后仙去，能自写真，东坡先生作诗赠之。予今年七十三岁矣，顾影多慨然之思，因亦自写寿道士小像于尺幅中，笔意疏简，勿饰丹青，枯藤一枝，不失白头老夫故态也。举付广陵罗聘，聘学诗于予，称入室弟子，又爱画，初仿予江路野梅，继又学予人物蓄马奇树窠石，笔端聪明，无毫末之舛焉。聘年正富，异日舟屐远游，遇佳山水，见非常人，闻予名欲识予者，当出以示之，知予尚在人间也。

　　宋白玉蟾善画梅，予尝用其法作横斜瘦枝，玉蟾自写真，予亦自图形貌，不求同其同，而相契合于同也。写毕以寄朱君二亭，二亭居江都市上，日坐肆中，与鱼盐屠沽杂处，虽剧忙必手一册书也。深夜闭门，三更灯光，犹琅琅诵读之声不辍。予目之为南濠都少卿，平素与予往返最密，礼敬弗倦，今携余小像悬之别舍，知非漠然视我也。其地喧阗，岑通秽杂，又何碍哉。

宋蜀僧元霭，以传神受知于太宗，一时辇下王公大夫争求其笔。太宗尝曰："可能自写形貌乎？"元霭遂写沙门侧面小影。上嘉奖之，河东柳开为之赞。予亦自写昔耶居士半身像，但不能效阿师看人颜色弄粉墨耳。图毕以寄龙兴寺蒲长老，长老春秋八十八矣，神明勿衰，闻齿重生，发转黑，举如婴儿，真鸡足山前古尊宿也。予今年七十有三，尚客广陵未归，为僧之愿未偿。寄示此轴者，要道眼观我骨相，是佛家弟子乎，禅林野狐乎。不觉掀髯失笑。

自写百二砚田富翁小像毕，喈喈申言之。富翁者，田舍郎之美称也。观予骨相贫窭，安得有此谓乎。赖家传一砚，终身笔耘墨耨，又游食四方，岁收不薄，砚亦遂多，一而十，十而百有二矣。乃笑顾曰："不啻洛阳二顷也。"署号百二砚田富翁，宜哉。吾乡张氏子，有先世良田在吴兴，每岁畜牛四十蹄代耕，当秋成，望望然黄云如覆车，不三十年鬻于他人，何丰腴之不久长耶？今将是轴寄与吴处士于河渚，处士开门教授乡里，躬亲砚田，所获相较为何如，吾并欲以富翁之名转赠处士也。

十年前卧疾江乡，吾友郑进士板桥宰潍县，闻予捐世，服缌麻设位而哭。沈上舍房仲道赴东莱，乃云："冬心先生虽撄二竖，至今无恙也。"板桥始破涕改容，千里致书慰问。予感其生死不渝，赋诗报谢之。近板桥解组，予复出游，尝相见广陵僧庐。予仿昔人自为写真寄板桥。板桥擅墨竹，绝似文湖州，乞画一枝洗①我满面尘土可乎乎？

【校】

① "洗"，原作为"写"，据《美术丛书》本改之。

旧传王右军尝临镜自写真，不特其书翰为古今绝艺也。予临池清暇，亦复自写面壁图，作物外之想焉。山颠水涘，若有人招支公一鹤，可从我游乎？此幅宜赠洒霞上禅堂松开士。悬经龛中，定有识我者，指曰："心出家庵粥饭僧。"

项生均，初以为友，尝相见于花前酒边也。一日，将诗代贽，执弟子之礼游吾门，乃拜请曰："愿先生导且教之。"其为诗简秀清妙状，其长身如鹤之癯而高出一头也。近学予画梅，梅格戌削中有古意。有时为予作暗香疏影之态，以应四方求索者，虽鉴别若句处士，亦不复辨识非予之残煤秃管也。嗟乎，前年得罗生聘，今年又得项生共结诗画之缘也。衰瘄放废，窃有乐焉。世间富贵利达，何暇问哉。因自写小像付之，要使其知予冷症之吟，寒葩之寄，是业之所传，得其人矣。

天地之大，出门何从？只鹤可随，孤藤可策，单舫可乘，片云可憩，若百尺之桐，爱其生也不双，秀泽之山，望之则岿然、特然而一也。人之无偶，有异乎众物焉。予因自写《枯梅庵主独立图》，当觅寡谐者寄赠之。呜呼！

寡谐者岂易觏哉？予匹影失群，怅怅惘惘，不知有谁想世之瞽者、喑者、聋者、痞躄者、癞者、癫者、秃简者、毁面者、瘿者、瘢者、拘挛者、褰缩者、匾□者，此中疑有寡谐者在也。

冬心先生自写真题记终

冬心先生杂画题记

[清] 金农 著

张郁明 点校

乾隆戊辰，予从江上移居城隅，写堂前多隙地，命薤氏芟除宿草，买龙井山僧丛竹数百竿种之，每一竿约费青蚨三十。予因画竹，以竹为师，人以老文、坡公见许，又有爱而求之者，酬直之数，百倍于买竹，三载中得题记画竹诗文五十八篇，为广陵江鹤亭镂版行世。近复画竹不倦，别出新意，自谓老文、坡公无此法。时兴化郑进士板桥，曾为七品官，亦擅此长。见一诗云："画竹多于买竹钱，纸高八尺价三千。"予尝对人吟讽不去口，益信吾两人画竹，皆见重于世人也。板桥闻之，能不辗然一笑乎。

唐王右丞画竹，用双钩法，江南蜀主李氏继其遗风，作金错刀。至宋石室先生、东坡居士，乃变为泼墨流派。于元若吴兴赵魏公夫妇、蓟邱李衎皆宗之，同时有沛郡张逊，颇擅钩勒法，独称一时，然亦不过磨麝煤为之。予近日追摹右丞遗意，研点易之朱，戏写幽篁数竿，令观者叹羡此君虚心高节，颜如渥丹也。

唐宋画竹，世不多见，即见亦难得其妙也。十年前予辄画竹，烟梢风箨。亦人意中所有也。挥扫奇趣横生，观者可能测老夫麝煤狐柱何从而施纸上耶。游戏神通，自我作古。

闽中有朱竹，粤中亦有朱竹，乃物之变者也。昔文待诏曾写一竿，予未之见，因以己意为之，不知其有合焉否耶。

水仙十囊，娟秀独绝。画者须得其薄冰残雪之态为妙艺也。彝斋居士，九十三茎，近所罕见。予偶模其意，何敢乞诗家浪题其上，物外风标，不要世上烟火人品论也。

棕榈为祇林上品，已见唐贯休应梦罗汉坐此树下，杂以怪石，后来无有画之者。今予作小幅，并题一诗于上，昔人亦未有此诗也："宝树俱妙相，香界围一林。大叶若坏衲，纷披何萧森。林中僧未归，谁向石坞寻。负此念佛鸟，清昼连夕阴。"

南天竺子，颗如火珠，佛国香林中亦种之戒坛，诸僧弥尝与山矾插澡瓶，作岁寒之供。予用水墨漫写一枝，俨然对古先生共语也。

蒲州女子诗云："低头采玉簪，头上玉簪堕。"真乐府中古质之曲也。予濡墨为之，欲赋物作诗，终不可得天然之趣，若以词华粉泽之句题于其上，终若后尘耳。

慈氏云："芭蕉树喻己身之非，不坏也。"人生浮脆，当以此为警。秋飙已发，秋霖正绵，予画之，又何取焉。若王右丞雪中一轴，亦寓言耳。寄示有道，定当冷笑不止。

王右丞雪中芭蕉，为画苑奇构，芭蕉乃商飙速朽之物，岂能凌冬不凋乎。右丞深于禅理，故有是画，以喻沙门不坏之身，四时保其坚固也。予之所作，正同此意，观者切莫认作真个耳。

雪中荷花，世无有画之者，漫以己意为之。鸬鹚堰上，若果如此，亦一奇观也。

昨日写雪中荷花，付棕亭家歌者定定，今夕剪烛画水墨荷花，以赠邻庵老衲。连朝清课，不落屠沽儿手，幸矣哉。

松为百木长，唐韦监能画之。画松须画声，声从风生。天台桥不远，当招青城野鹤，于此中听之。

兰，香祖也；竹，湘灵也。携手入林不出也。即三征六聘十二命亦不出矣，其真肥遁之高士乎。

昨日行松径中，见山桃一株正开，作诗戏苍髯叟，叟岂责我耶。"寂寞繁华两失真，山中忽有管弦声。小桃花也同为伴，近日青松亦世情。"

双树幂庭，布以忍草，居士具善者相，合十礼。佛种种，皆由心生，绝非①摹仿而作也。南宋马侍郎，吾仿佛似之。天上天下，谁人赏识我此画耶。

【校】

①原本无"非"。《冬心先生杂画题记补遗》有"双树幂幂庭，布以忍草……佛种种，皆由心生，绝非摹仿所为也"句，故补上。

青山逶迤，柳下一舟。舟中人想前村沽酒未返也，凉汀鸥鹭待之久矣。

"迥汀曲渚暖生烟，风柳风蒲绿涨天。我是钓师人识否，白鸥前导在春船。"此余二十年前泛萧家湖之作，今追忆昔游风景，漫画小幅，并录前诗。

"红藕花中泊伎船"，唐白太傅为杭州刺史《西湖留别》之诗也。予本杭人，家居邘上，时逢六月，辄想家乡绿波菡萏之盛，因作此图。舟中虽无所见，而衣香鬓影，仿佛在眉睫间，如管弦之音不绝于耳也。

红藕花开，坐饮溪亭之胜，想见二三子旷怀之至乐也。青山满目，无诗何以相对亭中人，亭中人可能知①乎？如不能诗，当效金谷之罚。

【校】

① "知"，原作"之"字。

鳞鳞之鱼多矣。烟波浩淼，彼垂钓者不休。抑心闲乎、手闲乎，朱衣乌帽中有此人，难得难得。

秋光如水，潋滟金波，古贤以明月为白玉盘，良不诬也。有人凭襟独立，正在子夜闻歌之时，吾何以测之，测之以幽宜哉。

香茆盖屋，蕉阴满庭，先生隐几而卧，不梦长安公卿，而梦绿萍池上之客，殆将赋《秋水》一篇乎？世间同梦惟有蒙庄。

马和之《秋林曳杖图》，用笔疏简，作浅绛色，有杨妹子作诗其上。同乡周征君穆门，曾藏一幅，予赠以古青瓷画轴装之。征君下世，为梁少师芗林所得，进之内府矣。今追想其意，画此直幅，似耶非耶，吾亦不得而知也。

王孤云处十，有稚柳天桃小景，想见龙池新雨，华陌晓风之妙也。题诗者，定是杜紫薇一流人。

昨宵逢道士，疑是七星松前人诗也。予画此松，人见之又疑为山中道士矣。

宋狂僧择仁，善饮酒，尝于酒家以拭盘巾蘸墨画松。昔年在京师张司寇家见一轴，缣素风起，若闻水声。因题一诗云："出门往往逢麴车，破墨乱画松叉丫。毁裂不为豪富得，黄金无用等泥沙。"今予亦工此，持以千人易钱刀，深有愧于缁流矣。

予旧藏老莲《卢仝煎茶图》，龙泓子题其上，戊辰岁荒，易米于猗顿家矣。今漫作此幅，图中玉川先生散袖高吟，睥睨狂态，而长须之奴，赤脚之婢，亦复不俗。然用笔钩勒、施设丹青，与老莲小异，未敢突过前贤也。装立成轴，以寄胜流，月闭三百片，啜以赏之，须俟其人。

广陵富人六百金购王右丞《云山烟树》小立轴，请予题句。予留观三日，作长篇卷而还之。古楂一番，储藏有年，因窃其用笔，画以自赏。宋元诸贤无暇与之较好丑也。客过云："恐猗顿之流出以红氍毹相诱，君当如何。"予笑对曰:"如甘风子之所为,则毁而裂之矣。"客诺诺掉头去。

南宋马侍郎有《梅边觅句图》,己卯秋十月,荔帷曹子从家乡来乞予写其大意。图中不著缡褷噤痒之鹤,炀火屈髋之奴,而缺唇之瓶,亦不复置书案也。但写疏枝瘦影横斜之态,在庭户外一人,衣红衣清坐砚北,冷吟伸纸,若有所得,即荔帷也。书毕制新词于上云。

四月十六日,菖蒲生日也。予屑元时林松泉代郡鹿胶墨一螺,乃为写真,并作难老之歌称其寿云:"蒲郎蒲郎须发古,四月楚天清可数。红兰遮户尚吐花,紫桐翻阶正垂乳。写真特为祝长生,一盏清泉当清醑。行年七十老未娶,南山之下石家女,与郎作合好眉妩。"

是日又成二十八字,代蒲郎作答,亦解嘲之意也。"灵根九节俯潭清,饮水仙人绿骨轻。砌草林花空识面,肯从尘土论交情。"

昔种兰,兰中杂荆棘。兰有香,为之厄,兰有香,为之泄,抱香而死谁得知。山翁昨日涧底归,东取菖蒲供朝夕。日不暴,雨不溺,阶前众草不敢窥,尚葆青青好颜色。洗我眼,益我智,清我魂,休粮从此夸长生。

此生不爱结新婚,乱发蓬头老瓦盆,莫道无人充供养,眼前香草是儿孙。

五年十年种法夸,白石清泉是一家,莫怪菖蒲花罕见，不逢知己不开花。

近来荆棘伤人手，只种菖蒲翠一棱，双眼忽明书细字，夜深不怕浊油灯。

清泉晶晶石戈戈，风味居然太古前，莫笑贫家无长物，菖蒲亦复有金钱。

夜打春雷第一声，满林新笋玉棱棱，买来配煮花猪肉，不问厨娘问老僧。

萧山山下湘湖滨，五月杨梅饱啖新，一颗酸浆酸不了，世间多少皱眉人。

夜潮才落清晓忙，摘来颗颗含甘浆，登盘此是杨家果，消受山中五月凉。

东封山下曾亲见，诸葛祠前看几回，老夫笔力可扛鼎，一霎狞雷猛雨来。（柏）

倡条冶叶百颠狂，一带长廊新粉墙，疑是个人花下立，消魂笑著白衣棠。（白桃花）

蜡梅消瘦强精神，黄靥厌厌近早春，嫁与山茶扶病起，可知是婢学夫人。

两头纤纤菱角粗，一拳矗矗芋苗肥，溪翁山叟供朝啖，归去莫负月满扉。

卖遍桃花与李花，千钱买酒不须赊，阿谁拖着红藤杖，来看僧楼野枇杷。

当阶见红药，折之将遗谁，余香沾衣袂，莫被晓风吹。

红衣落尽碧池雨，房中抱子侬心苦，郎不来兮谁共语。（莲子）。

今年池中藕，明年池中花，玲珑疑镂玉，一丈种仙家。

宣州木瓜香扑人，斋中清供无点尘，此时宜对尖头僧。

大珠小珠量千百，纬萧之人一笑得。（葡萄）

绥山之桃，百岁千秋价自高。

安石榴，一石值牛。

安石榴，花叶稠，谁人种，博野侯。

雪夜深煨芋之僧，何处寻啖，一半留取十年宰相看。

山萝菔，割玉之腴，味最清，谱食经，东坡居士，骨董羹。

采铅客，拾珠人，种满墙阴一架新，葫芦口大贮古春。

上林一枝，五月山中正及时，堆盘珍果，此味山中野鸟知。（枇杷）

行人午热，得此能消渴，想着青门，门外路，凉亭侧，瓜新切，一钱便买得。（西瓜片）

豆荚青，豆花白，豆荚肥，秋雨湿，想见田家午饭时此中滋味，问着肉食贵人全不知。

斋房芝良，常山中生，食之食之，七孔咸光明。

檐葡花，香通鼻，观老僧家，一枝堆雪生光华。（栀子）

忘忧草，女儿花，青棠蠋忿不如他，可种五侯家。（萱）

秋光如水小花开，雨过苔阶蝶不来，人如花瘦倚妆台。（海棠）

绿衣新戏舞，临风老更亲，雁来时候更精神。（老少年）

秋光如水菊花开，一花半叶信手来，观我画者曲秀才。

树阴叩门悄不应，岂是寻常粥饭僧，今日重来空手立，看山昨失一枝藤。 （山僧叩门图）

秋草蔓生闲地，芭蕉净扫游尘，旧家门径如水，莫道此中无人。

山青青，云冥冥，下有水蒲迷远汀，飞来无迹，风标公子白如雪。

野竹无次，颇多清风。何方朝士，屏驺从而来。裴回竹下啸歌者，得非王子猷之流辈乎。此间忽有斯人，可想可想。

八九峰如画，二三人倚兰。

孤松孑孑风有声，其下一人散袖行。青山对面若斯沐，只少白云眉际生。画此小立轴，不师宋元而似宋元，无一笔与今人同。

"吴兴众山如青螺，山下树比牛毛多。采菱复采菱，隔舟闻笑歌。王孙老去伤迟暮，画出玉湖湖上路。两头纤纤曲有情，我思红袖斜阳渡。"此余题赵承旨《采菱图》之作也。清夏无事，画此遣兴，又书此诗。

三月尽，花放晴，廊笑不休。鼠姑花谢，春去难留。

眉心眼角，绝少一些愁。老也风流，绿鬓团圞到白头。
（绣球）

雍正三年，在泽州陈文贞公午亭山村南坨，太史出彝斋居士水仙横卷，上有谢十三娘题字，共观竟夕，瀹茗赏之，历今已三十余年矣。予客游广陵，呵冻追写娟娟独绝，颇不失薄冰残雪之态也。

宋句龙爽，工写山枇杷，用淡墨点染，为艺林神品。昔年游京师，过王少司空宅见之，相传真定相国物。上有梁氏平生第一珍玩图记，近闻已归之豪右矣。予追想风格，画于僧窗，垂枝累累，晚翠如沐，恍坐洞庭五月凉也。

予家曲江之滨，五月间，时果以萧然山下湘湖杨梅为第一。入市数钱则连笼得之。甘浆沁齿，饱啖不厌，视洞庭枇杷不堪恣人嚼也。时已至矣，辄思乡味，漫画折枝数颗，何异乎望梅止渴也。

又（据凌霞藏拓本）

唐吴道子画趋殿钟馗图，张渥有执笏钟馗，五代牟元德有钟馗击鬼图，宋石恪有钟馗小妹图，孙知微有雪中钟馗，李公麟有钟馗嫁妹图，梁楷有钟馗策蹇寻梅图，马和之有松下读书钟馗，元王蒙有寒林钟馗，明钱谷有钟馗移家图，郭诩有钟馗杂戏图，陈洪绶有钟馗元夕夜游图，未有画及醉钟馗者。予用禅门米汁和墨吮笔写之，不特御邪被厉，而其醉容可掬，想见终南进士，嬉遨盛世，庆幸太平也。昔人于岁终画钟馗小像，以献官家，被除不祥，今则专施之五月五日矣。辛巳夏日，画呈奉宸院卿鹤亭先生高斋作供，荐举博学鸿词杭郡金龙记，时年七十又五。

又（据真迹）

凌霜雪，节独完。我与君，共岁寒。

吾友兴化郑板桥进士，擅写疏篁瘦筱，颇得萧爽之趣。予写此者，亦其流派也。设有人相较吾两人画品，终逊其有林下风度耳。辛巳四月荐举博学鸿词杭郡金农记。

一枝梅插缺唇瓶，冷香透骨风棱棱，此时宜对尖头僧。

石门僧画梅，吾友丁处士敬身藏一轴，密萼繁枝，孤诣独绝。踵后尘者越城王郎。予仿其意，不求形似也。若王彦辛贡陈述，又隔数百年。然予用笔，未必望尘不及耳。乾隆丙子六月朔日，画于扬州昔邪之庐并题记。是日一霜开士自剡中至，过我蔬饭，抵暮而去。

【校】

此条已见《画梅题记》，真迹较详。

吴兴闵长啸，辄爱予画，时出囊中金相赠，此册亦为其所作，经月乃报，殊愧荒率。吾友云间沈君学子，吴门惠君定隅，与先生同在莲幕，吟筵花榭间，定多物外之赏也。杭人金农记，时年七十。

世传扬补之画梅，得繁花如簇之妙，徽宗题曰"村梅"。丁野堂画梅，理宗爱之，野堂遂有"江路野梅"之对。二老皆蒙两朝睿赏而品目之，千古艺林侈为美谈。今予亦作横枝疏影之态，何由入九重而供御览也。画毕戏言，奉寄谷原比部先生一笑。己卯冬日，七十三翁杭郡金农记。

【校】

此条亦见《画梅题记》，据真迹知为己卯岁画。寄秀水王比部又曾者，今并后朱跋存之。

比部集有索金寿门画梅绝句云："占断西湖世外春，只教一鹤伴闲身。人间无笔能图取，还乞林逋自写真。"乃乾隆戊寅作，逾年山人画以报，即此幅也。越辛巳比部没，再阅辛丑。比部嗣君秋滕，要余与曹仲梅、蒋春雨饮，出此同观，别有山人为比部画梅花灯八扇。时值上元，张灯相品玩，余为赋灯词七首，有"冬心旧笔生春色，疑是相思一树开"之句，且劝秋滕撷灯幅装为册。今三人皆下世，闻灯画册子已为杭人购去。廉儿忽从他处获此，惘惘然，对画如对故人，而余齿且及山人作画之年矣。余往见山人写梅，多乱插繁花，此老笔较疏淡可贵。儿能珍之，纸上花不随人谢也。嘉庆甲子，金陀里七十三翁朱休度书。

菩萨泉上，银色云树，枝不动，风有声，喃喃口翻贝叶经，此十六罗汉第一尊也。清夏无事，爇牛头香凝神图之，俟寄智慧白业人。芩龟晨吸，杞狗夜吠，亦佛域著灵之物，宝林中遇之，遇之未足奇也。乾隆二十七年六月上休日装成立轴，七十六叟农又记。

此幅是余游戏之笔，好事家装潢而藏之，复请余题记，以为冰雪沍寒之时，安得有凌冬之芙蕖耶。昔唐贤王摩诘画雪中芭蕉，艺林传为美谈，余之所画亦如是。尔观者若必以理求之，则非余意之所在矣。

美髯如公，三百六十酒场中，日日相逢。游戏游戏，何屑骂山魈林魅。头上乌纱，赐自官家，多少争看多少夸。好文章换来人前摇摆，却不费一钱买。（题终南进士小像，十句五十八字）。①

【校】

①此文仅有五十六字，而非五十八字。

高僧温日观，善画葡①萄，乾隆元年于上党张水部宅见之，曾题诗云："醉眠伎馆温和尚，水墨葡萄浊世夸，怪叶红藤等儿戏，俨然一领破袈裟。"今亦漫意写此，颇有"大珠小珠落玉盘"之趣也。古人作画，藏之名山，以俟其传，余乃从人乞钱刀，深有愧于缁流矣。金牛湖上诗老金吉金画并记。

【校】

①"葡"原作"蒲"。

古来写真，在晋则有顾恺之为裴楷图貌，南齐谢赫为濮肃传神，唐王维为孟浩然画像，于刺史亭宋之望写张九龄真，朱抱一写张果先生真，李成写香山居士真，宋林少蕴画希夷先生华山道中像，李士云画半山老人骑驴像，何充画东坡居士真，张大同写山谷老人摩围阁小景，皆是传写家绝艺也。未有自为写者，惟《云笈七签》所载，唐大中年间道士吴某引镜濡毫自写其貌。余因用水墨白描法，自为写三朝老民七十三岁像，衣纹面相，作一笔画，陆探微吾其师之。图成远寄乡之旧友丁钝丁隐君，隐君不见余近五载矣，能不思之乎？它日归江上，与隐君杖履相接，高吟揽胜，验吾衰容，尚不失山林气象也。乾隆二十四年闰六月立秋日，金农记于广陵僧舍之九节菖蒲憩馆。

【校】

此首已见《自写真题记》，真迹较详，兼可订正刻本讹字，录之。

田居先生，为吾乡前辈，旧为监察御史，每得名迹，必招赏于清池白石间。其藏元至大辛少府贡粉梅矮卷，繁枝密萼，花光迷离，恍如晓雪之方开也。先生最爱余小诗，索题纸尾者三，忽忽五十年情事矣。先生逝后，宅属他人，画亦遂失。今凝想写之玉壶春色，仿佛江路野桥二月也。荐博学鸿词杭郡金农画记，时年七十又五。

世间果有达人，日日执棰戴笠，怜余憔悴关心，方耻牛衣对泣。

相牛床头有经，来看牧于原隰，迟行四蹄趵趵，猛食两耳湿湿。

闲则放之桃林，渴则饮之颍水，若教黄金络头，未必常能如此。

烟暖树萌欲动，土膏草甲方滋，要识西成有日，须知东作当时。题奉延表先生。

又（据真迹）

云障烟峦颇骇颜，胸中造物自幽闲；赏心端是诗人笔，日日临池尽看山。泉唐钓叟题于九节菖蒲憩馆。

想见幽人寄意深，闲来松下自张琴；尘中莫漫论心曲，还向空山翼赏音。昔耶僧庐口占句。

结屋端宜近水涯，隔溪遥对有人家；山林别得行吟乐，策杖归来日未斜。百二砚田富翁。

烟泉奇想本天开，林木无妨信手栽；添画几椽山涧屋，此中何处著尘埃。苏伐罗吉苏伐罗。

流水高山思渺然，精华落纸总云烟；看君惜墨如金意，画诀全参冷处禅。稽留山民。

一带山庄四五峰，环村流水漾溶溶；先生自是如云手，先脱南宗与北宗。之江钓师。

帆影粘天淡欲无，松岚远寺半模糊；可知著纸无多笔，便是江天万里图。龙棱仙馆旧客。

是谁辟得径三三，蕉叶阴中好坐谈；敛却精神归寂寞，此身疑在绿天庵。心出家庵僧。

浩荡天机日往返，不摹董巨仿荆关；驱毫别具分云力，幻出云边雨后山。冬心斋题句。

难得浮生等水鸥，每逢佳处便勾留；江山若大容何许，只著诗人一叶舟。昔耶居士。

灵想云烟总化机，砚池应有墨华飞；请看策蹇寻幽者，一路山岚欲湿衣。曲江外史笔。

"满纸枯毫冷隽诗，白云漠漠日迟迟；飞泉洗净筝琶耳，静气惟应山鬼知。"尝见西唐山人画梅，皆疏枝瘦朵，全以韵胜，口占数句题之。此册随意涂抹，而气韵灵动，非食烟火人所能梦见。山人自题五言古于左，属余各书一绝于上，观之者恐嗤吾曹皆山中白云耳。杭郡金农并记。

又（见方浚颐《梦园书画录》）

吾闻善酿者有国，藏贮者有城，沉湎者有乡，此中天地，彼蚩蚩者，胡为长年溺饮不醒也。若老馗须髯戟张，豪气摄鬼，睥睨处不知有人，方可一醉也。今图其状，醑醑焉，腾腾焉，冠裳颠倒，佩剑皆遗，老馗老馗，值得一醉耳。醉钟馗图，杭郡金农画记。

白贮袍，有丝履，清旦山行松里许，松风为我一扫地。忽作水声吹到耳，耳中生毫，但愿如松长，此身落落如松强。试问有钱百万河东客，可买松阴六月凉。稽留山民画松，并赋松间曲。

沈家园小，花枝云晓[①]。是何人，剪他碎了，扇底轻容风袅袅。银棱旧客写意并自度小令书于上。

【校】

①此处"晓"拟是"绕"字，笔误。

开过牡丹春可怜，又开芍药春无边，贵家亭馆花成田。红阑青幔小艓船，蜡烟如纛拂管弦。玉盘盂，金带围，广陵自昔争相传。五日十日莫轻剪，一上街头不值钱。杭人金农画并赋芍药曲一首。

三十六陂凉，水佩风裳。银色云中，一丈长。好似玉杯，玲珑镂得，玉也生香。对月有人偷写世界，白泱泱。爱画闲鸥野鹭，不爱画鸳鸯，与荷花，漫漫商量。金牛湖上金吉金画。

　　元人王渊《水墨小山丛桂图》，余旧藏冬心斋。以赠芎林先生，先生是年举于乡，今为宰辅矣。此画尚在箧中，不轻与人见也。客舍坐雨，追传其笔，漫作小幅。月中田地，香影婆娑，殊可想也。甲戌三月清明后二日，曲江外史金吉金在扬州昔耶之庐记。

　　南阳有菊水，襄陵有菊城，余在江上与邻曲诸野结菊社，酒边篱落康风子或一遇之。今年客此，漫意作画，寄意故乡三五耆英，晚香冷艳尚在我毫端也。仙坛扫花人画并题记，时偻居扬州，隔岁矣。

　　凌霄花，挂青松，上天梯，路可通。仿佛十五女儿扶阿翁，长袖善舞生回风。花嫩容，松龙钟，擅权雨露私相从，人却看花不看松。转眼大雪大如掌，花萎枝枯谁共赏？松之青青青不休，三百岁寿春复秋。稽留山民画并效乐府相倚曲题之。

　　宋画院中有画白茄小景，《泳白茄诗》有"光圆头脑作僧看"句。乃郑州处士戏径山潜禅师所作也。余偶尔写生，适沙门古水僧宿见过蔬饭，因举以为笑，岂复狂吟，又下一转语耶。

　　菊之古谚云："一日不在家，劝君切莫种菊花。"言蓺花者六时辛苦不可忽也。今余笔底为之，浓霜猛雨无从损我一花半叶也。杭人金吉金画并题记。

又（见真迹，为扬州崇宁寺僧海云所藏）

滑玉岩扇一笑开，独游知我渡溪隈，青山逦迤眼中见，黄叶乱飞衣上来。崦曲细寻云影磴，茶香嫩试雨余杯，莫言身贱名应损，嘉遁无人重凿坯①。杨梅坞访吕山人茶话而别。

【校】

① "坯"原作"坏"。

荷花开世界，密竹接空冥，风谷笛宜弄，秋池雨待听。红衣香漠漠，碧玉翠棱棱，此地堪锁夏，从君醉酴醾。题虚谷生《竹深荷净图》卷子。

吴兴三绝诗书画，半幅鹅溪妙迹存，山树模糊天水碧，秋风犹恋赵王孙。题松雪翁山水小轴。

杨郎具骚雅，种兰性所成，自有华露滋，不使丛棘生。三湘昔充佩，九畹无异盟，披图对之子，臭味久更清。题杨吉人《种兰图》。

手种明玕十亩中，居然林下有清风，来年竹利如鱼利，此语曾闻白石翁。题修来《竹林小照》。

南宗有文字，丘壑爱善变。谷阳有友生，泼墨积满卷。索题慎择人，诗好略贫贱。是日雨淋浪，僧庐理茶串。如坐石簰山，江云一窥见。题许江门画稿后。

引为兄弟五冬春，相爱无过徐善真；织履穷愁同弱草，吹箫踪迹类飞尘。君辞天角归何速，我堕风轮凤有因；说著阿侬殊可笑，最繁华处作闲人。　送绍武返里。

符生抱幽姿，竹林散签帙。勘书费雌黄，坐失岁月日。刘向订赵齐，李谧定甲乙。一卷既精勤，四库阅可必。将行登銮坡，看尔运双笔。　题幼鲁竹里勘书图并送之京。

孝友吴同甫，沦亡隔杳冥；披图秋瑟瑟，想子骨亭亭。清泪如铅泻，哀词凭梦听；可怜故山失，松黯鹤遗翎。　题《松窗梦鹤图》。

上座香林戒律持，平山喻法了无疑；貌如竖拂参寥子，句比清吟禅月师。久识圆光开观相，那堪弹指叹浮毗；泉边公案曾参破，二八飞流悟道时。　题丽公遗像。

扬舲击汰壮君行，蛮粤春风古兴生；高士苍凉双树宅，仙人缥缈五羊城。客中对客连霄酒，山外看山隔路程；我更销魂倚栏立，每逢送别动乡情。　送友人之粤东。

午夜巡檐费苦吟，寒香瘦影弄墙阴；　他年上界为官府，试尔春风铁石心。　为谷林二兄题画梅。

一丸寒月水中央，鼻观些些嗅暗香；记得哄堂词句好，梅魂梅影过邻墙。　题梅花卷子。

枚叟老无故，稽生懒不堪；君藏书在椟，我与佛同龛。晨读花垂幔，午眠云满潭；扁舟倘相访，把卷乐堪堪。 寄许都□谨斋先生。

亭畔藕花放，风漪四面凉；如闻池雨过，宜有玉琴张。书幌楚山白，觥心越酒香；炎天卧冰雪，主客两相忘。程四风衣招饮水西亭赋此报谢。

昂首东莱少绝尘，鬈丝禅榻证前因。吟诗亭角陆居士，煨芋林中懒上人。黄菊渐惊重九节，白云犹结旧时邻。那堪秋雨秋风候，远忆清江草木贫。往游东莱道阻扬州僧舍，有忆江上故间。

浴碧跳珠声不休，贵家池馆可宜秋。清池荷叶西廊竹，一有愁人雨便愁。（雨）

"披讨破天悭，燃香矮阁间。书看北齐字，画爱江南山。窠石亘绵好，风梧上下闲。辄然一舫进，沿月返禅关。"过柯享斋中，出观法书名画，因留小酌，乘月返净业精舍作得一首。

雍正甲辰九月望日，自天宁寺移寓净业精舍，风叶满庭，人踪鲜过，呒笔伸纸，录近作十数首以消永夕，诘朝即束装行矣。从此帽影鞭丝，尘土扑面，要如今日之闲，未易得也。志以岁月不无怃然。钱塘金司农手识。

冬心先生杂画题记补遗

〔清〕金 农 著

张郁明 点校

双树幂庭，布以忍草。居士具善者相，合十礼。佛种种，皆由心生，绝非摹仿所为也。书毕又题一诗："三熏三沐开经囊，精进林中妙意长，礼毕小身辟支佛，写时指放玉毫光。"心出家庵僧记。

【校】

此条上半数语见前，惟此多一诗。

宋龚开善画鬼，余亦戏笔为之。落叶如雨，乃有此山魅林魅耶。悠悠行路之人，慎莫逢之，不特受其所惑也，观者可以知警矣。龙棱仙客记。

画舫空留波照影，香轮行远草无声；怕来红桥板头立，口命桃花最薄情。　金二十六郎画诗书。

昔年曾见《抱膝美人》。金老丁晚年自号也。

荷花开了，银塘悄悄，新凉早，碧翅蜻蜓多少。六六水窗通，扇底微风，记得那人同坐，纤手剥莲蓬。金牛湖上诗老小笔并自度曲。

又（据真迹画梅册）

宋玉白蟾工画梅，孤枝小朵，与道士张龙池同一妙也。予仿为之并赋诗书其上。"雪比精神略瘦些，二三冷朵尚矜夸，近来老丑无人赏，耻向春风开好花。"七十三翁杭郡金农记。

四月浴佛日，清斋毕。在无忧林中，画此遣兴，胜与猫儿狗子盘桓也。心出家庵僧记。

手捧银查唱落花。金二十六郎。

水边林下，清香咽罢，白白朱朱数不尽，是花须。曲江外史并题。

【校】

此条见《画梅题记》惟第二句不同。

又（见《笔啸轩书画录》）

白板小桥通碧塘，无阑无槛镜中央，野香留客晚还立，三十六鸥世界凉。（荷）曲江外史画诗书。

江郎骑马不肯住，强我出游探梅去；三里红楼五里亭，开遍青旗卖酒处；千枝万朵春漫漫，翻嫌肥腻非酸寒；果然地俗花便俗，那及孤山山下冷眼看。一十八株风格古，墓荒人邈今无主；湖光浸玉养精神，颠倒横斜难辨数。冻蕊圻时如雪堆，扶筇绕林日百画；最好归船弄明月，暗香飞过断桥来。（梅）稽留山民画诗书。

句曲第三白云涧，涧底香铺不轻见；仙郎作供读仙书，经骨如飞丹九转。引年何处觅芝英，卑视灵茅与杜蘅；乞来岂但洗烦恼，令我道眼增双明。（菖蒲）稽留山民画茅山菖蒲并题。

晨起渑花上露，写此凉阶小品，正绿窗入睡，晓梦如尘，未曾醒却时也。（玉簪）金牛湖上金二十六郎画。

石女嫁得蒲家郎，朝朝饮水还休粮；曾享尧年千万寿，一生丝发无秋霜。（菖蒲）稽留山民小笔。

又（见《别下斋书画录》）

寻梅不惮行，老年天与健。半树出江楼，一林见山居。

戏拈冻笔头，未画意先有。枝繁花亦繁，寒香欲沾手。

题作万玉图，春风吹满纸。谢却金帛求，笑寄瞽居士。

居士尝断炊，噤瘁寒耿耿。挂壁三摩挲，赏我横斜影。

写此小幅，又题一诗，以寄巢林先生。先生亦善斯艺，画名垂四十年，近抱子夏丧明之疾，吾道之衰也。金农。

又（见《红豆树馆书画记》）

仙人新著五铢衣，一笑嫣然启玉扉。（栀子）

闽中与粤中有之，他方所无也。（朱竹）

冶花小草颇可娱目，未识沈郎五亩之园，有此点缀风光也。（紫蝴蝶花）

南天竺子，色如赪珠，每见僧雏折供佛前，亦香林中妙品也。（紫天竺）

又（见《古缘萃录》）

野外桃花，窥人好似墙东女，乱红无主，多谢春风抬举。二八华年，怜他笑靥眉能语；今日暖云如许，恐变明朝连夜雨。（桃花）金牛湖上诗老画并填词

花开笑口，北堂之上，百岁千秋，一生欢喜，从不向人愁，果然萱草可忘忧。（萱花）金二十六郎并题。

　　吴融画白莲团扇，一时有姑射仙人之目，又见其夜合花，玉骨珊珊，含睇独立，绝似杨家太真，真觉"六宫粉黛无颜色"矣。客窗偶一仿之，然不敢招题恶诗之唐突也。（夜合花）曲江外史并记。

　　花攒一朵，数了又数，数不尽，花房几个。风枝轻擅粉初匀，红样酒鳞鳞，看花难得去年人。（绣球花）百二砚田富翁画并自度一曲而书之。

　　青骢嘶动控芳埃，墙外红枝墙内开；只有杏花真得意，三年又见状元来。（杏花）稽留山民画并题。

　　梦山迭翠，楚水争流，有幽兰生长芳洲，纤枝骈穗，占住十分秋。无人间，国香零零抱香愁，岂肯和葱和蒜，去卖街头。金陵马四娘，有此画法，余偶尔为之，颇与阿侬同妙也。（蕙兰）龙梭旧客并记。

　　米芾人物萧散，被服效唐装，尝作子敬练裙①图，又作支许王谢于山水间，挂斋壁。戊寅六月，复至广陵，避暑于专斋书。钱塘金农。

　　花气已阑人罢酒，棋声方散月当阶；新篁一枝才落墨，便有清风生百骸。饮郑氏园画竹并题其上。杭人金农。

　　此君面目含清风。（竹）杭君金农

　　新妇矶头懒寄书，竹竿笑赠莫踟蹰；钓鱼须钓一尺半，三十六鳞如抹朱。寄赠竹民先生作。杭郡金农。

　　洞庭山中枇杷正熟，饱啖后，用宋人易元吉法画之，未暇题诗其上也。（枇杷）金农。

　　乍凉时候，荷花开了，不晴不雨，吹不动扇底微风，渚宫水殿，记得那人同坐，纤手剥莲蓬。昔年在岩东草堂，见元人画此，余想其意，漫作此册，倘遇甫里先生，谅亦许之曰可矣。（莲房）金吉金题记。

蔡中郎作飞白书，张琥画飞白石，张萱写飞白竹，世不恒见。春日多暇，余戏为拟之，若文待诏画朱竹，又竹之变者也。曲江外史金农。

余游武昌，西池精舍有池，池上有梅花数株，因留题云："半影疏枝梦不忘，独来松下设禅床，酒铛歌板多无用，莫乱梅花好道场。月光明似佛堂灯，池水生寒又结冰，消受清香透毛骨，除非前世此山僧。"忽忽二十五年矣！今追忆旧游，复写其貌，冷香犹在，并录前作以寄阿师于小四天下也。

绿得僧窗梦不成，芭蕉偏向竹间生，秋来叶上无情雨，白了人头是此声。七十四翁杭郡金农又题。

【校】

①原作"群"。

冬心先生三体诗

[清] 金　农　著

许莘农　　点校

目录

《冬心先生三体诗》序

　　乾隆壬申初春，春雪盈尺，湿突失炊。予抱子影，坐昔邪之庐，捡理三体诗九十九首。三体乃五、六、七绝句作一题者，唐宋诸贤有之，予摇笔不休，可谓轹古人矣。是日，汪隐君巢林、着屐扶短童相访，云："衰龄忽尔丧明，然无所痛惜，从此不复见碌碌寻常人，觉可喜也。"又云："先生何所为？"予答以手录三体诗，将锓木，寄示四方交游。巢林又云："先生诗奇异独诣，不求同能，弃众人之所收，收众人之所弃，似谣似歌，得古乐府遗意。骤读之，句棘桥舌，再读之，合规中矩。吾虽目盲，心颇能赏之，恐世间眼大如车轮者，未必知先生之妙也。"一笑，别去。诘朝，旧友陆竹民从楚州来扬州，叩门造请，自言两耳闭室，床下蚁斗不闻者经年。问予："三体诗曾付剞劂氏否？"予以指画纸而告之。竹民曰："吾之聋，谣哇之音充塞于耳也，吾之聋，奸宄之声洋溢于耳也。若先生诗，试为吾诵之，清清然，泠泠然，恍飞空中泉，恍吹松间风，吾倾耳而听，耳则豁焉开通，便如饮治聋之酒矣。他人耳虽听，不过筝琶之悦，乌能爱聆先生高唱入云也。"二老与予，缔交已近三纪，论议特出，迥非凡流，真有道之士邪！因记其言以当诗序云。杭郡金吉金书。

《冬心先生三体诗》跋

《翠螺阁遗集》有效先生三体之作，今妇亡已二十三载，余复足蹇杜门，重雕是卷，以破寂寥，非敢有已传先生也。仍效集中体，识之。同治甲戌，小雪节，丁丙。

山鱼而水尘，野鹤与孤云。三绝足千古，前身郑广文。五君六逸七子，一时玉屑霏馨。合笔岁寒图画，双钩正始石经。

敢随聋瞽托音知，肠断停针倦绣时（翠螺阁子集目）。折脚铛边残叶冷，强支三体校公诗。

叔父梓三体诗竟，命为题后，因集中句以志景仰。立诚作客身千转，怀无和郎钱。能诗复工画，谑浪三千年。

甲乙丙丁编集，君笑沈谢何刘。作达不谋生产，非碌碌烂羊头。丰狐笔管颠狂甚，徐凝恶诗洗去多。近来此辈何曾有，除却高人不爱他。

冬心先生三体诗

杭郡金吉金寿门　著

心出家庵在稽留山，予避喧之地也。
庵中耳目清供，一物之微，皆可入诗，
谀人不如谀物，谀物无是非也

种竹竹无算，风嬉云幽幽。一竿吾懒取，去钓东诸侯。

九秋晚菊劝酒，二月红兰笑人。游山却有阮屐，挥扇而无庾尘。

石女嫁得蒲家郎，朝朝饮水还休粮。曾享尧年千万寿，一生缘发无秋霜。

访涧上酒仙所居

消息三青鸟，玲珑九瓣花。起居喈夫子，碧落是仙家。

丹梯常俯松闳，湛露分沾药畦。昨夜何人偷饮，厨中失玉偏提。

白云忽自眉际出，黄叶乱飞衣上来。空亭久立非无意，拦路溪风不放回。

过龙兴寺，寺僧设伊蒲之供，因而止宿弁山，
山中对月听泉，即事有作

七重舍利塔，尺二辟支鞋。梁朝赐寺古，茶板赴清斋。

目短破月失照，手寒涩琴罢弹。真个一无所事，猫儿狗子盘桓。

山僧留客听山泉，客与山泉有夙缘。此耳此声僧解否，满堂飞雨夜忘眠。

闭门非无事也

邻女花钱少，山僧鹤价无。秋来新债主，却不是屠沽。

雪中芭蕉一轴，王右辖画风流。摩挲押缝小印，非碌碌烂羊头。

破屋三间可奈何，请看壁上煎茶歌。石如飞白木如籀，除却高人不爱他。

不速之客，日有所至，放言高论，皆抱道士也。诗以书怀，揭之坐隅

袖有京氏易，床无和郎钱。窗尘学书好，扫帚毋相缠。

客至左韦右布，门开面池枕林。作达不谋生产，放言讵失初心。

八百株桑二顷田，几家耕种儿孙贤。三十年来三易主，成都洛阳殊可怜。

冬夜作消寒盒子之会，筵上被酒，各赋小诗，诗成，付管弦一一歌之

吴家心字香，贮以倭奁轻。熏炉夜可恋，果仅火有情。

消寒作盒子会，乾红烛底曲房。第一兜罗绵手，琵琶谢十三娘。

今日老夫昔少年，月圆月缺缺还圆。酒污貂裘故相恼，北风吹倒小艒船。

过刘孟公前辈草堂有赠

妖花妨道眼，白白与朱朱。衰年都不爱，只种药葫芦。

杀蝇忽思蓴蒲，测日欲到扶桑。闲话目前太古，不愁地老天荒。

五品为郎三辅贤，瓦松赋罢太萧然。昨朝病酒今朝雨，鬻宅谁偿私铸钱。

自赠

少昊是吾长，孤生骨立寒。人间重卿相，莫强管幼安。

有道蒲轮五辟，名贤玉币三征。可值拂衣一笑，喑聋能与不能。

蓄鱼于树鸟栖泉，物性相违便倒颠。洗耳凿坏非矫世，此翁原不受人怜。

过吴侍御野林别业，同其亲串数辈，作文酒之会。酒半，出观宋人山水无款画小立轴，因赋此诗以代札记

故人朱绂贵，昨谢骢马归。无尘亦无垢，新制遂初衣。

范舅王甥谈艺，梅兄竹弟举杯。爱洁一日数沐，下帷经年罕开。

唐朝麻纸宋刻丝，装界精能好护持。鉴赏不逢勾处士，青山减色树摧枝。

枯梅庵梅花

此梅日戌削，自署枯梅庵。香味如酽味，闻之古瞿昙。

天寒清晓呵冻，林下水边不忘。那有雄蜂雌蝶，霜埃作百颠狂。

雪比精神略瘦些，二三冷朵尚矜夸。近来老丑无人赏，耻向春风开好花。

题王高士元充山舍

五言繁主簿，小笔梅沙弥。能诗复工画，臣叔何尝痴。

香林无百毒草，玉井有二青蛇。终日看云来去，忽离忽合人家。

手种灵芽仙叶同，山南新焙品花宫。一瓯嫩色欺春雪，天上茶星是此翁。

"宅抱草木贫"，贞曜先生诗也。"嘿嘿终日，荒厨断烟"，秦山人语也。予旧庐深阔，时有戒心，九朝三食，又予之恒境也。因希继两贤而长谣之，不遭摈斥，此予之独得也

江毡夜已敝，墨突午不黔。卷舌古有诫，寡言守星占。

旧日桫椤若伞，今年薜荔成帏。可怪一双雏雀，人前故炫新衣。

春风暗逐七香车，吹得开花又落花。毕竟春风忙甚事，春风不到老夫家。

得鲍十四辛甫先生海宁官舍捐世见寄之书，
哀悼不已。书中遗言云："当葬于杭州灵隐寺门，
便是长吟鹤发翁夜台也。"予为后死者，服缌麻，
设位哭之，并投以诗，《蒿里》之曲，
《薤露》之歌，岂无谓邪

萝占《鵩鸟》赋，鬼唱《秋坟》诗。伤逝挥老泪，若江河漏卮。

三舟客有千里，七品官无一钱。小北邙山何处，石人岭下长眠。

易箦书来墨惨新，蛇儿年谶应凄辰。闻君数日前头事，共语辒车纸偶人。

三过当湖，访张君龙威，作此赠之

蒲塘水正暖，药陇花已飞。囡郎小舴艋，三叩口板扉。

东吴故多才子，君笑沈谢何刘。好是缁褙野鹤，林中高出一头。

垩色唐砖古圹开，题诗爱尔坐高台。丰狐笔管颠狂甚，一霎狞雷猛雨来（自注："予藏古砖，唐时物也，龙威为赋长歌。"）。

舟泊弄珠楼漫作

孤篷与短棹，不载千里愁。蒙头听夜雨，此是野人舟。

一日一日且过，于思于思复来。难得绿波留客，绿波如泼春醅。

绕郭东湖少世情，弄珠楼下冷清清。破毛之禽晚争浴，汀草渚花无赖生。

将游汉阳，不得与龙威道别，诗中所言，
则连日情事也

官清俸钱薄，县僻弦歌稀。六诗妙天下，不识刘孝威。

斜日额黄颜色，回船寂寂古津。绝无花丛劝酒，只有塔影送人。

角角雉声麦秀初，夫君不见心踌躇。相思一夜减衣带，大别山前远寄书。

梁溪道中，望九龙山，舍舟策杖，至听松庵，
与松泉开士茶话第二泉上，追悼拙存、恭寿两先生，
不觉星燧逾一纪矣

名山践宿诺，画竹古人殊。一竿颇矜惜，不换红氍毹。

但爱细雨泊寺，何劳峭帆得风。哑哑以水为宅，自呼曰仅天翁。

久亡绿骨松间客，暂对尖头泉上僧。今日此心顿无著，十年前已冷如冰。

贺家池头看月

八万三千户，清光户户开。仙人玉屑饭，分授见谁来。

酒味如饧太重，乡愁似疟无情。今夜已拼不睡，笛声吹到天明。

不巾不袜烦暑清，一丈荷花露倒倾。风亦小心云扫

尽，凉蟾向水泣三更。

过张氏废园

堕毛鹤陨子，换箨竹开花。荒池少人问，聒聒私虾蟆。

园丁背扫落叶，有客斜阳叩门。门外青山不改，门前旧额犹存。

歌筵昔夜雨湑湑，熏袖温麝散莫寻。飞爵腾觚如昨梦，红苞空自满堂襟。

客谢司空寺，宾从日过，绘事乐章皆负绝艺，即谈禅对弈，各有品目，因示小诗，共作一笑

林中芭蕉树，佛前功德云。不坏与不灭，一一试问君。

妙画深岩委涧，新词雾唾珠嗁。何必钱知什伯，不妨路失东西。

空堂饱饭有棋声，四角中央总不平。客去敛枰无一子，恨他黑白太分明。

冬心先生梦游山中，见古松一株，作诗以赠。诗不赠人而赠松，是何意乎？松之灵骸神景，胜于凡躯千万矣。松真有知，其音泠泠然若相和邪

深山见道士，颜色如少童。自称百木长，散发青蒙蒙。

怪石久闻鞠伏，恶藤不受纠缠。若问此松年纪，轩辕在上头眠。

半朽半枯死复生，天台路滑无人行。世间只得韦郎

好，能画一枝风有声。

近日

宁为支床龟，肯作被绣牺。小草冻不死，我心如卷蒁。

洛中夫子开卦，蒐山老媪乞书。惟此得钱不愧，得钱一醉何如。

桓野长笛招即至，徐凝恶诗洗去多。放狂近日得笑疾，不计人间责与诃。

上巳春游曲，广陵记所见也。白头羁客，作此小儿女语，不免陌上遗钿堕翠之人，掩口卢胡而笑邪

比肩列玉屏，携手舒春荑。愿为洲上鸟，不匹飞单栖。

桥南桥北桃花，老子也爱繁华。仿佛倾脂河畔，画中红楼孟家。

香槽雁柱筝三捻，芳草鸡缸酒十分。记取芜城好天气，暖云如粉射斜曛。

寄北山僧恒公

轻磨佛幌烟，弄笔生精神。牛羊马犬豕，画畜不画人。

陆疾著毁茶论，奚康广绝交书。此事便传千古，吾将入山焚车。

白荷花开凉四肢，脱箨野竹相参差。一听秋雨秋池上，不梦公卿梦阿师。

金陵杨孝父，天性狷妙，善奇篆，有佚籀之遗。
见人辄谩骂不已，予最爱之。近从南岳来，客扬州，
相对论世，作诗以赠，亦狂泉之饮耳。冷吟冷笑，
如何如何

怒割乖龙耳，笑除风后奸。何如君骂坐，豪气高桓桓。

汉启母庙石阙，吴禅国山残碑。落笔众妙之妙，知卿舍我其谁。

三年出游万里归，白眼如君天下稀。曾闻祝融峰顶宿，喝月倒行霜倒飞。

客嘲宾戏，有问及近状者，乃遣中山毛生答之，
石卿墨卿，颇有助喉舌也

手弄古时月，耳听空中泉。黜帝是何物，谑浪三千年。

甲乙丙丁编集，幽并齐鲁骑驴。题诗半在行路，绝似西风雁奴。

汉相车茵御史台，也容烂醉逞狂才。鄠中儿与洛中客，可记东涂西抹来。

寄怀莱州沈椒园观察

劳山山渲青，仍佐陪清吟。遥知戟门内，五字称诗林。

车前八骓自有，袖里三疏曾闻。年来风度不减，青玉明珠想君。

三五二八月婵娟，连宵千里目矘矘。风吹破帽酒人散，可记家乡抑鲊天。

论古不论今也，今人安足论哉？论古，
古人不我罪也

何敬容残客，吕不韦门生。贪名与贪食，相较孰
重轻？

庞德公非侮士，羊叔子岂鸩人。抱此百年痼疾，由东
邻不称臣。

买山而隐郭文举，恐富求归王秀之。近来此辈何曾
有，好月好风空待谁。

题昔耶之庐壁上

渴羌与荒伦，不送亦不迎。青苔断履迹，忽上笔
床生。

隶书三折波偃，墨竹一枝风斜。童子入市易米，姓名
又落谁家。

野梅瘦得影如无，多谢山僧分一株。此刻闭门忙不
了，酸香咽罢数花须。

江君鹤亭在燕市购得古椠本书数万卷，
载之槐楼以归，作诗美之

闻君游天家，买得书一车。好书如好色，非章台
狭邪。

池北可充列库，藤阴定贮闲厅。抽卷百回百读，翠娥
隔绣帘听。

三豕渡河事颇诞，古蟫食字仙何灵。不为捭阖欺人
语，安问赵蕤长短经。

辛未除夕，独酌苦吟，忆老妻曲江江上

作客身千转，忆家肠九回。扬州好厨酿，可惜是孤杯。

春碓纺车人老，芦帘纸阁灯深。定设香花供养，一躯长带观音。

岁去堂堂挽莫追，最难忘事是霜帏。四婆裙子新浆洗，今夜捣声生别离。

今日

镜暗掩新粉，花殇失故红。岌岌复惙惙，阿侬可怜虫。

文人送衣赠药，名士汲水伐薪。取资于友不浅，昧俗却我率真。

五言入格包明月，一著饶先夏赤松。诗损心苗棋损智，不妨万事任天慵。

汪六巢林、忽尔丧明，乐丈庆夫、患足经年，不良于步。好友情关，作诗相慰，此古人之疾也，若老柏之有枯枝，宝鉴之失疲照，何碍乎其本来也

目盲张太祝，足跛触左师。捷行兼善视，笑杀蔡充儿。

蹇处却胜屈膝，闭时即是垂帘。可喜灵台不昧，何忧蓬户常潜。

此后已辞倾险路，从今不见寻常人。一春花福仍消受，弄影闻香各占新。

冬心先生随笔

［清］金农　著

吴岭梅　点校

冬心先生随笔

客游汉阳，僦屋而居。其地人多强岸，文鲜雅驯，无复张仲新、李憺举酒长谣之遗风矣。予故闭置，罔与人接，人亦无得而窥。惟有先予而来处者，广陵余四丈苣村、歙州鲍君景熙，时相垂访焉。余丈虽属朋辈，其纂著渊博，足堪为吾师。鲍君盛年笃学，其耽古广识，颇与予同。两贤往还无虚日，真慰我泽畔之寂寥矣。鲍君一日携精楮，乞予记所见典籍书画，作《周氏云烟过眼录》，观予随笔书之，如粤人啖谏果，所得甘味不多也。惜岁晏惘惘，又将它适，未竟其请。俟异时合并，再抒鄙说，以报鲍君。闻之余丈，其许我乎！乾隆三年十一月十六日，钱塘金农手识。

《经解》一百三十八种，成德校勘，刻于昆山徐大司寇家，十三年而后成，诸儒之说，颇精核也。吾友海宁马寒中先生，蓄典籍最多，有经解所未雕版者六十五种，惜其逝矣！其书散失，当俟执业之徒，搜辑刻之。

《古史》六十卷，宋苏辙纂著。康熙戊子岁，予读书吴门先师义门家塾，虞山毛斧、季先辈，携观此册，宋咸淳刻本也。毛丈是时，年七十余矣，目光如炬，言笑弗衰，真有道之士也。

《新唐书纠缪》二十卷。宋吴缜所述。亦一时辩舌澜翻也。

《永乐大典》二万二千八百七卷，目录六十卷。明成祖敕命儒臣纂修，湖广王洪等编辑。因卷帙浩繁，未遑镂刻，止写原本。至宏治间藏之金匮。嘉靖间，大内失火，世宗亟命那救，书幸未焚。敕阁臣徐阶，复令儒臣照式摹抄一部。当时供誊写者一百八名，每人日抄三页。自嘉靖四十一年起，至隆庆元年，始克告竣。前年予膺荐入京师，于一钜公邸第，偶见此书之九千六十三、四两册，楷法精好，洵大观也。

《史通》二十卷，唐刘知几撰说。亡友张吁三先生曾以百金一流易之，藏于师子林。乃南宋沈家刻手也。康熙五十一年，予访先生，先生留饮"水周书屋"，出此书相赏。丹黄论断，先生之术亦勤矣。

《前汉纪》三十卷，汉荀悦撰。先师义门先生有宋刻本，批注用五色笔。

《后汉纪》三十卷，晋袁宏撰。萧山毛西河先生所藏，元至正年间刻本。先生自为详改，补录。不识丁者，未之见也。

《唐鉴》十四卷，宋范祖禹纂，泽州陈阁老所藏，予雍正间，客游泽州"留午亭"，山村三载，其嗣君南垞学士出观，纸用精楮，殆所谓石溪张三宅刻印也。

《长短经》十卷。唐赵蕤撰。其言近乎《阴符》，主王霸者，不可不知也。秀水朱竹垞先生入之从横家，深明掉阖之说不浅矣！予藏此书十年，友人潘贯斋典郡秦中，转而赠之。

《唐文粹》一百卷，姚铉纂辑。吴兴姚玉裁秀才储藏于"莲花庄"，庄为赵松雪故宅，花开时，玉裁招客共读之，字画古雅，宋时刻本。

《古贤小字录》一卷，宋陈思撰。思，临安人，咸淳二年解元，开书肆于"睦亲坊"，当时朝士咸与之游。张水部藏是书，传为陈解元手写，刻之献元老者。

《山谷刀笔》十五卷，宋黄庭坚手简。予游济南，得之李中丞官廨，密行细字，北宋刻本也。

《会稽三赋》宋王龟龄所作，计书三十八叶，一卷。御儿吕氏所藏，亦宋时刻本。吕氏破，残巢无完卵，其书不知归谁何插架矣！

《路史》宋罗泌纂。前纪九卷，后纪十四卷，余论十卷、国名纪八卷、发挥六卷，共计四十七卷。其说颇诡奇，与史家有别，予曾于蔡九霞先生处见之，先生矜诩为宋时刻本。

《南部新书》五册，宋钱希白著，吾友长兴令鲍西冈收藏。西冈得之郡中郑丈芷畦。元吴中发刻本。

苍崖先生《金石例》十卷，吾乡吴尺凫秀才瓶花斋抄本也。墓铭体制，极为详核，志幽圹者不可不研究！

《九域志》十卷，润州王正仲集著。其于郡县分析，颇极详洽。正仲史学最明，亢丰间儒者也。是书为宋锓刻，向藏吴门陆氏，转入叶九来先生家，有"归来草堂"图书记。

《救荒本草》二卷，周王撰辑①。其书与孟诜《食疗本草》、陈士良《食性本草》有别，盖二人所记，不过饮馔调摄而已，无补于斯民若敖之馁也。此则有图有说，图以肖其形，说以著其用；首言产生之壤，同异之名；次言寒热之性，甘苦之味；终言淘浸、烹煮、蒸晒、调和之法，草木野菜，凡四百一十四种，见旧《本草》者一百三十八种，新增者二百七十六种。或遇歉岁，按而求之，随地采食，其功更有倍于徐之才、陈藏器、唐微之徒矣。

【校】

①《救荒本草》著者，据《四库总目》为明周定王朱橚撰。此处句中疑有脱字。

《古林余录》三卷，寿春魏南夫所辑，乾道八年刻。南夫名杞，宋观文殿学士。其书载记皆"大涤洞天"事，学士曾提举"洞霄宫"，故能详说也。予抄于泽州陈相国家。

《剡中稽古小志》一卷，宋乐史辑录。山川人物，采述至精，其为太常博士时所作也。博士有《太平寰宇记》二百卷，修地舆者不可不览耳！是书亦宋雕本，予曾观于毗陵庄翰林宅。

《信目剩言》四卷，海宁施彦执所著，其说颇有征，无怍乎"信目"二字也。是书为吾友孙中谷编修所藏，云得之粤西一故家，楮板精妙，逼真宋刻。彦执尚有《北窗炙輠》二卷，亦说部中可爱者。

《古物辨名》二卷，鄱阳刘有信所著。有信自号"南浦翁"，宋咸淳间进士，观是书者得其元始，无复有空腹之讥矣！刻手既佳，而装治更善。书皆倒折，四周外向，设遭虫鼠之厄，于中无损也。亡友马寒中先生秘藏。先生殁后，其子好撝蒱，已准百钱，落博徒之手矣，悲夫！

《墨史》三卷，陆友纂，其书罕传。友字友仁，吴郡人，平生工佐书，善鉴别，当时朋从有古器者，必正之友仁定甲乙。所居皆雅竹十万，云：爱其虚心有节，以自况也！又有《砚史》《印史》未版行。是书为花山马氏"道古楼"物，近归于广陵马嶰谷，尚不至为蚕室糊筐筥也。

《黄庭内景经》一卷，晋杨羲义和所书。汴宋之君题作"会稽内史"。吾友王吏部虚舟定为"上清真人"真迹，颇有据也！向藏吴门韩宗伯家，近归归安令裘鲁青明府。明府爱之不啻琼玖。是卷长二丈许，绢色如菊之始华，字体坚古，不同俗书。其骨竦，其气充，其心亭亭，其意冥冥，恍睹鸾鹤翔乎华池绛阙也！予屡过访明府，必出以相赏。雍正十三年，天子开鸿博之科，明府荐予姓名于节钺大夫，因赴京师。旋还杭州小住，淮上传闻明府抱项疾，卒于吴兴官舍。囡好沦亡，能无痛心！予服缌麻，设酒醴而遥哭之。明府之郎君镛，幼擅八法，为予书弟子，定守先人之遗，不受豪右之攫夺也。明府名思芹，江西新建人。"交"字轻率，老友余茁村征君改作"缔"字，觉文字深厚，真吾"一字之师"矣！十月二十日农记。

徐履墨竹小幅，为梁溪秦氏所藏。用笔疏简，有得风作笑之态。予曾观于"听松庵"中。传闻墨竹之始，为五代郭崇韬夫人，后遂摹写。开柯丹邱、吴仲圭一派。然唐张立已有成都"大慈寺墨竹画壁"一堵，未必始于闺帏也。履，宋淳熙间人，殿试日，写竹一枝题云："画竹一竿，送与试官。"其高致可以想见。

甘风子人物一卷，予观于吴门蒋进士家，其画高妙，画中人皆奇服，鹖冠萝带，大似列仙之曜，颇可想见甘风子狂态也。风子，关右人，平生溺于麹蘖，作画每从大醉后落墨，醒后即毁裂去，虽金帛不可得，今人涂抹一山一水，一草一木，使悬之市肆，以易斗米，画那得佳邪！卷尾有杨铁崖、张伯雨、刘仲儒、王鲁存诸公题记。

张长史草书一卷，旧藏欈李曹秋岳侍郎家，今归之广陵项氏，项氏以三百金购得者。长史以狂纵见称，此独不作剑拔弩张之笔，太湖精，不可测也。雍正九年，予同王虚舟先生过观，欲钩刻片石，惜无安仲威好手一运刀也！

范宽《独山草堂图》一卷，为张水部东莱所藏，予乾隆元年十二月，观于其家。笔墨简古，是平生得意作。上有贾丞相曲脚封字，严氏"钤山"印记，殊觉幽兰为秋风所败也！东莱解组林居，大有"九朝三食"之厄，未尝付质库，佐一顿餐，贤者而后乐此。信夫！越夕，予题七言古诗于卷尾。

孙祖同山水一幅，为济源王高士仲密所藏。予游泽州，三过其居，必设茗果出以共观。其山多神秀，所谓得草木而华者。祖同，四明人，与香溪先生为友。香溪爱重之。当隆冬，怜其寒，赠之以衣，笑谢之曰："一衣与万钟等，受之无名。"不受也！更善窠石，小笔署款，每称"雪窦樵人"。

都丰廉《地狱变相》一卷，极得萧公伯《惩恶图》笔意，足为画鬼者，开一生面，不作刀林沸镬之状，可爱也！雍正三年，予游京师，见于阿学士云举先生家，云得之真定相国之孙，缣素之尾，有"蕉林秘玩"印记。

胡环《番骑卓歇图》一卷，为吴门谢丈水村所藏。水村携游广陵，予获观之。卷长八尺，奚官习马之态，颇有鼻端出火，舌飞霹雳豪举也，穹庐什器，无不毕具，令人如在古骨刺之地矣。卷首有宋徽宗题字，世所传"瘦金书"者，是也。

米有仁①《楚山清晓图》一卷，颇肖乃翁，无怪乎元章，有誉儿之癖也！是卷为裘鲁青先生储藏，先生以三百缗得之，梁驸马都尉赵岩，好绘事，精于鉴赏，时人谓之"赵家画选场"，先生殆似之矣！卷首有"绍兴内府"图记，吴文定公跋。

冷谦《吴山图》小立幅，为予所藏，予得之金陵王谢子弟。山峦树叶，皆有古色，所谓"石如飞白木如籀"真化人之笔也！惜名纸百破，当觅好手，若宋之赵孟林重装之。

杨善楷书一卷，极有姿趣，如春云舒卷于岩谷中，非唐三馆诸生写经之体也。同时有王供奉之勤，人购其书者，以十饼金。吾最恶之，恶其肥俗也。善，字好善，元至正间孝廉，当时无人知其能书。之勤有书名，而不佳。善，无书名而佳，难与胡昭辈言也！予屡观于鲁青先生官斋，先生颇赏予斯言，以予有类乎杨善也。

赵子昂手简一纸。予雍正七年客尧都，饮一豪贵家，酒半，其奴以此拭厄匜，予见而夺之，豪贵不惜也。改岁，舟过吴趋，重为装界，尚无糟醨之污迹耳。其书绝似苏灵芝，其言是长者言，今之世，安得有此恤贫之人也！附记卷末云。友人牟成甫之贫，香岩所谓锥也无者。丰年犹啼饥，况此荒歉，将何以果其腹，而瞻其老稚？渊明乞食，鲁公乞米，赖古多贤，可为口实，仁人义士，有能损鲁肃之困，而实莱芜之甑者乎！

陈近仁《竹堂注易图》一卷，为临汾张少府所藏，不知其妙也！图中精舍三间，丛竹幽篁，有人据床而坐，案设丹黄二笔，抚卷目视，有道之士也。近仁，淳熙间人，平居深通《周易》义理，与福清林黄中为经术友，黄中著《周易经传》，曾纠朱子，近仁亦助其说，岂可便捐为朱子之罪人也邪？予藤箧中，有治平贡砚一枚，与少府换得之，真于冬心斋。

冬心先生书，醇古方整，从汉人分隶得来，溢而为行草，如老树着花，姿媚横出。此册随笔，记所见典籍书画，写作并精，人书俱老，足资佐证而有开益。尺璧易购，此无价已。蓝叔博学，精赏鉴，尝影刊先生诗集，若将此卷附雕诗后，吾知海内好古家，且以后睹为憾也！庚申冬日，长洲江湜，记于东瓯寓斋。

萧山丁蓝叔文蔚，尝得冬心先生客汉阳时书迹，属友某君，别为摹本，予皆见之。此从摹本录出，颇有笔误，问真迹，云已寄里中矣。因稍加校正，取自序语，题曰《随笔》。为"当归草堂"付闽工吴玉柱玉田弟缮刊，中多可与诗集相证明者。光绪四年冬十月，里后学魏锡曾。

冬心先生自度曲

[清] 金农 著

许莘农 点校

目 录

昔贤填词，倚声按谱，谓之长短句，即唐宋以来乐章也。予之所作，自为己律，家有明童数辈，宛转皆擅歌喉，能弹三弦四弦，又解吹中管，每一曲成，遂付之宫商，哀丝脆竹，未尝乖于五音而不合度也。鄱阳姜白石、西秦张玉田，亦工斯制，恨不令异代人见之，若目前三五少年，捃缚旧调者，洒天花地间，何可与之迭唱，使其骂老奴不晓事也。岁月既久，积为一卷，广陵诗弟子项均、罗聘、杨爵，各出橐金，请予开雕，因漫述之如此。

乾隆二十五年二月朔日七十四翁金农在龙梭仙馆书。

冬心先生自度曲

杭郡金农寿门

昨日

二月尾，三月初，不风不雨春晴。送别唱《渭城》曲子，尚有余声。离愁无据，落花如梦人何处。酒旗山店，知昨日青骢，一鞭从此去。

乞橙里主人新茶

竹粉沾衣，松花满地，如此时光须记。今春酒病，想著去年茶味。泉汲中冷，疑带半江云气。一瓯绿雪，知有故人寄。

黄葵花

秋在花枝上，花枝随转，偏向着朝阳夕阳。玉人最爱新凉，靥微黄，风前小病，病也何妨。

题天游生溪上草堂画卷

不巾不栉，终年不出，六月溪堂常衣褐。　茶磨绿尘飞，药囊仙草肥，松风聒聒，肯教人攘夺。

忆西湖南屏山行，寄昔日同游龙泓居士万峰僧

独坐冷清清，常想南屏背手行。句留处，湖中断塔影，门外败荷声。年年白发生，每到秋来添几茎。有负潜夫吟社，净侣山盟。

题自画江梅小立轴

耻春翁，画野梅，无数花枝颠倒开。舍南舍北，处处石粘苔。最难写，天寒欲雪，水际小楼台。但见冻禽上下，唬香弄影，不见有人来。

蕉林听雨

翠幄遮阴，碧帷摇影，清夏风光暝。窠石连绵，高梧相掩映。转眼秋来，憔悴恰如酒病。雨声偏在芭蕉上，僧廊下白头人听，听了还听，夜长，数不尽，觉空阶点滴，无些几分。

记鲁中旧游

南池侧，绝少人闲烦热。太白酒楼，我曾三到，手弄月光如泼雪。又上东封山顶，看汉时柏。秋风刺刺，青衫破帽，骑驴狂客。

题庭前草本小花，为板桥居士作

郑家小婢，草丛一半，新栽红紫。老却关情，爱他容易开花结子。来春分种，看篱落墙根，蔓延不已。野香无比，风味是沣兰湘茝。

题朱君二亭桃花扇面

野外桃花，窥人好似墙东女。乱红无主，难得春风抬举。二八华年，怜他笑靥眉能语。今日暖云如许，恐变明朝连夜雨。

记昔年为亡室写折枝枇杷

橛头船，昨日到，洞庭枇杷天下少。额黄颜色真个好，我与山妻同一饱。

吾家棕亭诗老以其吴趋小友徐郎定定写真乞题

徐郎笑面，试秋衫新练。别有风情，肯轻教人见。酒边花底，不特歌喉，明珠一串。妒他才子诗成，细界乌丝，大半为阿侬写遍。

初夏

今年初夏，小小晴光，且看池阴苔管，石罅萱房。新竹嘲风才过墙。渔兄渔弟，消息如何，江湖凉梦多。再迟一月，浮艇去，笑着青蓑。

送远曲

津头车马，桠边花下。鞭丝帽影太匆匆，他日再相逢。人折桠花劝酒，桠生离别酒生愁，不如不去觅封侯。

昔日山游

青山缭绕，数之不了，步步灵花忍草。风林如扫，又听一双捣药鸟。四明狂客剡中僧，笑口共相迎。何处去，十二楼五城。

池上

荷花开了，银塘悄悄，新凉早，碧翅蜻蜓多少。六六水窗通，扇底微风，记得那人同坐，纤手剥莲蓬。

忆枞阳道中看月

前年，独泛九江船。二更后，一声凉笛，把月吹圆。团团，烂银盘，中央田地宽。阿谁偷种婆娑树，散麝麈无数。

竹枝曲

山中箨龙三日眠，龙子龙孙飞上天。秋来弄云扫紫烟，一唱竹枝人可怜。人不见，愁千万，余音在水湘江远，萧萧暮雨增幽怨。

题僧壁

溪禽格格，山花索索，莫把酒杯空却，须满满斟著。三百六十少年场，紫毫一管颠狂。醉来题字不成行，乱写僧家粉墙。

为沈君学子画梅花帐额

洗尽铅华，疏影横枝偷写。繁花照眼，却不怕东风吹谢。玉女窗中，有人同梦，梦在水边林下。空香如洒，真个瘦来无一把。吴绫光砑，问沈郎吟管，可许今朝分借。小字填词，金荃增价，知绝代蛾眉，昨宵新嫁。柔情缕缕，欲罢难罢。

题粉团花便面

花攒一朵，数了又数，数不尽花房几个。　风枝轻颤粉初匀，漾酒鳞鳞，看花难得去年人。

独茎草花约一尺许，开时如雪，

园中花匠云是夜合。漫题小词

云希希，烟微微，仙人新着五铢衣，侵晓嫣然启玉扉。

题女史徐南楼吟稿

一卷新诗，大珠小珠错落。想见南楼月好，吟毫坐深鱼钥。　闺中才子，胜人百倍，洗尽香奁脂粉。谢家道韫女师，却是东阳沈。（谓沃田先生）

忆昔

赵倡锦瑟，秦女钿筝，昨夜琐窗声。今朝春梦，有梦不分明。

花间游骑，空见酒痕满地。立多时，也非容易，双鱼难寄，一颗颗鲛宫泪。

题山僧叩门图

光圆头脑，定是前山跛长老。叩门何事，口念新诗笑倒。　草堂尘扫，树团团围抱。蔬饭好，此闲无热恼。

自题梅花矮卷

雪一株，玉不如，风亭小立数花须。

前溪女儿乞题画箕

两头纤纤出水新，无浪无风少妇津，斜阳依旧，偏不见采菱人。

楚泽吟

修琴客丢，卖药人无，近结溪翁一二，共泛菰蒲。与鸥争席，年年清梦落江湖。云荒七泽，亭圮三吾，主领秋光有老夫。

故人刘颠汉，酒徒也，有厥祖之风。今自沈阳来，作此赠之

袯被叩门，旧时多里，笑说辽东白豕，头没酒杯里。荷锸而游，死葬糟丘，此愿能偿客姓刘，不问五诸侯。

湘中曲

西也菰蒲，东也菰蒲，湖尾儳有若无。雨也模糊，云也模糊，疑是彭郎娶小姑。

题草花画册

月头月尾，一串花无比。颇有红潮，十三年纪，好东风，扶不起。

蔷薇

莫轻折，上有刺，伤人手，莫可治。从来花面毒如此。

春闺

风帘不卷，久闭箫楼。昨夜翦残红烛，抛撒香球。春病似花间孔雀懒抬头。料得远山一簇，学我眉愁。且待清明节近，绿堤翠陌，斗草并车游。

梧桐引

金井辘辘空。苔阶涩，露湿梧桐。弱枝先堕，清待秋风。吴宫夜漏，又添新恨二十五声中。

不见

忽有衣香，吹来笑语，却隔着重重朱户。朱户重重，那得人间别离苦。月竟长圆，花全不落，便日日醉倒月窟花丛，也无些趣。

与诗弟子罗聘偶谈南宋武林旧事

吾家古杭，熟食店珠子茶坊。当年画壁，大好是刘郎李郎。今已荒凉，剩水残山看夕阳。湖鱼儿辣羹，不复问纤手厨娘。何况金笼蟋蟀，秋草半闲堂。

题梦绿居士丁辛老屋图

逭暑无方，长林之下，傲屋有如结宅。爱帝城城外西山，不比他山颜色。想见王郎，熏香朝罢，换生衣，萧然吟客。凉风满席，定甲乙丙丁编集。

忆湖上

定香桥下白泱泱，湖云透袖凉。最好一方鸥席，八尺萍床。何不归故乡，仍作垂钓渔郎。为春忙，莼羹荠菜，向僧馔分尝。

萱草

花开笑口，北堂之上，百岁春秋。一生欢喜，从不向人愁，果然萱草可忘忧。

题秋江泛月图

小艇空江，一人清彻骨，恍游冰阙，弄此古时月。管领秋光，平分秋色，便坐到天明，不归也得。

题团扇桃花杨柳

二三月，柳枝柔，花枝湿，风风雨雨春愁绝。红绶厅前，金明池上，可有者般颜色，只少那人翠袖立。

题小山开士小影

不坐蒲团，不扶藤杖，寻觅本来面目。峭紧草鞋何处去，非人世东西南北。山中泉石，林间猿鹤，都是老僧眷属。天一握，与野云同宿。

题石田先生遗事

相城沈叟，部民应命，小人有母。公堂粉壁画代帛，亦何损于某。回家拂衣卧床数，笑谢出诸口。去而再往贱如狗，世上岂少曹太守。

题自写曲江外史小像

对镜濡毫，自写侧身小像。掉头独往，免得折腰向人俯仰。天留老眼，看煞隔江山，漫拖着一条藤杖。若问当年无边风月，曾为五湖长。

为沈君沃田题桐阴结夏图，即送还华亭

三处乡音（谓京江蒋春农全椒吾宗棕亭），连朝闲话，都是天涯诗客。坐此梧阴碧，罗张伞下，有大玲珑小玲珑石。散巾舄，暑销无迹。人间六月，真同火宅，谁不

羡凉生两腋。沈郎善病，鬓丝几点吴盐白。忽买轻航，便归去，饱看门外九峰娬妩。

枇杷歌

野枇杷，雪中开花老僧家，天生蠢叶耸且奢，常把山楼一半遮。饮涧猿，白毫长，好似团团明月光。隔林游戏偷先尝，不待洞庭满树黄。

忆吴兴道场山中

松阴路转，便有好山满眼。日千变，青青难辨。僧扉午后开，池荒水浸苔，梅花下只我一个人来。

戏述示学侣项均、杨爵二生

前世为僧，石头路滑曾记。秋林风吹，山青白云腻。置身天际，目不识三皇五帝，那有工夫，替人拭涕。

题曹君荔帷秋湖采莼图

生长绿波中，袅袅莼丝，带叶连丛。想趁晚凉，三潭月下，采采载低篷。五载未尝乡味，今作白头翁。便归去，已过秋风，输君不但，口腹无穷。

秋兰词

楚山迭翠，楚水争流，有幽兰生长芳洲。纤枝骈穗，占住十分秋。 无人问，国香零落抱香愁。岂肯同葱同蒜，去卖街头。

径山林道人乞予画梅，题以寄之

山僧送米，乞我墨池游戏。极瘦梅花，画里酸香香扑鼻。松下寄，寄到冷清清地，定笑约溪翁三五，看罢汲泉斗茶器。

题江君云溪杏花影里填词图

百尺银墙，一枝蓓蕾。杏花红得太无情，便朝朝仙露，洗他不退。除非梦笔桥头客，含毫共相对。梢上浓春，莫被青禽偷嘴。吟成好句，玉响珠零，胜人十倍。听笛里新声，只有七郎残月，可作配。

题赠雪舫先生

割龙耳，捋虎须，知先生何所不为。当年旧事拔浮云，惊倒霍家儿。无端春梦，梦醒多时。近客芜城，哀丝激管，一掉觥船笑赋诗。楚树远，楚天垂，湘草湘烟梦九疑。真个狂颠，真个痴。

为荔帷居士画梅边觅句图

呵冻僧窗，为写寒梅两树。冰姿霜萼，此心如在山坞。君归去，咽酸香，闲把花须细数。想明月窥林，清光一斛，照冷吟人苦。

冬心斋砚铭

〔清〕金农　著

张郁明　点校

目录

自序

文章之体不一，而铭为最古。《释名》云：铭，名也，记其功使可称名也。臧武仲之论铭也，有令德、纪功、称伐之义焉，则铭不专于诫儆矣。古者盘杅、几席、尊彝、旂常、楛矢、嘉量、欹器、谗鼎、景钟、辰鉴、刻漏之属，莫不有铭，砚其一也。自帝鸿氏墨海有制，沿及李唐以来，砚之产不一地，形不一式，藏不一人，衍石墨相著而黑之语为铭者不一家，岂不以文房之用，毕世相守。尊如严师，密如挚友，宝如球璧琬琰，护如头目脑髓者，惟砚为然，墨次之，笔与纸又次之，使石卿之策勋，默而不著，得不笑文籍先生为少恩哉？

予平昔无他嗜好，惟与砚为侣，贫不能致，必至损衣缩食以迎来之，自谓合乎岁寒不渝之盟焉。石材之良楛美恶，亦颇具识辨，若亲德人而远薄夫也。稍收一二佳品，得良匠刌斫精古。居北之身，日习其事，铭因此作。亦陶贞白"山中白云"聊自怡耳。舟屦所至，朋游好事者谓有奇响，各出所储相索，予因喜得尽窥诸家之秘，而甲乙之几，如子将之月旦，季野之阳秋也。下逮侍书、明童、扫黛、房老、圆奁、楠匣，群请品题，而予之裴章，于是盈轴矣。赅而存之，其中寓规者十之三，彰美者十之七。寓规者，座右所陈之比也，彰美者，彝器所勒之比也。至其辞之为雅、为郑、为庄、为谐、为正、为庚则予不自知，石不能言，惟候有道者定之年。

且予夙有金石文字之癖，金文为佚籀之篆，尝欲效吕大防、薛尚功、翟耆年诸公搜讨遗逸，辑录成书，有所未暇。石文自五凤石刻，下于汉唐八分之流别，心慕手追，私谓得其神骨，不减李潮一字百金也。砚，正石类。铭成辄以八分书之，睹落翮于结邻，想窃栁于曲水，拘墟者得毋以予言为夸乎。

雍正十一年，岁在癸丑嘉平望日，钱塘金农自序。

冬心斋砚铭

钱塘　金农寿门

鲁隐君砚铭

一亩宫，齐民居，苔满榻，勤著书，莫羡西邻有麦鱼。

石处士砚铭

持平用方，子之苗族，顽阴不冰，是谓温谷。

写《周易》砚铭

蛊履之节，君子是敦。一卷《周易》，垂帘阖门，手写不倦心光存。吾慕蓍龟占，可以释百忧。水洞洞，云幽幽，此道最精颜恶头。

张省度鱼砚铭

我闻鲦鱼，可以忘忧。篓篓其尾，载泳载游。江海岂少，箬人人罟师。沉毒钩者，亟须避之。

蒲子春砚铭

烁烁者光，处幽实显。岂看破天下，而始贵其眼哉。

水田砚铭

田四周，同我耕者水牯牛，岁歉弗收，吾将汝尤。

巾箱砚铭

头上葛巾已漉酒，箱中剩有砚相守，日日狂吟杯在手，杯干作书瘦蛟走，不识字人曾见否。

敝屣砚铭

东郭雪中，老胡江上，弃之弃之，吾何忍弃之。

康石舟砚铭

日初出，鸡子黄，一夫不改其耕而天下康，天下康，田与桑。

草书大砚铭

榴皮作字苕帚书，仙人游戏信有之，磨墨一斗丈六纸，狂草须让杨风子。

缺角砚铭

头锐且秃，不修边幅，腹中有墨君所独。

团砚铭

砚如此不恶，面如此便俗，侏儒侏儒多饱粟，今之相者兮果无怍。

汪近人七峰草堂砚铭

松吐烟，磨有余，水一滴，玉蟾蜍，七峰青草堂上，对写之，曰无恙。

朴山先生注《大戴礼记》砚铭

守其椠，疏其泾，邑其说，十四经。

注《老子》砚铭

河上公，开其原，腐毫冈传，元轧之门。

云砚铭

云一缕，朝朝暮暮，润如许，岂待玉女披衣而后作雨耶。

香洲道士砚铭

负此一双好眼睛，五侯七校皆所轻，愿随饮水阴长生，作书高揭芙蓉城，群仙拍手纷相迎。

余茁村濡雪堂砚铭

濡雪翁，鹤发新，弃热客，爱冷人。与石结交，如宅之有邻。冬缸吐孤花，苦吟穷八垠，已忘肩山蠹蠹两手龟，吾知先生宁守黍谷寒，不受黍谷春。

鹤砚铭

鹤不飞，恒苦饥，玉池水，饮则肥。尧年大寒，何处归。有一人携之游，二顷田，为尔谋。

鸥砚铭

秋水阔，鸥矫翼，三沐浴之中有片席。

注《书砚》铭

石卿助我笺虫鱼，相随海角天涯居，白发满头了残书，河东猗氏真不知。

许菊龄瓢砚铭

山翁在山，饮山中泉髓。既洗兮腹，何枵然。携之入林间，果风吹之而有声焉。

吴惇园写经砚铭

有一善人，写经闭关。诸花香中，忍界之天。挹澡瓶水，而灌福田。放白毫光，在指节间。

春帆书屋砚铭

产南粤，路五千。珠江上，绿榕天。春帆客载汝还，文笔快下水船。

筼筜分个轩泼墨砚铭

写韵轩开，此君相对，默默者云，若五斛黛。

萱圃鸠砚铭

离墨山中，花雨蒙蒙，晓鸠梳羽啼声空，上好林栖一枝禽，有经曷不书之。

金星砚铭

花离离，孔翠飞，山渗金，夕照微，傲洮河，欺石末，配庚郎，钢笔格。

大全砚铭

貌朴古，类儒者，乃淹中，稷下席，横经资我写，胜断砖半瓦。

田砚铭

尺宅中有寸田，寸田无荆棘，得非伊耆氏之丰年，耕之耕之，掌流五色烟。

大蕉叶砚铭

芭蕉叶大，禅机缄藏，中生活水，冬温夏凉。

小蕉叶砚铭

嫩蕉叶，抽春芽，试作书，开心花。

唐仲长子光砚铭

山有时聋，泽有时喑，道之不亨，六贼是侵，结庐北渚，此砚在侧，饵药长生，水德尚黑。

宋谢幼盘砚铭

江西诗社多逸民，廿五人中十九人。谢家小弟才清真，竹友之集七卷新。席有斯砚方琼珉，明窗虚幌无凝尘，笔花如烧开千春。

杨吉人药局砚铭

丹砂田，菖蒲井。耕而不耰，汲之有绠，韩康宋清同其品。

娄正檀隐君宋砚铭

天水之民古孑遗，不言不笑偏工书，冷面落落交最疏，一接俗人三被除。

王橙斋古砚铭

契刀赤仄，当千直一，用之不竭，果是王郎有钱癖。

冷红先生填词砚铭

弯尔眉，纤尔腰，秀靥微笑回红潮，江郎携来梦笔桥，初三月底谱《六么》，记曲娘子非其曹。

春泉居士小玲珑砚铭

玲珑片石，岂虫所蚀，其香生九窍之文心乎，吾何测之？

皇甫孟阳画兰砚铭

澧有兰，产我田。墨灌之，生紫烟，搴其芳，香与色。画者谁，楚骚客。

蔗田居士松皮砚铭

松皮其形，松脂其色，岂无松子，岁收一石。斋心读书，柴扉反关，如闻松风，出齿牙间。

勘书砚铭

开卷不辨虎与鱼，莫对君而书。君爱洁朝，沐日有度。毋盗贪泉来，恐触君怒。

巢空阁主人宋砚铭

非芝之紫，得茶之白，一世二世，赵宋之石。君工书画兼能诗，莫写灰堆山，且题幼妇辞。

代耕草堂砚铭

疏沟洫，锄蒿刍，岁收何减南国珠。此中不纳五斗租，却胜买田回踵湖。

樊榭山民填词砚铭

红丝砚，镜奁藏，墨一螺，谱乐章。井华清，甘且香，争歌之，柳七郎。

闵廉风石卵砚铭

团团如堕星，而余天色真空青，利我之用磨我墨，不数翡翠能屑金。文字妙，书体精，石柱记，卵塔铭，二者得兼惟阿兄。

廉泉先生砚铭

牛漏蹄，尚可耕，人骧四体忝所生，目蒙耳瞆夜失明，墨池干涸无精神，不如捐弃同书檠。

金陵沈隐君砚铭

摄山在几，此砚相亲，白云与游，尧之外臣。

马巇谷蕉叶砚铭

夜含露，朝吐云，讵遭修竹有弹文。七聘堂，窗洞开，仙客马明生，作书无点埃，落笔声，认雨来。

杨都督砚铭

上马杀贼怒露断，下马作书和气亲。运笔如使槊，其力足以举百钧。平东将军，何尝眼大同车轮。

王东令舍人著作砚铭

紫薇省，文笔新，得汝润泽如丽春。心无垢，面无尘，风格老何，嫌丑舍人。

屏守斋主人洮河砚铭

质比绀玉，色如海苔，君毋浪用，日磨灶煤。

洪棕亭赠嫁砚铭

玉堂仙人非粗官，嫁女却是戴叔鸾，练裙竹笲笑不完。奁中有砚奚酸寒，远胜明珠赠一箪，女夫得之盥且看。三危之露生沄沄，星光烂兮夜未阑，著书当向毛公坛。

丁敬身改书砚铭

毋贪墨，守雌黄，功最深，补讹亡。

凫砚铭

若野凫之饮于水，花翼拍拍可怜紫。

内子口砚铭

毋长舌，毋露齿，闺中之砚乃如此。椒有颂，菊有铭，以笔代口含芳馨。

沈童子砚铭

唐家小儿秀无比，一双瞳神剪秋水。舞勺年，颇能书，右将军，笑不如。

女郎小砚铭

十三年纪，待嫁不嫁石家女，颜色可疗饥，桃花好面皮。

西唐山人画山砚铭

作画不烧枯树枝，鼠须蘸墨何所师。妖花暴禽君弗为，隔江晴翠窗案间。故宫纨扇湘竹斑，轻描细染南朝山。

原高士括囊砚铭

开君囊，有何术，一弓书，习禽乙。

张仲弢孝廉试闱砚铭

七十老翁何所求，三上春官名不收，尚夸磨砚细缊浮，作文辛苦书蝇头，曲江领宴愿始休。

三弱先生著作砚铭

佐良史石之职，善属文，分曲直，若以积墨败水而污其面，何异丧君子之德也。

吕湘中砚铭

骨露而寒，耳通有漏，长身君子，何碍其瘦耶？

林塘主人风字砚铭

抽我豪，颂清风。水得之而行，千里瞬息中，八方六合将毋同。王郎王郎才敏捷，不愧滕王阁上客。

边寿民月圜砚铭

何取乎规，有此圆相，三五不亏，作满月状。

马涉江铎砚铭

服劳者牛，非其所系，先生得之，掌周官乐而无庋。

透风透月两明轩重莲砚铭

液生华合丹，只用青莲花，七宝池头是尔家。

盛啸崖双鱼小砚铭

鲽鱼一双，墨沼春朝，莫书恨字，寄红板桥。

赵饮谷填词砚铭

其曲寡和，其人则饿，谁曰词埸无不可，遇辛髯苏计乃左。砚兮鲜用空锦裹，飙轮堕落类尔我，弗如山南之茶磨。

麓公砚铭

结团庵，龙树前，白足僧，砚有缘。铜盘既净拭洗之，菩萨泉现，一丝丝，若绀发然。

张法生请室上书砚铭

释汝囚，返汝魂，鱼脱筍，鹤离樊，赖石氏，辩沉冤，虽不言而代言。

雨山先生指头画砚铭

吴生精舍如佛巢，白头与砚为石交，以指濡墨方象包，鲜花活树多风骚，何需一床秋兔毫。

瞽师郝用光砚铭

西河子夏，经术昌明，虽盲于目，不盲于心。

水墨云山粥饭僧写经砚铭

白乳一泓，忍草一茎，细写贝叶经，水墨云山粥饭僧。

又

朝写经，夕写经。香林古雪铜龛灯，此时欲守西方圣。人酒戒，吾不能。

汪竹庐斧砚铭

斧柯山，君宅之。武阳水，君淬之。月中树，君伐之。

饮牛主人绿肪砚铭

青琅玕，出碧波，香荷叶露试一磨，仙书绿字校不讹，千金为聘岂曰多，肯换翠袖之双蛾。

屐砚铭

莫笑老而无齿，曾行万里之路，蹇兮蹇兮，何伤乎迟暮。

蒋康民端州砚铭

仙骨坚玉之清，子何来五洋城。

作汉隶砚铭

月霸圜孕象尔形，其上异色开翠屏。杀墨如剒犀，何啻犬食之刀新出硎。五官中郎将落笔，役百灵。吾欲继之，书鸿都之石经。

秋竹先生田砚铭

一夫用力，乃芸己田，刈之获之，岁获大年。却无猛虎之吏，白昼打门横索钱。

拙存老人水岩砚铭

紫绯之衣非贵，秩石分三品，此第一。山中人兮甘世黜，手校遗文无坠失。

对鸥生填词砚铭

弄笔晨书，玉津无限，揩之不干，相思泪眼。

闰郎界乌丝阑砚铭

界乌丝阑，直毋颇偏，代主人耕，方罫之田。

获亭主人不满砚铭

虽小缺而如句骊之天，虽小蚀却享大椿之年。谷神抱虚真气绵绵，惟其不满分得方寸之独全。

孟姬画小草砚铭

香草多生春田，无箓葹有蘅荃，绿窗纤手磨松铅，吴绡作画众翠鲜，稚蜂小蝶毋垂涎。

郭姬谱曲砚铭

砚有衾，笔有床，谱罗裙，丁六娘。

众弃砚铭

砧娘捣练之为用乎，搅人支床之所遗乎，取而改之，何异收爨下半焦之桐乎。

汪师李断碑砚铭

寒山一片石，以手摸之探幽颐，此中功德，惟君有得。

胡卢砚铭

与浮江湖，千金一壶。

老匏居士黟石砚铭

翳桑饿夫，守此无域之荒畦，所谓"朝炊不给，其面多黧者"也。

腰带砚铭

萝带山人，韦带隐人。噫！吾不知世上有玉带之贵人。

黄松石黄云砚铭

若缊若缊，非沉非冥，一见生喜，黄室天庭。

沈凡民圆砚铭

环摧璧破镜蚀光，何如片石凹中央，青麟紫凤不死方，饥而食之同仙浆。

新罗山人画竹砚铭

此砚画竹，翠袖江头，年年秋雨，作湘女愁。

范原野琴砚铭

太古质，何苍苍，家风一曲范履霜。有声无声，解听为谁？耳塞者，乌能知之。

吴郡邓弘文仿宋本字画录写

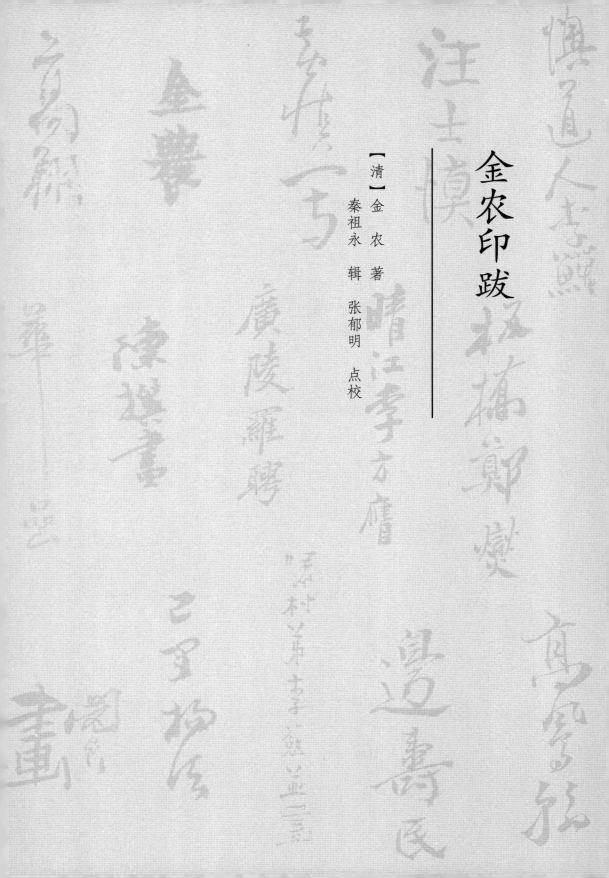

金农印跋

〔清〕金　农　著

秦祖永　辑　张郁明　点校

目录

吉人之辞

甚矣，多言之，必失也。古者金人有戒白圭。有诗，枢机所发，荣辱所关，言甫启于唇，尤已末于旋踵，可不慎乎？吾友西园老人，性情恬淡，寡言语，与坐终日，不出一言，著文章简而不繁，洵诗所谓蔼蔼吉人也。因作是印以赠。稽留山民志。

墨三昧

西园画梅，能用淡墨，必分五色。余近日作画亦喜为之。然终日不及白玉蟾之浓淡得宜也。作此印奉贻，亦可谓得此中三昧矣。金农并记。

残煤秃管

以诗贽游吾门者，有二士焉，罗生、项均，皆习体物之诗。聘得余风华七字之长，均得余幽微五字之工。二生无日不追随几席，执业相亲也。暇时见余画，复学之。聘放胆作大干，极横斜之妙，均小心画瘦枝，尽萧闲之能，可谓冰雪聪明，异乎流俗之趋向也。今均出佳石求刻，因叙二生之始末，以博传之久远云尔。乾隆二年丁巳夏五月昔耶居士篆。

（余于此印，别来七阅寒暑矣。石美，刻甚佳。余既重其人，吾尤重贞石之能，爱是印也。丁鼎。）

布衣雄世

余初画梅竹，以梅竹为师，转而画马、画佛，时时见于梦寐之中。三年之久，积而成卷。门人罗聘，为余编次。恐余八十衰翁，至后失传，乃请吾友董浦太史序余文，其用心亦良苦矣，因刻"布衣雄世"自怡。昔耶居士。

砚田翁

余平昔无他嗜好，惟与砚为侣，贫不能致，必至损衣缩食以购之，自谓合乎岁寒不渝之盟焉。石材之良楷美恶，亦颇具识辨，若亲德人而远薄夫也。黄君松石，所藏甚伙，不下百余品，亦可称砚田富翁。今以黄云砚属铭，并索作私记，因志数语于石侧。金农。

不可居无竹

居无竹，食无肉，无竹长俗也，无肉长瘦也。是日西廊分种七七竿，适有人饷豚蹄者，余得饱肉坐竹中，刻此印居然不俗不瘦之人矣。稽留山民农。

竹深留客处

永夏草堂静，古木常绕屋。新梢更出墙，清风来修竹。主人雅好客，谈笑多不俗。余亦爱其幽，作此酬绿箨。

（高人所居，每爱修竹。仲夏新篁遮日，清风徐来，佳客淹留，浑忘其热。余喜其能却暑，故取少陵句为印，并赋一诗。昔耶居士。）

逸情云上

张君月川，与竹初钱丈同里。性耽禅，喜画山水，今卜居白下下之栖霞山，筑草堂一椽曰"幽居"。云菘观察属作此印寄月初。壬子八月钱塘金农漫识。

学至皮骨换思深鬼神启

妙思惊天地，风雪变态殊。伐毛还洗髓，启聩亦开愚。不倩金丹换，时闻碧落呼。聪明诚莫测，盎睟更难摹。流水高山共，清风明月俱。施君真可畏，绝艺更通儒。

（结如施丈，工文善画，每一下笔，若有神助用，作此印奉赠。金农跋。）

望湖楼

昔苏玉局《望湖楼》诗云："黑云翻墨未遮山，白雨跳珠乱入船；卷地风来忽吹散，望湖楼下水如天。"今吾友孟庄侨居白下之后湖，其楼亦名"望湖"，属刊是印，即以眉山句移赠，孟庄以为何如？乾隆丙寅三月，钱塘金农篆于邗上寓斋。曼生曾观。

百二砚田富翁

宣城樗崖沈叟画松，破墨皴动，欲师其意，不可得也。余今年画梅，暇兼事石刻，悟其篆法、刀法，宜似沈叟画松双管齐下也。时乾隆廿二年五月八日，昔耶居士金农作此，为染翰之需。

大墨

环山方君，籍系新安，侨居邗上，为马氏玲珑山馆上客。工诗画。近日诗人有五君泳，盖指环山、樊榭诸君也。山水受学黄尊古，吾喜其有出蓝之美，因作此印奉贻。金农并跋。

冷香

余舟屡往来芜城，计三十年矣。得交近人汪君，喜其画，繁枝千花万蕊，管领冷香。今画长卷贻予，因作"冷香"二字奉报。农刊。

明月入怀

余近得《国山》及《天发神谶》两碑，字法奇古，截取毫端，作擘窠大字，今刊是印即用二碑法，为小山属。金农并记。

竹师

余比岁沉疴顿起，辄事画竹，然无所师承。每当幽篁解箨时，乞灵于此君，可谓目中无古人，不求形似，出乎町畦之外也。乾隆十二年三月，冬心先生作此自赏。

丹青不知老将至

既去仍来，觉年华之多事，有书有画，方岁月之虚无，则是天天不能老，地必无忧。曾何顷刻之离，竟何桑榆之态，惟此丹青挽回造化。动笔则青山如笑，写意则秋月堪夸。片笺寸楮，有长春之草，临池染翰，多不谢之花。以此自娱，不知老之将至也。冬心先生自制。

（葆楮庵藏）

得句先呈佛

唐贾岛诗云："得句先呈佛。"其奉西方圣人可知矣。萧斋无事，偶摘此句作印，并书四大菩萨、十六罗汉诸像，亦必施入金绳界地中以充供养，为善之乐，与众共之。雍正十一年癸丑十二月，金农自篆。

读画

雍正癸丑秋九月，予从邗上归访吴兴尺凫。入门寂无人，惟见桐花落径，石池澄碧，松竹交阴。适丁处士相与论古，见余至，各出汉印数枚，内有涂金狮钮，文曰"青世"。予见之不觉心醉。尺凫曰："可割爱，君当画梅竹、篆刻易之。"余先作此印奉报。金农漫志。

双鱼

"客从远方来，遗吾双鲤鱼。呼童烹鲤鱼，中有尺素书。上言加飧饭，下言长相思。"古诗如是，后人因制双鱼式。余谓"双鱼"与"桑榆"同音，桑梓枌榆，游人念切。盖有此印于尺书，益见乡关之长相思耳，则谓鱼腹传书之，实有其事也可。金农。

君以目为耳，吾以手代口

吴山迢递，叹觌面之艰；烟水苍茫，怅知音之远。溯伊人于秋水，渺渺余怀，慨游子之长征，欲言不尽，爰有雁帛鱼书，借申积悃。既手谈之达意，亦目击而心怡，两地暌违，宛如一室。万端心绪，片纸堪陈，又何离别之堪悲，出门之惘惘也哉。因作此印，以慰相思。寿门农并记。

惜花人

天地间，致足惜者，莫花落也。色香附枝甚暂，体质极柔，昔人所寄慨无穷。余性惜花，每当众芳争放，辄徘徊不忍去。绿章夜奏，乞取春阴，当不减放翁之情痴也。寿门自制。

试墨

两峰贻余唐墨一枚，今日几净窗明，取宣和玉带砚一试之，古色盎然。盖熊鱼自古不能兼，余何幸如之。金农。

临池

环山先生以书法名芜城，行楷结构严密，纯学思翁。临池之暇，间写山水小幅，拈毫濡墨，洒然出尘，亦有华亭意趣，故作印贻之。金农。

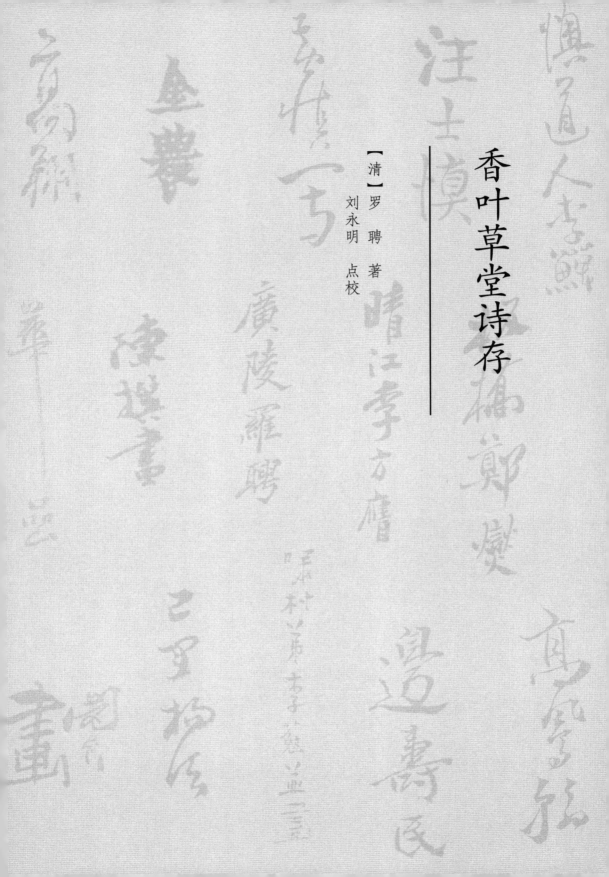

香叶草堂诗存

〔清〕罗聘 著

刘永明 点校

目 录

《香叶草堂诗存》序（一）

壬辰之春，予自粤北归，始晤罗子两峰于钱萚石之木鸡轩，眸子炯炯，有旷古之怀，手冬心前后集，逌然作鸾啸声。萚石笑曰：如见冬心复生矣。盖冬心之高弟子。腹贮皆金石琳琅，深情远韵，不仅师冬心画梅者也。既而南返，又一再北上。其于画理，深入古作者之室，幽深夐邈之趣，悉寓之于诗。盖冬心之诗，以含蓄见味，而两峰能尽发其所欲言者。然予尝论古淡之作，必于事境寄之。放翁亦言绝尘迈往之气，于舟车道涂间得之为多。两峰自南北数千里间，选胜怀知，登临节物之感，离合枨触之思，萧寥沉顿，每以空音谈仁，若不欲畅发之至尽者，此即冬心诗画髓也。予与两峰论文谈艺，往复相质，倏复二十余年，相对皆白发矣。《语》曰：心之精微，口不能言也。故为裒次其前后诸集，约存二百余篇，以志吾二人质言不欺之素，而属思飞腾，仍以冬心为归宿焉。此后读两峰诗诣之益深，则回向举似皆镜像离诠之旨矣，更何从而拈说也哉。

乾隆六十年岁在乙卯秋九月朔北平翁方纲。

《香叶草堂诗》序（二）

往时读《金冬心先生集》，爱其造怀夐远，蓄韵幽微。如清夜九霄，落鱼山之梵；如深雪万嶂，品雷威之琴；濯红泉而散藻，炼白石而飞罍；自标高格，莫蹑后尘。而两峰独能因瓶钵之传，研花水之味，指归龙象，啸咏鸾凰，闻乎师门，鼓其灵枻。所刊《香叶草堂诗》一卷，天乐自奏，六尘尽空；水波不兴，万里一碧；句可呈佛，心时杂仙；娓娓乎其趣长，泠泠然其旨远矣。然而频年作客，半世忧贫；徒以绘事之精，用博名流之玩；活梅花于腕下，生竹树于胸中。春山淡而秋山明，新鬼大而故鬼小（两峰善画鬼，有《鬼趣图》传于时），极云烟之变幻，恣粉墨之临摹。遂令蔗汁称珍，榴皮见重。伺恕先以美酝，购营邱以兼金。莫不知野王无声之诗，而罕能知摩诘有声之画也。嗟乎！风尘落落，珍耄谁夸；雪刺萧萧，劳薪易感。异地之赏音已少，故山之招隐方殷。鸟倦须还，鲈香可慕。我去负东郊之米，君归卜西郭之居。他日柔橹一枝，枯筇三尺，能寻夙约，来话旧游。相与遵圣湖之滨，访冬心之墓。为披宿草，重炷瓣香，残碣几行，读来夕照；新诗一卷，唱向秋坟，不又足以证三生之契也乎！

嘉庆元年岁在丙辰秋八月，钱塘愚弟吴锡麒拜撰。

香叶草堂诗存

扬州罗聘遯夫氏　著

扬州市人歌为朱二亭作

君不见，益州路口朱桃椎，日织芒屩无人知。又不见，会稽山中朱百年，伐薪采若日换钱。爱隐由来不羁士，或隐山林或朝市。我亦开门城市中，安得超然竟如此。朱二亭，著簪韦带无俗缨，绝似赵岐读书非沽名。何尝避人择幽谷，列肆通阛接邻曲。箍桶叟，卖浆翁，执业谈经相往复。诗好曾闻团扇题，酒香宜傍糟床宿。月明桥头月色新，看君白眼傲通津。平生绝少轮蹄想，何必披裘钓富春。

过枝上村

门外闻磬声，入门磬声歇。共坐话尤生，寒林待明月。开阁瞩远郊，行人烟际没。

金陵怀古①

龙蟠虎踞蔚云霞，西望台城噪晚鸦。黄叶素秋初地树，轻烟淡粉六朝花。清溪流水悲江令，旧巷居人指谢家。几度秦淮灰劫后，独开冷眼看繁华。

【校】

① 同《白下集》《怀古诗》第十首。

与杨溉夫野饮归

爱我若爱酒，酒痕污我衣。隔溪相揖别，穿树独吟归。月出秋无滓，山眠云不飞。此时人寂寂，一鹤守柴扉。

题宫怡云宗伯《七柏图》

孤松处士诗千首，五柳先生酒一杯。何似图中七株柏，东封山上翠飞来。

西山道中

萝径绿无次，百虫声里行。不知田父姓，转问野花名。茅屋隔溪见，柴门架树成。东皋原有约，何日果躬耕？

为吴朗陵画水仙①

地殊南国故开迟，宫额涂黄口拭脂。悄坐薄冰残雪夜，家乡想着水仙祠②。

【校】

① "水仙"，聚珍本误作"水山"。

② "水仙祠"，聚珍本误作"仙水祠"。

冬心先生画佛歌

冬心先生真吾师，渴笔八分书绝奇。当年写经镂枣梨，百千万卷功德施。近来画法得妙谛，画马何曾堕恶趣。转而画佛求福提，自称如来最小弟。三熏三沐图一躯，佛幌轻烟散香气。清净眼耳清净身，端坐独结清净因。无价宝树绵冬春，青莲花大如车轮。但恐画毕十指一时合，缕缕不断生白云。又恐毒龙攫飞扬，什袭护持深毖藏。此画果然得未有，观者赞之不去口。瀣楠檀轴悬珠龛，半付西方社中友。我亦花之寺里僧①，执管描摹竟②未能。愿乞无量智慧灯，开我道眼增双明。

【校】

① "僧"字，聚珍本作"身"字。

② "竟"字，聚真本作"宽"字。

秋池

板桥红冷夕阳明，荷芰香销水浅清。粘岸枯萍深一尺，寒龟曳尾曝秋晴。

病目酬朱篆园见过

目生热疾坐缁帷，雪白梨花开未知。寂寂烟廊门未掩，题诗人去已多时。

病目呈程南陂夫子

升仙空自羡方瞳，何以看花似雾中。恐作盲人张太祝，半生心事坐诗穷。

病鹤

病依人立影生寒，迥自寒空忆羽翰。昨有山僧寄书至，开函先问尔平安。

江上放舟

红板桥头青酒旗，看山最好夕阳时。瓜皮艇子轻如许，摇出芦花橹一支。

妇翁新凿一泉名曰比性

凿泉不凿性，性比泉源洁。修绠汲寒花，冷冷作金屑。

偶作

卖画钱为买酒钱，去年欢笑复今年。偶然醉卧北山顶，便有人传说是仙。

江上怀人绝句十五首

书法曾传日本国，诗篇不入承明庐。七十已过开老眼，只看草木及虫鱼。金冬心夫子①

一官轻弃返初心，游戏人间岁月深。曾到蓬莱看东海，题诗笑付老龙吟。郑板桥②

杜门称疾不出关，懒与屠沽通往还。一自骖鸾仙去后，生绡谁画南徐山。高犀堂③

八百金丹道已成，巽风离火掌中生。君家鸡犬非常物，不作人间乞食声。杨吉人

销魂一卷鲍家诗，翠袖天寒泣竹枝。定有秋坟鬼争唱，三更正是雨来时。董竹枝④

少府螭文凤擅长，更从石鼓辨岐阳。羡君左笔书奇字，绝似风流郑括苍。汤太羹

奉母藜羹春日迟，白头尚尔卧茅茨。要知造物关经济，请读人间水驳诗。闵廉风⑤

道人苦行安四禅，棱迦一卷相周旋。古井无波汲修绠，洗心便是菩萨泉。古水上人

鱼盐市上俗喧腾，常手一编君独能。都少乡家风雨夜，三更尚有读书灯。朱二亭⑥

思之不见沈东阳，却为鲈鱼返故乡。想着先生草堂上，陆机山色落书床。沈学子⑦

一门有集颂时贤，双管题诗年复年。我爱岑家好兄弟，竹间听雨对床眠。陈授衣江皋昆仲⑧

画竹曾传凤尾梢，幽人只合处衡茅。自题自写称三绝，石室光生一解嘲。方竹楼

栩栩蘧蘧入梦频，罗浮蝶大如车轮。足跛俨似吾邱衍，调铅杀粉能写真。汪北亭

衡门不改旧青毡，终日书声诵古贤。六十年逢尧甲子，直须烂醉百花前。盛引堂

爱客銮江有盛名，荷亭六月暑风清。五君四士时来访，让尔当筵诗早成。汪硋俨

【校】

①—⑧重见于《白下集》，文字略有异，读者自己参看。

九日集永庆寺

僧亦爱重九，招我题糕处。伊蒲设斋厨，茱萸入酒库。众山青到门，一塔远出树。破帽冷恋人，不被风吹去。

城东酒肆题壁

夸酒书旗列瓦罍，荒荒孤店古城隈。风吹一夜雪平掌，人挈空瓶渡水来。

游石佛山遇慈水郑雪蕉

寻山未寻君，君忽山中遇。携手入野寺，流连佛前语。时闻沁雪泉，渨玉声如雨。

午睡

水花帘影漾文漪，诗眼慵开午倦时。架上残书抽作枕，风中清簟展临池。不知石鼎茶香久，翻喜苔茵客到

迟。心地最难除热恼，睡乡毕竟少愁眉。

西湖杂诗二十二首

乍到西湖双眼明，春阴漠漠晓烟生。携筇不定游踪迹，但拣雨丝疏处行。

梨花开后草离离，几处荒凉卧断碑。谁复来寻苏小墓，西泠桥下立多时。

淡云微雨水仙祠，新绿成荫四月时。怪底湖名号西子，春山细细画修眉。

真居香篆路能通，草履绨衣访葛翁。历历宝云山上树，初阳台畔夕阳红。

白沙泉掬一瓢清，吹到樵风带磬声。更向栖霞岭上去，紫云洞里看云生。

金沙港口水平沙，三竺游来日已斜。乌榜红舷争送客，橹柔摇碎一湖霞。

半焦鱼带朱鳞损，断尾螺披绿发长。眼见颠师留手泽，井中运木未荒唐。

红漾粼粼酒满瓢，湖船载月听吹箫。白蘋花上三更雨，几点渔灯出断桥。

亭俯春淙阁借秋，烟筇月屐记淹留。涧泉仿佛幽修语，一鹤随人也掉头。

暖翠浮岚霁景闲，青萍风起紫菱湾。忽看水雾浓含雨，失却西南一带山。

两峰突兀插天青，一鹭横飞下远汀。雨过苏堤忘日暮，钟声又听出南屏。

茅家埠外水烟昏，已见林端露月痕。听得榜人争唤渡，清波门与涌金门。

平泉金谷等沧桑，过眼豪华迹渺茫。葛岭草深人不到，秋风秋雨半闲堂。

鲤鱼风急雁来天，黄叶秋山思黯然。忠愤何关小儿女，也知罗拜岳坟前。

渔舟泊处似江乡，闲挂苓箬爱晚凉。烟水矶头疏雨歇，蝉鸣衰柳送残阳（叶公祠，乃张太宰烟水矶，见钱心卓笔记。曲院荷风皆其地也）。

倦靸弓鞋宝髻松，藕花衫子细初缝。第三桥畔临波立，侬看芙蓉人看侬。

南山亭子倚山隈，更有何人扫壁苔？千载颠狂米漫士，淋漓大笔写琴台。

松阴路转竹门扃，曾访龙华寺里僧。秋草可怜荒殿合，更无人问藕丝镫（藕丝镫，梁武帝时物也。所织纹实华严会说法相，有天人鬼神龙象官殿之属，政和后索入九禁）。

策蹇寻诗纵目殊，一旗摇曳酒先沽。凭谁唤起王摩诘，画出西湖雪霁图。

放鹤亭前漠漠苔，风吹笑语出垙来。不辞露溅宫鞋湿，偷折孤山处士梅。

岩花涧草曾相识，白鹤无猿亦解迎。若踵佳游期异日，苔痕应蚀我题名。

他年结隐著丛书，巾子峰前好卜居。抗迹敢云作湖长，此身只合老樵渔。

遣仆

败叶风前不恋枝，山童欲遣意迟迟。夜深记读《秋声赋》，念尔垂头伴我时。

图书事事待收储，名字多应去后呼。世上岂无萧颖士，谁知尔是爱才奴。

仿宋人双钩竹

画竹有声风满堂，法从钩勒异寻常。鹦哥毛细休轻染，此是仙都白凤凰。

病中

乡梦才成恨又醒，孤蛩声急入疏棂。西风欺我蚊帱薄，秋雨年年病里听。

初至淮阴寄简姚英三袁浦

安稳黄河棹，风晴到楚州。夕阳余竹巷，归梦托僧楼。犬吠偏欺客，蛩吟似感秋。因之念姚合，久滞正添愁。

韩侯钓台即目

艇子冲波去复来，荒芦一桁古城隈。寂无泎僻洮人见，独上韩侯旧钓台。

破壁颓棍照晚晴，碧花红穗俯潭清。秋风几日欺人老，无赖蜻蜓翅有声。

九日过二亭

暂歇天涯现在身，秋风吹雨浣衣尘。三年不见篱东菊，九日来寻巷北人。退隐陶潜谁送酒（谓杜公补堂），未归张翰尚思莼（谓沈文学子）。樽前自笑还如客，明发扁舟又问津。

秋夜集黄瘦石斋中说鬼

秋室昏孤灯，书棚堕饥鼠。狂鬼若无人，揶揄来三五。我岂具慧眼，恶趣偏能睹。颈或曲且高，身或短而偻。齿露瓠中犀，指或大如股。风卷一院阴，倏忽远堂庑。悄然寻潜踪，落叶声如雨。反觉恐怖生，肉上寒毛竖。因之叹阮瞻，终为鬼所侮。妄听且凭君，我语非妄语。

自叹

飘零自叹鬓成丝，此夕心情减昔时。楚女春衫曾拭酒，洛妃罗韤旧题诗。黄花篱外身同瘦，红烛风前泪共垂。多谢当垆人间讯，姓名只合酒家知。

项贡夫画梅歌

冬心先生今已矣，落梅满地酸香死。君与我是岁寒交，曾共花前称弟子。先生画梅本花光，期我与君为王杨。僧楼日日试缣素，驱使笔墨心手狂。笑我墨汁倾一斗，长枝大干蛟龙走。人瘦花疏合让君，相向春风我较丑。昨写天寒欲雪图，疏香如有影如无。铁线穿花匀个个，排蕾攒萼何曾粗。茶熟香温自张挂，看久是花不是画。那得风流易米僧，可怜也向街头卖。

著老书堂观吴仲圭《墨竹卷》

梅花道人性孤洁，时有清风手中出。画竹直师文洋州①，叶叶着枝枝著节。晴窗展卷喜初看，三百年来墨未干。一笔一笔有生意，萧萧若个弄清寒。十尺鹅溪间三五，半是风晴半烟雨。淋漓破笔扫秋空，纵横之中悉规矩。首书画论超宋唐，翛然卓立耸节篁。问谁更有凌云笔？偷将炎欧一片凉。新梢枯箨各争肖，直为后学指其要。可怜痴绝道人心，当年徒被山妻笑。

【校】

① "文洋州"当作"文湖州"。

三诏洞前取径往云深庵

风卷潮痕失钓矶，片帆西去逐云飞。何人背倚蓬窗立，看我扶筇上翠微。

竹石赠答四首

凌风爱虚心，干霄信直节。得依君子居，庶免煎茶厄。竹自咏

漫怜顽钝材，天地一大块。世无海岳翁，不受他人拜。石自咏

猗猗徒自好，栖凤企梧槚。抱负诚惭君，出云雨天下。竹赠石

仰攀凌云枝，贵等万户侯。清风勤拂拭，盟好砺山岳。石答竹

雨中集小书画舫观巢林、西唐遗墨

风流不可见，妙墨尚人间。留客方开卷，呼童先掩关。雨中思白发，灯下看青山。况值梅花放，淹留未肯还。

雨中过虎丘

跫然屐齿破苍苔，重访生公旧讲台。暮雨萧萧春寂

寂，千人石上一人来。

集市隐园

市隐园幽隐市西，诗人初至鸟初啼。微云疏雨宜新绿，水阁长廊续旧题。看画却无寒具设，品茶不待竹炉携。眼尘干净心离垢，何处曾容落燕泥？

晨起出郭至净香园

侵晓乘凉曲槛前，丝丝杨柳尚拖烟。画船依旧虹桥出，只有荷花减去年。

仪研田折夏蕙一枝见赠，是日为内子生日

骈穗柔黄植一丛，女兰开不借春风。折来犹带金茎露，香满芦帘纸阁中。

七夕沈学子招集学福轩

漠漠江云弄画阴，满庭雨气隔帘侵。尊前岐路人南北（江玉屏欲往淮，陈礼门将归杭州），屋角双星夜浅深。胜事故应添客兴，离惊多半话乡音。漳滨病起仍豪健，摇笔纵横发浩吟。

管家池上作

秋柳梳风叶未疏，瞑朦烟水入空虚。岸边白鸟惊飞起，一字轻舟去打鱼。

微风生处縠波轻，各设罾罭趁月明。夜半喧晴芦叶雨，荒湾几曲有人声。

中秋集丛绿山房四首

乱叶声中步屧迟，肯同宋玉为秋悲。一年最好唯今夜，独我偏逢作客时。高馆琴樽联旧雨，西风云雁入新诗。酒痕墨渍盈襟袖，不管清霜点鬓丝。

十载狂名此地闻，海天重喜入鸥群。笛吹子野成三弄，月信扬州占二分。望远不嫌衣上露，图成修道砚生云。（时为沧崖作《中秋文宴图》）。骚坛自昔竞旗鼓，敢为诸公张一军。

岁华容易去骎骎，寥落空伤老大心。傲客诗才惟此夜，乱人愁绪是秋阴。红灯闪闪弹还暗，绿酒粼粼劝复斟。万一嫦娥因我出，扫除云翳荡尘襟。

欲寄相思托好风，高情无那此霄中。卷帘坐月高楼上，迟鹤传书大海东。入市鱼虾经眼异，供盘芋栗故园同。尊前且漫成惆怅，一笑声轻类转蓬。

过沧州购得五年陈酿二瓶

何物方能解客愁？酒旗飘处泊归舟。当垆许我尝风味，不似平原有督邮。

春瓮储藏历几秋？旋开泥印绿于油。归时赢得夸人处，一醉何须向妇谋。

同铁箫放舟至惠照寺，铁箫以黄叶诗见示因赠

幽禽梳湿羽，树杪上微曦。野水添新涨，空山证旧诗。钟因风度远，僧怪客来迟。眼底崔黄叶，何人不尔知。

过石庄上人精舍和二亭韵

消除热恼是僧家，竹阁风声鸟唤茶。世事不关尘不到，我来树义说莲华。

相逢值有渡江僧，参得禅关最上乘（谓玉掌）。若问孤踪云海遍，十年吟瘦一枝藤。

草履绨衣绝俗尘，三年许我话前因。他年僧史添公案，识得扬州一市人（二亭自号扬州市人）。

曾游两越与三吴（谓石庄），望里江山入画图。怪底老来双眼碧，清泉自汲养菖蒲。

泊舟平山堂下

波弄去年绿，梅开万古春。连朝倦车马，细雨净埃尘。画舫横花屿，湘帘隔丽人。平山堂下路，一步一逡巡。

床头古瓷插春梅一株，日高三丈犹偃仰于横斜疏影间也

翠幄低垂夜漏分，博山何用水沉熏。梅花在我床前笑，自说仙人卧白云。

过桃花庵

不通城郭不通村，一路桃花开到门。溪上竹堂无个事，袈裟时有墨污痕。

集唐句赠龚杏庄，用韩念斋韵

洛阳花雪梦随君（谓从尊公河南任上来），红烛芳筵惜夜分。忽发狂言惊满座，饶君壮岁气如云。（李商

隐、武元衡、杜牧、白居易）

不似身来似梦来，仙声飏出凤凰台。相逢何必曾相识，拖紫锵金济世才。（许浑、张说、白居易、刘商）

夜来空见玉绳低，豪马争奔丞相堤。冷眼静看真好笑，请君相伴醉如泥。（曹彦谦、林宽、徐夤、吴仁壁）

飞扬跋扈为谁雄？十载长安似梦中。夜半酒醒人不觉，文章何处哭秋风？（李白、李涉、窦巩、李贺）

熏炉集唐句

博山香重欲成云，玳瑁筵前整顿频。薪篁蜀琴相对好，水沉山麝每回新。莫嫌无事闲消日，赢得馨香暗上身。应袅绿窗残梦断，后堂罗帐一相亲。（温庭筠、刘章、崔珏、王建、李鹄、李建勋、赵嘏、毕曜）

水仙

才开腊尾不胜情，影落空江韵更清。脉脉数茎春意透，娟娟一朵晓寒生。绝无烟火依泉石，合有梅花作弟兄。他日卷帘芳梦想，彝斋渲染恐难成。

辛卯十二月十九日王萃圃招同人作坡仙生日

眉山面日作生绡（予写坡仙小象），孤鹤南飞迹已遥。竹□花猪谁作供？酒须真一酬①三蕉。

半帘寒色一炉香，高馆词人乐未央。记得坡仙生日事，寄茶会亦有王郎。

【校】

① "酬"字，聚珍本作"酽"字。

747

英梦堂相国招饮海棠花下

留欢花榭醉华筵，烂漫春光满眼前。烧烛不妨看半夜，裁诗准拟住三年。胭脂露压枝枝重，蓓蕾风含朵朵妍。杀粉调脂看妙笔，白头真作海棠颠（是日钱宫詹择石先生作海棠长幅）。

为觉罗成雪田写《醉中涉险图》，并题此诗

醉中涉险云为地，脚底瑶笙风入松。谁道先生瞠白眼，时时青到两高峰。

借山楼晓望

好山频入梦，下榻且登楼。何处寻三岛？还疑坐一舟。苍茫不可即，烟霭已全收。历历晴峦见，看人尽白头。

得家书

家书未到费疑猜，接到家书手怕开。昨夜细看今又展，此心聊抵故乡回。

宿吴剑南寓馆，为周筠村画梅

疏林寒月出，瞰我写梅花。烂醉金荷叶，狂吟玉画父。古欢嫌烛短，夜柝逐街斜。别后知何处？相思天一涯。

癸巳冬，予客津门画《江路野梅图》携至都下，吴剑南见赏，赠予一律，有"商略图中江路去，野梅毕竟胜官梅"之句，因仿南宋马侍郎笔法，

画《官梅图》并系以诗

江南江北路漫漫，薄暮天寒欲写难。何逊春风好词笔，梅花还要宰官看。

《江路野梅图》，书冬心先生诗云："驿路梅花影倒垂，离情别绪寄相思。故人近日全疏我，折一枝儿赠与谁？"周二筠村爱不忍置，欲得之，次日为翁学士携去，未几筠村从吴剑南有西蜀之役，因画此帧赠行，并赋二首

水脉巴江到竹西，梅花开候悔归迟。不期送尔巴江去，一路梅花压帽低。

此别何堪诵此诗，两人真个费相思。莫忘东阁观梅候，驿使来须寄一枝。

癸巳闰春出齐化门至潞河登舟口占

长安策蹇署头衔（刘虚白携长安策蹇人小印见赠），自笑缁尘染客衫。隔岁归期今始决，秋帆不挂挂春帆（去秋余画《归帆图》以诗赠行者六十五人）。

过西沽怀仪研田、项贡夫

春波帖帖接平芜，何处烟墟叫鹁鸪？惆怅旧游人不见，一蓬丝雨过西沽。

登泰山至南天门

我欲游八极，危梯欣可借。逍遥倚天门，仍在天之下。不见玉女迎，但觉尘氛谢。罡风足下生，倒听松涛泻。云中毛骨凉，旷然忘炎夏。口诵白也诗，安得斑

龙跨。

寄别纪半渔

自比山云笑未闲，无心飞出又飞还。淹留毕竟缘何事，不是寻君即看山。

莫管人间有别离，君真襁襁我真痴。定知后夜呼灯起，忽忆狂夫说鬼时。

夜泊珠梅闸同二亭作

已次珠梅闸，行踪喜暂停。秋怀二人得，夜雨一船听。岸近犬声沸，云低水气腥。西风曾几日，吹上万松亭。

独泛至竹堂上人精舍访吴中汪介亭不值

疏柳石桥外，蜻蛉窗影红。迎人萍叶雨，吹面鲤鱼风。谁识寻僧去，还怜访戴同。相期不相见，惆怅夕阳中。

舟中即目

甓社湖荒雨霁，露筋祠冷云留。岸上炊烟乍起，晚风吹过船头。

蔡鹿文将之东海，索予画《送行图》戏赠

杨柳孤帆日暮，杏花细雨春寒。年来最怕送客，君翻爱作图看。

江砚农招集晴绮轩分韵

三年未醉江鬐酒，晴绮轩开竟日留。笑我才归卢水棹，怪君又买渐江舟。眼中花市成红雨，座上诗人半白头。自是月明春夜永，飞觞不惜罄新莟。

送焦五斗之楚

送君之楚黯伤神，千里长江浪似银。依旧楚山青到眼，谁怜君是白头人？

寄许衡州用板桥赠衡州韵

江淮韵士许衡州，闻道衰年厌出游。钩勒画成凭我贶，廓填书好向君求（曾索予画钩勒竹以廓填郑书见赠）。茶鸣瓮底三春雨，香蒸芦中一叶舟。白发风流思不见，可能扶杖再来不。

古剑

床头藏已久，风雨夜常鸣。煅炼年难考，思仇人屡更。光摇秋水立，血蚀土花生。绝少胸中事，孤斟看到明。

秋水

长天同一色，淼淼望无涯。昨夜添三尺，柴门浸几家。澄波印鸿雁，寒影绘兼葭。渔笛起何处？烟深冷钩槎。

移居集陶四章

先巢故尚在，眷眷往昔时。如何舍此去，不知竟何之？非为卜其宅，卓然见高枝（宅中有古柏一株）。寒风拂枯条，此荫独不衰。立善有遗爱，人道每如兹。愿言诲诸子，指彼决吾疑。

茅茨已就治，斗酒聚比邻。问子为谁欤？言笑难为因。总不好纸笔，念我意中人。拨置且莫念，即事多所欣。

清晨闻叩门，有客赏我趣。提壶挂寒柯，挥觞道平素。感彼柏下人，既来孰不去。依依昔人居，今复在何处？

游鱼思故渊，此语真不虚。托身已得所，计日望旧居。脱有经过便，绵绵归思纡。此行谁使然，君情定何如？

别旧宅二首

旧宅无端我独离，琴书结束借车时。一椽一瓦皆先泽，当日辛勤却为谁？

双垂别泪拜堂前，兄弟相依四十年（谓三兄）。听雨竹窗空有梦，醒来莫认对床眠。

杏花

占断江南色，烟浓护远村。燕窥寒食雨，人叩夕阳门。宋玉墙头影，文君酒畔痕。亭亭如唤客，吹笛座黄昏。

渔庵夜雨

窗月忽不明，风送疏疏雨。蓼洲客梦醒，卧听归渔语。

乙酉人日，钟雪樵以石帆山人赠有"人日生人人可怜"之句为起句寿余，邀同蒋心余太史同作，因亦继成三首，非自寿实自怜也

人日生人人可怜，花之寺里记前身（予初生时，不茹荤血。常梦入花之寺，因自号前身花之寺僧）。浮踪浪迹寻来路，流水开花又一年。仍此性天仍色界，也如行脚也逃禅。新诗呈佛无他愿，再结来生不昧缘。

人日生人人可怜，金牛山下泪潸然（予先父母墓在金牛山下有年矣，因自号金牛山人）。驰驱南北三千里，梦寐松揪二十年。谁识早孤刚及岁？自嗟抱恨到终天。此生空羡承欢客，再结来生膝下缘。

人日生人人可怜，此身暂寄蓼洲边（近役西江，自号蓼洲渔父）。床头那有雌雄铁，市上空多子母钱。短发镜中盐比白，新愁客里酒难罹。不为人用何能说，再结来生自在缘。

朱运司座上食哈密瓜

一时眼底见伊州，职贡余来翠欲浮。今夕当筵羞下咽，书生齿冷说封侯。

题龙生沙弥行看子

年来叹尔太飘零，今日相逢眼倍青。何事情亲如眷属？花之寺里旧单丁。

南园即事

团团树影绿遮窗，酒意诗情两未降。隔岸水禽忽惊起，片帆将雨下烟江。

临流小阁记曾登，依旧青山感慨增。朋辈凋零园易主，南邻只有破庵僧（谓雪庵上人）。

水香村墅矶头作

层层波影接鸥滩，独立矶头夕照残。垂钓何人空手去？村阴遗却一渔竿。

深谷樵薪歌为内兄且乡题照

君既不学张志和，独坐钓艇冲烟波。又何不学朱百年，代①樵采若日易钱。胡为入谷蹑云栈，负薪只为供炊爨。落木萧萧排厥颠，利斧丁丁响前涧。樵风导引深山深，胼胝无人知此心。我是当年鹿门子，也将辛苦付遥岑。行径趣路云遮截，箪瓢命定向谁说。仔肩自任渐难胜，白头应叹筋力绝。日出翦伐归黄昏，伴侣散走前后村。一抹残阳江隔岸，秋林疏处见柴门。担薪时带野花束，杖荷归来歌一曲。山妻稚子立候门，缕缕厨烟出茅屋。

【校】

① "代"字，聚珍本作"伐"字。

将之都门别内子口占

出门落泪岂无情，君病空床我远征。默默两心谁会得？明知见面是他生。

过羊流店

秃尾疲驴渡水迟，山行计日已愆期。旗书小市偏夸酒，客过荒村也赋诗。自有祠存羊叔子，更无人说岘山碑。十年记得曾经处，日暮天寒雪下时。

济南运署梦内子手持自画梅花卷向我云：我去滇南矣。是日乃六月十一夜也，作此记之

病妻一月无音耗，有梦分明倍客愁。手把梅花指归路，飘然昨夜去罗浮。

八月三日万华亭自扬州来京师云：予内子已于五月十九日去世，闻信之后悲不能已，因作长篇以当哭云

乍欣良期至，旋使我心悲。道我室中人，永与君别离。因思出门日，迟迟复迟迟。执手话床笫，泣涕交相垂。枕畔见墨痕，集句成别诗。达生寓诗意，死以秋为期（集句云：自知死亦人间事，多是秋风摇落时）。会面那可必，予已先有词。月缺有圆夜，花落有开枝。尔死无生理，我出有归时。欲归予未得，纵归尔不知。

十二月十九日为东坡生日，翁覃溪学士邀集同人，用苏字韵送余出都，余亦继作

尚友心期道不孤，先生自是列仙儒。瓣香远接峨嵋蜀，肖像争传学士苏。此日奎垣争降宿，来朝客路复吹竽。天寒岁暮匆匆别，高会还思异日俱。

初至保定过莲池书院，与董曲江太史话旧，即集其旧雨草堂集中句，成诗十二首

携筇竟向讲堂行，邺架居然拥百城。一自冶春文燕后，闲云野鹤识先生（忆初识荆在雅雨夫子座上）。

斗酒风高翰墨场，平山客散选楼荒。惊心漫话邗江

别，回看三生縢渺茫。

劳劳蜗角误浮生，又踏春明软土行（今年余重至京师）。莫讶青山留别泪，卢沟冰合静无声。

聚如萍叶散如蓬，回首长安极目中（予在京师与翁覃溪诸公时相唱和）。未免有情忘不得，催人节序太匆匆。

王粲频年也倦游，故园何处问南楼？诸公漫话归田乐，痛忆人琴泪不收（谓梁明府午楼去世）。

升沉生死寻常事，落拓吟魂或可招。咫尺雪亭迷旧梦，今来才尽首空搔。

无缘笛裂感山泪，底事干卿总断肠。自笑苦吟耽结习，依然同日咏霓裳（先生与余同有悼亡之戚）。

莼鲈归计竟无期，锦瑟年华事可知。血缕尚牵思妇恨，重来花下但空枝。

霜毛论丈欲三千，颗颗明珠泣粉莲（予内子自号白莲女史）。独有衰眸两行泪，浮生草草梦中缘。

空梁月落梦谁知？倦鸟随缘寄一枝。残腊顿教忘客况，欣依大雅得吾师。

聊凭旧雨（草堂名）慰新愁，载酒频来作胜游。饶有烟霞随杖履，不劳仙枕梦封侯。

漫从车笠较升沉，但入炉锤总是金。寄语老人应识我，生涯悟彻去来今。

为万梅皋刺史写顶礼大士图
（时刺史尚在狱中）

且礼空王作静缘，绳床土屋俨枯禅。故园梦断三千里，苦海魂惊十二年。深夜月明翻贝叶，落花风过裛茶烟。皈依毕竟除烦恼，一颗明珠绕膝前（刺史梦大士赐一珠，因得子名牟尼）。

曲江出示苏文二妙墨，卷后有元柯九思、明王彦贞墨竹，暨钱阁学荐石先生旧作，属予画续之，因和王诗韵

苏文仙去柯王远，荐石先生笔亦奇。旧竹未枯新竹出，个中又见一花之。

己亥除夕为立春日，用箕谷周明府见赠诗韵，兼简箕谷

腊欲先年尽，春从此日来。客中书卷我，画里水仙梅。迢递家千里，飘零酒一杯。山妻诗尚在，回忆不胜哀（去年除夕，内子诗云：推敲仆解吟除夜，渲染儿工画岁朝。乐事人间如此少，劝君满饮酒千瓢）。

俗事客居少，风前烛未灰。且教诗梦醒，还待故人来。去住凭君决，行藏久自裁。闻鸡应起舞，更漏好相催。

易州署中晓起有作

梦醒披衣独自行，绿槐影里晓风清。自怜不及啾啾鸟，占尽高枝过一生。

枕上见月偶得一律

夜月照窗纸，家乡入梦迟。客愁何处说？邻笛不时吹。空有千秋业，曾无十日资。欲归归未得，何以慰儿痴？

十月二日余月村招同王秋塍、徐尚之、
张萼楼集法源寺僧舍

无佛无僧处，天涯草草逢。相看俱帽操，何事不从容。树影如人瘦，秋光让酒浓。莫忘今夕语，同听一声钟。

秋日同陈古渔、吴先之诣鹫峰寺，
因至旧院废址①

秋水离离太寂寥，夕阳影里话前朝。可怜踏遍青溪路，不见当年旧板桥。

【校】

①此诗重见于《白下集》，文字稍异。

集王摩诘与裴秀才书中字，
题先之所画《辋川图》

山林烦妙手，之子趣机清。静夜感寒气，疏钟流远声。水中春月白，岗上露华明。朝出邀僧去，登临独步轻。

过瓦官寺感作

当年陶所问斜曛，六代人文化暮云。壁画维摩钱百万，眼中谁是顾将军？

高座寺

东晋留名刹，秋晴共客寻。桫椤当户老，吉利护阶深。听法人何在？披缁事未沉。雨花同一戏，秋草散高岑。

汪阿涛招同古渔游城南天界、普德诸寺

如此清秋肯负闲，故人招我出尘阛。丛丛霜树寺连寺，叠叠晴空山接山。老衲重期诗客过，寒鸦已带夕阳还。雨花台上骋游目，无数江帆缥缈间。

圆桌三首

月地花天待饮徒，匠心别运好规模。先天有象擎孤柱，首座谁尊失四隅？侍席仆忙蚁附磨，当筵酒暖客围炉。醉余若肯还耽坐，红袖乌丝不可无。①

九老能容异八仙，相逢毕竟酌谁先？客无次第星常聚，天有循环月暂圆。歌称管弦声宛转，杯飞鹦鹉影回旋。如今事事通融好，只恐方轮路不前。②

从此团栾乐未央，曾闻百宝制同昌（杜阳编曰：同昌宫主琢百宝为圆几）。兕觥玉斝罗前席，翠绕珠围到后堂。拇战盘旋灯影乱，花催轮转鼓声忙。夜深客去仍移置，闲傍松阴曲曲廊。③

【校】

①②③重见于《白下集》。

暖炕三首 ①

匡床为式腹空虚，曆火穷冬乐岁余。伏枕便教围梦蝶，拥衾那复类鳏鱼。只宜北地藏朱户，不合南人卧草庐。就日堂前徒曝背，可能四体一时舒。

闾阎儿女坐团栾，马粪频添火自攒。瘦骨冻来僵似铁，雄心熏透热于官。茅檐夜夜春先到，土埛家家梦总安。却笑江南穷措大，梅花纸幛太清寒。

谁道流年睡作魔，坑灰未冷夜如何？觉来自笑冬烘

客，晓起仍归春梦婆。温室不难言语慎，阳台翻怪雨云多。汗微通体如新沐②，元气从兹养太和。

【校】

① "三首"重见于《白下集》。

② "如新"二字，据手稿本、聚珍本补。

过隐仙庵戏赠王朴山道士

叩户寻君兴不孤，庭前双桂拟仙姝。花无隐处人来往，识得蓬头铁脚无。

冬夜招集王青山、陈古渔、吴先之、李瘦人、燕山南、项莘甫、汪阿涛饮三官堂道院，以"八人四百五十岁"为起句分赋

八人四百五十岁，休论三万六千场。人生行乐心都壮，我辈相逢髦已苍。卖药知名宁远遁，吹箫乞食也清狂。可怜多少英雄泪，尽付愁肠化醉乡。

宿京口江深草阁漫赋二绝

绝无人语夜潮生，江阁愁多梦不成。叫过孤鸿摇过橹，一时听去欠分明。

晓烟初泮梦初回，寂寂房门手未开。推枕披衣刚坐起，一船摇入破窗来。

再来室坐雨

再来传密祖，今作赞公房。寂寂千人石，迢迢一瓣香。雨声随客屟，山影落禅床。寒食来朝是，茶烟出画廊。

题清听轩芭蕉叶上戏赠衡夫

绿阴满径下阶迟，几树离离大叶垂。午睡不知来骤雨，问谁洗却旧题诗？

甲戌二月十八日陈丈授衣、蒋丈秋泾、闵丈廉风、楼丈于湘、易松滋、张渔川同过张丈啸斋着老书堂，效吴体各成一诗，共书长卷，获乡储藏有年，忽出见示，索予诗画装潢成轴，以志不忘，并附此诗于上

欲画鸡坛迹已尘，风前把卷意酸辛。堂开一老着何处？梅放数枝空复春。世上有情唯聚首，行间无语不伤神。要知后视今来客，即是今人视昔人。

黄严氏节孝诗

严家有女名月英，秉质直与冰壶清。月光坠地化为玉，其母梦之是夕生。十六嫁得好夫婿，黄其姓也锦章字。舅姑早逝夫又亡，夜夜空房面洗泪。手抱遗孤依老亲，煢煢相守将终身。窗前闲咏无人见，不戒于火惊比邻。急卷父与夫著述，其他不顾冒火出。出谓人曰休笑痴，此是心血真难得。此心有如明月光，此节有如百炼刚。可知廿载茹茶苦，褴褛不耻嫁时裳。

哀四君咏集陶八首（丙午）

谢小山

良才不隐世，如何淹在兹（君家阳羡，久寓扬州文选楼下）。虚室绝尘想，问君亦何为（精造奇器）？立善有遗爱，暂为人所羁（时出新意造小水炮）。遥遥望白云，旋驾怅迟迟。临化消其宝，魂气散何之？宿草旅庭前，终

身与世辞。

张石民

人生无根蒂，终古谓云然。求我盛年欢，钟期信为贤。蕤宾五月中，骤骑感悲泉。负疴颓檐下，亭亭月将圆（君没于五月十三日）。翳然乘化去，暮归三危田。

衔哀过旧宅，举目情凄洏。与子相遇来，言笑无厌时。奇文共欣赏，有酒斟酌之。今朝真止矣，奄去靡归期。

秉气寡所谐，屡空常晏如。过足非所钦，少许便有余。冰炭满怀抱，终当归空无。游魂在何方？夏木独森疏。

员帆山

户庭无尘杂，清贫略难俦。谈谐无俗调，弊服仍不周。千载非所知，明日非所求。形迹凭化往，悠悠迷所留。

人生似幻化，倏如流电惊。始室丧其偏，悲泪应心零。风来入房户，辰鸡不肯鸣。愿言同此归，恩爱若同生，死殁无复余，吁嗟身后名。但余平生物，缅然起深情（君临危时检所嗜玩物分赠故人）。

管平原

世短意恒多，人生少至百。念来存故人，清飚飘云翻。束发抱孤介，乐与数晨夕。孰意尔先倾，枯形寄空木。紫芝谁复采，寂寂无行迹（君家有紫芝山房）。

药石有时闲，赋诗颇能工。弱毫多所宣，既没传何穷。流尘集虚座，萧索庭宇中。念之动中怀，人理固有终。

初董瓜洲育婴堂事，
集陶句以自勖，兼勖许巢旸

命室携童弱，飘如陌上尘。立善有遗爱，闻多素心人（堂为业芦士商所建）。今日从兹役，为事诚殷勤。衣食固其端，彭殇非等伦。托身已得所，何必骨肉亲。

居止次城邑，恩爱若同生。生而相依附，孰是都不营。饥者欢初饱，人人惜其情。常恐负所怀，庶以善自名。

遗赠岂虚来，行行循归路。各自还其家，谁当为汝誉。寒暑日相催，念之使人惧。悠悠待秋稼，所营非近务。鳌舟无须臾，岂不以我故？

与子相遇来，从今至岁寒。倾身谋一饱，行止千万端。卫生每苦拙，弗获辞此难。念之中心焦，而已求自安。明明上天鉴，渺然不可干。

四婴诗集陶

弱女虽非男，邈与世相绝。益复知为亲，在目皓已洁。不见相知人，未尝异悲悦。（盲婴）

弱子戏我侧，顾盼莫谁知。叩门拙言辞，我今始知之。厌闻世上语，为君作此诗。（哑婴）

弱质与运颓，负疴不获俱。气力渐衰损，此人将焉如。药石有时闲，慰情良胜无。（病婴）

欲留不得住，拙生失其方。有生必有死，相与还北邙。为山不及成，忆此断人肠。（故婴）

岁暮雪中瓜洲城上瞩目

雪密远山没，江空一橹鸣。雁随云脚度，帆向树头行，闪烁金山寺，迷离铁瓮城。何期当岁暮，尚复有闲情。

和二亭履净堂韵

跋陀罗尊者，相传译经语。方便净益人，华严义始露。皈依履兹土，所以名堂故。青龙恣贪啮，早为众生护。尊者遭摈时，不比折苇渡。总之清净心，履净得真悟。至今空余台，亦似祇园树。我今登斯堂，究心无所住。

《香叶草堂诗存》跋（一）

扬州罗两峰先生，楷祖姚之从兄也。楷生也晚，未获从先生游。先生诗文笔墨，啧啧宇宙间。梅痴、小峰两嗣君先生，又能卓然自立，克承先志者。楷忆童蒙时，与先生之孙小砚，同侍吕崇如姑祖丈讲席。稍长，即爱藏先生书画手迹不下百余种。今年春，小砚出先生《香叶草堂诗存》藏板见示，楷窃谓先生为当世已传之人，即无不传之诗，况集中诸作率皆性情闲适，天然无斧凿痕，非深于元白者不能臻此，乌可湮没而不彰耶？小砚曰：诺。爰质裘付坊人装订成书，并识颠末如此。

道光十四年太岁在甲午春正月，钱塘后学金楷竹簃父拜跋于懒云草堂。

《香叶草堂诗存》跋（二）①

右两峰先生《香叶草堂诗》一卷。先生扬州人，自号花之寺僧，为金冬心先生入室弟子。以诸生擅画名于京师者数十年，尤工鬼神，作《鬼趣图》，得吴道子地狱变相神致，一时名公卿题跋卷轴蝉联，卷粗于斗。诗笔亦瓣香，冬心玉屑清言，纤尘不染。司空表圣所云：如月之曙，如气之秋。庶几近之旧刻本，前有翁学士覃溪、吴祭酒穀人两序，并皆推许甚至。翁序引放翁之言，谓夫先生之诗，绝尘迈往之气于舟车道途间得之为多，余则谓其濡于性情之真挚、襟抱之旷达，发之自内，而非求之自外也。比岁甄香书画名家别集，先从徐积余观察假得刻本，继从况蕙风舍人辗转得见钞本，参互校勘，付聚珍版印行，并钩抚先生小象弁诸卷端，志景行之积愫焉。

上元戊午灌佛日钱塘丁仁跋。

【校】

①此跋道光本无，据聚珍本补。

白下集

［清］罗聘 著

刘永明 点校

目 录

《白下集》序

昆明云端街有书肆，主人年老，自善藏弄。导余登小楼上观所储书册，皆清代精刻通常册籍。后乃于锦函中见旧钞三本，靳不肯售。后余终以重直得此以归，册最薄而实最秘也。两峰《香叶草堂诗存》余有原刻两册，此《白下集》却系墨板前所写，未尝入集者。写手精雅，当在乾隆中。此行远逾万里，遍历蜀、滇名郡，古书绝无所见，得此亦大可喜慰矣。归沪漫记。丙申秋居来燕榭中记，黄裳。

辛丑中秋步月莫愁湖上

天空不见点云生，况是中秋月倍明。白发重来寄萧寺（时寓普惠寺），青山依旧绕江城。客逢佳节多生感，僧伴清游亦有情。只恐金波惊宿鹭，莫愁湖上晚风轻。

陈古渔以诗见赠即次原韵答之

君无大厦有高楼，宅近秦淮水木幽。一室但看堆蠹简，三冬谁为赠莵裘。闭门觅句人初老，卖药知名岁有秋。年过六旬应不出，风尘翻悔昔年游。

隔水灯明透碧纱，清歌一曲听红牙。盘多钉饾吴娃馔，门可张罗远士家。古寺不时劳策杖（累承枉顾寓斋），秋林何处约停车？饱看山色分清福，莫向风前感丐华。

吴先之以诗画见赠，即次原韵

（画题"帘前列岫青相簇，槛外乔松翠欲流"）

不是神仙不好楼，凭君画出一帘秋。依稀岚气沾衣湿，恍惚松涛散客愁。世事原同写烟雾，人生谁信对骷髅？贻予尺幅堪珍重，茶熟香温看未休。

吟冷西风住石城，知君不独擅关荆。品疑屋后山同重，诗比门前水更清。茶具每随磁偶客，香奁还效玉溪生。闲居曾否因人热？白露蒹葭见性情。

永宁泉上遇杨心传话旧

执掌春泉上，临风话旧游。白沙江路晚，黄叶寺门秋。之子亦何好，而翁不可求（谓其尊人已军先生）。昨从燕市过，遗墨竟珍收。

访杨心传、珍予昆弟

入门睹遗墨，几杖尚依然。见面欢如昨，离怀感隔年（与珍予别，逾二年余矣）。多愁添白发，旧业恋青毡。夜雨同听惯，因知兄弟贤。

秋日同古渔、先之诣鹫峰寺，因至旧院废址，漫成四绝①

烟水苍茫画里诗，苑家桥畔立多时。西风吹送人三两，荒寺来寻已卧碑。

秋草离离太寂寥，夕阳影里话前朝。可怜踏遍青溪路，不见当年旧板桥。②

月茫春寂是耶非？欲入深林一径微。闻道芳魂都化蝶，三更成队逐人飞。

一抹寒烟绕屋寒，就中曾住马湘兰。国香我亦能描得，翻恨卿卿不及看。

【校】

①②重见于《香叶草堂诗存》，文字稍异。

集王摩诘与裴秀才书中字，题先之所画《辋川图》

山林烦妙手，之子趣机清。静夜感寒气，疏钟流远声。水中春月白，冈上露华明。朝出邀僧去，登临独步轻。

九日赴随园看芙蓉之约，赋长歌一篇

笋舆轧轧不肯往，赴约名园看花去；秋竹迎人绿到门，入门未见花开处。乍欣路转绕回廊，复道潜通宛转房；奇书异物靡不有，重重窗护玻璃光。隔窗窥见芙蓉面，错认辋川鹭鹚堰；莫辜佳节爱重阳，正要娇容看三变。先生呼仆急开窗，一片秋心已早降；千枝万朵花无算，花花映水皆成双。倚窗下瞰嫌未足，共向扁舟快双目；漫言远看欠分明，绣绵横陈在山麓。挐舟直入芙蓉窝，群花笑劝金叵罗；酒不招人花隔面，白头那得颜微酡。四面是花中是水，西湖缩向柴门里；怪道年年不想归，手把花枝吟不已。吟成要我画作图，醉眼重看影欲无；漠漠秋烟飞翡翠，飐飐晚风来菰蒲。园中有花四时改，开到芙蓉又一载；南山终日对悠然，篱菊花黄休更采。

过瓦官寺感作

当年陶所问斜曛，六代人文化暮云。壁画《维摩》钱百万，眼中谁是顾将军？

高座寺

东晋留名刹，秋晴共客寻。桫椤当户老，吉利护阶深。听法人何在？披缁事未沉。雨花同一戏，秋草散高岑。

扫叶楼

入门缘折磴，小憩且观空。扫叶心俱净，登楼目已穷。城头秋水白，鸟背夕阳红。淼淼千帆影，当年亦此中。

汪阿涛招同古渔游城南天界、普德诸寺

如此清秋肯负闲，故人招我出尘阛。丛丛霜树寺连寺，迭迭晴空山接山。老衲重期诗客过，寒鸦已带夕阳还。雨花台上聘游目，无数红帆缥缈间。

谢简斋太史馈米

昨报诗粮尽，愁吟对夕曛。且临乞米帖，不作送穷文。清况谁如我，高情独感君。炊烟看乍起，一缕袅秋云。

寄怀吴广文小谷

建业逢君兴未违，何当惜别话依依。风前落叶催人去，画里长桥伴客归（携我画《板桥遗迹》卷以归）。水涨矶头寻赤石（曾同予邀古渔寻周处读书台），烟迷巷口识乌衣。昨宵重过停云处，犹遣山僮一叩扉。

重游普德寺同李瘦人、萧湘客分韵

霜叶妙渲染，丹黄缀高枝。荒寺重游憩，叶落风乱吹。僧雏已熟识，欢迎前致词。指我画在壁，观者诧神奇。变相等游戏，风僧与颠师。客亦顾我语，前身来花之。风颠君不学，乃学虎头痴。大笑出门去，日斜清磬时。

圆桌

月地花天待饮徒，匠心别运好规模。先天有象擎孤柱，首座谁尊失四隅。侍席仆忙蚁附磨，当筵酒暖客围炉。醉余若肯还耽坐，红袖乌丝不可无。①

九老能容异八仙，相逢毕竟酌谁先？客无次第星常聚，天有循环月暂圆。歌称弦管声宛转，杯飞鹦鹉影回旋。如今事事通融好，只恐方轮路不前。②

载酒每看随小艇，围棋端合向团瓢。尊前未碍廉颇腹，众里偏宜沈约腰。入座添来人不速，当杯举处月能邀。阿谁更唱圆圆曲，自有行云驻碧霄。

从此团圞乐未央，曾闻百宝制同昌（杜阳编曰： 同昌公主琢百宝为圆几）。兕觥玉斝罗前席，翠绕珠围到后堂。拇战盘旋灯影乱，花催轮转鼓声忙。夜深客去仍移置，闲傍松阴曲曲廊。③

【校】

①②③重见于《香叶草堂诗存》。

暖炕

匡床为式腹空虚，厝火穷冬乐岁余。伏枕便教围梦蝶，拥衾那复类鲲鱼。只宜北地藏朱户，不合南人卧草庐。就日堂前徒曝背，可能四体一时舒。①

庭树号风朔气生，温存一榻室中横。春回绣被眠应稳，雪压雕檐梦易成。燕玉不求寒可辟，汤婆无用火多情。香消睡鸭灯初灭，任尔街头长短更。

闾阎儿女坐团栾，马粪频添火自攒。瘦骨冻来僵似铁，雄心熏透热于官。茅檐夜夜春先到，土剉家家梦总安。却笑江南穷措大，梅花纸幢太清寒。②

谁道流年睡作魔，炕灰未冷夜如何？觉来自笑冬烘客，晓起仍归春梦婆。温室不难言语慎，阳台翻怪雨云多。汗微通体如新沐，元气从兹养太和。③

【校】

①②③重见于《香叶草堂诗存》。

过隐仙庵戏赠王朴山道士

叩户寻君兴不孤，庭前双桂拟仙姝。花无隐处人来往，识得蓬头铁脚无。

冬夜雅集王青山、陈古渔、吴先之、李瘦人、燕山南、项莘甫、汪阿涛饮三官堂道院，以"八人四百五十岁"为起句，分赋

八人四百五十岁，休论三万六千场。人生行乐心都壮，我辈相逢须已苍。卖药知名宁远遁，吹箫乞食也清狂。可怜多少英雄泪，尽付愁肠化醉乡。

同人饮快霁堂分韵得下字

空诵酒德篇，白酒谁能借？忽闻剥啄声，长须请命驾。为言治盘餐，开径设杯斝。偕我旧饮徒，一一劳君

迓。看画屏寒具，妙语同啖蔗。红灯散寒厅，昼短宜卜夜。急思饮者先，不能饮者罢。拇战太纵横，直欲避三舍。一杯复一杯，应接颇未暇。醉魂呼不应，街鼓正三下。

怀古诗十首

西来寒□打空城，似为夷光恨□平。越市输金□□重，胥门抉眼命何轻？春风废殿榛芜合，暮雨荒台狐兔行。依旧采莲旧歌曲，横塘星散可怜生。（姑苏）

游侠依然督亢余，风□易水忆当初。局中勾践□吾客，墓上刘虞有故胥。一塞封侯□□值，千金市骏术非疏。法尧又□□□□，齿冷当年说尚书。（燕台）

郢中涉历旧关津，熊绎开疆秋复春。游女暗怜斑在竹，居民真说斗如蘋。三湘浪涌灵均泪，九辩声悲宋玉神。一自吹箫吴市后，楚中代有行畸人。（楚中）

蚕丛开国辟天涯，兴废何常莫漫嗟。图谶已闻□□授，形家空说水如巴。骡车画诣啼鹃鸟，金翠春游问浣花。南郑漫夸天岳险，世修降表见谁家？（蜀中）

长安草色旧时春，鄠杜风光过眼新。七日申胥虽复楚，一呼陈胜竟亡秦。丸泥函谷谁称险，□□阿房自有人。刘蹶嬴颠成底事？于今海宇静烟尘。（咸阳）

弥留吉利有香分（曹操小字吉利），铜雀高寒起暮云。令子诗篇还忆汉，诸孙家运□逢君。青龙纪混中朝系，玉马天开大讨文。今日穷奇无朽骨，何□墓道置将军。（邺中）

云光缥缈雒城边，末汉东都又几传？合以三川环魏阙，居然一柱镇中天。萧条华屋存周社，风雨残碑纪宋

年。尚有耕人知法物，土花凝碧绣苔钱。（洛阳）

刀笔萧曹事业成，攀龙附凤著功名。时来巾帼知灵气，运去英雄识楚声。毁印良图方□□，□丛棉习已销兵。故乡一曲□□□，魂魄犹依丰沛城。（沛□）

保障湖边水乱流，杨花飘落几经秋。空余萤火明荒苑，无复鸡台在上头。古月已滋新柳色，行人犹指旧妆楼。雷塘抔土西风里，落日栖鸦动客愁。（□□）

龙蟠虎踞蔚云霞，西望台城噪暮鸦。黄叶素秋初地树，轻烟淡粉六朝花。清溪流水悲江令，旧巷居人指谢家。几度秦淮灰劫后，独开冷眼看繁华。（金陵）

怀人绝句二十一首①

回首金陵道已成，巽风离火掌中生。君家鸡犬非常物，不作侍郎篱落声。（扬筠谷）②

七松居士诗千首，五柳先生酒一杯。何似家园几株柏，东封山上翠飞来。（官方伯怡云先生）

家近重闉户半扃，昆池香雪久飘零。那知盲目犹能写，大字焦山瘞鹤铭。（汪丈巢林）

沽酒曾招氍氀客，□□不貌平常人。自从归去武夷曲，日听仙乐寻古春。（黄丈瘿瓢）

一官轻弃返初心，游戏人间岁月深。曾到蓬莱看东海，题诗笑付老龙吟。（郑明府板桥先生）③

书法曾传日本国，诗篇不入承明庐。四十已过开老眼，只看草木与虫鱼。（金冬心夫子）④

门巷频年少定居，长身落落最怜渠。诗人之瘦何可比？池上独行鹤不如。（洪丈棕亭）

思之不见沈东阳，却为鲈鱼返故乡。想着先生草堂

上，陆机山色落书床。（沈上舍学子）⑤

奉母藜羹春日迟，白头尚尔卧茅茨。　要知咏物关经济，请读先生水炮诗。　（闵丈玉井）⑥

纷披文笔九州横，三上春官掉臂行。老人名山谈佛法，楞严初祖是先生。（张解元无夜）

廿载侨居水阁秋，白门杨柳老风流。秦山人与张处士，赢得诗名傲五侯。　（朱丈草衣）

销魂一卷鲍家诗，翠袖天寒泣竹枝。空有孤坟鬼争唱，三更正是雨来时。　（董丈竹枝）⑦

杜门称疾不复出，懒与屠沽相往还。一自骖鸾仙去后，矶头谁画鹊华山。（高丈西塘）⑧

一枝蘸墨奉清尘（曾写江梅一枝赠行），为爱此翁到骨贫。好待薄冰残雪后，更寻林下水边人。（张征君）

常侍花间酒一壶，我翁高调得承趋。愧无山抹微云句，负却前人说女夫。（妇翁方酌圃先生）

通籍金闺正胜军？春风得意玉华前。杨枝一曲□□□，天上王郎笔放颠。（王舍人兰泉）

家留世泽五车书，触目琳琅自校储。泮水芹香春日丽，羡君上傍圣人居。（陆贡上正夫）

鱼盐市上俗喧腾，尝手一编君独能。都少乡家风雨夜，三更尚有读书灯。（朱二亭）⑨

一门有集诵时贤，双管题诗年复年。我爱岑家好兄弟，竹间听雨对床眠。（李晴川、渔川兄弟）⑩

伥伥惝惝抱琴行，三峡流泉指上生。莫把古音惊俗耳，请君且作琵琶声。（沈□□）

【校】

① "怀人绝句二十一首" 实二十首。

②—⑩重见于《香叶草堂诗存》，文字稍有异。

《白下集》跋

右两峰《怀古诗》十首，《怀人诗》二十首，录自手稿。范祥雍先生寄自上海。适客黄裳兄以两峰手写本《白门集》寄示，因并以此录附卷后。《白门集》各诗及此三十首，多为今传本《香叶草堂集》所未刊，或同文异词，足资互校者。如《圆桌》《暖炕》诗，《白门》各四首，而《香叶》只各三首。《怀古诗》《香叶》只金陵一首。《怀人诗》《香叶》作《江上怀人绝句》十五首，其中"李晴川、渔川兄弟"一首，香叶作"陈授、江皋昆仲"，并将第三句"岑家"改"陈家"，它不备记。已见难寻，得之殊感珍异。《白门集》有黄裳二跋，足见主人珍视。然未叙其为两峰自写本，予以两峰手迹互证无讹，特为拈出，以志眼福。一九六二年仲夏，苗子芳嘉园灯下记。

正信录

[清]罗聘 著

刘永明 点校

目　录

注：

①怀齿杂俎本《天宫》篇在前，《天堂》篇在后。

②怀齿杂俎本《性理之说本自寿涯东林二禅师》篇在前，《宋儒都从禅学中来》篇在后。

③《戒杀放生》篇，怀齿杂俎本无。

《正信录》序（一）

一切众生皆有佛性，皆当作佛，以故佛视一切众生皆是佛。愍其背觉合尘，轮回六道，经尘点劫，莫由出离。于是随机施教，对征发药，种种方便，为之化导，以冀彼背尘合觉，返妄归真，消除本无之惑业，圆证本有之佛性而后已。众生视佛皆是众生，以故闻佛之言，见佛之行，不即信受，谓为幻妄不实，蛊惑愚俗者有之；谓为弃伦理，害正道者有之；谓为愈近理，大乱真者有之；然佛固不以此而弃舍也，只可待时节因缘成熟，以行度脱耳。多有始以不知而妄辟，继以深知而力修，后以真修而悟证。由是了生脱死，超凡入圣，广垂言教，启牖后人，以其了知佛之立佛圆该，世出世间，一切善法不独不悖世法，而复大有益于世法。论修持则毫善弗遗，而一心无住；谭谛理则一尘不立，而万德圆彰。以故具超格之知见，有特别之志向者，无不归心而崇奉之，以期其己立、立人，自利、利他焉。亦有剽窃佛经要义，以宏儒宗，反加以极酷烈之辟驳，以关闭天下后世之人不入佛法。其本意不过以门墙见重，恐其不加关闭，则群趋于佛，儒门因之冷落。不知真上根人决不受关，而中下之士由彼破斥因果报应，生死轮回，谓为佛以此为诱惑愚俗之据。凡佛令人改过迁善，以及了生脱死等法，彼则斥为自私自利，以有所为而为，善即是恶，必期于无所为而为善，大悖圣贤克己寡过，下学上达之旨，及易书趋吉避凶，惠吉逆凶之道。徒以尽谊尽分，诚意正心为淑世善俗之术。于所以令人不得不尽谊尽分，诚意正心之根本，完全废弃。以圣人分上之事责凡夫以实行，故致善无以劝，恶无以惩。及至欧风东渐，则废经废伦之种种恶剧，通皆演出，其祸根正在破斥因果报应，生死轮回，及有所为而为，善即是恶，与自利利他，了生脱死，斥之为自私自利之偷心之所致也。于是有心世道之人，群思挽救之法。适有以罗两峰所著之《正信录》见赠，阅之心怀为畅。居士乘愿再来，以大通无碍之眼光，凡世俗所疑之事，如天堂地狱，人畜轮回，前身后身等，一一据经引史，证明其事。而道学渊源，名人至论，以及各种修持，与夫仗佛慈力，横超三界之法，悉皆详示，所以使人知其门径有所依凭，俾拘墟者得见天日，令孤露者归本家乡，其为利益莫能名焉。乃为校正字句，拟先铅印一万本，以为提倡。以后任诸慈善家屡屡续印，庶可遍布全国，而人同此心。适有潮阳郭辅庭居士，不惜工本，精刻精印佛经及各善书，函祈校正此书，并为作序。遂忘其固陋，略叙所以愿见闻者，由两峰所说，深信佛言，以五戒十善六度万行随分随力于日用伦常中修之，则生入圣贤之域，没归极乐之邦，庶不负本具之真如佛性，与如来大慈普度，两峰曲为倡导之一番婆心也。

中华民国二十年辛未季春，古莘释印光谨撰。

《正信录》序（二）①

学道以信为基。信者，三贤之首，万行之先，一切法之根本。李长者云：一切诸佛从此信生，故法界乘中以根本智为信②。随信心中理智现前，以信因契诸佛果法分毫不谬，方成信心。是以杂华首楞开显五位，必由十信而后洊。历十住、十行、十回向、十地以成佛果。若无十信，则十地不成。十信之初，心无十地之佛果，亦不可以谓之圆。信学人，欲与法流水接，当以观慧入于中道，研穷八识自然，流入萨婆若海，心精忽现，圆妙开敷，然后谓之妙信常住。即圣人之教，亦以笃信为善道之本，故曰：民无信不立也。罗先生两峰通鲁典竺坟之学，以正见入正信，勤修净业，洗心定泉，是明于第一义谛而欲转识成智者。又复广摭内外典录为一书，融会儒释之言，化我执而破邪见，以文字般若证明洙泗之道，其功甚巨矣。夫世智辨聪之流，偶读得原道本论一二篇，先入为主，而一己之身心性命，茫然未尝理会，好为诤论，求胜于口舌笔札间，其所为儒因地不真，亦非真为阐提者也。至于剽窃教乘，润色诗文，冀幸福田，贪著名相，或借之以惊世骇俗，自标奇特，举不可以称难信能信也。试读是编而起大疑，始可以入信，疑之不能，信更何论乎？信必加之以愿，愿必辅之以行，行愿并深，信力乃固如是学儒，方为真儒；如是学释，方为真释。道一而已，并行不悖。学人先自审其趋向而用力于格致诚正之道，则入此信心不远矣。

德园居士潘庭筠撰。

【校】

① 原文无题，此题为校者加。

② "信"字后，怀麓杂俎本多一"心"字。

《正信录》序（三）①

此录通儒释之分，又归诸净土，以砭宗门之空谈无悟，使修行人知有入手，可谓深切著明。盖吾儒谨于视听言动之非礼，至于克伐怨欲之不行，归于意必固我之俱无，合于喜怒哀乐之未发，此即摄心为戒，因戒生定之法也。惟性与天道为夫子所罕言，学者不得而闻。而从心不逾矩②之妙，亦未详切示之③。故④世疑忽然超越大彻大悟，或为吾儒未及。不知儒者，言性即觉性澄圆也，言诚即真心即实理也，言仁即大慈悲也。存心养性至于肫肫其仁，渊渊其渊，浩浩其天，上天之载，无声无臭，与十方圆明获大殊胜相等。然朱子释"格物致知"，谓用力之久，一旦豁然。又释曾子"一贯"，谓真积力久将有所得。盖资禀有清浊，工夫有久暂，其间时节因缘，未可俱令其一荐直入耳。法门如八万四千⑤毛孔，皆可还原⑥，《楞严》之圆通，《维摩》之不二，诸祖之话头，皆是也。如来谓彼等修行实无优劣。其后李延平令人观未发时气象，二程子半日静坐，至门外雪深三尺，亦示人以法门也。然此方之当机及古佛之发愿，不无差别。故文殊特拣耳根第一，而大势至之，净土次之。都摄六根净念相继与一归何处，有句无句，其为摄心穷识，同一作用而已。然三十年流水不闻声，起悟者绝少，而乐邦安养，世多有之，以此为归宿宜矣。两峰居士贯通内外典，是以援据浩博，剖析精严，可释吾儒之疑。而有志于释教者，亦得其门而入，不惑于空谈无悟，盖渡海之津航也。时余将随法驾诣五台菩萨顶，瞻礼文殊师利，故喜而序之。

乾隆壬子仲春望日，定香居士王昶书于京邸之闻思精舍。

【校】

①原文无题，此题为校者加。怀麓本诸序次序与此本不同。

②"逾"字后，怀麓杂俎本少一"矩"字。

③"切示之"三字，怀麓杂俎本缺，用"□□□"标之。

④"故"字，怀麓杂俎本缺，用"□"标之。

⑤"八万四千"怀麓杂俎本作"四万八千"。

⑥"原"字，怀麓杂俎本作"源"字。

《正信录》序（四）①

世常谓文人晚年多溺于佛，岂其然哉？杜子美《咏怀》云："本自依伽叶，何曾借倔佺，晚闻多妙教，卒践塞前愆。"夫必其实有前愆之可塞，而乃实有妙教之得闻也。东坡尝为正信和尚作塔铭，予未见其石本。而予尝于东莞资福禅院见坡公所为铭者曰：古之真人，以心为法，自一身至一世界，自一世界至百千万亿世界。如佛所言，皆真实语，无可疑者。故曰：此身性海一浮沤，心精妙明含九州。盖此义遍满具足，拈起即是，而皆以实信为归也。罗子两峰博学通识，以诗文翰墨驰骋艺苑者四十年矣，而其诣力所在，独持正定于三藏六部之旨趣，洞见其所以然，故尝举其所得于古人语言文字外者，以平实得疏通，以浅显得印证，以援据得指归。无《语》《豢》之幽深，而有诠解之徼妙，积成上下二卷，题曰《正信录》。吾友王子述庵既为序之，而余尤以为儒释之界域不必划分，亦不必有意斡旋，致启文义纷争之渐也。尝谓至实之义即是至虚，故曰：无实无虚。此则杜公所谓"塞前愆"而坡公所以铭正信者也，又奚序录之有哉？

乾隆五十九年岁次甲寅冬十二月十九日，北平翁方纲序。

【校】

①原文无题，此题目为校者加。

《正信录》序（五）①

初祖西来，不立文字。自南岳青原②以下，语多棒喝，话似疯颠，此乃度人不得已之苦心，皆不失西来大旨。逮宋元间，禅衲居士老婆舌说口头禅，公案纷纭，本来日昧。莲池大师别开方便之门，曲尽锤炉之妙，念彼弥陀，往生净土。夫往生之因，生于一念之诚，念念相续而莲华③芬馥，此即吾儒所谓诚则明。吾两峰居士，出儒入佛，悟证人天，作《正信录④》，穷诸妄想，究论万缘，以莲界之恩为归宿之所，以经传之文为近取之譬。嗟夫⑤！至道无岐，同归于一，生分别心者，其居士之罪人乎？言如宝筏，度己度人；身坐针锋，信人信我。具此阿閦⑥鞞，以我之信，求人之信，如水合乳，如磁引铁。则是书之有补于二氏，厥功甚伟，当与《法藏碎金录》同生天壤。欢喜赞叹而为之叙。

辟支迦罗居士江藩书。

【校】

①原文无题，此题目为校者加。

②"青原"怀麓杂俎作"清源"。

③"华"字，怀麓杂俎作"花"字，"花"通"华"。

④"正信录"，怀麓杂俎作"我信录"。

⑤"嗟夫"，怀麓杂俎作"嗟呼"。

⑥"閦"字，怀麓杂俎误作"閟"字。

《正信录》序（六）①

性命之理，吾儒罕言之，以其信者少也；我佛极言之，以其不信者多也。故憨山大师曰：　我信人不信，非不信也，不及信也。人信我不信，非不信也，不足信也。人信信言，我信信心，言果心会，无不信矣！儒也，佛也，同此信也，一而二也，二而一也。我信矣，犹有不我信者，我亦信之矣；不我信矣，纵有强言信者，心终不信矣。故自信敦诚，人信易欺，诚者日精，欺者日沦。智者识惑，惑起千差，照存独立，致道者以照照惑，贵智不贵识。近余从事于心性之学，采辑经藏中与儒书融会于心之言，成是书，名曰《正信录②》。儒释之道正不当以世智辨聪起分别执也。是为序。

乾隆五十六年岁在辛亥，衣云道人罗聘书于京师琉璃厂之僧舍。

【校】

①原文无题，此题目为校者加。

②"正信录"，怀幽杂俎作"我信录"。

《正信录》卷上

世界

经中刹尘二字，以一尘为一刹也。刹之多有如其尘，故曰刹尘。前明王霁宇云：天地间道理，本是如此。盖虚空即为无尽，是诚所谓大而又大者。若以自朝至暮，一日月经行之地，尽此虚空，是虚空亦渺乎小矣。何以云虚空无尽，不知一日月经行之天地，为一世界。此一世界，积至千为小千，积千小千为中千，积千中千为大千，总名曰：三千大千，是为一佛刹。将此佛刹，碎为微尘，凡一尘一世界，是为尘刹。此尘尘刹刹世界，各各星罗棋置于太空，各各有眷属相配，极整齐极庄严者也。故曰：华藏庄严世界海。冯具区、管东溟、屠赤水制有华藏庄严世界海图，流行海内。据图详玩，我辈七尺，不但太仓稊米，乃纤尘之纤尘。然能纤尘我形体，不能纤尘我性体。华藏庄严世界海，在我性灵，又不啻纤尘，故曰：空生大觉中如海一沤发，人其无自小哉。

成住坏空

凡人立论，皆用情识。程夫子为理学至儒，何故只说有成坏、无住空？盖犹是情识之见也。《易》曰：通乎昼夜之道而知。知乎昼，兼知乎夜；知乎夜，兼知乎昼，此则尽天地之闭塞开辟，并未来际而知之，所谓知天地之化育也。且就康节先生所说，约略言之：朱夫子曰：邵康节以十二万九千六百年为一元（朱语止）。因思之：一日十二时，向暗者六，子、丑、寅、酉、戌、亥是也。

向明者六，卯、辰、巳、午、未、申是也。叠相推荡，周流不已。积成日是此干支①，积成岁亦此干支②。积成元会运世，亦此干支③。三十年为世，三百六十年为运，一万八百年为会，十二万九千六百年为元。以一会言，初为子会，再为丑会，子丑寅卯十二俱历完，是为一元。子会以前，天地晦冥，至此则天开于子，轻清者上浮，日月星辰布列，历一万八百年。子会终，则交丑会，乃地辟于丑，重浊者下沉，山河大地俱有。丑会终，则交寅会，是为人生于寅，人虽生，不过牛首蛇尾之类，茹毛饮血之流。此会尽，则为卯、为辰，亦是每一字管一万八百年。至巳会，则人物繁盛，大明中天，尧舜正在此会。又阅至午会，自夏、商、周以来，直至于今，皆属午会。由午而未，由未而至申、酉、戌，一元之运逮衰，万物之机当息。至亥会天地镕液，化为浑沌，杳兮冥兮，所谓一元即终也。终则必始，如环无端。元生贞下，复转剥终，依旧再造天地，数岂有尽哉。十二字，凡十二万九千六百年。为酉、为戌、为亥、为子、为丑、为寅，谓为夜可也。犹夫一日中，酉、戌、亥、子、丑、寅为夜也。为卯、为辰、为巳、为午、为未、为申，谓为昼可也。犹夫一日中，卯、辰、巳、午、未、申为昼也。诸佛在三界外，居常寂光土，眼看元会流转，如指诸掌。即阅历午未，纷纷扰扰。又阅历申酉，见天地人物消隙。又阅历戌亥，见寂杳者若干时。彼建立者成也，宁定者住也，消隙者坏也，寂杳者空也，是造化已将成住坏空四字，明明平铺匀列，各若干年，而何以收其二，弃其二也。只因程子生在午运中，文明昌盛，但见生趣浓厚，不见名相杳冥，故如是立论也欤？程子说坏，亦是不得已而为言，彼原见得世界，只有此成；又以理裁决，知成必有坏，故以成坏二字结之，乌知住与空哉？既不知佛慧，又不信佛言，其不知住与空也固宜。虽然，此就邵子皇极经世图立论，其实成住坏空，又不如是说。

【校】

①②③"支干"，怀麓杂俎本作"干支"。

山河大地

一切山河大地，为其有形质也。形质谓之生，凡生皆有死。惟此性灵者，不受生死累。旧云：最不坚牢的，是四大身躯。四大，地、水、火、风也。山河大地，亦是四大和合，总不坚牢。对性灵视之，更不坚牢。在俗情视为坚固法身，在道眼视为幻妄虚体。以凡理论，江彬将谋不轨，则牛首震吼。宪宗将易太子，则泰山震惊。周王治世，则海不扬波。世宗御宇，则河清三日。甚至射潮潮退，鞭山山移，长城可以哭而倒，流水可以喝而分，凡此皆①为我意想坚凝所提挈耳！岂得如真②常之性体，历③万千劫不坏？金刚不足喻其坚，舍利不足方其固，诚哉坚固法身，若夫山河大地正未也。金沙太史王损庵曰：天下之有形者，未有不从缘而生者也。形莫著于地，亦莫坚于地，且以地言之，其成也微尘聚焉，其住也大气举焉，非缘生而何？缘生则无自性，故幻术者能使缩，上失政能使震，神通之人能变为黄金，而沧海桑田之变迁，且人人能言之，有性者不应如是。以无性故缘生，以缘生故无性。

至坚者山，若具千万年之体，不知皆可崩，非幻妄而何？至坚者地，若似乎具巍巍不动之体，不知皆可震撼，皆可陷溺，非幻妄而何？大凡物可以动而毁，大地可以震而陷，亦足以征幻妄矣。识者谓系缘生，谓无自性，旨哉言乎？

【校】

① "皆"字，怀麓杂俎本作"总"字。

② "真"字，怀麓杂俎本作"贞"字。

③ "历"字前，怀麓杂俎本多"贞常性体"四字。

天堂

天堂第一层，名四王天①。第二层，名忉利天②。第三层，名焰摩天。第四层，名兜率天。第五层，名化乐天。第六层，名他化自在天。第七层，名梵众天。第八层，名梵辅天。第九层，名大梵天。第十层，名少光天。第十一层，名无量光天。第十二层，名光音天。第十三层，名少净天。第十四层，名无量净③天。第十五层，名遍净天。第十六层，名福生天。第十七层，名福爱天。第十八层，名广果天。第十九层，名无想天。第二十层，名无烦天。第二十一层，名无热天。第二十二层，名善见天。第二十三层，名善现天。第二十四层，名色究竟天。第二十五层，名空无边处天④。第二十六层，名识无边⑤处天。第二十七层，名无所有处⑥天。第二十八层，名非想非非想处⑦天。自四王天⑧至他化自在天。名欲界。自梵众天至色究竟天，名色界。自空无边处⑨天至非想非非想处⑩天，名无色界。总名三界。自梵众天至大梵天，凡三天，为初禅天。自少光天至光音天，凡三天，为二禅天。自少净天至遍净天，凡三天，为三禅天。自福生天至色究竟天，凡九天，为四禅天。教中每言初禅、二禅、三禅、四禅等天，皆指此。以忉⑪利一天言之，台榭庭阁，水沼花林，杂色珍奇，最胜可观。又有众鸟和鸣，又有天人常奏天乐，天众于此，观东忘西，观西忘东，思衣衣来，思食食至，受胜妙乐，皆是福业所感，一一自然化生，不假人办。五通自在，五欲具足，人皆化生⑫，寿凡一千岁，以人间百年，为此天一昼夜。焰摩天则二千岁，以人间三百年，为一昼夜。诸天寿命，皆就此数增加而多，其乐亦胜。虽然，天福寿尽，随业轮回，故曰：三界如同牢狱。又曰：三界无安，犹如火宅。佛所以倦倦不教人生此者，良以此地实不美也。

【校】

①②怀麓杂俎本无"四王天"，其第一天是"忉利天"。"忉"字，怀麓杂俎本作"忉"字。

③"净"字，怀麓杂俎本无。

④"空无边处天"，怀麓杂俎本作"名无边空天"。

⑤"识无边"，怀麓杂俎本作"无边识"。

⑥⑦"处"字，怀麓杂俎本无。

⑧"自四王天"，怀麓杂俎本作"自忉利天"。"忉"字，怀麓杂俎本作"忉"。

⑨⑩"处"字，怀麓杂俎本无。

⑪"忉"字，怀麓杂俎本作"忉"字。

⑫"人皆化生"，怀麓杂俎本作"七种化生"。

天宫

天宫快乐极矣；为宫、为殿、为台、为榭、为沼、为池、为栏、为楯①，岂同人力所成！天然之妙，一气呵成；神输鬼运，算思莫测。凡假琢削于班输者，虽极雕镂，止谓人巧，不若天工，以天工不借雕琢也。岂真宰元枢，灵元妙炁②，如帝天之密构，而乃索栋梁于邓林，求凿筑于畚插？殆不知真宰元枢，灵元妙炁之作用也已。或曰：《隋书》云：潞州刺史幸彦之有功德于民，天上构新室以待之，制极宏丽，无何而彦之卒（《隋史》止）。谓之构得，无犹烦造作？曰：自无而造有，均谓之构。有勉然之构，有天然之构，不可同日语。

按归西纪实，有明海王别驾季和名宇春之弟宇熙，生平渴慕天宫，所作善事，多回向于此，病将终时，果来迎往天界。季和深于佛法，知其不美，令持名生净土，果转而生净土，俱确有名征。

【校】

① "楯"字，怀麓杂俎本作"楣"字。

② "炁"字，怀麓杂俎本误作"无"字。

地狱

《隋史》云：赵文昌至冥，见秦将白起，披发居大粪坑受苦。《梁史》云：西河刘萨何暴亡，心下犹暖，其家未即收殓。经十日更苏云：十八地狱，随报轻重受诸苦楚。又公安会元袁玉蟠宗道云：亲经鬲子地狱而返。又义兴学宪曹安祖应秋云：伯兄病笃，亲经血海而还，所见境界不可说，不可说。故善星比丘生陷地狱，琉璃大王活入泥犁。《易》所为坎，坎者陷也，其义极微，地狱之义非陷之义耶！

按南洲地下地狱，第一重名等活狱，寿长五百岁。每一昼夜，比人间一万六千二百俱胝年。俱胝，此地云千①万。第二重名黑绳狱，寿命一千岁。每一昼夜，比人间三万二千四百俱胝年。第三重名众合狱，寿二千岁。每一昼夜，比人间六万四千八百俱胝年。第四重名叫号狱。第五重名叫大号狱。第六重名炎热狱。第七重名极热狱。第八重名无间狱。第四重狱至第八重狱，其寿命俱与第三重同加倍增下，苦报尽，方始得出。狱之高广，以由旬计。

等活到无间狱，凡八重，为根本大狱。每一大狱，有四门，每门外一一有四游增小狱（游增者，谓有情游彼，其苦增故）。以一重言之，各有十六游增小狱。十六者：一黑砂、二沸屎、三铁钉、四焦渴、五饥饿、六铜镬、七多镬、八石磨、九脓血、十星火、十一灰河、十二铁丸、十三斧斤、十四豺狼、十五剑树、十六寒冰。诸苦受尽，然后命终，是为十六游增，重重皆有是十六游增。以第一重等活狱言：罪人手生铁爪，递相瞋忿，相挝肉堕。又手执刀剑，递相斩割，身碎已死，冷风吹活，或狱卒喝生，罪人自想，我今已活，故名想，又名活。久受苦已，出想地狱，悼②惶驰走，至黑砂，至沸屎，乃至十六寒冰，然后命终。以第二重黑绳狱言：以黑③铁绳絣直罪人，铁斧砍碎，又絣锯之，或风吹铁绳，历络其身，皮骨焦烂，苦毒万端，久受苦已，出黑绳，驰走十六游增，然后命终。以第三重众合狱言：或两山合压，骨肉糜碎，或铁象蹋身，或铁杵捣，大石压，脓血流地，众苦并至，久受苦已，出众合狱，次第至小游增，然后命终。以第八重言：往返铁城，大火交射，万毒并至，凡所遇者，皆恶食、恶声、恶臭、恶触，无弹指顷④歇，故名无间。久受苦已，次第至小游增，然后命终。此狱周一万八千里，墙高一千里，悉是铁为；上火彻下，下火彻上；铁蛇铁狗，吐火驰逐狱墙之上；狱中有床，遍满万里；一人受罪，自见其身。遍卧满床，千万人受罪，各各自见。身满床上，众业所感，获如是报。泥犁即狱，阿鼻即无间。其边地狱，名八寒地狱：一頞浮陀，二尼赖浮陀，三阿吒吒，四呵⑤波波，五呕喉喉，六郁波罗，七波头摩，八摩诃波头摩⑥。呵波波者，狱中冷气逼人，众口止闻呵波波声，即以名狱。波头摩即红莲花⑦。摩诃波头摩，即大红莲华。红莲华者，严寒逼切，身变折裂，如大红莲华，见《俱舍光记》。⑧罪人冷冻不堪，头裂如红莲华⑨，故以名狱⑩。四大部洲地狱，按南洲有正有边。东西二洲，有边无正。北洲，正边俱无。正狱在⑪南洲地下。旁者，在地上铁围山间。三洲人造罪，皆来南洲正狱及西边狱中，受其苦报。此皆详教乘法数。

【校】

① "千"字，怀麓杂俎本作"十"字。

② "憻'字，怀麓杂俎本作"章"字。

③ "黑"字，怀麓杂俎本作"热"字。

④ 怀麓杂俎本无"顷"字。

⑤ "呵"字，怀麓杂俎本作"阿"字。

⑥ "八摩诃波头摩"，怀麓杂俎本作"芬陀利"。

⑦ "波头摩即红莲华"，怀麓杂俎本作"芬陀利今之栀子花也"。

⑧ 自"摩诃波头摩"至"见俱舍光记"一段，怀麓杂俎本无。

⑨ "红莲华"，怀麓杂俎本作"栀子花"。

⑩ "故以名狱"后，怀麓杂俎本多"芬陀利即白莲花"句。

⑪ "在"字，怀麓杂俎本作"有"字。

阎王

人称地狱十王，人乌乎知？惟载在书籍，始知之。至汉明帝，金人入梦，而佛法至。朱夫子云：佛法未入，未尝有死而复生者。不知佛法未入，何尝无死而复生者。《史记》云：秦穆公死去，七日苏。赵简子死去，三日寤。寤时俱云：我之帝所甚乐。想二公应再寿再贵，故得往帝所未可知。否①则堕沉冥中，如高山辊②石，如铜丸走坂，焉望来告哉？惟自汉历唐、历宋、历明，事事渐就浇漓，亦事事渐趋渐备，闻见广，变故多，经历久，试验深。正史已大书韩擒虎为冥王。其他史如寇准、蔡襄、韩琦、范仲淹，以至前朝海瑞、郑晓、蔡完、林浚、徐昌谷、赵用贤、蒋焘，俱为冥王，俱历历有据。若夫蒋焘为王，则云间太史陆子渊死时自记者也。赵用贤为王，则莲池大师亲为笔记者也。莲池大师云：少宰赵公定宇，与云南巡抚陈毓台同年，公以万历丙申三月望日捐馆时，毓台在任，因内人病，扶乩请神，神判以死，因恳乞救援。神云：五殿阎君方新任，其人刚正，不可以私干③，无以为也。问新任何人？曰：常熟赵某耳。俄而讣至，则任期与讣期吻合。陈大惊异(见《莲池笔记》)。管东溟曰：张浩字义卿，虞庠博学好谊之名衿也，生前信余甚笃。垂殁三日间，能历历道前生事：在晋为某，在宋为某，在明两为边将，今为冥府五殿王赵公署为记室。表帝，帝允秩正四品。阎君待以仵属之间。赵公即余同榜友，吏部左侍郎定宇讳用贤者也。事见云南抚院陈毓台奠章中（见《管见酬咨续录》）。嘉靖中陆詹事深，死三日而苏，语其子楫曰：取笔记我语，我病渐时，不见若辈，觉身坐厅事，有黄衣二人跪于庭云：奉王命召公。余方用置对，忽身已上舆，黄衣前导，随者数十人，余心甚骇。舆行如飞，至一城，黄衣请曰：当去舆从步。顷刻间已失舆，两人扶而走，足不著地。至一城，黄衣又请曰：请改服。不觉已易衣矣。又良久，抵一城甚高，楼橹皆如京都制，可十余里。至阙，阙门④数重，大殿巍然，有王者冕旒坐殿上，一黄衣先入唱曰：奉命追松江陆深已到。王起坐曰：入之。余从东阶庑下北面立。王南面呼余曰：子渊识我否？余曰：殿下莫非当年蒋焘耶？盖余为诸生时相习耳。从者呵之曰：奈何犯我王讳。王曰：此我故人，无迫之。王曰：子渊尔官居一品，寿应八十，以犯三大罪，十二小罪，故官降三品，寿减一纪。是年余方六十八岁。闻是语骇然曰：深得毋死耶？王曰：非死何以至是？因命吏取詹事簿籍来。须臾持簿至，余阅之，见生平所言所行，无一不记，其末以朱书总核其罪。余因丐王，幸念夙昔，使得毕其寿命。王曰：此非寡人所得专也。主⑤在帝，寡人为故人受罪，姑假以两旬，俾治后事，其无为子孙计。命黄衣送之。已出门，复呼入曰：若兹来也，于地⑥狱无睹，何以警传世人。黄衣导观诸狱，景象甚惨，目不忍视，狼狈而走。出城从高原上行，久之，甚昏黑，忽见一灯微明。既近，则其尸卧于床，心恶之。黄衣推之使附，乃苏。又两旬，黄衣复至，詹事遂长往矣！阁学朱平汉曰：蒋焘字仰仁，武功伯徐有贞之甥，系长洲诸生（见朱平汉⑦小品中）。由此观之，不足以征阎王之凿凿哉？

【校】

① "否"字，怀麓杂俎本作"不"字。

② "辊"字，怀麓杂俎本作"滚"字。

③ "不可以私干"，怀麓杂俎本作"不可干以私"。

④ "阙门"，怀麓杂俎本作"阙门门"，多一"门"字。

⑤ "主"字，怀麓杂俎本误作"王"字。

⑥ "地"字，怀麓杂俎本误作"此"字。

⑦ "汉"字，怀麓杂俎本作"涵"字。

轮回

山阴王龙豁曰：人之有生死轮回，念与识为之祟也。念有善恶，往来不停，便是轮回种子。识有起灭，倏忽不停，便是生死根由。此是古今之通理，亦是现在之实事。儒者以为异端之学，讳而不言，亦见其惑也已。此龙溪之言，可谓不磨之鉴。谓祟在念与识，遂成轮回。窃臆前五识所交接，传于第六识，第六识所造作，栖于第八识，盘据胶滞，垢之窟也，业之府也，无有倾倒底里之法。只有参究一路，朝磨夕勘，参到前后际断之时，一念不起，所谓水银将死，心花欲爆，悟门开矣。一了百当，透见本来面目，是为根本智。又有四智：曰成所作智；曰妙观察智；曰平等性智：曰①大圆镜智。成所作智，前五识所转也。妙观察智，六识所转也。平等性智，七识所转也。大圆镜智，八识所转也。故曰：转识成智。

王述庵曰：念念迁流，即是轮回根本。故当因戒生定，至于时节因缘一到，如桶底脱，则为坚固大定，世出世间十方圆明获大殊胜。②

【校】

① "曰"字，怀麓杂俎本无。

② "王述庵曰"及以下五十字，怀麓杂俎本无。

转畜

堕畜生道者，如郗后之蟒、飞燕之鼋、蔡元谟之蛇、夏英公之龙、章元桢之猿、李微之虎、陈国之牛、周震之驴、李时进之骡、江廷斌之马、李审言之羊、瞿学究之犬、缅家奴之狐、刘机之豕、彭好贤之蚓，如此等者，缕缕不尽，岂尽谬耶？然犹曰稗官也，小史也。若至如牛哀为虎，见《史记》。如意为狗，见《汉书》。宣母为鼋，宋母为鳖，见《晋书》。彭生化为豕，伯鲧化为熊（音乃平声、三足鳖也）①，见《左传》。《左》《史》《汉》《晋》等书，岂小说耶？总之，轮回以三②业为变迁，三业以识田为归宿。有善画蛇者，生变蛇相；有善画马者，活现马形，皆识为之也。释门有③转识成智之法也。

【校】

①注文"音乃平声三足鳖也"八字，怀麓杂俎本无。

②"三"字，怀麓杂俎本误作"二字"字。

③"释门"和"有"之间，怀麓杂俎本有"所以"二字。

鬼神

鬼神无今古，但鬼是鬼，神是神，人常并称之，可以情理通。宋儒以鬼神者，二气之良能，造化之功用，认定理气之寂入寂出者，即是鬼神，故将一切鬼神尽行抹煞。不知天地间，为魑魅、为魍魉，无所不有。恐为理所障，目所碍，不能研究得到耳。即以道理论，阴阳二气，鼓铸变化，无不肖像而出，变态以呈。如阴阳之气才薄去，大地中即忽然生菌，具有五色。且即蠕蠕蝡动者，百千营窟于内。如阴阳之气才分判，大空中即忽然虹现①，亦具五色。亦即有如驴首者，垂首下饮于溪，即属变化，其形其象，岂可方物？《易》曰：在天成象，在地成形，变化见矣。昔禹铸九鼎以象神奸，无使民不逢不若，盖从诸方绘怪物之形以铸于鼎，为魑魅、为魍魉，使民易识耳，岂创设以骇见闻？总而言之，论事物，则参差万态，圣哲不能齐。论道理，则兼总条贯，群论不能外。何者前此鬼神？何者是而今鬼神？难信者是也。伯有为厉，使是理道外之属。何以云立公孙泄？及良止乃止，可以厉而厉，可以止而止，仍是道理中事也。天下事物有二，理道亦有二耶？少所见，多所怪，请将《十七史》《二十一史》《文献通考》《太平御览》《太平广记》等书，熟读一番，再为立论可也。至于寻常鬼神，只如饮食起居，全无一毫奇异，轻肆勾除，揆之理道惬否？

王昶曰：天神皆降，地祇皆出。精气为物，游魂为变。《易》《礼》所言，分明有形有色，有情有状，特凡眼不之见耳。周公谓多材多艺，能事鬼神。孔子指斥子路，言其不能事，非为鬼神论也。②

【校】

① "现"字，怀幽杂俎本作"见"字。

② "王昶曰"及以下六十九字，怀幽杂俎本无。

鬼

《礼经》云：人死曰鬼。是必明有此类，而后以此加之。不然，死则死耳，业既化虚无，又何为立此名色？孔子曰：祭则鬼享之。是必明有此物，而后以享之一字加之。不然，祭则祭耳，何为有设馔者，即有来馔者。蔡沈《书经注》云：商俗尚鬼。使无鬼，俗何以尚？陈澔《礼经注》云：乡人祃。祃者强鬼之名。使无鬼，强何以名？鬼之火曰磷。苟无鬼，磷字作何解？虎之鬼曰伥。即无鬼，伥之义何由名？程子曰：世间有鬼神凭依以语者，盖屡见之。是明乎所见之非妄。谢上蔡曰：形气离而有鬼，知此者为智。是明乎言无鬼之为愚。诚者真实无妄之理，见实理原如此[①]。释门所说饿鬼，各各种类，有六十四，惟至人知之悉，故区分之详。若谓无形无体，何从得饿？其无鬼之说，固结而不可解者。试问今之猖亡何欤？猖亡者，坊厢中，乡鄙中，有一种无祀之鬼，亦能为祟于民，俾不安堵，犹民间游手乏食之棍辈也。若敖氏之鬼，不其馁而。楚子文已道之。鬼有所归，乃不为厉，郑子产已析之。即如每岁各畿省郡县，清明节，七月望，十月朔，城隍神皆临厉坛，破费钱粮正额若干，我国家又何以行此无益之事哉？其烛照于幽冥者深矣！今释门放焰口，乃施食饿鬼也。世俗中，颇有凿凿言其效验者。

稗史家言鬼，罄墨不胜书，聊记数则，以征不谬。宋儒张敬夫在淮上，夜闻小鸡声，以数万计，起视之，见灯明[②]满地。问之寺僧云：此旧战场也，遇天阴晦则有。此语在性理，岂为虚谬？魏武子有宠妾，命其子魏颗曰嫁。及疾重，命颗曰：为殉。武子死，颗嫁之。曰：人病则昏乱，吾不从乱命，以治命。秦晋之役，颗与杜回战，颗见老人结草以亢杜回，杜回踬而颠故获之[③]。夜梦老人曰：吾乃所嫁妇人之父也。尔用先人治命，予是以报。语在《左传》，岂为虚谬？阮瞻作无鬼论，自谓此理可以辨正幽明。忽有一客诣瞻曰：鬼神古今所共传，君何得言无？仆即鬼也。于是变为异形而灭。语在《晋史》，岂为虚谬。

【校】

① "如此"前，怀麓杂俎本多一"自"字。

② "灯明"前，怀麓杂俎本有"弥望"二字。

③ "颗见老人结草以亢杜回，杜回踬而颠故获之"二句，怀麓杂俎本无。

怪

　　子不语怪，非无怪也，但不语耳。语则启人惶惑，乱人聪明，令人败经常而务悠谬，非谓其无而不语。若谓无，则力乱神①，亦无也耶？不知怪实实流行存著于两间，以抒其变幻幽元，即秃颖、敝帚、破缶、败甑，皆能露灵作祟。彼《春秋》《左传》所谓石言于晋，穀洛斗者（穀，水名，在河南。穀洛斗者，二水泛溢也）②，毁王宫，楚王谥成乃瞑。晋文枢声如牛，内蛇与外蛇斗于郑③，是为何说？然后知怪之对常，如昼对夜、寒对暑、往对来、高对下、多对少、大对小一般，不偏觭也④。谓无怪者，非也。夫子即不语，又何尝禁语？《诗》云："履帝武敏歆，攸介攸止。"夫子不删，何意？"天命元鸟，降而生商。"夫子不删，何意？《国语》云：季桓子穿井，获如土缶，中有羊马，使问仲尼，仲尼曰：木石之怪曰夔蝄蛧⑤，水之怪曰龙罔象，土之怪曰坟羊。夫子又言，何意？噫！圣无不通，物⑥无不格，叩无不应，特不恒语，故曰不语。乃其意，则扶常立经意也。

【校】

①"神"字，怀麓杂俎本无。

②注文"穀，水名。在河南。穀洛斗者，二水泛溢。"怀麓杂俎本无。

③"内蛇与外蛇斗于郑"，怀麓杂俎本作"内蛇外斗于郑"。

④"不偏觭也"后，怀麓杂俎本有"苟止有常无有怪，彼豫章张真人何人，斯与我辈一般凡流耳。衣冠同、相貌同、嗜酒色同，世享朝廷之俸，历汉、唐、宋、元、明以来不替，且与衍圣公并存不朽，岂非驱邪缚魅之能，肃清海岱之业，千古无两。不则妖魅横出，生民无一刻宁矣"一段。

⑤ "蜗"字，怀麓杂俎本无。

⑥ "物"字，怀麓杂俎本作"元"字。

魔

释门动称魔，天地间原有是妒害之祟。惟修道者偏易招惹，即鬼神忌盈之故。亦修道者自起罅隙，魔遂乘之而入①。亦有与魔毫不干涉，而无故来挠者。如炼鼎者，丹将热，遂成败坏。天宫群享天福，亦有修罗战斗争构，此种魔福极大，魔力极猛。乃从夙世中，广修善事，而动杀机与瞋②心不断者。至《楞严》所称五十种阴魔，则就自心还自贼，驱除甚难。良由五阴之覆盖，最深细微渺。故魔亦在危微难控之天，非经中胪列详备，未有不落其彀中者也。姑举怪以证魔。有僧向余云：终南山最难居住。周围广千里，有地可耕可植，听修行③者荷锄深入。但怪来甚多，无论白昼昏夜，有形质奇异者，有姝女美倩者，有即化成父兄、朋友、妻子来相劝诫者，只是一味不理他，万事俱休。稍出一语，动一念，即著渠祟矣！盖深山无人，顽石枯桩，受千万年日精月华，遂成此等。然亦小丑耳，不能为有道者祸也。即此可喻魔之万一。《大乘》诸经，皆有咒，名陀罗尼佛。谈经忽说咒者，恐后世众生，受持诵读，魔来挠乱，故说一切咒。《楞严经》云：若不持咒，而坐道场，令其身心远诸魔事，无有是处。《金光明经》云：十地菩萨，尚以咒护持，何况凡夫？又《止观》云：若诸魔障恼乱坐禅，行者当诵《大乘》方教中治诸魔咒。若出禅时，亦当诵咒。

管东溟有三魔辨，为屠赤水临终之悔而作也。何谓三魔？谓杀、盗、淫。三根所结之魔也。说魔莫辨于《楞严》所云五十种阴魔之说。当知此魔，乃与修佛道者④作障之魔。从修三摩地，路头稍错而致⑤，此三界之大魔也。余所谓三魔，乃就道经之魔而言。盖从身三业上起，因带著口四意三浅根而结成者，此魔尚未能与修佛道者⑥作障，而偏与人间天上之正神正士作障，正三教中之切近邪魔。试剖之道经，莫酷于杀魔，杀魔之王，即佛家之所谓天修罗也。此王能与天帝争。其次，尚有三种修罗，亦能横行于神鬼人畜道中，阴为生灵之害，故道家净坛咒，必曰：魔王束手，侍卫我轩。正指修罗王言也。此魔专挠天界，罕挠人间⑦，故人间不以为虑。其次，莫秽于淫魔，如世所祀五显灵官等。惟除有福有德之宰官、居士，其闺闱不敢入，下此则能以神力乱其家室，亦能摄女妇之阴神，入彼⑧庙以污之。此魔既犯佛戒，亦犯天戒，而韦驮⑨不击，雷神不诛，何也？生前亦在人中有功德，佛天不遽绝其飨也。且其所污之女妇，亦有⑩夙因焉。操纵之权，半属之道陵子孙。而灵官以下，如狐魅等，则城隍亦能制之。此魔能挠人间，凡民虑之，圣贤则不必虑。除此两魔而外，又有所谓盗魔者，则大德大贤之不足虑，而小德小贤之所深虑者也。盖有一种世智辨聪之豪，其在世不能修大福，而能作小福，不能修大慧，而能发小慧。或从儒门出身，志欲躐等向上，而脱略于孔孟之庸德庸言。或从禅元二门染迹，志欲离俗腾空，而全昧于如来之正知正见。罪既未落三途苦趣，缘犹未入于带业往生，则上帝尚松之于神人两趣之间，使得游行名山洞府，与人相近，待报尽而后六道有归。当其未归之时，不傍仙家之洞天福地以为窟宅，则傍神界之虚空幻境以为侨寓，而生则为多种躁心偷心，于三教中不禁，此际发露，又幸上帝之不遽我遣也。则并借上帝⑪之威灵而矫诬之，以耸凡夫之听。其实采人间英灵子之⑫精神以自王也。以其⑬借此机缘，影掠三教大义，凭鸾乩以警⑭提人，显附于神道设教，而阴亦求销生前夙愆者，原非大得罪于上真。然而根因全不纯正，境界亦不真实，其诱人必以未得为得、未证谓证之幻说，投其欲速见小之根，谓升仙成佛，别有一条路径，似⑮无资于三祗修正，九品往生也者。此谓临深以为高，加少以为多，不久必归于败露。而世有炼其术者，则豪杰士夫，往往受其笼络而不悟也，屠赤水之谓哉！赤水之信孙术士所炼宜真慧虚二鬼仙，不过鬼中之上上品，仙中之下下品耳。乃尊为大导师，跻之于七真八洞之上，盖未知宜真之先，受摈斥于吾娄昙阳仙姑也。然能出奇征幻境以惊人。故昙阳手自按剑而口责其假冒上真名号，以乱正法也。是亦盗魔之雄也。所以谓之盗者，上能盗仙佛之浅教以惊人，下能盗名士之精神以滋慧也。此魔却与淫杀二魔不同，虽不能动大福大慧之豪杰，而亦能动小福小慧之流，程子所谓当如淫声美色以远之。愚谓莫此若矣！吾非谓儒者，一信孙术士之术，一染慧虚之见，便作三业入三途也。谓此魔大伪似真，种深则根难拔，纵以多劫⑯修持邻圣证，不坠五⑰十种阴魔中，必坠五千退席比丘中，何可不于当生拔此根也。故作三魔辨，以惊浅学⑱之易为术士所罔者（见《从先违俗议》）。

王昶曰：人身之魔，以欲为重。藏大海底者，以肾水中生也。能与帝释战者，龙雷之火上炎，能挠清净心也。⑲

【校】

① "乘之而入"，怀豳杂俎本作"乘而入之"。

② "瞋"字，怀豳杂俎本作"嗔'字。

③ "行"字，怀麤杂俎本无。

④ "修""道者"三字，怀麤杂俎本无。

⑤ "致"字，怀麤杂俎本作"然"字。

⑥ "修""道者"三字，怀麤杂俎本无。

⑦ "间"字，怀麤杂俎本误作"界"字。

⑧ "彼"字，怀麤杂俎本作"塔"字。

⑨ "驮"字，怀麤杂俎本作"驼"字。

⑩ "有"字，怀麤杂俎本无。

⑪ "帝"字，怀麤杂俎本无。

⑫ "之"字，怀麤杂俎本无。

⑬ "以其"二字，怀麤杂俎本作"亦或"。

⑭ "警"字，怀麤杂俎本无。

⑮ "似"字，怀麤杂俎本作"若"字。

⑯ "纵以多劫"，怀麤杂俎本作"多劫纵以"。

⑰ "五"字，怀麤杂俎本无。

⑱ "惊"字，怀麤杂俎本作"警"字。"学"字，怀麤杂俎本作"儒"字。

⑲ "王昶曰"及以下四十字，怀麤杂俎本无。

人身难得

人身难得今已得，佛道难闻今已闻。

此身不向今生度，更向何生度此身？

娄东王中丞官山东时，得遇白猿精。临别，猿语王曰：汝曹母以人身容易而轻令失之，我修道八百余年，尚未得脱猿身。

吾宗近溪先生，与蜀中一猿相处，与谈名理绝胜，皆有超诣。告近溪先生曰：予修行凡几百年，意之所在，咄嗟可辨。上天下地，九洲八荒，无不可到，独不得为人。人身最贵，即欲为先生之舆台，亦不可得，而乃羡我乎？噫！超越之难何如。

前身

有人笑而问余曰：君能自知前身为花之寺僧耶？恐妄语耳！吾则不敢信。余曰：月明萧寺梦花之。前身为花之寺僧，同乎我者，且不胜①论。稽古以来，诸书所说，如冯京前身为五台山僧。张方平前身为琅琊寺僧。崔允前身为瓦棺寺僧。曹卿前身为嘉佛寺僧。真西山前身为草庵和尚。李嵩前身为澄空和尚。房琯前身为智永禅师。娄师德前身为远法师。曾公亮前身为青草堂禅师。袁滋前身为西峰禅师。王十朋前身为严阇黎。王岷前身为胡沙门。王鄂前身为百堂寺沙弥。宋度宗前身为行童。陈尧咨前身为南安主人。余志五前身为四祖寺僧。琅琊王练前身为胡僧。王三洞之子前身为居和大师。唐王前身为大瓢和尚。太保李维寅前身为伏牛山禅师。宰辅胡淡前身为天池僧。都宪张素前身为庵主。吏部虞淳熙前身为杭州僧。太仆卿王士性前身为峨嵋寺僧。状元费宏前身为充庵僧。新建伯王守仁前身为闭关②僧。同知陈云嵥前身为泗州寺僧。进士李商隐前身为妙高寺僧。太原进士华人前身为西域僧。太原进士王琼前身为西番僧。三衢王童灿前身为高丽寺僧。太学生郝子良前身为黎道人。《金陵琐事》云：尚书郑晓前身为僧。宰辅李东阳前身为僧。成国公朱希周、太常卿陈沂、临淮侯李言恭、状元朱之蕃、进士周元，前身皆是为僧也。

后身

人又笑而问曰：君之前身既知之，而君之后身，亦能自知耶？余曰：来因不昧，或能自知，否则或为人所知也。稽古为人后身者，复①不乏人。试听之：如赵鼎为李德裕后身。萧誉为许元度后身。郭祥正为李太白后身。潘佑为颜延之后身。刘沆为牛僧孺后身。边镐为谢灵运后身。田佑恭为马援后身。苏轼为邹阳后身。范祖禹为邓禹后身。宋康王为钱镠后身。韦皋为诸葛亮后身。严武亦为诸葛亮后身。王安石为秦王廷美后身。明大宗伯周洪谟为丁友崔后身。状元孙继皋为唐皋后身。大宗伯冯琦为韩琦后身。大司徒周忱为滕德后身。大学士高仪为于谦后身。少保胡宗宪为白侍郎后身。给事王嘉谟为张德镠后身。郎中马金为马廷用后身。侍郎夏元吉为屈原后身。大理寺②丞尚颖为李尉后身。少师杨溥子为石行人后身。高唐州林接五子为张越吾后身。他如戴探花大宾、卢太守希哲俱有所本。进士吴用先、进士耒俨然，谈隔世事如昨。

《正信录》卷下

儒释同原

天下止有一乾元，即毗卢性海，为千圣千贤之总括，乃诸天之统也。夫是之谓道岸，志于道，志乎此也。登道岸，登乎此也。古来诸名卿硕辅才人俊髦，留意佛法者甚众。于时故有纂《法喜》二志者，为澄江夏某纂《佛法金汤》者，有金陵冯某，将古今嗜佛者详列行状。今特析其名噪者以言：汉代只阙德润、曹子建、牟融三人者。晋代六朝则谢安、王羲之、王导、王坦之^①、许询^②、习凿齿、郗超、陶侃、王岷、萧统、孙绰、戴逵、顾恺之、谢尚、羊祜、陶潜、谢灵运、袁粲、孔稚珪、沈约、刘勰、陶宏景、阮孝绪、江淹、颜之推、庚黔娄其人焉。隋代则^③薛道衡、费长房、王通、杨素、裴寂其人焉。唐代则房元龄（编按：即玄龄，避讳作"元"）、杜如晦、长孙无忌、虞世南、褚遂良、孙思邈、房融、张说、宋璟、颜真卿、王维、王勃、李白、杜甫、白居易、韦皋、段成式、权德舆、李泌、柳宗元、裴度、刘禹锡、贾岛、苏晋其人焉。宋代则李昉、王旦、吕蒙正、杨亿、吕夷简、范仲淹、寇准、晁回、李沆、杨杰、文同、苏轼、苏辙、邵雍、富弼、赵抃、吕公著、王安石、司马光、张方平、文彦博、苏洵、杜衍、江总、周敦颐、尹焞、陈尧叟、冯京、陈瓘、杨时、黄庭坚、晁说之、胡安国、张商英、游酢、秦观、米芾、谢良佐、吕正己、胡寅、张九成、吕本中、王十朋、尤袤、张栻、刘子翚、周必大、叶梦得、真德秀、陆九渊、米友仁、吕祖谦、韩世忠、谢枋得、赵子昂、揭傒斯其人焉。此其大略，余不胜屈指。海虞玺卿瞿汝稷曰：历代名流宿儒，或行峻一时，或文雄百代，龙翰凤雏之彦，兰馨雪白之贤，归命法流，颐真灵筏者，未易更仆数。考其人之操履素业，皆彪炳史册，固未尝以嗜此而坏世间法也。或者谓当如淫声美色以远之，惟恐入于其中。夫饱粱肉者，必无求于糁粝；服缟者，必无取于短褐。以短褐而弃缟纻，以糁粝而弃粱肉，虽愚者不为也。使道德之蕴，不出于六艺；性命之微，无过于诸儒。则彼固皆含六艺之腴，入诸儒之室，何肯悦波词而译微言，就僻行而庋④大道乎？是弃缟纻而求短褐之类也，非人情矣！（瞿语止。）

【校】

① "王导、王坦之"，怀麓杂俎本作"王导之、坦之。"

② "询"字，怀麓杂俎本误作"珣"字。

③ "隋代则"三字，怀麓杂俎本无。

④ "庋"字，怀麓杂俎本误作"甕"字。

宋儒都①从禅学中来

既登洙泗之堂，何妨更入乾竺之室。宋之大儒有著脚佛门者，若指其人，则人人皆似。姑略言之：入寺讲习，终其日茹素者，程伊川也。入寺必拜佛者，邵尧夫也。舍宅为寺者，王介甫也。日课拜观音大士者，尹和靖也。见得佛与圣人合者，吕希哲也。书《心经》赠僧者，司马温公也。问道于②大慧者，吕东莱也。长庆寺修冥福者，程明道也。晚耽③于佛者，邢明叔也。读《大藏》三年者，黄山谷也。著《屏山十论》者，刘子翚也。以前路资粮为念者，吕居仁也。后来看佛书者，吕与叔也。劝温公学佛者，吕晦叔也。论《维摩经》者，晁说之也。以佛旨解《论语》者，游定夫也。解《金刚经》者，朱晦庵也。解

《楞严经》者，苏子由也。作投机偈者，吕正己也。序入《传灯》者，陆象山也。跋《莲经普门品》者，真西山也。序《中峰广录》者，揭傒斯也。作《庭前柏树子颂》者，张子韶也。谓孔子与佛氏之言相为终始者，刘元臣也。携弥陀画象一轴，为西方公据者，苏子瞻也。

【校】

① "都"字，怀麓杂俎本作"多"字。

② "于"字，怀麓杂俎本作"与"字。

③ "耽"字，怀麓杂俎本作"溺"字。

性理之说本自寿涯、东林二禅师

宋儒之最著者，周、程、张、朱。诸儒奉以为极则者张、朱。张、朱奉以为极则者，二程夫子。二程奉以为极则者，周子濂溪也。乃周濂溪则又得之寿涯东林二禅师。刘后村先生曰：濂溪学得自高僧（见《后村集》）。张横渠曰：东林禅师性理之说。惟我茂叔能之（见《宏一纪闻》）。陈忠肃曰：道学之说，东林授之濂溪，濂溪广之（见《莹中集》）。道学性理之说，实倡于涯师，而至于总师，总以授周子（《宏一纪闻》）。濂溪一日叩佛印，元禅师曰：毕竟以何为道？元曰：满目青山一任看。濂溪拟议，元笑而已。濂脱然有省（见《资鉴》）。濂溪早留心禅学，后参灵源。灵源曰：离心意识，绝凡圣路而学可也。公被逼责，无所用心，昼夜呆坐而已。偶于燕寂间，脱然开悟（见《尚直编》）。性理之说，古书皆不言。千五百年后，独周子言之。不知性理之说，东林授之濂溪。东林以前，各专己教，未能融会，至寿涯始以其词意发明《易》《中庸》之旨（见《性学指要》）。濂溪谕学者曰：吾此妙心，实得启迪于南老，发明于佛印。《易》道义理廓达之说，若不得东林开遮拂拭，断不能表里洞然，该惯宏博（见《尹氏家塾》）。胡汲仲曰：孟子殁千五百余年，道统潜绝。周子出，然后潜者复光，绝者复续。周子之传，出于寿涯禅师，而为首倡。程子四传，而得朱文公。文公复得张敬夫，讲究此道，方得脱然处（见《大同论》）。由此言之，禅教不但与吾儒不相悖戾，而且为①吾儒相资为用矣。

【校】

① "且为"二字，怀麓杂俎本作"为且"二字。

原道（摘要）

《华严经》云：如来普观法界一切众生，具有如来智慧德相。愚痴迷惑，不知不见，我当教以圣道，令其永离妄想执著，自于身中得见如来广大智慧，与佛无异。《辩正论》云：太昊本应声大士，仲尼即儒童菩萨，先游兹土，权行渐化，愍济五浊，宣布五常。

《破邪论》云：修道阶次，心行非一，皆缘浅以至深，借微以为著。其始修心，则依佛法僧受三归也。三归如君子之三畏，而又五戒，断杀、盗、淫①、妄语、饮酒，与仁、义、礼、智、信同。

《宏明集》云：仁者，不杀之戒也。义者，不盗之戒也。礼者，不邪之戒也。智者，不醉之戒也。信者，不妄之戒也。

《破邪论》云：太宰嚭问孔子曰：夫子圣者欤？对曰：某博识强记，非圣人也。又问：三王圣者欤？对曰：三王善用智勇，圣则某不知。又问：五帝圣者欤？对曰：

五帝善用仁义，圣则某不知。又问：三皇圣者欤？对曰：三皇善任因时，圣则某不知。太宰大骇曰：然则孰为圣者焉？夫子动容有间曰：西方有圣人[②]焉，不治而不乱，不言而自信，不化而自行，荡荡乎民无能名焉（引《列子·仲尼篇》之文）[③]。

老子谓尹喜曰：闻乾竺有古皇先生者，吾之师也。不生不灭，善入无为。绵绵若存，善入泥洹。还乎无名，吾今升就，亦返一源。

《文昌化书》云：予前世堕身为龙，得遇西方大圣人度脱。又云：在朝时闻方外之言曰：西方之国有大圣人，后遇隐者授以心印曰：此西方大圣人归寂法也。

【校】

① "淫"字，怀麓杂俎本作"媱"字。

② "人"字，怀麓杂俎本作"者"字。

③ "引《列子》·《仲尼篇》之文"注文数字，怀麓杂俎本无。

名言[①]

昔贤名言如屑，不胜胪列。惟自信自警，不堕邪迷，不堕荒废者，随摘随录，共五十五条。

汉牟子曰：老子绝胜弃智，修身保真。万物不干其志，天下不易其乐，天子不得臣，诸侯不得友，故可贵也。于是锐志于佛道，兼研《老子》五千文，世多非之者，以为背五经而向异道，遂作《理惑篇》。

宋晁明远曰：内典说心性之理，生灭去来，曲尽其妙。儒书不能到此，慎勿以世间法比类而非之。

娄东管志道曰：古之大圣大贤，皆以出世之心经世，经世事毕，还复归于出世。此亦儒生骇闻之说，而此语则从千锤万凿中来。古来命世之士，无一不从多劫了生死之因而来，且无论尧舜周孔诸大贤，己目击陆太宰五台先生将终趺坐，越宿而色愈妍。耿司农天台先生，将终发慧三日，隔垣闻语，此即经世事毕，还归出世之兆。

又曰：舜与孔子，俱从古佛化身，乘愿而来，乘愿而去，岂但儒家之经传所不道，即二氏家之典籍所不道，而愚敢作是言，使非根极理要，足以建天地而质鬼神，便当受拔舌泥梨之报。世人不信因果，故轻以悬想臆度锥人，但曰口过而已。愚则笃信大妄语之必入泥犁者，而敢明知故犯哉。

王龙豁曰：无者有之基也，是谓千圣相传无所倚之学。

王阳明曰：佛氏说到无，圣人岂能于无上加得一毫有。

耿楚侗曰：稽古至圣上贤，未有不出世而能经世者。徒志经世而未知出世，皆随世以就功名者耳。

李梦白长庚曰：如来金口宣扬妙旨，四十九年间，极力深谈，只恐一人之不闻，闻者之不信也。世如阐提无论矣！即所云信者，口是而心非，阳奉而阴违。或平居信向，而利害则违。或急难归心，而事定又懒。比比皆然者，何故？盖众生止见眉睫前事。如饮酒之必醉，好色之必羸，杀人之必偿，寇盗之必戮，多积之必散，高位之必危，事理必然，最易明晓。而世人一年不为十年计，今日不为明日计，寅卯不为申酉计，群然自堕陷阱，又岂肯说果报于隔因，信酬偿于异世哉？

又曰：众身生业无尽，我佛慈悲，以众生心为体。

又曰：年来骨肉凋残，情态煎迫，生理都尽，百念齐灰。只于佛前发愿，愿来世为僧，以了大事。

王凤洲曰：菩萨教化众生，不难舍尊就卑，以示出入之无间，观自在之所以达摩僧伽，文殊普贤之所以寒山拾得也。顺逆方便，不辞出入二氏，以明大道之无二，儒童光净之所以洙济，迦叶之所以苦县也。学者奈何显岐而交相嫉也。

又曰：菩萨阿罗汉者，多下降于此方。

又曰：吾向谓圣人之道，无有加焉者；乃今而后知有加焉者，瞿昙氏书也。

又曰：我流浪苦海，无复息期，赖救拔得假一线缘，求出生死路。又云：经世一念，久已灰冷。独于出世，不敢便自暴弃。但业障既深，根器已损，十二时中，念及畴昔放逸，过恶万状，但有悚汗而已。又云：盖棺之后，得免沦堕，于愿已宏。

王麟洲曰：吾辈原有慧根，只为多染，是生多念。有志学道者，须一念斩却牵缠，扫除诸虑，但患不得到此境界。却不须料理顽空二字，此二字自为钝根少染人设。

憨山大师曰：苍苍之表，何缘而有上帝？由修，由累世之修，由修善，由修千万亿善。虽然，天下有善之善，又有善无其善之善。善之善犹是时时勤拂拭，善无其善之善，则本来无一物矣。洗心于净，退藏于密，而又以所修千万亿之善归之于无声无臭，甚之浑之又浑，化之又化，斯其人何如？孔子所谓过此以往，未之或知。子思所谓渊渊其渊，浩浩其天之境也。岂千百劫以来，无有造诣至此者，则佛之谓。语及心性，不与天下竞众妙，而尽浑忘于寂灭名曰空门，空者，空诸所有也。非好为枯寂，以性灵原自空寂，非偏属顽空，恰是妙函众有，斯超之超，极之极，吾儒所谓比天更上一层，是也。周子所以独窥无始之始，无相之相，无善之善，直绘一无极，以加于太极之上欤？《易》曰：天且不违，则至尊亦有时逊让。又曰：乾元统天，则至尊亦在所兼该。

又曰：古来得道圣贤，或以饿死，或以佯狂死，或以剖心死，谓之抱所愿来，行三祇行于方寸，则清虚洒落，毫无点染矣。若颜子实系襄赞木铎之人，实系现身说法之人，应以蔬水箪瓢显。在六龙中，应以潜龙教化天下后世显。乃孔颜之因地乌乎知哉？孔颜之来意，乌乎测哉？

又曰：圣门高弟，俱不可测，同来倡明儒典，提拔衰世愚蒙。问仁问政，恣情颠倒；问圃问稼，甘受讥呵，识者谓为打鼓弄琵琶也。问宰我期年丧，何故曰安？曰以天下后世皆曰安也，故暂投世情，以受夫子之锤砭，俾天下人凛凛惕惕，以奉为大经大法，意甚深远也。虽受议呵何恤，否则《论语》一书，无所不言，而三年报本之丧，竟未见一畅发也，觉世谓何？故十哲中于宰我独曰言语，孟子称之，亦曰善为说词。

又曰：顽空与真空，实有分别，犹伯子之简与仲弓之简，相去径庭。顽空枯寂，如槁木死灰，是二乘人，释门所呵。真空万里虚涵，万行圆备，是大乘人，大士所尚。空可也，顽空不可也。故曰：真空妙有。虽然，即顽空又岂易得？世之人，憧憧七情六欲，仆仆利窟名窠，来一顽空，难之又难，先从枯寂入门，此又入道之良方也。故受戒者，先受声闻，后圆大乘。故大行王性海，与屠赤水约曰：我辈功夫，尤当从枯寂下手。

王昶曰：耳根圆通第一，亦先从人空、法空、空空入手。此三空尚是顽空，忽然超越，乃得真空。

陈白沙曰：六经皆在虚无里。

屠纬真曰：脱璎珞之衣，披华衮之服，登治于三五，而人不识其从来。本菩萨之心，行豪杰之事，至君于尧舜，而世莫窥其作用。横出竖出，总是真如，顺行逆行，无非佛事。曩有问于纬真曰：众生若知前后世事，则愕然知惧，翻然知改，不知造化何故吝惜？余曰：是众生之障重也。知则不敢为恶，此大福也。众生业重福轻，何由得知。人尽知，则人尽不敢为恶，众生累劫之业在，何由得此幸福也。

又曰：人到诸事沉溺时，能回光一照。此一照是起死回生之灵丹，千生万劫，不致堕落者，全靠此。又云：石篑公近与之游最密，于此事甚切，不似近时学佛以名者。乃弟石梁，信力亦深。

翁周野曰：回之屡空，正其近道也，而有以贫窭为解。赐之货殖，多学而识也，而以财富为解。且江汉濯，秋阳暴，上天之载，无声无臭，尚有何物哉？曰空，则有无不立矣！曰如，则独见真如矣！乃归之鄙夫，而已冥然罔觉解之，此学术大关键也。

沈士荣曰：佛说诸经，理深事广，文博义繁，此上诸师极口赞述，未能尽其旨趣。以言乎毁灭之罪责，状元康德涵，听友焚经，尚有不言之谴。杨公会宪亲聆康语，通判龙德孚往勘普陀，乘怒焚经，其受牛畜之愆。屠公纬真，载在鸿苞，儒者不察，动云火其书，慎之哉。焦漪园曰：内典所言心性之理，孔孟岂复有加。

王性海尔康曰：我辈生长尘劫。流浪万缘，茫茫苦海，业已濡首灭顶，未能一跃。便及彼岸，犹当从枯寂下手。

黄慎轩曰：若不常常照管，痛与一刀两段，何由三业清净。又云：比岁信力稍深，始知参学捷径，惟此西皈一著。

包柽芳曰：惟念百岁刹那，无常迅速，瞬息之间，改头换面。又云：倘非猛奋荡空积业，一丝未断，永劫沉沦，噬脐无及。张洪阳位曰：浮沤泛梗，飘泊生死海中，莫能自出。

李见罗曰：经世之人，不可以二出世之宗。胡庐出曰：何谓出世？超生死是也。即老氏所谓死而不亡。

焦漪园曰：出世如超出之出。

程伊川云：出那里去，是不通其语矣。

刘心城曰：腊月三十以后，乃实受其报耳。谈至腊月三十以后，道学先生，便将未知生焉知死。孔子家法，抹倒能仁公案。从古大圣，各应时节而生，羲皇以开草昧，唐虞以辟文明，孔孟以诛乱贼。当此乱贼纵横，人无君父之日，何可遽开出生死一路，使人不畏现在之刑诛，而先营未来之祸福？迨夫春秋之律令既明，汉室之三章再出，此世间明白可见之事，已了无剩法。而后与言生死，与言宗教，性相不离世间。而若从世间外，又揭出一明白可见之大事，此等机缘，固非井蛙夏虫辈，所可臆决而横诃者也。

冯具区曰：吾侪大夫，不能深心荷担大法，空手入山，岂不愧哉。合掌向佛，愿命尽为期。

周象湖曰：无常迅速，佛恩难报，人身难得，转眼四生六道。

王墨池曰：恨身业重，堕落富贵场中。总之命根难断，大事未彻，种种修持，都是业因。

张二水曰：佛祖法门，生死大事，岂可懵懂鹘突。

曹安祖曰：念家世仕宦，本是业寃；炫赫当年，凄凉冥路，庸遽可保。

包仪甫曰：所愧根劣，常多逗漏。犹望冥被，使不至堕落坑堑。

钱敬忠曰：跳丸冉冉，蕉鹿茫茫。方为蜗角之争，不顾蜗涎之竭。试问身心性命，全顿何地？茫然不知也。

尹澹如曰：无常迅速，念此五内酸裂。又云：爱纲牵缠，解说无期。若真正上根人，便能不离当下，而证真如。亦是发愿未真，故净游生死岸头，受此恐怖烦恼。

王东里曰：人世易度，大法难逢。一番蹉过，百劫千生。

张屺上曰：年力已徂，同归虚妄，安得不并六道众生，长夜轮转耶！

陶石篑曰：薄相之人，官至宫僚，千足万足，惟己躬下事，毫发未曾梦见，言之刺心。岂宜以有限时日，付之软红尘土中消歇耶？只为性命真学问，不啻视一身如鸿毛。

王衷白曰：堕落世网，三十余年。对境逐尘，牵缠莫断。从瞋染爱，烦恼无边。望彼岸以何遥，抱信心而难悟。

海门周汝登曰：死生只在转盼间，思之愈自著紧，诚不敢瞬息放松。又云：光阴易迈，时节难逢，各各俱入老境，拌命此生，以了千万劫之公案，是目今第一急务。换却封皮，不知又作何等面目；未出三界，必不能不迷失也。

于中甫曰：众生情生境发，觉路深局，乃安处火宅，相恬以嬉，非大慈父善巧方便，有永劫镬汤炉炭耳。

王弱生曰：提起念佛是谁，碌碌尘缘中，不能不著实奉行。到古人大休息地，不应得少为足，以自昧生平。

刘云峤曰：初年全副精神，用在举业，今始知有向上路也。浮华初落，本真未现。望葱岭，何但亿万里而遥，眼足双到，决非顷刻。发之短矣，将如心何？

涂念东曰：入云栖，值莲池师讲弥陀。遂同二三友人从此度岁，妄冀佛加。自恐根器浅薄，即耳提面命，仍归空手。

王存拙曰：此中消息，未易透脱，必刻刻如救头然，念念如丧考妣，闲忙无间，动静不二，方有相应处。

山阴王墨池《劝善续言》云：粤稽古昔，大圣大贤；谆谆劝善，万卷千篇。善则云何，对恶而诠；恶既难数，善亦无边。万行齐修，不遗巨细；富有日新，圣人极诣。挈领提纲，一言以蔽；到处慈航，惟人是利。堪嗟世俗，我相太浓；一膜之外，如隔苍穹。利若在己，百计蕴崇；于人则否，反面相攻。不思本来，原同太始；共是性情，何我何尔。悲则皆悲，喜则皆喜；呼吸相通，全无彼此。茫茫宇宙，人类若干；一人隔泣，满室何安。客尘虽混，本觉难瞒；众生良苦，言之鼻酸。拯溺救焚，自身不啻；呕出寸心，展开两臂。无誉可邀，无嫌可避；随触而施，何烦取譬。一念如是，念念皆然；共立共达，善莫大焉。出此入彼，舜跖天渊；人己二字，危微递迁。试听鸡鸣，谛观平旦；如日斯升，如冰自泮。大冶精金，几经烹煅；学问无穷，有何涯畔。语不云乎，金屑虽珍；纤毫着眼，障碍同尘。至善无善，妙性自真；有善丧善，大道未臻。我爱庄生，识养生主；善不近名，无善可处。托宿蘧庐，勿迎勿拒；无为不为，儒者以许。若求径捷，善恶莫思；是何面目，正恁么时。忽然捉著，涕泗交颐；通身是眼，作人天师。其或未能，且须摩厉；积善善昌，永永勿替。反是招殃，毒流数世；从生历生，如持左契。君今未信，请问诸公；谁作谁受，而枯而荣。哲人有训，语出内衷；愿言珍重，莫负塘翁（墨池又号南塘，塘翁，即自谓也）。

吾宗念庵先生曰：老氏曰无，圣人不讳无，言上天则无声无臭，言大易则无思无为，第其言不数数然也。佛氏曰空，圣人不讳空。鄙夫之问也空空，颜氏之庶也屡空。第其言不数数然也。原宪之不得为仁也，为其不无也。子贡之未达一贯也，为其不空也。然其于仁于一，亦不数数然也。

吾宗盱江先生曰：王南塘先生，持七俱胝真言，回向往生极乐世界。

吾宗近溪先生曰：爱惜身命，珍重机缘。千生万生，总在今日。

管东溟曰：罗近溪教人不离中庸，而心所注念，实在佛国。弥陀经世出世相妨乎否耶？

【校】

① "名言"篇，怀幽杂俎本有目无文。

儒书佛法同旨

五经四书，载放生、戒杀、报应、因果、托生、轮回等事。如《孟子》曰：有馈生鱼于郑子产，子产使校人畜之池，是言放生也。《礼》曰：毋覆巢，毋杀孩虫、胎夭、飞鸟，毋麛①，毋卵。又曰：士无故不杀犬豕。是言戒杀也。《礼》曰：仲尼之狗死，亦与之席，是言慈悲也。《论语》曰：以与尔邻里乡党乎②？《孟子》曰：哿矣③富人，哀此茕④独，是言布施也。《诗》曰：钟鼓喤喤，磬莞锵锵，是言求福也。《诗》曰：保佑命之，自天申之，是言降福也。《论语》曰⑤：非礼勿视，非礼勿听，非礼勿言⑥，非礼勿动，是言持戒也。《论语》曰：斋必变食。又曰：子之所慎斋，是言茹素也。《孟子》曰：太甲悔过，自怨自艾，是言忏悔也。《大学》曰：定而后能静。《易》曰：寂然不动，是言坐禅也。《论语》曰：仰之弥高，钻之弥坚，是言参究也。《诗》曰：诞置之隘⑦巷牛羊腓字之，是言来因也。《礼》曰：众生必有死。又曰：人死为鬼，是言去路也。《诗》曰：维岳降神，生甫及申，是言投胎也。《书》曰：五十登庸，陟方乃死，是言生天也。《大学》曰：言⑧悖而出，亦⑨悖而入，货悖而入，亦悖而出⑩，是言感果也。《孟子》曰：出乎尔，反乎尔，是言酬报也。《易》曰：天下何思何虑、是言息妄想也。《论语⑪》曰：朝闻道，夕死可矣。是言出生死也。《论语⑫》曰：毋意、毋必、毋固、毋我，是言无住著也。《大学》曰：有所忿懥，则不得其正。有所恐惧，则不得其正。有所好乐，则不得其正⑬。有所忧患，则不得其正。是言戒瞋恚除烦恼也。《孟子》曰：口之于味也，目之于色也，是言根尘也。《论语⑭》曰：爱之欲其生，恶之欲其死，是言情缘也。四十而不惑，是言觉悟⑮也。六十而耳顺，是言圆通也。《论语⑯》曰：吾斯之未能信，是言大事未明也。《易》曰：吉凶与民同患，是言广渡众生也。《论语⑰》曰：吾有知乎哉？无知也。是言真空也。《中庸》曰：万物并育而不相害，是言妙有也。《论语[18]》曰：曾子曰唯，是言当下了悟也。《论语[19]》曰：虽欲从之，末由也已，是言言思道断也。《中庸》曰：礼仪三百，威仪三千，是言细微[20]门也。《论语[21]》曰：中人以下，不可以语上，是言隐实显权也。《易》曰：大明终始，是言知过去未来也。《中庸》曰：夫妇之愚，可以与知，是言人人同具也。《中庸》曰：成己仁也，成物知也，是言自利利他也。《孟子》曰：尽其心者，知其性也，是言了明性地也。书曰：念兹在兹[22]，是言一心不乱也。《论语[23]》曰：予欲无言。又曰：天何言哉。又曰：无行不与，是言不用语言文字也。《易》曰：天且不违，而况于人，况于鬼神，是言天人师也。《易》曰：过此以往未之或知，穷神知化，德之盛也。是言佛世尊也。《大学》曰：在止于至善，是言毗卢法界也（系理学李见罗说）。《大学》曰：致知在格物，是言觉悟也（系王阳明说）。《易》曰：复以自知。又曰：复则不妄，是言回光自照也（系焦漪园说）。《易》曰：神以知来，智以藏往，其孰能与于此哉。其古之聪明睿智，神武而不杀者夫，是言佛也（系管东溟说）。柳子厚曰：佛经与《易》《论语》合，不与孔子异道，虽圣人复生，不可得而斥也。

焦漪园云：性命之理，孔子罕言之，释氏则极言之。孔子罕言，待其人也。故曰：不愤不启，不悱不发，人人以下，不可以语上也。然其微言，不为少矣。第学者童习日纷，翻成玩狎，唐疏宋注，锢我聪明，以故鲜通其说者。内典之多，至于充栋，大抵皆了义之谈也。古人谓暗室之一灯，苦海之三老：截疑网之宝剑，抉盲眼之金锟[24]。故释氏之典一通，孔子之言立悟，无二理也。张商英曰：

吾学佛然后知儒。诚为笃论（焦语止）。

【校】

① "毋杀孩虫、胎夭、飞鸟，毋麛"数字，怀豳杂俎本无。

② "乎"字，怀豳杂俎本无。

③ "矣"字，怀豳杂俎本作"以"字。

④ "芫"字，怀豳杂俎本作"穷"字。

⑤ "曰"字，怀豳杂俎本无。

⑥ "非礼勿听，非礼勿言"八字，怀豳杂俎本无。

⑦ "隘"字，怀豳杂俎本作"陋"字。

⑧ "言"字，怀豳杂俎本无。

⑨ "亦"字，怀豳杂俎本无。

⑩ "货悖而入，亦悖而出"八字，怀豳杂俎本无。

⑪⑫ "语"字，怀豳杂俎本无。

⑬ "有所恐惧，则不得其正。有所好乐，则不得其正"二句，怀豳杂俎本无。

⑭ "语"字，怀豳杂俎本无。

⑮ "悟"字，怀豳杂俎本作"彻"字。

⑯⑰⑱⑲ "语"字，怀豳杂俎本无。

⑳ "细微"，怀豳杂俎本作"微细"。

㉑ "语"字，怀豳杂俎本无。

㉒ 在"念兹在兹"后，怀豳杂俎本多"明言允在兹"五字。

㉓ "语"字，怀豳杂俎本无。

㉔ "锟"字，怀豳杂俎本作"铤"字。

佛法是平常心

夫佛法本常事，而世以奇特求之，故往往不得佛心也。故曰：平常心是道。此平常心，凡有血气之属，皆本有之，岂待佛菩萨传而后有哉？若必待佛菩萨传而后有，则世人日用境缘逆顺，好恶多端，以非为是，以是为非，炽然而分别不歇者，此又何心哉？此即平常心也。但众生不善用之，而现三毒奇险之心也。如善用之，则众生三毒奇险之心，即是诸佛平常之心也。虽然，众生奇险习熟，脱闻平常心是道之说，自然承担不下，盖其平常习生，故也。是故必须待佛菩萨以宝几珍御之风，鼓吹而化其下劣之心，则荷担之心生矣。此心一生①，又追惟往时下劣之心，鄙而恶之。于平常心，则生大惊异，以为闻所未闻，得所未得，故没量大人，知其如此，复以狸奴白牯之风，鼓吹而化其惊异之心。至此则圣凡情尽，平常心开②而用之，谓之大机。机之为言，盖取照不昧用，用不昧照耳。夫照不昧用，则谓之真照；用不昧照，则谓之大用。故临济曰：沿流不止问如何，真照无边说似他；离相离名人不禀，吹毛用了急须磨者，变而不穷之谓也。

王昶曰：平常心，即是实心自在心。所以素位而行，无人而不自得。③

【校】

① "此心一生"，怀麓杂俎本作"此一心生"。

② "开"字后，怀麓杂俎本多一"开"字。

③ "王昶曰"及以下二十五字，怀麓杂俎本无。

人心本有内典

或有问因果轮回等说，于经教外，犹别有本乎？答曰：印之事事，所谓吾心先有一部教典是也。何以明之？有一生作伪，而得优游首丘；有素称善人，而反终身桎梏，则未读内典，已早知有前因之说也。有昨日团圆聚首，变生仓卒，忽已俱罹凶锋；有今夕酒筵欢会，别未旋踵，忽已遽登鬼箓，则未读内典，早①知无常迅速之说也。有苦攻②一生，文称美善，不获一遇；有髫年之士，稍加涉猎，已列高魁，则未读内典，已早知夙根之说也。曩日之川流，今或③阡陌；昔年之林麓，今已潆沧，则未读内典，已早知山河大地，皆幻妄之说也。有聪慧不迷者，谈夙世事，凿凿可凭；有奄奄长逝者，经数日久，犹能醒说冥中事，则未读内典，已早知定业之说也。狐之变男变女，惟意所向；鬼之摄钱摄钞，任意所之，则未读内典，已早知惟心之说也。富贵豪华，一霎时门罗鸟雀；英雄豪杰，不转盼墓已松楸，则未读内典，已早知梦幻泡影之说也。疾病惨痛之牵缠，饥寒贫困之懊恼，官司口舌之逼迫，生离死别之熬煎，则未读内典，已早知娑婆苦恼之说也。蠕动之虫，近于肌肤，则不胜憎恶，而乌知腹内有无限蛔蛔；不洁之物，置之座右，则远之若浼，而不知身内藏若干粪秽，则未读内典，已早知臭皮囊之说也。睹卑洼霉湿之处，不觉有洁想，忽悬天外；厌蚊虻蝇蝎之扰，不觉有净思，欲脱世间，则未读内典，已早知有安乐国土之说也。豆萁已成灰，用之去垢，犹能显其作用；枯骨已为殖，藏之吉地④，犹能阴及子孙，则未读内典，已早知有形灭性存之说也。潜不能为飞也，而孑孓出水为蚊；天无心于渊也，而鹊入水为蜃，则未读内典，已早知有人羊互生之说也（人羊互生出《楞严》）。良马之德性，传稀君子；猿猱之气体，仿佛生人，则未读内典，已早知有升堕之说也。学本于庸常平实，而推其至极，则必曰无声无臭；道存于目前现在，而要其功用，则必曰不睹不闻，则未读内典，已早知有空寂之说也。叫街行乞者，得一文如登天；戴进贤冠者，数行手札，已白锤盈筒；机谋百出者，多方经营⑤，或不饱一粒；愚痴顽钝者，一筹莫展，已坐享万钟，则未读内典，已早知有宏福薄福之说也。彼释教之重言累言，于性分中未尝增益分毫；危言悚言，于实际内未尝支离丝忽。殊觉有此世界，自不能无此梵言。圣人先得我心之所同然者耳，何反因其言疑之。《隋书》云：李士谦善谈元理，尝有客不信佛家报应之义，以为外典无闻焉。士谦喻之曰：积善余庆，积恶余殃，岂非休咎之应耶？佛经云：轮回五道，无复穷已。此则贾谊所言，千变万化，未始有极，忽然为人之谓也。佛道未来，而贤者已知其然（《隋书》止）。

【校】

① "早"字前，怀麓杂俎本多一"已"字。

② "苦攻"，怀麓杂俎本作"攻苦"。

⑧ "或"字，怀麓杂俎本作"成"字。

④ "吉地"，怀麓杂俎本作"有气"。

⑤ "多方经营"四字，怀麓杂俎本无。

恶道不可堕

地狱阴刑，与世间阳罚，委实不同。狱名无间，言痛苦无一刻之闲：铜丸铁汁，为家常茶饭；寒冰裂骨，作万载全居。苦中增苦，疼上增①疼，以劫计，不以年计；死而复活，活而复死，以刻计，不以日计。释尊言此，亦悲凄愁惨，何世人大胆如斗，敢轻蔑视。理学周海门云：三涂果是恶道（周语）。三涂：刀涂、火涂、血涂也。莲池大师曰：王难者，色身之报。地狱，则慧命俱沈。若谓三木缠身，鞭笞交下，此王难中极微细伎②俩，何足云云。或曰：释尊谆谆侈言者何故？曰：堕落之众生，嗟不偶也。为将堕落之众生，防失足也。曰：何罪至是？曰：身三、口四、意三。何谓身三？杀、盗、淫。何谓口四？妄言、绮语、恶口、两舌。何谓意三？贪、瞋③、痴。总谓之十恶。旧云：行十善者，定生天堂。行十恶者，定堕地狱。曰：果如是乎？曰：此世尊金口所宣也。曰：贪、瞋④、痴三者，报⑤可解免乎？曰：忏其已往，戒其将来，无不可转而为善。故戒为度苦海之浮囊，破恶阵之铁铠。有五戒、十戒、具戒、菩萨戒等戒。至菩萨戒为大。有六重二十四轻，十重四十八轻，各各不同，惜儒者多不解此。然儒中亦有讲者，不能抹煞，姑举一二：宰官大司成陶望龄大戒，侍读吴应宾大戒，词林黄辉大戒，林增志大戒，殿元刘同升、刘若宰大戒，吏部虞淳熙大戒，谏垣包鸿逵大戒，中丞余大成大戒，仪部曾凤仪大戒，副宪丁鸣登大戒，陈丹衷大戒，大尹陈丞辉大戒，冯士任大戒，大司马申用懋大戒，侍郎张有誉⑥大戒，尚书白贻清大戒。五戒甚伙，如王志坚、胡汝淳、萧丁泰、尹嘉宾、钱肃乐、袁俨、费尚尹等，指不胜屈。即魏国公，亦受戒于博山师焉。楚藩王亦受戒于三昧师焉。明太祖高皇帝既登极后，亦受戒于慧日师焉。昔仪部屠隆，与虞淳熙至契，谈及大戒，屠曰：我今便受何如？虞曰：不可，有大威仪在。由此言之，戒为至宝，受为大法，不可以轻心慢心，成草草也。欲离苦蘖者，其尚知留意乎。

【校】

① "增"字，怀幽杂俎本作"添"字。

② "伎"字，怀幽杂俎本作"技"字。

③ "瞋"字，怀幽杂俎本作"嗔"字。

④"瞋"字，怀麓杂俎本作"嗔"字。

⑤"报"字，怀麓杂俎本作"曰"字。

⑥"誉"字，怀麓杂俎本作"奢"字。

知行

世儒每以知行合一为妙，殊不知曾子述夫子之意则曰：尊其所知，则高明矣。行其所知，则光大矣。由是而观，先知而后行明矣。不知而行者，又乌足道。然知有解悟之知，有修之行知，有证极之知。故无解悟之知，则修行之知无本矣；无修行之知，则证极之知无导①矣。又证极之知，为解悟修行之知之所归宿也。问知行合一之旨，可得闻乎？曰：行时非知时，证时非行时，到此地位，不可以智知。所知不能及，知既不能及，行亦不能及。知行路穷，不惟神仙失其静笃，管取罗汉遗其空醉矣。若然者，毕竟如何？即是：回看云树杪，不觉月沈西。

【校】

①"导"字，怀麓杂俎本作"道"字。

忏悔

尝闻谤佛者曰：多生造罪，不啻邱山，一忏何能湔雪殆尽？不知忏之力不可名言，佛之力不可思议。世情喜自怨自艾，王法用三宥三推，盖忏从心出。一诚独诣①，五内为崩，揭地掀天，排山倒海。故一夫洒泪，暑月飞霜；匹妇号冤，长城倾陨。因知积雪千山②，杲日能为消灭；坚冰万③里，一雾即为泮溶，况益以佛力之加持乎？疏通者廷尉，护庇者王家，其不当下消溶者，无有是理。或云：闻佛不能代众生消定业，度无缘。何又云：仗佛力可以忏尽？曰：自己知忏，即是不迷之佛；佛与我未有不水乳和者。能知仗佛，即是不著之我；我与佛未有不针芥投者。即此有缘可度，即此定业可消，故初机人必皈依佛。其必不皈依者，佛始忧之。忧其在人，不[4]仰仗佛力；忧其在己，不能代众生消定业也。或又云：佛何故只要人求己？曰：佛者，佛佛相仍之佛，非己也。使佛见己为佛，则文殊为七佛师，何为甘作释迦之弟子以阐化？是佛空我相也。人者，佛佛各具之佛，即吾身之己也。使人非佛，何以释迦成道，见[5]一切众生，皆具如来智慧德相[6]，是众生无众生相也。或又云：临终一忏，罪业消尽，有此可恃，但当终身恣肆可矣。若然，可[7]开天下播虚之门？曰：否。无心而陷罪者罪可忏，恃忏而肆恶者，恶不可忏。此亦见内典。

忏有二种[8]，有事忏，有理忏。事忏者，五体翘勤。理忏者，端坐念[9]实相。何谓五体翘勤？达观大师曰：即拜忏一节，若任情识支吾，不若不拜。拜即拌[10]穷性命，剜心剖胆，哀号佛前。何谓念[11]实相？白乐天云：无始劫来，所造诸恶，若轻若重，若大若小，我求其相，中间内外了不可得，是名忏悔。忏以理为正，以事为助。虽念念与[12]实相相应，而三业[13]翘勤，亦不相碍。何以故？初机行人，未能卒与实相相应，须借外缘辅翼。《法华经》所谓，我以异方便，助显第一义是也。

【校】

① "诣"字，怀麓杂俎本作"许"字。

② "千山"，怀麓杂俎本作"万重"。

③ "万"字，怀麓杂俎本作"百"字。

④ "不"字，怀豳杂俎本无。

⑤ "见"字，怀豳杂俎本无。

⑥ "如来智慧德相"，怀豳杂俎本作"璎珞相"。

⑦ "可"字，怀豳杂俎本作"恐"字。

⑧ "种"字，怀豳杂俎本无。

⑨ "念"字，怀豳杂俎本无。

⑩ "拌"字，怀豳杂俎本作"挼"字。

⑪ "念"字，怀豳杂俎本无。

⑫ "念与"二字，怀豳杂俎本无。

⑬ "三业"，怀豳杂俎本作"业三"。

回向

人有回向之心，不可不讲回向之法。须要向天地、鬼神、诸佛菩萨剖①祝得明白，如求富，即日某求富，愿行善若干。或三年而善完，或五年而善完，则所求亦若②操左券。且所求之愿，亦不俟善之行完，而报已先至，以发念真至，积德勇③猛，则天地鬼神，已早洞④瞩。此了凡先生立命篇详载也。或者曰：从来只有回向生西方者，未闻回向求富贵功名子息寿考者？然果能如法试之，效亦逾常。大藏中有《起信论》，乃西天第十二祖马鸣菩萨所著，云：若人专念西方极乐世界，阿弥陀佛，所修善根回向，愿求生极乐世界，即得往生。又天亲菩萨依《无量寿佛经造论》一卷，为净土修法，在大藏颠⑤字函内，第五回向门，有云：所有功德善根，以方便回向，摄取众生，共同生彼安乐佛国⑥。王龙舒净土文⑦云：但随所作世出世间一切善事，不拘大小多寡，或止以一钱与人，或止以一水止渴，至于毫芒之善，并须⑧起念云：愿此善缘，回向西方。众善相资，必得往生也。一元禅师云：或一称名；或一举手；一礼一赞；或一瞻仰，乃至十念；或发一行一施，一戒一忍；禅定智慧，一切善根，回向极乐。愿力持故，虽有疾迟，皆得往生，如经所说。见《归元直指》。大智律师云：凡布施持戒禅诵苦行等，一切福业，若无正信，回向发愿，非往生因。见《净土指归》。莲池大师云：回向菩提者，凡所修为，皆愿往生，是名回向。见《弥陀疏钞》。《归元直指》又云：凡有修福念佛礼忏诵经，乃至毫芒之善，悉皆回向西方，有所归趋，临终定生净土。旧云：回因向果，回小向大，回自向他，凡此皆言回向之妙。世之求富贵功名子息寿考者，既行善矣，不挈所行之善，以归注一处，恐散漫无归，后日必增他福。失佛引人入胜之⑨本旨矣！

【校】

① "剖"字，怀麓杂俎本误作"敬"字。

② "若"字，怀麓杂俎本无。

③ "勇"字，怀麓杂俎本误作"湧"字。

④ "洞"字，怀麓杂俎本误作"动"字。

⑤ "颠"字，怀麓杂俎本作"堂"字。

⑥ "共同生彼安乐佛国"，怀麓杂俎本作"不取一切世间"。

⑦ "文"字，怀麓杂俎本作"指归"。

⑧ "须"字，怀麓杂俎本作"顿"字。

⑨ "佛引人入胜之"，怀麓杂俎本作"所求"。

看话头

释迦牟尼文佛，主持世教，无看话头法门，只教人在般若上留心。般若，智慧也。嗣后传教者，将此事作道理知解理会，渐成义学。及初祖入中国，不立文字，直指人心，见性成佛。从前义学，尽与刊下。传至六祖，以后学者，或至失其源流①，复成义学。宗师复立持话头公案，顿在八识田中，如嚼铁餂，无义路可寻讨，无知解可凑泊，使之认取本来面目，圆满本觉真心，因病施药，未尝有实法与人，唯在善学者自悟耳。山阴王龙溪，乃阳明后第一理学也。平湖陆五台，深心佛乘，锐意禅宗。王主致知，归重在儒。陆主看话头，归重在佛。不知只要同出生死海，管他是儒是佛。一不了生死，儒家也要吃累，释家也要吃累。一了生死，释家有无穷享用，儒家也有无穷享用。同此眼耳鼻舌之人，其爱此性命则均也。

【校】

① "以后学者，或至失其源流"，怀麓杂俎本作"以后失其源流"。

持咒

或问大准提七俱胝真言，今天下尤多从事持之，有效否？答：啄木欲得木中虫，则画符以出之，吾不敢谓天下法符为无灵；蜾蠃①负螟蛉以为子，则呼类我以祝之，吾不敢谓天下密咒为无验。乃画符者闭气凝神，始一落笔，谓之混沌开基。持咒者用志不分，一心凝定，谓之观门摄想。言专也、一也，专一之力最大。如太阳不能燃物，一摄其光于凹面圆镜之中，令日光缩小如豆，则能燃物，即《淮南子》所谓阳燧取火是也。目睛不能见十里外，一摄其精于数铜②管之内，令目光专注不移，则远无不见，明之利玛③窦所制千里镜是也。专一之妙如此。沈自邠曰：精能贯日，暑度潜移。志在掘山，鬼神知畏。屠赤水曰：

犀望月而角纹，豹隐雾而毛斑，猿凝神而升天，女久思而化石。晋宗少文曰：鲁扬返日，耿恭④流泉；宋均⑤虎渡河，而蝗避境，皆⑥由心力横绝，能使非道元通。汉班孟坚曰：精灵通而感物兮，神动气而入微。养由基流睇而猿号兮，李广射虎而石开。非精诚其焉通兮，无实其谁信？操末技犹必然兮，矧耽躬于道真（班语止）。

咒者，诸佛之秘密藏也，威神极大，呼吸极灵，持无不效。其不效者，匪咒之故，缘心⑦不坚且笃，故以卤莽报。试验之放焰口者，焰口纯以真言为主，真言纯以瑜伽为主，真言能召诸鬼神，真言能使一粒变多多粒，谓之瑜伽教。瑜伽者，身口意俱摄也。前明大学士宋景濂有赞高皇荐幽施食十章，其一曰：法筵施食，厥名为斛⑧；化至河沙初因一粟。无量香味，用实其腹。神变无方⑨，动皆充足（宋语止）。凡一切诸真言，持岂有不效哉？请观于焰口而益信矣⑩！

持咒所以摄心，何必言希求？希求即是妄念。予曰：不然。摄心乃可以持咒，希求亦无碍。若谓持咒可以摄心，则小觑乎咒矣！诸佛之秘密曰咒，具大威神，岂仅仅摄心之助。所谓不言希求，岂不清⑪超元著，独得无上妙谛，不知正不必讳言求也。彼何人斯，漫言无欲，声色货利，无不丧命以徇⑫。至此忽凭胸臆，揭出清超二字，然软否软？且经中有云：求富贵得富贵，求男女得男女，求长寿者得长寿⑬，求西方得西方，随有所⑭求，必获如意。正是大慈氏怜悯众生，济度诸有情之意，何故又生抹煞？在众业生重缘悭者，何因得功名富贵，以畅本怀。则倒提逆挽，不得不借咒力。若以诸希求为妄，将求生净土亦妄耶？十六观想亦妄耶？诸佛之意，正欲人舍他求觅净土，乃为求得其求。不然众生何术，能超越泥涂。今与以超越之术，而又以超越等语跃而过之，真末如之何也已矣！

【校】

① "赢"字，怀豳杂俎本作"裸"字。

② "铜"字前，怀豳杂俎本多一"重"字。

③ "玛"字，怀豳杂俎本作"吗"字。

④ "公"字，怀豳杂俎本作"恭"字。

⑤ "均"字，怀豳杂俎本作"九"字。

⑥ "皆"字前，怀豳杂俎本多一"犹"字。

⑦ "心"字，怀豳杂俎本无。

⑧ "斛"字，怀豳杂俎本作"解"字。

⑨ "方"字，怀豳杂俎本作"力"字。

⑩ "矣"字，怀豳杂俎本无。

⑪ "清"字，怀豳杂俎本误作"超"字。

⑫ "徇"字，怀豳杂俎本作"狗"字。

⑬ "长寿"，怀豳杂俎本作"寿命"。

⑭ "所"字，怀豳杂俎本作"希"字。

念佛

出离生死轮回，只有参禅念佛两门。参禅者，参自心之禅也。掀翻无始夙垢，豁开原初宝镜，不过以纯白还纯白，以明德还明德耳。奈群生惘惘，不知此第一义谛。是以又为下根人，巧设方便，令①念佛往生净土，心口略用功夫，便登不退转地。不退转者，永不沦堕也。不但不沦堕，且享无穷快乐。苟能一心执持名号，即带业凡夫，皆得摄受。谓专属接下根人乎？不知实是上中下三根普被，以文殊普贤诸大菩萨，皆欲生此故也。

以马鸣龙树宗门诸大菩萨，皆欲生此故也。莲分九品，罪脱三涂，究其根要，不过口中喃喃六字，岂不至易至简。虽修其余②观门、行门，种种诸方便，皆有还元之路。然终不若净土一门，奇而且捷。缘有上圣为之垂手接引，故群生登彼岸极易。如是之法，岂非妙法，犹存疑欸，真未如之何也矣！

净土论说，汗牛充栋，谨录香光子说一篇，以代时师箴砭。香光子者，太史袁伯修宗道也。因其弟中郎宏道，著③《西方合论》，遂为序云④：香光子避嚣山刹，修净业。有一禅人阔视高步，过舍而谈。见案上有石头居士新撰《西方合论》，阅未终篇，抗声言曰：若论此法门，原用接引中下之根。何者中下根人？智慧轻微，业力深重。以忆佛念佛，获生净土⑤。如顽石附舟，可以到岸诚宜念佛。至于吾辈洞了本源，此心即是佛，更于何处觅佛？此心即净土，更于何处觅净土？于实际理中，觅生佛去来生死三世之相，无一毛头可得。才说成佛，已成剩语，何得更有分净分秽，舍此生彼之事。若于此处悟得，是自在闲人。即淫、怒、痴，皆是阿弥平等道场。如如不动，何乃舍却己佛，拜彼金铜？且谓悟与未悟，皆宜修习。无事生事，吾所不晓。香光子闻而太息曰：若汝所言，止图口角圆滑，不知一举足将堕火坑也。生死无常，转盼即至。如何熟记宗门现成相似之语，以为究竟。都云我已成佛，不必念佛。若约理而言，世间一虱一蚤，皆具如有来清净觉体，无二无别。乃至诸佛成等正觉，证大涅槃，本体未尝增得一分。众生堕三涂趋生死海，本体未尝减却一分。如如之体，常自不动。生死涅槃，等是妄见。亦无如来，亦无众生，于此证入，亦无能证之人，亦无所证之法。泯绝心量，超越情有。大地无寸土，佛之一字，向何处安置。至于进修法门，于无修证⑥中证修，于无等⑦级中等级，千差万别，虽位至等觉，尚不知如来举足下足之处。从上祖师呵佛斥教，一切皆遮者，止因人心执滞教相，随语生解，不悟言外之本体，漫执语中之方便。一向说心、说性、说空、说幻、说顿、说渐、说因、说果，千经万论，无不通晓。及问渠本命元辰，便将经论现成语言抵对。除却现成语言，依旧茫然无措。所谓教他家宝，已无分文。其或有真实修行之人，不见佛性，辛苦行持，如盲无导，止获人天⑧之果，不生如来之家。于是诸祖知其流弊，遂用毒手，划其语言，塞其解路，搂⑨其情识，令其苦密参究，逆生灭流。生灭情尽，取舍念空，始识得亲生父母。历劫宝藏，却来看经看教，一一如道家中事。然后如说进修，以佛知见，净治余习。拜空花之如来，修水月之梵行。登阳焰之阶级，度谷响之众生。不取寂证，是谓佛种。正如杲日当空，行大王路，不同长夜趋走，攀荆堕棘。岂谓一悟之后，即同极果。如供奉问岑大虫，果上涅槃，天下善知识证否？岑曰：未证。奉曰：何以为证？岑曰：功未齐于诸圣。奉曰：若尔，何得名为大善知识？岑曰：明心见性，亦得名为善知识也。宏辨禅师曰：顿⑩明自性与佛同俦，然有无始染习，故假对治，令顺性起用。如人吃饭，不一口便饱。沩山曰：初心从缘，顿悟自理，犹有无始旷劫习气未尽净。须⑪教渠净除现业流识，即修也。不可别有法教渠修行趋向。若论诸师祖为人之处，壁立万仞，大火聚中，触之即烂；刀枪林里，动著便创⑫。未曾开口，已隔千里万里。至机缘之外，平实商量，未尝尽绝阶级，尽遮修行，《传灯录》中，分明详悉。大慧中峰言教，尤为紧切，血诚劝勉，惟恐空解著人，堕落魔事。何尝言一悟之后，不假修行，顿成两足之尊，尽满涅槃之果。后世不识教意，不达祖机，乃取喝佛骂祖破胆险句，以为行持。昔之人为经论所障，犹是杂食米麦，不能运化。后之人饱记禅宗语句，排因拔果，越分过头，是日取大黄巴豆以为茶饭也。自误误人，弊岂有极。是以才入此门，便轻十方如来，莫不自云：无佛可成，无行可修。见人念佛，则曰自性是佛。见人修净土，则曰即心是净土。言参禅则尊之九天之上[13]，言念佛则蹂之九地之下，全不思参禅念佛，总之为了生死。同是出苦海之桥梁，越界有之宝筏，事同一家，何胜何劣？参门之中，所悟亦有浅深，念佛之众，所修亦有高下。如何定[14]参者即是上根，念者便为中下？自达摩西来立此宗门，已云二百年后，明道者多，行道者少；说理者多，道理者少。今《传灯录》中，如麻如粟，同云入悟，其实迥别。至如般若缘深，灵根夙植；伽陵破卵，香象截流；或见根宗于片言，或显威用于一喝，一闻千悟，获大总持。或有怀出世之心，具丈夫之志，舍彼尘情，究此大事；不怙小解，惟求实知；卧薪尝胆，饮冰吞檗，如北三十年、四十年后，或遇名师痛与针扎，偷心死尽，心华始开。此后又须潜行密修，销熔余习。法见尚[15]舍何况非法。若赵州除粥饭是杂用心。涌泉四十年，尚有走作。香林四十年，打成一片。兢兢业业，如护头目。直至烟消灰灭，自然一念不生，业不能系。生死之际，随意自在。诘其所证，恐亦未能超于上品上生之上。何以明之，龙树菩萨，宗门之鼻祖也。得大智慧，具大辨才，住持佛法，故世尊数百年前，于楞伽会上，遥为授记，然亦不过曰证初欢喜地，往生安乐国而已。观经中上品上生，于彼间一刹那顷，亦证初地。今宗门诸大祖师，纵使见离盖缠，语出窠臼，岂能即过龙树？龙树已悟无生无相之义，已具不堕阶级之见，而生于安养，与上品上生所证之果正等，则禅门诸人所证，岂能独过？良以上品上生，解第一义，还同禅门之悟；深信因果，还同禅门之休，止是念佛往生别耳。然吾以为禅门悟修之士，既不能取无余涅槃同于如来，又不肯取有余涅槃同于二乘，必入普贤行愿之海。若不舍一身受一身，济渡众生，则当从一刹至一刹，供养诸佛。既见诸佛，还同往生。究竟与上品上生，止在雁行伯仲之间，何以高视⑯祖师，轻言净侣。其或悟门已入，休歇太早，智不入微，道难胜习。一念不尽，即是生死之根。业风所牵，复入胎胞，如五祖戒复⑰为东坡，青草堂再作⑱鲁公。隔阴⑲之后，随缘流转；道有消而无长，业有加而无减；纵般若缘深，不落三涂；而出房入房，亦太辛苦。还是⑳中下往生之众，已天地不足喻其否泰矣！况后世宗风日衰，人之根器，亦日以劣，发心既多不真，功夫又不纯一，偶于佛祖机锋，知识语言；或悟得本来成佛处，当下即是处，意识行不到，语言说不及处。一切不可得处，即不可得亦不可得处。将古人语句和会，无不相似。既得此相似之解，即云驰求已歇。我是无事道人，识得烦恼如幻。则恣情以肆烦恼，识得修行本空。辄任㉑意以坏修行，谓檀本空也，反舍檀而取悭；谓忍本空也，反听随而置忍，言戒则曰本。无持犯，如别重持轻犯。言禅则曰本无定乱，何别舍乱取定。听情顺意，踏有谈空。既㉒云法尚应舍，何为复取非法？既云真亦不求㉓，胡为舍之求妄？既云修观习定，皆属有为之迹；何独贪名求利，偏合无为之道？爱憎毁誉之火，才触之而即高；生老病死之风，微吹之而已动。争人争我，说是说非，甚至以火性为气魄，以我慢为承担，以谲诈为相用，以狂语为方便，以放恣为游戏，以秽言为解粘，赞叹破律无行之人，侮弄绳趋尺步之士。偏显理路，故穷元极妙，莫之踪迹；尽刬行门，故纵煮任心，元复规矩。口言往生，是小乘法；令人修习，已乃宴然。或至经年不拜一佛，经年不礼一忏，经年不转一经，反看世间不必看之书，行道人不宜行之事。使后生小子，专呈聪明，惟寻见解；才有所知，即为一超直入，更复何事。轻狂傲慢，贡高恣睢；口无择言，身无择行。父既报仇，子遂行劫。写鸟成马，展转差谬。不念世间情欲无涯，堤之尚溢，如何日以圆滑之语，大破因果之门，决其防藩，导以必流，自误误人，安免沦坠。若不为魔所摄，定当永堕三涂；刀山剑树报其前因；披毛戴角，酬还宿债。莫云我是悟达之人，业不能系。夫谓业不能系，非谓有而不有，正以无而自无。生既随境即动，死安得不随业受生。眼前一念瞋㉔相，即是怪蟒之形；眼前一念贪相，即是饿鬼之种。无形之因念甚小，有形之果报甚大。一念之微，识田持之。历千万劫，终不遗失。如一比丘㉕，以智慧故，身有光明。以妄语故，口流蛆虫。一言之微，得此恶果。虽有智慧，终不能消。况今无名烦恼，炽然不断，欲以相似见解，消其恶业，冀出三涂，无有是处。向使此等，不得少以为足。常如说以修行，终不自言：我已悟了，即心是佛，岂可复同中下。念佛求生，了达生本无生，不妨炽然求生。即心是土，莲邦不属心外。不释礼拜，不捨㉖念诵，智力行力，双毂并进，方当踞上品之莲台，坐空中之宝阁。朝饭香积，夕游满月。回视胎生之品。彳亍宝地。不闻法语，不见法身。象马难群，鸡凤非类。何况人天^㉗小果，瓮中蚊虻者哉！而乃空腹高心，著空破有，卒以偏执之妄解，撄非常之果报；不与弥陀作子，却为阎罗之囚；不与净众为朋，却与阿旁为伍。弃宝林而行剑树，舍梵音而听叫号，究其所受，尚不能与世间无知无见之人，行少善事，作少功德，生于人天者等。毫发有差，天地悬隔，可不哀欤！然则宗门中人，上之未必能超于上品上生，而下之已堕三涂。故知此道险难，未易行游，成则为佛，败则为魔；王虏分于弹指，卿烹别于丝毫；苦乐之分，宜早择矣！况今代悟门一脉，不绝如线，禅门之中，寂寥无人。止有二三在家居士，路途端直，可以流通此法。然既为居士，不同沙门释子，犹有戒律缚身，方置身大火之中，浸心烦恼之海，虽于营干世事内，依稀得一入门^㉘，而道力甚浅，业力甚深，即极粗，莫如淫杀之业，犹不能折身不行，何况其细。生死之间，安能脱然？徒见毫奢如于頔，奸恶如吕惠卿、夏竦，躁进如张天觉，风流艳冶如白乐天、苏子瞻等，皆列传灯，摩肩列祖，便谓一切无碍，别有源流。不知彼等诸人，虽具正见，若谓从此不受分段，业不能牵，吾未敢许。方当长夜受报，未有了期。^㉙故知念佛一门，于居士尤宜^㉚吃紧。业力虽重，仰借佛力，免于沉沦。如负债人，藏于王官，不得抵偿，即生佛土，生平所悟所解，皆不唐捐。生死催人，出息难保，早寻归路，免致忙乱。纵使志在参禅，不妨兼以念佛。世间作官作家，犹云不碍，况早晚礼拜念诵乎？且借念佛之警切，可以提醒参禅之心。借参门之洞彻，可以坚固净土之信。适两相资，最为稳实。如此不信，真同下愚。石头居士，少志参禅，根性猛利。十年之内，洞有所入，机锋迅利，语^㉛言圆转。寻常与人论及此事，下笔千言，不踏祖师语句，直从胸臆流出，活虎生龙，无一死语，遂亦自谓了悟无所事事。虽世情减少，不入尘劳，然嘲风弄月，登山玩水，流连文酒之场，沉酣骚雅之业，嫩慢疏狂，未免纵意。如前之病，未能全脱。所幸生死心切，不长陷溺。痛念见境生心，触途成滞，浮解实情，未能相胜。悟不修行，必堕魔境。佛魔之分，只在顷刻。始约其偏空之见，涉入普贤⑳之海。又思行门端的，莫如念佛。而权引中下之疑，未之尽破。及后博观经论，始知此门原摄一乘，悟与未悟，皆宜修习。于是采金口之所宣扬，菩萨之所阐明，诸大善知识之所发挥，附以己意，千波竞起，万派横流，诘其汇归，皆同一源。其论以不思议第一义为宗，以悟为导，以十二时中持佛名号，一心不乱，念念相续为行持，以六度万行为助因，以深信因果为入门。此论甫成，而同参发心持戒念佛者，遂得五人，共欲流通，以解宗教之惑。香光识劣根微，久为空见所醉，纵情肆志，有若狂象。去年沉涵之夜，亲游禼子地狱，烈火洞然，见所熟谈空破戒亡僧，形容尪羸。跛足而过，哭声震地，殆不忍闻。及寤，身毛为竖，遂亦发心皈依净土。后读此论，宿疑冰释。所以今日不惮苦口，病夫知医，浪子怜客，汝宜尽刬旧日知见，虚心诵习，自当有入，生死事大，莫久迟疑。于是禅人悲泪交集，自云：若不遇子，几以空见赚过一生，子生我矣。恳求案集，作礼而去㉘。

莲池大师著《华严·摸象记》曰：华藏所说十方法界，如是广大不可思议；圆顿法门，如是广大不可思议；普贤菩萨为华严长子，如是广大不可思议；所发十愿，如是广大不可思议；而要其归宿，乃曰：愿我临欲命终时，尽除一切诸障碍，而见彼佛阿弥陀，即得往生安乐刹。夫不曰见遮那，不曰生华藏，而所愿在见弥陀，生安乐，果何为而然哉？又继之以愿于胜莲华生，又继之以愿于佛前授记，又继之以普愿沉溺众生，悉得往生彼刹。噫，诵是经，可以深长思矣！㉞

【校】

① "令"字，怀麓杂俎本无。

② "其余"二字，怀麓杂俎本无。

③ "著"字，怀麓杂俎本作"有"字。

④ "云"字前，怀麓杂俎本多一"说"字。

⑤ "土"字，怀麓杂俎本作"士"字。

⑥ "修证"，怀麓杂俎本作"证修"。

⑦ "等"字，怀麓杂俎本无。

⑧ "人天"，怀麓杂俎本作"天人"。

⑨ "挼"字，怀麓杂俎本作"搜"字。

⑩ "顿"字，怀麓杂俎本作"须"字。

⑪ "须"字，怀麓杂俎本作"顿"字。

⑫ "创"字，怀麓杂俎本作"烧"字。

⑬ "上"字前，怀麓杂俎本少一"之"字。

⑭ "定"字前，怀麓杂俎本多一"执"字。

⑮ "见尚"，怀麓杂俎本作"尚见"。

⑯ "视"字，怀麓杂俎本作"似"字。

⑰ "复"字，怀麓杂俎本作"出"字。

⑱ "作"字，怀麓杂俎本作"为"字。

⑲ "阴"字，怀麓杂俎本作"因"字。

⑳ "是"字，怀麓杂俎本作"视"字。

㉑ "任"字，怀麓杂俎本作"极"字。

㉒ "既"字，怀麓杂俎本作"即"字。

㉓ "亦不求"，怀麓杂俎本作"不可求"。

㉔ "瞋"字，怀麓杂俎本作"嗔"字。

㉕ "比丘"，怀麓杂俎本作"丘山"。

㉖ "捨"字，怀麓杂俎本作"舍"字。

㉗ "人天"，怀麓杂俎本作"天人。"

㉘ "得一入门"，怀麓杂俎本作"入得一门"。

㉙ "徒见毫奢如于顿……未有了期"共八十七字，怀麓杂俎本无。

㉚ "宜"字，怀麓杂俎本作"为"字。

㉛ "语"字前，怀麓杂俎本多一"诸"字。

㉜ "贤"字，怀麓杂俎本作"门"字。

㉝ "作礼而去"后，怀麓杂俎本有"万历庚子仲春之廿有三日也"一句。

㉞ "莲池大师著《华严·摸象记》曰"及以下一百七十七字，怀麓杂俎本无。

戒杀放生①

莲池大师曰：世上人人爱命，物物贪生，何得杀彼形躯，充己口食。或利刃剖腹，或尖刀刺心，或剥皮刮鳞，或断喉劈壳，或滚汤活煮鳝鳖，或盐酒生掩蟹虾，可怜大痛无伸，极苦难忍。造此弥天恶业，结成万世深仇，一日身亡，即堕地狱。镬汤炉炭，剑树刀山，受罪毕时，仍作畜类。怨怨对报，命命填还。还毕为人，多病多夭。或死蛇虎，或死力兵，或死官刑，或死毒药，皆杀生所感也。我今哀告世人，不敢逼汝吃斋，且先劝汝戒杀。戒杀之家，善神守护，灾横消除，寿算延长，子孙贤孝，吉祥种种，难以具陈。

宋大儒王日休净土文云：放生一节，儒教圣人所不废，佛教不过详言之。夫妄语乃释迦大戒，岂教人诚实，乃反自妄语以欺人乎？必不然矣！世间中人以上，犹不肯无端妄语，以丧其行止，况佛乎？其言可信，无足疑者。故先儒云：佛言不信，何言可信？昔有以忠臣为奸党者，刻之于石，天雷击碎。今以金宝彩色，穷极庄严妙丽，以贮佛言，供以香花，普天诵拜。使所言之妄，则又甚于奸党之碑，何为历千百岁而天雷不击之哉？以其言之诚也。诚而不信，将何俟哉？又戒杀文云：杀生为五戒之首，亦为十戒之首，亦为二百五十戒之首。是不杀则为大善，杀则为大恶。故曰：凡欲杀生者，但将自己看，自身不可杀，物命无两般。所以不杀得长寿报，杀得短命报。盖谓己欲其命长，物亦欲其命长，乃杀物命而欲己之命长，乌有是理？故不可不戒也。凡杀生以恣口腹，则口腹之欲何厌。放箸之后，滋味已空，而杀业具在。若杀生以待宾客，则以平日不杀，人亦无可言者，况其罪己自当之。经云：来而独自来，去而独自去。轮回独自行，果报独自受。观此，则知杀生之业，客不能代也。若以祭祖先，则祖先未必享受，而反增其罪业矣，故皆不宜也。

【校】

①此篇怀麓杂俎本无。

罗两峰先生事略（昭文蒋宝龄《墨林今话》）

都罗山人，聘、字遯夫，号两峰，学问淹雅，工诗善画。少时值马嶰谷兄弟开设坛坫，海内文士，半在维扬。山人执贽从金寿门游，所学益精。已而遍走楚、越、齐、豫、燕、赵之地。三至都下，所主皆当代钜公。野服萧然，跌宕诗酒。或醉后作画，尤觉神采。山人夙耽禅悦，尝梦入招提，曰花之寺。仿佛前身即其中主僧，遂自号花之寺僧。精修白业，多写佛相，庄严清净，宛然面壁宗风。年六十余，在都贫不能归。时宾谷先生转运扬州，寄资斧，俾其子迎还，未一载卒。所著有《香叶草堂集》。覃溪学士、谷人祭酒序之。两峰画人物、山水、花草、梅、竹，无不臻妙。尤著名者，则在《鬼趣图》。鹿城王椒翁尝语余云：山人生有异禀，双睛碧色，白昼能睹鬼魅。后颇自厌恶，乃以法异之，不复见矣。其生平所作，不止一本。钱竹汀宫詹题，引龚圣予之言曰：人以画鬼为戏笔，是大不然，此乃书家之草圣也，岂有不善真书而作草书者。山人虽好奇，其笔墨足以形容之，又岂凡工所能及哉！蒋心余太史赠诗有云：两峰嵚崎人，资禀轶流辈。展足裂地维，放手破天械。碧眼燃温犀，万鬼失狡狯。神光制瞳人，下透转轮界。谓此图也。两峰所居，在天宁门内弥陀巷。额其堂曰"朱草诗林"。配方夫人婉仪，号白莲居士。受诗于沈学士，亦善写梅、竹、兰、石。两峰称其有出尘想。居士《生日偶作》云：冰簟疏帘小阁明，池边风景最关情。淤泥不染青青水，我与荷花同日生。早卒。著有《学陆集》，暨白莲半格诗。子允绍，字介人。允缵，字练塘，一字小峰。女某，俱善画。心余诗所云：一家仙人古眷属，墨池画戟相扶持。隐士之乐，无过于此。居士山水不苟作，平望张看云征君，藏其夫妇合画一册，中有《涉江采芙蓉图》，澹冶清妙，乃出居士手，所用小印曰"两峰之妻"。此看云同里赵君静芗，为余言之，惜是册已鬻他所，不可见矣！